# शिवाजी महाराज
# द ग्रेटेस्ट

डॉ. हेमंतराजे गायकवाड



प्रभात
प्रकाशन

*प्रकाशक*

**प्रभात प्रकाशन प्रा. लि.**

4/19 आसफ अली रोड, नई दिल्ली-110002

फोन : 011-23289777 • हेल्पलाइन नं. : 7827007777

इ-मेल : prabhatbooks@gmail.com ❖ वेब ठिकाना : www.prabhatbooks.com

*संस्करण*

2026



*अनुवाद*

प्रो. मेघना बिदिए और श्री मनोहर चौहान

*पेपरबैक मूल्य*

छह सौ रुपए

*मुद्रक*

नरुला प्रिंटर्स, दिल्ली

**SHIVAJI MAHARAJ THE GREATEST**

*biography* by Dr. Hemantraje Gaikwad

Published by **PRABHAT PRAKASHAN PVT. LTD.**

4/19 Asaf Ali Road, New Delhi-110002

ISBN 978-93-5322-263-5

₹ 600.00

# शिवाजी महाराज
## द ग्रेटेस्ट

शिवाजी महाराज की

- राष्ट्रीयता
- कूटनीति
- प्रबंध-कौशल
- सामरिक क्षमता
- दूरदर्शिता

और

- प्रखर व्यक्तित्व को

हर भारतीय
अपने जीवन में उतारे,
उस संकल्पशक्ति को समर्पित

**श्रीमती इंदिरा गांधी की पावन स्मृति को समर्पित यह ग्रंथ मैंने उन्हीं के इन शब्दों से प्रेरणा लेकर साकार किया है।**

"मेरे विचार से शिवाजी महाराज को संसार के महान् व्यक्तियों में गिना जाना चाहिए। हमारा राष्ट्र गुलामी की जंजीरों से जकड़ा हुआ था। इसलिए हमारे देश के महान् व्यक्तियों की संसार के इतिहास में उपेक्षा की गई; चाहे वे व्यक्ति भारतीय समाज में कितनी ही ऊँचाई पर विराजमान हुए। निश्चित है कि शिवाजी महाराज यदि किसी यूरोपियन देश में जन्मे होते तो उनकी स्तुति के स्तंभ ऊँचे आकाश को छू रहे होते। संसार के कोने-कोने में उनकी जय-जयकार हुई होती। ऐसा भी कहा गया होता कि उन्होंने अंधकार में डूबे समग्र संसार को प्रकाशमान कर दिया।"

*(मूल अंग्रेजी/'लोकराज्य', अप्रैल 1985)*

# विशेष आभार

कोल्हापुर की संस्था 'अखिल भारतीय शिवराज्याभिषेक महोत्सव समिति' के मार्गदर्शक आदरणीय श्रीमंत युवराज संभाजी राजे छत्रपति ने प्रस्तुत ग्रंथ 'शिवाजी महाराज द ग्रेटेस्ट' के प्रकाशन के संदर्भ में जो अमूल्य मार्गदर्शन एवं सहायता प्रदान की है, उसके लिए ग्रंथकार के नाते से मैं इनका विशेष आभारी हूँ।

# आभार

अपने इस लेखन कार्य से मैं मौलिक स्वरूप का कुछ भी नया करने का दावा नहीं कर सकता। यह बात मैं पूरी नम्रता के साथ कह रहा हूँ। इस ग्रंथ में उद्धृत किए गए अंश विभिन्न ग्रंथों, विश्वकोश एवं विकीपीडिया जैसे अत्याधुनिक साधनों से लिये गए हैं। मौलिक जैसा तो इसमें कुछ भी नहीं है। हाँ, इसमें मौलिक अगर कुछ है, तो वह है शिवाजी महाराज की तुलना संसार की कुछ ऐसी महान् हस्तियों से, जो आज भी सबके लिए प्रेरणास्रोत बनी हुई हैं। उन हस्तियों ने कौन से अप्रतिम कार्य किए और शिवाजी महाराज ने कैसे सब समकक्ष, बल्कि ऊपर रहकर अपनी चमत्कारिता का परिचय दिया; बस, इसी के विशद् अध्ययन एवं परिशीलन में मेरी मौलिकता के सूत्र हैं।

यह ग्रंथ मैंने मूल रूप से अंग्रेजी में लिखा था। इसे मराठी में भी प्रकाशित किया जाए, ऐसी स्नेहपूर्ण सलाह मेरे प्रियजनों ने दी, जो मुझे भी योग्य लगी। उत्साहित होकर मैं मराठी भाषा में उपलब्ध शिव-साहित्य की जानकारी हासिल करने में जुट गया। मराठी के महान् ग्रंथकारों ने जिस विलक्षण विचार-संपदा का निर्माण किया है और 'अमृताते पैजा जिंके' में जो अतल शब्द-संपदा समेटी है, उन्हें देखकर मैं आश्चर्यचकित रह गया। उनकी ऊँचाई तक मैं कभी नहीं पहुँच सकता, यह मैं जानता हूँ। इसमें से मार्ग निकालने के लिए मैंने सोचा कि विभिन्न ग्रंथों में से जो अंश मुझे स्वयं के लेखन में शामिल करने योग्य लगें, उन्हें मैं ज्यों-का-त्यों उद्धृत कर लूँ, किंतु उन ग्रंथों के सर्जकों से अनुमति लेने के बाद ही, न कि बिना अनुमति लिये। जो ग्रंथकार जीवित हैं, उनसे तो अनुमति लूँ ही और जो जीवित नहीं हैं, उनके भी कॉपी-राइट के उत्तराधिकारियों से संपर्क करूँ और अनुमति लूँ। इसी अनुसार मैंने सबके साथ पत्र-व्यवहार किया।

मुझ जैसे ग्रंथकार द्वारा संपर्क किए जाने पर उन्हें आश्चर्य हुआ, क्योंकि लगभग सभी ग्रंथकार मूल रचयिताओं से अनुमति लेने का कष्ट नहीं करते।

मैंने मूल रचयिताओं से संपर्क करने का सुनिश्चित कार्यक्रम बनाया। सबसे पहले मैंने श्रीमान विजयराव देशमुख से संपर्क किया। उनका निवास नागपुर में था, किंतु मैंने

नवी मुंबई में आयोजित एक कार्यक्रम में उनसे प्रारंभिक भेंट कर ली। उन्होंने सहमति व्यक्त की और अपना स्थानीय पता भी दे दिया। वह पता मंगल कार्यक्रमों के एक सभागार का था, जहाँ वे तीन घंटे रुकनेवाले थे। व्यवस्थित मुलाकात मैंने उनसे वहीं की। एक घंटा मैं उनके साथ रहा। उस दौरान कम-से-कम पचास लोगों ने उनके चरण-स्पर्श किए एवं आशीर्वाद लिया। श्रीमान विजयराव देशमुख का कृपापूर्ण दृष्टिपात ही उनका आशीर्वाद था, इस कारण मेरी उनकी बातचीत में कोई अवरोध नहीं आया। उन्होंने मेरी बात शांति से सुनी और मुझे सहायता देने का आश्वासन दिया। मैंने शिवाजी महाराज के संदर्भ में जो मौलिक दृष्टिकोण अपनाया था, वह उन्हें पसंद आया।

उनके ग्रंथ से उचित उद्धरण लेने की स्वीकृति उन्होंने तुरंत दे दी। तब से श्रीमान विजयराव देशमुख मेरे लेखन कार्य के आधार-स्तंभ बने हुए हैं। मैं उनका ऋणी हूँ।

इसके बाद मैंने 'शिवाजी कोण थे!' ग्रंथ के लेखक श्रीमान गोविंदराव पानसरे, 'शिवछत्रपति एक मागोवा' के लेखक श्रीमान जयसिंहराव पवार, स्वर्गीय कृ.अ. केलुसकर लिखित 'छत्रपति शिवाजी महाराज' के प्रकाशक श्री भावे साहेब, अंग्रेजी एवं मराठी में लिखनेवाले 'छत्रपति शिवाजी महाराज' के लेखक गुरुवर्य सेतु माधवराव पगड़ी; इनकी पोती श्रीमती गायत्री पगड़ी एवं श्रीमान प्रियदर्शन पगड़ी; तथा 'श्रीमंत योगी' के लेखक श्रीमान तु.वि. जाधव; इन सबसे अनुमति ली। सबने मुझे अनुमति दी और साथ में सदिच्छा भी प्रदर्शित की।

अन्य व्यक्तियों का उल्लेख करना भी आवश्यक है। उदाहरणार्थ; 'शिवाजी की युद्धनीति' के लेखक डॉ. सच्चिदानंद शेवड़े, 'शिवाजीचे आरमार' की प्रकाशिका श्रीमती स्वाति जोशी, 'छत्रपति शिवाजी महाराजांची राजधर्म सूत्रे' के प्रकाशक श्रीमान ज.म. चव्हाण, 'शिव कालातील दुर्ग व दुर्ग-व्यवस्था' के लेखक श्रीमान महेश तेंदुलकर, 'अथ तो दुर्ग जिज्ञासा' के लेखक प्रा. प्रके. घाणेकर, 'मध्य युगीन भारता चा वृहत् इतिहास' के लेखक श्रीमान जे.एल. मेहता; इनमें से कुछ ने अनुमति नहीं दी, फिर भी मैं उनके नामों का उल्लेख करके संदर्भ में दे सकता हूँ, ऐसा आश्वासन खुशी से दे दिया।

मेरी लेखन-प्रक्रिया में मुझे 'मराठा मंदिर', मुंबई के सम्माननीय चिटनीस श्रीमान रा.प्र. गावंडे एवं 'महाराष्ट्र राज्य साहित्य एवं संस्कृति मंडल' के अध्यक्ष श्री मधु मंगेश कर्णिक से बहुत सहायता मिली। गुरुवर्य स्वर्गीय शेजवलकर के ग्रंथ से योग्य उद्धरण लेने की अनुमति मिली, इसके लिए 'मराठा मंदिर' के कार्यकारी मंडल का हृदय-परिवर्तन करने के लिए श्रीमान गावंडे ने विशेष प्रयत्न किए।

'महाराष्ट्र राज्य साहित्य एवं संस्कृति मंडल' के अध्यक्ष श्रीमान कर्णिक एवं सचिव सौ. मी.रा. पाटील ने गुरुवर्य स्वर्गीय आवलस्कर के 'रायगडाची जीवन कथा' एवं गुरुवर्य स्वर्गीय खोबरेकर के 'शिवकाल'; इन ग्रंथों से योग्य विवरण उद्धृत करने की

अनुमति दी। इन सबका मैं ऋणी हूँ।

इसके अलावा; मेरा परिवार एवं मित्र, जिन्होंने ग्रंथ-लेखन के मेरे निर्णय को समर्थन दिया; जिनमें सबसे अग्रगण्य हैं श्रीमान योगेश गुप्ता एवं उनका परिवार··· चालीस वर्षों से मेरी भलाई की चिंता स्वयं मुझसे अधिक इन लोगों के मन में है!

मेरे मित्र मानसोपचार विशेषज्ञ डॉ. राजन प्रभु! इन्होंने सन् 1980 में रायगढ़ किले तक की चढ़ाई पैदल चढ़कर जाने के लिए प्रोत्साहित किया। इन्हीं की सहायता से जीवन की चढ़ाई में भी मुझे सफलता के सर्वोच्च शिखर सर करने में सफलता मिली। मेरे विषय में वे हमेशा कहते हैं कि मेरे जैसा कठिन पेशेंट उन्हें कोई और नहीं मिला। फिर वे तुरंत ऐसा भी कह देते हैं, "अरे, यह तो एक मजाक है!" किंतु वे भी जानते हैं और मैं भी जानता हूँ कि यह मजाक नहीं है। इनका भी मैं आभारी हूँ।

प्रा. प्रके. घाणेकर, शिवाजी महाराज के विषय के चलते-फिरते ज्ञानकोश हैं। यह ग्रंथ जब लिख रहा था, उन्होंने मुझे अनेक प्रकार से मार्गदर्शित किया। इसी प्रकार स्नेहल प्रकाशन के मालिक श्री रवींद्र घाटपांडे ने हमेशा मेरी एक आवाज पर आकर मुझे मेरा मनचाहा सहयोग दिया और मेरे हर संदेह का निराकरण किया। इनका भी मैं मन से आभारी हूँ।

ग्रंथ की पांडुलिपि का सूक्ष्म अवलोकन कर, सभी सटीक संशोधनों के साथ अपना अभिप्राय देने के लिए मैं श्रीमान पी.के.बी. चक्रवर्ती, भूतपूर्व पुलिस महासंचालक, महाराष्ट्र राज्य··इनका भी मैं ऋणी हूँ।

हाल ही में जिनसे मेरा परिचय हुआ, जिन्होंने मेरे ग्रंथ-लेखन के प्रति उत्सुकता दिखाई; ग्रंथ की विशेषता संक्षिप्त शब्दों में स्पष्ट की, उन प्राचार्या डॉ. दत्ता पवार; सदस्य, 'विद्वत् परिषद्', मुंबई विद्यापीठ; संचालक, 'मराठी संशोधन मंडल', मुंबई का मैं ऋणी हूँ।

इसी प्रकार गत 35 वर्षों से जिन्होंने मुझे जीवन की हर उलझन को सुलझाने में मार्गदर्शित किया एवं इस ग्रंथ के लेखन-कार्य को प्रोत्साहित किया; उन डॉ. एस.एम. सापटणेकर (भूतपूर्व संचालक, हाफकिन इंस्टीट्यूट)···इनका मैं आभारी हूँ।

श्रीमान एकनाथ पाटील का मैं ऋणी हूँ, जिन्होंने मेरे हस्तलिखित अंग्रेजी उद्धरण का मराठी अनुवाद करने में मुझे सहयोग दिया एवं ग्रंथ का मुद्रित शोधन किया।

आकर्षक मुखपृष्ठ तैयार करने के लिए मेरे मित्र चित्रकार श्रीमान सतीश पाध्ये का भी मैं ऋणी हूँ।

मुखपृष्ठ का शिवाजी महाराज का चित्र ब्रिटिश म्यूजियम के सौजन्य से उपलब्ध हुआ है।

'डॉ. गायकवाड़ इंस्टीट्यूट' के कर्मचारी सौ. निशा सकपाल, सौ. आरती लोखंडे, सौ. साक्षी परब एवं कु. विमल काले की सहायता के बिना ग्रंथ-लेखन का कार्य समय

पर पूर्ण न हुआ होता। मैं इनका हमेशा के लिए ऋणी रहना चाहता हूँ।

लास्ट बट नॉट द लीस्ट''मेरे लेखन-कार्य में मेरी सुपत्नी डॉ. सौ. पुष्पा (एम.एस., नेत्र-विशेषज्ञ), पुत्र डॉ. गौरंग (बी.एच.एम.एस., होमियोपैथ) व कन्या डॉ. गुंजन (बी.डी.एस., दंत-विशेषज्ञ) का पूर्ण सहयोग मिलने से ही मैं सफलता के शिखर को छू सका, यह कहते हुए मुझे अत्यंत हर्ष हो रहा है।

## संबोधन, व्याकरण एवं नक्शे

छत्रपति शिवाजी महाराज के विषय में बोलना या लिखना हो, तो उनके लिए संबोधन आदरसूचक बहुवचन में ही होना चाहिए, ऐसा मेरा दृढ मत है।

'शिवाजी का', 'शिवाजी ने', 'शिवाजी को' ऐसा संबोधन, जो कि एकवचन में है, पढ़ते समय आँखों को चुभता है और सुनते समय मस्तिष्क को खलल पहुँचाता है, यह मैं भलीभाँति जानता हूँ।

मैंने इस ग्रंथ में जो लेखन किया है, उसमें समझ-बूझकर 'शिवाजी महाराज' ऐसा शब्द-प्रयोग किया है। 'शिवाजी ने देखा', ऐसा न लिखकर 'शिवाजी महाराज ने देखा' ऐसा लिखा है।

दूसरी महत्त्वपूर्ण बात यह कि इस ग्रंथ में अनेक स्थानों पर अन्य ग्रंथों के संदर्भों का प्रयोग किया गया है। वहाँ संबंधित ग्रंथकार ने महाराज का उल्लेख जिस प्रकार किया है, उसे मैंने वैसा ही रखा है (एकवचन में या आदरसूचक बहुवचन में)। मसलन; उल्लेख यदि इस प्रकार है, 'शिवाजी कौन था?', तो मैंने भी वहाँ 'शिवाजी कौन था?' ही लिखा; न कि 'शिवाजी महाराज कौन थे?' ऐसा लिखा; क्योंकि संदर्भ लेने की अनुमति देते समय ग्रंथकार ने शर्त रखी थी कि किसी भी प्रकार का परिवर्तन न किया जाए।

इस ग्रंथ के नक्शों के संबंध में मैं मानता हूँ कि नक्शे प्रमाणबद्ध (अकॉर्डिंग टू स्केल) नहीं हैं। ग्रंथ में वर्णित प्रसंग किस स्थान पर घटित हुए, इसका केवल एक अंदाजा पाठकों को लग सके, यही इन नक्शों का उद्‌देश्य है। शिवाजी महाराज से संबंधित नक्शे गुरुवर्य श्रीमान विजयराव देशमुख के ग्रंथ से एवं उनके आशीर्वाद से लिये गए हैं।

# अनुक्रम

# मंगलाचरण

## शुरुआत कैसे हुई ?

6 अप्रैल, 1980…शिवाजी महाराज की 300वीं पुण्य-तिथि का महत्त्वपूर्ण दिन! इसे स्वयं स्व. प्रधानमंत्री श्रीमती इंदिरा गांधी की गरिमामय उपस्थिति में मनाया जाएगा; ऐसा शुभ समाचार पाकर मन अत्यंत भाव-विभोर हो उठा। मैं उस समय मुंबई के ग्रांट मेडिकल कॉलेज में इंटर्नशिप कर रहा था। मेरे मित्र डॉ. राजन प्रभु भी मेरे साथ इंटर्नशिप कर रहे थे। हम दोनों ने रायगढ़ जाकर 300वीं पुण्य-तिथि का वह कार्यक्रम प्रत्यक्ष देखने की योजना बनाई।

निश्चित समय पर हम रायगढ़ परिसर में जा पहुँचे। संपूर्ण परिसर मनुष्यों से खचाखच भरा था। सबके मन में असीम उत्साह भरा हुआ था।

समारोह की प्रमुख अतिथि, भारत की तत्कालीन प्रधानमंत्री श्रीमती इंदिरा गांधी ने अपने भाषण में शिवाजी महाराज का गुणगान करते हुए कहा—

"मेरे विचार से शिवाजी महाराज को संसार के महान्तम व्यक्तियों में गिना जाना चाहिए। हमारा राष्ट्र गुलामी की जंजीरों में जकड़ा हुआ था। इसीलिए हमारे देश के महान् व्यक्तियों की संसार के इतिहास में उपेक्षा की गई; चाहे वे व्यक्ति भारतीय समाज में कितनी ही ऊँचाई पर विराजमान हुए। निश्चित है कि शिवाजी महाराज यदि किसी यूरोपियन देश में जन्मे होते, तो उनकी स्तुति के स्तंभ ऊँचे आकाश को छू रहे होते। संसार के कोने-कोने में उनकी जय-जयकार हुई होती। ऐसा भी कहा गया होता कि उन्होंने अंधकार में डूबे समग्र संसार को प्रकाशमान कर दिया।" *('लोकराज्य'/ अप्रैल 1985)*

इंदिराजी का आगमन हेलिकॉप्टर से हुआ एवं प्रस्थान भी हेलिकॉप्टर से। हेलिकॉप्टर नजदीक से देखने का मेरे लिए वह पहला मौका था। हेलिकॉप्टर उड़ते ही मेरे मन में तीस वर्षों से घुमड़ रहे विचार, जो अब तक आसमान में ही भटक रहे थे, पुस्तक रूप में

प्रकाशित होने के लिए बेताब हो उठे और ये विचार शिवाजी महाराज के संदर्भ में ही थे।

मुझे उत्साहित करनेवाली एक और बात यह थी कि जिन महान् विश्वविख्यात विभूतियों के नाम के आगे 'द ग्रेट' लिखकर उन्हें सम्मानित किया जाता है, उनमें छत्रपति शिवाजी महाराज का भी नाम है।

संसार के 100 महान्तम व्यक्तियों की एक और सुप्रसिद्ध नामावली है, जिसमें व्यक्तियों का वर्गीकरण इस प्रकार किया गया है—

**चित्रकार :** माइकेल एंजेलो

**आविष्कारक :** लियोनार्दो द विंची

**दार्शनिक :** प्लेटो

**धर्म-संस्थापक :** गौतम बुद्ध

**राजयोद्धा :** एलेक्जेंडर

इनमें से प्रथम चार श्रेणियों की हस्तियों के बारे में हम विचार नहीं करेंगे। हम केवल राजाओं, योद्धाओं एवं विश्व-विजेताओं के बारे में विचार करेंगे।

संसार के महान्तम (द ग्रेटेस्ट) 10 योद्धाओं की नामावलियाँ कई हैं। उनमें से सबसे जानी-मानी नामावली में जो 10 महान्तम योद्धा शामिल हैं, उनके नाम इस प्रकार हैं—1. एलेक्जेंडर द ग्रेट, 2. जूलियस सीजर, 3. हॉनीबॉल, 4. रिचर्ड (प्रथम/द लॉयन हार्ट), 5. लियोनिडास (प्रथम), 6. स्पार्टेकस, 7. सैलेडिन, 8. मियामोटो मुसैशी, 9. लेफ्टेनेंट ऑडी मरफी एवं 10. सूनत्जू।

इनमें से प्रथम 4 योद्धाओं की तुलना हम शिवाजी महाराज से करेंगे। बाद के 3 योद्धाओं के जीवन-काल की संक्षिप्त जानकारी प्राप्त करेंगे।

हमारी चर्चा के केंद्र में होंगी ये तीन उपाधियाँ—

1. महान् (ग्रेट), 2. योद्धा एवं 3. सम्राट् (एंपरर)।

छत्रपति शिवाजी महाराज के जीवन की विविध घटनाओं की तुलना हम संसार में घटित अन्य महान् घटनाओं के साथ करेंगे एवं गुणवत्ता की कसौटी पर कसेंगे कि श्री शिवाजी महाराज अन्य महान् राजयोद्धाओं के साथ स्थान पा सकते हैं या नहीं।

इसके बाद हम 'महामानव' (ग्रेट मैन) एवं 'महान्ता का सिद्धांत' (ग्रेटनेस थिअरी) के बारे में चर्चा करेंगे।

तदुपरांत हम आठ विदेशी एवं दो स्वदेशी राजयोद्धाओं के साथ छत्रपति शिवाजी महाराज की तुलना करेंगे। ये दो स्वदेशी राजयोद्धा हैं—

अकबर और औरंगजेब।

**औरंगजेब** (1658-1707) के साथ **श्री शिवाजी महाराज** (1627-1680) की तुलना अत्यंत उपयुक्त होगी, क्योंकि ये दोनों राजपुरुष समकालीन थे।

**अकबर** (1542–1606) और **छत्रपति शिवाजी महाराज** (1627–1680) के शासन-काल में भले ही लगभग 100 वर्ष का अंतर है, किंतु भारत-भूमि के जिन हिस्सों पर इनका शासन था, वे लगभग एक जैसे थे। इस कारण इनकी आपसी तुलना न केवल आवश्यक, बल्कि उपयुक्त भी है।

आठ विदेशी राजयोद्धा इस प्रकार हैं—

1. एलेक्जेंडर (ई.पू. 356–323)
2. जूलियस सीजर (ई.पू. 100–047)
3. हॉनीबॉल (ई.पू. 247–183)
4. एटीला (ई.पू. 406–453)
5. रिचर्ड प्रथम / द लॉयन हार्ट (ई.पू. 1157–1199)
6. विलियम वालेस (ई.पू. 1270–1305)
7. एडॉल्फस गस्टाबस (ई.पू. 1594–1632)
8. चंगेज खान (ई.पू. 1163–1227)

**एलेक्जेंडर** (ई.पू. 356–323) एवं **छत्रपति शिवाजी महाराज** (1627–1680) की तुलना न्यायोचित नहीं है। फिर भी हम एलेक्जेंडर तथा शिवाजी महाराज की युद्धनीति एवं युद्ध के दाँव-पेंच की तुलना आगे करेंगे। एलेक्जेंडर की युद्धनीति शिवाजी महाराज से श्रेष्ठ थी।

17वीं शताब्दी में भारत में यात्री बनकर आनेवाले अंग्रेज, पुर्तगीज, डच एवं फ्रेंच यात्रियों ने छत्रपति श्री शिवाजी महाराज की तुलना अनेक योद्धाओं से की है, साथ ही उपरोक्त आठ योद्धाओं का उल्लेख स्व-लिखित ग्रंथों में किया है।

जिनसे समग्र संसार में हलचल मच जाए, ऐसी अनेक घटनाओं का प्रत्यक्ष अनुभव शिवाजी महाराज अपने एक ही जीवन में ले चुके थे। उनके जीवन में दुर्बलता के लिए कोई स्थान नहीं था। अपने राज्य को शक्तिशाली बनाने एवं प्रजा को सामाजिक बुराइयों से दूर रखने के उद्‌देश्यों को उन्होंने कैसे प्राप्त किया, इसकी चर्चा हम आगे करेंगे।

उपर्युक्त तुलनाओं के लिए जिन कसौटियों का उपयोग हम करने जा रहे हैं, वे इस प्रकार हैं—

1. शिवाजी महाराज का बचपन
2. शिवाजी महाराज और डेविड व गोलिएथ
3. शिवाजी महाराज और थर्मोपीली
4. शिवाजी महाराज और छापामार युद्ध (गनिमी कावा)
5. शिवाजी महाराज और संसार में लोगों की अत्यंत निर्मम हत्याएँ
6. शिवाजी महाराज और ट्रॉय

7. शिवाजी महाराज और चीन की दीवार
8. शिवाजी महाराज और उनकी मुक्ति
9. शिवाजी महाराज और जल-सेना
10. शिवाजी महाराज का राज्याभिषेक और मैग्ना-कार्टा
11. शिवाजी महाराज और जिनेवा युद्ध-संधि
12. शिवाजी महाराज और धर्म
13. शिवाजी महाराज और डिप्लोमेसी
14. शिवाजी महाराज और इमर्जेंसी (संकटकालीन परिस्थिति)
15. शिवाजी महाराज और फ्रेंच राज्य-क्रांति
16. शिवाजी महाराज और मराठी भाषा
17. शिवाजी महाराज और सामाजिक सुधार
18. शिवाजी महाराज और गुलामी की प्रथा
19. शिवाजी महाराज और उनके पिताश्री
20. शिवाजी महाराज और उनके बंधु
21. शिवाजी महाराज और उनके पुत्र
22. शिवाजी महाराज की मृत्यु
23. शिवाजी महाराज और उनके सहायक, संगी-साथी
24. शिवाजी महाराज और उनकी न्याय व्यवस्था
25. शिवाजी महाराज और भारत का स्वतंत्रता संग्राम
26. शिवाजी महाराज विदेशियों की दृष्टि में
27. शिवाजी महाराज और ग्रेटनेस
28. शिवाजी महाराज और राष्ट्रनिर्माण
29. शिवाजी महाराज की अद्वितीयता
30. शिवाजी महाराज और संसार के कुछ महायोद्धा

□

# पृष्ठभूमि

महाभारत काल से हिंदुओं की पुरानी युद्ध-प्रणाली प्रचलित थी, जिसमें दोनों पक्षों के बीच में खंभे के रूप में एक चिह्न रखा जाता था। शंख, भेरी आदि बजाकर युद्ध प्रारंभ किया जाता था। शत्रु को बिना इशारा दिए युद्ध प्रारंभ करना निंदनीय माना जाता था। शत्रु को सावधान करना अनिवार्य था। यह प्रथा पुर्तगीजों के आगमन तक जारी थी। दक्षिण में मुसलमानों के आक्रमण कभी-कभार ही हुए।

पुर्तगीज एवं केरल के नायर लोगों के बीच प्रतिस्पर्धा बहुत थी। नायरों ने कभी रात्रि में युद्ध नहीं किया। छिपकर भी आक्रमण नहीं किए। युद्ध सुबह होने के बाद ही प्रारंभ किया जाता था। रात्रि में दोनों पक्षों के सैनिक निर्भयता से संचार करते थे। सुबह के स्नानादि कार्य से निपटने के बाद, भोजन करके एक-दूसरे के साथ बातचीत भी करते थे। रणभेरी बजने के बाद दोनों पक्षों के सैनिक रणखंभे को बीच में रखकर आमने-सामने खड़े हो जाते थे। रणभेरी बजने के उपरांत दूसरे पक्ष से प्रत्युत्तर मिलने के बाद ही युद्ध शुरू होता था। सैनिक समूहों में इकट्ठे होते थे। प्रथम पंक्ति में तलवार एवं ढाल लेकर सैनिक धीरे-धीरे सरकते थे। उनके पीछे धनुष-बाण धारण किए हुए सैनिक शत्रु के पैर जख्मी करने की कोशिश करते थे। उनके पीछे नुकीले शस्त्र एवं लौह-चक्र तथा लकड़ी के मोटे टुकड़े फेंकनेवाले सैनिक रहते थे।

तीव्र गति से फेंके जानेवाले इन शस्त्रों से शत्रु की हड्डियाँ ही टूट जाती थीं। सबसे पीछे भाले और जाँबिया लेकर सैनिक तैयार रहते थे।

युद्ध खुले मैदान में हुआ करते। सभी लड़नेवाले झुककर धीरे-धीरे चलते। दोनों पक्ष शाम को रणभेरी की आवाज के साथ युद्ध रोक देते। दोनों पक्ष स्थिर खड़े हो जाते। फिर वाद्य बजाए जाने के बाद युद्ध पूर्णतः रुक जाता। युद्ध का अर्थ इतना ही था कि स्वयं के शिविरों की रक्षा करो और शत्रु के शिविरों को अपने अधिकार में लेते जाओ। युद्ध के क्रिया-कलापों को लिखनेवाले लेखक भी साथ में होते। जब भी सैनिकों की पंक्तियाँ तितर-बितर होतीं, भारी संख्या में सैनिक मारे जाते। शाम को सभी शत्रु-भाव को

भूल जाते। युद्ध में कौन मारा गया, कौन बच गया, इसकी चिंता कोई न करता।

यदि युद्ध किसी कारण से रोकना हो, तो उस पक्ष का सेनापति सबके सामने आकर अपना खंजर जमीन में गाड़ देता और उसके साथ ढाल व तलवार भी रख देता। यह देखकर दूसरे पक्ष का सेनापति भी यही करता और युद्ध रुक जाता। युद्ध करने का यह तरीका 'धर्म-युद्ध' कहलाता था। काश्तायेंद नामक पुर्तगीज इतिहासकार ने सन् 1528 से 1538 तक, यानी दस वर्ष भारत में रहकर, अनुभव लेकर, उपरोक्त विवरण लिखा है।

## इसलाम

सन् 630 में अरब में इसलामी सत्ता का प्रादुर्भाव हुआ। इन इसलामी सैनिकों ने यूरोप की ओर नजर उठाई और स्पेन तक के देश तबाह कर डाले। इसलामी सैनिक सिर्फ एक मकसद से लड़ते थे कि जो भी इसलाम का अनुयायी न हो, उसे जिंदा मत छोड़ो।

सुप्रसिद्ध इतिहासकार गिब्बन ने रोमन साम्राज्य का इतिहास जिस विश्वविख्यात ग्रंथ में लिखा है, वह विचार करने योग्य है। उमर खलीफा के समय में उसके एक सरदार अमरू ने एलेक्जांड्रिया से युद्ध करके उसे हरा दिया। एलेक्जांड्रिया के विशाल ग्रंथालय को लेकर जब पूछताछ की गई, तो अरबी वंश के उमर खलीफा ने जो उत्तर दिया, वह सरासर धार्मिक उन्माद से भरा हुआ था।

उमर खलीफा ने कहा कि अगर ग्रीक धर्म-ग्रंथों में भी वही ज्ञान है, जो कुरान में है, तो एक ही ज्ञान की अनेक पुस्तकें क्यों रखी जाएँ। क्यों न ऐसी पुस्तकों को नष्ट कर दिया जाए, अगर यहाँ ऐसे ग्रंथ हैं, जो कुरान के विरोध में हैं, तो उन्हें भी नष्ट कर दिया जाए, क्योंकि खुदा यही चाहता है।

सरदार ने इस आज्ञा का पालन कर उन तमाम ग्रंथों का उपयोग एलेक्जांड्रिया शहर के चार हजार स्नानगृहों में जलाऊ वस्तु के रूप में किया। आधे वर्ष तक वे ग्रंथ जलाने के लिए उपयोग में लाए गए; इतना बड़ा वह ग्रंथालय था।

सर मूर के लिखे हुए मोहम्मद पैगंबर के चरित्र एवं पामर के किए हुए कुरान के अनुवाद को देखने के बाद इसी विध्वंसकारी प्रवृत्ति के दर्शन होते हैं। इसलाम को न माननेवाला 'काफिर' है, जो इज्जत के लायक नहीं है। उसके अधिकार का क्षेत्र अपवित्र है। ऐसे क्षेत्र को अपने अधिकार में ले लेना हमारा कर्तव्य है। काफिर की औरतों, बच्चों, धन-संपत्ति आदि हर चीज पर हमारा कब्जा होना चाहिए। संपूर्ण संसार को इसलाममय कर देना हमारा कर्तव्य है।

प्रारंभ में इसलाम ने शांति का मार्ग अपनाया, किंतु बुरे अनुभवों के कारण उसने तलवार के बल पर स्वयं को फैलाना शुरू कर दिया। निस्संदेह ऐसी नीति की अपनी

मर्यादाएँ थीं, किंतु इसलाम के अनुयायियों ने कुरान के धार्मिक आदेशों को खुदा के हुक्म की तरह मानकर विध्वंसक वृत्ति को अपना लिया। पैगंबर के बाद इसलाम का नेतृत्व खलीफा के पास चला गया। खलीफा सर्वेसर्वा हो गया। उसके अधिकार और कर्तव्य कितने उग्र व एकांगी थे; स्वयं देखें—

- कुरान का समर्थन करना और पूरे संसार में इसलाम का परचम लहराना।
- कुरान को मानने से इनकार करनेवाले अन्य धर्म के अनुयायियों को नष्ट करना और उनके धार्मिक स्थानों पर कब्जा कर लेना।
- सभी इसलामी देशों को सुरक्षित करना। कानून, फौज, खजाना, इनाम-इकराम और सजा के अलावा हर सियासती हक पर काबू कर लेना, ताकि तमाम इसलामी देशों की हुकूमत पर खलीफा ही काबिज हो जाए।
- इसलाम के विरोधियों के खिलाफ जिहाद (धर्मयुद्ध) का ऐलान करना, उन पर जजिया कर लगाना, उनकी जमीनों पर कब्जा करना, उन्हें गुलाम बनाना, उन्हें कत्ल करना, उनकी दौलत लूटना इत्यादि।

इन सबको मद्देनजर रखते हुए कोई भी समझ सकता है कि खलीफा के अधिकारों एवं नियंत्रण की व्यापकता क्या थी। मुसलमानों की संपूर्ण नीतिमत्ता ही विध्वंसक थी। शत्रु पर दया दिखाना या उससे नम्रता का व्यवहार करना वे पाप समझते थे। विश्वासघात, क्रूरता, संहार यही थी उनकी नीति। वीरों का वध करना, निरपराधों को गुलाम बनाना, स्त्रियों को भ्रष्ट करना, दूसरों के प्रार्थना-स्थलों को ध्वस्त करना, मूर्तियाँ तोड़ना, मंदिरों के पत्थरों को मसजिद की सीढ़ियों में लगाना यह सब उनके लिए खेल के समान था।

ये सारी बातें हिंदुओं ने कभी अनुभव नहीं की थीं। शत्रु की स्त्रियों को हिंदू स्त्रियों जैसा ही सम्मान देना भारत की युद्ध-नीति का एक हिस्सा था। भारतीय युद्ध-नीति का अपना एक शास्त्र था। अन्य राष्ट्रों में युद्ध छिड़ जाने पर शत्रु की भूमि को तहस-नहस करने का प्रयत्न होता ही है, किंतु मेगस्थनीज ने भारत के बारे में अपने विचार व्यक्त करते हुए कहा है कि भारत में ऐसा नहीं होता। शत्रु की भूमि को भी भारतवासी उसी तरह पवित्र समझते हैं, जिस तरह स्वयं अपनी मातृभूमि को।

भारत की प्राचीन युद्ध-नीति मानवीय मूल्यों पर आधारित थी। आठवीं शताब्दी में, सन् 711 में हिंदुओं पर जब इसलामी आक्रमण हुआ, तब हिंदुओं के लिए वह संकट ऐसा था, जिसकी वे कल्पना भी नहीं कर सकते थे। इसलाम की रीति-नीति से अपरिचित हिंदुओं को जो सांस्कृतिक एवं सामरिक आघात पहुँचा, वह इतना गहरा था कि जिसे कभी नहीं भुलाया जा सकेगा। उन दिनों वालिद नाम का खलीफा इसलाम पर नियंत्रण कर रहा था। उसके आदेश पर मुहम्मद बिन कासिम ने सिंध के देवल बंदरगाह

पर आक्रमण किया। बंदरगाह पर एक बड़ा मंदिर था, जिस पर ऊँचा झंडा लहराता था। हिंदुओं को विश्वास था कि मंदिर की मूर्ति एवं ध्वज की शक्ति से यवन अपने आप पराजित हो जाएँगे, किंतु ऐसा नहीं हुआ। मुहम्मद बिन कासिम ने मंदिर की मूर्ति के टुकड़े-टुकड़े कर डाले और सभी हिंदुओं का पुजारियों समेत वध कर दिया। हिंदुओं ने दया की भीख माँगी, तो मुहम्मद बिन कासिम ने उत्तर दिया, "मुझे सिर्फ कत्ल करने का हुक्म है, न कि किसी को जिंदा रखने का हुक्म!"

सन् 1001 में मुहम्मद गजनी ने भारत पर आक्रमण किया। पहले आक्रमण में ही उसे इतनी संपत्ति मिली कि उसने लालच में आकर बारंबार आक्रमण किए। उन आक्रमणों के दौरान उसने जो निर्दयता और क्रोध दिखाया, उसके बारे में अंग्रेज इतिहासकार स्मिथ लिखता है कि उसके रक्तपिपासु आक्रमणों का परिपूर्ण वर्णन करना एक कभी खत्म न होनेवाला बेकार का कार्य होगा। उसने अनेक मंदिर तोड़-फोड़ डाले। मूर्ति पूजा का पाप धोने से अल्लाह की रहमत होगी, इस खयाल से उसने अनेक मशहूर मंदिरों को नष्ट किया। नगरकोट के मंदिर में उसे अगणित हीरे-माणिक प्राप्त हुए। सोमनाथ का मंदिर बार-बार लूटते वक्त उसने 50 हजार लोगों का कत्ल किया।

आक्रमण के इस राक्षसी स्वरूप से हिंदू सर्वथा अपरिचित थे। इसीलिए उनकी सत्ता नष्ट हुई। वे अपनी सरलता के कारण पराजित हुए। शौर्य में वे किसी से कम नहीं थे, किंतु पशु-वृत्ति के राक्षसी स्वरूप में कम थे। सन् 1193 में मुहम्मद गोरी ने दिल्ली नरेश पृथ्वीराज चौहान का वध किया, जिससे भारत में मुसलिम सत्ता स्थापित हुई। 1191 में मुहम्मद गोरी ने भारत पर पहला आक्रमण किया था, जिसमें पृथ्वीराज चौहान ने उसे हरा दिया था। उसने जब माफी माँगी, तब पृथ्वीराज ने उसे जीवन-दान दे दिया था। मुहम्मद गोरी के मन में छिपी राक्षसी वृत्ति को पृथ्वीराज चौहान पहचान नहीं पाए थे। वास्तव में मुहम्मद बिन कासिम, मुहम्मद गजनी और मुहम्मद गोरी के आक्रमणों के बाद हिंदू राजाओं को उनकी विध्वंसक और बेरहम मनोवृत्ति को पहचान लेना चाहिए था। न पहचानने की वजह से ही पृथ्वीराज ने गोरी को जीवन-दान दिया और उसका नतीजा उनको भुगतना पड़ा। सच तो यह है कि कुतुबुद्दीन ऐबक से लेकर औरंगजेब तक जिसने भी दिल्ली की गद्दी पर कब्जा किया, उसका इतिहास क्रूरता, संहार एवं विध्वंसक प्रवृत्तियों से भरा हुआ था।

इसलाम के अलावा अन्य सभी संस्कृतियों को नष्ट करना ही उनका एकमात्र उद्देश्य था। सज्जन-से-सज्जन इसलाम के स्वामी भी क्रूरकर्मी ही साबित हुए।

सुलतान अलाउद्दीन खिलजी ने सन् 1290 से 1316 तक के अपने शासन में हिंदुओं के साथ अत्यंत अपमानजनक बरताव किया। एक बार उसने काजी से पूछा कि हिंदुओं के साथ कैसी सख्ती बरतनी चाहिए। मुधीसुद्दीन नामक काजी ने बताया कि

कुरान के मुताबिक उन पर जजिया कर लगाना चाहिए और हिंदुओं को भी चाहिए कि वे अत्यंत नम्रता के साथ इस कर को अदा करते रहें। सोना-चाँदी माँगा जाए, तो यह भी दे देना हिंदुओं के लिए बंधनकारी है। इसलाम का हुक्म है कि हिंदुओं पर जजिया कर लगाया जाए और उन्हें मजबूर करना पड़े, तो भी ऐसा करके जजिया वसूल किया जाए। हिंदुओं पर अत्याचार किए जाएँ, उन्हें कत्ल किया जाए और उन्हें इसलाम कबूल कर लेने पर मजबूर किया जाए। हिंदू या तो इसलाम कबूल करें या फिर मौत कबूल करें।

अलाउद्दीन खिलजी के शासन में हिंदुओं पर और भी कई तरह के बंधन लगाए गए थे। घोड़े का उपयोग न करना, शस्त्र का उपयोग न करना, अच्छे वस्त्र न पहनना, जमीन की आधी उपज का धन सरकार को दे देना; यह तो जैसे रोजमर्रा की बात थी। हिंदुओं की गाय-भैंसों पर भी कर वसूला जाता था। हिंदू अमलदारों की पत्नियों के लिए लाजिमी था कि वे मुसलमानों के यहाँ नौकरी करें और उन्हें झुककर सलाम करें; इत्यादि।

रॉबर्ट सिवेल ने अपने ग्रंथ 'अ फॉरगॉटन एंपायर' में उपरोक्त अत्याचारों का वर्णन इसी प्रकार किया है।

जैसा कि उल्लेख मिलता है; सुलतान अलाउद्दीन खिलजी ने एक बार अपने रिश्तेदारों और उनकी बेगमों के सामने एक कैदी को बुलाया। पहले तो कैदी को भद्दी गालियाँ दी गईं, फिर उस पर थूका गया। कैदी के जिस्म से उसकी त्वचा जीते-जी छीलकर उतारी गई। उस त्वचा को चावल के साथ पकाकर कैदी की पत्नी और उसके बच्चे के सामने परोसा गया। बाकी बचा हुआ पका चावल हाथी को खिलाया गया। हाथी ने वह नहीं खाया। त्वचा में भूसा भरकर शहर में घुमाया जाए, ऐसा हुक्म दिया गया।

मुसलिम शासन-काल में विद्या-संपन्न ब्राह्मण भी कितने विवश होकर जीते थे, इसका विवरण इस प्रकार है—

परब्रह्म से सगुण अवतार तक सभी का उपनिषद् साहित्य उपलब्ध है, किंतु अल्लाह, जो कि विजेताओं का देव है, उसका उपनिषद् साहित्य क्यों उपलब्ध नहीं है? यह सवाल उठा, तो निर्णय लिया गया कि श्रेष्ठ भारतीय पंडित मिलकर अल्लोपनिषद् की रचना करें। राज्याश्रय के बिना संस्कृत भाषा का सौंदर्य नहीं खिलेगा, इस भावना से सुलतान की प्रसन्नता के लिए, उर्दू क्रियापदों की रचना की जाने लगी :

**त्वत्कीर्तिर्विरयरसीदजलधिम्**"

अपने हिंदू राजा का आश्रय छोड़कर देववाणी संस्कृत के पंडित यवन बादशाह के आश्रय में गौरव एवं धन्यता प्राप्त करने लगे। 'रसगंगाधर' जैसे गहन ग्रंथ एवं 'गंगालहरी', 'लक्ष्मीलहरी' जैसे मधुर एवं प्रसन्नतादायक काव्यों के सर्जक पंडित जगन्नाथ कभी बादशाह शाहजहाँ के शासन-काल में (सन् 1628 से 1658) उसके

दरबार में रह चुके थे। जयपुर के महाराजा ने पंडित जगन्नाथ को अपनी राजसभा का भूषण बनने के लिए आमंत्रित किया, तो उन्होंने उत्तर दिया—

**दिल्लीश्वरो वा जगदीश्वरो वा मनोरथा न् पुरयितुं समर्थः।**
**अन्यैः नृपालैः परिदीयमान शाकाय वा स्याल्लवणाय वास्यात ॥**

(मेरा मनोरथ पूर्ण करने का सामर्थ्य केवल दिल्लीश्वर अथवा जगदीश्वर में है। शेष सब तो मात्र मेरी आजीविका ही चला सकते हैं।)

***

यवनों (मुसलिमों) के आक्रमण सफल क्यों होते रहे, इसके तीन कारण हैं—

1. हिंदुओं को अपने मुसलिम दुश्मनों की फितरत का सही अंदाजा न लग पाना। 'हम भी क्या मुसलिमों जैसे बर्बर हो जाएँ? फिर उनमें और हम में फर्क क्या रहेगा?' ऐसी प्रवृत्ति से न छूट पाना।
2. भारत के हर प्रदेश में मुसलिमों ने हिंदुओं का सामूहिक धर्मांतरण करवाया; और हिंदुओं की यह कमजोरी रही है कि बलपूर्वक दूसरे धर्म में ले जाए गए अपने बांधवों को वापस हिंदू धर्म में ले आने की कोई कोशिश वे नहीं करते। जिन्हें बलपूर्वक मुसलिम बना लिया गया, वे सदा के लिए हिंदू समाज से बहिष्कृत हो गए।
3. हिंदू माँओं, बेटियों, बहनों और बहुओं को जब बलपूर्वक मुसलिम जनानखानों में ले जाकर भ्रष्ट किया गया, तब उन्हें वापस हिंदू धर्म में लाने और आश्रय देने की बजाय उन्हीं अत्याचारों को दैनंदिन सहने के लिए वहीं पड़े रहने देने की भूल हिंदुओं ने की।

इसलामियों की सत्ता मजबूत होती गई, इसके बुनियादी कारण यही थे। हिंदू शूरता में किसी से कम नहीं थे, परंतु अपनी इसी वृत्ति के कारण वे अलौकिक साहस का परिचय नहीं दे सके।

इसलामी आक्रमणों का अहम मकसद समूची दुनिया को इसलाममय कर देना ही था। बेहद बेरहमी के साथ काफिरों के सिर पर तलवार रखकर इसलाम कबूल करवाया जाता था। अगर किसी ने इनकार किया, तो उसके मुँह में जबरदस्ती गोमांस डालना, सुन्नत करना व अन्य अत्याचार करके हिंदुओं को मुसलिम बनाया गया। हिंदू धर्म में वापस आने के इच्छुक लोगों को हिंदू मठाधीशों ने कभी प्रोत्साहित नहीं किया; बल्कि उनकी वापसी का रास्ता ही बंद कर दिया। वे कभी हिंदू धर्म में वापस नहीं आ सकते, यह सोचकर उन्होंने भी इसलाम में ही बने रहने का फैसला कर लिया। इससे भी आगे; उन्होंने जिस क्रूरता के साथ हिंदुओं से बदले लिये, उसकी भयंकरता तो स्वयं मुसलिमों

से भी बढ़-चढ़कर थी। यह देखकर मुसलमानों ने धर्म-प्रचार के साथ-साथ अपने राज्य को भी बड़ी तीव्रता से बढ़ाना शुरू कर दिया। इसी कारण हिंदू तलवार पराक्रमी होते हुए भी पराजित हुई। मुहम्मद बिन कासिम ने इसलाम धर्म स्वीकार कर चुके हिंदुओं की सहायता से सिंध प्रदेश पर आक्रमण किया। मुहम्मद गजनी ने पंजाब में बलपूर्वक धर्मांतर करवाया, जिसका लाभ उसे हर आक्रमण के दौरान हुआ। इसलाम धर्म में सम्मान मिलने के कारण धर्मांतरित हिंदुओं ने स्वधर्म में जाने की इच्छा ही त्याग दी और स्वयं हिंदुओं के विध्वंस का कार्य अत्यंत उत्साह से शुरू कर दिया।

उड़ीसा के एक ब्राह्मण को जबरन इसलाम में लाया गया था। यह ब्राह्मण 'काला पहाड़' के नाम से मशहूर था। उसने वापस हिंदू धर्म में जाने के अनेक प्रयत्न किए, किंतु सफल न हो सका। चिढ़कर उसने हिंदुओं पर अत्याचार करना शुरू कर दिया। उसने मंदिरों और मनुष्यों का इतना विध्वंस किया कि 'काला पहाड़' एक डरावना शब्द बन गया।

अलाउद्दीन खिलजी का सेनापति मलिक काफूर दरअसल एक हिंदू था, जो क्रमशः अलाउद्दीन का दाहिना हाथ बन गया। दक्षिण में वह हिंदुओं के लिए साक्षात् काल सिद्ध हुआ। यवनों ने जब देवगिरि पर आक्रमण किए, तब दूसरे आक्रमण का नेतृत्व स्वयं अलाउद्दीन की आज्ञा से मलिक काफूर ने सँभाला। रामदेवराव यादव को उसी ने बंदी बनाकर दिल्ली भेजा था।

मूल रूप से हिंदू होने के बावजूद मुजफ्फर शाह ने अहमदाबाद में इसलामी सत्ता की नींव डाली। सोमनाथ का विध्वंस भी उसी ने किया। ऐसे तो अनेक हिंदू थे, जिन्हें जबरन मुसलिम धर्म में लाया गया, जिन्होंने मुसलिमों को सत्ता स्थापित करने में सहायता की। जैसे निजामशाही का संस्थापक तिमाप्पा बहिरद वास्तव में ब्राह्मण ही था। बंगाल के जितमल्ला ने तो स्वेच्छा से हिंदुत्व छोड़कर इसलाम कबूल किया था। इन हिंदुओं ने स्वधर्म में वापसी के द्वार बंद देखकर और इसलाम में सम्मान के साथ धन की भी प्राप्ति होने के कारण इसलाम में ही बने रहना उचित समझा।

स्त्रियों के संबंध में मुसलिमों की धारणाएँ अत्यंत घृणास्पद थीं। उन धारणाओं के पीछे कामुकता की भावना तो थी ही, स्त्रियों को आबादी बढ़ाने के साधन के रूप में देखना और उन्हें मात्र उपभोग की वस्तु समझना, यह सब भी था। चार बीवियाँ रखने की इजाजत तो उन्हें उन्हीं के धर्म ने दे रखी थी, ऊपर से वे काफिर स्त्रियों को भी रखैलें बनाकर रख लिया करते। स्त्री की सहमति के बिना उसका उपभोग करने की इजाजत इसलाम में नहीं दी गई है, किंतु फिर भी दयालु अल्लाह उन्हें माफ कर देगा, ऐसा आश्वासन उन्हें उनके मार्गदर्शकों ने दे रखा था।

मुसलिम सत्ताधीशों ने अत्यंत तेजस्वी, विदुषी, प्रभावशाली हिंदू स्त्रियों को भी

केवल भोग-विलास की दासी बनाकर रखा। ये वे स्त्रियाँ थीं, जिन्होंने कोई अपराध नहीं किया था, किंतु फिर भी वे नरक जैसी यातना भोगने के लिए मजबूर थीं। उन्हें उन्हीं के हाल पर छोड़ दिया गया था। हिंदुओं ने उन निरपराध माताओं, बहनों, बहू-बेटियों को छुड़ाने का कोई प्रयत्न ही नहीं किया।

सर जदुनाथ सरकार ने औरंगजेब पर लिखे अपने मशहूर ग्रंथ में इस प्रकार उल्लेख किया है—

'जो लड़ाई में मारा गया, वह भाग्यवान था। जो स्त्रियाँ जीवित रहीं, वे दुर्भाग्यशाली थीं। वे सामान्य स्त्रियाँ न होकर राजघरानों की स्त्रियाँ थीं। वे माँएँ थीं, बहनें थीं, बेटियाँ थीं। उन्हें जनानखाने में कैद रखकर उनके साथ वासना-तृप्ति की जाती थी। गृहिणी होने का गौरव, माँ होने का आनंद उनके भाग्य में नहीं था।'

रायबहादुर गो.स. सरदेसाई ने संक्षेप में हिंदुओं की दुरवस्था का वर्णन इस प्रकार किया है—

'उनकी स्थिति अत्यंत दयनीय थी। जो धैर्यवान व पराक्रमी थे, वे युद्ध करके मृत्यु का आलिंगन कर लेते थे। स्त्रियाँ भी मृत्यु का वरण करने के लिए समूह बनाकर अग्नि-स्नान करती थीं। विशाल चिता की धधकती लपटों में महल की ऊँचाइयों से कूद-कूदकर राजघरानों की स्त्रियों के समूह जिंदा जल जाते। बच्चों को सुरक्षित स्थानों पर पहुँचा दिया जाता। सोना-चाँदी आदि जो भी संपत्ति होती, उसे छिपा दिया जाता। दैनिक उपयोग की सामग्री, बरतन आदि कुओं में डाल दिए जाते। स्वयं को असहाय दिखाना हिंदुओं की मजबूरी थी। विलास, आनंद या आराम की वस्तुओं का उपभोग वे नहीं कर सकते थे, ताकि यवनों की नजर न पड़े। ऐसी दुश्चिंता में डूबे वे लोग हमेशा बीमार, कमजोर, अस्थिर ही दिखाई देते। खेत में अच्छी फसल हुई हो, तो उसे भी छिपाना पड़ता। आने-जाने के रास्ते उनके लिए बंद हुआ करते। कहीं-कहीं जहाँ सुरक्षा नजर आती, वहाँ भी व्यापारियों को अनाप-शनाप कर और जकात आदि अदा करने पड़ते। उनकी जिंदगी, उनकी इज्जत हर पल दाँव पर लगी होती। स्त्रियाँ और बच्चे कैसे सुरक्षित रह सकते हैं; हमेशा इसी की चिंता उन्हें लगी रहती। हिंदुओं की हालत बद से बदतर होती जा रही थी…'

*('मराठा रियासत' : भाग 1 / पृष्ठ : 369)*

भारत के मध्य युग में हिंदुओं में एकता की कमी थी। व्यक्तिवाद व फूट की भावना चारों ओर व्याप्त थी। छोटी-छोटी बातों को व्यक्तिगत प्रतिष्ठा का साधन बना दिया जाता। मानसिंह को क्रोध इसलिए आया कि महाराणा प्रताप ने उनके साथ भोजन नहीं किया। अपने शत्रुओं को हिंदू राजा कभी नहीं पहचान पाए। राजा जयचंद ने राजसूय यज्ञ में पृथ्वीराज चौहान के न आने के कारण उनका मानभंग करने के लिए शहाबुद्दीन

गोरी (घोरी) को निमंत्रण दिया। सन् 1310 में दक्षिण के पांडेय प्रदेश के राजा मारवर्मन कुलशेखर की मृत्यु के बाद उनके पुत्रों में संघर्ष शुरू हुआ। मारवर्मन के दोनों पुत्रों को एकता के महत्त्व की समझ नहीं थी। अपने ही भाई को हराने के लिए जटावर्मन सुंदर ने शत्रु अलाउद्दीन खिलजी की सहायता माँगी। भाई वीरवर्मन सुंदर को यदि कुछ अधिक मिल गया, तो क्या हुआ, है तो परिवार का परिवार में ही; ऐसी उदारता के साथ उसने विचार नहीं किया। विख्यात इतिहासकार स्व. दत्तोपंत आप्टे ने राजपूतों के अपयश की जो मीमांसा की है, वह अत्यंत उद्वेगजनक है।

स्व. आप्टे के शब्दों में—

"राजपूत योद्धा शौर्य व शुद्ध नीति को महत्त्व देते थे, किंतु मुसलिम क्रूरता का प्रतिकार कैसे करें, यह बात उनकी समझ में कभी नहीं आई। आपस की लड़ाई में अपनों के विरुद्ध दूसरों से सहायता लेना कितना संकट में डालनेवाला है, यह राजपूत कभी समझ ही नहीं पाए। इसके दुष्परिणाम उन्हें भुगतने पड़े। इसके विपरीत मुसलिम दीन-दुनिया की जानकारियाँ रखनेवाले, अपने स्वार्थ को महत्त्व देनेवाले, बिरादरी की एकता को हर सूरत में बरकरार रखनेवाले, साहसी और लोभी थे। वे धर्मांध थे और न्याय-अन्याय की परवाह नहीं करते थे। उन्होंने हिंदू राजाओं का पराभव कर अपनी सत्ता स्थापित कर दी। हिंदुओं के राज्य-पर-राज्य उन्होंने छीन लिये। हिंदुओं का औसत समाज राजनीति में दिलचस्पी नहीं लेता था। व्यापक दुरवस्था का परिणाम यह हुआ कि हिंदू भाग्यवादी बन गए।

आपसी द्वेष और फूट हिंदुओं के विध्वंस का मूल कारण साबित हुए। हिंदुओं में सद्गुण भरपूर थे, किंतु उपरोक्त एक कारण से सभी सद्गुण व्यर्थ हो गए। तत्कालीन पंडित चारों दिशाओं से ज्ञान का अर्जन करते थे, किंतु यह ज्ञान उनकी व्यक्तिगत उपलब्धि हुआ करता। अपना ज्ञान वे समाज में नहीं बाँट पाए। उन्हें सामाजिक सह-जीवन के गुर मालूम नहीं थे। उन्होंने व्यक्तिगत आध्यात्म एवं मुक्ति के रहस्यों का बखान किया, किंतु वे किसी को यह नहीं बता सके कि सामाजिक जीवन के, संघ-जीवन के, संघ-धर्म के महामंत्र क्या हैं। जब स्वयं साधु-संत व्यक्तिगत मुक्ति या मोक्ष के फेर में पड़े हुए थे, तब वे समाज को समाज की तरह सोचने-समझने और जीने का विचार कैसे दे सकते थे? इसीलिए भारतीय राजा आत्म-केंद्रित हुए, केवल अपने स्वार्थ और अहंकार को सहलाते रहे। वे छोटी-छोटी बातों को तूल देकर अपने साथी राजाओं के पतन का कारण बनते रहे और स्वयं भी उन साथी राजाओं में मौजूद इसी अभिशाप के मारे पतन के गर्त में गिरते रहे।

कलाकारों को भी सभी कलाएँ आती थीं, किंतु उन कलाओं को समाज के उत्थान के लिए कैसे प्रयोग में लाया जाए, इसके जानकार वे नहीं थे। जैसे संतों का ज्ञान व्यक्तिगत था, वैसे कलाकारों की कलात्मक उपलब्धियाँ भी व्यक्तिगत थीं। राष्ट्रीय

अस्मिता की परिकल्पना जब विकसित ही नहीं हुई थी, तब भारत एवं भारतीयों का वही हश्र हुआ, जो कि हो सकता था।

अंततः जब राष्ट्रीय अस्मिता की भावना जन-साधारण में प्रस्फुटित हुई, तब हिंदुत्व का एवं हिंदू राष्ट्रीयता का उत्थान तो हुआ, किंतु फिर भी मुसलिम आक्रमणों के दौरान समूह-भावना, राष्ट्र-भावना, समाज-भावना आदि उदात्त भावनाएँ दब जाती रहीं। इसके विपरीत; मुसलिम आक्रमणकर्ताओं में अनेक दुर्गुण होने के बावजूद उनकी तेज-तर्रार समूह-भावना ने उन दुर्गुणों को ढँक दिया। मुसलिम शासक, यहाँ तक कि अपने सगे भाइयों के साथ भी दुर्व्यवहार करने से बाज नहीं आते थे। अपने ही पिता को कैद में डालना, भाइयों की आँखें निकलवा लेना, रिश्तेदारों को फँसाकर कैद कर लेना, कत्ल करवा देना आदि अनेक अत्याचार वे किया करते। इसके बावजूद दूसरों से लड़ते समय वे हमेशा एक हो जाया करते। कोई मुसलिम सरदार हिंदुओं की तरफ से लड़ाई में शामिल हुआ हो, ऐसा दिखाई नहीं देता।

बहमनी राज्य समाप्त होने के बाद उसके स्थान पर जिन पाँच शाहियों का जन्म हुआ, वे इस प्रकार हैं—

1. **विदर्भ की इमादशाही** ( 1484-1574 )। संस्थापक : फतेउल्ला इमादशा। यह मूल रूप से ब्राह्मण था।
2. **बीजापुर की आदिलशाही** ( 1489-1686 )। संस्थापक : यूसुफ आदिलशा। यह मूल रूप से जॉर्जियन गुलाम था।
3. **गोलकुंडा की कुतुबशाही** ( 1512-1687 )। संस्थापक : कुली कुतुबशा। यह मूल रूप से ईरानी था।
4. **बीदर की बरीदशाही** ( 1527-1619 )। संस्थापक : अमीर अली बरीद। यह मूल रूप से जॉर्जियन था।
5. **अहमदनगर की निजामशाही** ( 1490-1636 )। संस्थापक : मलिक अहमद। यह मूल रूप से हिंदू था।

बाबाजी भोसले ने निजामशाही में नौकरी की थी। उनके दो पुत्र थे; मालोजी एवं विठोजी। मालोजी के पुत्र शहाजी एवं शहाजी के पुत्र शिवा यानी शिवाजी महाराज, जिनका जीवन यहाँ हम संसार की दूरबीन से देखेंगे।

तत्कालीन मराठों की मानसिकता 'खंडागले हाथी प्रकरण' से समझ में आती है, जो एक महत्त्वपूर्ण ऐतिहासिक दस्तावेज है। इसमें साफ झलकता है कि मराठा सरदार किस प्रकार छोटी-छोटी बातों में एक-दूसरे से लड़ने पर उतारू हो जाते थे। वह घटना इस प्रकार है—

मालोजी की मृत्यु के बाद सारी जागीर एवं सेना का स्वामित्व शहाजी राजा की

तरफ आया। खंडागले हाथी प्रकरण के कारण लखुजी जाधवराव एवं भोसले घराने में अनबन हो गई। निजामशाही का दरबार लगा हुआ था। जाधव दरबार में एकत्रित थे। उनके साथ खंडागले नाम का सरदार भी था। दरबार समाप्त करके सभी सभासद अपने-अपने घर जाने के लिए निकल रहे थे। इतने में खबर फैली कि खंडागले का हाथी बेकाबू हो गया है एवं उसने जाधवों के कुछ लोगों को घायल किया है। इतना सुनकर लखुजी का लड़का दत्ताजी उस हाथी के स्वामी खंडागले को सजा देने के लिए जाने लगा। दत्ताजी के आने की खबर सुनकर शहाजी व उनके चचेरे भाई खेलोजी, संभाजी इत्यादि खंडागले की सहायता करने दौड़ पड़े। दोनों तरफ से लड़ाई शुरू हो गई। उसमें दत्ताजी की मृत्यु संभाजी के हाथों हुई। यह बात जब लखुजी जाधव को पता चली, तो उसने संभाजी भोसले को मार डाला। पुत्र की मृत्यु से व्याकुल होकर उसने अपने जामाता की भुजा पर वार किया। वह बेहोश हो गया। निजामशाह को यह खबर मिलते ही उसने बीच-बचाव किया और लड़ाई समाप्त करवाई।

मराठा सरदार आपसी दुश्मनी को पीढ़ी-दर-पीढ़ी चलाने में स्वयं को धन्य समझते थे। क्षुद्र घटनाओं को भी वे आपसी मनमुटाव का सबब बना लेते थे।

## संदर्भ—


1. पुण्यश्लोक छत्रपति शिवाजी/बालशास्त्री हरदास
2. शककर्ते शिवराय/विजयराव देशमुख
3. Shivaji the great Maratha/H.S. Sardesai
4. Shivaji : His Life and Times/G.B. Mehendale


□

# शिवाजी महाराज का बचपन

सन् 1626 में मलिकंबर की मृत्यु के बाद मुगलों ने लखोजी जाधवराव की मदद से निजामशाही के साथ लड़ाई शुरू की। उसी समय जहाँगीर बादशाह की मृत्यु हो गई, जिससे शाहजहाँ को दिल्ली जाना पड़ा।

शहाजी राजा ने अल्पायु मुर्तुजा एवं उसकी माँ को कल्याण के पास माहुली के किले में रखा। जाधवराव व मुगल सेना ने इस किले को घेर लिया। जाधवराव व निजामशाह की माँ में एक गुप्त समझौता हुआ, जिसके तहत शहाजी राजे व उनकी पत्नी जीजाबाई माहुली के किले से बाहर निकल गए।

तब जीजाबाई सात महीनों की गर्भवती थीं। उनका प्रथम पुत्र संभाजी चौदह वर्ष का था। उस समय उनका पीछा स्वयं उनके पिता एवं शहाजी राजे के ससुर लखोजी जाधवराव कर रहे थे। शहाजी राजा ने जीजाबाई एवं संभाजी को जुन्नर के किले में रखा और स्वयं वहाँ से निकल गए। कुछ समय बाद लखोजी राजे विश्वासराव के पास वहाँ आए। विश्वासराव ने उन्हें समझाया और वे मान गए। उन्होंने जीजाबाई को मायके सिंदखेड़ में बुलाया, किंतु जीजाबाई ने स्वीकार नहीं किया। उन्होंने कहा, "मुझे यहीं रहना है।" ऐसी परिस्थिति में जुन्नर के किले में 19 फरवरी, 1630 के दिन शिवबा (शिवाजी) का जन्म हुआ।

स्वराज्य की स्थापना का प्रारंभ शहाजी राजे भोसले ने किया था। 'खंडागले हाथी प्रकरण' में निजामशाह ने शहाजी राजे भोसले का पक्ष लिया था; ऐसी गलतफहमी लखोजी जाधव के मन में थी। इसकी नाराजगी में लखोजी जाधव ने निजामशाही छोड़ दी, न सिर्फ इतना, बल्कि लखोजी जाधव बाकायदा जाकर मुगलों से मिल गए!

लखोजी जाधव ने यह जो किया, यह विश्वासघात से कम नहीं था। लखोजी जाधव के दुश्मनों ने निजामशाह को सलाह दी कि उनका 'बंदोबस्त' किया जाए। निज़ामशाह ने अन्य सरदारों को सीख देने के लिए लखोजी जाधव को उनकी मंडली समेत पकड़कर बंदी बनाने की सोची। उन्होंने लखोजी जाधव एवं मंडली को 25

अगस्त, 1629 के दिन दौलताबाद के किले में सस्नेह मुलाकात के लिए बुलाया। वे लोग आ पहुँचे। रीति के अनुसार उन्हें नि:शस्त्र किया गया, किंतु उन्हें पकड़ते समय भयंकर लड़ाई होने लगी। इस लड़ाई में स्वयं लखोजी जाधव, उसके दोनों पुत्र अचलोजी एवं रघोजी तथा लखोजी जाधव का नाती यशवंतराव मारे गए। लखोजी जाधव की पत्नी म्हालसाबाई, भाई जगदेवराव व पुत्र बहादुरजी ही बच पाए। वे सिंदखेड़ की गढ़ी में रहने आ गए। बादशाह शाहजहाँ को जब यह सब ज्ञात हुआ, तो उसने जाधव परिवार को नौकरी देकर उन्हें ओहदेदारी प्रदान की।

अपने ससुर का धोखे से खून हुआ देख शहाजी राजे ने भविष्य में निजामशाही के साथ रहना उचित नहीं समझा। उन्हें निजामशाही में लाने के जो प्रयत्न हो रहे थे, उनमें उन्होंने षड्यंत्र की संभावना देखी। आदिलशाह निजामशाही का सहायक था। वह भी क्रोध से भरा हुआ था, क्योंकि उसकी उपेक्षा हुई थी। शहाजी राजे ने परिस्थिति पर सोच-विचार कर स्वाभाविक रूप से मुगलों के साथ मिल जाना पसंद किया। मुगल सत्ता भी अड़चन में ही थी। मुगलों का बालाघाट से नीचे का प्रदेश निजामशाही में चला गया था। इस कारण युद्ध का अंदेशा बढ़ने लगा था। 1629 में खान जहान लोदी की बगावत मुगलों के लिए घर की बगावत जैसी ही गंभीर थी।

लखोजी जाधव की बीस-पच्चीस हजार की सेना भी मुगलों से दूर हो गई थी। दूसरी ओर; आदिलशाह अपने क्रोध को भूलकर वापस निजामशाही के साथ एक हो गया था। ऐसी कठिन परिस्थिति सामने देखकर शहाजी राजे ने मुगल बादशाह से विनती की कि उन्हें मुगल सल्तनत में नौकरी दे दी जाए। मुगल बादशाह ने शहाजी राजे की शर्तें मान लेते हुए उन्हें नौकरी देने का फरमान जारी कर दिया। नतीजा यह रहा कि शहाजी राजे के पास दस हजार की सेना भी आ गई और मुगल बादशाह से ऐसा वचन भी आ गया कि पुणे, सुपे, जुन्नर एवं संगमनेर के जो परगने मालोजी (शहाजी राजे के भाई) के पास हैं, वे शहाजी राजे को सौंप दिए जाएँगे।

तत्कालीन पद्धति के अनुसार बचपन में शिवाजी महाराज को रामायण, महाभारत, इतिहास एवं पुराणों की कथाएँ, संस्कृत एवं फारसी भाषा का परिचय, मूलाक्षर लेखन-वाचन, गणित, घुड़सवारी, दांडपट्टा, तलवार चलाना, धनुष-बाण चलाना, भाला-फेंक एवं अन्य शस्त्रों-अस्त्रों को चलाना सिखाया गया।

1637 में जीजाबाई और शिवाजी पुणे जागीर में आ गए। यहाँ शिवाजी राजे को सब विद्याएँ सिखाई गईं।

शिवभारतकार के अनुसार श्रुति, स्मृति, पुराण, भारत, राजनीति, सभी शास्त्र, रामायण-काव्य, व्यायाम, वास्तुविद्या, फल-ज्योतिष, सांग, धनुर्वेद, सामुद्रिक भाषाएँ, पद्य, सुभाषित, हाथी-घोड़ा-रथ आरोहण, चढ़ना-उतरना, कूदना, तलवार, धनुष, चक्र,

भाला, पट्टा, शक्ति-युद्ध, दुर्ग भेदना, निशाना साधना, कठिन संस्थानों से भाग निकलना, इशारे समझना, जादू विद्या, विष निवारण विद्या, रत्न परीक्षण आदि सभी कलाओं का ज्ञान शिवाजी महाराज को बचपन से ही प्राप्त हुआ। तत्कालीन परिस्थितियों के अनुरूप शिवाजी महाराज को मुसलिम दरबार में उमराव बनने के योग्य बनाया गया। उन्होंने थोड़ी उर्दू एवं फारसी भाषाएँ भी सीखी होंगी। इस प्रकार शिवाजी महाराज के तन में तो मुसलिम संस्कृति दिखाई देती थी; किंतु मन से तो वे हिंदू ही थे।

जीजाऊँ माँ साहेब की देखरेख में शिवाजी महाराज सभी दृष्टियों से शिक्षित हो रहे थे। तंजावर की एक पुरानी पांडुलिपि में शिवाजी महाराज के गुणों का जो वर्णन किया गया है, उसके अनुसार—

1. ईश्वर में निष्ठा
2. बलवान
3. राजकला का अदब (दरबारी रीति-रिवाज में कुशल)
4. दिखने में सुंदर
5. रत्न परीक्षा
6. अश्व परीक्षा
7. शस्त्र परीक्षा
8. मृदु भाषी
9. आँखों में शर्म
10. शाला में परीक्षा
11. हाथी परीक्षा
12. उत्तम न्यायप्रिय
13. समझदारी की भावना
14. राजनीतिज्ञ
15. मनुष्यों की परख
16. घुड़सवारी
17. हाथी सवारी
18. कवित्व की शक्ति
19. ईमानदारी
20. वीरता
21. उदारता
22. वित्त-प्रबंधन
23. गहराई

24. धैर्यशील

आदि गुण शिवाजी महाराज में थे, ऐसा वर्णन है।

सुसंस्कृत वातावरण में शिक्षित होने के फलस्वरूप ही ये गुण शिवाजी महाराज को प्राप्त हुए थे। बचपन से ही उन्हें प्रत्यक्ष अनुभवों से संस्कार दिए गए। थोड़े ही समय में शिवाजी कर्तव्य-परायण हो गए। शहाजी राजे की शूरता, साहस, स्वाभिमान, स्वतंत्र वृत्ति तथा जीजाऊँ माँ साहेब के धीर-गंभीर व्यक्तित्व, ईश्वर के प्रति निष्ठा, सत्त्वशीलता, संयम, विवेकशीलता, दूरदृष्टि, न्यायप्रियता, दृढ निश्चय, सटीक व्यवहारकुशलता, कार्यनिष्ठा आदि गुण शिवाजी में संचित हुए।

सन् 1639 में बारह साल की उम्र में शिवाजी महाराज ने एक मुद्रा तैयार करवाई। इस मुद्रा पर लिखवाया गया था कि प्रतिपदा का प्रथम चंद्र छोटा होने पर भी हम उसे धीरे-धीरे बढ़ता देखते हैं। यह मुद्रा शहाजी के पुत्र शिवाजी को ही शोभा देती है।

**प्रतिपच्चंद्रलेखेव वर्धिष्णुर्विश्ववंदिता।**
**शाहसूनोः शिवस्यैवा मुद्रा भद्राय राजते॥**

यह है शिवाजी का मूल एवं मौलिक मुद्रालेख।

शिवाजी महाराज को इस बात का अच्छी तरह एहसास था कि उनके आसपास के जागीरदार एवं वेतनभोगी स्वार्थी थे और केवल स्वयं का लाभ देखा करते थे। शायद यह अंतर्दृष्टि उन्हें उनकी मातोश्री ने दी होगी। इसी कारण शिवाजी महाराज ने अपना आधार सामान्य जनता को बनाया। उनके तीन बाल-सखा थे—तानाजी मालुसरे, येसाजी कंक एवं बाजी पासलकर। इन सबने मिलकर इतिहास रचा।

शिवाजी महाराज ने केवल 14 वर्ष की आयु में कठोर परिस्थिति का प्रथम अनुभव लिया। बीजापुर राज्य में सरदारों एवं प्रशासकों को उनके काम के बदले में सरंजाम या जागीर दी जाती थी। इसमें किले नहीं होते थे। इस कारण बिगड़े हुए अमीर-उमराव को सँभालने में बादशाह को तकलीफ नहीं होती थी। बादशाह यदि किसी सरदार का विरोध करते, तो उस सरदार के पास अपना संरक्षण करने का कोई उपाय शेष नहीं रहता था।

इसका एक ही उदाहरण पर्याप्त रहेगा। मुहम्मद आदिलशाह किसी कारणवश शहाजी से नाराज थे। आदिलशाह ने अपनी सेना को पूना पर आक्रमण करने की आज्ञा दी। पूना शहाजी को दी गई जागीर थी। जैसा कि दूसरी जागीरों में होता था, पूना की जागीर में भी कोई सुरक्षात्मक किला नहीं था। बादशाह की सेना धड़ाके से बढ़ती चली आई। इससे शहाजी को बेहद कठिन परिस्थिति का सामना करना पड़ा।

सुलह और शांति की स्थापना होते काफी दिन लगे। बादशाह ने शहाजी पर कृपा ही की। इस कड़वे अनुभव को शहाजी कभी भूले नहीं।

सन् 1646 में शिवाजी ने कूटनीति का दाँव खेलकर बीजापुर के किलेदार से तोरणा

किला बिना युद्ध हासिल कर लिया। इस जीत से उन्हें दो लाख होन का खजाना प्राप्त हुआ। (एक होन—2.8 ग्राम वजन का सिक्का।)

सन् 1648 में शिवाजी ने नीलकंठराव की पारिवारिक लड़ाई का लाभ उठाते हुए पुरंदर पर कब्जा कर लिया।

## शिवाजी महाराज और बीजापुर दरबार

उस समय दरबार की तहजीब सिखाने के लिए बच्चों को दरबार में ले जाया जाता था। यह उनकी शिक्षा-दीक्षा का एक हिस्सा था। शहाजी राजे ने शिवाजी को बादशाह के दरबार में साथ चलने के लिए कहा, लेकिन शिवाजी ने मना कर दिया। इससे दरबारियों में कानाफूसी होने लगी। शहाजी राजे के मित्रों ने उन्हें सलाह दी कि शिवाजी को बादशाह के दरबार में अवश्य ले जाना चाहिए। शहाजी राजे ने शिवाजी पर दबाव डाला। शिवाजी मान गए, लेकिन अपने पिता के साथ जब वे दरबार में गए, तो उस वक्त के शिष्टाचार का पालन नहीं किया। आदिलशाही बादशाह के सामने उन्होंने नाम मात्र ही कोरनिश (झुकाई) की और दरबार में स्थान ग्रहण किया।

इसके बाद वे अनेक बार दरबार में गए, किंतु नाम मात्र ही कोरनिश (झुकाई) की, बादशाह को इस कारण संदेह हुआ। उन्होंने सीधे शिवाजी से ही पूछा, तो उन्होंने उत्तर दिया कि वे कोरनिश झुकाते वक्त घबरा जाते हैं। यह सुनकर बादशाह खुलकर हँसे।

शिव छत्रपति के 'सप्त प्रकरणात्मक चरित्र' में उनके बचपन की मनःस्थिति का उत्कृष्ट चित्रण किया गया है।

बीजापुर में अपने पिता के साथ रहते हुए शिवाजी महाराज के मन में कौन से विचार आया करते थे, इसका चित्रण उपरोक्त शिव-चरित्र में इस प्रकार प्रस्तुत किया गया है—

"हम हिंदू हैं और ये यवन हैं। यवन परम नीच हैं। उनसे नीचा कोई और नहीं। उनकी सेवा करना, उनका अन्न खाना, उनका अभिवादन करना; इन बातों से मुझे बहुत कष्ट होता है। धर्म की निंदा होती देखकर, गोवध होता हुआ देखकर, तत्काल वहीं-के-वहीं उनके सिर काट देने की इच्छा होती है। गाय की पीड़ा देखकर तो अपना जीवन ही व्यर्थ लगने लगता है, किंतु पिता की ओर देखकर चुप रह जाता हूँ। मुसलमानों का साथ ठीक नहीं। बादशाह के दरबार में जाना, मुसलमान अमीर के घर जाना ठीक नहीं…"

बादशाह के दरबार से लौटने के बाद शिवाजी राजे ने स्वयं ही स्नान करना और वस्त्र बदलना प्रारंभ कर दिया था।

शिवाजी महाराज के हृदय की भावना इस एक वाक्य से ही स्पष्ट हो जाती है, 'हम हिंदू हैं…' उनके उद्गार आगे इस प्रकार व्यक्त हुए हैं, "दक्षिण प्रदेश को विदेशियों ने

हथिया लिया है। धर्म डूब रहा है। ऐसे में धर्म की रक्षा प्राण देकर भी करनी होगी। स्व-पराक्रम से नवीन आर्थिक शक्ति का संपादन करना होगा। हमें अपने ईश्वर एवं भाग्य पर भरोसा रखते हुए, स्वयं के ही पुरुषार्थ पर अवलंबन रखना चाहिए। भाग्य जैसे-जैसे साथ देता जाए, वैसे-वैसे हमें अपने प्रयत्नों को बढ़ाते जाना चाहिए…"

'शिव दिग्विजय' ग्रंथ का यह वाक्य अत्यंत महत्त्वपूर्ण है—

'हिंदुओं का राज्य तुमने छीन लिया, किंतु इस राज्य पर प्राचीन अधिकार हमारा ही है।'

इस प्रकार शिवाजी महाराज का लक्ष्य केवल महाराष्ट्र में हिंदुओं का शासन स्थापित करना न होकर समग्र भारत देश पर शासन करने का अधिकार जिन हिंदुओं का है, उन्हीं हिंदुओं के सम्मान की नींव पर राज्य की स्थापना करना था। उनके प्राचीन चरित्रकारों को यह विशेषता पूरी तरह से ज्ञात थी। छोटी आयु में ही शिवाजी महाराज ने जो संस्कृत राजमुद्रा बनवाई, वह उनके आत्मविश्वास का प्रतीक है। राजमुद्रा इस प्रकार है—

**प्रतिपच्चंद्रलेखेव वर्धिष्णुर्विश्व वंदिता।**
**शाह सूनोः शिवस्यैषा मुद्रा भद्राय राजने॥**

(प्रतिपदा के चंद्र की कला की तरह जिसके प्रकाश में दिन-प्रतिदिन वृद्धि होना सुनिश्चित है, उसी प्रकार शहाजी के पुत्र शिवाजी की यह राजमुद्रा भी समग्र विश्व में वंदनीय है एवं विश्व-कल्याण के लिए ही इसका अस्तित्व है।)

मुद्रा में प्रयुक्त 'भद्राय' शब्द से शिव छत्रपति का ध्येय जिस प्रकार स्पष्ट होता है, उसी प्रकार 'प्रतिपदा के चंद्र की कला' जैसी गंभीर उपमा से यश-प्राप्ति का उनका आत्मविश्वास व्यक्त होता है।

प्रतिपदा (प्रथम दिन) की चंद्रकला स्पष्ट दिखाई नहीं देती, किंतु वही चंद्रकला धीरे-धीरे पूर्ण चंद्र के रूप में विकसित होती है। यह श्रेष्ठतम उदाहरण है प्रारंभिक कठिनाइयों का, किंतु निकट भविष्य की सुंदरतम उपलब्धियों का। प्रारंभिक संकट भले ही निराशा का निर्माण करते हैं, किंतु ईश्वरीय कार्य में यश निश्चित ही प्राप्त होता है। यह उपमा इसी बात को ध्वनित करती है।

शिवाजी महाराज की राजमुद्रा, कुछ महत्त्वपूर्ण बातें—

1. शहाजी राजे एवं मातोश्री जीजाबाई की राजमुद्राएँ परशियन भाषा में हैं, किंतु शिवाजी महाराज की राजमुद्रा संस्कृत में है। यह परिवर्तन क्षणिक न होकर मन में निश्चित उद्देश्य रखकर किया गया है।
2. शहाजी राजे मुसलिम आदिलशाह के महत्त्वपूर्ण सरदार थे। ऐसे में उनके पुत्र ने अपनी मुद्रा के लिए संस्कृत भाषा चुनी, इसे आश्चर्यजनक ही कहा जाएगा।

3. इससे भी बड़ा आश्चर्य यह है कि शिवाजी महाराज ने अपनी राजकीय महत्त्वाकांक्षा की तुलना बढ़ती हुई चंद्रकला से की है।
4. विशेष बात यह भी है कि इस राजमुद्रा की निर्मिति शिवाजी महाराज ने अपनी उम्र के 17 वर्ष पूर्ण करने से पहले ही कर ली थी। उपलब्ध दस्तावेज 28 जनवरी, 1646 को लिखा गया एक पत्र है, जिस पर यह मुद्रा अंकित है। इससे यही सिद्ध होता है कि उन्होंने 17वें वर्ष में पदार्पण किया, उससे पहले ही यह मुद्रा निर्मित हो गई थी।
5. शिवाजी महाराज के सभी मंत्रियों एवं कर्मचारियों की मुद्राएँ संस्कृत में ही हैं। इसका अर्थ यही है कि मुद्रा का संस्कृत में होना विशिष्ट उद्‌देश्य से ही किया गया था।

## संदर्भ—

1. शिवकाल (1630 से 1707) / डॉ. विगो. खोबरेकर
2. शककर्ते शिवराय / विजयराव देशमुख
3. छत्रपति शिवाजी / बालशास्त्री हरदास
4. छत्रपति शिवाजी / सेतुमाधवराव पगड़ी
5. Shivaji : His Life and Times / G.B. Mehendale

□

# शिवाजी महाराज एवं डेविड व गोलिएथ

फिलिस्तीन एवं इजराइल में युद्ध शुरू हो गया था। दोनों छावनियों के बीच एक खाई थी। फिलिस्तीन की सेना में एक सात फीट ऊँचा राक्षसी योद्धा था। वह लगातार चालीस दिनों से बख्तर पहनकर युद्ध के लिए रोज ललकार रहा था। उसका नाम था गोलिएथ। इस नाम को सुनते ही संपूर्ण इजराइली सेना थरथर काँप उठती थी।

इशाय नामक एक बकरियों के चरवाहे के आठ पुत्र थे। उनमें से सात इजराइली सेना में थे। आठवें पुत्र का नाम था डेविड। एक दिन इशाय ने डेविड को अपने भाइयों के लिए नाश्ता लेकर भेजा। युद्ध स्थल पर पहुँचकर डेविड ने गोलिएथ की ललकार सुनी। डेविड उसके सामने गया और बोला, "तुम्हारे पास ढाल, तलवार, बख्तर और भाला भी है। मेरे पास केवल ईश्वर का नाम है।" यह सुनकर गोलिएथ दौड़कर आया। डेविड ने थैली से अपनी गुलेल निकाली और गोलिएथ के माथे पर निशाना साधकर पत्थर का वार किया। गोलिएथ बेहोश होकर गिर पड़ा। डेविड ने गोलिएथ की म्यान से तलवार निकालकर उसका सिर काट दिया।

सन् 1659 में पुर्तगीजों ने शिवाजी को लेकर इस प्रकार का एक पत्र लिखा था, 'शहाजी के एक पुत्र ने आदिलशाही के विरोध में सिर उठाया है। उसने वसई और चौल के प्रदेश हथिया लिये हैं। वह बलवान् हो गया है। भिवंडी, कल्याण और पनवेल के बंदरगाहों में उसने छोटे जहाज बनाए हैं। हमें सावधान रहना है। हमने अपने अधिकारियों को आदेश दिए हैं कि ये जहाज बंदरगाह से बाहर न निकलने पाएँ।'

इस पत्र में 'शिवाजी' का नाम न लिखकर पुर्तगीजों ने 'शहाजी का एक पुत्र' लिखा है। इससे जाहिर है कि पुर्तगीजों की नजर में शिवाजी का महत्त्व इतना कम था कि उनका पूरा नाम तक उन्हें मालूम नहीं था! काश, वे जानते होते कि निकट भविष्य में शिवाजी उनके लिए कितनी बड़ी मुसीबत बननेवाले थे!

उस समय औरंगजेब दक्षिण का सूबेदार था। वह शिवाजी से युद्ध की तैयारी कर रहा था। इस दौरान दिल्ली के बादशाह शाहजहाँ की तबीयत खराब हो जाने की वजह से

औरंगजेब ने बीजापुर से समझौता किया। फिर वह दिल्ली चला गया।

जाते वक्त औरंगजेब ने आदिलशाह को इस प्रकार खत लिखा—

'1. अहमदनगर की उचित सुरक्षा की जाए, वरना शिवाजी हमला कर सकता है।

2. प्रदेश को सूना न छोड़ा जाए, वरना वह कुत्ते की औलाद शिवाजी हमला करने का मौका ही ढूँढ़ रहा है।

3. अगर उसे नौकरी में रख लेना हो, तो उसे जागीर दी जा सकती है, लेकिन यह जागीर कर्नाटक में होनी चाहिए, जो बहुत दूर है। इससे उपद्रव की आशंका नहीं रहेगी।'

औरंगजेब के दिल्ली जाने के बाद आदिलशाह ने अफजल खान की नियुक्ति वाई प्रांत के सूबेदार के रूप में की। आदिलशाह ने अफजल खान का स्वागत करने के लिए उसे अपनी एक रत्नजड़ित तलवार उपहार में दी। फिर उसे शिवाजी को नष्ट करने की मुहिम पर रवाना किया। इस मौके पर आदिलशाह ने अफजल खान को कुछ खास हिदायतें भी दीं, जो इस प्रकार थीं—

1. शिवाजी को हर सूरत में पराजित किया जाए। इसके लिए अगर खुद की ताकत कम पड़ रही हो, तो पहले शिवाजी से मित्रता कर उसे अपने विश्वास में लिया जाए और फिर मौका पाते ही खत्म कर दिया जाए।
2. शिवाजी हारने लगेगा, तो शरण में आने का प्रस्ताव रखेगा, किंतु उसकी बातों पर यकीन न किया जाए, क्योंकि वह बेहद धूर्त है।
3. शिवाजी को किस प्रकार मौत के घाट उतारा जाए, इस पर सोच-विचार पहले से कर लिया जाए।

अफजल खान ने कहा, "यह सीवा-सीवा है कौन? अरे, उसकी हस्ती क्या है? हम उसे फौरन कैद कर सकते हैं।"

लेकिन मन-ही-मन अफजल खान शायद चिंता में था। तभी तो उसने आक्रमण करने से पहले अपने आपको हफ्ते भर जनानखाने में बंद रखा। आखिरी दिन उसने उन स्त्रियों को पानी में डुबोकर मार डाला। वे स्त्रियाँ किन्हीं दूसरे पुरुषों से संबंध न बना लें, इस द्वेष-भावना से उसने यह क्रूर कृत्य किया।

अफजल खान कोई कम धर्मांध नहीं था। बीजापुर के अफजलपुर में एक शिलालेख में खान ने स्वयं को—

**"कातिले मुतमर्रिदान काफिरान।**
**शिकंदम बुनियाद बुतान।"**

कहा है, यानी मैं काफिरों और विद्रोहियों का सफाया करनेवाला एवं मूर्तियों की नींव खोदनेवाला हूँ।

अफजल खान का फारसी सिक्का उपलब्ध है, जिस पर इस प्रकार अंकित है—

**"गर अर्ज कुनदसिपहर अफजल,**
**अज हर मुल्की बजाय तसबीह,**
**आवाज आयद अफजल अफजल**..."

यानी अगर जन्नत में वहाँ की सबसे ऊँची हस्ती की तुलना अफजल खान की श्रेष्ठता से की गई, तो हर जगह 'अल्ला! अल्ला!' नहीं, बल्कि 'अफजल! अफजल!' की ही आवाज सुनाई देगी।

इसके अलावा अफजल खान 'दीनदार बुतशिकन' (धर्म का सेवक, मूर्ति-भंजक) और 'दीनदार कुफ्रशिकन' (काफिरों का विध्वंसक) जैसे उपनाम या कहें कि विशेषण अपने नाम के साथ लगाया करता था।

खान की पत्थरदिली का जायजा लेने के लिए दो मिसालें देखने लायक हैं—

कसबे अफजलपुर के गाँव लिंगसेटी के मुकादम को खान ने जो खत भेजा है, उसमें वह कठोरता से लिखता है—

"येन सचणी-मामुरीचा वख्ती रयतोस बा घेऊन पर मुकासाइयाचे गावा मध्ये जाऊन बेसोनू पेराणीयाचा खोलबा करणे काय माना आहे? तुवा आम्हासी खूब समजला असौनू यैसे कम अखली चे फोल करणे मुनासीब नाही, रयत अमचे पोंगडे आहेती यैसे जागतो जरी याचे अजार व तसवीस नव्हेल हक हिसाबी जो अमल असेल तोच होइल ये बाबे तुज कौल आहे। खातिर जमा करून दर हाल स्वार होऊन हुजूर येणे अगर बरे वाटेल तरी माहलासी जाऊन सचनी मामुरीचे बिल देखणे यैसे न करता बाहीर बैसून राहिलिया त्या मध्ये तुझी खैरत नाही, जेथे अससील व जेथे जासील तेथनू खोदूनु काढुनूं जो आसिरा देऊनू ठेऊनू घेइल त्यास जनोबा समेत काटूनू घाणियात घालुनू पिलोन हे तुम्ही येकिन व तहकीक जाणणे (मराठी पत्र)।"

यानी यदि काम ठीक से नहीं किया गया अथवा काम में कोताही की गई, तो तेल की घाणी से निचोड़कर निकालूँगा', ऐसी सजा देने की धमकी खान ने दी है।

अफजल खान सबसे पहले तुलजापुर गया। वहाँ जब पता चला कि तुलजा-भवानी भोसले घराने की कुलदेवी है और उसका मंदिर यहीं तुलजापुर में ही है, तो उसने सीधे जाकर उस मंदिर में भारी तोड़फोड़ की और जैसा कि कहा जाता है; देवी की मूर्ति को फोड़कर, चक्की में पीसकर, बारीक आटा बनाया।

इसके बाद खान आया मलवड़ी नामक स्थान पर। वहाँ शिवाजी महाराज के साले बजाजी निंबालकर रहते थे। खान ने शिवाजी महाराज का मनोबल तोड़ने के लिए बजाजी निंबालकर पर धोखाधड़ी का झूठा आरोप लगाया और उन्हें कैद कर लिया। अब खान ने धमकी दी कि निंबालकर की सुन्नत कर उन्हें मुसलिम बना लिया जाएगा। शिवाजी

महाराज ने 60,000 रुपए का दंड भरकर उन्हें छुड़वाया।

खान ने तत्कालीन प्रथा के अनुसार शिवाजी महाराज को एक चिट्ठी भेजी, जिसका सारांश इस प्रकार है—

1. आदिलशाही किलों का यह प्रदेश आपने (शिवाजी महाराज ने) छीन लिया है। (सही आरोप)
2. जंजीरा का सिद्दी प्रदेश एवं चंद्रराव मोरे का प्रदेश आपने हथिया लिया है। (सही आरोप)
3. आपने मुसलमानों का सबकुछ लूटकर उनका अपमान किया है। (गलत आरोप)
4. आपने मुसलमानों को उनके धर्म के अनुसार आचरण करने में रुकावट डाली है। (गलत आरोप)
5. आप राजचिह्न का प्रयोग करते हैं। राजसिंहासन पर बैठते हैं। लोगों को दंडित करते हैं अथवा पुरस्कृत करते हैं। (सही आरोप)
6. आपने जिन प्रदेशों को छीना है, उन्हें वापस करिए, वरना मैं फौज लेकर आप पर हमला करूँगा।

शिवाजी महाराज ने इसका जो जवाब दिया, उससे उनकी अद्भुत व्यवहार कुशलता का प्रमाण मिलता है। खान को भरोसा दिलाते हुए शिवाजी महाराज लिखते हैं—

1. आपकी भुजाओं की शक्ति अतुलनीय है।
2. आपकी वीरता अग्नि के समान तेजस्वी है।
3. आपके मन में बिल्कुल भी छल-कपट नहीं है।
4. आप जावली आइए। मैं आपके सामने शस्त्र रख दूँगा।
5. आपने जो प्रदेश और किले माँगे हैं, वे सब मैं आपको वापस कर दूँगा।

खान जावली* आने के लिए तैयार हो गया। खान के वकील थे, कृष्णाजी भास्कर। शिवाजी महाराज की ओर से वकील थे, पंताजी। दोनों ने बैठकर जो शर्तें तय कीं, वे इस प्रकार थीं—

*(*प्रतापगढ़ के आसपास का बीहड़ इलाका)*

1. प्रतापगढ़ किले के नीचे भेंट हो।
2. शामियाना शिवाजी महाराज तैयार करवाएँ।
3. शिवाजी एवं अफजल खान शामियाने में अपने शस्त्र धारण करके आएँगे। वे अपने साथ केवल दो सेवक और एक वकील लेकर आएँगे।
4. तीर के निशाने की पहुँच के बाहर केवल दस अंगरक्षक मौजूद रहेंगे।

## निष्ठावान कांहोजी जेधे

कांहोजी जेधे रोहिडे खाई के भोर गाँव के देशमुख थे। उन्हें अंबेवडे, कारी और चिखलगाँव इनाम में मिले थे। 1659 में कांहोजी जेधे आदिलशाह के सरदार थे। आदिलशाह के जरिए खान ने कांहोजी जेधे को एक फरमान भेजा। यह फरमान 16 जून, 1659 के दिन भेजा गया, जो इस प्रकार था—

"जो-कुछ भी पैदा होता है, उसका मालिक खुदा है।

या अली! पैगंबर! मदद करिए।

## खत

सुलतान महम्मद पातशाह (बादशाह) के बाद खुदा की रहमत से अली आदिलशाह पातशाह (बादशाह) ने अपना शाही सिक्का चाँद और सूरज तक जारी किया है।

आला कमान कांहोजी जेधे देशमुख को यह फरमान जारी किया जाता है।

**जे सुहूर सन् तिसा खमसैन व अलफ**

सीवा (शिवाजी) ने अपनी गैर-जानकारी और नादानी के सबब निजामशाही कोंकण में रहते मुसलमानों को तकलीफ दी है और उनके साथ लूटमार की है।"

शिवाजी ने ऐसे अनेक किलों को छीन लिया है, जिन पर बादशाह आदिलशाह की हुकूमत है। इस कारण शिवाजी का पराभव करने के लिए बादशाह ने अपने तमाम सेनापतियों के बीच महा समर्थ और महा पराक्रमी, बेहिसाब दिमागी कूवत के मालिक और अपने कार्य-भार को अच्छी तरह पहचाननेवाले सेनापति अफजल खान को सूबेदार का ओहदा देकर एक महा-प्रलयंकर सेना के साथ रवाना किया है। उन्हें जिम्मा सौंपा गया है कि वे शिवाजी को जड़-मूल से नष्ट कर दें और इस सरफिरे विद्रोही के सभी साथियों की हत्या कर दें। शिवाजी या उसके साथी अगर बादशाह की शरण में आने की तजवीज करें, तो भी उन्हें कतई शरण में न आने दें और उन सबका सफाया करके ही रुकें।

आदिलशाही की हिफाजत के नजरिए से सेनापति जो भी मशविरा करें, उसे तुम गौर से सुनोगे और अपनी सलाह पेश करोगे। सेनापति अफजल खान जो भी सुझाव या आदेश दें, उसे तुम्हें मानना पड़ेगा। अगर तुम ने जरा भी खिलाफत की, तो नतीजा अच्छा नहीं होगा। सरकारी हुक्म यही है। जो भी होगा, सरकारी हुक्म से होगा।

सन् 1659 के 6वें महीने की 16वीं तारीख के दिन लिखा गया यह फरमान एक अत्यंत कल्याणकारी, पवित्र, प्रसिद्ध एवं सूर्य जैसी तेजस्वी सरकार की आज्ञा से जारी किया गया है।

कांहोजी नाईक जेधे आदिलशाह का फरमान लेकर तुरंत शिवाजी के पास रायगढ़

गए, साथ में उनके पाँच पुत्र भी थे। शिवाजी ने उनसे एकांत में भेंट की। कांहोजी ने शिवाजी को वह फरमान दिखाया।

शिवराय उसे पढ़कर बोले, "तुम्हारे पड़ोसी उन्नावलीकर के देशमुख केदारजी और खंडोजी खोपड़े जाकर अफजल खान से मिल गए हैं। मैसूर के देशमुख सुलतानजी जगदाले भी अफजल खान से मिल गए हैं। तुम भी चाहो, तो खान के साथ जा सकते हो। बादशाह का फरमान नहीं माना, तो तुम्हारा राज्य भी धोखे में आ जाएगा। तुम्हारी जान संकट में है। तुम भी जाकर अफजल खान के साथ मिल जाओ।"

शिवाजी के ये वचन कांहोजी जेधे के लिए हृदयविदारक थे। किसी भी स्वामीभक्त व्यक्ति को ऐसे वचनों से पीड़ा ही होती। शिवाजी वास्तव में क्या कह रहे थे, उनकी समझ में आ गया। उन्होंने शिवाजी से तुरंत कहा, "बड़े महाराज (शहाजी राजे) ने कर्नाटक में रहते हुए स्वयं की सेवा की शपथ दिलाई थी। उसी आधार पर उन्होंने मुझे राज्य के कल्याण के लिए नियुक्त किया था। वह शपथ आज भी मेरे रोम-रोम में बसी हुई है। वह अटूट है और रहेगी। वह अभेद्य है और रहेगी। मैं अपना वतन आपके चरणों में समर्पित करता हूँ। मैं, मेरे पुत्र और मेरे सभी साथी आपके लिए समाप्त भी हो जाएँ, तो भी स्वीकार है। हम अपने ईमान से पीछे नहीं हटेंगे।"

शिवाजी ने कांहोजी की परीक्षा लेने के लिए कहा, "एक बार फिर सोच लो। अफजल खान का साथ नहीं दोगे, तो तुम्हारा राज्य, तुम्हारा वतन तुम्हारे हाथ से निकल जाएगा।"

इस पर कांहोजी ने उत्तर दिया, "हमें अपने राज्य की चिंता नहीं। आपके लिए हम सब समर्पित करने को तैयार हैं।"

शिवाजी ने पूछा, "क्या अंजली में जल लेकर शपथ लेने को तैयार हो?"

कांहोजी जेधे ने अंजली में जल लेकर शपथपूर्वक अपना राज्य, अपना वतन शिवाजी पर न्योछावर कर दिया। शिवाजी की परीक्षा में कांहोजी जेधे पूर्णतया उत्तीर्ण हुए।

खान को जब पता चलेगा कि कांहोजी जेधे शिवाजी की सहायता कर रहे हैं, तो खान कांहोजी के परिवार को तंग कर सकता था। शिवाजी ने उनके परिवार को तुरंत तलेगाँव भेज दिया। तलेगाँव के सरदार ढमढेरे शिवाजी के खास परिचितों में से एक थे।

कांहोजी ने अपने सभी देशमुखों को एकत्रित किया। देशमुखों ने पूछा, तो कांहोजी ने शिवाजी के प्रति अपनी निष्ठा खुलकर व्यक्त कर दी। उनके शब्द थे, "हम शिवाजी महाराज के साथ हैं। हमने अपने राज्य की चिंता नहीं की है। शिवाजी के लिए मेरी एवं मेरे पुत्रों की हत्या भी हुई, तो हमें परवाह नहीं। मुसलमान बेईमान होते हैं। अपना स्वार्थ पूरा होने के बाद वे किसी भी बहाने से धोखा देते हैं। आप सब अपना निर्णय बताएँ। यह

महाराष्ट्र राज्य है। हमें महाराष्ट्र के सपूत शिवाजी का साथ देना है। एक स्वर से, एक निष्ठा से उनकी शक्ति बढ़ानी है।"

कांहोजी जेधे का साहस देखकर सबका डर दूर हो गया। सभी शिवाजी का साथ निभाने के लिए तत्पर हो गए। उन्होंने आवेश में कहा, "आप हमारे नायक हैं। जो आपका विचार, वही हमारा विचार। पूर्ण निष्ठा के साथ।"

बांदल, पासलकर, शिलमकर, ढमाले, मरला, डोहार, ये सारे देशमुख शिवाजी के परचम तले आने को तैयार हो गए। मावली खोरे के मन का डर भी दूर हो गया। पूरे जोश के साथ युद्धोत्सव की तैयारी शुरू हो गई। अफजल खान को हराने की योजना बनाई गई, विजयादशमी के दिन। दृढ प्रतिज्ञा कर ली गई।

बुधवार का दिन बीत गया। रात्रि में सभी सरदार अपने लोगों के साथ चुपचाप तयशुदा जगहों पर चले गए। सेना की व्यूह-रचना दृढ हो जाने पर शिवाजी ने खान से भेंट करने की तैयारी शुरू की।

गोमाजी नाईक, पानसंबल, कृष्णाजी नाईक, सुभानजी नाईक, निलोपंत, अण्णाजी पंत, सोनोपंत, गंगाजी मंगाजी, माणकोजी दहातोंडे, कृष्णाजी बेलकर इत्यादि सभी कुशल योद्धा महाराज की सेवा में उपस्थित हो गए।

महाराज ने उनसे पूछा, "भेंट के लिए हम कैसे जाएँ?"

कृष्णाजी नाईक ने कहा, "शिवबा! शरीर को पूरी तरह से बख्तरबंद करके ही जाएँ। बख्तर भीतर पहनें। बाहर से दिखाई न दे।"

शिवाजी महाराज छोटी-छोटी बातों का भी ध्यान रखते थे। क्या-क्या सावधानियाँ बरतनी चाहिए, इस पर उन्होंने सबसे सलाह ली, सबके सुझाव सुने।

एक सुझाव ऐसा भी आया, "पूरा लाव-लश्कर लेकर जावली चले चलें। युद्ध वहीं कराएँ। प्रतापगढ़ भी जा सकते हैं।"

अफजल खान के जैसे ही डीलडौल के दो सरदारों के साथ शिवाजी महाराज ने पैंतरों का अभ्यास किया। एक सरदार को महाराज की दाढ़ी कुछ बढ़ी हुई महसूस हुई। उसने उनकी दाढ़ी ठीक करवाई।

कुछ सलाह देने लगे, "युद्ध न किया जाए। समझौता कर लिया जाए।"

महाराज ने कहा, "नहीं। कोई समझौता नहीं। संभाजी राजे को जैसे मार दिया गया, वैसे ही हमें भी मारेंगे। मरते-मरते जो होगा, देखा जाएगा।"

सब जोश में थे, किंतु सभी के मन में आशंका भी थी। सबको अनुमान था; कार्य कठिन है। बहुत कठिन। सफलता न मिली, तो क्या होगा?

शिवाजी महाराज ने सरदारों के मन की आशंका को भाँप लिया। परिस्थिति थी तो गंभीर। सरदारों के मन का डर दूर किए बिना युद्ध के लिए प्रस्तुत होना उचित नहीं।

महाराज ने अत्यंत विवेकपूर्ण निर्णय लेते हुए कुछ समय बीत जाने दिया।

एक दिन उन्होंने रात्रि के चौथे प्रहर में उन सरदारों को बुलावा भेजा; साथ में आई साहेब को भी बुला लिया। सभी तत्काल उपस्थित हुए।

महाराज सबसे बोले, "रात्रि में तुलजापुर की देवी भवानी ने मुझे दर्शन देकर कहा है कि वे प्रसन्न हैं और मेरी पूर्ण सहायता कर रही हैं। उन्होंने भविष्यवाणी की है कि अफजल खान की मृत्यु मेरे ही हाथ से होना निश्चित है। देवी बोलीं कि चिंता न करो; यश की प्राप्ति तुम्हीं को होगी।"

शिवाजी महाराज के इस कथन से सबको अपार प्रसन्नता हुई।

महाराज ने आगे कहा, "देवी भवानी प्रसन्न हैं, तो अब तो अफजल खान को मारकर मिट्टी में मिला ही दूँगा। साक्षात् जगदंबा ने भरोसा दिलाया है, फिर चिंता कैसी?"

सुनकर डरे हुए सरदारों की बाँछें खिल गईं। कहने लगे, "देवी ने आपको आशीर्वाद दिए, तो साथ में हमें भी आशीर्वाद मिल गए। अब तो हमें भी यह कार्य कठिन नहीं लग रहा। अफजल की बिसात ही क्या है। आप युद्ध के लिए कहेंगे, तो हम युद्ध करेंगे। अफजल को जिंदा पकड़ लाने को कहेंगे, तो यह भी करेंगे। महाराज! आप किले पर बने रहिएगा। मैदान हम सँभाल लेंगे।"

यह प्रसंग बताता है कि शिवाजी महाराज मनोविज्ञान में कितने दक्ष थे। यदि वह देवी भवानी का हवाला न देकर केवल अपनी ओर से ही सरदारों को जोश दिलाते, तो भला कितनों की भुजाएँ फड़कतीं? लेकिन उन्होंने देवी का हवाला देकर बात को कहाँ-से-कहाँ पहुँचा दिया। सरदारों के मन में युद्ध के प्रति जो थोड़ी-बहुत हिचक शेष रह गई थी, वह भी निकल गई।

युद्ध की दृष्टि से व्यूह-रचना की जाने लगी। महाराज की राय बनी कि प्रतापगढ़ जैसे अत्यंत दुर्गम स्थान पर पहुँचकर वहीं से शत्रु को चुनौती दी जाए। यह सलाह सबको उचित लगी।

इसी दौर में सईबाई शिवाजी की प्रथम पत्नी साहेब का स्वास्थ्य बिगड़ गया। सभी प्रयत्नों के बावजूद उन्हें न बचाया जा सका। भाद्रपद वद अमावस्या से एक दिन पहले यानी चतुर्दशी (5 सितंबर, 1659) को सईबाई की मृत्यु हो गई। उस समय शंभुराजे केवल सवा 2 वर्ष के थे। देवी जगदंबा मानो महाराज की पूरी परीक्षा ले रही थीं।

## अफजल खान से भेंट

शिवाजी महाराज एवं अफजल खान की भेंट ईसवी सन् 1659 में, 10 नवंबर के दिन हुई। दोनों शामियाने में उपस्थित हुए। दोनों सशस्त्र थे, साथ में उनके एक-एक

वकील थे। शिवाजी महाराज के पास एक चौड़े फलकवाली तलवार और एक लंबा खंजर था। बघनखा उन्होंने शायद हाथ में छिपा रखा था। कवींद्र परमानंद ने बघनखे का उल्लेख नहीं किया है। भीमसेन सक्सेना जैसे इतिहासकार छोटी कटार और बघनखे में अंतर समझ नहीं पाए। दोनों शस्त्र भिन्न हैं।

परमानंद के अनुसार अफजल खान जब महाराज से मिला, तब उसने महाराज के सामने अपनी ये माँगें रखीं—

"तुम गर्व से भरा और बिना तौर-तरीकों का अपना बरताव छोड़ो और पूरी तरह से हमारी शरण में आना कबूल करो।"

अफजल खान ने साथ में यह भी कहा, "मैं तुम्हें अपने साथ बीजापुर ले जाऊँगा, बादशाह के सामने मुजरा* करवाऊँगा और बादशाह से अर्ज करूँगा कि तुम्हें और अधिक धन-संपत्ति मिले। घबराओ मत, उलझन में मत पड़ो। मुझसे हाथ मिलाओ। मेरे गले लगो।"

महाराज को भरोसा दिलाने के लिए उसने अपनी तलवार वकील कृष्णाजी भास्कर को दे दी और महाराज के स्वागत में दोनों भुजाएँ फैला दीं। महाराज सावधानी के साथ आगे बढ़े।

अफजल खान ने महाराज को अचानक कसकर पकड़ा और उनका सिर अपनी बाईं बगल में दबाया। उन दोनों को ऐसी स्थिति में देखकर चिटणीस बखर** कहते हैं, "खान डीलडौल से इतना ऊँचा और भरा-पूरा था कि शिवाजी उसके सामने द्वितीया के चंद्रमा के समान लग रहे थे।" महाराज का सिर अफजल खान की छाती तक आया। क्षण मात्र में अफजल खान ने कटार निकालकर शिवाजी की बाईं छाती में भोंक देनी चाही, लेकिन यह क्या! शिवाजी अपने वस्त्रों के नीचे बख्तर पहने हुए थे। कटार बख्तर से टकराने की सिर्फ आवाज हुई; घाव हुआ ही नहीं।

महाराज सावधान थे। उन्होंने बाएँ हाथ से बघनखा खान के पेट में घुसा दिया और दाहिने हाथ के बिछुए से उसके पेट पर भरपूर वार किया। खान ने अपने गुमान में बख्तर पहना ही नहीं था! क्षण मात्र में उसकी अँतड़ियाँ पेट से बाहर निकल आईं। खान दर्द से कराह उठा। शिवाजी महाराज की गरदन पर उसकी पकड़ ढीली हो गई। शिवाजी छूटकर अलग हट गए।

खान के फटे हुए पेट से रक्त की धाराएँ बह चलीं। वह मूर्च्छित होते-होते जोर से चिल्लाया, "दगा! दगा! दुश्मन ने मुझे मारा है। इस दुश्मन को मार डालो!"

खान का वकील, जिसके हाथ में खान की ही तलवार थी और जो पास ही खड़ा था, महाराज को मारने के लिए लपका, किंतु महाराज ने भारी पट्टे से वार करके उसका काम तमाम कर दिया।

---

* झुककर सलाम ** इतिहास का दैनिक अंकन करनेवाला

महाराज के सिर पर थोड़ा घाव हुआ था। खान की चिल्लाहट सुनकर सैयद बंदा दौड़कर आया और महाराज पर वार करने की कोशिश करने लगा। उसी समय जिवा महाला ने दौड़ते हुए आकर अपनी तलवार के एक ही झटके से सैयद बंदे का हाथ कंधे से काट डाला।

तभी खान की पालकी उठानेवाले आ पहुँचे। वे खान को ले जाने लगे, किंतु उसी पल महाराज का अंगरक्षक संभाजी कावजी दौड़कर आया। उसने पालकी वालों के पैर काट डाले। संभाजी कावजी ने स्फूर्ति से तलवार चलाकर खान का सिर धड़ से अलग कर दिया। फिर वह महाराज के निकट आकर रुक गया।

जीवा महाला और संभाजी कावजी को साथ लेकर शिवाजी महाराज प्रतापगढ़ की ओर रवाना हुए।

खान और महाराज की भेंट के शामियाने के पास अंगरक्षकों के बीच घमासान लड़ाई छिड़ गई। खान के सभी अंगरक्षक, वकीलों सहित मारे गए। तब दोपहर के दो बजे थे।

शिवाजी महाराज ज्यों ही प्रतापगढ़ पहुँचे, त्यों ही तोप की गर्जना की गई। महाराज के सरदारों ने अपनी फौज लेकर खान की फौज पर हमला कर दिया। इसी के साथ अफजल खान के मारे जाने की खबर उसकी फौज तक पहुँच गई। खान के बारह हजार फौजी हक्के-बक्के रह गए। मारे निराशा के उनके पसीने छूट गए। ऐसे हालात में भी अफजल खान के दोनों बेटों ने कुछ समय तक युद्ध किया। मूसे खान, याकूत खान, हसन खान, अंकुश खान, फाजल खान आदि सरदारों ने उन दोनों का साथ दिया, लेकिन मराठों के सामने खान के फौजियों की एक न चली।

लड़ाई शाम तक चली। मूसे खान की ऐसी गत बनी कि उसके पास हथियार ही न बचे और उसे युद्ध से पीछे हटना पड़ा। उसके साथी—सरदार याकूत खान, हसन खान, अंकुश खान, फाजल खान मैदान छोड़कर भाग गए। बची हुई खान फौज को मराठों ने कैद कर लिया।

इस लड़ाई में मराठों का भी खासा नुकसान हुआ। महाराज के 1734 सैनिक शहीद हो गए और 427 सैनिक घायल हुए। महाराज के दो सरदार बाबाजी भोसले और शामराज पद्मनाभि शहीद हो गए। मराठों की तुलना में खान की फौज ने जो नुकसान उठाया, वह बहुत ज्यादा था। खान के फौजियों और सरदारों के 65 हाथी और हथिनी, 4000 घोड़े, 1200 ऊँट, 3 लाख के जवाहिरात, 2 हजार कपड़ों के थान, 7 लाख की नकद मुहरें और सोने के होन, अनेकानेक तोपें इत्यादि संपत्ति महाराज के हाथ लगी।

अफजल खान ने तुलजा भवानी की मूर्ति जिस तरह नष्ट की थी, उससे जनता में क्रोध उबल रहा था। नतीजा यह कि खान के साथ महाराज के युद्ध को धर्म-युद्ध का

स्वरूप मिल गया। खान का वध देवी का क्रोध शांत करने के लिए उचित ही था, यही भावना जनमानस में थी। लोग बत्तीस दाँतोंवाला बकरा बलि चढ़ाने की सोच रहे थे। महाराज ने उन्हें रोका। जनता-जनार्दन को शांत करने के लिए महाराज ने अफजल खान का कटा हुआ सिर मातोश्री के पास राजगढ़ भेज दिया।

महाराज ने खान का सिर एक पिंजड़े में रखकर जीजाऊँ माँ साहेब के सामने पेश किया। फिर उसे प्रतापगढ़ के किले के एक बुर्ज के नीचे इसलामी रीति-रिवाज से दफन कर दिया गया। उस बुर्ज को 'अफजल बुर्ज' कहा जाने लगा।

खान के पार्थिव शरीर को भी उचित सम्मान के साथ दफन किया गया।

## संदर्भ—


1. शककर्ते शिवराय / विजयराव देशमुख
2. शिवरायांची युद्धनीति / डॉ. सच्चिदानंद शेवड़े-दुर्गेश परुलकर
3. छत्रपति शिवाजी / सेतुमाधव पगड़ी
4. Shivaji and His Times / Jadunath Sarkar
5. Bible ( I Samuel Ch. 17, Vol. 49-51)


□

# शिवाजी महाराज और थर्मोपीली

थर्मोपीली की लड़ाई ग्रीस इतिहास की अत्यंत महत्त्वपूर्ण लड़ाई थी। लिओनी डास के असीम त्याग के फलस्वरूप ग्रीस की स्वतंत्रता, ग्रीक संस्कृति व यूरोपियन संस्कृति का मूल स्वरूप सुरक्षित रहा। थर्मोपीली के सँकरे रास्ते से स्पार्टा की ओर जाते समय बीच-राह एक शिला-स्तंभ आता है, जिस पर लिखा यह वाक्य यात्रियों को आज भी यह सूचना देता है कि हे यात्री! तुम जब स्पार्टा पहुँचो, तब वहाँ के बाशिंदों से जरूर ऐसा कहो कि आप सबकी आज्ञा सिर-माथे पर लेकर हम इस भूमि पर न्योछावर हुए हैं और यहाँ आज भी उपस्थित हैं।

इस स्वतंत्रता युद्ध ने मानव-जीवन के कुछ बुनियादी मूल्य निर्धारित किए थे। उन्हीं कसौटियों पर हॉलैंड का स्पेन के साथ युद्ध, अमेरिकनों और अंग्रेजों का युद्ध, मराठों का औरंगजेब से व भारतीयों का ब्रिटिशरों से युद्ध, इन सभी युद्धों में जीवनमूल्यों का परीक्षण हुआ एवं इतिहास ने अपना निर्णय सुनाया। थर्मोपीली का युद्ध यह सिद्ध करता है कि देशभक्ति सर्वश्रेष्ठ है। देशभक्ति में डूबी हुई छोटी सेना भी बलवान शत्रु को हरा सकती है। इस प्रकार के युद्धों में भूमि अत्यंत महत्त्वपूर्ण होती है।

अफजल खान की मौत की खबर बीजापुर पहुँचते ही चारों तरफ अफरा-तफरी मच गई। रोना-बिलखना शुरू हो गया। इसके तीन दिन बाद ही बीजापुर में दूसरी खबर पहुँची कि शिवाजी अपनी फौज लेकर कोल्हापुर की ओर कूच कर रहे हैं। खान के वध के सिर्फ 13 दिन बाद ही शिवाजी ने ऊँची उड़ान भरी और 25 नवंबर, 1659 के दिन कोल्हापुर पर विजय प्राप्त की। उसके बाद वे पन्हालगढ़ की ओर बढ़ चले।

पन्हालगढ़ पर विजय प्राप्त हुई, तब रात के 9 बजे थे। महाराज को गढ़ देखने की इतनी उत्सुकता थी कि उन्होंने रात्रि में ही मशाल की रोशनी में गढ़ का निरीक्षण किया। महाराज की यह उपलब्धि सचमुच एक ऊँची उपलब्धि थी। खान का वध होने के 18 दिनों में ही वाई से पन्हालगढ़ तक का विशाल क्षेत्र जीतकर शिवाजी महाराज ने स्वराज्य का ध्वज लहरा दिया।

शिवाजी राजा को पन्हालगढ़ से हटाने और उन्हें दंडित भी करने के लिए कौन व्यक्ति उपयुक्त होगा, यह चिंता आदिलशाह को सता रही थी। उसे सिद्‌दी जौहर की याद आई, जो तेलंगाना के कर्नूल प्रांत का कार्य सँभाल रहा था। सिद्‌दी जौहर दरअसल मलिक रहमान का नौकर था, जो अपने स्वामी के मरने पर उसके बेटे को हटाकर स्वयं ही सरदार बन बैठा था। आदिलशाह को वह पसंद नहीं था, फिर भी उसने उसे बुलावा भेजा और कहा कि यदि वह शिवाजी के साथ युद्ध कर उसे बाहर हकाल दे, तो हम खुश हो जाएँगे और उसे निहाल कर देंगे। सिद्‌दी जौहर ने शिवाजी को पराजित करने का प्रस्ताव तुरंत स्वीकार कर लिया। उसने आदिलशाह को लिखित अर्जी देकर कहा कि शिवाजी को हराने का जिम्मा आप मुझे सौंप दें। मैं उसे नष्ट कर दूँगा।

थर्मोपीली का युद्ध स्पार्टा के राजा लिओनिडास और पर्शिया के राजा जर्कसीस के बीच हुआ था। यह युद्ध तीन दिनों तक चला था। थर्मोपीली दरअसल एक सँकरे रास्ते का नाम था। लिओनिडास (स्पार्टा) के पास थे, केवल सात हजार सैनिक, जबकि जर्कसीस (पर्शिया) के पास थे एक लाख सैनिक; किंतु ये एक लाख सैनिक एक साथ लड़ नहीं सकते थे।

युद्ध के दूसरे दिन अफीअलटेस नामक एक स्थानीय लंगड़े ग्रीक व्यक्ति ने धोखा किया। उसने पर्शिया के सैनिकों को एक खुफिया रास्ता दिखाया, जहाँ से होकर पर्शिया की सेना स्पार्टा की सेना पर बाजू से हमला कर सकती थी।

लिओनिडास को जब इसका पता चला, तो उसने 300 सैनिकों को छोड़कर बाकी सेना को छुट्‌टी पर भेज दिया। ये 300 सैनिक लिओनिडास के साथ, युद्ध के तीसरे दिन शहीद हुए, किंतु उन्होंने जर्कसीस के 20,000 सैनिकों को मौत के घाट उतारा।

सिद्‌दी जौहर आदिलशाह से रू-ब-रू मिलने के लिए बीजापुर पहुँचा। आदिलशाह ने उसे 'सैलाबतखान' की उपाधि देकर सम्मानित किया एवं शिवाजी का पराभव करने के लिए रवाना कर दिया।

आदिलशाह ने अफजल खान के बेटे फाजल खान को हुक्म दिया कि वह जौहर की फौज में शामिल हो जाए।

शिवाजी महाराज को जब पता चला कि सिद्‌दी जौहर बहुत बड़ी फौज लेकर हमला करने आ रहा है, तब वे मीरज में थे। महाराज तुरंत मीरज छोड़कर पन्हालगढ़ वापस आ गए। उन्होंने सिद्‌दी जौहर का सामना पन्हालगढ़ से ही करने का निर्णय ले लिया था। पन्हाला किला बिल्कुल राज्य की सीमा पर ही सीना तान कर खड़ा था। शत्रु सीमा में दाखिल हो, उससे पहले ही उसे ऐन सीमा पर ही ललकारना ठीक होगा। ऐसा करने से शत्रु सेना को लूटपाट करने का मौका नहीं मिलेगा। अफजल खान ने भी सीमा पार करके ही लूटपाट की थी। वैसी लूटपाट को शत्रु अब दोहरा नहीं सकेगा। लूटपाट

टालने के ही लिए शिवाजी मीरज छोड़कर पन्हालगढ़ के किले में आ गए थे।

उसी समय आदिलशाह अपने सभी बड़े जमींदारों को धमकियाँ दे रहा था। 5 जनवरी, 1660 के दिन जमींदार विठोजी हैबतराव शिलमकर को यह फरमान भेजा गया था—

'सय्यद अब्दुल्ला बिन सय्यद मुहम्मद देसाई, रोहिड़ा के किलेदार से अर्ज करते हैं कि शिवाजी ने निजामशाही एवं अन्य इलाकों को जबरदस्ती अपने कब्जे में कर रखा है। आप पुराने मिरासदार हैं, इसलिए विठोजी के पुराने इनाम व अन्य मदद जारी रखें। इससे वे बादशाह के प्रति अपनी निष्ठा दिखाएँगे। इसलिए उन्हें दिए गए गाँव तांभारे, जांभली, हातवे और मोहरी उन्हीं के पास रहें। ये इनाम उनके वंशजों के नाम जारी रहेंगे। विठोजी पर सभी प्रकार से विश्वास रखकर शिवाजी ने यह प्रदेश अपने कब्जे में ले लिया था। अब इसे वापस बादशाह के कब्जे में लाया जाए। इससे बादशाह के प्रति निष्ठा प्रकट होगी। निष्ठा प्रकट करने के अन्य सभी प्रयत्न किए जाएँ। ऐसा करने से उन पर बादशाह की कृपा होगी; ऐसा विश्वास रखें।

सिद्दी जौहर शिवाजी पर आक्रमण करने के लिए रवाना हुआ। उसी समय आदिलशाह ने मावल के सभी देशमुखों एवं अन्य जमींदारों के नाम यह फरमान भिजवाया—

## फरमान ( मराठी में )

"दरी वरून सैद अब्दुल्ला मालूम करिता तुमचे हलालखोरी रोशन जाहले। गनिमाचे निसबतीचे लोक विलायती मध्ये जागा जागा असतील। त्यासी अवघे दस्त करून हुजुर पाठविणे। त्याचे जिणजित रूब तुम्हासी जे सापडेल ते तुम्हासी माफ उसे तुम्हासी हे कामावरून बहुत सरफराजी होईल।"

## केदारजी खोपड़े ने दरबार से विनती की

"मौजे नेर व पलसोसी, ही गावे भागवडी येथील कूंकू मियाच्या बाबतीतील पांच बीघे व चार बीघे पासोडी आणि पालियान मौजेतील पाच बीघे कामत व किले मजकुराच्या बोगारी चा राबता येवढयाची मजवर कृपा करावी म्हणजे सलाबत खाना बरोबर पातशाही मसलत करीन।"

सारांश यह है कि अगर उपर्युक्त गाँवों की मालिकी उन्हें दे दी जाए, तो वे बादशाह की मदद करेंगे। केदारजी खोपड़े के साथ-साथ मुसेखोरे के गोंदाजी पासलकर ने भी बादशाह की चाकरी स्वीकार कर ली।

सिद्दी जौहर को जब पता चला कि शिवाजी राजा पन्हालगढ़ चले गए हैं, तो उसने

अपनी फौज को पन्हालगढ़ पर घेरा डालने का हुक्म दिया। सिद्दी जौहर ने प्रतिज्ञा की कि जब तक शिवाजी राजा शरण में नहीं आ जाते, तब तक घेरा जारी रहेगा और युद्ध होता रहेगा। पन्हालगढ़ की तलहटी में जौहर ने चारों ओर तंबू खड़े कर फौजी छावनी जैसा पक्का बंदोबस्त कर लिया। गिनती के दिनों में गढ़ को हर तरफ से घेर लेने की कारवाई पूरी हो गई। सरदार फाजल खान, बड़े खान, रुस्तमेजमान और खुद जौहर ने पूर्व की ओर का मोरचा सँभाला। सरदार सादतखान सिद्दीमसूद, बाजी घोरपड़े और भाई खान ने पश्चिम की ओर मोर्चाबंदी की। उत्तर और दक्षिण की तरफ से जौहर ने पूरी तरह से घेरा डाल रखा था।

शिवाजी राजे सन् 1660 में मार्च से जुलाई तक चार महीने पन्हालगढ़ में ही रहे। तलहटी से तोप और बंदूकें दागी जा रही थीं। मराठे भी मुँहतोड़ जवाब दे रहे थे। दोनों तरफ से घमासान जारी था। शिवाजी के पास सैनिक कम थे। इसीलिए वे किले से निकलकर सिद्दी जौहर से आमने-सामने नहीं लड़ सकते थे।

सिद्दी जौहर ने एक-डेढ़ महीने में अपना घेरा और भी मजबूत कर लिया, जिससे शिवाजी के सभी रास्ते बंद हो गए। जौहर ने अस्थायी निवास बनाकर गढ़ को घेरने का काम चालू रखा। जौहर की तोपें गढ़ तक मार नहीं कर सकती थीं। इसलिए उसने अंग्रेजों के तोपखाने से दूरी तक मार करनेवाली तोपों एवं बारूद की माँग की। जौहर का बल बढ़ता ही जा रहा था। श्रृंगारपुरकर, सूर्यराव सुर्वे, पालवणीकर तथा जसवंतराव दलवी अपनी सेनाएँ लेकर आ धमके और सिद्दी जौहर से मिल गए।

अंग्रेजों के राजापुर तोपखाने का मुखिया हेनरी रिव्हींग्टन था। उसने जौहर की माँग को मंजूर कर लिया। अंग्रेज गोलंदाजों की एक टुकड़ी के साथ दूर तक मार करनेवाली बड़ी तोप और बारूद की पेटियाँ लेकर स्वयं हेनरी 2 अप्रैल, 1660 के दिन राजापुर से रवाना हुआ। वह पन्हालगढ़ की तलहटी में 10 अप्रैल, 1660 को पहुँच गया। अंग्रेजों ने अपनी जबरदस्त तोप से गढ़ पर गोलाबारी की, लेकिन गढ़ का कुछ भी न बिगड़ा।

लेकिन जौहर ने गढ़ पर से अपना घेरा उठाया ही नहीं, साथ में खारेपाटण और संगमेश्वर जैसे शिवाजी के महत्त्वपूर्ण प्रदेशों पर भी आक्रमण कर दिया। शिवाजी महाराज ने परिस्थिति भाँपकर जौहर से समझौते की पेशकश की, लेकिन जौहर ने गौर नहीं किया। जौहर ने पन्हालगढ़ के वायव्य में स्थित खेलणा उर्फ विशालगढ़ के किले की भी घेराबंदी करने की योजना बनाई और इसका जिम्मा सूर्यरावराजे सुर्वे तथा पालवणीकर जसवंतराव जैसे दो सरदारों को सौंपा।

जौहर से समझौता-वार्त्ता असफल हो गई, तो शिवाजी राजा ने आदिलशाह से क्षमा-याचना करनी चाही, मगर हाथ आए दुश्मन को भला कौन छोड़नेवाला था ? साम-दाम-दंड-भेद का प्रयोग करके भी शिवाजी महाराज को बाहर निकलने का मार्ग नहीं

सूझ रहा था। सिद्दी जौहर, फाजल खान व उसकी 35 हजार सैनिकों की सेना को अब बस इतना ही इंतजार था कि शिवाजी कब शरणागति कबूल करते हैं। आषाढ़ के महीने में गढ़ पर मूसलाधार बारिश हो रही थी। गढ़ में 6 हजार मराठा सैनिक थे। इनमें केवल शिवाजी में ही निष्ठा रखते शूरवीर एवं धैर्यशाली सरदार बाजीप्रभु के देश-कुलकर्णी सैनिक भी शामिल थे, जो पीढ़ी-दर-पीढ़ी अपनी देशभक्ति का परिचय देते आ रहे थे।

आषाढ़ का महीना आधा बीत चुका था। शिवाजी राजा ने अपने सभी श्रेष्ठ सभासदों को सलाह-मशविरा के लिए दरबार में बुलाया। उन्हीं दिनों मुगल सरदार शाइस्ता खान ने पुणे पर आक्रमण कर एक बड़ा इलाका अपने कब्जे में ले लिया था। उसकी इस हरकत से पन्हालगढ़ में लड़ते बैठे रहने की बजाय वहाँ से बाहर कैसे निकला जाए, इस पर शिवाजी राजे विचार करने लगे। मराठे पन्हालगढ़ में काफी समय से अटके हुए थे। अब उनका धैर्य समाप्त हो रहा था। जीजाबाई भी चिंता करने लगीं। हालात का ठीक से जायजा लेने के बाद जून, 1660 में शिवाजी महाराज ने एक बार फिर सिद्दी जौहर से समझौते की बातचीत करना प्रारंभ किया। अपने इस प्रयास में शिवाजी काफी नरमी से पेश आए।

सच तो यह है कि इसमें भी उनकी रणनीति व कूटनीति दोनों छिपी हुई थीं।

गंगाधर पंत नामक एक वकील के जरिए शिवाजी महाराज ने सिद्दी जौहर को सूचित किया कि हमारे लिए आदिलशाह से बातचीत की जाए। 'हम अपनी संपूर्ण संपत्ति व राज्य आदिलशाह को भेंट करना चाहते हैं।' ऐसा पत्र जब सिद्दी जौहर को दिया गया, तो पढ़कर वह आश्चर्यचकित रह गया। शिवाजी राजा की चाल वह समझ ही न सका। उसे लगा, अब तो शिवाजी शरण में आने की तैयारी कर रहे हैं। इसके बाद लड़ाई खत्म हो जाएगी; ऐसा सोचकर सिद्दी असावधान रहने लगा। शिवाजी महाराज यही चाहते थे।

पन्हालगढ़ के किले से निकल जाने की युक्ति महाराज ने निश्चित की। एक रात वे सिद्दी की नजर बचाकर चुपके से किले से बाहर निकले। बारिश हो रही थी। रात के पहले प्रहर का अँधियारा छाया हुआ था। महाराज दो पालकियाँ, कुछ खजाना, 600 पैदल सैनिक और संकट-काल में पलायन के लिए 15 चुनिंदा घोड़े साथ लिये हुए थे। किस रास्ते से कैसे आगे बढ़ना है, यह उनके गुप्तचरों ने पहले से निश्चित कर रखा था। वे विशालगढ़ की दिशा में निकल पड़े।

खतरनाक ढलानों और चढ़ाइयों से आच्छादित वह पहाड़ी रास्ता सचमुच दुर्गम था। पलायन के लिए उतने कठिन रास्ते का चुनाव महाराज करेंगे, ऐसा कोई सोच भी नहीं सकता था। इसीलिए तो खास उसी रास्ते को चुना गया था। चिकने पत्थरों और कीचड़ से भरे उस रास्ते में अनेक छोटे-छोटे नदी-नाले पड़ते थे, जिन्हें पारकर महाराज को पहुँचना था विशालगढ़ के किले में, जो था 40 मील के फासले पर।

शिवाजी पन्हालगढ़ से निकलकर पहाड़ी रास्ते से सरक गए हैं, यह खबर थोड़ी ही देर तक छिपी रह पाई। जल्द ही वह खबर सिद्‍दी जौहर के कानों तक पहुँच गई। सिद्‍दी सन्नाटे में आ गया। उसने ताबड़तोड़ अपने जामाता सिद्‍दी मसूद और फाजल खान को शिवाजी का पीछा करने के लिए रवाना किया।

काफी समय बाद एक पालकी व कुछ लोग शत्रु के हाथ लगे। शत्रु ने समझा, उन्होंने शिवाजी को पकड़ लिया, लेकिन पता चला कि पालकी में तो नकली शिवाजी विराजमान हैं! शत्रु की सारी खुशी काफूर हो गई। असली शिवाजी के घोड़े तो विशालगढ़ की ओर दौड़े जा रहे थे! शत्रु ने तिलमिलाकर शिवाजी का पीछा दुबारा शुरू किया।

13 जुलाई, 1660 की सुबह दूर विशालगढ़ का किला नजर आने लगा। ज्यों-ज्यों सुबह की किरणें फूटती गईं, किला स्पष्ट होता गया। केवल 6 मील के अंतर पर शिवाजी आ पहुँचे थे। उन्हें पता चल चुका था कि शत्रु पूरी ताकत के साथ पीछे लगा हुआ है। मंजिल के इतने नजदीक आकर भी अगर शिवाजी पकड़े जाते हैं, तो सबकुछ समाप्त हो जाएगा। बहुत जरूरी था कि विशालगढ़ पहुँचने के लिए उन्हें कुछ समय मिले। यह सोचकर बाजीप्रभु ने महाराज से विनती की कि आप 300 सैनिक लेकर विशालगढ़ पहुँचिए। शेष 300 सैनिक लेकर मैं यहाँ अड़ा रहूँगा। शत्रु पहले मुझसे भिड़ेगा, फिर आगे बढ़ेगा। तब तक आप विशालगढ़ में प्रवेश कर जाएँ।

शिवाजी को यह प्रस्ताव स्वीकार करना पड़ा।

विशालगढ़ को भी शत्रु ने घेर रखा था। उस घेरे को तोड़ने में महाराज को दो प्रहर का समय लगा, किंतु अंतत: वे किले में प्रवेश कर गए।

उधर बाजीप्रभु ने पूरी संजीदगी और बहादुरी के साथ एक खंदक के सँकरे मुहाने पर रुककर मोरचाबंदी कर ली। विशालगढ़ की ओर आगे बढ़ने का एक ही रास्ता था और वह रास्ता उसी खंदक से गुजरता था। शत्रु ने ज्यों ही सँकरे मुहाने में दाखिल होने की कोशिश की, वीर मराठे उन पर टूट पड़े। शत्रु ने भी उन्हें बराबर की टक्कर दी। शत्रु के पास हजारों सैनिक थे, जबकि मराठों के पास वही 300! मराठों के 50 चुनिंदा वीरों ने मुहाने पर डटे रहकर शत्रु का जिस तरह मुकाबला किया, उसे कभी नहीं भुलाया जा सकता। छिपकर वार करने की मराठों की कला इतनी पक्की थी कि केवल 50 वीरों ने शत्रु को आगे बढ़ने से पूरी तरह रोक दिया।

बाजीप्रभु ने दो प्रहर तक शत्रु को खंदक के मुहाने पर ही अटकाकर रखा। शत्रु को तो यही समझ में नहीं आता था कि मराठा सैनिकों की तादाद कुल कितनी है। छापामार युद्ध में पारंगत मराठे कभी भी, कहीं से भी प्रकट हो जाते और दुश्मन पर वार कर अचानक गायब भी हो जाते। खंदक की घनी हरियाली उन्हें झट से छिपा लेती।

अपनी कोशिश को इस तरह नाकामयाब होते देख फाजल खान बुरी तरह

बौखलाकर लड़ने लगा। तभी उसकी कर्नाटक से बुलाई हुई पैदल सेना आ पहुँची, जिसके पास शक्तिशाली तोपें थीं। फाजल खान ने मराठों पर तोपों से मार की। करीब-करीब आधे मराठे सैनिक इस हमले में वीर-गति को प्राप्त हुए। शत्रु के तो 5000 सैनिक मौत के घाट उतर गए।

बाजीप्रभु हार मानने को तैयार नहीं थे। उन्होंने मुसलिमों का तीसरा हमला रोकने का प्रयत्न किया। तभी तोप की मार से वे घायल हो गए। गिरते-गिरते भी उन्होंने विशालगढ़ की दिशा से आ रही पाँच तोपों की गर्जना सुनी। यह संकेत था कि शिवाजी महाराज विशालगढ़ में सुरक्षित दाखिल हो गए हैं। होंठों पर मुसकान के साथ बाजीप्रभु ने प्राण त्यागे। तन अवश्य छिन्न-विच्छिन्न हुआ था, किंतु मन में परम शांति व संतुष्टि थी।

यह समाचार शिवाजी तक पहुँचा। बाजीप्रभु की चिरविदाई से उन्हें अत्यंत दुःख हुआ। उन्होंने एक निर्णय लिया। अफजल खान के वध के समय सर्वश्रेष्ठ कार्य करने के लिए जेधे देशमुख को भरे दरबार में तलवार का पहला सम्मान दिया गया था। अब वही सम्मान बाजीप्रभु देशमुख के लिए उनके परिवार को दिया जाएगा। इसके लिए महाराज ने जेधे देशमुख की सहमति ले ली। स्वराज्य-प्राप्ति के लिए बाजीप्रभु ने अपने बलिदान से वह सम्मान प्राप्त किया, जो प्रथम श्रेणी का था।

सिद्दी जौहर मराठों के विरुद्ध अपना कोई जौहर नहीं दिखा पाया था। विशालगढ़ के रास्ते में हुए संघर्ष में मुट्ठी भर मराठों ने उसकी हजारों की फौज आधी से ज्यादा काटकर गिरा दी थी। इससे सिद्दी जौहर इतना डर गया कि आदिलशाह से मिलने तक नहीं गया। सीधे वह अपनी जागीर करनूल चला गया। 'न जाने कैसा दंड दिया जाएगा मुझे!' सोचकर वह मन-ही-मन थरथराता रहता।

आखिर दो महीने बाद उसने जहर पीकर आत्महत्या कर ली।

## संदर्भ—

1. शिवराय की युद्ध-नीति / डॉ. सच्चिदानंद शेवड़े-दुर्गेश परुलकर
2. शिवकाल (1630 से 1707) / डॉ. विगो. खोबरेकर
3. छत्रपति शिवाजी महाराज / कृ.अ. केलूसकर
4. Shivaji, The Great Maratha / G.S. Sardesai

□

# शिवाजी महाराज और 'गनिमी कावा'

मध्ययुगीन भारत में अनेक महत्त्वपूर्ण युद्ध हुए। कुछ युद्धों ने तो इतिहास ही बदल डाला। कुछ महत्त्वपूर्ण युद्ध इस प्रकार हैं—

1. **तराइन का प्रथम युद्ध :** तराइन का प्रथम युद्ध घोर के मुहम्मद एवं दिल्ली के पृथ्वीराज चौहान में सन् 1191 में हुआ। इस युद्ध में मुहम्मद हार गया और भारत को जीतने का उसका सपना अधूरा रह गया।
2. **तराइन का द्वितीय युद्ध :** तराइन का द्वितीय युद्ध घोर के मुहम्मद एवं दिल्ली के पृथ्वीराज चौहान में सन् 1192 में हुआ। इस युद्ध में मुहम्मद विजयी हुआ और उसने भारत में तुर्की साम्राज्य की स्थापना की।
3. **पानीपत का प्रथम युद्ध :** पानीपत का प्रथम युद्ध सन् 1526 में हुआ। यह युद्ध दिल्ली के इब्राहिम लोदी एवं काबुल के बाबर के बीच हुआ। इस युद्ध में बाबर ने इब्राहिम लोदी को हराया एवं भारत में मुगलों की सत्ता स्थापित की।
4. **खंडवा खानवा का युद्ध :** खानवा का युद्ध सन् 1527 में हुआ। यह युद्ध मुगल सम्राट् बाबर एवं मेवाड़ के राणा संग्राम सिंह के बीच हुआ। इसमें बाबर विजयी हुआ। इस विजय के कारण मेवाड़ के राजपूतों पर मुगलों की सत्ता स्थापित हुई।
5. **गोग्रा का संग्राम :** गोग्रा का युद्ध सन् 1529 में बाबर एवं बंगाल के नसरत शाह के बीच हुआ। इस युद्ध के कारण तुर्की सत्ता को अफगान सत्ता से खतरा टल गया।
6. **चौसा की लड़ाई :** चौसा की लड़ाई सन् 1539 में मुगल सम्राट् हुमायूँ और शेरखान के बीच हुई। इसमें हुमायूँ पराजित हुआ। इस कारण शेरखान आगरा मार्ग से होता हुआ दिल्ली पर आक्रमण कर सका।
7. **बिलग्राम का युद्ध :** बिलग्राम या कन्नौज का युद्ध हुमायूँ एवं शेरखान के बीच सन् 1540 में हुआ। इस युद्ध में शेरखान ने हुमायूँ को हराया। इससे

भारत में मुगलों की सत्ता का पराभव हुआ और उसके स्थान पर सुर सत्ता की स्थापना हुई।

8. **पानीपत का दूसरा युद्ध :** पानीपत का दूसरा युद्ध सन् 1556 में अकबर और हेमू के बीच हुआ। इसमें अकबर ने हेमू को हराया और भारत में फिर से मुगल सत्ता की स्थापना हुई।
9. **हल्दी घाटी का युद्ध :** हल्दी घाटी का युद्ध सन् 1574 में अकबर एवं राणा प्रतापसिंह के बीच हुआ। इसमें राणा प्रतापसिंह पराजित हुए। फलस्वरूप राजस्थान पर अकबर का प्रभुत्व स्थापित हुआ।
10. **पानीपत का तीसरा युद्ध :** पानीपत का तीसरा युद्ध सन् 1761 में अहमदशाह अब्दाली और मराठों के बीच हुआ। फलस्वरूप भारत में मराठों की सत्ता समाप्त हुई और ब्रिटिश राज की जड़ें मजबूत होने लगीं।

शिवाजी महाराज किसी भी बड़े युद्ध में शामिल नहीं हुए। उन्होंने किसी बड़े संग्राम का भी सहारा नहीं लिया। वे 'गनिमी कावा' (छापामार युद्ध) में अपनी कुशलता दिखाते रहे।

ईसा पूर्व 500 के आसपास युद्ध में पराक्रम करनेवाले रोमन योद्धाओं को सेंचुरियन कहा जाता था। ईसवी सन् के सातवें शतक में 'टेंप्लर नाइट्स' को युद्ध-कला का पूर्वज माना जाता था। रोमन कैथलिक चर्च से जुड़े होने के कारण उन्हें 'टेंप्लर नाइट्स' के नाम से जाना जाता था।

ईसाइयों की जन्मभूमि यरुशलम की मुक्ति के लिए लड़े गए युद्ध में 'टेंप्लर नाइट्स' ने क्रूसेड में हशाशिन से लड़ाई की। इस समय यरुशलम पर सलादीन का शासन था। इस युद्ध में कुछ खास हासिल नहीं हुआ, किंतु हशाशिन ने 'टेंप्लर नाइट्स' से उनकी युद्ध-नीतियाँ सीखीं। समय बीतने के साथ यही युद्ध-कला चंगेज खान और तैमूर ने भी सीखीं। ये दोनों मंगोलवंशी थे।

ये ही मंगोलवंशी उन मुगलों के पूर्वज थे, जिन्होंने सन् 13-14 के शतक में भारत पर आक्रमण किए थे।

17वें शतक में मुगल एवं राजपूत शिवाजी महाराज के विरुद्ध लड़े। शिवाजी महाराज के सैनिक (मावले) युद्ध-कला में निष्णात नहीं थे। उनके पास युद्ध के लिए जरूरी साजोसामान की कमी थी। उन्हें विविध प्रकार के युद्धों का अनुभव भी नहीं था। फिर भी उन्होंने मुगलों एवं राजपूतों के साथ वीरतापूर्वक युद्ध किए।

सन् 2011 में 'हिस्ट्री चैनल' पर प्रस्तुत एक कार्यक्रम में निष्कर्ष निकाला गया था कि सेंचुरियन योद्धाओं की तुलना में राजपूत योद्धा युद्ध-कला में अधिक निपुण थे। ऐसे निपुण राजपूत योद्धाओं एवं निडर-निष्ठुर मुगल योद्धाओं को मराठों ने धूल चटाई, जो अत्यंत आश्चर्यजनक है।

इन बातों से जो सिद्ध होता है, वह यही है कि योद्धाओं के लिए विजय प्राप्त करना ही अंतिम ध्येय होना चाहिए। यदि ध्येय ही विजय प्राप्त करना है, तो विजय प्राप्त होती ही है।

शाहजहाँ की बीवी मुमताजमहल शाइस्ता खान की सगी बहन थी। इस नाते शाइस्ता खान औरंगजेब का मामा था।

शाइस्ता खान का उपाधियों सहित पूरा नाम था अमीर-उल-उमराव-नवाब बहादुर-मिर्जा अबूतालिब उर्फ शाइस्ता खान। शाइस्ता खान शिवाजी महाराज से तीस वर्ष बड़ा था।

शाइस्ता खान हू-ब-हू बादशाह शाहजहाँ जैसा ही था। उसे दक्षिण के इलाकों के चप्पे-चप्पे की जानकारी थी। उसके सामने शिवाजी महाराज की ताकत बहुत ही कम थी। शाइस्ता खान के साथ 77 हजार घुड़सवारों की सेना चला करती। उसका तोपखाना हाथी, घोड़ों और ऊँटों पर लदा रहता। पैदल सैनिकों और बरछी-भालों की जैसे गिनती ही नहीं थी। तेजी से खेमे लगाने और फर्श बिछाने की कला में पारंगत फर्राशखाने में 100 हाथी थे। लड़ाके हाथी 400 थे। बारूद और सामान खींचने के लिए अगणित बैलगाड़ियाँ थीं। उन्हें खच्चर खींचा करते। खान के साथ बत्तीस कोटि का खजाना था। शाइस्ता खान जहाँ भी रुकता, वह जगह दो गाँवों की लंबाई और एक गाँव की चौड़ाई के जितनी विस्तृत हुआ करती।

स्वयं शाइस्ता खान का वैभव भी अपरिमित था। विख्यात विश्व-यात्री वास्को-द-गामा ने शाइस्ता खान की छावनी का वर्णन करते हुए लिखा है, 'शाइस्ता खान अभिमानी था। इस उमराव के पास दो जबरदस्त सैनिक-तंबू थे। हर तंबू को एक जगह से दूसरी जगह ले जाने के लिए 300 हाथियों की जरूरत पड़ती थी। आगे के पड़ाव पर तंबू पहले से तैयार रखे जाते थे। जिस तंबू में शाइस्ता के रहने के लिए कमरों की व्यवस्था थी, उसकी लंबाई 60 फीट और चौड़ाई 30 फीट होती थी। तंबू को 15 फीट ऊँचे कपड़े से ढक दिया जाता। इस कपड़े में लोहे के मजबूत तार बुने हुए होते। सोने का कमरा और खास कमरा तंबू के पिछवाड़े में होता। लाखों फूलों की कुंडियों को वहाँ इस प्रकार लगाया जाता कि शानदार, सुगंधित बगीचा तैयार हो जाता।

"इसलाम धर्म के मुताबिक रमजान के महीने में रोजे रखे जाते हैं। सूरज निकलने से सूरज डूबने तक शाइस्ता खान की सेना कुछ खाती-पीती नहीं और स्त्रियों की संगत नहीं करती। दिन भर उपवास करके, रात में पेट भर खाना खाकर शाइस्ता खान की सेना छावनी में गहरी नींद सो जाती थी..."

चैत्र सुदि अष्टमी के दिन का एक और दृष्टि से महत्त्व था। इस दिन बादशाह औरंगजेब के राज्याभिषेक की वर्ष-गाँठ मनाई जाती थी। इस दिन हर प्रहर में प्रहरी द्वारा

जोर-जोर से नगाड़े बजाए जाते। यह मुगलों की प्रथा थी। ऐसे नगाड़े सुबह 6 बजे, 9 बजे, दोपहर 12 बजे, 3 बजे, शाम 6 बजे, रात्रि 9 बजे, 12 बजे एवं रात्रि 3 बजे बजाए जाते थे।

शिवाजी महाराज इस नियम का अपनी कल्पना-शक्ति से लाभ उठानेवाले थे!

चैत्र सुदि अष्टमी का दिन आया। महाराज की संपूर्ण योजना तैयार थी। उन्होंने 1000 चुनिंदा सशस्त्र सैनिक और 2000 चुनिंदा सेवक अपने साथ लिये। पूना के नजदीक से गुजरते हुए महाराज ने 400 सेवक और अपने साथ ले लिये। इनमें चिमणाजी व बाबाजी बंधु, कोयाजी बाँदलचंदजी जेधे आदि व्यक्ति थे। बची हुई सेना को दो भागों में विभाजित किया गया। एक टुकड़ी मोरोपंत पेशवा एवं दूसरी टुकड़ी नेताजी को सौंपी गई। कुछ सैनिक कात्रज घाट में और कुछ कर्यात मावल में फैलाकर रखे गए। बाजी सर्जेराव जेधे नदी के उस पार के सवारों में थे। महाराज का घोड़ा तैयार करने की जिम्मेदारी जेधे को सौंपी गई थी।

महाराज जब लाल महल के पास पहुँचे, तब रात्रि के 3 बजे थे। खान के डेरे में घुसने की योजना पहले से तैयार थी। उसी के मुताबिक महाराज की सेना की एक टुकड़ी ने रसोईघर में प्रवेश किया। रसोई के पास ही जनानखाना था। रसोई और जनानखाने के बीच की खाली जगह को मिट्टी और ईंटों से बंद कर दिया गया था।

सबसे पहले महाराज ने सभी रसोइयों को मार डाला। मावलों ने जनानखाने और घर के बीच के रास्ते पर काबू किया। मराठा सैनिक जनानखाने में घुसने लगे। जनानखाने की औरतें मर्दों को भीतर आते देख घबराकर चिल्लाने लगीं।

शिवाजी महाराज के सभी सैनिक अंदर आ चुके थे। उन्होंने मार-काट शुरू की। शाइस्ता खान नींद से जागा। वह भाला और धनुष-बाण लेकर मराठों के सामने आया। दो मराठे पानी के हौज के पीछे छिपते हुए शाइस्ता खान की ओर बढ़ रहे थे। हौज शाइस्ता के सामने ही था। उसने एक मराठे को कसकर बाण मारा। वह गिर पड़ा। तब तक दूसरे मराठे ने शाइस्ता खान पर अपनी तलवार से वार कर दिया। इससे शाइस्ता का अँगूठा कट गया। दो मराठे पानी के हौज में गिर चुके थे। तीसरे को शाइस्ता खान ने बरछी मारकर नीचे गिराया।

इतने में शाइस्ता का बेटा अबुल फतहखान अपने पिता की मदद करने दौड़ा। शिवाजी महाराज के सैनिक मार-काट कर रहे थे। फतहखान मार-काट का शिकार हो गया। मराठे शाइस्ता खान को जान से मार डालना चाहते थे। खान क़ी औरतों ने इस बात को भाँप लिया था। उन्होंने सभी दीयों को बुझा दिया। अचानक अँधेरा छा गया। उसमें औरतें शाइस्ता खान को निकाल ले गईं।

मराठों ने भीषण मार-काट मचाई। कुछ पहरेदार जाग रहे थे। कुछ सो रहे थे। मराठों

ने उन्हें मार डाला। कुछ मराठे नक्कारखाने में घुस गए और नक्कारचियों से बोले कि सभी नगाड़े जोर-जोर से बजाए जाएँ, ऐसा खान का हुक्म है। नक्कारची जोर-जोर से नगाड़े बजाने लगे। जबरदस्त आवाज होने लगी। कुछ सुनाई नहीं दे रहा था।

सभी ओर अँधेरा फैल गया। मराठे तलवारों से वार-पर-वार किए जा रहे थे। दो औरतें इसकी शिकार हो गईं। एक औरत के इतने टुकड़े हो गए कि दफन करने के लिए उसे टोकरी में भरकर ले जाना पड़ा। एक और औरत 30-40 घाव होने के बाद भी बच गई।

शिवाजी महाराज शाइस्ता खान को खोज रहे थे। महाराज एक डेरे में घुसे। शाइस्ता अपनी औरतों के साथ यहीं छिपा बैठा था। महाराज को आते देखकर वह तलवार उठाने लगा। इससे महाराज का ध्यान उसकी ओर गया। महाराज ने अँधेरे में ही वार किया। शाइस्ता खान की तीन उँगलियाँ कट गईं। शाइस्ता खान मर गया, ऐसा समझकर औरतें रोने लगीं। महाराज को भी ऐसा ही लगा। उन्होंने मराठों को रोक दिया। शोर बहुत बढ़ चुका था। खान की सेना दुश्मन आया समझकर तैयार हो रही थी। दरवाजे के पास लोग जमा हो रहे थे।

दरवाजे अंदर से बंद थे। मराठों ने एक दरवाजा खोला, तो लोग अंदर आते हुए पूछने लगे, "दुश्मन कहाँ है, दुश्मन कहाँ है?" मराठे भी उन्हीं में मिलकर पूछने लगे, "गनीम कहाँ है, गनीम कहाँ है?" कहते हुए बाहर निकल गए।

रात्रि की इस लड़ाई में शाइस्ता खान का एक बेटा, एक जामाता, बारह बीवियाँ, चालीस बड़े सरदार, एक सेनापति मिलाकर 55 लोग जान से मारे गए। खुद शाइस्ता खान, उसके दो बेटे और आठ बीवियाँ घायल हुईं।

शिवाजी महाराज के 40 सैनिक घायल और 6 शहीद हुए। घायलों में कोयाजी बाँदल थे। उन्हें सीने पर चार वार लगे थे। महाराज ने उन्हें हिरडस-मावल के आलन्डे गाँव में जमीन देकर पुरस्कृत किया।

लाल महल में विचित्र भयपूर्ण वातावरण था। शाइस्ता खान के खेमे में चारों तरफ शोक, उद्वेग व घबराहट फैल चुकी थी। ऐसी घटना की कल्पना उन्होंने सपने में भी नहीं की थी। शिवाजी महाराज को सब शैतान का ही दर्जा दे रहे थे, क्योंकि उन्होंने साबित कर दिया था कि वे कभी भी, कहीं भी प्रवेश कर सकते हैं! सारा देश चकित व भयभीत था। बादशाह औरंगजेब के दरबार व परिवार में दुःख के साथ अपमान का भी माहौल छाया हुआ था।

शाइस्ता खान की चिंता का ओर-छोर नहीं था। वह दुःख, हैरत और अपमान के भँवर में डूब गया था। उसका मानसिक संतुलन भी बिगड़ गया था। महाराजा जसवंतसिंह सुबह उससे मिलने आए, तो उसने उपेक्षा के साथ उनसे कहा, "मुझे तो लग रहा था; तुम भी दुश्मन से लड़ते-लड़ते मारे गए!"

इस घटना के बाद बादशाह औरंगजेब ने शाइस्ता खान की बदली बंगाल के सूबे में कर दी। शाइस्ता खान के लिए यह घाव पर नमक छिड़कने जैसा ही था। उसने बादशाह से गुजारिश की, "मुझे दक्षिण में ही रहने दिया जाए। शिवाजी ने धोखे से हमला किया, मेरी उँगलियाँ काटीं, मेरे बेटे को मार डाला, मेरी बीवियों को मार डाला। शिवाजी को खत्म करने का हक मेरा है। मैं या तो उसे खत्म करूँगा या खुद खत्म हो जाऊँगा।"

किंतु औरंगजेब टस-से-मस न हुआ। उसे शाइस्ता खान पर अब यकीन ही नहीं रहा था। उसने उसे फौरन बंगाल चले जाने का हुक्म दिया। शाइस्ता खान ने बादशाह से बहुत गुजारिश की कि उसे दक्षिण में रहने दिया जाए, यहाँ तक कहा कि शिवाजी के नष्ट होने तक का सारा खर्च मैं उठाऊँगा। शाइस्ता खान ने दरबार में अपने दोस्तों से कहकर भी औरंगजेब पर दबाव डलवाया, लेकिन बादशाह ने उनकी एक न सुनी।

बादशाह औरंगजेब ने कहा कि शाइस्ता खान अपना विवेक खो चुका है। शिवाजी के खिलाफ लड़ाई लड़ने के लिए अगर वह दक्षिण में रहा, तो हमारी सेना तहस-नहस हो जाएगी।

## गनिमी युद्ध (युद्ध की गुप्त रणनीति)

शिवाजी महाराज की सेना में दिखावा नहीं था। उनके रहने की व्यवस्था नदी-किनारे होती थी। स्त्रियाँ एवं बच्चे आदि साथ नहीं होते थे। सैनिक पेड़ों की छाँव में आश्रय लेते। उनके घोड़े घास खाते हुए पास ही खड़े रहते। हजारों सैनिकों के लिए केवल दो तंबू हुआ करते; एक छोटा, एक बड़ा। छोटा महाराज के लिए और बड़ा अधिकारियों के लिए।

शिवाजी ने अपनी प्रजा में लड़ने और जूझने का विश्वास जगाया। इसी आत्म-विश्वास के बल पर शिवाजी की मृत्यु के 27 वर्ष बाद तक उनकी प्रजा औरंगजेब से लड़ती रही। इस लड़ाई में मुगलों के पाँच लाख फौजी और मराठों के दो लाख फौजी मारे गए। बहादुरी और धैर्य के साथ अपने ही पैरों पर खड़े रहने की वृत्ति अत्यंत महत्त्वपूर्ण साबित हुई। इसके लिए लगातार अपने स्थान बदलना, शत्रु को थकाना और छकाना, उस पर अचानक हमला करना आदि पेंच शिवाजी ने अपनाए। धर्म के प्रति निष्ठा को शिवाजी ने कभी कम नहीं आँका।

कौटिल्य ने कहा है कि किसी ने यदि धोखे की योजना बनाई है, तो उसे भी धोखे से ही खत्म कर देना चाहिए। धोखे की योजना यदि 10 व्यक्तियों ने मिलकर बनाई है, तो उन सबको सबके सामने फाँसी दी जानी चाहिए। यदि 10 नहीं, 100 व्यक्तियों ने मिलकर धोखे की योजना तैयार की है, तो उन तमाम 100 व्यक्तियों को सरेआम फाँसी दी जानी चाहिए, ताकि भविष्य के संभावित अपराधियों के बीच आतंक फैले। किसी राजा

को जब प्रजा पसंद नहीं करती, तब राजा के अपने ही सेनापतियों को उसका वध कर देने का अवसर मिल जाता है। इस कारण सुयोग्य राजा वही है, जो अपनी प्रजा के हृदय में बसता है। प्रजा का सर्वांगीण विकास करना राजा का परम कर्तव्य है। प्रजा के कल्याण के लिए राजा जो भी मार्ग अपनाए, उसका समर्थन करना चाहिए। जैसे—

लड़ना, मरना, पीछे हटना, स्पर्धा करना, भेद करना, धोखा करना, मारना, वचन देकर मुकर जाना आदि सब कर्तव्य निभाने के ही रूप हैं। इस प्रक्रिया में राजा से यदि कोई भूल हो जाए, तो वह प्रजा की दुआ से माफ हो जाती है।

शिवाजी महाराज ने अपने हर कर्तव्य को इस प्रकार निभाया कि प्रजा की भलाई हो। इसलिए प्रजा ने भी उन्हें भरपूर संरक्षण दिया और उनका कोई भी रहस्य दुश्मन के सामने उद्घाटित नहीं किया।

शिवाजी की सेना में जो लोग घोड़े पर सवार होकर नहीं लड़ सकते थे, वे हाथी पर सवार होकर बाण या बंदूक से लड़ते थे।

शिवाजी महाराज ने हाथी पर सवार होकर कभी लड़ाई नहीं की। वे हमेशा घोड़े पर सवार होकर युद्ध करते एवं विश्रांति के लिए 'मेणा' (परदोंवाली पालकी) का उपयोग करते थे।

मूल रूप से ईरानी शाइस्ता खान, मूल रूप से अफगानिस्तानी दिलेर खान, मूल रूप से उजबेकी करतलब खान, मूल रूप से अरबस्तानी दाऊद खान, मूल रूप से अफ्रीकी हबशी सिद्दी जौहर जैसे अनेक देशों के योद्धाओं को शिवाजी ने अपनी रणनीति से हराया।

इसी प्रकार शिवाजी ने अंग्रेज, डच, फ्रेंच व पुर्तगीज सत्ताओं के साथ सीधी लड़ाई की। शिवाजी महाराज की सैन्य कुशलता एवं युद्ध-नीति कुशलता पर विचार करें, तो उन्हें सच्चे अर्थ में 'अंतरराष्ट्रीय सेनानी' के रूप में देखा जा सकता है। इस कथन में सचमुच कहीं कोई अतिशयोक्ति नहीं है।

## जासूसों के काम

चाणक्य ने कहा है कि जासूस राज्य के लिए आँखों का काम करते हैं। शिवाजी महाराज भी अपने जासूसों को राज्य की आँखों की तरह प्रयुक्त करते थे। उन्होंने अपने जासूस दिल्ली से लेकर तंजावर तक अनेक राजधानी-शहरों में नियुक्त कर रखे थे। इस संदर्भ में वास्को-डि-गामा का कथन हम बाद में देखेंगे। शिवाजी महाराज के सक्षम जासूस उन्हें एक-एक घंटे में गुप्त सूचनाएँ प्रेषित करते थे। महाराज ने अपने गुप्तचरों को हमेशा उच्चतम महत्त्व एवं सुंदरतम पारिश्रमिक दिया। यह बात स्वयं महाराज ने लिखित में स्वीकार की है।

शिवाजी महाराज ने किस प्रकार अफजल खान का वध किया, करतलब खान को झाँसा दिया, शाइस्ता खान पर छापा मारा, सूरत पर हमला कर उसे लूट लिया, पन्हालगढ़ से चुपके से पलायन किया; इन सबमें जो बेमिसाल सफलता महाराज को मिली, इसके पीछे उनके जासूसों की कारगुजारी ही तो है! जासूसों द्वारा गुप्त जानकारियों तक पहुँच जाना और फिर उन जानकारियों को समय रहते महाराज तक पहुँचा भी देना; यह कोई साधारण उपलब्धि नहीं है। गुप्तचरों की असाधारण सफलताओं के कारण महाराज को असाधारण यश मिला।

शिवाजी महाराज को अपने मार्ग में आनेवाले वृक्षों तक की जानकारी हुआ करती थी! शत्रु ने अपने नदी-नालों पर कहाँ-कैसे बाँध आदि बना रखे हैं और उनमें कहाँ-कैसी कमी है; सब महाराज को मालूम रहता था! सूरत के व्यापारियों के बारे में उन्होंने सूक्ष्मतम जानकारियाँ संकलित की थीं। किसके पास कितना धन है, उसे कहाँ संगृहीत किया गया है, रक्षा की क्या व्यवस्था है, वहाँ कितनी फौज तैनात की गई है, इत्यादि हर जानकारी उन्हें पहले से मिल चुकी थी।

उनकी कुशलता का अनुमान इससे लगाया जा सकता है कि दिल्ली के सम्राट् का आदेश अधिकारी तक पहुँचता, उससे पहले शिवाजी को ज्ञात हो जाता था!

महाराज के गुप्तचर तो गुप्त समाचारों तक पहुँचते ही थे, स्वयं गुप्तचरों के बारे में जानकारियाँ भी बड़ी शिद्दत से छिपाकर रखी जाती थीं। महाराज के गुप्तचर के रूप में इतिहास में केवल एक नाम दर्ज है : बहिर्जी नाईक। ग्रंथों में इतना ही उल्लेख मिलता है कि ये गुप्तचर महाराष्ट्र के रामोशी, धनगर, भील, लमाण (आदिवासी समाज), बंजारा, पारधी, महादेव-कोली एवं मसान-जोगी आदि भटकी जमात के लोग हुआ करते थे।

## 'गनिमी कावा' : छापामार युद्ध का आधुनिक तंत्र

'गनिमी कावा' (मराठी) का अर्थ इस प्रकार समझें : 'गनिमी' यानी छिपकर और 'कावा' यानी आक्रमण। 'गनिमी कावा' यानी छापामार युद्ध।

'गनिमी कावा' ग्रंथ में शिवाजी महाराज ने विस्तार से मीमांसा की है कि छापामार युद्ध कब, कैसे और कहाँ लड़ा जाना चाहिए। छापामार लड़ाई की इतनी बारीक समझ इस ग्रंथ में दी गई है कि महाराज की बुद्धिमानी और सूझबूझ पर आश्चर्य ही किया जा सकता है।

'गनिमी कावा' को 'शिव-सूत्र' के नाम से भी जाना जाता है, क्योंकि यह शिवाजी महाराज ही थे, जिन्होंने छापामार युद्ध को न केवल ईजाद किया, बल्कि इतना विकसित भी किया, जितना विश्व में आज तक कोई नहीं कर सका। आधुनिक विश्व के जितने भी नेताओं या सेनापतियों आदि ने छापामार युद्ध के पैंतरों को अपनाकर जीत हासिल की है,

उन सभी ने एक मत से स्वीकार किया है कि उन्होंने 'गनिमी कावा' के ही अध्ययन से छापामारी सीखी और अपने मुट्ठी भर सैनिकों को इस प्रकार प्रशिक्षित किया कि दुश्मन की महाशक्तिशाली फौज के भी छक्के छूट गए।

द्वितीय विश्व-युद्ध (बीसवीं सदी) के बाद 'गनिमी कावा' का महत्त्व बहुत बढ़ा। चीन में माओत्से तुंग और वियतनाम में जनरल ज्याप ने 'गनिमी' के सूत्रों को अपनाकर असीमित यश प्राप्त किया।

सन् 1958 के अंतिम दिनों में क्यूबा में जो क्रांति हुई, उसकी सफलता का श्रेय 'गनिमी कावा' के ही कुशल संचालन को दिया जाता है। क्यूबा के तानाशाह बतिस्ता के खिलाफ क्रांतिकारियों ने जो विद्रोह किया, वह बरसों-बरसों तक चला। क्रांतिकारियों ने बहुत त्याग किया, बहुत बलिदान दिया। क्रांतिकारियों का नेतृत्व था फिडेल कास्त्रो, चे ग्यूवेरा व साथियों के हाथ में। तानाशाह बतिस्ता को महाशक्ति अमेरिका का भरपूर फौजी सपोर्ट खुलेआम मिल रहा था, लेकिन फिडेल कास्त्रो और चे ग्यूवेरा के छापामारों ने उस महाशक्ति को ऐसा हलाकान किया कि आखिर उसे अपनी नाक कटाकर पीछे हटना पड़ा। इन छापामारों ने 'शिव-सूत्र' उर्फ 'गनिमी कावा' में दी गई पद्धतियों का अक्षरश: पालन किया था। क्रांति के सूत्रधारों ने यह बात स्वयं स्वीकार की है।

वियतनाम में भी अमेरिका की खूब किरकिरी हुई। वियतनामी जनरल ज्याप ने घोर जंगलों में अमेरिकी फौजियों के साथ खूँखार छापामार युद्ध लड़कर उन्हें हक्का-बक्का कर दिया। जनरल ज्याप ने भी 'शिव-सूत्र' में दी गई सलाहों के मुताबिक अपने मोरचे तैयार किए और ऐसी जीत हासिल की, जिसने जनरल ज्याप को विश्व-विख्यात कर दिया। स्वयं जनरल ज्याप ने 'शिव-सूत्र' को अपना प्रेरणा-स्रोत बताया है।

गौर करना होगा कि क्यूबा और वियतनाम इन दोनों देशों में अमेरिका पर जो जीत हासिल की गई, उसमें शिवाजी महाराज की बुद्धि-संपदा ने अपना जादू दिखाया। प्रकारांतर से स्वयं महाराज ने ही अमेरिका को हराया। ऐसी उपलब्धियों के कारण ही इतिहास में महाराज का नाम एक अंतरराष्ट्रीय योद्धा के तौर पर दर्ज है। दूसरे विश्व-युद्ध के बाद महाराज के 'गनिमी कावा' की चर्चा अंतरराष्ट्रीय स्तर पर होने लगी थी।

प्राचीन चीनी युद्ध-कला विशेषज्ञ सून जू ने अपनी पुस्तक 'बुक ऑफ द वार' में 'गनिमी कावा' में दिए गए छापामारी के पैंतरों की चर्चा की है। बिल्कुल अचानक जबरदस्त तेजी से आक्रमण कैसे करें, शत्रु को अचानक हक्का-बक्का कर देने के तरीके क्या हैं, शत्रु को धोखे में कैसे रखा जाए, इत्यादि अनेक पैंतरों का जिक्र करते हुए सून जू ने 'गनिमी कावा' की प्रशंसा की है।

सून जू को माओत्से तुंग का प्रेरणा-स्रोत माना जाता है। सून जू के मौलिक विचारों का अधिक विकास एवं विस्तार माओ ने किया।

संसार-प्रसिद्ध युद्ध-कला विशेषज्ञ क्लॉजविट्ज ने भी अपने ग्रंथ 'ऑन वॉर' के चौथे खंड में 'गनिमी कावा' में आलेखित छापामार युद्ध-पद्धति की चर्चा की है। उसने इस युद्ध को 'जनता का युद्ध' कहा है। ऐसा युद्ध जनता के आक्रोश एवं प्रतिकार की भावना से प्रेरित होता है। जनता जब पूर्ण निष्ठा से प्रेरित होती है, तब ऐसा युद्ध होने लगता है।

आधुनिक युग की पृष्ठभूमि में देखें, तो मनुष्य का युद्ध-अनुभव बहुत समृद्ध हो चुका है। 'गनिमी कावा' का इस समृद्धि में अहम योगदान है। 'गनिमी कावा' की परिपूर्ण चर्चा पढ़ने को मिलती है इन तीन हस्तियों की लिखी पुस्तकों में, माओत्से तुंग, जनरल ज्याप और चे ग्यूवेरा। वैसे तो इन तीनों ने एक जैसी ही चर्चा की है, किंतु भाषा की कसौटी पर तीनों स्वतंत्र प्रतीत होती हैं।

माओत्से तुंग, जनरल ज्याप और चे ग्यूवेरा, ये तीनों मूल रूप से क्रांतिकारी थे, अतः 'गनिमी कावा' को भी उन्होंने क्रांति के ही साधन की दृष्टि से देखा। इन तीनों का उद्देश्य एक जैसा था। ये सिर्फ उस राजनयिक सत्ता को समाप्त करना नहीं चाहते थे, जिसने उनके प्रदेशों पर कब्जा कर रखा था; बल्कि इन्हें तो एक व्यापक क्रांति करनी थी। ऐसी क्रांति, जो जितनी राजनयिक थी, उतनी ही सामाजिक भी थी। ऐसी व्यापक क्रांति के शत्रु बहुत शक्तिशाली थे। आधुनिकतम अस्त्र-शस्त्र से सुशोभित उनकी सेना अत्यंत संगठित थी। उन्हें केवल 'गनिमी कावा' में वर्णित पद्धति से हराया जा सकता था। उपरोक्त तीनों हस्तियों का एक ही उद्देश्य था : समाज एवं शासन को आमूलचूल बदल देनेवाली व्यापक क्रांति! इससे कम कुछ नहीं। इसीलिए इन तीनों ने 'गनिमी कावा' के सिद्धांतों व पद्धतियों को एक जैसी हार्दिकता के साथ अपनाया।

माओत्से तुंग के अनुसार चीनी क्रांति बुनियादी तौर पर किसानों की क्रांति थी। किसान ही माओ के 'गनिमी कावा' के सैनिक थे। माओ ने किसान और सैनिक में कभी अंतर नहीं किया।

जनरल ज्याप के अनुसार वियतनाम जैसे पिछड़े देश में केवल वही युद्ध 'लोक-युद्ध' के रूप में उभर सकता था, जो मजदूरों के नेतृत्व में लड़े गए किसानों के युद्ध जैसा होता। वियतनाम के 'गनिमी सैनिकों' में 90 प्रतिशत से अधिक किसान ही थे।

चे ग्यूवेरा के अनुसार 'गनिमी युद्ध' जनता का मुक्ति-संग्राम है। 'गनिमी सैनिक' समाज-सुधारक भी होता है। नए समाज की रचना के लिए ही वह शस्त्र धारण करता है। 'गनिमी सैनिक' यदि समाज-सुधारक है, तो 'गनिमी किसान' क्रांतिकारी है।

उपरोक्त क्रांतिकारियों ने 'गनिमी युद्ध' की प्रेरणा का अधिकतम श्रेय शिवाजी महाराज को दिया है। अनेक जगहों पर इन क्रांतिकारियों ने लिखा है कि छापामार युद्ध की प्रेरणा उन्हें शिवाजी महाराज से मिली; हम उनके ऋणी हैं।

शिवाजी महाराज की युद्ध-कला आधुनिक युग में भी अनुकरणीय है। जैसा कि श्री मोहन धारिया ने 1 मई, 1978 के दिन वक्तव्य दिया था, "वियतनाम के राष्ट्रपति हो ची मिन्ह जब भारत पधारे थे, तब उनसे चर्चा करते हुए मैंने कहा था कि वियतनाम की जनता ने अपनी लड़ाई जिस तरह लड़ी, उसे देखकर मुझे शिवाजी महाराज के 'गनिमी कावा' की याद आती रही, इस पर हो ची मिन्ह ने कबूल किया था कि जी हाँ; आपका मानना सही है। हमने अमेरिकी सरकार से लड़ते समय जिस तरह मोरचेबंदी की थी और जो युद्ध-नीति अपनाई थी, उसके लिए हमने शिवाजी राजे के युद्ध-तंत्र का अध्ययन किया था।"

*(महाराष्ट्र टाइम्स, 10 मई, 1978)*

निस्संदेह भारतवर्ष के इतिहास को शिवाजी महाराज ने एक नई दिशा दी। उनका युद्ध-तंत्र केवल तत्कालीन न होकर सर्वकालीन एवं अंतरराष्ट्रीय महत्त्व का है। उपरोक्त साक्ष्य के आधार पर शिवाजी के युद्ध-तंत्र का महत्त्व सिद्ध हो जाता है।

## संदर्भ—

1. शककर्ते शिवराया / विजयराव देशमुख
2. शिवरायाची युद्ध-नीति / डॉ. सच्चिदानंद शेवड़े-दुर्गेश परुलकर
3. Shivaji : His Life and Times / G.B. Mehendale

□

# शिवाजी महाराज और संसार के कत्लेआम

सूरत शहर ताप्ती (तापी) नदी के किनारे बसा हुआ है। समुद्री किनारा कुछ ही किलोमीटर के फासले पर है। सूरत में एक किला था। शहर में सुरक्षा की व्यवस्था नहीं थी। शिवाजी महाराज की सेना पास आते देखकर सूरत का सूबेदार किले के अंदर भाग गया। शहर पर मराठों का कब्जा हो गया। ब्रिटिश एवं डच लोगों ने अपने भंडारों की रक्षा स्वयं की।

उस समय सूरत का उत्पादन 12 लाख रुपए वार्षिक था। यह शहर व्यावसायिक दृष्टि से बहुत महत्त्वपूर्ण था। कारोबार की डेढ़ हजार वर्षों की परंपरा थी। अत्यंत विकसित शहर था। व्यापारी संपन्न थे। पश्चिमी किनारे पर नाके थे। कारोबार की उथल-पुथल थी। मक्का जानेवाले यात्रियों को इसी बंदरगाह से लाया और भेजा जाता था। यहाँ के हाजी सय्यद बेग और बहर्जी बोहरा नामक व्यापारी अत्यंत धनी थे। उन्हें समग्र संसार के धनी साहूकारों में गिना जाता था। सूरत का एक बनिया आठ कोटि रुपयों का मालिक कहा जाता था। इसके अलावा तापी नदी के किनारे अंग्रेज व डच व्यापारियों ने अपने बेशकीमती माल के भंडार बना रखे थे।

यूँ यह शहर 'संपत्ति के मायके' के रूप में प्रसिद्ध था। शिवाजी महाराज इस धनी शहर में आ पहुँचे। उस समय सूरत का शासन मुगल सूबेदार इनायत खान के हाथ में था।

6 जनवरी, 1664 के दिन शिवाजी महाराज सूरत के पास आकर, सरहद से बाहर, बरहाणपुर के बाग में उतरे। उन्होंने दो गुप्तचरों को अपने खत के साथ शहर में भेजा। खत में लिखा था कि सूबेदार इनायत खान शहर के इन तीन धनी व्यक्तियों, हाजी सय्यद बेग, बहर्जी बोहरा व हाजी कासम को साथ लेकर मुझसे मिलें और शहर का 'हिस्सा' निश्चित करें, वरना मैं शहर को जलाकर नष्ट कर दूँगा। जब सूबेदार की ओर से इस खत का कोई जवाब न आया, तो महाराज अपने घुड़सवारों के साथ शहर में प्रवेश कर गए।

महाराज ने सूरतवासियों को यकीन दिलाया कि मैं आप लोगों को तंग करने नहीं आया हूँ। औरंगजेब ने हमारे राज्य पर हमले करके हमें बहुत नुकसान पहुँचाया है। उसने

हमारे बेशुमार लोगों की हत्याएँ की हैं। मैं उसी का बदला लेने आया हूँ।

डच व्यापारियों के भंडार के पास बहर्जी बोहरा का महलनुमा निवास दूर से नजर आता था। वहाँ से महाराज के सैनिकों ने 28 सेर हीरे-मोती, पाचू, माणिक-जवाहर आदि रत्न लूटे। वहाँ तो इतनी संपत्ति थी कि सैनिक दिन-भर लूट-लूटकर इकट्ठा करते रहे! हाजी सय्यद बेग का निवास अंग्रेजों के भंडार के पास था। वहाँ से भी बहुत खजाना लूटा गया।

शिवाजी महाराज शहर जरूर लूट रहे थे, किंतु उन्होंने एक बार भी अपना उग्र रूप नहीं दिखाया। शहर में रेवरेंड फादर एंब्रोज नामक एक कापुशियन पादरी रहता था। लूटने लायक उसके पास भी बहुत कुछ था। उसका घर दिखाया भी गया, किंतु महाराज ने हमला नहीं किया। उन्होंने कहा कि पादरी लोग पवित्र होते हैं। मैं किसी पादरी को तकलीफ नहीं देना चाहता। इसी तरह सूरत में मोहनदास पारख नामक एक दलाल हुआ करता था, जो डच व्यापारियों का कारोबार सँभालता था। वह अपनी नैतिकता, दयालुता और दानशीलता के लिए मशहूर था। उसकी मौत हो चुकी थी। उसका परिवार शहर में शांति से रहता था। परिवार के पास बहुत संपत्ति है, ऐसी खबर मिली, किंतु महाराज ने कहा, "हम इस घर को हाथ नहीं लगाएँगे, क्योंकि मोहनदास पारख बहुत सज्जन व्यक्ति था। जो इज्जत उसकी थी, वही इज्जत हम उसके परिवार को देना चाहते हैं।"

सूरत शहर से लूटा गया कीमती माल थैलों में भरकर, घोड़ों पर लादकर, महाराज राजगढ़ सुरक्षित पहुँच गए। उन्हें रोकने की हिम्मत किसी को न हुई। यह लूट तकरीबन साढ़े आठ कोटि की थी।

इस लूट में मुगलों के व अन्य साहूकारों के अनेक घोड़े महाराज के हाथ लगे थे। उन पर पहचान के लिए निशान लगाए गए। इन घोड़ों के लिए अलग से तबेले बनवाए गए।

सूरत लूटने के बाद महाराज ने बादशाह औरंगजेब को जो खत लिखा, वह इस प्रकार था—

"तुम्हारे मामा शाइस्ता खान को मैंने दंडित किया है। तुम्हारे शहर सूरत को मैंने इसलिए लूटा है कि तुम हमारे देश पर जबरन काबिज हो। हिंदुस्तान हिंदुओं का है। उस पर तुम्हारा कोई हक नहीं। दक्षिण प्रदेश पर भी तुम्हारा हक नहीं है। दक्षिण प्रदेश निजाम सरकार का है और मैं उसका मंत्री हूँ।"

इस खत का बादशाह की ओर से कोई जवाब नहीं आया।

अब सूरत के सूबेदार इनायत खान ने महाराज के कत्ल की योजना बनाई। समझौता करने के बहाने एक व्यक्ति को महाराज के पास भेजा गया। उस व्यक्ति ने महाराज से भेंट की और समझौते की शर्तें सामने रखीं। शर्तें सुनकर महाराज बोले, "तुम्हारा मालिक औरतों की तरह किले में छिपा बैठा है। हम उसके जैसी औरतें नहीं हैं, जो उसकी शर्तें मान लें।"

इस पर वह व्यक्ति बोला, "हम भी औरतें नहीं हैं। क्या आपको और कुछ कहना है?" इसके साथ ही उसने एक खंजर निकाल लिया, जिसे वह अपने कपड़ों में छिपाकर लाया था। जबरदस्त तेजी से वह शिवाजी महाराज की ओर झपट पड़ा। उसकी चेष्टा कुछ ऐसी थी, जैसे अपना खंजर महाराज के पेट में भोंक ही देगा। महाराज का एक अंगरक्षक नंगी तलवार लिये वहीं नजदीक खड़ा था। उसने फौरन तलवार चलाकर उसका हाथ छाँट दिया। इसके बावजूद वह अपना हाथ इतने जोर से चला चुका था कि महाराज को धक्का लग ही गया। महाराज गिर पड़े, साथ में वह व्यक्ति भी गिर पड़ा।

उस गद्दार को महाराज के अंगरक्षकों ने वहीं-का-वहीं मार डाला।

महाराज के सूरत शहर छोड़ने के सात-आठ दिनों बाद मुगल सेना शहर में दाखिल हुई। महाराज के डर से जो लोग सूरत से भाग गए थे। वे अभी तक वापस नहीं आए थे। मुगल सेना के आ जाने से वे धीरे-धीरे वापस लौटने लगे। सूबेदार इनायत खान अभी तक किले में ही छिपा बैठा था। लोग उसके नाम पर थूक रहे थे, गोबर फेंक रहे थे।

अंग्रेज व्यापारियों ने मराठों के हमले के दौरान अच्छी बहादुरी दिखाई थी। लोग उनकी तारीफ कर रहे थे। सर ऑक्जेंडन नामक एक अंग्रेज व्यापारी था। उसकी तो विशेष ही तारीफ हो रही थी। मुगल सेनापति ने जब शहर में कदम रखे, तब ऑक्जेंडन उससे मिलने गया। सेनापति ने उससे कहा, "मैं अपनी बंदूक नीचे रखता हूँ। तुम्हारे रहते मुझे शहर की हिफाजत की कोई फिक्र नहीं। मैं तुम्हें सिर का कवच पहनाना चाहता हूँ। तुम्हें घोड़ा देना चाहता हूँ। मैं तुम्हारी कमर में अपने हाथ से तलवार बाँधना चाहता हूँ। तुम्हें उचित सम्मान मिलना ही चाहिए।"

इस पर ऑक्जेंडन ने कहा, "ऐसा पहनावा योद्धाओं के लिए उचित है। मैं योद्धा नहीं हूँ। हम व्यापारी हैं। हमारे व्यापार के लिए आपके बादशाह-सलामत से कुछ रियायतें मिल जाएँ, इतना ही चाहते हैं।"

बादशाह औरंगजेब ने सूरत के व्यापारियों के प्रति अपनी सहानुभूति प्रकट की और उन्हें जो नुकसान हुआ था, उसमें राहत देने के लिए उनके माल पर एक वर्ष का कर माफ कर दिया। अंग्रेजों की तरह डच व्यापारियों ने भी हिम्मत के साथ लूट को रोकने की कोशिश की थी। बादशाह ने उनके माल पर एक प्रतिशत कर माफ कर दिया।

लूट व आक्रमण के समय में शिवाजी ने जो उच्च कोटि का संयम दरशाया, उसकी तुलना ईरान के नादिर शाह की नीचता से अवश्य की जानी चाहिए।

नादिर शाह ने सन् 1739 में भारत पर आक्रमण किया। उसकी सेना में सैनिकों की तादाद मुगलों की बनिस्बत भले ही कम थी, किंतु उसने अपने शौर्य एवं कुशल रणनीति के बल पर मुगलों को पराजित कर दिया। इतना ही नहीं, उसने तत्कालीन मुगल सम्राट् मुहम्मद शाह को बंदी बना लिया और उसके पैरों में जंजीरें डाल दीं। जबरदस्त आतंक

के साथ नादिर शाह ने राजधानी दिल्ली में प्रवेश किया।

तभी वहाँ अफवाह फैल गई कि नादिर शाह का वध हो गया है। कुछ मुगल सैनिक इस अफवाह से जोश में आ गए। उतावले होकर उन्होंने कुछ पर्शियन सैनिकों को मार डाला। अपने सैनिकों के बेवजह मारे जाने का समाचार सुनकर नादिर शाह का खून खौल उठा। उसने म्यान से तलवार निकालकर गर्जना की, "कत्लेआम! जब तक हमारे हाथ में नंगी तलवार है, तब तक कत्लेआम किया जाए। जो भी दिखाई पड़े, काट डालो। औरतों और बच्चों को भी मत बख्शो।"

पर्शियन सैनिकों ने नादिर शाह के हुक्म का अक्षरशः पालन किया। गली-कूचे, गलियाँ-सड़कें खून से सन गईं। अंधाधुंध हत्याओं से प्रलय जैसा हाहाकार मच गया। वह दिन था 11 मार्च, 1739; जब एक ही दिन में करीब 30 हजार बेकसूर लोगों को मौत के घाट उतार दिया गया, यहाँ तक कि दिल्ली की इमारतों को भी न छोड़ा गया; उन्हें भी बरबाद कर दिया गया। पूरी दिल्ली तबाह हो गई।

दिल्ली के सम्राट् मुहम्मद शाह की हालत दयनीय थी। वह अपनी प्रजा के लिए जीवनदान माँगने की स्थिति में आ गया। मुहम्मद शाह ने नादिर शाह से निर्दोष प्रजा के जीवन की भीख माँगी। तब नादिर शाह थोड़ा शांत हुआ, किंतु उसने कत्लेआम रोकने के लिए एक शर्त रखी। शाही खजाने की चाबी उसने अपने अधिकार में ले ली और शाहजहाँ द्वारा बनवाया गया रत्नजड़ित मयूर सिंहासन भी जब्त कर लिया।

भविष्य में यही मयूर सिंहासन पर्शिया के बुलंद शौर्य का प्रतीक माना गया। मयूर सिंहासन के अलावा असंख्य हीरे-जवाहरात के साथ कोहिनूर और दरिया-ए-नूर ये दो अनमोल हीरे भी नादिर शाह के कब्जे में चले गए।

इस लूट में नादिर शाह को इतनी अधिक संपत्ति मिली कि उसने अपनी प्रजा यानी ईरान की प्रजा को तीन वर्ष के लिए कर-मुक्त कर दिया।

संसार के सबसे भयानक कत्लेआम चंगेज खान ने किए थे। उसने तत्कालीन संसार की 17 प्रतिशत आबादी, यानी 6 करोड़ लोगों को मौत के घाट उतारा था। इस प्रकार के कत्लेआमों का ब्योरा आगे दिया गया है।

## संदर्भ—

1. छत्रपति शिवाजी महाराज/कृ.अ. केलूसकर
2. छत्रपति शिवाजी/सेतुमाधवराव पगड़ी
3. Shivaji : His Life & Times / G.B. Mehendale

□

# शिवाजी महाराज और ट्रॉय

ग्रीस और ट्रॉय के बीच ईसा पूर्व सन् 1193 से 1184 के बीच लगातार 9 वर्ष तक युद्ध हुआ था। इस युद्ध ने दोनों देशों की संस्कृति, संस्कार और साहित्य के अलावा विभिन्न कलाओं को भी अत्यंत गहराई से प्रभावित किया। यह प्रभाव आज तक चला आ रहा है। इस युद्ध को 'ट्रोजन-वार' के नाम से जाना जाता है। अमर कवि होमर ने जो अप्रतिम महाकाव्य 'इलियाड' लिखा है, वह इसी संघर्ष को बयान करता है। भारत में 'महाभारत' की जो स्थिति है, वही स्थिति ग्रीस और ट्रॉय में 'इलियाड' की है। ये दोनों देश दक्षिण-पूर्व यूरोप में हैं।

ट्रॉय एक सुविकसित शहर था। उसके अवशेष आज भी विश्व-धरोहर के रूप में सँजोकर रखे गए हैं। ट्रॉय शहर को लोगों ने कई नाम दे रखे थे। उनमें से एक नाम था ट्रोजा। ट्रोजा से बना ट्रोजन और ट्रोजन से बना ट्रोजन-वार। वह घमासान युद्ध 9 वर्ष तक इसी ट्रॉय शहर में लड़ा गया।

हेलेन नामक एक रानी थी, इस युद्ध के पीछे। हेलेन की शादी हुई थी मेनेलॉस के साथ। मेनेलॉस था ग्रीस का राजा, यानी हेलेन ग्रीस की रानी थी। दुनिया की सबसे सुंदर युवती उसी को माना जाता था।

पौराणिक कथा के अनुसार हेलेन को पैरिस नामक एक नौजवान से प्यार हो गया। हेलेन और पैरिस राजमहल से निकलकर भाग गए। पैरिस स्वयं भी एक राजघराने से था। वह ट्रॉय के राजा प्रायम का बेटा था। पैरिस हेलेन को साथ लिये ट्रॉय आ पहुँचा।

ग्रीस के राजा मेनेलॉस ने ट्रॉय के राजा प्रायम से बार-बार आग्रह किया कि वह उसकी रानी हेलेन को वापस भेज दे, लेकिन प्रायम का बेटा पैरिस इसके लिए तैयार नहीं था। तब मेनेलॉस ने तय किया कि वह प्रायम पर चढ़ाई करेगा और हेलेन को छुड़ाकर ले आएगा।

ग्रीस के 1000 युद्ध-पोतों का बेड़ा इहायइहू समुद्र को पार करता हुआ ट्रॉय आ पहुँचा। ऑलिस बंदरगाह में ग्रीस की जबरदस्त सेना उतर पड़ी और राजधानी ट्रॉय की

ओर झपटने लगी। वह राजा प्रायम के किले तक आ पहुँची। किले को चारों तरफ से घेर लिया गया।

प्रायम के सैनिक किले के भीतर से और ऊँची दीवारों पर से वार करते। मेनेलॉस की सेना बढ़-बढ़कर जवाब देती। जल्द ही दिखाई पड़ गया कि किला बेहद मजबूत है। उसका कोई भी हिस्सा ऐसा नहीं है कि जिसे तोपें चलाकर गिराया जा सके। तब राजा मेनेलॉस ने किले के घेरे को और भी मजबूती से कस दिया।

ट्रॉय का किला 9 वर्षों तक तोप के गोलों की मार सहता रहा, मगर उसका कुछ न बिगड़ा। दोनों ही पक्ष सोच में पड़ गए कि यह युद्ध आखिर कब तक चलता रहेगा? आखिर ग्रीक सेनापति ने संदेश भेजा कि हम युद्ध जारी नहीं रखेंगे। हमने अपनी हार कबूल कर ली है। अब हम आपके दोस्त हैं।

हम अपने देश ग्रीस वापस जा रहे हैं। जाते-जाते आपको हम एक जबरदस्त तोहफा देना चाहते हैं। यह तोहफा आपके साथ हमारी दोस्ती का प्रतीक है। कृपया इसे कबूल कर लें। तोहफा हम किले के सामने ही छोड़कर चले जाएँगे। आप जब चाहें, उसे खींचकर अपने किले में ले जाएँ।

सचमुच ग्रीक सेना ने यही किया। कई मंजिल ऊँचा एक काठ का घोड़ा उन्होंने किले के सामने छोड़ दिया। दूर-दूर तक एक भी ग्रीक सैनिक दिखाई न दिया। वाकई सब चले गए थे। ट्रॉय के राजा प्रायम ने खुश होकर उस तोहफे को कबूल कर लिया। काठ के उस जबरदस्त घोड़े को खींचकर किले के अंदर ले जाया गया। फिर सब अपनी जीत का जश्न मनाने में मगन हो गए।

किसी को कल्पना भी नहीं थी कि उस घोड़े के विशाल पेट में ग्रीस के जाँबाज लड़ाकों की एक बेहद मजबूत टोली छिपी हुई थी। आधी रात के बाद, जब राजा प्रायम के सैनिक 9 वर्ष पुराना घेरा उठ जाने की तसल्ली का आनंद लेते मीठी नींद में धुत पड़े हुए थे, तब घोड़े के पेट में बनी एक खिड़की बड़ी खामोशी के साथ खुली। उसमें से एक-एक कर अनेक ग्रीक सैनिक नीचे उतर पड़े।

ये सैनिक सीधे गए किले के दरवाजे की ओर, जो भीतर से बंद था। उन्होंने रखवालों को मार डाला और दरवाजा भीतर से खोल दिया। ग्रीस की सेना, जो लड़ाई के मैदान से हट तो गई थी, लेकिन आस-पास ही छिपी हुई थी, धड़धड़ाकर लौट आई और किले में दाखिल हो गई। ट्रॉय की सेना नींद से कब उठती और कब सँभलती! वह खिलौनों की तरह कट गई।

यूँ ट्रोजन की लड़ाई का अंत हुआ। जिस हेलेन के कारण यह लड़ाई हुई थी, उसका क्या हश्र हुआ, इस पर मतभेद है। एक मत के अनुसार ग्रीस का राजा मेनेलॉस

अपनी रानी हेलेन को छुड़ाकर वापस ले गया। हेलेन ने अपनी शेष जिंदगी शांति से ससुराल में ही गुजारी।

शिवाजी महाराज ने भी एक लड़ाई ऐसी लड़ी थी, जो ट्रोजन की लड़ाई की याद दिलाती है। महाराज के सैनिकों ने जिस बहादुरी और सूझबूझ का परिचय दिया और कठिनतम परिस्थितियों में भी जीतकर दिखा दिया, इसकी कथा 'ट्रोजन-वार' जैसी ही रोमांचक व प्रेरणादायक है।

मुगलों से किया गया समझौता टूटने के बाद शिवाजी महाराज ने अपना उग्र रूप दिखाया। निकटवर्ती प्रदेशों में उन्होंने मुगलों को तंग करना शुरू किया। वीरता दिखाने का कोई अवसर वे नहीं चूके। सिंहगढ़ एवं पुरंदर के किले शत्रु के अधिकार में थे। महाराज ने पहला निर्णय यही लिया कि इन्हें वापस हासिल कर लिया जाए। ये किले शत्रु के हाथ में होने से महाराज पूना, चाकण आदि स्थानों में बेखटके नहीं जा सकते थे। इन किलों की रक्षा राजपूत करते थे, जिन्हें राजा जयसिंह द्वारा नियुक्त किया गया था। ये राजपूत अत्यंत वीर एवं युद्ध-कला में सिद्धहस्त थे।

महाराज ने सोचा कि पहले सिंहगढ़ पर कब्जा किया जाए। सिंहगढ़ का सरदार उदयभानु बहुत ही शूरवीर एवं बलशाली था। वह मुगलों के प्रति निष्ठावान था, इस कारण उसे सरलता से अपनी ओर मिलाया नहीं जा सकता था। उसके अधीन जो सैनिक थे, वे भी बहुत चुनिंदा राजपूत थे। उतनी मजबूती से सुरक्षित गढ़ को हासिल कैसे किया जाए, इस सोच-विचार में शिवाजी महाराज डूब गए।

महाराज के विश्वस्त तानाजी मालुसरे ने सामने आकर कहा, "मैं सिंहगढ़ को जीत सकता हूँ, किंतु मुझे अपना छोटा भाई सूर्याजी साथ में चाहिए। मैं 1000 मावले सैनिक लेकर जाऊँगा और इनका भी चयन मैं ही करूँगा।"

महाराज ने तानाजी की यह बात स्वीकार कर ली।

सिंहगढ़ किला सह्याद्रि पर्वत के पूर्व में स्थित है। पुरंदर किले का विस्तार सिंहगढ़ के नजदीक तक है। दोनों के बीच आने-जाने के लिए एक ऊँचा, सँकरा रास्ता है। टेकरी जैसा यह रास्ता पूर्व-पश्चिम दिशा में है। उत्तर से दक्षिण की ओर देखने पर सिंहगढ़ का किला पत्थरों से निर्मित किसी विशाल पर्वत जैसा लगता है। इसकी चढ़ाई आधा मील है। कई जगह यह ऊँची नुकीली सलाख के समान है। इतना ऊँचा चढ़ने पर एक पथरीली, नुकीली चोटी आती है, जो चालीस फीट ऊँची है। इस भव्य चोटी पर जो दीवार चुनी गई है, उस पर बड़े-बड़े बुर्ज बने हुए हैं। किले का आकार त्रिकोण है। अंदर का घेरा करीब दो गील का है। खूबी यह है कि किले में दरवाजे के अलावा कहीं से भी प्रवेश नहीं किया जा सकता। बाहर से देखने पर ऐसा ही लगता है। किले की ऊँचाइयों से नजर डालें, तो नीरा नदी की शांत जलधारा दिखाई देती है। पहाड़ों के बीच से गुजरती होने के बावजूद

नीरा नदी, जो ज्यादा चौड़ी नहीं है, सुंदर-समतल भूमि पर से बहती नजर आती है। उत्तर में दूर-दिगंत तक फैला मैदान एवं पूना शहर दिखाई देता है। दक्षिण एवं पश्चिम में पर्वत की ऊँची-ऊँची श्रृंखलाएँ हैं। दूर से देखने पर वे आकाश को छूती महसूस होती हैं। इसी दिशा में है रायगढ़ का किला।

तानाजी मालुसरे ने सिंहगढ़ का किला जीतने की प्रतिज्ञा करके, 1000 मावले सैनिक साथ लेकर, कूच कर दिया। सभी सैनिक एक ही रास्ते से न जाकर अलग-अलग रास्तों से, अँधियारी रात को चीरते हुए आगे बढ़े और एक पूर्व-निश्चित ठिये पर इकट्ठे हो गए। माघ महीने की कृष्ण पक्ष की अष्टमी की रात थी। तानाजी ने आधे सैनिकों को कुछ फासला रखकर चलने के लिए कहा, जिन्हें इशारा मिलते ही आगे आ जाना था। बाकी सैनिक किले के तट पर चुपचाप खड़े रहे।

अब एक सैनिक ने अपनी गोह को किले के कगार की तरफ जोर से फेंका। गोह एक ऐसा प्राणी है, जो जहाँ गिरता है, वहीं चिपक जाता है। उसकी दुम के साथ बँधी रस्सी नीचे तक लटका दी जाती है। सैनिक इस रस्सी का सहारा लेता हुआ बाकायदा ऊपर तक चढ़ सकता है।

गोह किले के कगार से टकराकर सही-सलामत वहीं चिपक गई। उसकी दुम से बँधी रस्सी नीचे तक लटकने लगी। रस्सी के सहारे पहले तो सिर्फ एक सैनिक किले के कगार पर चढ़ा। वह अपने साथ मजबूत रस्से की बनी एक सीढ़ी लेकर गया था। सीढ़ी का ऊपरी छोर उसने कगार से अटका दिया और दूसरा छोर किले से बाहर की तरफ नीचे फेंका। वहाँ अँधेरे में तानाजी अपनी टुकड़ी के साथ मौजूद था।

एक के पीछे एक 300 मावले सैनिक तानाजी के पीछे-पीछे किले पर चढ़ गए। शेष सैनिकों के लिए रस्से की सीढ़ी लटकती छोड़ दी गई। ऊपर पहुँच चुके सैनिक फुरती से इधर-उधर छिप गए। तभी किले के कुछ रखवालों को शक हुआ। वे दौड़कर आए। उनमें से एक बाहर की तरफ झुककर देखने लगा कि क्या हो रहा है। उसे तानाजी के एक सैनिक ने बाण चलाकर मार डाला। रखवालों के बीच अफरा-तफरी मच गई। वे अपने शस्त्र लेने दौड़े।

दौड़ने-भागने की आवाजें जिधर से आ रही थीं, उधर तानाजी के सैनिकों ने अँधेरे में बाण चलाने शुरू किए। ज्यादातर बाण किसी-न-किसी को लगे और वे चिल्लाकर गिरे। तब तक रखवालों ने मशालें जला ली थीं, जिनकी रोशनी में उन्होंने पहचान लिया कि हमला किसने किया है। मराठे सैनिक रखवालों पर पूरी ताकत से टूट पड़े। दोनों पक्षों में युद्ध शुरू हो गया। तब तक किले के राजपूत सैनिक भी रखवालों के साथ आ मिले और युद्ध करने लगे। तानाजी के केवल 300 सैनिकों की तुलना में राजपूतों की तादाद काफी बड़ी थी, मगर राजपूत हड़बड़ा गए थे, जबकि मराठे घात लगा-लगाकर वार कर रहे थे।

मराठों ने शत्रु को धकेलते हुए आगे बढ़ना शुरू किया। ऐसा लगा कि किले के सैनिक बस हारने ही वाले हैं, लेकिन उसी समय किले का राजपूत सरदार उदयभानु आ पहुँचा। तानाजी और उदयभानु की नजर मिली और अगले ही पल दोनों में भीषण युद्ध छिड़ गया। दोनों एक से बढ़कर एक शूरवीर, शक्तिशाली और अनुभवी योद्धा थे। उनका युद्ध काफी देर तक चलता रहा। दोनों जख्मी हुए। दोनों युद्धभूमि पर एक साथ गिरे और एक ही साथ वीरगति को प्राप्त हुए।

मराठा सैनिकों ने देखा कि उनका मुखिया अब नहीं रहा और शत्रु की तादाद भी काफी बड़ी है। मराठों ने महसूस किया कि हम नहीं लड़ सकेंगे। उन्होंने पीछे हटने का फैसला किया। वे जहाँ से चढ़कर आए थे, उधर भागने लगे। इतने में तानाजी का भाई सूर्याजी नीचे रुके सैनिकों को लेकर ऊपर आ गया। उसने देखा कि भाई तानाजी रणभूमि में निर्जीव पड़ा है और मावले मराठे सैनिक भाग रहे हैं। सूर्याजी ने आगे बढ़कर उन्हें रोका और कहा, "तुम्हारे आदरणीय पिताओं के शव कहार उठाएँ, यह तुम्हें अच्छा लगेगा ? अब तुम लोग नीचे उतरकर भी नहीं जा सकते। मैंने रस्सी काट दी है। तुम लोग शिवाजी महाराज के शूरवीर सैनिक हो। तुम्हें शत्रु को पीठ दिखाकर रणभूमि से भागना शोभा नहीं देता। चलो, शत्रु का सामना करो और वीरता दिखाओ।"

सूर्याजी की ऐसी ओजस्वी वाणी सुनकर भागते मराठा सैनिक रुक गए। साथी सैनिक ऊपर आ पहुँचे हैं और उनके साथ सूर्याजी जैसा मुखिया भी आ पहुँचा है, यह देखकर सबके चेहरे चमक उठे। शत्रु के दाँत खट्टे कर देने का उनका उत्साह लौट आया।

अपने अत्यंत शूरवीर साथी तानाजी के बलिदान का बदला लेने के लिए मराठा सैनिक शत्रु पर टूट पड़े। अत्यंत वीरता से लड़ रहे उन मावले सैनिकों को स्वयं तानाजी ने चुना था। उन्होंने 'हर हर महादेव!' का सिंहनाद करते हुए शत्रु पर आक्रमण कर दिया और देखते-देखते किले पर कब्जा कर लिया। इस भयंकर संग्राम में 300 मावले मराठे एवं 500 राजपूत रणभूमि में सदा की नींद सो गए। कुछ राजपूत सैनिक, जो छिपे हुए थे, शरण में आ गए। कुछ ने किले पर से तलहटी में कूदकर प्राण दे दिए।

'हमारी जीत हुई है। गढ़ पर हमारा कब्जा हो चुका है।' यह शुभ सूचना शिवाजी महाराज को देने के लिए, पूर्व-निश्चित संकेत के अनुसार, किले के एक कमरे में सूर्याजी ने आग लगाई।

महाराज को अत्यंत उत्सुकता थी कि इस लड़ाई का परिणाम क्या रहा। सिंहगढ़ के किले पर जलती आग को देखकर वे गद्‌गद हो गए। इस जोखिम-भरी काररवाई में उनके ईमानदार व प्रिय मित्र तानाजी को अपने प्राणों की आहुति देनी पड़ी, यह जानकर शिवाजी महाराज तीव्र ग्लानि से भर उठे। उनके मुख से अनायास एक ऐसा उद्‌गार निकला, जो इतिहास में अमर हो गया। उन्होंने असहनीय पीड़ा से कहा, "गड़ आला, पण सिंह

गेला!" (गढ़ आया, पर सिंह चला गया!)

विशेष बहादुरी दिखानेवाले मराठा मावले सैनिकों को महाराज ने सोने के कड़े भेंट किए। इन सैनिकों को जिन अधिकारियों ने संचालित किया था, उन्हें योग्यता के अनुसार इनाम दिए गए। सूर्याजी ने इस लड़ाई में अत्यधिक पराक्रम कर, हारी हुई बाजी को जीत में बदल दिया था। महाराज ने उसकी भूरि-भूरि प्रशंसा की और उसे सिंहगढ़ किले का मुख्य अधिकारी बना दिया।

9 वर्ष तक चली ट्रॉय की लड़ाई, जिसके लिए एक लाख ग्रीक सैनिक 1000 युद्ध-पोतों में सवार होकर ट्रॉय पहुँचे थे, उसकी तुलना तानाजी मालुसरे के मात्र 300 मावले मराठा सैनिकों से करना सर्वथा तर्कसंगत एवं प्रेरणास्पद है। ट्रॉय में अभेद्य किला जीतने की चुनौती थी और सिंहगढ़ में भी अभेद्य किला सर करने की चुनौती थी। तानाजी के रणभूमि में दिवंगत हो जाने के बाद भी मराठों ने हिम्मत न हारी और सिंहगढ़ पर कब्जा कर ही लिया; वह भी केवल एक रात में।

तानाजी ने जीत हासिल करने के लिए किसी पाशवी शक्ति का उपयोग नहीं किया। उसने उपयोग किया, तो केवल गोह नामक एक जीते-जागते प्राणी का। यह भी सिंहगढ़ विजय की विशेषता थी।

गोह को मराठी में घोरपड़ कहते हैं। यह प्राणी बड़े आकार की छिपकली जैसा होता है। एक विशिष्ट घराने के मराठा सैनिकों ने युद्धों में घोरपड़ का उपयोग अनेक बार किया। इससे उस घराने का उपनाम ही घोरपड़े हो गया और प्रचलन में भी आ गया।

## संदर्भ—

1. छत्रपति शिवाजी महाराज / कृ.अ. केलुसकर
2. श्री छत्रपति शिवाजी महाराज याँचे विचिकित्सक चरित्र / वा.सी. बेंद्र
3. Shivaji, The Great Maratha / H.S. Sardesai

□

# शिवाजी महाराज और चीन की दीवार

2200 साल पहले की यह चीन की दीवार संसार के 7 आश्चर्यों में से एक है। यह 6000 किलोमीटर लंबी है। इसका निर्माण-कार्य लगातार 1600 वर्ष तक चलता रहा। इस प्रकार के किसी निर्माण पर विश्वास करना मुश्किल है। ईसा पूर्व सन् 230 में इसका निर्माण प्रारंभ हुआ था, जिसे सन् 1640 में रुकवा दिया गया था।

बीजिंग के उत्तर-पूर्व में करीब 100 किलोमीटर की दूरी पर स्थित शानहैफा बंदरगाह से शुरू होती यह दीवार सैकड़ों पर्वतीय उतार-चढ़ावों एवं खाइयों से निकलकर पश्चिम में गोबी के रेगिस्तान तक जाती है। इसे दीवार कहने से बेहतर होगा 'तटबंदी' कहना। यह दीवार सेना के अधिकार में थी। इसमें सेना की जरूरतों के हिसाब से खाने-पीने की वस्तुएँ, बारूद आदि रखने के लिए छोटे-छोटे किले बनवाए गए, जिनमें सेना के लिए निवास-व्यवस्था भी थी। इन किलों की संख्या 25000 के लगभग थी।

ऐसी अप्रतिम दीवार बनाने की कल्पना करनेवाला कौन था और उस कल्पना को साकार करनेवाला कौन था? करीब 2250 वर्ष पहले चीन में अनेक छोटे-छोटे राज्य थे। वे आपस में झगड़ते रहते थे, खासकर उत्तर की तरफ के राज्यों के बीच ज्यादा झगड़े होते थे। बीच-बीच में उत्तर दिशा से माँचू व मंगोलियन टोलियाँ हमले किया करतीं। ये टोलियाँ उपजाऊ इलाकों से अनाज लूटने के लिए आया करती थीं। उनके हमलों को रोकने के लिए संगठित होने की कल्पना 'शीन जी बाँगदी' नामक एक छोटे राज्य के प्रमुख ने की। उसने उत्तर के अनेक राज्यों को इकट्ठा करने का प्रयत्न किया। इन राज्यों को उसने यकीन दिलाया कि ऐसी हमलावर टोलियों से उन्हें लगातार खतरा है। जिन्होंने उसकी बात नहीं सुनी, उन पर बाकायदा हमला करके उसने स्वयं के एकाधिकार जैसा एक शासन बनाया। उपरोक्त टोलियों का सामना करने और उनके हमलों को रोकने के लिए एक भव्य दीवार बनाने की जरूरत है, ऐसा ऐलान उसने कर दिया। इस प्रकार उत्तर की ओर के प्रत्येक राज्य में दीवार का निर्माण-कार्य शुरू हो गया। आनेवाली प्रत्येक पीढ़ी ने उस निर्माण-कार्य को आगे

बढ़ाया। संसार के इतिहास में यह अपनी तरह का एकमात्र उदाहरण है।

तब तक सीमेंट की खोज नहीं हुई थी। तो फिर ईंटों और पत्थरों को जोड़ा कैसे गया? इसके लिए पका हुआ चावल, वनस्पति एवं मिट्टी का मिश्रण उपयोग में लाया गया। जनता को बाकायदा गुलाम बनाकर इस निर्माण-कार्य में जोता गया। जो भी विरोध करता, उसे वहीं कत्ल करके दीवार में ही चिनवा दिया जाता! फलस्वरूप इस दीवार का नाम ही पड़ गया, 'सबसे लंबी श्मशान-भूमि!'

चीन का इतिहास, यानी सत्ता पर चिंग और मिंग घरानों का बारी-बारी से काबिज होना।

तकरीबन 1100 वर्षों तक यह दीवार चीन की रक्षा करती रही। मंगोलियन टोलियों को इस दीवार से सख्त नफरत थी, क्योंकि वे उसे फलांग नहीं पाती थीं। चंगेज खान ने इस दीवार के रखवाले सैनिकों को इस प्रकार विवश किया कि वे उसका साथ देने के लिए राजी हो गए। चंगेज खान अपनी प्रचंड सेना लेकर दीवार को फाँदने में सफल हो गया। वह चीन में घुस गया। इससे चीन पर मंगोलियन, यानी मिंग की सत्ता स्थापित हो गई।

सन् 1212 में इस मिंग घराने को मन्चूरियन टोलियों से खतरा था, लिहाजा चंगेज खान के शासन-काल में भी इस दीवार का निर्माण-कार्य जारी रहा। सन् 1640 के आसपास मंचूरियन टोलियाँ फिर से ताकतवर हुईं, जिन्होंने चीन में चिंग घराने की सत्ता स्थापित कर दी। यह सत्ता सन् 1912 तक जारी रही, यानी सम्राट् पूयी के अपने पद से पतन होने तक। सन् 1650 के करीब दीवार के दोनों तरफ मंचूरियन सत्ता का अधिकार था, जिससे आक्रमणों का खतरा नहीं था। दीवार तब तक गोबी के रेगिस्तान तक बन चुकी थी। तब रेगिस्तान से सेना लाकर कोई आक्रमण नहीं कर सकता था।

चीन की यह दीवार अनेक दु:खद घटनाओं की साक्षी है। इसके निर्माण के 1800 वर्षों में लाखों मजदूर भूख, दुर्घटना या रोग से मौत के मुँह में समा गए। यहाँ कातिल ठंड पड़ती है। ठंड के दिनों में जबरदस्त बर्फ गिरती है। बीच-बीच में बारिश भी होती रहती है। गरमियों में बड़ी तेज धूप रहती है। चीन में सभी ऋतुएँ एक साथ जारी महसूस होती हैं।

निर्माण के दौरान यह दीवार मानव-बस्तियों से दूर जाने लगी थी। वह जंगलों, पर्वतों और खाइयों से गुजरने लगी थी। इससे निर्माण-कार्य के लिए मजदूरों की सख्त कमी हो गई। लोगों को जबरदस्ती मार-मारकर काम पर लगाया जाने लगा। लाखों मजदूरों के लिए मकान का इंतजाम, दाने-पानी का इंतजाम यह सब बहुत दुष्कर हो गया। अनेक मजदूरों को तो मृत्यु के बाद इसी दीवार में विश्रांति मिली।

भले ही यह दीवार 1500 वर्षों तक चीन की रक्षा करती रही, लेकिन कालांतर में चीन के ही लोगों ने इसे तहस-नहस कर दिया।

माओ की सांस्कृतिक क्रांति ने इस दीवार को अपना शिकार बना लिया। हजारों लोगों ने इसकी ईंटों से अपने घर बना लिये!

सांस्कृतिक क्रांति आखिर समाप्त हुई और चीन के रास्ते संसार के लिए खुल गए।

चीन ने जिस शिद्दत से अपने संरक्षण के लिए दीवार का निर्माण किया, उसी शिद्दत से शिवाजी महाराज ने अपने संरक्षण के लिए महाराष्ट्र में अनेकानेक किलों का निर्माण किया।

हम 'शिवाजी का बचपन' प्रकरण में देख चुके हैं कि 15 वर्ष की उम्र में ही शिवाजी ने समझ लिया था कि किलों का महत्त्व क्या है।

शिवाजी पर्वतीय प्रदेशों में ही रहते थे, ऐसा इतिहासकार डगलस कहता है। शिवाजी की ताकत पर्वतीय प्रदेशों के बल पर ही बनी हुई थी। शिवाजी महाराज सच्चे और पक्के दुर्ग-स्वामी एवं दुर्ग-संरक्षक थे। उनका जन्म दुर्ग में हुआ। जो भी धन-संपदा और वैभव मिला, सब दुर्गों के कारण। स्वयं दुर्गों को जो मजबूती मिली, दुर्ग-स्वामी शिवाजी के कारण। ये दुर्ग शिवाजी को तो सुरक्षित रखते ही थे, उनके दुश्मनों को डराते भी थे। दुर्ग उनका निवास-स्थान थे। दुर्ग उनके राज्य की संवर्धन-भूमि थे; विजय की नींव थे; आनंद के स्थान थे। इसीलिए शिवाजी ने न केवल अनेक नए दुर्गों का निर्माण किया, बल्कि पुराने दुर्गों को दुरुस्त कर मजबूत भी बनाया।

श्रीकृष्ण ने द्वारका नगरी का वर्णन करते हुए कहा है—

**'स्त्रियोऽ पि यत्र युध्येकन किमु वृष्णिमहारथाः'**

(दुर्ग के संरक्षण में जब स्त्रियाँ भी युद्ध कर सकती हैं, तब हमारे महारथी क्यों नहीं युद्ध कर सकते, इसमें आश्चर्य की क्या बात है?)

दुर्ग के आश्रय के महत्त्व का वर्णन संभाजी राजे ने अपने ग्रंथ 'बुधभूषणम्' में इस प्रकार किया है—

**एक शतं योधयति प्रकारस्थो धनुर्धर**
**शतं दशसहस्त्राणि तस्मादुर्ग समभ्रयेत (111-बुधभूषणम्)**

(तटों से संरक्षित एक योद्धा सौ योद्धाओं से लड़ सकता है। 100 योद्धा दस हजार सैनिकों से लड़ सकते हैं। इसलिए राज्य की रक्षा करनेवालों को दुर्ग का आश्रय लेना ही चाहिए। किले का एक-एक धनुर्धर सौ-सौ लोगों को हरा सकता है।)

संभाजी राजे अपने शासनकाल में 100 सैनिक 10,000 सैनिकों को पराजित कर सकते हैं, यह सिद्ध किया था।

किलों का महत्त्व समझाते हुए महाराज के मंत्रिमंडल के अष्टप्रधान सोनोपंत डबीर ने एक श्लोक रचा था, जो उन्हें दी गई सलाह के रूप में है। श्लोक में दुर्ग के महत्त्व को इस प्रकार उजागर किया गया है—

**मैकिर्नृपो मुखंमंत्री धन सैन्ये भुजद्वयज।**
**राष्ट्रमन्यद्घपुस्सर्व सहदस्यंघयों दृढाः ॥ 48 ॥**
**दुर्गाणि तु दृढान्युच्चैस्तदस्थीनि तदंतरा।**
**एवं मंगानि राज्य सप्तो त्कानि मनिषिभि ॥ 49 ॥**

(राजा मस्तक है। मंत्री मुख है। सैन्य भुजाएँ हैं। शेष सभी प्रदेश (प्रजा) शरीर हैं। मित्र कंधे हैं एवं दुर्ग अत्यंत दृढ हड्डियाँ हैं। इस प्रकार सयाने लोगों ने राज्य के लक्षण गिनाए हैं।)

## संपूर्ण राज्य का सुरक्षा-सूत्र

दुर्ग किसी भी राज्य की रीढ़ की हड्डी जैसे होते हैं। दुर्ग ही न हों, तो राज्य खुले प्रदेश जैसा हो जाता है, जहाँ शत्रु कभी भी आ सकते हैं और राज्य को बेसहारा पाकर उसे तबाह कर सकते हैं। फिर तो राज्य की कल्पना ही कौन कर सकेगा? इसीलिए दूरदर्शी राजाओं ने अपने राज्य में दुर्गों का निर्माण इस प्रकार किया कि वे स्थायी बने रहें। इन राजाओं ने दुर्ग का आश्रय लेकर राज्य को शत्रुओं के संकट से बचाया। यह तथ्य कैलाशवासी स्वामीश्री शिवजी ने उद्घाटित किया है। विशिष्ट स्थलों पर दुर्ग बनाकर वहाँ श्मशान बन जाने से रोका जा सकता है।

शिवाजी महाराज ने जलदुर्गों का भी निर्माण किया। अपने जलदुर्गों से ही उन्होंने इस प्रकार सैन्य-संचालन किया कि उनका राज्य सालेरी से कावेरी तट तक फैल गया और निष्कंटक बना रहा। औरंगजेब जैसे महा-शत्रु ने बीजापुर जैसे विशाल राज्य पर आक्रमण किया था। ऐसे महा-शत्रु के विरुद्ध शिवाजी तीस-बत्तीस वर्षों तक लड़ते रहे। उनके प्रयत्न सचमुच दुष्कर थे। दुर्ग न होते, तो राज्य की सुरक्षा असंभव हो जाती। यह एक ऐसा सत्य है, जो निर्विवाद है। जिन्हें स्वराज्य संपादित करना है, उनके लिए दुर्ग ही सब-कुछ हैं। दुर्ग ही राज्य हैं, राज्य की नींव हैं, राज्य का खजाना हैं। दुर्ग ही सेना का बल हैं, राज्य-लक्ष्मी हैं, निवास-स्थान हैं। दुर्ग हैं, तो सुख है, निद्रा है। दुर्ग ही प्राणों की रक्षा करते हैं। किसी पर विश्वास न रखकर दुर्गों पर विश्वास रखो। दुर्गों को सुरक्षित रखो, क्योंकि वे सबको सुरक्षित रखते हैं। जब भी नए दुर्ग का निर्माण करो, स्वयं ही करो; किसी अन्य पर विश्वास करके मत करो।

**दुर्ग की रचना :** राज्य-संरक्षण का मुख्य आधार दुर्ग ही होते हैं। उनका निर्माण करते समय देश व स्थल का चयन बहुत सोच-समझकर किया जाए। दुर्ग पर्वत पर हो, किंतु उसके निकट कोई दूसरा पर्वत न हो। अगर हो, तो उसे सुरंग लगाकर ध्वस्त कर दिया जाए। सुरंग लगाना संभव न हो, तो ऐसा भूमि-संपादन किया जाए, जिससे दुर्ग पर घात लगाने के लिए शत्रु को छिपने की जगह न मिल सके। दुर्ग की रचना में तलहटी,

बुर्ज, मीनार, चिखलत, पाहारे और पडकोट आदि मजबूती से बने हों। दुर्ग की संपूर्ण इमारत की मजबूती में किसी प्रकार की कमी कदापि न हो। इसी तरह दरवाजों को भी अत्यंत दृढ होना चाहिए। बुर्ज ऐसे कोण पर बनाए जाएँ कि शत्रु जब नीचे से ऊपर की तरफ मार करे, तब बुर्ज तक पहुँचते-पहुँचते वह मार कमजोर पड़ जाए। दुर्ग के लिए एक बड़ा दरवाजा जरूरी है। चोर रास्ते बनाए जाएँ, जिनकी जानकारी अत्यंत विश्वास के इक्का-दुक्का व्यक्तियों को ही हो। दरवाजे जितने जरूरी हों, उतने बनाए जाएँ, किंतु सबको खुला न रखा जाए। अत्यंत आवश्यक दरवाजे ही खुले रहें, बाकी बंद कर दिए जाएँ। दुर्ग की पूरी इमारत चौकीदारों द्वारा लगातार निगरानी में रखी जाए। चौकीदार आलसी न हों। वे स्वामिभक्त हों, स्वस्थ व शक्तिशाली हों, अपने कार्य में दक्ष हों।

**गिरि-दुर्ग की आवश्यक विशेषताएँ :** ऊँचे पर्वतों पर बनाए गए दुर्ग, यानी गिरि-दुर्ग, कुछ खास खूबियों से सुशोभित होने चाहिए, ताकि उनकी रक्षा-क्षमता में कोई कमी न आए।

ये खूबियाँ तीन हैं : मेट, माची और बालेकिला।

## 1. मेट

मेट यानी ऐसे स्थान, जहाँ से दुर्ग में आने-जाने के रास्तों पर निगरानी रखी जाए। मेट के लिए दुर्ग के चढ़ाव पर समतल जगह का चुनाव होता है। मेट कई होते हैं। उनकी संख्या बढ़ाने की भी जरूरत पड़ सकती है। इस कारण मेट के लिए अनेक जगहें सुरक्षित कर दी जाती हैं, भले ही मेट का निर्माण तत्काल न किया जाना हो।

हर मेट का नामकरण किया जाता है। मेट के आस-पास क्या है, इसके आधार पर नामकरण होता है, जैसे कोठी-दरवाजा मेट, तोप-चौकी मेट, ढोल मेट इत्यादि।

## 2. माची

'राज्य-व्यवहार कोश' में माची को 'उपत्यका' की संज्ञा दी गई है। माची का अर्थ है ऊँचा भाग, ओटा या ओटला। तेरहवीं सदी में म्हाई भट ने 'लीला चरित' ग्रंथ में 'माचा' उर्फ 'माची' शब्द ऊँचे स्थान के लिए प्रयुक्त किया है। यह शब्द यादव काल से प्रचलित है।

दुर्ग की चढ़ाई पर, बीच में, भरपूर लंबाई-चौड़ाईवाला मैदान माची के रूप में पहचाना जाता था। दुर्ग की सुरक्षा की दृष्टि से यह भूमि महत्त्वपूर्ण होने के कारण उसे चारों तरफ दीवार उठाकर सुरक्षित कर लिया जाता था। माची तक जाने का रास्ता कठिन हो, यह जरूरी था। कुछ महत्त्वपूर्ण इमारतें इसी लंबे-चौड़े मैदान में हुआ करती थीं।

राजगढ़, तोरणा, पुरंदर, मलंगगढ़, लोहगढ़ आदि दुर्गों में माची है। राजगढ़ में

'सुवेला', 'संजीवनी' एवं 'पद्मावती' नामों से तीन प्रमुख माचियाँ थीं। शिवाजी महाराज की राजधानी राजगढ़ में थी। उस समय इन तीनों माचियों पर इमारतें बनाई गई थीं। तोरणा के झुंजार एवं बुधला नामक सुप्रसिद्ध दुर्गों की माचियाँ सुरक्षा की दृष्टि से महत्त्वपूर्ण थीं। बुधला की माची मुख्य बालेकिले से भी विस्तृत थी। शायद इसीलिए तोरणा को 'प्रचंडगढ़' नाम दिया गया होगा।

## 3. बालेकिला
## ( बाला-इ-किल्ला, गड़ाचा बाला, बाला-इ-घाट, घाट-माथा )

'बालेकिला' फारसी शब्द है। इसका अर्थ है, 'मुख्य किले के भीतर की ऊँची जगह, जो तलहटी से जुड़ी हुई हो।' राजा अथवा दुर्ग का मुख्य अधिकारी बालेकिला में रहा करते थे। गिरि-दुर्ग में बालेकिला के लिए सबसे ऊँची जगह चुनी जाती थी। राजगढ़ का बालेकिला वास्तव में देखने लायक है। बालेकिला में जाने के रास्ते कठिन हैं। 'राज-व्यवहार कोश' में बालेकिला को 'अधित्यका' कहा गया है।

शत्रु अगर माची तक आने की हिम्मत कर चुका हो, तो फिर अगली भिड़ंत बालेकिला पर होती थी। यह लड़ाई अत्यंत सुरक्षा के साथ लड़ी जाती थी। राजगढ़ का बालेकिला बहुत मजबूती से निर्मित हुआ है। उसमें शिवाजी महाराज का सदर निवास-स्थान (दरबार), रानियों एवं राजपुत्रों के महल आदि बनाए गए थे। राजगढ़ जैसे ही बालेकिला कर्नाला, पुरंदर, तोरणा, प्रतापगढ़, हरीशचंद्रगढ़, रसालगढ़, यशवंतगढ़ इत्यादि मशहूर दुर्गों में बनाए गए हैं। मराठों के स्वातंत्र्य युद्ध के काल में जिंजी का बालेकिला राजाराम के आश्रय के लिए उपयुक्त रहा था।

'आलमगीरनामा' ग्रंथ में ईसवी सन् 1664 के 28 मई के दिन दु:खित मन से इस प्रकार लिखा गया है—

'एक भी किला नहीं जीता जा सका। शिवाजी के खिलाफ जो भी काररवाई की गई, उसमें अनेक रुकावटें आईं। पूरी मुहिम जैसे-तैसे चल रही थी।'

शिवाजी महाराज ने मुगल अधिकारियों के नाम जो पत्र लिखे, वे अत्यंत प्रचारित हुए। इन पत्रों से महाराज की शक्ति, दृढ निश्चय एवं उत्साह बड़ी उत्कृष्टता के साथ प्रकट हुए हैं। अपने एक पत्र में महाराज कहते हैं—

"दूरदर्शी लोगों को अच्छी तरह ज्ञात है कि गत 3 वर्षों से बादशाह की ओर से इस प्रदेश में धुरंधर सेनापति और मशहूर अधिकारी आ रहे हैं। बादशाह ने उन्हें मेरे किलों एवं इलाकों को जीतने का हुक्म दे रखा है। ये सेनापति और अधिकारी बादशाह को यही भरोसा दिलाते रहते हैं कि हम जल्द ही शिवाजी के किलों और इलाकों को जीत लेंगे। सच तो यह है कि कल्पना-शक्ति का घोड़ा भी मेरे इलाकों में नहीं आ सकता। सच्चे

घोड़े की तो बात ही अलग है! मुगल सेनापतियों और अधिकारियों को पता ही नहीं है कि मेरे इलाकों को जीतना कितना कठिन है। वे सेनापति और अधिकारी बादशाह से झूठ बोलते हैं। मेरे इलाकों में कल्याणी और बीदर जैसे स्थान नहीं हैं, जो मैदानी जमीन पर हों। मेरा राज्य तो पर्वतों की शृंखलाओं से भरा है। इस प्रदेश में साठ किले हैं। इनके जैसे कुछ किले समुद्री किनारें पर भी हैं। अफजल खान बहुत बड़ी फौज लेकर आया, लेकिन वह असहाय देखता रह गया और उसका नाश हुआ।

'अफजल खान की मौत के बाद अमीर-उल-उमरा शाइस्ता खान ऊँचे पर्वतों और गहरी खाइयों में बसे मेरे प्रदेश में दाखिल हुआ। तीन वर्षों तक वह मुझसे जीतने के लिए लड़ता रहा। बादशाह से वह यही झूठ बोलता रहा कि मैं शिवाजी के इलाके जीत लूँगा। झूठ का वही नतीजा हुआ, जो कि होता आया है। उसे यहाँ से निकल जाना पड़ा।'

शिवाजी के लिए अपना एक-एक किला महत्त्वपूर्ण था। कोई यदि कहता कि किलों पर व्यर्थ पैसा खर्च होता है, तो शिवाजी का जवाब होता, "जैसे बाड़ खेती की रक्षा करती है, वैसे किले राज्य की रक्षा करते हैं। जैसे तंबू को खूँटा गाड़कर मजबूत बनाया जाता है, वैसे ही राज्य की मजबूती किलों से है। अभेद्य होने के कारण औरंगजेब जैसों की उमर गुजर जाएगी, मगर हमारे किले उनके हाथ नहीं लगेंगे।

"किलों के कारण धर्म में स्थिरता आती है और राज्य का संपादन भी उचित होता है। हमारे अभेद्य किलों में शत्रु के प्रवेश का प्रश्न ही नहीं है। दिल्ली का बादशाह खुद आएगा, तो भी यहाँ तीन सौ साठ नए-पुराने किले हैं। एक-एक किला एक-एक साल लड़कर जीतेगा, तो भी तीन सौ साठ साल लगेंगे!"

चीन की दीवार गुलामों ने चिनी थी। उन गुलामों पर जो अत्याचार हुए थे, इसका ब्योरा हम पहले दे चुके हैं। उसके उलट; महाराज के किले चिनवाने की क्या नीति थी, यह इस पत्र से स्पष्ट होता है, जो शिवाजी ने 22-9-1677 के दिन चेन्नई के फोर्ट सेंट जॉर्ज के ब्रिटिश गवर्नर सर डब्ल्यू.एम. लैंगहॉर्न के नाम इस प्रकार लिखा था—

'कर्नाटक में आने के बाद हमने अनेक दुर्ग जीते हैं। अनेक दुर्गों में नया निर्माण-कार्य किया जाना है। तोप ले जाने के लिए बड़ी गाड़ियाँ बनानेवाले लोग, सुरंग बनाकर चट्टानें तोड़नेवाले लोग आपके पास अवश्य होंगे, जिनकी हमें जरूरत है। हमारे पास ऐसे लोग हैं तो सही, किंतु हमने उन्हें दूसरे कामों में लगा रखा है। ये लोग गोवा और वेंगुर्ल्या से हैं। उन्हें वापस इस काम के लिए बुलाना मुश्किल है। नए लोग चाहिए। बीस-पच्चीस न मिलें, पाँच-दस भी मिल जाएँ, तो हम उन्हें अच्छे वेतन पर रख लेंगे। जितने भी लोग मिलें, उन्हें हमारे पास भेजें। हम आपके आभारी रहेंगे।'

अंग्रेजों का वकील हेनरी ऑक्सिंडेन शिवाजी के राज्याभिषेक समारंभ के समय रायगढ़ में उपस्थित था। रायगढ़ की अभेद्यता देखकर वह बहुत प्रभावित हुआ था। अपनी

दृष्टि से उसने जिब्राल्टर की उमेद चट्टान के अजेय माने जाते किले की तुलना रायगढ़ के किले से की थी। उसने लिखा है—

"सुबह हम ऊँची टेकरी पर पहुँचे। रास्ते में खुदी हुई सीढ़ियाँ हैं। जहाँ टेकरी कुदरती तौर पर अभेद्य नहीं है, वहाँ 24 फीट ऊँचाई की तलहटी बनाई गई है। 40 फीट के फासले पर एक और ऊँची तलहटी इस प्रकार तैयार की गई है कि यह किला दुर्भेद्य हो गया है। अगर अनाज अत्यधिक मात्रा में भर लिया जाए, तो यह किला सारे संसार के विरुद्ध लड़ सकता है। पानी के लिए पत्थरों के तालाब बनाए गए हैं, जहाँ वर्ष भर पानी रहता है।

"बड़ा शहर टेकरी की ऊँचाई पर बसा हुआ है। घर सामान्य रूप से बने हैं। अत्यंत ऊँचाई पर शिवाजी का चौरस बाड़ा है। बीच में बड़ी सी इमारत है, जहाँ बैठकर शिवाजी अपना कार्य देखते हैं।"

शिवाजी ने अपना राज्य दूर दक्षिण की ओर फैलाया था। मार्च 1677 में उन्होंने भागानगरी से कुतुबशाह के साथ सुलह की। 9 मई, 1677 में वे पोड्डापोलम पहुँचे। जिंजी का राज पोड्डापोलम से ही चलता था। 20 मई को उन्होंने जिंजी पर कब्जा कर लिया।

जिंजी का किला उस वक्त अदिलशाही में था और उसका किलेदार था नासिर मुहम्मद। शिवाजी की शक्तिशाली फौज एवं प्रस्तावित धन-राशि के कारण नासिर मुहम्मद ने किला बिना लड़े छोड़ दिया।

जिंजी का किला कब्जे में आने के बाद शिवाजी महाराज ने उसकी व्यवस्थाओं को नए सिरे से सँभाला, जिसमें उन्हें आठ दिन लगे। अब उन्होंने रायाजी नलगे नामक मराठा को किला सँभालने की जिम्मेदारी सौंपी। बिना एक बूँद रक्त बहाए शिवाजी ने जिंजी का किला हासिल कर लिया, जो इतना महत्त्वपूर्ण था कि बीजापुर के दक्षिणी प्रदेश पर शिवाजी की जीत की शुरुआत इसी से हो गई।

रायाजी नलगे को किलेदार बनाने के अलावा शिवाजी महाराज ने तिमाजी केशव को सबनीस और रुद्राजी सालवी को कारखानीस के पद सौंपे। महाराज ने जिंजी के किले को महाराष्ट्र के किलों के समान ही व्यवस्थित किया।

तत्कालीन मदुरा के एक कैथोलिक पादरी ने अपने दस्तावेज में लिखा है कि शिवाजी महाराज ने इस किले में नई तटबंदी कर चारों ओर खाई खोदी। किले पर बड़े-बड़े बुर्ज भी बनाए। शत्रु पर निशाना साधने के लिए नई जगहें तैयार करवाईं। ये सारे निर्माण उन्होंने इतने उत्तम तरीके से किए कि यूरोप के कुशलतम कारीगरों ने भी देखकर दाँतों-तले उँगलियाँ दबा लीं।

शिवाजी ने इसके आसपास का प्रदेश अपने अधिकार में ले लिया और विट्ठल पिलदेव गोराडकर को वहाँ का सूबेदार बनाया। स्वराज की स्थापना करने के जो तरीके

महाराष्ट्र में प्रचलित थे, उन्हें यहाँ भी शुरू करने के आदेश उन्होंने दिए। रूप खान और नासिर खान को अच्छे पदों पर नियुक्ति देकर संतुष्ट किया।

चीन की दीवार शत्रु के अधिकार में होने के बावजूद संपूर्ण दीवार की अभेद्यता को ध्वस्त करता हुआ चंगेज खान चीन में प्रवेश कर गया था। इस मिसाल को शिवाजी ने हमेशा ध्यान में रखा। वे अच्छी तरह जानते थे कि मजबूत-से-मजबूत जंजीर भी कमजोर है, अगर उसकी सिर्फ एक कड़ी कमजोर हो। इसीलिए उन्होंने अपने हर किले को अधिक-से-अधिक मजबूत बनाया। 'शत्रु अगर एक-एक किला एक-एक वर्ष में जीतेगा, तो भी यहाँ 360 किले खड़े हैं। शत्रु को 360 वर्ष लगेंगे मराठा स्वराज्य पर कब्जा करने के लिए!' ये वचन स्वयं शिवाजी के थे, जिन्हें वे हर पल याद रखते थे।

सार यह कि चीन की दीवार को बनाने में 1600 वर्ष लगे थे, मगर वह भी एक दिन बिखर गई। दूसरी ओर; शिवाजी महाराज ने केवल 30 वर्षों में जिन नए किलों का निर्माण एवं पुराने किलों का नवीकरण किया, वे तमाम किले मराठा स्वराज की स्थापना एवं रक्षा के लिए सर्वथा उपयुक्त साबित हुए।

## संदर्भ—

1. अथतो दुर्ग-जिज्ञासा / प्रा. प्रके. घाणेकर
2. शिवकालीन दुर्ग व दुर्ग-व्यवस्था / महेश तेंडूलकर
3. छत्रपति शिवाजी / सेतुमाधवराव पगड़ी
4. Shivaji, His Life and Times / G.B. Mehendale

□

# शिवाजी महाराज एवं उनका महान् पलायन

कैद से छुटकारा पानेवाले लोग ज्यादातर असफल होते थे, लेकिन कुछ कैदी अपनी कुशलता, नियोजन एवं नसीब के कारण आजादी हासिल कर लेते थे। शिवाजी महाराज बादशाह औरंगजेब की कैद से किस प्रकार जादू की तरह निकल गए और अपने वतन महाराष्ट्र भी पहुँच गए, इस सत्य घटना की कोई मिसाल नहीं है। इतिहास बताता है कि कारागार से निकल भागना उतना मुश्किल नहीं होता, जितना कि दुबारा गिरफ्तार होने से बचना मुश्किल होता है। शिवाजी इन दोनों कसौटियों पर खरे उतरे। औरंगजेब उन्हें दुबारा कभी न पकड़ सका।

प्रस्तुत है कुछ ऐसे व्यक्तियों की सत्य-कथाएँ, जो कैद तो हो गए, लेकिन कैद रहे नहीं। वे उड़न-छू हो गए—

## जो अकेले ही भागे

1. स्कॉटलैंड की मेरी क्विन, लॉक्वेलिन के किले से भाग निकली। (सन् 1561)
2. रेव. जॉन जेरॉर्ड नामक पादरी व अर्ल ऑफ नित्सडेल लंदन से निकल भागे। (सन् 1597 और 1715)
3. जिओनोमा कैसानोवा वेनिस से चंपत हो गया। (सन् 1755)
4. हेनरी ब्राउन नामक गुलाम 3 फीट लंबे-चौड़े खोखे में छिपकर उत्तर कैरोलीना से भाग निकला। (सन् 1816)
5. बफेलो बिल उर्फ विलियम कैंडी अमेरिकन इंडियंस को चकमा देकर भाग गया। (सन् 1860)

## जो मिल-जुलकर भागे

1. जर्मनी की महान् आजादी। (सन् 1944)। दूसरे महायुद्ध में ग्रेट एस्केप। 50 कैदियों को फायरिंग स्कॉड ने मार डाला। 26 कैदियों को पकड़कर वापस

'स्टैलैग लुफ्त' की कैद में जकड़ लिया गया।

2. तिब्बत पर चीन का हमला हो जाने से दलाई लामा अपने चुने हुए अनुयायियों के साथ भागे। (सन् 1951)
3. फ्रैंक मॉरिस अपने भाई क्लैरेंस एवं जॉन ऐंगलैंग के साथ उल्काट्राज से भाग निकले। (सन् 1962)
4. एंटेबी से 255 अपहृत व्यक्ति, अभूतपूर्व साहस के साथ, इजराइल की मदद से मुक्त हुए। (सन् 1976)
5. असंख्य लोग बर्लिन की दीवार फाँदकर भागे। (सन् 1989)

यहाँ हम दूसरे विश्व-युद्ध (1939-1945) के दौरान घटी पलायन की एक अद्‌भुत घटना का वर्णन करेंगे। हिटलर ने जर्मनी में 10,000 अत्यंत साहसी व प्रशिक्षित युद्ध-बंदियों को 'स्टैलैग लुफ्त-3' नामक कैंप में कैद कर रखा था। ये युद्ध-बंदी मित्र-राष्ट्रों की वायु-सेना के थे, जिन्होंने एकजुट होकर हिटलर के खिलाफ जंग छेड़ रखी थी।

'स्टैलैग लुफ्त-3' के बंदियों ने चुपके से एक समिति की रचना की और सोचना शुरू किया कि उस खतरनाक कैंप से निकल भागने के लिए क्या-क्या किया जा सकता है। तय हुआ कि तीन सुरंगें बनाई जाएँ, जिनके बाहरी छोर कैंप से दूर किन्हीं सुरक्षित इलाकों में खुलें। हिटलर के अधिकारी उस कैंप को चौबीसों घंटे कठोर निगरानी में रखते थे। हथियारबंद चौकीदारों की नजरों के सामने तीन-तीन सुरंगें आखिर कैसे बनें कि किसी को पता न चले? इस असंभव को संभव कैसे किया गया, इस पर बाकायदा एक सुपर-हिट पुस्तक लिखी गई है, 'द ग्रेट एस्केप'। विश्व-विख्यात अंग्रेजी फिल्म 'द ग्रेट एस्केप' इसी पुस्तक पर आधारित है।

उन युद्ध-बंदियों ने अपनी तीन सुरंगों के नाम रखे 'टॉम', 'डिक' और 'हैरी'। सुरंगें आखिर बन ही गईं, जिनमें से एक सुरंग 'हैरी' के आर-पार निकलकर 76 बंदी भाग निकले। यह हुआ 24 मार्च, 1944 के दिन। उन 76 युद्ध-बंदियों में से केवल 3 ऐसे थे, जो सुरक्षित लंदन तक पहुँच सके। बाकी सबको भागने की कोशिश के ही बीच हिटलर के सैनिकों ने गोलियों से भून दिया।

सूझबूझ और साहस से असंभव को भी कैसे संभव किया जा सकता है, इसके अप्रतिम उदाहरण के रूप में यह पलायन-कथा अमर हो चुकी है। 'हैरी' एवं शेष दोनों सुरंगों को हिटलर ने बंद करवा दिया। कैंप पर चौकसी और सख्त हो गई।

## शिवाजी महाराज और आगरा से पलायन

इन सबके मद्‌देनजर औरंगजेब द्वारा आगरा में कैद किए गए शिवाजी महाराज

जिस चतुराई से निकल भागे और 1600 मील की दूरी केवल 40 दिनों में पारकर महाराष्ट्र की राजधानी रायगढ़ पहुँच गए, इसकी सत्य-कथा कहीं ज्यादा रोमांचक, प्रेरणास्पद व लोमहर्षक है। शिवाजी के इस पलायन को संसार के इतिहास में एकमेव कहा जाता है। 255 अपहृत लोग एंटेबी से किस साहसपूर्ण तरीके से एक साथ आजाद हुए थे, इसकी थर्राहट-भरी सत्य-कथा भी शिवाजी की पलायन-कथा के सामने फीकी है, क्योंकि एंटेबी में तो इजराइल जैसे होशियार देश ने उन अपहृत लोगों की मदद की थी; जबकि शिवाजी ने जो किया, केवल अपने बलबूते पर किया; अकेले के बलबूते पर।

'स्टैलैग लुफ्त-3' के 73 भगोड़े युद्ध-बंदियों को हिटलर ने पलायन के दौरान ही खत्म कर दिया था, 'सामूहिक पलायन के आरोप' में। यदि हिटलर उन्हें फिर से कैद कर लेता, तो कानूनी दाँव-पेंच में फँस जाता; क्योंकि अंतरराष्ट्रीय कानून था कि पकड़े गए किसी भी युद्ध-बंदी को एक बार आजाद होने के बाद फिर से नहीं पकड़ा जा सकता था।

इस तरह का कोई भी सुरक्षात्मक कानून शिवाजी की रक्षा नहीं कर रहा था, क्योंकि उनके समय में ऐसा कानून था ही नहीं। शिवाजी ने जो पलायन किया, केवल स्वयं की सूझबूझ और साहस के जोर पर किया और ऐसा भी नहीं हुआ कि वे अकेले ही निकल भागे। उन अनेक साथियों को भी वे अपने साथ निकाल ले गए, जो आगरा में बने रहते, तो औरंगजेब के शिकंजे में फँस जाते। इसीलिए शिवाजी महाराज के पलायन को 'न भूतो, न भविष्यति' कहा जाता है। सचमुच इसमें कोई अतिशयोक्ति नहीं है।

उल्लेखनीय है कि—

- शिवाजी महाराज बादशाह औरंगजेब के मेहमान के रूप में आगरा आए थे। उनका पुत्र संभाजी साथ में था। 1500 सैनिक व सहायक और भी थे। औरंगजेब की ओर से लगातार धोखे का व्यवहार हो रहा था। शिवाजी को नजरबंद तो उसने कर ही लिया था। अब यह कदापि उचित नहीं था कि शिवाजी महाराज आगरे में रुके रहते। नजरबंदी को नकारकर वे अचानक गायब हो गए, साथ में पुत्र संभाजी गायब और लगभग (1498)1500 सैनिक आदि भी गायब! आगरा में एक भी व्यक्ति को छोड़ा नहीं गया। स्व-मुक्ति की यह योजना महाराज ने स्वयं बनाई थी। इस रोमांचक घटनाक्रम से पहले क्या हुआ था और बाद में क्या हुआ, इसका विस्तृत विवरण आगामी पृष्ठों पर दिया गया है।
- शिवाजी दल-बल-समेत आगरा से जब चुपके से निकले, तब अगस्त का महीना था। बरसात जमकर हो रही थी। नदी-नाले उफनकर बह रहे थे। जगह-जगह कीचड़ के कारण रास्ते रुके हुए थे। पुल टूट गए थे। ऐसे कठिन

समय में शिवाजी ने महाराष्ट्र की राह पकड़ी और 40 दिनों में 1600 मील की दूरी पार की। ऐसे-ऐसे घुमावदार रास्ते पकड़े कि उनकी खोज में भटक रहे औरंगजेब के सैनिक किसी की परछाईं के भी दर्शन न कर सके।

- यात्रा से जुड़े कागजात शिवाजी ने न सिर्फ अपने लिए, बल्कि साथ के हर व्यक्ति के लिए बड़ी कुशलता से हासिल किए।
- उन्होंने अपनी वेशभूषा इतनी चतुराई से बदली कि रायगढ़ पहुँचे, तब स्वयं उनकी मातुश्री जीजाबाई भी उन्हें न पहचान पाईं!
- शिवाजी ने पुत्र संभाजी को मथुरा में छोड़ दिया। वहाँ उन्होंने संभाजी की मृत्यु की झूठी खबर फैलाकर उसका श्राद्ध कर्म भी किया!

***

6 अप्रैल, 1663 के दिन शाइस्ता खान पर शिवाजी ने जिस बेधड़क तरीके से छापा मारा था, उसका ब्योरा सुनकर औरंगजेब आगबबूला हो गया। मुगल प्रतिष्ठा उसे धूल में मिल चुकी महसूस होने लगी। शिवाजी महाराज को नियंत्रण में लाने के लिए उसने मिरजा राजा जयसिंह को चुना। जयसिंह अत्यंत कर्तव्य-परायण, शूरवीर, मुतसद्दी एवं अनुभवी सेनापति थे। धूर्तता भी उनकी फितरत में थी, लिहाजा सियासत के कुशल खिलाड़ी थे। दूसरी ओर वे उतने ही सहनशील, शांत एवं स्थिर स्वभाव के धार्मिक व्यक्ति थे। उर्दू व डिंगल भाषाओं के साथ तुर्की एवं पर्शियन पर भी उनका प्रभुत्व था। उनकी ग्रहण-शक्ति व संगठन-शक्ति प्रशंसनीय थी। शिवाजी को नियंत्रण में लेने के लिए उन्होंने एक खास फौज की रचना की। यह एक संयुक्त फौज थी, जिसमें अफगान, तुर्क, राजपूत व हिंदुस्तानी फौजियों को शामिल किया गया। इस बहुधर्मी फौज के बीच उन्होंने एकता की भावना जगाई। 30 सितंबर, 1664 के दिन औरंगजेब ने मिरजा राजा जयसिंह को शिवाजी का अंतिम-संस्कार कर देने की जवाबदारी सौंपी। उस समय जयसिंह 55 वर्ष के और शिवाजी 35 वर्ष के थे।

शिवाजी महाराज की अलौकिक कर्तव्य-परायणता की कीर्ति मिरजा राजा जयसिंह के कानों तक पहुँच चुकी थी। भीतर से वे भी डरे हुए थे। उन्होंने ब्राह्मण पुरोहितों को बुलवाकर कहा कि कोटि चंडी का यज्ञ किया जाए एवं 11 कोटि शिवलिंग बनवाए जाएँ। कामनापूर्ति के लिए बगलामुखी कालरात्रि का जाप करवाया जाए। चार सौ ब्राह्मण इस कार्य के लिए नियुक्त कर दिए गए।

सन् 1665 में 30 मार्च के दिन राजा जयसिंह ने शिवाजी के पुरंदर किले को घेरना शुरू किया। मराठे भी जैसे इसी के इंतजार में थे। उन्होंने जोरदार प्रतिकार किया। इसके बावजूद मुगलों की शक्ति मराठों पर भारी पड़ने लगी। पुरंदर और रुद्रमाल के किलों में

रहने का मौका मुगलों को मिल ही गया। मुगल सेना घूम-घूमकर महाराज के राज्य में उत्पात मचाने लगी।

राजा जयसिंह के पत्र-संग्रह 'हफ्त अंजुमन' में पुरंदर किले के घेरे जाने का विस्तृत वर्णन किया गया है। किले पर मुगलों के आक्रमण एवं मराठों के जोशीले प्रतिकार का इस पत्र-संग्रह में उत्कृष्ट विवरण है। मराठे बार-बार किले से बाहर निकलकर मुगलों के दाँत खट्टे कर देते थे।

'बालेकिला'* पर चढ़ने की कोशिश में मुगल सेना ने दिलेर खान को साथ लिया। मराठों के सेनापति मुरारबाजी के उन्मत्त सैनिकों ने मुगल सेना पर एकदम अचानक आक्रमण किया। मुरारबाजी के सामने मुगल सेना नहीं टिक सकी।

दिलेर खान अपनी छावनी में भाग गया। भड़के हुए मराठे दिलेर खान की छावनी में पहुँचकर उस पर हमला करने लगे। खुद दिलेर खान मुरारबाजी के निशाने पर था। मुरारबाजी की शूरवीरता और युद्ध-कौशल से दिलेर खान बहुत प्रभावित हुआ। उसने लड़ते-लड़ते ही मुरारबाजी के सामने प्रस्ताव रखा कि क्यों नहीं तुम मुगलों के साथ मिल जाते?

मुरारबाजी ने गुस्से से तपे हुए स्वर में उत्तर दिया, "तुम मेरी वीरता की तारीफ करो, चाहे मुझे जागीर का लालच दो, मुझे शिवाजी महाराज की नौकरी पसंद है। मुगलों की जागीर को मैं तुच्छ समझता हूँ। मैं और मेरे साथी अपने स्वामी के साथ कभी दगा नहीं कर सकते; भले ही हमारे प्राण चले जाएँ।"

मुरारबाजी ने मुगलों का सामना अत्यंत वीरता से किया। दुर्भाग्य से मुरारबाजी दिलेर खान के बाणों का शिकार हो गए। मुरारबाजी का शव मुसलमानों के हाथ न लगे, इसके लिए मराठा वीरों ने उनके अवयवों को, जो कटकर रणभूमि पर गिर गए थे, अत्यंत आदर के साथ एकत्र किया। शव एवं अवयवों को उन्होंने रायगढ़ भिजवा दिया। मुरारबाजी की वीरगति का शोक-समाचार पाकर शिवाजी महाराज स्तब्ध रह गए।

मुरारबाजी जैसे वीर एवं तेजस्वी नायक के चले जाने के बावजूद मराठों ने पुरंदर का किला न छोड़ा। पुरंदर के ऊपरी हिस्से तक दुश्मन की तोपों की मार पहुँच नहीं रही थी। दिलेर खान ने रुद्रमाल के किले को घेरकर निशाना बनाया। इस किले की सुरक्षा के लिए प्रभु-बंधु बाबाजी बोवाजी एवं यशवंतराव बोवाजी नियुक्त थे। उनके पास सैनिक थोड़े ही थे, किंतु उतनी शक्ति से भी उन्होंने काफी देर तक मुगलों के साथ संघर्ष किया। इस संघर्ष में दोनों प्रभु-बंधु शहीद हो गए। 14 अप्रैल, 1665 के दिन यह किला मुगलों ने जीत लिया।

---

* किले का सबसे ऊँचा व सुरक्षित भाग।

अब शिवाजी महाराज ने महसूस किया कि इस युद्ध के कारण राज्य का नुकसान हो रहा है। महाराज हमेशा युद्ध से अधिक युक्ति पर विश्वास करते थे। समय आने पर किसी अनोखी युक्ति से शत्रु को सही जवाब दे दिया जाएगा; वर्तमान में तो इस युद्ध का रुकना जरूरी है। महाराज ने राजा जयसिंह को युद्ध समाप्त करने के निवेदन के साथ अनेक पत्र लिखे, जिनमें बीजापुर संघर्ष में मुगलों को सहयोग देने का प्रस्ताव भी उन्होंने रखा, किंतु जयसिंह ने एक न सुनी। शिवाजी द्वारा प्रस्तावित किसी भी सौदे में राजा जयसिंह की दिलचस्पी नहीं थी। उन्हें तो शिवाजी की पूर्ण शरणागति चाहिए थी।

तब शिवाजी महाराज ने निर्णय लिया कि वे स्वयं जाकर राजा जयसिंह से मिलेंगे।

इस संदर्भ में राजा जयसिंह ने बादशाह औरंगजेब के सामने जो ब्योरा प्रस्तुत किया, वह इस प्रकार है—

"जिलहम्ज महीने की 7 तारीख, रविवार (11 जून, 1665) को सुबह के 9 बजे मैं दरबार में बैठा हुआ था। मराठों का दूत संदेश लेकर आया कि शिवाजी कहीं नजदीक ही आए हुए हैं और मिलना चाहते हैं। शिवाजी के साथ 6 ब्राह्मण और पालकी उठानेवाले कुछ कहार थे। मैंने उदयराज मुंशी एवं उग्रसेन कछवाहा को शिवाजी से मिलने के लिए भेजा। इन दोनों को मैंने यह हिदायत दी कि जाकर वे शिवाजी से कहें कि अगर आप अपने सभी किले बादशाह को देने के लिए तैयार हों, तो ही मिलने आएँ, अन्यथा वापस चले जाएँ।

शिवाजी ने ऐसा निर्देश पाकर कहा, "मैं बादशाह की नौकरी कबूल करने को तैयार हूँ। मेरे अनेक किले बादशाह से जुड़ जाएँगे।"

इन शब्दों के साथ शिवाजी महाराज उदयराज मुंशी और उग्रसेन कछवाहा के साथ हो लिये और राजा जयसिंह के समक्ष उपस्थित होने के लिए आ पहुँचे। शिवाजी की अगवानी के लिए जयसिंह ने बेग बक्षी को द्वार तक भेजा।

पुरंदर का किला इतना चोटिल हो चुका था कि उस पर मुगलों का कब्जा टाला नहीं जा सकता था। इसमें जो भी समय लगेगा, उसमें किला और भी चोटिल होता जाएगा। किले की मजबूती थोड़े ही बढ़नेवाली थी! किले को और अधिक नुकसान से बचाने के लिए शिवाजी ने एक बड़ा ही सरल तरीका निकाला। उन्होंने पुरंदर स्वयं ही मुगलों को सौंप दिया! पुरंदर के मराठा सैनिकों को किला खाली करने का आदेश एवं स्वीकृति प्रेषित कर दिए गए।

इसके बाद समझौते की जो बातचीत हुई, उसके नियम कठिन ही थे। जयसिंह को सभी किले चाहिए थे, जबकि शिवाजी महाराज राजा जयसिंह से छूट लेने की कोशिश कर रहे थे। जयसिंह बीजापुर की तरफ कूच करें, ऐसा महाराज चाहते थे। इससे मुगलों का ज्यादा फायदा हो सकता था।

समझौते की शर्तें इस प्रकार थीं—

1. चार लाख होन (सोलह लाख रुपए) के लगानवाले शिवाजी महाराज के छोटे-बड़े 23 किले मुगल साम्राज्य में मिलाए जाएँ।
2. रायगढ़ सहित बारह किले, जिनका लगान एक लाख होन था, शिवाजी महाराज के पास रहेंगे, लेकिन यहाँ एक शर्त भी थी, वह यह कि महाराज को बादशाह की नौकरी विधिवत् स्वीकार करनी होगी और बादशाह के प्रति निष्ठा प्रदर्शित करनी होगी।
3. महाराज के पुत्र संभाजी को 5 हजार की ओहदेदारी दी जाएगी।
4. शिवाजी महाराज ने कहा कि ओहदेदारी और चाकरी करने से उन्हें छूट दी जाए। दक्षिण पर काबू करने के बादशाह के संघर्ष में मुझे जो भी काम दिया जाएगा, उसे मैं निस्संकोच पूरा करूँगा।
5. बीजापुर के संदर्भ में शिवाजी ने कहा कि इस राज्य के कोंकण के इतने हिस्से पर मेरा शासन है, जिसका वार्षिक लगान चार लाख होन बनता है। यह हिस्सा मेरे ही पास रहना चाहिए, साथ में; बीजापुर के बालाघाट में, यानी साँगली-कोल्हापुर आदि में, पाँच लाख होन के लगानवाले जितने महल हैं, सब मुझे चाहिए। इस आशय की लिखित अनुमति मुझे दी जाए। इसके बाद बादशाह की सेना जब बीजापुर को जीतने के लिए आए, तब यहाँ निर्देशित तालुके (तहसीलें) मेरे अधिकार में रहें। इस शर्त पर मैं 3 लाख होन वार्षिक के हिसाब से 40 लाख होन बादशाह को लगान के तौर पर देने को तैयार हूँ।

समझौता जारी होने पर शिवाजी महाराज के पास बहुत कम प्रदेश बच रहे थे, उनके पिता द्वारा अर्जित पूना प्रांत में से चार लाख रुपए का वार्षिक लगान देनेवाला एक छोटा सा प्रदेश; साथ में मध्य एवं दक्षिण कोंकण, जो उन्होंने बीजापुर से जीता था और फिर इसी से जुड़े हुए आज के सातारा जिले के प्रतापगढ़ तथा जावली तालुके।

इसको यूँ भी कहा जा सकता है कि महाराज का संपूर्ण राज्य मात्र दो जिलों में सिमट गया था। जंजीरा तक मुगलों की जीत हुई थी, लिहाजा जंजीरा के सिद्दी को जो नौकरी मिली, वह मुगलों की नौकरी थी। इससे महाराज का प्रभाव कम हुआ था। फिर भी बीजापुर पर कब्जा करने की मुहिम में मुगलों ने शिवाजी को साथ रहने के लिए कहा और इसके लिए उनसे तैयारी भी करवाई। मुगलों की धारणा थी कि शिवाजी केवल जमींदार है। वह अधिकारी वर्ग से आया है। वह बीजापुर और गोलकुंडा के परंपरागत राजाओं जैसा नहीं है। ऐसे में शिवाजी की शक्ति दस वर्ष से अधिक नहीं टिकेगी, यानी; बीजापुर के खिलाफ जो मुहिम चलाएँगे, उसमें शिवाजी का उपयोग बेधड़क किया जा सकता है।

दक्षिण में मुगल, आदिलशाह, कुतुबशाह और मराठे, ये चार शक्तियाँ सक्रिय थीं। शक्ति-संतुलन का तराजू मुगलों की तरफ झुक जाएगा, यदि इन चार में से एक शक्ति को, यानी शिवाजी महाराज को बीजापुर के खिलाफ चलनेवाली मुहिम में मुगल अपने साथ खींच लें।

ऊपर कही गई सारी बातें औरंगजेब को लिखी राजा जयसिंह के खत में शामिल हैं। अगर बारीकी से समझा जाए, तो साफ नजर आता है कि राजा जयसिंह के मन में शिवाजी के प्रति सहानुभूति थी। यहाँ यह भी स्पष्ट है कि सहानुभूति को जयसिंह ने अपने तक ही सीमित रखा था, क्योंकि वे मुगल बादशाह औरंगजेब के कर्तव्यनिष्ठ सेवक थे।

इटली से भारत आया हुआ एक यात्री, जो इतिहासकार भी था, उन दिनों राजा जयसिंह की छावनी में अकसर जाता था। उसका नाम था, निक्कोलाओ मनुची। उसने औरंगजेब के शासनकाल को बहुत अच्छी तरह देखा-समझा था। 'स्तोरिया दी मोगोर' नामक उसकी पुस्तक एक मशहूर संदर्भ ग्रंथ है, औरंगजेब के समय का। निक्कोलाओ मनुची का एक विशिष्ट कथन इस प्रकार है—

'दिलेर खान की फितरत थी कि वह धोखा देने से नहीं हिचकता था। उसकी हमेशा एक ही राय रही कि शिवाजी को मार डालना चाहिए। राजा जयसिंह से दिलेर खान बार-बार कहा करता कि शिवाजी को या तो तुम मारो या मुझे इजाजत दो, मैं मार डालता हूँ। शिवाजी की मौत की पूरी जिम्मेदारी मैं ले लूँगा। तुम्हें कोई दोष नहीं देगा। शिवाजी की मौत से बादशाह (औरंगजेब) को खुशी ही होगी, क्योंकि शिवाजी की शूरवीरता और साहस मुगलों को चैन की नींद नहीं लेने देते। दूसरी ओर राजा जयसिंह शिवाजी के प्रति सच्ची सहानुभूति रखते थे। उन्होंने तो शिवाजी को अभयदान दे रखा था; शिवाजी को मारने की इजाजत वे कैसे दे सकते थे। वे शिद्दत से महसूस करते थे कि शिवाजी का तो सम्मान होना चाहिए। राजा जयसिंह ने दिलेर खान की एक न सुनी।'

यह सुझाव राजा जयसिंह का ही था कि बादशाह-सलामत शिवाजी महाराज को मुलाकात के लिए बुलाएँ। उन्होंने बादशाह औरंगजेब को लिखा, 'आदिलशाह और कुतुबशाह हमारे खिलाफ एकजुट हो गए हैं। शिवाजी को अपनी ओर मिलाकर हम इन दोनों की ताकत कम कर सकेंगे। शिवाजी को आपकी हुजूरी में पेश किया जाना चाहिए। इसके लिए शिवाजी को उत्तर भारत में भेजना जरूरी है।'

शिवाजी महाराज आगरा आएँ, इसके लिए राजा जयसिंह ने बहुत कोशिश की होगी।

5 मार्च, 1666 को शिवाजी अपने लाव-लश्कर के साथ आगरा जाने के लिए निकले। रास्ते में औरंगाबाद में वे 7 दिन रुके। औरंगजेब ने उन्हें इन शब्दों में आमंत्रित किया था, "आप शांत मन से, मुझ पर यकीन रखते हुए, फौरन मेरे हुजूर में आएँ। यहाँ

आपको मान-सम्मान मिलेगा। आपको स्वदेश लौटने की भी इजाजत मिलेगी।"

12 मई, 1666 को शिवाजी महाराज आगरा आ पहुँचे। उनकी सेना का उत्कृष्ट वर्णन राजा जयसिंह के पुत्र रामसिंह द्वारा अपने राजपूत अधिकारियों के नाम लिखे एक पत्र में मिलता है। यह पत्र 'राजस्थानी रिकॉर्ड' में शामिल किया गया है। पत्र में कहा है—

'शिवाजी अपने साथ केवल 100 घनिष्ठ साथियों को लेकर आया है। उसके अंगरक्षकों की तादाद 200 से 250 तक है। शिवाजी जब पालकी में बैठकर निकलता है, तब उसकी पैदल सेना बड़ी तादाद में सामने चलती है। उसके झंडे का रंग नारंगी-सुनहरा (भगवा) है। देखने में शिवाजी अत्यंत छोटा लगता है, किंतु वह अत्यंत गोरा है। एक नजर में पहचाना जाता है कि यह तो राजा है। वह बड़ा हिम्मतवाला मर्द है। शिवाजी दाढ़ी रखता है। उसका बेटा नौ वर्ष का है। वह भी अत्यंत सुंदर और गोरा है।'

शिवाजी महाराज और औरंगजेब की मुलाकात ने इतिहास बदल दी थी। उस घटना का वर्णन 'राजस्थानी रिकॉर्ड' में इस प्रकार है—

'कुमार (रामसिंह) और मुखलिस खान शिवाजी को लेकर दरबार में आ रहे थे। उसी समय बादशाह औरंगजेब ने दीवाने-आम छोड़ा और वह दीवाने-खास में आकर बैठ गए। दीवाने-खास में केवल चुनिंदा व्यक्तियों को ही बादशाह से मिलने का सम्मान प्राप्त होता था। शिवाजी दीवाने-खास में गए। बादशाह ने असद खान बक्शी को हुक्म दिया कि शिवाजी को लेकर आओ और हुजूर में हाजिर करो।'

असद खान शिवाजी को बादशाह के पास ले गया। शिवाजी ने बादशाह को भेंट में स्वर्ण की एक मुहर एवं दो हजार रुपए दिए, साथ में निसार के तौर पर पाँच हजार रुपए दिए।

शिवाजी व संभाजी को ताहिर खान के स्थान पर, राजा जसवंत सिंह के पीछे खड़ा किया गया।

वह एक खास दिन था। वह था, बादशाह-सलामत औरंगजेब का जन्मदिन। शहजादों और अमीर-उमराव को पान के बीड़े दिए गए। शिवाजी को भी बीड़ा दिया गया। प्रसंग के अनुरूप वस्त्र शहजादे जफर खान और राजा जसवंत सिंह को दिए गए। शिवाजी इस घटना से अत्यंत क्रुद्ध हुए। सचमुच उन्हें उचित सम्मान नहीं दिया गया था।

शिवाजी का क्रोधित रूप औरंगजेब ने देखा। उसने रामसिंह से कहा, "देखो, शिवाजी को क्या हो रहा है।"

कुमार रामसिंह शिवाजी के पास आया। शिवाजी ने उससे कहा, "मैं किस प्रकार का व्यक्ति हूँ, यह तुम और तुम्हारे पिता अच्छी तरह जानते हैं। तुम्हारे बादशाह को भी पता है। फिर भी मुझे सम्मान का स्थान नहीं दिया गया। मैं तुम्हारी मनसब छोड़ता हूँ। मुझे

खड़ा ही करना था, तो सही तरीके से करना था।"

इतना कहकर शिवाजी वहाँ से निकल गए। रामसिंह ने उनका हाथ पकड़कर रोकना चाहा। शिवाजी नहीं माने। वे दीवानखाने के एक तरफ जाकर बैठ गए। कुमार रामसिंह उन्हें समझाने लगा, किंतु शिवाजी बोले, "मेरी मृत्यु आई है। मुझे मार डालो, अन्यथा मैं आत्महत्या करूँगा। मेरा सिर काटना है, तो काट दो। मैं बादशाह के हुजूर में नहीं आऊँगा।"

शिवाजी किसी भी प्रकार नहीं मान रहे थे। तब कुमार रामसिंह ने बादशाह के पास जाकर सब बताया। इस पर बादशाह ने मुल्तफत खान, आदिल खान और मुखालिस खान को आज्ञा दी कि वे शिवाजी को समझाएँ। शिवाजी को सरोपाव सम्मान का वस्त्र भी दें।

शिवाजी बोले, "मैं सरोपाव वस्त्र धारण नहीं करूँगा। मुझे गैर-जिम्मेदाराना तरीके से जसवंत सिंह के पीछे खड़ा किया गया। मुझे मेरी प्रतिष्ठा के विरुद्ध स्थान दिया गया। मैं बादशाह की मनसब कबूल नहीं करूँगा। मैं उनकी चाकरी नहीं करूँगा। मुझे मारना है, तो मार डालो। कैद करना है, तो कैद करो। मैं यह वस्त्र भी धारण नहीं करूँगा।"

इस घटना ने आगरा में हलचल मचा दी। इसका ब्योरा 21 मई, 1666 के 'राजस्थानी रिकॉर्ड' में देखा जा सकता है। इसके पूर्व शिवाजी की मर्दानगी एवं उनके ऐलानों की लोग तारीफ किया करते थे। अब बादशाह के हुजूर में पेश होकर उन्होंने खुद बादशाह से कठोर वचन कहे और अपना विरोध दरशाया। शिवाजी महाराज के ऐसे साहस की आम जनता भरपूर तारीफ कर रही थी।

दीवाने-खास में शिवाजी ने जो व्यवहार किया, उससे मुगल सरदार बेहद खुश हुए। उन्हें बादशाह को भड़काने का बहाना मिल गया। 'राजस्थानी रिकॉर्ड' में इन सरदारों का कथन इस प्रकार प्रस्तुत किया गया है—

"यह शिवाजी कौन है, जिसने आपके हुजूर में ऐसी बदतमीजी की है? और आप उसकी बदतमीजी पर गौर भी नहीं फरमा रहे हैं! अगर ऐसा ही चलता रहा, फिर तो कोई भी जमींदार यहाँ आकर ऐसी ही बदसलूकी करेगा। ऐसे में सरकार कैसे चलेगी? शिवाजी के दुस्साहस की चर्चा सब ओर होगी। यही कहा जाएगा कि एक हिंदू आकर बादशाह की शान में बेअदबी कर गया। फिर सभी ऐसा ही करेंगे।'

बादशाह भी बार-बार ऐसा सुनकर सोच में पड़ गया। उसने तय किया कि शिवाजी को या तो मार डाला जाए या फिर कैद तो कर ही लिया जाए। उसे किले में बंद कर दिया जाए।"

सिद्दी फौलाद को हुक्म दिया गया कि वह शिवाजी को आगरा के किलेदार संजीद खान की हवेली पर ले जाए।

शिवाजी महाराज ने मुहम्मद अमीर खान के जरिए अर्ज किया कि अगर मुझे मेरे किले वापस मिल गए, तो मैं बादशाह को दो कोटि रुपए देने को तैयार हूँ। इसके अलावा मैं दक्षिण में रहकर बादशाह की नौकरी भी करूँगा।

जवाब में औरंगजेब ने जो कहा, वह दिमाग को सुन्न कर दे, ऐसा है, "हम उसके साथ नरमी का बरताव करते हैं, इसीलिए उसका दिमाग ठिकाने पर नहीं है। उसे स्वदेश जाने की इजाजत नहीं दी जा सकती। उसे किसी से भी मिलने न दिया जाए।"

इस कारण महाराज को जहाँ रखा गया था, वहाँ मजबूत चौकियाँ बनाई गईं और पहरेदार तैनात किए गए। यह सुनकर राजा जयसिंह ने मीर बक्षी के जरिए औरंगजेब को कहलवाया, "हुजूर ने शिवाजी को मार डालने का विचार किया है, किंतु वे तो हमारे मेहमान हैं। हमारे अभयदान के वचन पर वे यहाँ आए हैं। पहले आप मुझे मारें, मेरे पुत्र को मारें, बाद में शिवाजी को मारें।"

फिर से शिवाजी महाराज के प्राण खतरे में पड़ गए थे। 7 जून, 1666 के 'राजस्थानी रिकॉर्ड' में कहा गया है, 'खुद बादशाह ने शिवाजी को संदेश भेजा, "तुम अपने सारे किले हमें दे दो। हम तुम्हें मनसब (ओहदा) देंगे। तुम कबूल करो। अपने भाई के लड़के को भी बुलवा लो। हम उसे भी मनसब देंगे।"

इस पर शिवाजी ने उत्तर दिया, "मुझे ओहदे की ख्वाहिश नहीं है। किलों पर भी मेरा हक नहीं है।"

महाराज के उत्तर से बादशाह क्रोध में आ गया। महाराज ने दूसरी बार अपने किले वापस पाने की पेशकश की। स्वदेश वापस जाने की ख्वाहिश भी जाहिर की और कहा कि किलेदार मेरा कहा नहीं मानेंगे। मुझे तो खुद जाकर ही उनसे अपने गढ़ वापस लेने होंगे।

बड़ी बेगम (औरंगजेब की बहन) ने अर्ज किया कि मिर्जा राजा जयसिंह आपके श्रेष्ठ सेवक हैं। उन्होंने शिवाजी को अभय वचन दिया है। उसी के मुताबिक शिवाजी यहाँ आए हैं और हुजूर की खिदमत में पेश हुए हैं। हजरत (औरंगजेब) ने अगर शिवाजी को मारा, तो आगे कोई हजरत पर यकीन नहीं करेगा और हजरत का मददगार भी नहीं बनेगा।

बादशाह औरंगजेब ने उस दिन आगे की कोई काररवाई नहीं की।

आगरा के बाजारों में दो हैरतअंगेज अफवाहें फैली हुई थीं। इसका उल्लेख 'राजस्थानी रिकॉर्ड ' में आया है। अफवाहें मनोरंजक भी कम नहीं थीं। पहली अफवाह के मुताबिक राजा जसवंत सिंह ने बादशाह को बताया है कि शिवाजी जमीन से 14-15 हाथ ऊँचा कूद सकता है। दूसरी अफवाह यह कि शिवाजी एक बार में चालीस-पचास कोस चल सकता है!

शहजादा मुअज्जम ने कहा, "मैंने भी औरंगाबाद में सुना था।"

8 जून, 1666 को शिवाजी महाराज ने अपने सैनिकों व नौकरों को वापस चले जाने का आदेश दिया और कहा, "मेरे साथ कोई न रहे। अगर वे मुझे मारते हैं, तो मारें।"

कुमार रामसिंह ने उन लोगों को अपनी छावनी में रहने की अनुमति दे दी।

शिवाजी ने बादशाह को संदेश भेजा कि मेरे सैनिकों को सरहदें पार करने के अनुमति-पत्र दिए जाएँ, ताकि वे दक्षिण वापस जा सकें।

शिवाजी महाराज कहीं चकमा देकर चंपत न हो जाएँ, ऐसा अंदेशा शायद मुगल सरकार को था। सरकार ऐसी हर सावधानी बरत रही थी कि शिवाजी छूटकर निकल न सकें। जैसा कि 12 जून, 1666 के एक खत में उल्लेख है, '...शिवाजी अगर आगरा से भागे, तो मौजाबाद परगने की सरहद से आगे न निकल सकें; इसकी पूरी सावधानी बरती जाए। यह सरकार का हुक्म है।'

शिवाजी ने एक बार फिर बादशाह से अर्ज किया कि मुझे दक्षिण में जाने दिया जाए। मैं अपने किले बादशाह को दे दूँगा। अगर मैं किलेदारों के नाम आगरा से पत्र लिखूँगा, तो वे मेरी बात मान जाएँगे, यह मुश्किल है। इस पर बादशाह ने जवाब दिया कि अगर वाकई ऐसा है कि तुम यहाँ से दक्षिण जाकर अपने किलेदारों से किले दे देने के लिए कहो, तो वे तैयार हो जाएँगे; तो यहाँ से लिखे गए खत पढ़ कर भला वे क्यों तैयार नहीं होंगे ?

मराठा इतिहासकारों के अनुसार शिवाजी महाराज ने आगरा में रहते हुए वजीर जफर खान व कुछ अन्य लोगों से मुलाकात की। भीमसेन सक्सेना ने महाराज की उदारता, दानशीलता, धार्मिकता एवं सैनिकों व नागरिकों को दी हुई भेंट-सौगातों का उल्लेख किया है। एक बार तो महाराज के पास खर्च करने के लिए रुपए कम पड़ गए। उन्होंने कुमार रामसिंह से 66 हजार रुपए उधार लिये, जो उन्होंने दक्षिण पहुँचने के बाद वापस भिजवा दिए।

महाराज आगरा से निकल भागे, इससे ठीक पहले जो घटनाएँ घटी थीं, उनके संदर्भ में 23 अगस्त, 1666 के 'राजस्थानी रिकॉर्ड ' से जानकारी मिलती है। वहाँ कहा गया है कि शिवाजी महाराज के पलायन से पहले सुरक्षा व्यवस्था और भी कड़ी कर दी गई थी। बादशाह ने फिर से शिवाजी को मार डालने का आदेश दिया, लेकिन फिर उसे रद्द कर दिया और नया आदेश दिया कि शिवाजी को विट्ठलदास की हवेली में रखा जाए। शिवाजी चौकन्ने हो गए कि जरूर उन पर जान का खतरा मँडरा रहा है। स्वाभाविक था कि वे वहाँ से निकल भागें।

'राजस्थानी रिकॉर्ड' से महाराज के पलायन की तारीख 18 अगस्त, 1666 विदित होती है। 'आलमगीरनामा' में यह तारीख 19 अगस्त है।

महाराज के चकमा देकर निकल जाने से आगरा में पूछताछ व आरोप-प्रत्यारोप का सिलसिला शुरू हुआ। सन् 1666 के 3 सितंबर के एक पत्र में कहा गया है कि दिन के चौथे प्रहर में समाचार आया कि शिवाजी पलायन कर गए हैं। चौकियों पर पहरेदारों की तादाद 1000 होते हुए भी ऐसा हुआ! महाराज किस समय भागे, किसी को भनक भी नहीं लगी। पहरेदारों व अधिकारियों ने आपस में चर्चा कर निष्कर्ष निकाला कि विट्ठलदास की हवेली में फलों व मिठाइयों के बड़े-बड़े पिटारे आए थे। उन्हें हवेली में खाली कर जब बाहर निकाला गया, तब किसी पिटारे में शिवाजी छिपे बैठे थे। कहार ने पिटारे का बढ़ा हुआ वजन महसूस क्यों नहीं किया, पिटारा खोलकर उसने देखा क्यों नहीं? कोई भी समझ सकता है कि कहार शिवाजी महाराज का ही कोई आदमी था। शिवाजी छोटे कद के थे। पिटारे में सिमट कर बैठ गए और पिटारे के ही साथ हवेली से बाहर भी हो गए।

'आलमगीरनामा' में स्पष्ट कहा गया है कि शिवाजी वेशभूषा बदलकर भागे।

लोक मान्यता है कि शिवाजी पहले मथुरा गए, फिर वहाँ से दक्षिण की ओर। उनके साथ के सभी लोगों के पास सरहदें पार करने के अनुमति-पत्र थे। शिवाजी महाराज ने ये फर्जी अनुमति-पत्र कब, कहाँ, कैसे और किससे तैयार करवाए थे; कोई नहीं जानता। उन अनुमति-पत्रों की कृपा से शिवाजी को एक तालुके से निकलकर और दूसरे तालुके में दाखिल होने में कहीं कोई बाधा नहीं आई।

'जेधे श्कावली' में कहा गया है कि शिवाजी महाराज रायगढ़ में मार्गशीर्ष सुदी पंचमी (20 नवंबर, 1666) के दिन पहुँचे। पुत्र संभाजी को उन्होंने मथुरा में विश्वासराव ब्राह्मण के यहाँ रखा था।

कालचक्र घूमा। आगरा से महाराज के पलायन को 50 वर्ष हुए। अहमदनगर में औरंगजेब अपनी मौत से जूझ रहा था। उस समय भी उसे यह बात खल रही थी कि शिवाजी छल करके आगरा से निकल गए। औरंगजेब ने अपने मृत्यु-पत्र में लिखा, "हमारी जरा सी असावधानी के कारण शिवाजी छूटकर भाग गया। फलस्वरूप अब हमें हमेशा के लिए इसका नतीजा भुगतना होगा।"

शिवाजी महाराज यदि आगरा से छूटने में असफल रहते या छूटकर भी फिर से पकड़ लिये जाते, तो परिणाम क्या हुआ होता; यह कल्पना से परे है। महाराज के सेनापति नेताजी पालकर को मुगलों ने धोखे से पकड़ लिया था और उससे जबरदस्ती धर्म-परिवर्तन करवाया गया था। भले ही कई वर्ष बाद, किंतु महाराज के पुत्र संभाजी को भी मुगलों ने पकड़ लिया था। संभाजी की करुण मृत्यु के समय साकी मुस्तैद खान नामक इतिहासकार औरंगजेब के यहाँ था। उसने संभाजी राजे की आँखें निकलवा दी जाने की घटना का समर्थन किया है।

साकी मुस्तैद खान के शब्द हैं, "संभाजी ने बादशाह की कृपा का महत्त्व नहीं

समझा था। पहले वह अपने पिता (शिवाजी महाराज) के साथ बादशाह के दरबार से भाग गया। दूसरी बार वह मरहूम दिलेर खान के पास से भागा। इसलिए उसी रात्रि को उसकी आँखें निकाल दी गईं।"

## संदर्भ—

1. छत्रपति शिवाजी / सेतुमाधवराव पगड़ी
2. शिवकाल / डॉ. विगो. खोबरेकर
3. शककर्ते शिवराय / विजयराव देशमुख
4. Shivaji and His Times / Jadunath Sarkar

□

# शिवाजी महाराज और नौसेना

## ईस्ट इंडिया कंपनी

भारत एवं अन्य पूर्वी देशों में व्यापार करने के लिए अंग्रेजों ने 'ईस्ट इंडिया कंपनी' की स्थापना की थी। इस कंपनी को यूरोपीय देशों ने अपनी कानूनी स्वीकृति भी दे दी थी।

16वीं सदी में ब्रिटेन, द यूनाइटेड प्रॉविंसेस, नीदरलैंड, फ्रांस, डेनमार्क, स्कॉटलैंड, स्पेन, ऑस्ट्रिया, स्वीडन आदि राष्ट्रों के बीच सुदूर पूर्व की दिशाओं में व्यापार करने की स्पर्धा शुरू हुई।

सितंबर 1599 में लंदन के व्यापारियों ने 3 लाख पौंड एकत्रित कर 'ब्रिटिश ईस्ट इंडिया कंपनी' स्थापित की। सन् 1600 में ब्रिटेन की रानी एलिजाबेथ ने 'ईस्ट इंडिया कंपनी' को अंतरराष्ट्रीय व्यापार करने के लिए मान्यता दी।

सन् 1692 में विलियम हॉकिंस की कोशिशों के फलस्वरूप मुगल बादशाह जहाँगीर ने इस कंपनी को सूरत में अपना माल सुरक्षित रखने के लिए गोदाम बनाने की इजाजत दे दी।

सन् 1661 के बाद इस कंपनी का स्वरूप बदल गया। इसे लिमिटेड कंपनी जैसी न रखकर 'जॉइंट स्टॉक कंपनी' के साँचे में ढाला गया। उच्च अधिकारियों की नियुक्ति करना, सेना रखना, प्रदेश जीतना, किले बनाना, दीवानी और फौजदारी न्याय करना इत्यादि अनेक महत्त्वपूर्ण अधिकार 'ईस्ट इंडिया कंपनी' को हासिल हो गए।

1773 में ब्रिटिश संसद् ने 'रेग्युलेशन ऐक्ट' पास किया, जिससे कंपनी के कार्यों एवं उत्तरदायित्वों में फिर से परिवर्तन हुआ। नतीजा यह रहा कि भारत की राजनीति में ब्रिटिश संसद् का सीधा हस्तक्षेप शुरू हो गया। कंपनी का क्षेत्र केवल व्यापार तक सीमित रखा गया। ब्रिटिश सरकार ने राजनीति का कार्य-क्षेत्र स्वयं के अधिकार में ले लिया।

1857 की क्रांति के बाद ब्रिटिश सरकार ने 'ईस्ट इंडिया कंपनी' को समाप्त ही कर दिया।

'ईस्ट इंडिया कंपनी' की शक्तियों में जो अभूतपूर्व विकास हुआ था, उसका अधिकतम श्रेय ब्रिटेन की नौसेना को जाता है। अंग्रेजों ने नौसेना का महत्त्व बहुत पहले से समझ रखा था।

सन् 1646 से 1659 तक के 13 वर्षों में ब्रिटेन ने 217 युद्ध-नौकाएँ तैयार कर ली थीं।

सन् 1660 में जारी की गई 'ब्ल्यू वॉटर पॉलिसी' के कारण ब्रिटेन ने ऐसा रुख अपनाया कि समुद्रों के उस पार पहुँचकर व्यापार करना और समुद्रों में अपनी फौज रखना, ये एक ही सिक्के के दो पहलू हैं। अंग्रेजों का तर्क यह भी था कि ब्रिटेन एक द्वीप है, जिस पर सभी दिशाओं से आक्रमण हो सकता है, लिहाजा ब्रिटेन के पास एक मजबूत नौसेना होनी ही चाहिए। राष्ट्रीय सुरक्षा के साथ जुड़ जाने से ब्रिटिश नौसेना प्रारंभ से ही विशाल एवं शक्तिशाली रही है।

ब्रिटेन ने सात समंदर पार जाकर अपना व्यापार फैलाया। देखते-देखते वह भरपूर धनवान हो गया। डच, फ्रेंच व पुर्तगीज देश ब्रिटेन की समृद्ध नौसेना को चुनौती देने के लिए हमेशा तत्पर रहे, किंतु ब्रिटेन ने इन सबको पीछे छोड़ दिया। 19वीं सदी में तो ब्रिटेन का साम्राज्य इतना विस्तार पा गया कि कहा जाने लगा कि ब्रिटिश सत्ता पर कभी भी सूर्यास्त नहीं होता। इतने बड़े गौरव का श्रेय ब्रिटेन की नौसना और उसकी समृद्ध परंपराओं को ही जाता है।

सर फ्रांसिस बेकन (1561-1626) ब्रिटेन की महान् हस्तियों में से एक हैं। वे एक श्रेष्ठ वैज्ञानिक व दार्शनिक थे। राजनीति में भी उनका अपना रुतबा था। उन्होंने अनेक व्याख्यान दिए और पुस्तकें लिखीं। नौसेना की अहमियत को लेकर उन्होंने कहा था, "जिसने समुद्र पर प्रभुत्व पा लिया, वह आजाद हो गया, क्योंकि वह बेधड़क फैसला कर सकता है कि उसे युद्ध करना है या नहीं करना है। वह अपनी इच्छानुसार सेना रख सकता है और मुकाबला यदि अधिक बलशाली शत्रु से हो, तो उसके सामने से वह सुरक्षित हट भी सकता है।"

पुर्तगीजों के आने के बाद भारतीयों को उनके नौसैनिकों की शक्ति के बारे में पहली बार पता चला। नौसेना के मामले में भारतीय, अनेक शताब्दियों से, अरबों से पिछड़े हुए थे। 16वीं शताब्दी के प्रारंभ में तुर्कों ने इस्तांबुल व अन्य प्रदेशों पर अपना अधिकार जमा लिया। तुर्कों की नौसेना अरबों की ही तरह तमाम समुद्री जनजातियों से भरी हुई थी। जेनेवा (स्विट्जरलैंड), वेनिस (इटली), एथेंस (ग्रीस) की समुद्री विद्याओं का उन्हें ज्ञान था। इसके बावजूद पुर्तगीजों के सामने तुर्कों की एक न चली। पचास वर्षों के भीतर मुसलमान व्यापारियों को भारतीय तटों से विदा हो जाना पड़ा।

मुसलमानों और पुर्तगीजों, दोनों की शूरवीरता एक समान थी, किंतु पुर्तगीजों के

आवेश एवं युद्ध-कौशल मुसलमानों से बेहतर साबित हुए। इतिहास दरशाता है कि पुर्तगीजों की नौकाएँ समुद्र में अधिक-से-अधिक दृष्टिगोचर होती थीं। अरबों की तुलना में पुर्तगीज नौकाएँ कहीं अधिक लड़ाकू थीं। पुर्तगीजों की क्रूरता व निर्लज्जता सारी सीमाएँ लाँघ जाती थीं। इस कसौटी पर अरब और ईरानी नरम ही साबित होते थे। जैसा कि इतिहास दरशाता है; शत्रुओं में दहशत फैलाने के लिए पुर्तगीजों ने क्रूरता व निर्लज्जता के दुर्गुणों का खुलकर उपयोग किया।

प्रारंभिक लड़ाइयों में पुर्तगीजों ने शत्रुओं के सामने आने पर उनका वंश ही नष्ट कर दिया। शत्रुओं को समूल नष्ट करना उन्होंने अपना उद्देश्य बना रखा था। मुसलमानों को उन्होंने समूल ही नष्ट किया और यह उनके श्रेष्ठ अस्त्र-शस्त्रों एवं युद्ध-नीति के कारण संभव हुआ। उस समय की तीन मुसलमानी सत्ताएँ, जो संसार में श्रेष्ठ मानी जाती थीं, केवल जमीन पर ही बलशाली थीं। समुद्र में उनका उतना प्रभाव नहीं था। ये सत्ताएँ थीं—तुर्क, ईरानी और मुगल। भारत में मुगल सत्ता ने नौसेना की ओर कभी ध्यान नहीं दिया। औरंगजेब के सामने जब परदेशियों से सामना करने का समय आया, जो उसने निजामशाही के अवशेष की तरह स्वतंत्र रूप से रह रहे जंजीरा किले के हबशी को अपनी सेवा में लिया और उसकी मक्का यात्रा को सुरक्षित किया, ताकि मुगलों के बंदरगाह में शांति बनाए रखने का काम उसे सौंपा जा सके। नौसेना का विकास करने, उसे आधुनिक बनाने के लिए औरंगजेब ने कोई कोशिश नहीं की।

ठीक विपरीत शिवाजी महाराज ने समुद्र का महत्त्व समझते हुए अपनी नौसेना के विकास का प्रयत्न किया। इसमें दिक्कत यह आई कि मराठों की आर्थिक शक्ति का अधिकांश तो उनकी आंतरिक सुरक्षा के पीछे खर्च हो जाता था। ऐसे में नौसेना के उचित विकास के लिए आर्थिक व्यवस्थाएँ हो नहीं पाती थीं। धन की कमी के साथ-साथ सामाजिक प्रतिबंध भी बाधा बन गया। भारत में मान्यता थी कि समुद्र तो देवता है, उसे लाँघा नहीं जा सकता। समुद्र में युद्ध-नौकाएँ ले जाने का अर्थ है, देवता पर सवारी करना। यह पाप है। इससे मिलती-जुलती और भी कई मान्यताएँ थीं, जो नौसेना के विकास में बाधक थीं। 17वीं शताब्दी में शस्त्र-ज्ञान के व्यापक विकास की आवश्यकता थी। जब तक देश के धर्म-गुरु एवं समाज-सेवी अपने सामने यह लक्ष्य न रखते कि उन्हें राजा और प्रजा दोनों को नौसेना के विकास के लिए प्रेरित करना है, तब तक भारत में कोई भी सुधार संभव नहीं था।

ब्राह्मण एवं सुशिक्षित वर्ग के अनवरत मार्गदर्शन के बिना पाश्चात्य तरीके के सुधारों को आत्मसात् करना प्रजा के लिए सचमुच कठिन था। हिंदुओं की वर्ण-व्यवस्था में आमूलचूल परिवर्तन हुए बिना नई विद्याओं को आत्मसात् नहीं किया जा सकता था और यह परिवर्तन सत्रहवीं, अठारहवीं व उन्नीसवीं इन तीन शताब्दियों में भी नहीं हुआ

था। इसलिए नौसेना का इतिहास इसी तरह बनता गया। परिवर्तन के अभाव में सदिच्छा, स्वाभिमान, दीर्घ प्रयत्न, कल्पना-शक्ति एवं शौर्य ये सभी अनुपयोगी सिद्ध हुए। बलशाली मुगलों को किसी ने प्रेरित नहीं किया कि वे नौसेना की तरफ ध्यान देते। शिवाजी ने इसी कमी की ओर ध्यान देकर, अपने राज्य का आधा खर्च नौसेना पर लगाने और उसे शक्तिशाली बनाने की कोशिश की थी। फिर भी मराठों की नौसेना राज्य-रक्षण का एक अपंग या अपरिपक्व साधन ही बनकर रह गई। भारतीयों की कमजोरी थी कि वे सामने ही दिखाई दे रही असलियत को देखकर भी नहीं देख पाते थे। पूर्वी देशों की संस्कृति सचमुच नेत्रहीन थी, नेत्र होते हुए भी! इसी कारण पूर्वी देशों का अनेक शताब्दियों तक विकास नहीं हुआ और वे आक्रमणकारियों द्वारा शोषित होते रहे। शिवाजी के समय में भी पूर्वी देशों की प्रजा अंधकार में विचरण कर रही थी। प्रगति के मार्ग को मन से, मस्तिष्क से अपनाना उसके लिए सर्वथा असंभव था!

शिवाजी महाराज नौसेना स्थापित करने के लिए क्यों उत्सुक थे, इसके तीन महत्त्वपूर्ण कारण थे—

1. वे समुद्री लुटेरों एवं गुलामों का व्यापार करनेवालों को रोकना चाहते थे।
2. वे सिद्दी जौहर पर अंकुश रखना चाहते थे, ताकि सागर तट की रक्षा हो सके।
3. वे अंतरराष्ट्रीय व्यापार को बढ़ावा देकर धनोपार्जन करना चाहते थे, ताकि अपने राज्य को आर्थिक मजबूती दे सकें।

किंतु उस समय के धर्म-पंडित समुद्री यात्रा को अशुभ ही मानते रहे। अंततः शिवाजी ने पुराने रीति-रिवाज की परवाह न करने का फैसला किया और नौसेना स्थापित कर दी। सागर-तट पर रहते आगरी, कोली, भंडारी व कुनबी जाति के साहसी लोगों को उन्होंने अपनी नौसेना में शामिल किया।

यह कार्य शिवाजी ने शून्य से ही प्रारंभ किया। इसके लिए नौका बनाने का कार्य, समुद्र का भूगोल, समुद्र की गतिविधियाँ, वायु के प्रवाह की दिशाएँ, नौका-संचालन का तंत्र-ज्ञान आदि शाखाओं का अध्ययन करना आवश्यक था और ये शाखाएँ तो ऐसी हैं कि उनमें पारंगत होने के लिए पूरी आयु भी कम पड़ जाए! पश्चिम के लोगों ने अभ्यास से, अनुभव से, पीढ़ी-दर-पीढ़ी इन शाखाओं का ज्ञान प्राप्त किया था। समांतर सत्य यह भी था कि केवल ज्ञान के आधार पर नौसेना का निर्माण असंभव था। उसके लिए अनिवार्य था कि ऐसी सुरक्षित जगहों का विकास किया जाए, जहाँ नौकाओं का निर्माण हो सकता हो। नौकाओं की टूट-फूट की मरम्मत की व्यवस्था भी अत्यावश्यक थी। नौसैनिकों को प्रशिक्षण देने की व्यवस्था भी होनी चाहिए थी। यह सब बहुत खर्चीला काम था, क्योंकि पुर्तगीजों एवं सिद्दी जौहर का सामना करने के लिए भी तो धन चाहिए

था। मुगलों एवं आदिलशाही का सामना भी साथ-साथ किया जा रहा था। थल-सेना की भी सारी आवश्यकताओं को पूरा करना जरूरी था।

वीर शिवाजी ने इन तमाम रुकावटों को पार करते हुए स्वयं की नौसेना का निर्माण किया। इतना ही नहीं, बसरूर के आक्रमण के समय उन्होंने अपनी नौसेना का नेतृत्व भी स्वयं किया। सभासदों के जो उद्गार दस्तावेजों में अंकित हैं, उनके अनुसार नौका पर मस्तूल भी शिवाजी ने अपने हाथों से चढ़ाया।

शिवाजी का राजनैतिक जीवन शुरू होने के पहले से ही भारत के समुद्रों पर राजकीय सत्ता दुर्बल रही थी। मुगलों ने साम्राज्य की नदियों के हिसाब से लघु-नौसेना का निर्माण किया तो था, किंतु जब मक्का-मदीना की हज-यात्रा का मौका आता, तब ऊँची राजकीय हस्तियों को भी समुद्र के उस पार जाने के लिए पुर्तगीजों से परवाने लेने पड़ते थे।

सन् 1656 में शिवाजी ने चंद्रराव मोरे को मारकर जावली प्रदेश पर अधिकार कर लिया। जावली को उन्होंने अपने राज्य में शामिल कर लिया और कोंकण में प्रवेश किया। तदुपरांत कुछ ही समय में सिद्दी जौहर के साथ महाराज की लड़ाइयाँ शुरू हो गईं।

19 जुलाई, 1659 के दिन शिवाजी महाराज ने गोवा के पुर्तगीजों को इस प्रकार पत्र भेजा—

'दंड्या-राजपुरी बंदरगाह के हब्शी प्रशासक सिद्दी से मेरी दुश्मनी है। सिद्दी का विरोध करने के लिए मैंने अपने कुछ घुड़सवार और प्यादे सैनिकों को सरहद पर भेजा था। उस समय सिद्दी को चौल तथा वसई के पुर्तगीज कप्तान अनाज देते थे और भी कई तरीकों से मदद करते थे। हब्शी इसीलिए निश्चिंत रहते थे। मेरी और आपकी मित्रता के बीच यह बहुत बड़ी रुकावट है। चौल तथा वसई के कप्तान मेरे खिलाफ हैं, यह बात मैं जानता हूँ, किंतु आप नहीं जानते हैं। चौल तथा वसई के कप्तान मुझसे अच्छा बरताव करें और दंड्य के हब्शियों को मदद न करें; ऐसा आदेश कृपया जारी करें।'

इस मौके पर शिवाजी महाराज ने अपने सलाहकार सभासदों की एक बैठक बुलाई, जिसमें सभी सभासद उनके साथ एकमत हुए।

शिवाजी ने अपने पत्र में जैसी विनती की थी, उसके अनुसार गोवा के पुर्तगीजों ने चौल और वसई के अपने कप्तानों को इस प्रकार पत्र लिखे—

'…क्योंकि शिवाजी शक्तिशाली है…कल्याण, भिवंडी और कोंकण का वही मालिक है…वह हमें नुकसान पहुँचा सकता है। उसके साथ दोस्ती बनाए रखना जरूरी है…'

वसई और चौल के कप्तान को दूसरा पत्र पुर्तगीजों ने नेक सलाह देते हुए लिखा कि वह दंड्या के हब्शियों को खुल्लमखुल्ला मदद न करे, किंतु किसी को पता न चले,

इस तरीके से मदद करते रहने में कोई हर्ज नहीं है।

इस बात के साथ गवर्नर ने भी सहमति दरशाई।

शिवाजी ने अपनी जल-सेना की मजबूती के लिए पुर्तगीज मजदूरों को काम पर लगा रखा था। पुर्तगीज गवर्नर को इसकी जानकारी मिली, तो उसने नाराज होकर उन मजदूरों को तत्काल काम छोड़ देने का आदेश दिया।

यह काररवाई अंतोनियो द मेलू द कास्त्र और द फ्रांसिस्कू द कैश्तेल ब्रंकू नामक पुर्तगीज कैप्टनों ने की।

अशेरी तथा मनोर के कप्तान अंतोनियो द मेलू द कास्त्र ने 30 सितंबर, 1659 के दिन अपना संक्षिप्त पत्र इस प्रकार जारी किया—

'मैं, वसई किले व शहर एवं इसके अधिकार क्षेत्र में आते अशेरी तथा मनोर का कप्तान अंतोनियो द मेलू द कास्त्र प्रमाणित करता हूँ कि

'इस समय कोंकण के भिवंडी तथा कल्याण के खाड़ी-प्रदेश पर राज्य करने का अधिकार शिवाजी राजा के पास है। शिवाजी भिवंडी, कल्याण एवं पेण की बीस नौकाओं के जोर पर दंड्या के सिद्दी को सबक सिखाने के लिए उसे घेरने की तैयारी कर रहा है। राज्य में इससे पहले ऐसा कभी नहीं हुआ। यह बात पुर्तगाल के राजा की शक्ति को कम प्रदर्शित करती है, जबकि ऐसा नहीं है। असलियत यह है कि हमारी ही शक्ति के कारण शिवाजी अपनी नदियों एवं खाड़ियों के अलावा अन्य किसी मार्ग से खुद की नौसेना बाहर नहीं निकाल सकता।

'इस 'झेंतीऊला' (हिंदू यानी शिवाजी) की नौसेना आज भले ही ज्यादा शक्तिशाली न हो, लेकिन वह अपनी शक्ति बढ़ाने पर आमादा है। कहीं वह इतना शक्तिशाली न हो जाए कि साष्टी द्वीप को हानि पहुँचा सके। हमारी ही नौकाओं को छीनकर वह खुद की बड़ी नौसेना स्थापित कर सकता है। आज वह जितना शक्तिशाली और यशस्वी जमीन पर है, कल उतना ही कामयाब समुद्र पर भी हो जाएगा।

'मगर यह तब हो सकता है, जब—

'रूय लैताँव व्हियेगश और उसके पुत्र फेर्नाव व्हियेगश के बलबूते पर शिवाजी को नई एवं आधुनिक नौकाएँ बनाने का मौका मिल जाए। फेर्नाव व्हियेगश के साथ 300 पोर्तुगीज नाविक हैं। बहुत जरूरी है कि हम शिवाजी की नई एवं आधुनिक नौसेना बनाने की योजना को असफल कर दें। इसका एक ही रास्ता है। वह यह कि रूय लैताँव और उसके पुत्र के जो 300 नाविक शिवाजी की तरफ चले जाएँ, वे शिवाजी को छोड़कर हमारे बंदरगाह साष्टी पर वापस आ जाएँ। शिवाजी की ताकत खत्म करने के लिए सबसे भरोसे का, सरल और गतिशील उपाय यही है। मुझे तो लगता है, इस शानदार उपाय को जल्द-से-जल्द अपना लिया जाए, ताकि उन नादान नाविकों को भगवान् और राजा की

सेवा में वापस बुलाया जा सके। इससे उनकी हिचक और डर, दोनों दूर हो जाएँगे। हमारी पोर्तुगीज नौसेना में नाविकों की जो कमी है, वह इन नाविकों के लौट आने से पूरी हो जाएगी। यह तो बहुत खुशी की खबर होगी।

'मुझे मालूम था कि इतना महत्त्वपूर्ण यह काम सिर्फ जुआँव द सालाझार द व्हास्कोंसेलुश कर सकता है और इसीलिए मैंने उसे ही भेजा। उसने भी यह काम बड़ी मेहनत और लगन से किया। रूय लैताँव व्हियेगश और उसके पुत्र फेर्नाव व्हियेगश के 300 साथी अब पोर्तुगीज राजा की सेवा में वापस आने को तैयार हैं।'

इस संदर्भ में रूय लैताँव व्हियेगश ने मुंबई में, 7 अक्तूबर, 1659 के दिन जो निवेदन लिखा, वह इस प्रकार है—

'मैं, रूय लैताँव व्हियेगश, निवेदन करता हूँ कि मैं शिवाजी राजा की नौकरी करता था। यह नौकरी कल्याण में थी, जहाँ मेरे साथ अनेक गोरे और काले लोग भी काम पर लगे हुए थे। शिवाजी पेण तथा अन्य बंदरगाहों में बीस युद्ध-नौकाओं एवं अन्य नौकाओं की जल-सेना तैयार कर रहा था। इस सैन्य-शक्ति का निर्माण हो जाने पर शिवाजी ने हुक्म दिया कि दंड्या के सिद्दी के किले को समुद्र की तरफ से घेर लिया जाए। मैं नहीं चाहता था कि शिवाजी की नौकाएँ कूच करें। मुझे वसई के कैप्टन एंटोनियो द मेलू द कास्त्र की ओर से आदेश मिला कि मैं कल्याण जाकर वहाँ के कैप्टन जुआँव द सालाझार को भरोसा दिलाऊँ कि मैं शिवाजी को छोड़कर पुर्तगाल के राजा की सेवा में वापस आना चाहता हूँ। बहुत जरूरी था कि जब भी मैं ऐसा करूँ, तब मेरे पुर्तगीज सैनिक भी शिवाजी को छोड़ दें और मेरे साथ बने रहें।

'शिवाजी के साथ करीब 340 नाविक ऐसे थे, जिनमें से कुछ गोरे थे, तो कुछ काले भी थे और जिन्हें शिवाजी का साथ छोड़ देने के लिए मनाया जा सकता था। उनकी बीवियों और नौकरों की तादाद 400 से ज्यादा थी। उनमें से कुछ ऐसे थे, जो पहले पुर्तगीजों की ही नौकरी करते थे, लेकिन बाद में शिवाजी की सेवा में आ गए थे। उन्हें समझा-बुझाकर पुर्तगीजों की सेवा में वापस ले आना कोई खास मुश्किल नहीं था। इसी का भरोसा दिलाने के लिए मैंने कल्याण पहुँचकर कैप्टन जुआँव द सालाझार से मुलाकात की।

'वसई के कैप्टन के आदेश का पालन करता हुआ मैं, अपने साथ काले व गोरे सैनिकों को लेकर, मुंबई बंदरगाह पर आ पहुँचा हूँ। यहाँ मुझे अपने यूरोपीय शत्रुओं यानी डच लोगों का सामना करना है।'

शिवाजी को जब पता चला कि पुर्तगीज सैनिक उनकी नौकरी छोड़कर जा रहे हैं, तब वे जरा भी विचलित नहीं हुए। शायद उन्होंने पहले से सोच रखा था कि ऐसा तो एक दिन होना ही है। इसी हिसाब से उन्होंने तैयारी भी कर रखी थी।

शिवाजी की नौसेना का विवरण चित्रगुप्त ने प्रस्तुत किया है। उसके अनुसार, 30 गुराबे (युद्ध-नौकाएँ), 50 छोटे गुराबे, 100 बड़ी युद्ध-नौकाएँ (बड़े गुराबे), 150 छोटी युद्ध-नौकाएँ (महागि यानी छोटे गुराबे), 10 बड़ी नावें (होड़्या), 150 छोटी नावें, 60 तारवे (दो नावों के बीच आने-जाने के तख्त), 25 मस्तूल, 15 जूग और 50 मचवे शिवाजी की नौसेना में शामिल थे।

अंग्रेजों ने शिवाजी महाराज की नौसेना के साजो-सामान की तालिकाएँ समय-समय पर जारी की थीं। उनके अनुसार जब शिवाजी की नौसेना कारवार के नजदीक तक गई थी, तब उसमें 'एक डोलकाठी' जहाज थे; यानी 30 से 150 टन तक के वजन के 85 जहाज एवं 3 बड़े जहाज थे। बाद में जब अंग्रेजों ने सिद्दियों के साथ दोस्ती का बरताव शुरू कर दिया, तब गोरों को दहशत में डालने के लिए शिवाजी ने मुंबई के बैकबे के सामने 160 जहाज लाकर खड़े कर दिए थे। स्वयं अंग्रेजों ने इसका उल्लेख किया है।

ऐसी शक्तिशाली नौसेना तैयार करने के पीछे शिवाजी का उद्देश्य यही था कि मुगल, सिद्दी, अंग्रेज, डच, पुर्तगीज इत्यादि के रात-दिन आते-जाते जहाज, जो चुनौती सामने रखते थे, उनका मुकाबला किया जा सके। इतना ही नहीं, शिवाजी के मन की महत्त्वाकांक्षा यह भी रही कि जिस आजादी से ये विदेशी लोग समुद्र को रौंदते हुए बेखौफ अपना कारोबार करते हैं, उसी आजादी से मराठे भी कारोबार करना सीखें। यह बात उन दिनों सूरत, कारवार आदि बंदरगाहों पर व्यापार कर रहे अंग्रेजों ने स्पष्ट लिखी है।

ऐसा प्रतीत होता है कि जब उत्तर कोंकण के बंदरगाह मराठों के अधिकार में आ गए, तब उन्होंने भी समुद्र को विदेशियों की तरह रौंदते हुए अपना कारोबार शुरू कर दिया। राजापुर में उन्हें अफजल खान के जहाज जो हासिल हुए, उन्हीं को उन्होंने अपने कारोबार में लगा दिया। सन् 1663 में सूरत के अंग्रेज व्यापारियों द्वारा जो बातें दर्ज की गई थीं, उनमें लिखा है कि शिवाजी अरबस्थान के पश्चिमी किनारे पर स्थित मोका बंदरगाह तक भेजने के लिए दो बड़े जहाज जैतापुर में तैयार कर रहे थे। आगे सन् 1665 में उन्हीं गोरे व्यापारियों ने उल्लेख किया है कि शिवाजी अपने अधिकार के बंदरगाहों से प्रति वर्ष दो-दो, तीन-तीन जहाज ईरान, बसरा, मोका तक भेजने लगे थे, ताकि मराठों का कारोबार सागर के उस पार तक होने लगे।

उन्हीं व्यापारियों का सन् 1669 का एक लेख ऐसा है, जो कहता है, 'शिवाजी के चावल से लदे अनेक व्यापारी जहाज कारवार के किनारे आँधी-तूफान में नष्ट हो गए।'

शिवाजी ने नौसेना को अपने प्रशासन का 'आठवाँ अंग' तो नहीं माना, किंतु यह सेना भी उनकी राज्य-व्यवस्था का एक प्रमुख हिस्सा थी, ऐसा कहा जा सकता है। नौसेना का संचरण सुलभ हो, नौसेना आधुनिक अस्त्र-शस्त्र से सुसज्जित रहे, नौसेना को उचित शिक्षण-प्रशिक्षण देकर उसकी प्रतिकार-शक्ति बढ़ाई जाए, नौसेना में अनुशासन

के हर नियम का पालन हो और नौसेना का हर व्यक्ति हर पल अपने देश के लिए प्राण निछावर करने को तैयार रहे; ये सभी बातें नौसेना के लिए अनिवार्य हैं। शिवाजी ने इन सभी गुणों का विकास अपने नौसैनिकों में किया।

रामचंद्र पंत अमात्य ने अपने आज्ञा-पत्र में नौसेना के संदर्भ में क्या लिखा है, यह देखते हैं—

'नौसेना राज्य के महत्त्वपूर्ण अंगों में से एक है। जो अश्वबल में शक्तिशाली होता है, वह संपूर्ण पृथ्वी पर राज्य कर सकता है। इसी तरह जिसकी नौसेना उत्तम होती है, वह अपनी सत्ता सागर पर और सागर के उस पार भी स्थापित कर सकता है।

'संतुलित नौसेना में छोटी और बड़ी, दोनों प्रकार की नौकाएँ होनी चाहिए। अपनी गति के लिए पवन की अनुकूलता पर आधार न रखनेवाली आधुनिक नौकाएँ तो हर नौसेना के लिए अत्यंत अनिवार्य हैं। इन सभी नौकाओं पर शूरवीर; साहसी एवं कल्पना-शक्ति में कुशल व्यक्तियों की नियुक्ति की जानी चाहिए। इन सेनानियों के पास बंदूक, बारूद, होकायत्र (दिशादर्शक यत्र) एवं अन्य आवश्यक सामग्री होनी चाहिए। इन्हें मासिक वेतन पर रखा जाए और यह वेतन पूरी नियमितता के साथ अदा किया जाए।

'कारोबारी नौकाओं के सामान पर लगाए जाने वाले जकात कर में से नौसैनिकों का वेतन न दिया जाए, क्योंकि इसे न लगाया जाए। यदि लगाया गया, तो इससे व्यापारियों की आर्थिक शक्ति पर असर पड़ेगा, व्यापार साहूकारी डूब जाएगी। बंदरगाह पर कारोबार लगातार चलते रहना चाहिए। जकात से प्राप्त द्रव्य राज्य की तिजोरी में ही जाना चाहिए। वेतन उस प्रदेश की पैदावार से ही दिया जाए। साहूकारी और व्यापार बढ़ाए जाएँ, ताकि जकात कर अधिक प्राप्त हो।

'सागर में गतिविधियाँ लगातार जारी रखी जाएँ। इससे शत्रु को रोकने की योजनाएँ अधिक कारगर होंगी। बंदरगाह पर बारूद की उचित व्यवस्था हो। लोगों को कोई कष्ट न हो, इसका ध्यान रखा जाए। समुद्री मार्ग से आनेवाले शत्रु को समुद्र में ही रोककर लूट लिया जाए। व्यापारियों को हर मदद मुहैया की जाए। विदेशी साहूकारों को बिना आज्ञा-पत्र के प्रवेश न करने दिया जाए। आज्ञा माँगने पर अभय-वचन देकर कारोबारी समझौता कर लिया जाए और प्रत्येक खरीदारी या बिक्री पर जकात कर लगाया जाए।

'बड़ा साहूकार हो, तो सरकारी खर्च से उसका आदर किया जाए। उसे विश्वास हो जाए कि हमारी ओर से उसे सौजन्य एवं सहयोग ही मिलेगा। उसका आवागमन आगे भी जारी रहे, ऐसा प्रयास किया जाए।

'समुद्री मार्ग से आ रहे शत्रु को समुद्र में ही रोककर लूट लिया जाए। उसकी मालवाहक नौकाएँ एवं युद्ध-नौकाएँ जब्त कर ली जाएँ। इन नौकाओं को अपने बंदरगाह पर लाकर, सारा माल जब्त करके, उस विभाग के मुंशी के पास सूची भेजकर

आज्ञानुसार एवं नियमानुसार काररवाई की जाए।

'शत्रु द्वारा आक्रमण किए जाने पर तुरंत समुद्री किनारे के किले के संरक्षण में चले जाना चाहिए। आम जनता को तकलीफ न हो, इसका ध्यान रखा जाए। शत्रु को तंग करने का हर तरीका आजमाया जाए। यदि वह तंग होकर नरम पड़ने लगा हो, तो भी उस पर तोपों की मार जारी रखी जाए। ऐसी सख्ती बरतने पर ही शत्रु हम से दुबारा धोखा करने की कल्पना नहीं करेगा। उसे नजदीक ही न आने दिया जाए।'

ऐसी नीति के पीछे एक कारण यह भी था कि मराठों की नौकाएँ आकार में छोटी थीं और फिर मराठों को समुद्री युद्ध का अधिक अनुभव भी नहीं था।

मुंबई के अंग्रेजों द्वारा सूरत काउंसिल को भेजे गए 15 अगस्त, 1674 का एक पत्र इस प्रकार है—

'मोखा से आनेवाले जहाजों पर आक्रमण करने का आदेश शिवाजी ने दिया है, ऐसा आप लिखते हैं, लेकिन यह समाचार अभी तक मेरे सुनने में नहीं आया है। शिवाजी की नौसेना में युद्ध-नौकाएँ छोटी हैं। दूसरी नौकाएँ भी ऊँचे दरजे की नहीं हैं। वे ठीक से हथियारबंद भी नहीं हैं। शिवाजी के नौसैनिक नौसिखिए हैं। मुझे उनकी ओर से कोई धोखा महसूस नहीं हो रहा।'

यहाँ यही कहना होगा कि मुंबई के अंग्रेज एक सर्वकालिक नियम को भूल गए थे। वह यह कि दूसरे की शक्ति को कम समझकर यूँ खारिज कर देना कभी सही नहीं होता। उन अंग्रेजों ने, जिन्हें अनुभवहीन बताया, उन्हीं शिवाजी के नौसैनिकों ने खांदेरी की मुहिम में अंग्रेजों जैसे समुद्र-विद्या में कुशल योद्धाओं की परवाह न कर, खांदेरी का किला अपने कब्जे में कर लिया था।

सिद्दियों को मुगलों और अंग्रेजों का सहारा न होता, तो शिवकालीन मराठों ने भारत के किनारे से उन्हें कब का नष्ट कर दिया होता। निकट भविष्य में मराठे सिद्दियों को हरा नहीं सके थे, इसका कारण यह नहीं था कि मराठों में क्षमता नहीं थी, बल्कि यह था कि सिद्दियों को हराना मराठों की प्राथमिकता नहीं थी। औरंगजेब की मौत के बाद उत्तर भारत में प्रचंड रिक्तता आ चुकी थी। मराठे उत्तर भारत में अपनी सत्ता स्थापित करना चाहते थे। उस प्रचंड रिक्तता का लाभ लेकर कोई अफगान या कोई ईरानी आकर वहाँ कब्जा जमा ले, इससे पहले स्वयं मराठे वहाँ सत्ताधीश होकर जम जाना चाहते थे। इसीलिए उन्होंने सिद्दियों को हराने के फेर में पड़ना उचित न समझा और अपना ध्यान उत्तर भारत की सत्ता पा लेने पर केंद्रित रखा। फिर भी 18वीं शताब्दी में मराठों ने सिद्दियों को शक्तिहीन बना ही दिया था।

शिवाजी के आगमन से पहले पूर्व के देशों से आते जहाजों को समुद्र में संचार करने के लिए पुर्तगीजों से आज्ञा-पत्र या पारपत्र खरीदना पड़ता था। शिवाजी के राज्य से आते

जहाजों को भी ये पारपत्र खरीदने पड़ते थे। यह स्थिति महाराज के निधन (1680) के पचास वर्षों बाद कांहोजी आंग्रे के नेतृत्व में पलट गई।

सन् 1721 के पहले से ही पुर्तगीजों के व्यापारी जहाज अपनी सुरक्षा के लिए कांहोजी आंग्रे से स्वीकृति लेने लगे थे।

कांहोजी अपनी स्वीकृति देने के लिए सात लाख रुपए वसूल करता था। उसने अंग्रेजों तथा पुर्तगीजों के अनेक जहाज जब्त किए थे। चौल का भूतपूर्व गवर्नर अपने जहाज से, चौल से वसई जा रहा था। उस समय कांहोजी ने अचानक आक्रमण कर वह जहाज जब्त कर लिया और गवर्नर को जान से मार भी डाला।

## जंजीरा के सिद्दी

हमने पहले ही देखा है कि जंजीरा का किला रायगढ़ जिले के दांडाराजापुर गाँव से समुद्र में, आधे मील के फासले पर है। इस किले को निजामशाह ने सन् 1490 में राम पाटील से छीन लिया था। फिर शाह ने वहाँ अपना सिद्दी सूबेदार नियुक्त कर दिया था। सन् 1569-72 में पुराने किले को गिराकर वहाँ एक नए, मजबूत जल-दुर्ग का निर्माण किया गया।

जंजीरा के किले के चारों तरफ के तट पर हर 100 फीट के फासले पर बुर्ज बने हैं। प्रारंभ में प्रत्येक बुर्ज पर तीन-चार तोपें तैनात की गई थीं। इनमें से कुछ तोपें फ्रेंच व अंग्रेजों से खरीदी गई थीं। एक फ्रेंच तोप फ्लैंडर्स के युद्ध में पराक्रम दिखाने के बाद यहाँ लगाई गई थी। आज भी इस किले पर तीन प्रचंड तोपें देखने को मिलती हैं। उनके नाम हैं—कलाल बाँगडी, चावरी और लांडा-कासम।

तत्कालीन सिद्दी या हब्शी मूल रूप से एबीसीनिया से लाए गए गुलाम थे। ये गुलाम अपने मालिकों से भी ज्यादा शूरवीर, कट्टर व आज्ञाकारी थे। कोई सिद्दी जब नवाब बन जाता, तब तो उसकी कर्तव्यनिष्ठा देखते ही बनती थी। केवल उसी सिद्दी सरदार को नवाब बनाया जाता था, जो सर्वोत्कृष्ट दिखाई देता था। नवाब की गद्दी वंश-परंपरा में किसी को भी नहीं मिलती थी।

तादाद में कम होने पर भी ये सिद्दी, स्वराज में उपद्रव किया करते थे। पाँच-पाँच शाहों की नाक में दम कर देनेवाले शिवाजी भी जंजीरेकर सिद्दी को मात नहीं दे सके!

सन् 1661 की वर्षा ऋतु में, जोर के आँधी-तूफान में भी शिवाजी ने जंजीरा के सिद्दियों पर तोपों की मार जारी रखी, किंतु तोपें कम पड़ जाने से शिवाजी उन्हें हरा नहीं सके थे।

1665 के जून महीने में जयसिंह के साथ किए गए समझौते में शिवाजी ने जंजीरा का किला हासिल करने की कोशिश की थी, किंतु सिद्दियों के विरोध के कारण जयसिंह ने यह माँग नहीं मानी।

1668 में शिवाजी ने एक बार फिर जंजीरा का किला हासिल करने का प्रयत्न किया, किंतु इस बार अंग्रेजों ने सिद्दियों को गोला-बारूद दिया और रसद भी पहुँचाई। इससे सिद्दी किसी तरह बच गया।

सन् 1669 के मई महीने में शिवाजी ने दांडाराजापुर के सिद्दी किले को घेर लिया। इस बार सिद्दियों को पुर्तगीजों ने गुप्त रूप से बारूद पहुँचाई, अनाज भी पहुँचाया। शिवाजी का यह आक्रमण इतना तेज था कि सिद्दियों को लगा कि इस बार तो हार पक्की है। बात यहाँ तक बढ़ी कि सिद्दी जंजीरा को पुर्तगीज के हवाले करने की तैयारी करने लगा।

सन् 1670 में शिवाजी ने जंजीर के किले को जमीन और समुद्र, इन दोनों मार्गों से घेर लिया। पुर्तगीजों ने महसूस किया कि अगर जंजीरा सिद्दियों के हाथ से निकलकर शिवाजी के कब्जे में आ गया, तो चौल पर मराठों का खतरा बढ़ जाएगा। पुर्तगीज नहीं चाहते थे कि ऐसा हो। दूसरी ओर, शिवाजी और पुर्तगीजों के बीच जो समझौता था, उसके अनुसार पुर्तगीजों को इस मामले में तटस्थ ही रहना चाहिए था, जबकि उन्होंने ऐसा नहीं किया। उन्होंने चुपके-चुपके सिद्दियों की मदद की। उस वक्त जंजीरा का किलेदार सिद्दी फतेखान इतने दबाव में था कि अपना किला मराठों को सौंप देने की लगभग तैयारी कर चुका था। पुर्तगीजों ने बारूद और रसद भिजवाए, तो भी उसका हौसला बुलंद न हुआ।

इसका कारण था कि सभी यूरोपियन देशों को भारत में व्यापार करना था। इसके लिए उन्हें मुगल बादशाह की अनुमति और सहयोग जरूरी था। मुगल बादशाह हमेशा सि द्दियों के पक्ष में रहता था और उसकी आज्ञा थी कि सिद्दियों को हमेशा बख्शा जाए।

फतेखान के तीन फौजदारों ने ऐसी नाउम्मीदी का कड़ा विरोध किया। वे तीन थे—सिद्दी संभल, सिद्दी कासिम और सिद्दी खैरियत। उन्होंने किला मराठों को सौंपने से साफ इनकार कर दिया। फतेखान को उन्होंने कैद कर लिया और मराठों के साथ लड़ाई बदस्तूर जारी रखी। उन्होंने मुगलों से मदद माँगी और उनके मातहत हो जाने की तैयारी दिखाई।

सूरत के मुगल सूबेदार ने उनकी माँग को मान्यता दी और बादशाह औरंगजेब ने उसे स्वीकार कर लिया। सिद्दी संभल को 'याकूतखान' की उपाधि से नवाजा गया और उसे सूरत के उत्पादन से तीन लाख की हिस्सेदारी दी गई।

इस प्रकार संभल सिद्दी मुगल नौसेना का प्रमुख बन गया। सिद्दी कासिम और सिद्दी खैरियत को क्रमानुसार जंजीरा व किनारे के प्रदेश दिए गए।

इस बार भी लाख कोशिश करने के बावजूद, शिवाजी के प्रयत्नों को सफलता न मिल सकी। जंजीरा पर उनका अधिकार न हुआ, तो नहीं ही हुआ।

जैसे हर घर में चूहे बने रहते हैं, वैसे ही शिवाजी के राज में सिद्दी बने रहे।

शिवाजी की ही तरह स्वयं की नौसेना की रचना एक और राजा ने की थी, जिसका

नाम था कुबलई खान। उसकी उस कोशिश का क्या हश्र हुआ, हम आगे देखते हैं।

## कुबलई खान की नौसेना

कुबलई खान (1260–1298) मंगोलियन सत्ता का पाँचवाँ बड़ा खान था। पूर्व एशिया के युआन साम्राज्य का संस्थापक वही था।

शिवाजी की तरह उसने भी अपनी नौसेना स्थापित करने का प्रयास किया था, जिसमें उसे कामयाबी नहीं मिली थी। कुबलई खान ने जापान में प्रवेश करने की चेष्टा दो बार की थी, किंतु खराब मौसम उसका दुश्मन साबित हुआ। इतना ही बड़ा एक और कारण यह था कि समुद्री जहाजों को बाँधने की कला उसे ठीक से आती नहीं थी। उसे करारी असफलता झेलनी पड़ी।

पहली कोशिश उसने सन् 1274 में की, जब उसने 900 जहाजों के साथ कूच किया था। दूसरी कोशिश उसने सन् 1281 में की। इस बार उसकी नौसेना दो अलग-अलग दल बनाकर आगे बढ़ी। पहले दल में थे 40 हजार कोरियन, चीनी व मंगोलियन सैनिक, जो 900 जहाजों पर सवार थे। यह दल मसान बंदरगाह से रवाना हुआ। दूसरे दल में थे एक लाख सैनिक 3500 जहाजों पर सवार थे। हर जहाज तकरीबन 240 फीट लंबा था।

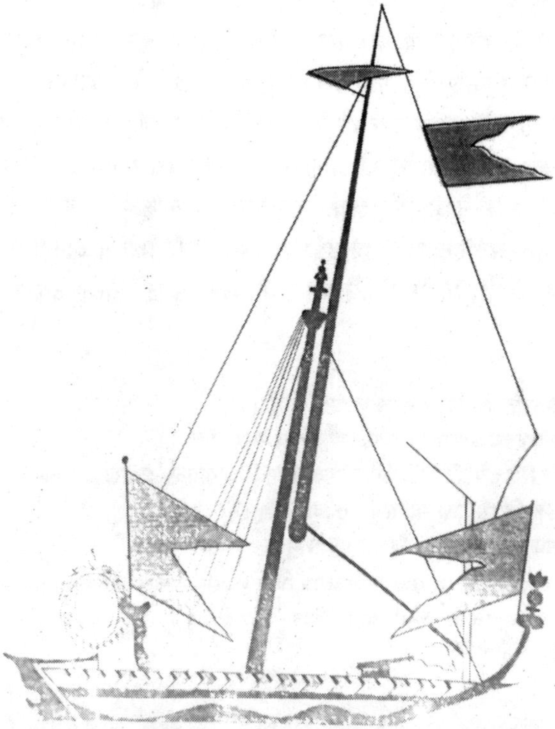

दोनों दल इतने विशाल थे कि उन्हें संगठित रखना असंभव हो गया। मौसम खराब था और वह बार-बार बदल भी रहा था।

सन् 2011 में समुद्री उत्खनन के विशेषज्ञ डॉ. केझों हाशिदा के नेतृत्व में एक जाँच-समिति बनी थी, जिसने पश्चिम ताकाशिया में कुबलई खान के जहाज क्यों और कैसे ध्वस्त हो गए, इसका सूक्ष्म अध्ययन किया था। जाँच-समिति ने जो निष्कर्ष निकाला, उसके अनुसार कुबलई खान ने जापान में दाखिल होने में बचकानी जल्दबाजी की थी। उतनी बड़ी तादाद में जहाज उसने सिर्फ एक वर्ष में एकत्र किए थे, जबकि इस काम में 5 वर्ष तो कम-से-कम लगने ही चाहिए थे।

ऐसी जल्दबाजी का नतीजा यह रहा कि चीनी सैनिकों को जो भी जहाज जहाँ और जैसा उपलब्ध हुआ, उसी का उपयोग करना पड़ा। इसमें जो छोटी-छोटी नौकाएँ केवल नदियों में संचरण के लिए ठीक रहती हैं, उन्हें भी हमलावर नौकाओं की तरह इस्तेमाल कर लिया गया।

नाजुक बात यह भी थी कि लड़ाकू जहाजों के दोनों बेड़े न केवल अकल्पनीय हद

तक विशाल थे, बल्कि उन जहाजों का निर्माण भी जल्दबाजी में किया गया था। यह काम चीनी कारीगरों को सौंपा गया था। यदि कुबलई खान ने कम गहराई के पानी में उपयोगी जहाज इस्तेमाल न किए होते, यदि उसने समुद्री गहराइयों में संचरण के लिए सही जहाज बनवाए होते, तो कोई वजह नहीं थी कि उसकी नौसना जापान तक न पहुँच जाती। वह न सिर्फ पहुँचती, बल्कि वापस भी आती और उसका यश सातवें आसमान तक पहुँचता।

डेविड निकॉल ने अपनी पुस्तक 'द मंगोल वार लॉर्ड्स' में लिखा है कि इस समुद्री सफर में अकूत आर्थिक हानि हुई और अगणित नौसैनिकों ने अपनी जान गँवाई। पूर्व एशिया में यह जो भ्रम था कि मंगोलियन कभी किसी से नहीं हारते, उसे टूटते देर न लगी।

## संदर्भ—

1. छत्रपति शिवाजी / सेतुमाधवराव पगड़ी
2. छत्रपतिंचे आरमार / ग.भा. मेहेंदले व सं.प्र. शिंदे
3. श्री शिवछत्रपति : संकल्पित शिवचरित्राची प्रस्तावना, आराखडा / त्र्यंबक शंकर शेजवलकर
4. छत्रपति शिवाजी महाराज / कृ.अ. केलूसकर
5. शककर्ते शिवराय / विजयराव देशमुख
6. A History of the Maratha Navy and Merchantship/Dr. B.K. Apte
7. Portuguese Maratha Relations/Dr. P.S. Pissurlencar; Trans. : T.V. Parvate

□

# शिवाजी महाराज का राज्याभिषेक एवं मैग्नाकार्टा

शिवाजी महाराज का राज्याभिषेक भारत के इतिहास में एक महत्त्वपूर्ण घटना है। मुगल सत्ता के दौरान 'हिंदुस्तान का मुगल साम्राज्य' यानी 'हिंदुस्तान की सरकार'; ऐसा समीकरण मुगल तो करते ही थे, स्वयं भारतवासी भी करते थे।

जब भी कोई अंतरराष्ट्रीय करार मुगलों से होता, यही समझा जाता कि करार हिंदुस्तान के साथ हुआ है। 'महान् मुगल' (द ग्रेट मुगल), 'मुगल सम्राट्' (द एंपरर ऑफ इंडिया) अथवा 'हिंदुस्तान का सम्राट्' (द इंडियन एंपरर) जैसे शब्द अंतरराष्ट्रीय दस्तावेजों में खुलकर प्रयोग में लाए जाते थे।

बीजापुर और गोलकुंडा दो स्वतंत्र राज्य थे। राजपूत राज्यों की स्थिति ऐसी निम्नतर हो चुकी थी कि केवल जागीरदारी या जमींदारी के स्वरूप में रह गई थी। 'हम लोग पैतृक परंपरा से रह रहे हैं' ऐसा कहकर कोई राजा गद्‌दी प्राप्त नहीं कर सकता था। किसी राजा की मृत्यु होने पर उसके उत्तराधिकारी को मुगल सम्राट् से नियमानुसार स्वीकृति लेनी पड़ती थी। राजा की मृत्यु होते ही अपने आप उसका राज्य मुगल सम्राट् के राज्य में मिल जाता था। वही राज्य जब उत्तराधिकारी को दिया जाता, तब वह वंश-परंपरा से दिया हुआ नहीं, बल्कि नए सिरे से दिया हुआ होता था। इस प्रकार राज्य पर किसी का पैतृक अधिकार नहीं होता था। राज्य मुगलों की मेहरबानी का फल है, यह जानकारी हर राजा को हुआ करती।

उत्तराधिकारी को गद्‌दी मिलने पर राजा की नियुक्ति किसी मनसब पर की जाती थी। मनसब यानी मुगलों की नौकरी। राजा को जरूरत पड़ने पर राज्य से बाहर, साम्राज्य में कहीं भी नौकरी करनी पड़ सकती थी। उनकी बदली भी की जाती थी। राजपूत राजा की बदली कभी किसी किलेदार, कभी थानेदार, कभी सेनापति के रूप में की जाती थी। यह केवल अपवाद ही था कि मानसिंह ने उड़ीसा को जीता और बंगाल को अधिकार में ले लिया। जयसिंह ने शिवाजी और बीजापुर के विरुद्ध मुहिम का

नेतृत्व किया। जयवंत सिंह गुजरात का सूबेदार हुआ। इन गिने-चुने व्यक्तियों को बेशक महत्त्वपूर्ण पद मिले, किंतु औसत दृश्य तो यही था कि राजपूत राजाओं को साधारण नौकरियाँ ही मिला करती थीं।

राजा तो मुसलमान ही होता है; उस समय ऐसा समझा जाता था। दिल्ली-पति को भारत का स्वयंभू सम्राट् माना जाता था। इसलिए बहमनी घराना वैभवशाली होते हुए भी जनता एवं स्वयं बहमनी वजीरों को लगता था कि उनका सम्राट् तो दिल्ली-पति ही है और दिल्ली-पति का भी अधिपति है ईरान का खलीफा। भारत का स्वामित्व मिलने पर भी इस स्वामित्व को ईरान से मान्य करवाना अलाउद्दीन को ठीक लगा। औरंगजेब के समय खलीफा तुर्की था। उसकी मान्यता प्राप्त करने की कोशिश आलमगीर ने की, जो सफल रही। आलमगीर के स्वामित्व को मान्यता मिलने पर उसने आनंदोत्सव मनाया। कुतुबशाही राजा व सरदारों को भी अपनी बादशाही का सम्राट् दिल्ली-पति है, ऐसा लगता था। शिवाजी के समय में अनेक राजपूत राजा हुए। दिल्ली-पति की ओर से उन्हें तख्तनशीनी बख्शी जाती थी। मंच का आरोहण होता था; राज्याभिषेक नहीं होता था। विजयनगर का साम्राज्य स्थापित हुआ। वैभव की कमी नहीं थी, किंतु वैदिक विधिपूर्वक राज्याभिषेक नहीं हुआ। सन् 1000 के बाद तो वैदिक विधि ही समाप्त हो गई।

महाराष्ट्र के क्षत्रिय 'मराठा' कहलाते थे। उनके 96 घराने थे। इन घरानों के लोगों को '96 कुलीन मराठा' कहते थे। ये '96 कुलीन मराठा' शिवाजी के साथ कैसा बरताव करते थे, इसकी एक कहानी है। 1656 में जावली के मोरे बीजापुरशाही के एक सरदार थे। उन्हें राजा कहा जाता था। उन्हें चंद्रराव की पदवी दी गई थी। जावली के मोरे को अपने स्वराज्य-संग्राम में शामिल करने के लिए शिवाजी ने अनेक प्रयत्न किए। पत्र भेजे। दूत भेजे। पत्र के माध्यम से स्पष्ट संकेत करते हुए कहा कि अगर तुम नहीं सुनोगे, तो जावली पर कब्जा कर तुम्हें कैद कर लेंगे।

इस पत्र में शिवाजी ने स्वयं को राजा कहा था। जावली के चंद्रराव मोरे ने पत्र का उत्तर देते हुए अत्यंत उद्दंडता दिखाई। अपने उत्तर में मोरे ने कहा, "तुम राजा कैसे, तुम तो स्वयं ही स्वयं को राजा कहते हो! अरे, तुम कैसे राजा, तुम भोजन तो करते ही होगे; हाथ धोने के लिए जावली क्यों नहीं आते? हो जाने दो युद्ध हमारे बीच!"

शिवाजी ने चंद्रराव मोरे की इच्छा पूर्ण की। युद्ध किया और जावली पर जीत भी हासिल की। जावली के राजा स्वयं को राजा कहते थे, किंतु शिवाजी को राजा मानने को तैयार नहीं थे। यह महत्त्वपूर्ण बात है।

जो विचार चंद्रराव मोरे के थे, वही राँझे के पाटील के थे। सन् 1645 मे एक सामान्य कुणबी (खेत मजदूर) परिवार की पुत्री से पाटील ने दुर्व्यवहार किया। पाटील को बाँधकर शिवाजी के सामने लाया गया। शिवाजी ने उसे दंडित किया। इस पर पाटील ने भरी सभा

में कहा, "मेरा न्याय पंत गोतमुख करें।" मराठी में— 'पंत (ब्राह्मण), गोतमुखाने न्याय व्हावा।' यानी मैंने गलत किया है या नहीं, इसका निर्णय तो उचित पद पर आसीन कोई ब्राह्मण ही कर सकता है। कोई ऐरा-गैरा नहीं!'

पाटील का आशय स्पष्ट ही था कि न्याय करने का अधिकार केवल राजा, उच्च वर्ण के लोग, ब्राह्मण या जात-पंचायत का है। पाटील की मान्यता थी कि शिवाजी राजा नहीं, उच्च वर्ण के भी नहीं; उन्हें किसी को दंडित करने का अधिकार ही नहीं है! पाटील की यह बात धर्म-शास्त्र के अनुसार पूर्णतया सही थी।

एक बार शिवाजी के यहाँ एक आयोजन किया गया, जिसमें सभी महत्त्वपूर्ण लोग एवं सरदार आमंत्रित थे। सबके लिए भोजन समारंभ की व्यवस्था थी। व्यवस्थापक ने शिवाजी के लिए बीच में चौरंग रखा और गद्दी डाली। चौरंग यानी ऊँचा आसन। उसके दोनों तरफ मोहिते, महाडिक, शिरके, निंबालकर, घाडगे, जाधव इत्यादि सरदार बैठे हुए थे। शिवाजी का ऊँचा आसन देखकर वे कहने लगे, "शिवाजी को यह विशेष दरजा कहाँ से मिला, वे हम से बड़े कैसे हो सकते हैं? हम तो यवन बादशाह के पुराने नौकर हैं। चार-पाँच सौ वर्ष पहले के सरदार हैं। शिवाजी की ऐसी प्रतिष्ठा हम नहीं सहेंगे। आप स्वयं विचार करें। हमारे कथन में अयोग्य जैसा कुछ हो, तो बताएँ।"

इससे शिवाजी के सामने स्पष्ट हो गया कि उनके अपने सरदार भी उन्हें मान्यता नहीं दे रहे, क्योंकि उनका राज्याभिषेक नहीं हुआ है। वे सत्ताधीश तो हैं, किंतु अभिषिक्त नहीं हैं।

## रायगढ़ में राज्याभिषेक

राज्याभिषेक हर किसी का नहीं हो सकता। इसकी एक शास्त्रीय पद्धति होती है। उसके पूर्ण अनुसरण के साथ अभिषेक किया जाए, तभी वह मान्य होता है। शास्त्रसम्मत पद्धति पर विशिष्ट लोगों से मंतव्य पूछे गए। मूलभूत शर्त यह सामने आई कि जिसका जनेऊ (पतबंध) हुआ हो, केवल उसी का शास्त्रसम्मत राज्याभिषेक हो सकता है।

शिवाजी का जनेऊ नहीं हुआ था। पंडितों के अनुसार उनकी गणना शूद्रों में ही की जा सकती थी! उन्हें शास्त्रसम्मत सत्ताधीश घोषित करना असंभव था! शिवाजी 46 वर्ष के हो चुके थे। उनके अनेक विवाह हुए थे, जिनसे उन्हें संतानें भी थीं। इस स्थिति में और इस उम्र में उनके जनेऊ संस्कार (पतबंध) को शास्त्रसम्मत मान्यता भला कैसे दे दी जाती!

तब बालाजी आवजी चिटणिस ने शिवाजी को सुझाव दिया कि वह काशी के महापंडित गागा भट्ट से राय लें। उन्होंने सभी वेदों का गहन अध्ययन किया है। शास्त्रों एवं स्मृतियों का विशेष अध्ययन कर उन्होंने अत्यधिक सम्मान प्राप्त किया है। उनका

कहा सब मानते हैं। बड़े-बड़े पंडित भी उनके वचन को टाल नहीं सकते। उन्हीं से विचार-विमर्श किया जाए।

शिवाजी ने अपने सरदारों, पंडितों एवं अन्य सम्मानित महानुभावों की सभा बुलाकर उसमें सम्मिलित होने का आमंत्रण काशी के गागा भट्ट को एवं पैठण के भी पंडितों को प्रेषित किया। राज्याभिषेक के औचित्य-अनौचित्य का प्रश्न इस भरी सभा में पूरी गरिमा के साथ उठाया गया। गागा भट्ट ने सभी पंडितों एवं बुद्धिजीवियों के साथ विचार-विमर्श करने के उपरांत अपना मंतव्य इस प्रकार दिया—

'शिवाजी का जन्म शिसोदे राजवंश में हुआ है। इस नाते वे मूल रूप से क्षत्रिय हैं। उनके पूर्वज नर्मदा नदी के इस पार आकर स्वयं को मराठे कहने लगे। उन्होंने क्षत्रियों के अनेक रीति-रिवाज त्याग दिए, जिनमें पतबंध अर्थात् जनेऊ सम्मिलित था। इसका अर्थ यह नहीं है कि शिवाजी का क्षत्रियत्व नष्ट हो गया। उदयपुर, जयपुर आदि में जिस प्रकार राजपूत राजा का पतबंध पहले करवाकर फिर राज्याभिषेक किया जाता है, उसी प्रकार शिवाजी का भी पतबंध पहले करके फिर राज्याभिषेक हो सकता है। इसमें शास्त्र की कोई रुकावट नहीं है। उदयपुर के कुल में इनका छत्र सिंहासन का अधिकार आज भी बना हुआ है। फिर हमारे प्रतिरोध का क्या अर्थ है!

'रहा यह प्रश्न कि शिवाजी की आयु बड़ी है एवं एकाधिक विवाहों से उन्हें संतानें भी हैं; तो ऐसे में उनका पतबंध कैसे हो। यहाँ हम आपातकालीन धर्म का सहारा ले सकते हैं। पतबंध तो होना ही है, क्योंकि वह राज्याभिषेक का अनिवार्य अंग है। आपातकालीन धर्म कहता है कि इस संस्कार को मुख्य विधि के रूप में अवश्य किया जा सकता है।'

गागा भट्ट का यह निर्णय पैठण एवं महाराष्ट्र के पंडितों ने सर्वसम्मति से स्वीकार कर लिया। शिवाजी का पतबंध करने के उपरांत राज्याभिषेक संपन्न कर लिया जाए, ऐसा सुनिश्चित हो गया।

शिवाजी ने इस समारंभ की तैयारी राष्ट्रीय महोत्सव के रूप में की। उन्होंने सन् 1674 के मई महीने में चिपलूण जाकर सेना का निरीक्षण किया। फिर परशुराम के मंदिर में जाकर पूजा की। वे 11 मई को रायगढ़ आए, जहाँ उन्होंने हेबीरराव मोहिते को सरनौबती दी। प्रतापगढ़ जाकर उन्होंने तुलजा भवानी के दर्शन किए एवं देवी को सुवर्ण छत्र अर्पित किया। उसका मूल्य लगभग 56,000 रुपए था।

इसके बाद रायगढ़ आने पर ज्येष्ठ सुदी 4 (29 मई, 1674) को शिवाजी की मुंज (जनेऊ संस्कार) हुई। बाद में षष्ठी-तिथि को मंत्र-सहित विवाह हुआ। लुप्त (बाधित) विधि के संदर्भ में प्रायश्चित्त, पुण्याहवाचन, होम, शांति आदि विधियाँ संपन्न हुईं। ब्राह्मण-भोज अनवरत चलता रहा। शक संवत् 1596 आनंद, संवत्सर ज्येष्ठ शु. 12

शुक्रवार (6 जून, 1674) के दिन, जब रात्रि के तीन प्रहर शेष थे, शिवाजी को सिंहासन पर आसीन किया गया।

ऐसा उल्लेख 'जेधे शतकावली' में है।

कुलगुरु प्रभाकर पुत्र बालभट गृह कार्यों की देख-रेख में जुटा हुआ था। स्वर्ण एवं दूसरे पदार्थों से शिवाजी को तौला गया। यह सब दान कर दिया गया। शिवाजी का वजन 16,000 होन यानी करीब 140 पौंड था। उनका वजन 150 पौंड होने का भी उल्लेख मिलता है।

मंगल स्नान करके, वस्त्र-आभूषण धारण कर, शुभ मुहूर्त में शिवाजी ने सिंहासनारोहण किया। चारों तरफ अष्ट-प्रधान अपने-अपने राजचिह्नों सहित आठों दिशाओं में विराजमान हुए। समारोह में भाग ले रहे कोशशाला के अधिकारीगण, सेना अधिकारी, मांडलिक आदि अपने सुनिश्चित स्थानों पर खड़े थे। सिंहासन पर आसीन होने के बाद शिवाजी पर ब्राह्मणों ने मंत्रोच्चार करते हुए अक्षत एवं स्वर्ण तथा चाँदी के पुष्पों की वृष्टि की। सभी दिशाओं में तोपों की गर्जना की गई। ब्राह्मणों को दक्षिणा दी गई। गागा भट्ट को दक्षिणा में एक लाख रुपए एवं बहुमूल्य वस्त्र देकर सम्मानित किया गया, किंतु जमीन अथवा कोई अन्य पुरस्कार नहीं दिया गया। मंत्रोच्चार करनेवालों को पाँच-पाँच हजार रुपए तथा पुरोहित को चौबीस हजार रुपए दक्षिणा स्वरूप मिले। अन्य लोगों को उनकी योग्यतानुसार एक हजार, पाँच सौ, दो सौ ऐसी राशि से पुरस्कृत किया गया। पच्चीस रुपयों से कम की राशि किसी को नहीं दी गई। इसी प्रकार गोसाईं, तापसी व गरीबों को भी योग्य सम्मान दिया गया।

सिंहासन पर बैठने के बाद सुबह लगभग आठ बजे शिवाजी महाराज ने अंग्रेज वकील हेनरी ऑक्सजैंडन को बुलाकर उससे मुलाकात की। महाराज के साथ उनका परामर्शदाता नारायण शेणवी था। अंग्रेजों ने इस अवसर की खुशी में एक अँगूठी, एक विलायती कुरसी, एक हीरों-जड़ित सिर का वस्त्र, दो हीरों-जड़ित हाथों के कड़े व तीन मोती शिवाजी को उपहार में दिए। दरबार के अन्य लोगों को लगभग तीन हजार रुपयों जितने मूल्य की विविध वस्तुएँ भेंट कीं। उन्हें महाराज ने अपनी ओर से भी आकर्षक पोशाकें भेंट में दीं।

दरबार समाप्त होने के बाद शिवाजी हाथी पर सवार होकर देवदर्शन को गए और वापस आए। सिंहासनारोहण के समारंभ का खर्च लगभग चौथाई लाख रुपए हुआ, ऐसा एक सभासद ने लिखा है। यह खर्च 50 लाख रुपयों से अधिक नहीं रहा होगा, ऐसा अनुमान विख्यात इतिहासकार जदुनाथ सरकार ने लगाया है। पुत्र का ऐसा अप्रतिम भाग्य देखकर मातुश्री जीजाबाई कृतकृत्य हो गईं एवं 12 दिन बाद 17 जून, 1674 को पाचाड़ में दिवंगत हुईं।

अपने नए राज्य की स्थापना की स्मृति एवं प्रसन्नता में शिवाजी महाराज ने 'राज्याभिषेक शक' की स्वतंत्र कालगणना प्रारंभ की। 'क्षत्रिय कुलावतंस, सिंहासनाधीश्वर महाराज छत्रपति' की उपाधि धारण करते हुए उन्होंने अपना राज्याभिषेक संपन्न होने की घोषणा की। कालगणना प्रारंभ करनेवाला हजार वर्षों में कोई एक ही होता है, ऐसी धारणा है। प्रत्यक्ष में शिवाजी अपने कार्यों का मूल्यांकन किस प्रकार करते थे, यह इसी से स्पष्ट हो जाता है।

मुसलमानों के शासन में फारसी व उर्दू भाषाओं का प्रचार हुआ था। इसे स्थगित कर प्राचीन भारतीय रीति-रिवाज एवं भाषा का प्रयोग करने का आदेश शिवाजी महाराज ने जारी कर दिया। राज-व्यवहार कोश के माध्यम से उन्होंने संस्कृत के शब्द प्रचारित किए। यह ग्रंथ रघुनाथपंत हनमंत ने कर्नाटक में धुंडिराज लक्ष्मण व्यास पंडित से बनवाया और कर्नाटक के आक्रमण के समय शिवाजी को समर्पित किया। दरबार की कार्य-पद्धति के नियम बनाने के लिए शासन एवं न्याय से जुड़े शब्द एवं वाक्य-विन्यास शिवाजी ने सुनिश्चित किए। इससे अधिकारियों द्वारा पालन किए जाते नियमों एवं लेखन की महत्त्वपूर्ण बातों के साथ व्यवहार आदि की समीक्षा करना संभव हो गया।

शिवाजी महाराज के राज्याभिषेक का समाचार पाकर देश की हिंदू जनता फूली नहीं समाई; यहाँ तक कि बीजापुर, गोलकुंडा के राजकर्ताओं को भी इस बात का दुःख नहीं हुआ, बल्कि उन्हें औरंगजेब की राज्य-तृष्णा का प्रतिकार करने का संबल शिवाजी के रूप में हासिल हो गया। इस माहौल में बस एक ही व्यक्ति था, जो दुःखी था और वह था औरंगजेब! 'शिवाजी को स्वतंत्र राज्य स्थापित न करने दिया जाए।', 'उसके राज्याभिषेक समारोह में चारों ओर से विघ्न डालकर परेशान किया जाए।'; ये आदेश औरंगजेब ने बार-बार अपने सिपहसालार बहादुरखान को दिए थे, लेकिन शिवाजी महाराज ने अपनी सुरक्षा का इंतजाम ऐसा चाक-चौबंद रखा था कि बहादुरखान उनका कुछ नहीं बिगाड़ सका था। शिवाजी महाराज ने सरहदों को कुछ ऐसी सख्ती से बंद कर दिया था कि बहादुरखान कोंकण में प्रवेश ही नहीं कर सका था।

शिवाजी महाराज के राज्याभिषेक की खबर जब औरंगजेब को पता चली, तब वह इतना व्याकुल हुआ कि तख्त से उतर पड़ा और बोला, "अल्लाह ने हमारे तख्त का सर्वनाश किया है। मुसलमानों का राज्य छीनकर मराठों को ही दे दिया?"

वह दो दिन तक अपने तख्त पर बैठा ही नहीं। उसने कुछ भी खाने-पीने से इनकार किया। उसके वजीरों ने बहुत मिन्नतें कीं और शिवाजी को खत्म करने के वादे किए; तब कहीं औरंगजेब जनानखाने से बाहर निकला और तख्त पर बैठा।

ऐसा भी नहीं था कि समाज के सभी पक्षों ने शिवाजी के राज्याभिषेक समारोह की सराहना की। कुछ का यहाँ तक कहना था कि कलियुग में क्षत्रियों का अस्तित्व ही

नहीं है; ऐसे में शिवाजी भला कैसे क्षत्रिय हो गए! अनेक ब्राह्मण एवं मराठे यह कहकर आलोचना कर रहे थे कि जब शिवाजी क्षत्रिय हैं ही नहीं, तब उन्हें वेदमंत्रों द्वारा धार्मिक कार्य करने का अधिकार कैसे मिल गया। शिवाजी ने अपनी सत्ता और अर्थ-शक्ति का प्रयोग कर ऐसे अधिकांश लोगों को अपने पक्ष में खींच लिया, किंतु फिर भी गागा भट्ट को दोष देनेवालों के मुँह बंद करना असंभव था।

निश्चलपुरी नामक एक विद्वान् गोसावी तांत्रिक था। उसने गागा भट्ट की निंदा करके शिवाजी महाराज के राज्याभिषेक को निरर्थक बताया और कहा, "यह आचरण पाप का है। इसके दुष्परिणाम भुगतने ही पड़ेंगे।"

उसने याद दिलाया कि गागा भट्ट के कदम महाराष्ट्र में पड़ते ही शिवाजी महाराज की सातवीं पत्नी काशीबाई का अवसान हो गया (20 मार्च, 1674)। सेनापति प्रतापराव गूजर एक छोटी लड़ाई में ही शहीद हो गए (24 फरवरी, 1674)। राज्याभिषेक की विधियाँ चालू थीं, तब भी कई अशुभ घटनाएँ हुईं। जैसे कि गागा भट्ट और उनके सहायक बालम भट्ट के नाक और सिर पर लकड़ी के वजनदार फूल गिरे। जब महाराज रथ के सिंहासन पर बैठकर जगदीश्वर मंदिर के दर्शन करने निकले, तब अचानक रथ की धुरी टूट गई। तब महाराज को हाथी पर आरूढ़ होकर जाना पड़ा।

निश्चलपुरी गोसावी ने आगे कहा, "क्षमा करें, महाराज! तेरहवें और बाईसवें दिन और भी हैं, जो अशुभ हैं।"

सचमुच यही हुआ।

तेरहवें दिन राजमाता जीजाबाई का अवसान हो गया। बाईसवें दिन शिवाजी महाराज के अत्यंत प्रिय एक मशहूर हाथी की रायगढ़ में मौत हो गई, साथ में कुछ और भी घटनाएँ ऐसी घटीं, जो निश्चलपुरी गोसावी की भविष्यवाणी के अनुसार थीं। इससे विरोधियों का स्वर और भी उग्र हो गया।

अंततः शिवाजी महाराज ने विरोधियों को शांत करने के लिए एक और संक्षिप्त राज्याभिषेक समारोह आयोजित किया, जो निश्चलपुरी गोसावी के हाथों संचालित हुआ। इस द्वितीय राज्याभिषेक की तिथि थी शक संवत् 1596 के आश्विन शुक्ल पक्ष में ललिता-पंचमी का दिन (24 सितंबर, 1674)।

इस समारोह का विशद् वर्णन 'शिवराज्याभिषेक कल्पतरु' नामक संस्कृत पदों के ग्रंथ में उपलब्ध है।

समाज की रक्षा करना, पर-धर्म के प्रभाव से हिंदू धर्म को सुरक्षित रखना; ये दोनों दायित्व क्षत्रिय वर्ग के लिए अत्यंत आवश्यक हैं। इस भूली हुई परंपरा को शिवाजी महाराज ने फिर से जीवित किया। इतना ही नहीं, ब्राह्मणों से उसे परिपक्व भी करवाया। क्षत्रिय का राज्याभिषेक होना भी अत्यावश्यक था, क्योंकि इसके बिना हिंदू आनंदित नहीं

हो सकते थे। इसीलिए उन्होंने गागा भट्ट जैसे सर्वमान्य विद्वान् से स्वयं को क्षत्रिय घोषित करवाया और राज्याभिषेक भी उन्हीं से करवाया। इस प्रकार उन्होंने एक रुकी हुई रूढ़ि को फिर से जीवित किया।

स्मरणीय है कि यह सब उन्होंने केवल अपने बड़प्पन के लिए नहीं किया। इसलिए किया कि हिंदू समाज के उत्थान के लिए यह अनिवार्य था। निस्संदेह राज्याभिषेक में बहुत भव्यता से खर्च किया गया। उतने खर्च में तो कई नए किले बन जाते और समुद्री युद्ध के लिए सुसज्जित अनेक नौकाएँ तैयार हो जातीं, किंतु यदि शिवाजी महाराज इतना खर्च न करते, तो हिंदू समाज की ओर से उन्हें उतना समर्थन न मिलता, जो कि मिला। शिवाजी महाराज के प्रथम पुत्र संभाजी की क्रूर हत्या औरंगजेब करवा चुका था। महाराज के द्वितीय पुत्र राजाराम घोर संकट में घिरे हुए थे। ऐसे में मराठों को उस समर्थन की तीव्र आवश्यकता थी, जो उन्हें राज्याभिषेक की अलौकिक भव्यता के ही आधार पर मिल सकता था।

महाराज का कर्तव्य था कि वे अपने अनुयायियों के मन-मस्तिष्क में श्रद्धा का निर्माण करते। ऐसी श्रद्धा के बिना राज्य का रक्षण नहीं हो सकता था। इसी दूरदर्शिता के साथ शिवाजी ने खर्च की परवाह न करके अपने राज्याभिषेक में खुलकर खर्च किया। इससे उनकी आन, बान और शान में जो वृद्धि हुई, वह उन्हें हर कदम पर काम आई।

## मैग्नाकार्टा क्या है?

यह एक दस्तावेज है, जो अंग्रेजी संविधान की विधि का प्रारंभ करता है। शासकों एवं सिपहसालारों के संघर्ष से इस दस्तावेज का जन्म हुआ।

प्लैंटेजमेंट घराने का राजा जॉन लैकलैंड (सन् 1199-1216) अत्यंत अत्याचारी एवं विश्वासघाती था। उसके असंतुष्ट अमलदारों ने आपस में एका कर लिया और फैसला किया कि राज्य-सत्ता को वे स्वयं ही नियंत्रित करेंगे। उन्होंने सुझाव दिया कि आजादी का जो मसौदा हेनरी प्रथम (1100-1135) ने तैयार किया था, उसी को फिर से अमल में लाया जाए।

जॉन लैकलैंड ने पहले तो हस्ताक्षर करने से इनकार कर दिया, किंतु बाद में उसने रन्नीमीड में इस सुझाव को मान्यता दे दी। (15 जून, 1215)

इंग्लैंड के घटनात्मक इतिहास में इस दस्तावेज का असाधारण महत्त्व है। इसी सनद को 'मैग्नाकार्टा' कहा जाता है।

मैग्नाकार्टा की बहुत सारी धाराएँ राज्य के अमलदारों के अधिकारों से जुड़ी हुई हैं। मसलन बैरन से 100 पौंड एवं नाइट से 100 शीलिंग से अधिक की छूट न माँगी जाए। अमलदार का वारिस यदि नाबालिग हो, तो राजा को चाहिए कि उसे योग्य भत्ता दे।

अमलदारों से उतनी ही सेवा ली जाए, जितनी उचित एवं आवश्यक हो।

कानून व सुव्यवस्था बनाए रखने के लिए कॉमन प्रीकोर्ट की व्यवस्था करनी चाहिए। दंड की रकम गुनाह की गंभीरता के अनुसार होनी चाहिए। जिन्हें कानून की गहरी जानकारी हो और जो स्वयं भी कानून का पालन करते हों, ऐसे निष्पक्ष न्यायाधीशों की नियुक्ति की जानी चाहिए।

इस सनद में सबसे महत्त्वपूर्ण धाराएँ मूलभूत नागरिक अधिकारों से संबंध रखती हैं। यदि किसी की संपत्ति का अधिग्रहण सार्वजनिक कार्य के लिए किया जा रहा है, तो उसे नुकसान की सही भरपाई एवं योग्य मुआवजा देकर ही ऐसा किया जाएगा (धारा 28 से 31)। किसी को भी कारावास तभी दिया जाएगा, जब इसका औचित्य कानून की कसौटी पर सिद्ध हो चुका हो। किसी को भी सीमापार नहीं किया जाएगा (धारा 39)। किसी भी व्यक्ति को न्याय एवं अधिकार से वंचित नहीं रखा जाएगा। राजा इस अधिकार को प्रतिबंधित नहीं कर सकता। न्यायिक प्रक्रियाएँ सही समय पर की जाएँगी (धारा 40)।

ऐसी मौलिक धाराओं के कारण इस दस्तावेज को 'अंग्रेजी संविधान की बाइबिल', 'अंग्रेजी स्वतंत्रता की कमान के बीच की कड़ी' इत्यादि गौरवपूर्ण शब्दों से संबोधित किया जाता है। कई राजनीतिज्ञों के अनुसार इंग्लैंड ने अपनी अस्मिता को पहचाना, उसके बाद का पहला महत्त्वपूर्ण दस्तावेज यही है।

हॉबिस कॉर्पस ऐक्ट (1679), अमेरिकन कंस्टीट्यूशन (1787) और मानव अधिकार (1948); इन सबका उद्गम इसी मैग्नाकार्टा से हुआ है।

जिन अधिकारों को बड़े जमींदारों ने कभी स्वयं अपने लिए हासिल किया था, वे ही अधिकार अपने आश्रितों को देने पड़ जाएँगे, ऐसी कल्पना उन्होंने सपने में भी नहीं की थी। कानून बनाने का अधिकार वरिष्ठ वर्ग की सभा को दिया गया। सामान्य नागरिक एवं कनिष्ठ अमलदारों को कोई अधिकार ही नहीं मिले! इसके बावजूद अंग्रेजी संविधान में इस सनद को अत्यंत महत्त्वपूर्ण स्थान मिला हुआ है। कानून की सत्ता को स्वयं राजा ने भी स्वीकार किया हो, इसका यह पहला उदाहरण है। राजा कितना भी बड़ा हो, वह कानून से बड़ा नहीं है। उसे कानून का पालन करना ही चाहिए। वह कानून का उल्लंघन नहीं कर सकता या उससे बच नहीं सकता।

शिवाजी अकेले राजा हैं, जिन्होंने अपने लिए 'छत्रपति' की उपाधि चुनी। यह उपाधि यही सिद्ध करती है कि शिवाजी महाराज की छत्रच्छाया सामाजिक, धार्मिक व आर्थिक इत्यादि, सभी क्षेत्रों की आम जनता पर फैली हुई थी। शिवाजी से पहले भारत या संसार के किसी भी राजा, महाराजा या बादशाह ने 'छत्रपति' की उपाधि धारण नहीं की। रोमन या जर्मन सम्राट् स्वयं की तुलना गरुड़ से, भारत के कुछ राजा स्वयं की तुलना सिंह से, चीनी सम्राट् स्वयं की तुलना ड्रैगन यानी सर्पासुर से करते थे। ये सारे पशु-पक्षी

क्रूर शिकारी हैं। छत्रपति की छत्रच्छाया में जो सुकून होता है, वह किसी सर्पासुर या गरुड़ आदि के सान्निध्य में भला कैसे हो सकता है!

शिवाजी महाराज तो अपनी प्रजा के लिए संरक्षक पिता के समान थे। उन्होंने 'छत्रपति' जैसी उपाधि धारण की, इसमें उनके आत्मविश्वास एवं अंतिम ध्येय दोनों का प्रतिबिंब है।

शिवाजी महाराज ने इस दृष्टिकोण को अपने 28 जनवरी, 1677 के दिन लिखे एक पत्र में स्पष्ट किया है। इस पत्र को हम मराठा स्वराज्य का मैग्नाकार्टा मान सकते हैं। इसमें शिवाजी महाराज वचनबद्ध हुए हैं कि वे प्रचलित परंपराओं की रक्षा करते हुए अपनी प्रजा को एक ऐसा न्याय देंगे, जो शास्त्रों पर आधारित होगा, जिसके साथ प्रजा की वैचारिक सहमति होगी, जो सभी के साथ समान व्यवहार करेगा और जो बिना किसी विलंब के दिया जाएगा।

इसी पत्र में आगे शिवाजी महाराज ने सभी जाति एवं धर्म के अपने प्रजा जन का आह्वान किया है कि वे सदा संगठित रहें, ताकि उत्तर की ओर से आनेवाले यवनों से स्वराज्य की रक्षा कर सकें। जब राजा और प्रजा दोनों मिलकर प्रयास करते हैं, तभी स्वराज्य की रक्षा होती है। ऐसे प्रयास के ही फलस्वरूप राजा और प्रजा दोनों को ईश्वर का आशीर्वाद मिलता है।

इस पत्र से शिवाजी महाराज की प्रशासनिक कुशलता का पता चलता है तथा यह स्पष्ट होता है कि शिवाजी धन के लोभी, अपनी शक्ति पर गर्व करनेवाले अथवा राज्य का विस्तार करने की धुन में खोए रहनेवाले योद्धा नहीं थे। उनके जीवन का एक सुनिश्चित उद्देश्य था, लक्ष्य था, जिसकी प्रेरणा उन्होंने प्राचीन महाकाव्यों से, संतों की वाणी से एवं मातुश्री जीजाऊ के दिए संस्कारों से ग्रहण की थी।

इंग्लैंड के राजा जॉन लैकलैंड ने प्रजा के क्रोध के कारण, डरकर मैग्नाकार्टा को मान्यता दी थी। इसके विपरीत शिवाजी महाराज ने प्रजा के कल्याण का उत्तरदायित्व स्वेच्छा से सानंद स्वीकार किया था। उन पर किसी का दबाव नहीं था।

□

# शिवाजी महाराज और जिनेवा सम्मेलन

सन् 1864 से पहले युद्ध-बंदियों के साथ बहुत ही निर्ममता का सलूक किया जाता था। इस पर नियंत्रण रखने के लिए स्विट्जरलैंड के शहर जिनेवा में संसार के प्रमुख देशों के सम्मेलन होने शुरू हुए, जो सन् 1864 से 1949 तक बार-बार होते रहे। वर्तमान में भी ये सम्मेलन उसी जिनेवा में समय-समय पर होते रहते हैं, जिनमें युद्ध के नियमों पर एवं उन नियमों को तोड़नेवालों पर मशविरा किया जाता है। जिनेवा सम्मेलनों में लिये गए अंतरराष्ट्रीय निर्णयों का कड़ाई से पालन किया और करवाया जाता है, ताकि युद्ध की विभीषिका कम हो; युद्धबंदियों के लिए एवं प्रजाजन के लिए भी।

ऐतिहासिक दृष्टि से देखें, तो अनेक धार्मिक संस्थाओं ने युद्ध के दुष्परिणामों पर नियंत्रण रखने का प्रयास किया है। 'महाभारत' के युद्ध में भी पांडव एवं कौरव युद्ध के नियमों का अधिकतम पालन करने का प्रयास करते थे (भीष्म पर्व-1/26-34)। उन्नीसवीं शताब्दी के उत्तरार्ध में सैनिकों एवं नागरिकों के साथ जो निर्दयता बरती गई, उसकी वीभत्सता को बयान करने के लिए संसार की किसी भाषा में शब्द नहीं हैं। स्विट्जरलैंड के एक दानवीर व्यक्ति हेनरी ड्यूनैंट ने मानवता की इस कराह को सुना। उसने अपने धन, प्रभाव एवं प्रयासों से सन् 1864 में जिनेवा में एक अंतरराष्ट्रीय सम्मेलन बुलाया, जिसमें विश्व के सभी प्रमुख देशों ने भाग लिया। सबकी सहमति स 'रेड-क्रॉस' सोसाइटी की रचना की गई, जिसके कर्मचारियों को अभयदान देते हुए यह जिम्मेदारी सौंपी गई कि वे घायल सैनिकों एवं नागरिकों का मौके पर ही तत्काल प्राथमिक इलाज करें और फिर उन्हें अपनी एंबुलेंस में रखकर अस्पताल ले जाएँ। गुमशुदा सैनिकों व नागरिकों की खोज व पहचान का जिम्मा भी 'रेड-क्रॉस' ने सँभाल लिया।

यूँ 'रेड-क्रॉस' सोसाइटी और जिनेवा सम्मेलन साथ-साथ ही अस्तित्व में आए। सन् 1906-7 में जिनेवा सम्मेलन के नियमों में संशोधन किया गया। ये नियम अब केवल भूमि पर नहीं, बल्कि समुद्र पर भी लागू कर दिए गए।

1949 के चौथे अंतरराष्ट्रीय करार के बाद इन 5 संदर्भों की जिम्मेदारियों एवं सख्तियों को स्थिर कर लिया गया—

1. युद्ध में घायल एवं बीमार सैनिकों की परिस्थितियों में सुधार।
2. समुद्री युद्ध में निराश्रित एवं घायल सैनिकों का बचाव एवं उपचार।
3. युद्ध-बंदियों को उपयुक्त एवं पर्याप्त भोजन मिले। उनसे अत्यधिक मजदूरी न करवाई जाए, न ही अत्यधिक जोखिम के काम उन्हें दिए जाएँ। उन्हें पत्र-व्यवहार की अनुमति हो। उन्हें यातनाएँ न दी जाएँ।
4. सैनिकों के साथ-साथ असैनिकों एवं नागरिकों को भी सुरक्षा दी जाए।
5. शत्रु राष्ट्र के नागरिकों को सीमा पार न करवाना, उन्हें फिरौती के लिए बंदी बना लेना, सेना के लिए मजदूरी करवाना, उनकी संपत्ति को नुकसान पहुँचाना, सामूहिक दंड देना, बदला लेना; वंश, धर्म, लिंग, राष्ट्रीयता एवं राजनैतिक विचारों के आधार पर उनसे समान व्यवहार न करना, उन्हें कत्ल करना, वैद्यकीय प्रयोगों में उनका उपयोग करना आदि पर लगे प्रतिबंध का पूरी तरह पालन किया और करवाया जाए।

इस करार में छापामार युद्ध के बंदियों के साथ किए जानेवाले व्यवहार को भी निश्चित किया गया। छापामार सैनिक ने अपनी कारवाई अगर युद्ध के नियमों का पालन करते हुए की है, तभी उपरोक्त सुरक्षात्मक नियमों का लाभ उसे दिया जाए। छापामार युद्ध पारंपरिक युद्ध से बहुत भिन्न होने के कारण जिनेवा सम्मेलन में पारित नियमों को छापामारों पर लागू कैसे किया जाए; इसका उत्तर सहसा नहीं दिया जा सकता।

शिवाजी महाराज ने जिनेवा सम्मेलन की ही शैली में अनेक युद्ध संबंधी नियम बनाए थे, जिनका सिंहावलोकन हम आगे करेंगे—

सन् 1657 में कल्याण की मुहिम के कारण वहाँ के मुल्ला से महाराज की दुश्मनी हो गई। महाराज के सरदार आबाजी सोनदेव ने कल्याण पर एकाएक छापा मारा और जीत हासिल करके मुल्ला हयाती को बंदी बना लिया। मुल्ला के सभी किलों पर आबाजी ने अपना अधिकार कर लिया। इस विजय का समाचार सुनकर शिवाजी महाराज को अत्यंत प्रसन्नता हुई। वे स्वयं कल्याण गए। उन्होंने बंदी मुल्ला को कैद से छुड़ाकर उसे गौरवान्वित किया एवं उसे आदर के साथ बीजापुर रवाना किया।

आबाजी पंत ने इस लड़ाई में मुल्ला की बहू को कैद कर लिया था। शिवाजी महाराज के कल्याण आने पर आबाजी ने उन्हें बताया कि इस लड़ाई में एक अत्यंत सुंदर तरुणी मिली है, जिसे महाराज की सेवा के लिए आरक्षित रखा गया है।

शिवाजी ने आदेश दिया, "उसे सभा में लेकर आओ।"

तरुणी को सजा-धजाकर सभा में लाया गया।

शिवाजी उसे देखकर हँस पड़े और बोले, "अगर इसके जितना ही सौंदर्य हमारी माता में होता, तो हम भी ऐसे ही सुंदर होते!"

सुनकर सभा में उपस्थित हर व्यक्ति चकित रह गया। शिवाजी की ऐसी वृत्ति पर उन्हें आश्चर्य हो रहा था।

शिवाजी ने आबाजी सोनदेव से कहा, "जो यश प्राप्ति की आशा करता है, उसे परस्त्री की इच्छा कभी नहीं करनी चाहिए। राजा को भी परस्त्री को कभी नहीं अपनाना चाहिए। रावण जैसे बलशाली व्यक्ति का इसी वृत्ति के कारण सर्वनाश हुआ था। फिर हमारे जैसे व्यक्तियों की क्या बात है? प्रजा तो पुत्र के समान होती है।"

क्षण मात्र में सभी की समझ में आ गया कि महाराज हर स्त्री में माँ का ही स्वरूप देखते हैं। महाराज के इस कथन का सबके मन पर अच्छा प्रभाव पड़ा। सबने अनुभव किया कि महाराज तो महापुरुष हैं। उनके हाथ से अनाचार कभी नहीं होगा। वे न स्वयं अनाचार करेंगे, न किसी को करने देंगे।

महाराज ने उस स्त्री को वस्त्र एवं अलंकार देकर सम्मान किया, फिर उसे बीजापुर भेज दिया, जहाँ उसके ससुर मुल्ला गए थे।

अनेक राजा सैनिकों को वेतन न देकर लूट में हिस्सा दिया करते थे। इस लालच में सैनिक अधिक-से-अधिक लूट मचाया करते। शिवाजी महाराज ने इस परंपरा को बंद करवाया। लूट का माल सैनिक हमेशा खजाने में जमा करवाते और उनका सुनिश्चित वेतन उन्हें समय पर दिया जाता। व्यर्थ की लूटपाट की प्रवृत्ति ही समाप्त हो गई। ऐशोआराम के लिए लूट करने की आदत सैनिकों में न रही।

महाराज अपनी सेना से अत्यंत प्रेम करते थे, किंतु उनका अनुशासन भी उतना ही कठोर था। आक्रमण करने निकले सैनिकों के प्रथम पड़ाव पर पहुँचते ही अधिकारी द्वारा सभी सैनिकों की कसकर जाँच की जाती। सैनिकों के पास की चीजों की सूची बनाई जाती। सेना के वापस आने पर फिर से सरहद पर हर सैनिक की जाँच होती। किसी ने चोरी से लूट का माल रखा होता, तो उसे कठोर दंड दिया जाता।

दूसरों के प्रदेश पर आक्रमण करते समय सैनिकों को कड़क सूचनाएँ दी जाती थीं। सेना में स्त्रियों, दासियों, नर्तकियों को साथ रखने की सख्त मनाही थी। यदि किसी ने गफलत में आकर कोई स्त्री साथ रख ली होती, तो उस सैनिक या कर्मचारी को वहीं-का-वहीं मार डाला जाता था।

कठोर आदेश था कि परप्रांत/शत्रु के प्रांत से स्त्री, गाय या ब्राह्मण को कैद करके न लाया जाए। अकारण किसी को तकलीफ न दी जाए। आम जनता, गरीब, किसान, बच्चे, छोटे दुकानदार आदि को किसी भी तरह न सताया जाए। लूट का माल तुरंत सरकारी खजाने में जमा करवाया गया है या नहीं, इस पर अधिकारी स्वयं नजर रखते थे।

शत्रु प्रदेश के धार्मिक स्थलों को क्षति न पहुँचे, इस पर भी उनका पूरा ध्यान रहता था।

शिवाजी की मुगलों से लड़ाई जारी थी। मुगलों से अपनी जनता की रक्षा वे कितनी सावधानी से करते थे, यह बात 23 अक्तूबर, 1662 के इस पत्र से उजागर होती है—

## मराठी पत्र

'रा. सिवाजी राजे-सर्दाराउ जेथे देशमुखचा राहिरखोर तपियाम धावणीस, येताती म्हणौन जासूदानी समाचार आणिला आहे तरी तुम्हास धोखा अहडताच तुम्ही तमाम आपले तपियात बावचा गाव सारिदी करून माणसे लेकरेबाले समत (समे) तमाम रेयती लोकांस घाटारवाले बांक जागा असेल तेथे पाठवणे। ये कामास है गे न करणे रोखा अहडताचे सदरहू लिहिले प्रमाणे अमले करणे-ऐसियासी तुम्हा पासून अंतर पडलियावरी मोगल जे बांद धरून नेतील त्याचे पाप तुमचे माथा बैसेल। ऐसे समजोन गाव चा गाव हिंडोनु रातीचा दिवस करून लोकांची माणसे घाटा खाले जागा असेल तिथे पाठविणे, या कामास एक घडीचा दिरंग न करणे तुम्ही आपले जागा हुशार असणे।'

सारांश यह है कि शत्रु के आने की खबर लगते ही शिवाजी महाराज सूचना देते हैं कि तमाम प्रजा को सुरक्षित जगहों पर पहुँचाया जाए। प्रजा की सुरक्षा की संपूर्ण व्यवस्था की जाए। यदि मुगलों ने किसी को बंदी बना लिया, तो तुम उस पाप के भागीदार होगे। समूचे गाँव को ऊँचे पर्वतीय क्षेत्र में सुरक्षित पहुँचाया जाए। शत्रु दिखाई देने पर उसकी नजर बचाकर ये लोग वहाँ से भाग जाएँ। तुम अपनी जगह पर सावधान रहना। इस काम में किसी प्रकार की लापरवाही नहीं होनी चाहिए।

शिवाजी के सामने भारत पर इसलामी आक्रमण का रक्तरंजित इतिहास था। हिंदुओं की हत्याओं और मंदिरों के विध्वंस से भारत का इतिहास भरा पड़ा है। शिवाजी उसे एक पल के लिए भी नहीं भूलते थे। इसीलिए उन्होंने हिंदुत्व का विध्वंस करनेवालों का विध्वंस करने के लिए फौज का निर्माण किया, लड़ाइयाँ लड़ीं और दुश्मन को हराकर स्वराज्य, यानी अपने लोगों का राज्य स्थापित किया।

किंतु स्वराज्य की स्थापना करते समय शिवाजी ने शत्रु की धार्मिक भावनाओं को कभी ठेस नहीं पहुँचाई, न ही उन्होंने शत्रु की हत्याएँ कीं अथवा उनके प्रार्थना स्थलों को किसी प्रकार की क्षति पहुँचाई। यदि उन्होंने ऐसा किया होता, तो यह भूतकाल के बर्बर इतिहास का पुनरावर्तन ही होता।

शिवाजी तो इतिहास बदलनेवाले राजा थे। इतिहास के प्रवाह में न बहकर उन्होंने अपने धर्म के साथ-साथ दूसरों के भी धर्म की रक्षा की। इस अच्छी परंपरा का निर्माण करके उन्होंने सिद्ध कर दिया कि धार्मिक उन्माद से कभी कोई राष्ट्र बड़ा नहीं होता। भविष्य की अनेक पीढ़ियों को उन्होंने यह महत्त्वपूर्ण संदेश दिया। शिवाजी महाराज के

इस अलौकिक कार्य को न केवल अपनों ने, बल्कि परायों ने, यानी शत्रुओं ने भी सराहा। औरंगजेब का चरित्र लिखनेवाला खाफीखान महाराज का कट्टर शत्रु था, किंतु उसने भी अपने ग्रंथ में लिखा है—

'शिवाजी ने कठोर नियम बनाया था कि आक्रमण के समय सैनिक मसजिद या कुरान (पवित्र ग्रंथ) का सम्मान रखें, इन्हें किसी प्रकार का नुकसान न पहुँचाएँ। यदि किसी को कुरान की प्रति हाथ लगे, तो उसे वह सम्मान के साथ किसी मुसलमान को सौंप दे।'

यदि किसी हिंदू इतिहासकार ने इस प्रकार शिवाजी का गुणगान किया होता, तो बात कुछ और होती, लेकिन यहाँ तो महाराज के कट्टर शत्रु ने माना है कि उनके विचार कितने ऊँचे थे। यह बात सचमुच एक अपवाद ही कही जाएगी।

युद्ध के दौरान मराठा अधिकारियों एवं सैनिकों का व्यवहार कैसा होना चाहिए, इसे लेकर शिवाजी महाराज ने उन्हें समय-समय पर जो पत्र लिखे थे, उन्हें 'शिवकालीन जिनेवा सम्मेलन' के समकक्ष निश्चित रूप से रखा जा सकता है।

मुहम्मद गजनी ने सोमनाथ मंदिर का जो विध्वंस किया; औरंगजेब ने मथुरा के केशवराय मंदिर का जो विध्वंस किया अथवा मुसलिम आक्रमणकारियों ने हिंदुओं पर जो अत्याचार किए; शिवाजी इन सबसे परिचित थे। मुसलिम शासकों का बरताव हमेशा भड़कानेवाला ही रहा, किंतु शिवाजी ने कभी अपना संतुलन नहीं खोया। इतना ही नहीं; अफजल खान जैसे शत्रु का वध करने के बाद उन्होंने उसे पूरा सम्मान देते हुए दफन करवाया।

सूरत प्रकरण में शिवाजी पर प्राणघातक हमला होने पर भी उन्होंने उच्च कोटि का संयम बनाए रखा, किंतु नादिरशाह पर ऐसा ही प्रसंग आने पर उसने जिस क्रूरता का प्रदर्शन किया, यह हम जान चुके हैं।

शिवाजी महाराज ने चिपलून के जमींदार, हवलदार एवं कारकूनों के नाम जो पत्र लिखा था, क्या वह उस समय का जिनेवा सम्मेलन द्वारा पारित प्रस्ताव ही नहीं था?

## मराठी पत्र का सारांश

शिवाजी ने अपने मातहतों, हवालदारों और कारकूनों को सावधानी बरतने की सलाह दी है। यह सलाह दरशाती है कि राज्य के कल्याण की दृष्टि से उनकी निरीक्षण शक्ति कितनी सूक्ष्म है। जैसा कि उन्होंने आगाह किया है, 'बरसात के दौरान उपयोग के लिए जो सामग्री है (खानपान की वस्तुएँ एवं घोड़ों के लिए अन्न के दाने), उसे सँभालकर रखा जाए। कहीं ये चीजें समाप्त न हो जाएँ। ऐसा हुआ, तो संकट उपस्थित हो जाएगा। इसीलिए जब तक अन्न व दूसरी वस्तुएँ उपलब्ध हैं, उनके अनावश्यक उपयोग

से बचें। बरसात में अन्न कम पड़ गया, तो घोड़े भूखे मर सकते हैं। तब इसका जिम्मेदार तुम्हीं को माना जाएगा।

'लोग कुनबियों को तंग करने लगेंगे, ताकि उनसे अन्न, रोटी, घास, सब्जी-भाजी आदि जबरदस्ती सस्ते में खरीद सकें; ये चीजें लोग उनसे छीन ही लेंगे। इससे डरकर कुनबी बाजार में आएँगे ही नहीं। लोग भूखों मरने लगेंगे और तुम्हें मुगलों से भी ज्यादा जुल्मी समझेंगे। ऐसी बदनामी कदापि नहीं होनी चाहिए। तुम राज्य के सिपाही हो, चाहे कोई अधिकारी हो; तुम्हें देखना होगा कि प्रजा को कोई तकलीफ न हो। बाजार जाकर सरकारी खजाने से जो सामान, अनाज के दाने, घास, घर-गृहस्थी का सामान इत्यादि जो खरीदना हो, खरीदें। जो सब्जी-भाजी बेचते हैं, उनसे सब्जी-भाजी खरीदें। धन-धान्य जहाँ बिक रहा हो, वहाँ से वाजिब दाम देकर खरीदें। सस्ते में दे देने या मुफ्त में दे देने के लिए किसी पर जबरदस्ती न करें। बरसात में धन-धान्य की सुरक्षा को लेकर विशेष सावधान रहें, ताकि घोड़ों को बिना किसी परेशानी के पाला जा सके।

'कारकून जो दें, उसे स्वीकार करें। किसी प्रकार की छीना-झपटी न हो। टीका-टिप्पणी नहीं। लूटपाट नहीं। घोड़ों के तबेले सुरक्षित रखे जाएँ। गलत जगह पर भोजन न पकाएँ। घर में कोई दीया अथवा चूल्हा जलता हुआ छोड़कर इधर-उधर न चले जाएँ, क्योंकि इससे आग लग जाने का खतरा रहता है। बरसात में बरसात से बचें। गरमी में गरमी से बचें। न केवल अपनी, बल्कि सभी की सुरक्षा का ध्यान रखें। खास-खास हवालदारों, कारकूनों को यह सब ध्यान में रखना है। रोज की खबर रोज एकत्र करें। बदनामी किसी प्रकार न हो। मराठों की प्रतिष्ठा की रक्षा हो। धन-धान्य सुरक्षित होगा, तभी रोजगार मिलेगा। इन सब बातों को ध्यान में रखकर सुरक्षित व्यवहार करें।

## संदर्भ—

1. शिवाजी कोण होता ?/गोविंद पानसरे
2. शककर्ते शिवराय/वियजराव देशमुख
3. शिवकाल/डॉ. विगो. खोबरेकर
4. छत्रपति शिवाजी महाराज/कृ.अ. केलूसकर
5. छत्रपति शिवाजी/सेतुमाधवराव पगड़ी
6. शिव चरित्रापासून आम्ही काय शिकावे ? / डॉ. जयसिंहराव पवार
7. Shivaji : His Life and Times/Gajanan Bhaskar Mehendale

□

# शिवाजी महाराज और धर्म

शिवाजी ने इसलामी शत्रुओं से लड़ाइयाँ कीं, किंतु इसलामी प्रजा से उनका कोई शत्रुत्व नहीं था। आदिलशाह, मुगल, सिद्दी ये सब इसलामी थे। इसलामी प्रजा को शत्रु मानना तो दूर, शिवाजी ने उन्हें अपनी सेना और नौसेना में शामिल किया; उन्हें बड़े-बड़े ओहदे दिए। इब्राहिमखान, दौलतखान आदि मुसलमानों ने शिवाजी की नौसेना में सबसे ऊँचे पदों की शोभा बढ़ाई। शिवाजी सभी के राजा थे, केवल हिंदुओं के नहीं।

धर्म महत्त्वपूर्ण है, किंतु राष्ट्र के विकास में, राष्ट्र की सुरक्षा में धर्म रुकावट नहीं बनना चाहिए; यही संदेश शिवाज़ी ने अपने आचरण से दिया है।

## धार्मिक एकता का उदाहरण

राज्याभिषेक के अवसर पर रायगढ़ में अनेक नई इमारतों का निर्माण किया गया। शिवाजी मोरोपंत पिंगले को साथ लेकर निर्माण कार्यों का निरीक्षण करने निकले। जगदीश्वर के मंदिर को देखकर उन्होंने कहा, "मंदिर बनाया, अच्छा किया; किंतु मेरी मुसलिम प्रजा के लिए मसजिद का निर्माण क्यों नहीं किया ?" महाराज ने तत्काल आज्ञा दी कि मुसलिमों के लिए मसजिद बनाई जाए। मोरोपंत पिंगले ने आज्ञा का पालन करते हुए रायगढ़ में मसजिद का निर्माण किया।

*( न्यू हिस्ट्री ऑफ मराठा / जी.एस. सरदेसाई / भाग 1 / पृष्ठ 264*

नरहरि कुरुंदकरजी ने शिवाजी के धार्मिक आचरण का वर्णन इस प्रकार किया है—

शिवाजी धार्मिक थे, किंतु धर्म पर आँख मूँदकर विश्वास नहीं करते थे। वे कठोर थे, किंतु क्रूर नहीं थे। साहसी थे, किंतु हठी नहीं थे। व्यावहारिक थे, किंतु ध्येयरहित नहीं थे। वे ऊँचे उद्देश्य के सपने देखते थे और उन सपनों को पूरा भी करते थे। वास्तविकता पर उन्हें अटल विश्वास था। वे सादगी से नहीं रहते थे। वे आकर्षक व्यक्तित्व के धनी थे और वैभवशाली रहन-सहन रखते थे, किंतु वे रहन-सहन पर अनावश्यक खर्च नहीं करते थे।

सर्वधर्म समभाव में शिवाजी का गहरा विश्वास था। उन्होंने स्वयं पर हर दृष्टि से पूर्ण नियंत्रण रखा। सत्तर साल तक रसिकता में डूबनेवाले शिवाजी नहीं थे। देश में क्या हिंदू राजा और क्या मुसलिम बादशाह; सत्तर साल की उम्र तक तो ये सुंदर तरुणियों एवं रूप-रत्नों का रसास्वादन करते ही थे। शिवाजी के पास इसके लिए अवकाश ही नहीं था। इसीलिए वे चित्रकला, शिल्पकला, संगीत आदि को आश्रय देने एवं विकसित करने की नहीं सोच सके। उन्होंने मजबूत किलों का तो निर्माण किया, किंतु (ताजमहल जैसी) भव्यता से सुशोभित, सजावटी इमारतें बनवाने की कभी नहीं सोची, न ही उनके पास इन सब बातों के लिए पर्याप्त संपत्ति थी। इन ललित कलाओं में रुचि रखते थे, लेकिन इनके लिए समय नहीं था।

शिवाजी महाराज की सेना में अनेक मुसलिम थे, जैसे सिद्दी हिलाल और सिद्दी वहावह, जो घुड़सवार सेना के प्रमुख थे। ये दोनों बाजीप्रभु के साथ घोड़खिंडी लड़ाई में मारे गए। नूरखान बेग (प्रथम सरनौबत), मदारी मेहतर (अंगरक्षक/आगरा मुलाकात के समय), काजी हैदर (उर्दू/पर्शियन पत्र-व्यवहार के सचिव), शमाखान (सरदार), सिद्दी अंबर वहाद और हुसैन फना मियाँ (उच्च अधिकारी), दर्यासारंग इब्राहिमखान और सिद्दी संभल (ये पहले पूर्वी जंजीरा किले के सिद्दी के साथ थे, लेकिन बाद में शिवाजी के साथ आ मिले), सिद्दी मिसरी (सिद्दी संभल के भाई का लड़का), सुलतानखान और दाउदखान (नौसेना अधिकारी), दौलतखान (मुख्य नौसेना प्रमुख) ये सब मराठा नौसेना में अनेक मुसलिमों के साथ नियुक्त थे। इनके साथ ही था मुहम्मद सैस, जो शिवाजी का तबेला-प्रमुख था।

शिवाजी का एकमात्र रंगीन व्यक्ति-चित्र मीर मोहम्मद ने बनाया था। कालांतर में यह चित्र इटली के 'स्टोरिया द मोगार' ग्रंथ में प्रदर्शित हुआ। शिवाजी महाराज केलसी के बाबा याकूब के अनुयायी थे। इससे यही साबित होता है कि शिवाजी केवल हिंदुओं के नेता नहीं थे। उनके आश्रय में सभी धर्मों के लोग थे, यहाँ तक कि अन्य महाद्वीपों के लोग भी उनके साथ बने हुए थे। मसलन एबीसीनिया के अनेक सिद्दी, पुर्तगीज व अंग्रेज आदि।

शिवाजी महाराज ने अपने मातामह (मामा) सिंदखेड़ राजा को आश्रय देनेवाले गोमाजी नाईक के कहने से 700 पठानों को अपनी पैदल सेना में शामिल कर लिया था। यह एक महत्त्वपूर्ण कदम था। इसके कारण बीजापुर की सेवक पठान-टुकड़ी अब जावली के मोरे को समाप्त करने के अभियान में महत्त्वपूर्ण मदद दे रही थी। ये सभी पठान रघुनाथ बल्लाल के अधीन थे।

औरंगजेब की धार्मिक कट्टरता मशहूर है। शिवाजी के सर्व धर्म समभाव की तुलना में औरंगजेब की कट्टरता की औकात ही क्या थी!

औरंगजेब को पक्का यकीन था कि मुगल साम्राज्य एक इसलामिक साम्राज्य है। इस यकीन के चलते औरंगजेब ने भारी कोशिश और मेहनत की, अपने-आपको एक आदर्श मुसलिम शासक साबित करने की। भारत को दार-उल-हरब की स्थिति को दार-उल-इसलाम में तब्दील कर दिया जाए, ऐसा वह तहेदिल से चाहता था। गैर-मुसलिमों को वह काफिर, यानी विधर्मी ही मानता था। वह शिया और सूफी पंथ के अनुयायियों को सच्चे मुसलमान नहीं मानता था। उनके लिए उसके दिल में कहीं कोई दया अथवा ममता नहीं थी।

## एडॉल्फ वेली नामक इतिहासकार के मुताबिक

'राज्यारोहण के बाद औरंगजेब की कट्टरता और बढ़ गई। वह चित्रकला और मूर्तिपूजा को एक समान ही समझता था, चूँकि पैगंबर साहब ने मूर्तिपूजा पर प्रतिबंध लगाया था, लिहाजा औरंगजेब को चित्रकला भी पसंद नहीं थी। काव्य-कला उसे निरुपयोगी लगती थी। वह संगीत-कला से भी नफरत करता था, क्योंकि उसके अनुसार संगीत-साधना करने से शरीर की इंद्रियों को अनैतिक सुख मिलने लगता था!

'सन् 1666 में उसके कट्टर शत्रु शिवाजी ने आगरा की कैद से बिल्कुल चमत्कार की तरह पलायन किया। यह घटना उसके चेहरे पर एक तमाचे की तरह थी। इस दुःख को व्यक्त करने के लिए उसने शाही दरबार के तमाम गायन-वादन बंद करवा दिये। दिल्ली और आगरा के महलों की दीवारों पर अनेक कलात्मक चित्र बने हुए थे। औरंगजेब ने उन सबको मिटा दिया। शहंशाह अकबर ने आगरा के किले में राजस्थान के जयमल और फत्ता नामक वीर योद्धाओं के हाथी पर सवार दो पुतले खड़े किए थे, उन्हें भी उसने नष्ट करवा दिया।

'औरंगजेब से पहले के मुगल शासक अपने दरबार में होली-दीवाली जैसे हिंदू त्योहार बड़े प्रेम से मनाया करते थे। औरंगजेब ने यह प्रथा भी बंद करवा दी। उसने हिंदू ज्योतिषियों को दरबार से निकाल दिया, किंतु मुसलिम ज्योतिषियों को आश्रय व आधार दिया। 'झरोखा दर्शन' को हिंदुओं की प्रथा मानकर उसने उसे मुगल सम्राटों के लिए प्रतिबंधित कर दिया।

'हमने देखा कि अकबर ने दीन-ए-इलाही धर्म शुरू किया। इस धर्म के अनुयायी हर सुबह झरोखे में खड़े अकबर का चेहरा देखने के बाद ही अपने दैनिक कार्य शुरू करते थे। इन्हें 'दर्शनिया' कहते थे। यह प्रथा अकबर के बाद जहाँगीर और शाहजहाँ ने जारी रखी। औरंगजेब की धार्मिक कट्टरता से एक बात अच्छी हुई; चापलूसी जैसी यह प्रथा बंद हो गई।

'मानव-शरीर के अवयव टूटने पर उस वेदना को कम करने के लिए मद्य एवं भाँग का सेवन करवाया जाता था। औरंगजेब ने इसे भी प्रतिबंधित करवा दिया।'

भारत में मुगल सत्ता के इतिहास में 2 अप्रैल, 1679 का दिन कभी नहीं भुलाया जाएगा। इस दिन औरंगजेब ने भारत के हिंदुओं के खिलाफ जिहाद का सरेआम ऐलान किया था। जिहाद का स्पष्ट अर्थ है 'धर्मयुद्ध'। उस जिहाद का मकसद था; काफिरों के प्रदेश को 'दार-उल-इसलाम' में तब्दील करना। इसकी शुरुआत की गई, हिंदुओं पर जजिया कर लगाकर। यह कर अकबर ने 1564 में समाप्त कर दिया था।

2 अप्रैल, 1679 के दिन भारत को इसलामिक राज्य बना देने के बाद औरंगजेब उसके प्रमुख के तौर पर आगे आया। भारत नामक 'इसलामिक राज्य' की धार्मिक जिम्मेदारियाँ औरंगजेब ने अपने कंधों पर ले लीं। उसने तय किया कि हिंदुओं को सताने का कोई मौका वह नहीं चूकेगा। इसके लिए उसने मुगल साम्राज्य के संपूर्ण धन, साधन, प्रशासन एवं सेना का भरपूर उपयोग किया। औरंगजेब के शासनकाल के अंतिम 28 वर्ष मुगल इतिहास का अंधकारमय प्रकरण है। इस काल-खंड में हिंदुओं पर अत्यधिक अत्याचार किए गए।

औरंगजेब ने मूर्तियों को नष्ट करने का सिलसिला खुलकर चलाया। महमूद गजनी संसार भर में कुख्यात मूर्ति-तोड़क था। उसी से प्रेरणा लेकर औरंगजेब ने गुजरात के चिंतामणि मंदिर के परिसर में गाय काटकर उसे अपवित्र किया और उसे तोड़कर, उसकी जगह एक मसजिद खड़ी करके उसका नाम 'कुवत-उल-इसलाम' मसजिद कर दिया। इस घृणास्पद कृत्य के लिए गुजरात के हिंदुओं ने अपना कठोरतम विरोध व्यक्त किया। महमूद गजनी ने सोमनाथ के मंदिर को बेशक बार-बार लूटा और नष्ट किया था, लेकिन औरंगजेब ने तो एक कदम आगे जाकर तोड़े गए मंदिर को मसजिद में बदल दिया।

औरंगजेब के कार्यकाल में हिंदू व्यापारियों एवं उद्योगपतियों से चुंगी व अन्य कर कठोरता से वसूल किए जाते थे। मुसलमानों को कर में छूट मिलती थी या अत्यंत अल्प मात्रा में कर लिये जाते थे। हिंदुओं से 5 प्रतिशत एवं मुसलिम व्यापारियों से 2.5 प्रतिशत कर लिया जाता था। हिंदू व्यापारियों को हर कदम पर तंग किया जाता था। आगामी 2 वर्षों में मुसलिम व्यापारियों का जकात कर पूरी तरह माफ कर दिया गया, जबकि हिंदुओं के जकात का प्रतिशत ज्यों-का-त्यों बना रहा।

हिंदुओं पर आर्थिक भार व दबाव बढ़ाने के लिए औरंगजेब ने धर्मांतरण का मार्ग अपनाया। धर्मांतरण करनेवालों को पुरस्कृत किया जाता था; शासन की सेवा में स्थान भी दिया जाता था। येन-केन-प्रकारेण हिंदू अपना हिंदुत्व छोड़कर इसलाम को अपना लें; यही एक मकसद होता था, इन गतिविधियों का। धर्मांतरण को शासन की ओर से पूर्ण सहयोग मिलता था।

औरंगजेब ने धीरे-धीरे हिंदू पदाधिकारियों को अपने पदों से हटा दिया।

प्रांतों के सूबेदारों और तालुकेदारों को स्पष्ट आदेश दिया गया कि लिपिक, पेशकार, लेखपाल व दीवान के पदों पर जो भी हिंदू काम कर रहे हों, उन्हें हटाकर मुसलिमों की नियुक्ति की जाए। इस आदेश के कारण चारों ओर खलबली मच गई। मुसलिमों के बीच योग्य व अनुभवी कर्मचारी न मिल पाने के कारण आखिर तय किया गया कि हिंदुओं और मुसलिमों की तादाद आधी-आधी रखी जाए। यह आदेश महसूल विभाग एवं वेतन-वितरण विभाग के लिए संशोधित रूप में दिया गया।

इतिहासकार एडॉल्फ वेली के शब्दों में, "औरंगजेब के पास अकबर जैसी प्रतिभा एवं बुद्धि नहीं थी। न ही वह शाहजहाँ या जहाँगीर जैसा होशियार व ज्ञानी था, जिन्होंने अपने विवेक व दूरदर्शिता से राजकाज चलाकर तैमूर घराने को सच्चे अर्थ में भारतीय घराना बनाया था। शाहजहाँ और जहाँगीर गर्व महसूस करते थे कि वे एक भारतीय राज-घराने के हिस्से हैं।

"काफिरों (हिंदुओं) की शक्ति व सामर्थ्य कम करने की दृष्टि से औरंगजेब ने जजिया कर लागू किया था। जजिया के हथियार से वह अपनी प्रजा के भूखंड ही अलग-अलग कर देना चाहता था; मुसलिम अपने प्रदेशों में रहें और हिंदू अपने अलग प्रदेशों में रहें। औरंगजेब के कई शुभचिंतकों ने उसे नेक सलाह दी कि जजिया कर को लेकर उसे दुबारा विचार करना चाहिए, लेकिन उसने एक न सुनी। हिंदू समाज पहले से ही पक्षपात सहन कर रहा था। इसमें मंदिरों का विध्वंस, धार्मिक असहिष्णुता, शासकीय सेवा से हिंदुओं को खारिज करना; यह सब शामिल था। ऐसी स्थिति में हिंदुओं पर जजिया कर का अतिरिक्त बोझ लादना उनका सर्वनाश करना ही था।"

हिंदुओं ने बार-बार सम्राट् से याचना की कि जजिया कर समाप्त कर दिया जाए, किंतु व्यर्थ।

औरंगजेब जैसे तानाशाह की सख्तियों से बचने के दो ही रास्ते थे। एक तो यही कि इसलाम कबूल कर लिया जाए और दूसरा यह कि हथियार उठाकर संघर्ष किया जाए। देश के विभिन्न भागों में लोगों ने मुगल सत्ता के विरोध में सशस्त्र संघर्ष करके स्वतंत्रता पाने का प्रयास किया।

## शिवाजी बनाम औरंगजेब

शिवाजी ने जजिया कर के बारे में औरंगजेब को जो पत्र लिखा था, वह इस प्रकार है—

श. : 1579
ई. सन् : 1657

**( पत्र का सारांश )**

## ॥पत्र प्रारंभ॥

"…आपसे विदा लिये बगैर हम चले आए हैं। कुछ बातें, जो अनाथ एवं वृद्धों के कल्याण की हैं, यहाँ लिख रहे हैं।

हमारे इधर आने पर पता चला कि बादशाह का खजाना खाली हो गया है। संपूर्ण द्रव्य समाप्त हो गया है। लोग आपके इलाके छोड़कर जा रहे हैं। हिंदुओं से जजिया कर वसूल करके बादशाहत चलाई जा रही है। अकबर बादशाह ने इस देश में 52 साल न्यायपूर्वक राज्य किया है। न्याय की शक्ति से ही इसवी, दाऊदी और महमदी प्रजाओं के साथ ब्राह्मणों, शेवड़े वगैरह हिंदुओं का धर्म सुरक्षित रहा। खुद बादशाह भी धर्म की संस्थापना में मददगार होते थे। तभी तो वे जगद्गुरु के तौर पर मशहूर हुए। ऐसी सदिच्छा के कारण ही उन्हें ऐसा यश प्राप्त हुआ, जिसका ओर-छोर नहीं था। नूरुद्दीन जहाँगीर बादशाह ने 22 साल बादशाही की और जन्नत पहुँचे। शाहजहाँ साहेब ने 32 साल बादशाही की। इन्होंने अपनी जिंदगी अच्छे से जी कर मशहूरी हासिल की। इस प्रकार जिंदा रहते हुए अच्छी मशहूरी हासिल करना और बाद में भी उस मशहूरी का अच्छा बने रहना; यह इनसान के लिए बहुत जरूरी है। ऐसे इनसान को उसकी धन-दौलत कभी छोड़कर नहीं जाती।

इन बादशाहों का प्रताप बहुत बड़ा था। हिम्मत भी बहुत बड़ी थी। आप आलमगीर हैं। आपने आलमगीर के तौर पर इन बादशाहों के आदर्शों की रक्षा बखूबी की है। ये बादशाह भी जजियापट्टी ले सकते थे, किंतु नहीं ली। इसलिए नहीं ली कि ये जानते थे कि छोटे-बड़े सभी अपने-अपने धर्म को अच्छे से निभा रहे हैं और सभी ईश्वर के ही लोग हैं। इन बादशाहों ने कभी किसी पर अत्याचार नहीं किया। आज भी इनके गुणों की तारीफ की जाती है। जैसी नीयत, वैसी बरकत। ये बादशाह लोगों का भला चाहते थे। इसलिए लोगों का भला हुआ और खुद इन बादशाहों का भी भला हुआ।

आपके शासनकाल में बहुत से किले आपके हाथ से निकल गए हैं। जो बचे हैं, वे भी निकल जाएँगे। जिस इलाके से आपको एक लाख रुपए का लगान मिलता था, वहाँ आज एक हजार भी नहीं मिलता। जाने कितने बादशाह आए, जो दरिद्र हो गए; जिनके बेटे भी दरिद्र हो गए। इस दरिद्रता से उनकी फौज हैरान रह गई, उनके सौदागर और साहूकार भी हैरान रह गए। उनके उमरावों की हालत खस्ता हो गई। मुसलमान उनकी दरिद्रता पर रोए। हिंदू उनके द्वारा किए गए पक्षपातों पर रोए।

आज आपकी रिआया (प्रजा) की क्या दशा है! कितने ही लोग रात को भूखे सोने पर मजबूर हैं। यह कैसा राज्य है आपका, जहाँ प्रजा की भलाई की कोई फिक्र नहीं की जा रही? इन हालातों में आपका जजिया कर जारी करना! हमें पता चला है कि हिंदुस्तान का बादशाह फकीरों जैसे शेवड़े ब्राह्मणों से भी जजिया कर वसूल कर रहा है। खुद आप सोचें; क्या ऐसा करने से तैमूर बादशाह की शान में खता नहीं होती?

पवित्र कुरान शरीफ में खुदा की वाणी है। इस खुदा की वाणी में कहा गया है कि खुदा मुसलमानों का है और दुनिया के दूसरे लोगों का भी है। अच्छा और बुरा दोनों खुदा के बनाए हुए हैं। दुनिया में अगर मसजिद हैं, तो मंदिर भी हैं। मसजिद में बाँग दी जाती है, तो मंदिर में घंटा बजाया जाता है। किसी के धर्म का विरोध करना यह स्वयं अपने धर्म से अलग होना ही है। ईश्वर ने जो लिखा है, उसे रद्द करना स्वयं ईश्वर को दोष देना है। ईश्वर का लिखा हुआ अच्छा लगे या न लगे, उसे रद्द नहीं करना चाहिए। किसी चीज की निंदा करना स्वयं उस चीज को बनानेवाले की निंदा करने जैसा ही है।

न्याय नहीं चाहता कि आप हिंदुओं पर जजिया कर लगाएँ। अब तक जिसने भी जजिया लगाया है, गैर-वाजिब लगाया है। सुलतान अहमद को भी इसका नतीजा बुढ़ापे में भुगतना पड़ा था। जिस पर भी अत्याचार होता है, वह दुःख से हाय-हाय करता है। उसकी बद्दुआ तो आग से भी ज्यादा तेजी से झपटकर अत्याचारी का नाश करती है। यदि हिंदुओं से जजिया वसूल करके उन्हें तंग ही करना है, तो सबसे पहले राजसिंह से जजिया लिया जाए; फिर दूसरे हिंदुओं से वसूल किया जाए। अनाथ, गरीब लोग तो कीड़े-मकोड़ों की तरह निर्बल होते हैं। उनको तकलीफ देने में कोई बड़प्पन नहीं है। आपके खुद के सलाहकार यह सब देखते और समझते हैं, फिर भी अग्नि को घास के तिनके डालकर छिपाने की कोशिश करते हैं। यह बात भी कम हैरत की नहीं है। आपके दरबार में पाँच हजार मनसबदार हैं। उनसे मशविरा करते हुए आप राज्य चलाते हैं। आपके इस विशाल राज्य का सूर्य सूर्योदय होते ही तेजस्विता प्राप्त करे; यही कामना करता हूँ।"

इस पत्र से पता चलता है कि शिवाजी केवल प्रांतीय स्तर के प्रशासक नहीं थे, बल्कि राष्ट्रीय के साथ-साथ अंतरराष्ट्रीय स्तर के तत्त्व-ज्ञानी एवं राजनयिक थे।

सर्वधर्म समभाव के सिद्धांत का पालन केवल राजनीति के लिए आवश्यक नहीं है। यह सिद्धांत तो समग्र मानवता के साथ सीधा जुड़ा हुआ है।

किसी भी धर्म से द्वेष नहीं रखना चाहिए, क्योंकि धर्म-द्वेष से देवत्व का अपमान होता है।

मशहूर इतिहासकार सर जदुनाथ सरकार ने सन् 1928 में लिखे अपने ग्रंथ 'औरंगजेब चरित्र' में कहा है कि औरंगजेब संपूर्ण भारत में इसलामी राज्य स्थापित करना

चाहता था। सभी प्रजा जन को मुसलमान बना लेने के लिए जो रामबाण उपाय उसे सूझ पाया, वह यही था कि हिंदुओं पर जजिया कर लगा दिया जाए।

'अगर तुम दुश्मन को हरा नहीं सकते, तो जाकर उसके साथ मिल जाओ।' इस नीति को अपनाने के लिए औरंगजेब ने अपनी प्रजा को विवश कर दिया। 'गाजर चाहिए या लाठी?' इसका जवाब यदि 'गाजर' है, तो इसलाम को कबूल कर लेना ही उचित है। इसलाम को कबूल करना और गाजर हासिल करना, ये दोनों एक समान हैं। जिन्होंने भी इसलाम को कबूल किया, उन राजपूतों और क्षत्रियों को ऊँचे ओहदे मिले, ब्राह्मणों को ऊँची नौकरियाँ मिलीं, साहूकारों-बनियों को शानदार सहूलियतें मिलीं। शूद्रों को भी बराबरी और इज्जत मिली। समाज के सभी वर्गों के लोग इसलाम में आ रहे हैं। तुम भी आ जाओ, वरना···

इसके अलावा औरंगजेब ने फरमान निकाला कि हर हिंदू पुरुष को चार मुद्राएँ और स्त्री को दो मुद्राएँ देकर मुसलमान बनाया जाए।

औरंगजेब की इस नीति ने भय का निर्माण किया और फिर सुविधाओं की बरसात भी की। औरंगजेब जब तक आगरा में रहा, लगभग 20 प्रतिशत हिंदुओं ने इसलाम कबूल कर लिया।

किंतु औरंगजेब 27 वर्ष तक महाराष्ट्र में भटकता रहा, जहाँ शिवाजी के मावलों (मराठा सैनिकों) ने साहस के साथ उससे टक्कर ली। इस दौर में औरंगजेब को राजपूतों के सहयोग की जरूरत थी, इस कारण धर्म परिवर्तन की प्रक्रिया को उसे शिथिल करना पड़ गया।

धर्म परिवर्तन को शिवाजी ने जिस प्रकार रोका, उसकी प्रशंसा में कवि भूषण ने लिखा है, 'न होता शिवा, तो हो जाती सबकी सुन्नत···'

## संदर्भ—


1. शिवचरित्रा पासून आम्ही काय शिकावे ?/डॉ. जयसिंह पवार
2. मध्ययुगीन भारत का वृहत् इतिहास/जे.एल. मेहता
3. भाषांतर/डॉ. वसंतराव देशपाण्डे
4. शिवाजी कोण होता ?/गोविंद पानसरे
5. Shivaji : The Great Maratha / H.S. Sardesai


□

# शिवाजी महाराज और डिप्लोमेसी

अनेक दिल दहला देनेवाले रहस्य शिवाजी महाराज के जीवन में शामिल हैं। उन्होंने शक्ति की अपेक्षा युक्ति को महत्त्व दिया और यही है, उनकी सफलता का राज। आश्चर्य की बात यह थी कि तोरणा का किला वह पहला किला था, जो उन्होंने हासिल किया। इसके लिए उन्होंने कोई लड़ाई नहीं लड़ी। उन्होंने तोरणा के किलेदार को केवल एक धन-राशि दी और किला उनके ताबे में आ गया! सचमुच यह आश्चर्य की बात थी। पुरंदर के किले को भी हासिल करने के लिए उन्होंने केवल शत्रु पक्ष की आपसी फूट का लाभ उठाया। उस समय वे मात्र सोलह साल के थे।

अफजल खान से युद्ध निश्चित हो जाने के बाद भी शिवाजी ने उसकी झूठी प्रशंसा कर एक लुभावना पत्र उसे लिखा। उसमें उन्होंने अफजल खान की तेजस्विता की तुलना जगमगाते सूरज से की। अफजल खान उनकी बातों में आ गया और ऐसा फँसा कि जान ही गँवा बैठा!

सन् 1665 में मिर्जा राजा जयसिंह से मुलाकात के समय जो समझौता हुआ, उसमें सूरत की लूट का कहीं उल्लेख ही नहीं है! प्रत्यक्ष में शिवाजी ने जयसिंह को केवल 20 किले दिए, किंतु कागजात में लिखवा लिया 23 किले! यहाँ यह याद रखना होगा कि जयसिंह मुगल सल्तनत का खेला-खाया 55 साल का राजनीतिज्ञ था, जबकि शिवाजी थे मात्र 35 साल के नवोदिता!

आगरा में आने पर औरंगजेब ने शिवाजी को मनसब एवं सिरोपाव (सम्मान) देने की पेशकश की, लेकिन शिवाजी ने अस्वीकार कर दिया। बादशाह की ऐसी तौहीन मुगल सल्तनत के 200 सालों में पहले कभी नहीं देखी गई थी। इससे नाराज मुगल दरबार ने बादशाह से माँग की कि शिवाजी को दंडित किया जाए। ऐसी माँग करनेवालों में औरंगजेब की बहन जहाँआरा भी शामिल थी, क्योंकि सूरत की लूट से जहाँआरा का अपना खुद का भारी नुकसान हुआ था। दरअसल; सूरत से जो कर आता था, उसी में से जहाँआरा को 'पान-सुपारी का खर्च' मिलता था।

शिवाजी ने नम्र, मीठी भाषा एवं युक्ति लगाकर काम निकलवा लेने की महारत से वहाँ के सरदार जफर खान, मुहम्मद, अमीन; यहाँ तक कि खुद जहाँआरा बेगम से बैर छुड़वाकर सबको दोस्ती के धागों से बाँध लिया! इसका एक अपवाद था और वे थे जसवंतसिंह।

शिवाजी ने सबको यकीन दिलाया कि उनका कोई कसूर है ही नहीं। उन्हें अभयदान भी मिला हुआ है। वे आगरा यूँ ही नहीं चले आए हैं, बल्कि खुद बादशाह का बुलावा मिलने पर आए हैं। इस नाते वे बादशाह के मेहमान हैं। इसके बावजूद बादशाह अपने अभयदान के वचन को तोड़कर उन्हें जान से मार डालना चाहते हैं। भला यह कहाँ का इनसाफ है! बार-बार ऐसा कहकर शिवाजी ने मुगल दरबार की सहानुभूति जीत ली। बेशक इसमें उन बेशकीमती भेंट-वस्तुओं को शामिल रखना होगा, जो शिवाजी ने सबको किसी-न-किसी बहाने समर्पित की थीं!

## जीनतुन्नीसा

जीनतुन्नीसा औरंगजेब की दूसरी बेटी थी। वह शिवाजी के साहसपूर्ण कार्यों से अवश्य प्रभावित हुई होगी। अफजल खान जैसे अनुभवी, साहसी व पराक्रमी अदिलशाही सेनापति की शिवाजी ने किस प्रकार फजीहत की, इत्यादि घटनाओं की चर्चा उसने जरूर सुनी होगी। इतना ही नहीं, महिलाओं की कितनी इज्जत शिवाजी करते हैं, इससे भी वह प्रभावित हुई होगी। कल्याण के सूबेदार की बहू की तुलना शिवाजी ने किस प्रकार अपनी माता से की और उंबरखिंडी की रायबागान नामक वीरांगना को किस प्रकार सम्मानित किया; यह सब जीनतुन्नीसा के कानों तक तो आया ही होगा।

शिवाजी जब आगरा में धोखा देकर कैद किए गए, तब वे 36 वर्ष के थे। जीनत थी 23 वर्ष की। उसका जन्म सन् 1643 का था। दोनों युवा थे। दोनों आमने-सामने कभी नहीं मिले थे। जब भेंट ही नहीं हुई, तो प्रेम भावना मुश्किल थी। प्रेम न सही, किंतु आदर की भावना जीनतुन्नीसा के मन में अवश्य अंकुरित हुई होगी।

दो बातें ऐसी हैं, जो जीनतुन्नीसा के मन में छिपे आदर का स्पष्ट संकेत देती हैं—

1. जीनतुन्नीसा ने कभी शादी नहीं की।

2. जीनतुन्नीसा इतनी गुणवान, सयानी और विवेकशील थी कि स्वयं औरंगजेब अपने राजकाज में उससे मशविरा किया करता था। जीनतुन्नीसा औरंगजेब को बेहद प्रिय थी। उतनी संवेदनशील जीनतुन्नीसा शिवाजी की ओर आदर से झुक सकती थी।

शिवाजी के अवसान के बाद औरंगजेब उनके स्वराज्य में दाखिल हुआ। उसने शिवाजी के बेटे संभाजी की हत्या भीषण क्रूरता से करवाई। फिर उसने रेणु अक्का (संभाजी की बहन), कमलजा (कन्या), येसूबाई (पत्नी), दुर्गाबाई (पत्नी) एवं बाल

शाहू (संभाजी का पुत्र); इन सभी को कैद कर लिया। संभाजी के साथ औरंगजेब ने जो भीषण क्रूरता का बरताव किया, वैसी क्रूरता उसने अन्य कैदियों के साथ नहीं बरती। इसकी वजह यही समझ में आती है कि शिवाजी के आगरा में होने के दिनों में जीनतुन्नीसा के मन में उनके प्रति आदर जैसा कुछ तो था। इसी को 'प्लेटॉनिक लव' की ज्योति कहा गया है। यथासंभव जीनतुन्नीसा ने ही औरंगजेब को हिंसा का अतिरेक करने से रोका।

शिवाजी महाराज ने हिंदू सरदारों, जागीरदारों आदि से मित्रता करने की हमेशा कोशिश की, किंतु मुगलों के वफादार सेनापतियों दौलतराव मोरे, यशवंतराव मोरे, लखम सावंत, श्रृंगारपुर के सुर्वे आदि अनेक समकालीन योद्धाओं ने उन्हें साथ नहीं दिया। शिवाजी महाराज एवं बाजीराव को नए योद्धा तैयार करने पड़े। हिंदू सरदार जीवन भर आदिलशाही एवं मुगलों को सहयोग देते रहे। एक स्वतंत्र हिंदू राज्य, एक स्वराज्य की स्थापना उनकी नजरों के सामने हो रही थी, जिसका महत्त्व वे समझ ही न सके, क्योंकि उनकी आँखों के आगे स्वार्थ का परदा पड़ा हुआ था। उन्होंने तो बल्कि ईर्ष्या ही अनुभव की! शिवाजी जिस निष्ठा एवं ध्येय को लेकर चल रहे थे, उसका विशेष प्रभाव समकालीन हिंदू योद्धाओं पर नहीं पड़ सका।

किंतु युवा पीढ़ी ने निस्संदेह शिवाजी का साथ निभाया। स्वराज्य की कल्पना मात्र से मराठा युवा जोश से भर उठते थे। इसीलिए 1657 में अफजल खान को और 1665 में जयसिंह को मराठा युवाओं से कोई सहायता नहीं मिली। नतीजा सबके सामने था। औरंगजेब 3 लाख फौजियों को लेकर महाराष्ट्र में, 27 वर्षों तक लड़ता रहा, किंतु उसे जीत हासिल नहीं हो सकी!

जो योद्धा शिवाजी का साथ निभा रहे थे, वे उनके प्रति निष्ठावान तो थे, किंतु सभी को राज्य-संचालन की बारीकियों का ज्ञान नहीं था। शिवाजी के मंत्री-मंडल के लोग भी राजनीति में पूर्ण कुशल नहीं थे। अण्णाजी दत्तो ने शिवाजी को यह बात स्वीकार करने के लिए बाध्य किया कि राज्य का विस्तार करने के लिए शौर्य से अधिक महत्त्वपूर्ण हैं, व्यवस्थाएँ। इसलिए व्यवस्था का काम देखनेवालों को सैनिकों से अधिक वेतन, सुविधाएँ तथा मान-सम्मान दिए जाएँ। व्यवस्था का काम देखनेवालों को एक हिस्सा मिलता था और लड़नेवालों को तीन हिस्से।

सन् 1660 के बाद शिवाजी ने समय को पहचानकर पुर्तगीजों के साथ किया समझौता तोड़ा, मुगलों के साथ किए समझौते भी तोड़े, किंतु आदिलशाही एवं कुतुबशाही से स्वयं समझौते नहीं तोड़े। इसकी वजह यह थी कि शिवाजी मुगलों के विरुद्ध संगठन करना चाहते थे। इसी में शिवाजी की सुरक्षा थी, किंतु पुर्तगीजों एवं सिद्दी को समाप्त करने की उनकी जो योजना थी, डच एवं अंग्रेजों को सुरक्षा देने की उनकी जो योजना थी, आदिलशाही और कुतुबशाही की रक्षा की जो योजना उन्होंने प्रस्तावित की थी, उसे

आदिलशाही ने रद्द कर दिया; भले ही इसके फलस्वरूप आदिलशाही स्वयं नष्ट हो गई!

कुतुबशाही ने शिवाजी महाराज से लड़ाई तो नहीं की, लेकिन इन सबकी सामूहिक रक्षा की जो योजना महाराज ने बनाई थी, उसे तहेदिल से तो कभी स्वीकार नहीं किया। औरंगजेब से समझौता करके आदिलशाही को परास्त करने एवं जीत का बँटवारा करने के लिए भी शिवाजी तैयार थे, मगर बात नहीं बनी। मुगल सुन्नी थे और आदिलशाह शिया थे, लिहाजा दोनों एक-दूसरे के दुश्मन बने हुए थे।

शिवाजी के साथ समझौता करके ही इस देश से मुगल सत्ता को समाप्त किया जा सकता था, किंतु हिंदू सरदारों को यह सीधी-सरल बात भी समझ में नहीं आई। दूसरी ओर; मुगल सत्ता को अच्छी तरह समझ में आ चुका था कि अगर शिवाजी की शक्ति समझौतों के कारण बढ़ती चली, तो मुगल सत्ता के नेस्तनाबूद होने की भी नौबत आ सकती थी। इसीलिए मुगल हर प्रकार की जोड़-तोड़ करते रहते थे, जिसका एक ही उद्‌देश्य होता था; शिवाजी का समझौता किसी के भी साथ न हो सके।

## संदर्भ—

1. शिवराय / प्रा. नामदेवराव जाधव
2. श्रीमान योगी (प्रस्तावना) / नरहरि कुरुन्दकर
3. Shivaji and His Times / Jadunath Sarkar
4. A New History of India / Stanley Wolpert

□

# शिवाजी महाराज और संकटकालीन परिस्थितियाँ

बड़े-से-बड़े तनाव में भी जीवन-मृत्यु का युद्ध पूरी क्षमता के सांथ लड़ सकनेवाला ही वास्तविक योद्धा कहलाता है। शिवाजी हर अर्थ में वास्तविक योद्धा थे। अपने अवसान के बाद भी वे मराठों को वास्तविक योद्धा बनने के लिए प्रेरित करते रहे। शिवाजी का देह-विलय हुआ था 4 अप्रैल, 1680 के दिन। उनके न रहने के बाद उन्होंने जिस मराठा साम्राज्य का निर्माण 30 वर्षों में किया था, उसी मराठा साम्राज्य ने स्वयं का अस्तित्व 30 वर्षों तक बनाए रखा एवं अपनी जिजीविषा की रक्षा की।

मुगलों और मराठों को यदि डारविन के विश्व-विख्यात सिद्धांत 'केवल सर्वश्रेष्ठ को ही जीने का अधिकार' की कसौटी पर कसा जाए, तो निस्संदेह ये मराठे ही थे, जो बेहतर साबित हुए। उन्होंने 'जियो और जीने दो' के तत्त्व पर जीत हासिल की, ताकि शत्रु का नाश करने की क्षत्रियोचित क्षमता का अधिक-से-अधिक परिचय दे सकें। वैभव-संपन्न मुगल सत्ता की विशाल व्यवस्था जब समाप्त हो रही थी, तब मराठा सत्ता सफलता के ऊँचे शिखर की ओर बढ़ रही थी।

यहाँ महत्त्वपूर्ण बात यह है कि शिवाजी इतने बलशाली नहीं थे कि शत्रु को खुले मैदान में खत्म कर सकें, सन् 1665 में पुरंदर के तह में शिवाजी ने बीस वर्ष में हासिल किए हुए 35 किलों में से 23 किले औरंगजेब को दिए और सिर्फ 12 किले अपने कब्जे में रखे, लेकिन 1666 में आगरा से लौटकर उन्होंने अगले 15 सालों में गँवाए हुए 35 किले वापस लिये। 1680 में जब उनकी मौत हुई, तब 350 किले उनके पास थे, उस अप्रतिम योद्धा शिवाजी की प्रशंसा किन शब्दों में की जाए।

अगर शब्द ही खोजने हैं, तो हमें इतिहासकार एम्वेन ऑरमे की शरण में जाना होगा, जिन्होंने शिवाजी की वंदना करते हुए कहा है—

"धैर्य न खोना, संकट पर फौरन काबू कर लेना और अपने हर कार्य को शीघ्रता से संपन्न करना; इन तीन गुणों में शिवाजी की बराबरी पर आ सकनेवाले व्यक्ति बहुत

कम थे। अपनी सेना के प्रमुख के रूप में इतने अधिक प्रयत्न किसी भी सेनापति ने कहीं नहीं किए होंगे। शिवाजी को बुरे-से-बुरे धोखे का मुकाबला करने के लिए उन्हें हर पल तैयार रहना पड़ता था। अकसर यह धोखा एकदम अचानक प्रकट होता, जो हालात को ऐसे उलट-पुलट देता कि बड़े-से-बड़ा शूरवीर भी विचलित हो जाए, किंतु शिवाजी कभी विचलित नहीं हुए, कभी क्षुब्ध या स्तब्ध नहीं हुए। उन्होंने धैर्य कभी नहीं खोया और हर संकट का पक्का हल निकाला।"

शिवाजी के कर्तव्य-परायण अधिकारियों ने उनकी अधीनता को खुशी से स्वीकारा। हाथ में ली हुई तेजस्वी तलवार उठाकर शिवाजी महाराज के सैनिकों ने उन्हें अपना प्रेरणा-स्रोत बना लिया।

स्वयं शिवाजी महाराज ने अपने छोटे से जीवन-काल में अनेक संकटों का सामना किया। इनमें प्रमुख हैं—अफजल खान के विरुद्ध संघर्ष, पन्हाला के किले का हाथ से निकल जाना, शाइस्ताखान पर आक्रमण एवं सबसे महत्त्वपूर्ण संकट आगरा में औरंगजेब द्वारा धोखे से कैद कर लिया जाना, जहाँ से शिवाजी ने अपने दल-बल समेत जादू की तरह पलायन किया था।

सन् 1680 में अंग्रेजों ने लिखा है, 'शिवाजी सीम्ड टू लीड अ चार्म्ड लाइफ!'

मृत्यु से आमना-सामना शिवाजी ने अनेक बार किया। उनकी मौत हो जाने के समाचार जाने कितनी बार उड़े, किंतु हर बार वे सही-सलामत सामने आ खड़े हुए। मृत्यु के समाचार बार-बार उड़ने से ही शायद उनकी मृत्यु हमेशा टलती रही!

इतिहासकार ना. रानाडे लिखते हैं—

'अपने चौंतीस वर्ष के कार्यकाल में शिवाजी ने जब भी किसी लड़ाई का नेतृत्व स्वयं किया, वे कभी नहीं हारे। तीव्र संकट में भी उन्होंने अपने धैर्य व साहस को बनाए रखा।'

नासिक के उत्तर में स्थित रामसेज को जब औरंगजेब ने घेरा, तब मराठों ने एक अनोखी युक्ति का सफल प्रयोग किया। सर जदुनाथ सरकार लिखते हैं—

'इस आक्रमण में भाग लेनेवाले काफीखान ने जो कहा है, यदि वह सच माना जाए, तो किले में एक भी तोप नहीं थी। किलेदारों ने वृक्ष के तनों को भीतर से पोला करके उसमें से चमड़े के जलते हुए गोले फेंके और उन गोलों से दस सैनिक टुकड़ियों का काम तमाम किया! मराठों ने उस संकट में धैर्य नहीं छोड़ा, क्योंकि वे स्वतंत्रता के लिए एवं स्वराज्य-प्राप्ति के ऊँचे उद्देश्य के लिए लड़ रहे थे।'

□

# शिवाजी महाराज और फ्रेंच राज्य-क्रांति

फ्रेंच राज-क्रांति के फलस्वरूप कुछ अत्यंत श्रेष्ठ शब्द मानव-इतिहास में सदा के लिए जगमगा उठे, जैसे; लिबर्टी, इक्वैलिटी और फ्रैटरनिटी, यानी स्वतंत्रता, समानता और बंधुत्व! फ्रांस के राष्ट्रीय सूत्रों की एवं त्रिसूत्री कार्यक्रम की रचना ही इन आदर्श शब्दों की धुरी पर हुई।

## पहली परिभाषा : मानव-अधिकार

सन् 1789 में जब मानव-अधिकारों एवं नागरिक-अधिकारों को परिभाषित किया गया, तब स्वतंत्रता की व्याख्या इस प्रकार की गई, 'स्वतंत्रता, यानी दूसरों को कष्ट न पहुँचाते हुए हम जो चाहें, सो कर सकें।' (अधिनियम 4)

हर स्त्री-पुरुष को अपने प्राकृतिक अधिकारों का उपयोग करने के लिए स्वतंत्र रखा गया। ये अधिकार हर स्त्री-पुरुष को केवल व्यक्तिगत स्तर पर नहीं, बल्कि समग्र मानव समाज के एकजुट स्तर पर भी दिए गए। इन अधिकारों को किसी भी रूप में बाधित नहीं रखा गया।

## दूसरी परिभाषा : मानव-समानता

सन् 1789 की सार्वजनिक उद्घोषणा में मानव और मानव के बीच समानता को कानून की समानता के रूप में रेखांकित किया गया है। (अधिनियम 6)

कानून सबके लिए एक समान है। सुरक्षा के लिए, चाहे दंडित करने के लिए; कानून की नजर में सब नागरिक एक हैं। ये नागरिक सभी कार्यालयों में, सभी सार्वजनिक पदों पर, रोजगार के सभी क्षेत्रों में, नैतिक मूल्यों का सम्मान करते हुए एवं अपनी योग्यता व गुणों के आधार पर, समान नियुक्तियाँ पा सकते हैं। ये नागरिक बिना किसी मतभेद के इस योग्य हैं कि हर अधिकार का उपभोग ये स्वयं के पक्ष में समान रूप से कर सकते हैं।

## तीसरी परिभाषा : मानव-बंधुत्व

तीसरी परिभाषा इतनी व्यापक, गहन एवं अनुपम है कि इसे प्रथम दो परिभाषाओं के बाद की कड़ी के रूप में नहीं देखा जा सकता। इसमें मानव-बंधुत्व की परतें उकेरी गई हैं। यह अधिकार और कानून जैसे संघर्षशील तत्त्वों पर बात नहीं करती। यह भाईचारे के तत्त्वों को प्रकट करती है। यह किसी अन्य को बाँधने पर नहीं, बल्कि स्वयं बँधने पर जोर देती है। यह बहस या दाँव-पेंच पर नहीं, बल्कि शांति, सहयोग और समझौते पर विचार करती है। यह किसी एक व्यक्ति की बजाय समूचे समाज के साथ अधिक जुड़ती है। यह सभी को भाईचारा सिखाती है।

यदि आज के अमेरिका का उदाहरण लिया जाए, तो अमेरिकन समाज प्रत्यक्ष रूप से भाईचारे को, मानव-बंधुत्व को, विशेष महत्त्व देता हुआ नजर नहीं आता, किंतु सत्य यही है कि अमेरिकन समाज के विकास में मानव-बंधुत्व की भावना का अत्यधिक योगदान रहा है।

अमेरिका के विकास में मानव-बंधुत्व ने अलग-अलग नामों से अहम भूमिका निभाई है। जब वह एक राष्ट्र के रूप में साकार हो रहा था, तब प्रजा के बीच राष्ट्रीयता, जाति एवं धर्म की ऐसी विभिन्नता सबके सामने थी, जिसने राजनेताओं को स्तब्ध कर दिया था। परस्पर उस हद तक भिन्न लोगों को उतनी व्यापकता के साथ एकरस करना असंभव ही लग रहा था। दूसरी ओर; यह वह कार्य था, जिसे निष्पादित किए बिना अमेरिका एक राष्ट्र के रूप में उभर ही नहीं सकता था। आज स्पष्ट कहा जा सकता है कि अमेरिका ने अनेक जातियों को एक झंडे के नीचे ला कर उन्हें मिल-जुलकर साथ रहने के लिए तैयार करने में बेहतरीन सफलता पाई है। अन्य किसी भी देश में चुनौती की ऐसी व्यापकता एवं सफलता का ऐसा आयाम नहीं देखा गया है।

इस परिच्छेद के प्रारंभ में जिन तीन परिभाषाओं का विवेचन किया गया है, उसे जरा दोहराकर देखें। उसमें मानव-अधिकार, मानव-समानता एवं भाईचारे के माध्यम से समग्र समाज के स्वभाव का सिंहावलोकन हुआ है। असंगठित प्रजा में भाईचारे की भावना नहीं होती। ऐसी प्रजा एक-दूसरों को भय एवं संदेह से ही देखा करती है। हर व्यक्ति जाने-अनजाने किसी अन्य के साथ स्वयं की तुलना कर रहा होता है। जब उसने ऐसा किया है, फिर मैं क्यों न करूँ, अमुक वस्तु उसके पास है, फिर मेरे पास क्यों नहीं है ? ऐसी भावना से मानव-अधिकार, समानता व भाईचारे के तत्त्व नष्ट हो जाते हैं।

शिवाजी ने मानव-स्वभाव की इस फितरत को ध्यान में रखकर ही अपनी प्रजा के साथ सुंदर बरताव किया। सभी मुद्दों का वे सच्चाई व साहस के साथ निरीक्षण करते थे। सब उनकी ओर विश्वास एवं प्रेम से ही देखा करते। उनके प्रति लोगों का प्रेम बढ़ता ही था, घटता नहीं था। सजा एवं पुरस्कार दोनों के संदर्भ में वे समान भावना रखते थे।

गलती से भी उन्होंने भेदभाव नहीं किया। सभी के कार्यों की वे प्रशंसा किया करते। गुनाह करनेवाले को सजा अवश्य मिलती थी, किंतु सजा पानेवाला भी नहीं कह पाता था कि उन्होंने कुछ गलत किया। सैनिकों के व्यवहार का वे सूक्ष्म अध्ययन किया करते। यदि किसी सैनिक ने कोई खास काम किया है, तो उसे प्रोत्साहन देने से कभी नहीं चूकते थे। ऐसे सैनिक को फौरन तरक्की दी जाती और वेतन में बढ़ोतरी भी। क्या आश्चर्य, यदि सभी ने शिवाजी पर स्नेह और विश्वास की वर्षा ही की हो।

शिवाजी के प्रांतों में स्वतंत्रता का ठोस माहौल हुआ करता। इस कारण प्रजा को आजीविका के साधन उन प्रांतों में भी उपलब्ध रहते थे, जिन्हें पिछड़े प्रांतों में गिना जाता था। विशेष साहसी एवं मेहनती व्यक्तियों को कुछ कर दिखाने के अधिकतम अवसर दिए जाते। दूसरे प्रांतों या दूसरे देशों के लोग जब आम जनता के बीच विचरण करते नजर आते, तो सभी को असुरक्षा महसूस होती, लेकिन शिवाजी ने इस असुरक्षा को लुप्त कर दिया। संकट के समय अपने ही बूते पर आत्म-रक्षा करने के लिए समाज में जो धमक, युक्ति व साहस होना चाहिए, उसे शिवाजी ने छोटे गाँवों तक में उपलब्ध करा दिया था। युद्ध अथवा आत्म-रक्षा करने के लिए जो अस्त्र-शस्त्र चाहिए, उन तक सभी की पहुँच बनी रहती थी। यह एक बड़ी सामाजिक क्रांति थी। प्रशिक्षण व साहस मराठा प्रजा को घर पर ही मिल जाते। प्रशिक्षण पाने के लिए गाँव या कसबे को छोड़कर बड़े शहर तक जाने की मजबूरी कहीं थी ही नहीं। छोटे-से-छोटे स्थान में बड़े-से-बड़ा सैन्य प्रशिक्षण उपलब्ध था। यही था मराठों के स्वराज्य का उद्गम।

स्वयं शिवाजी गाँव-गाँव घूमकर इस कार्य को करते थे। इसके लिए वे जितना भी समय आवश्यक होता, दिया करते। उनका यह कार्य किसी अमीर अय्याश आदमी द्वारा थोड़े समय के लिए हाथ में लिया गया मौज का कार्य या सनक नहीं थी। महाराज यह कार्य ईश्वर को साक्षी मानकर, निडर होकर, प्राणों की परवाह न करके, समाज की भलाई के लिए करते थे।

क्रमश: शिवाजी का महत्त्व सभी को ज्ञात हुआ। अनेक वर्षों तक युद्ध एवं उथल-पुथल देखकर प्रजा के मन में जो डर समाने लगा था, वह समाप्त हुआ और आत्म-विश्वास बढ़ा। सब शिवाजी का साथ देने लगे। लोग जो सीख नहीं सकते थे, समझ नहीं सकते थे, सिखाने के लिए कोई व्यक्ति नहीं मिलता था, वह अब सरलता से उपलब्ध था। यहाँ सामाजिक स्पर्धा भी नहीं थी। लोगों के दिलों में सुरक्षा व आत्म-विश्वास की एक नई जोत जल उठी।

शिवाजी के राज्य में बिना काम का कोई व्यक्ति नहीं था। सभी को उसकी सूझ एवं उमंग के अनुसार काम आबंटित हो जाता। सबको यह एहसास कराया जाता कि उसका काम स्वराज्य के लिए कितना आवश्यक है। सबको मालूम था कि उन्हें आलस करने

का अधिकार नहीं है। सभी क्षेत्रों के लोगों को उनकी योग्यता के अनुसार बुलाया जाता। ब्राह्मण से लेकर सामान्य जनता तक; सभी के मन में शत्रु को टक्कर देने का साहस निर्मित हो गया था।

शिवाजी के राज्य में जैसा अपराध, वैसा दंड दिया जाता था। काम के बदले वेतन भी योग्य दिया जाता था। कामचोर को पहले चेतावनी दी जाती। न सुनने पर काम से निकाल दिया जाता।

**अमंत्रं अक्षरं नास्ति नास्ति मूलमनौषधम।**
**अयोग्यः पुरुषो नास्ति योजकस्तत्र दुर्लभः॥**

इस कथन के अनुसार, कुछ अवगुणों एवं उपद्रवी लोगों का उपयोग राजा कुशलतापूर्वक कर सकता है। ऐसे लोगों के दुर्गुणों को दुर्लक्षित करके राज्य के खतरनाक कार्यों को उनसे करवाया जा सकता है। काम नहीं किया, तो उन्हें रास्ते से हटाया भी जा सकता है। दक्ष राजनेता वह है, जो सभी लोगों का उपयोग योजनापूर्वक करना जानता हो।

उपर्युक्त श्लोक में कहा गया है कि कोई भी अक्षर ऐसा नहीं, जिसमें कोई मंत्र न हो। कोई भी वनस्पति ऐसी नहीं, जिसमें औषधीय गुण न हो। इसी प्रकार कोई भी मनुष्य ऐसा अयोग्य नहीं कि जिसका उपयोग ही न हो सके। मनुष्य के गुणों-अवगुणों के अनुसार योजना बनाकर आगे बढ़नेवाला व्यक्ति आसानी से नहीं मिलता। शिवाजी ने योजनापूर्वक गुणों एवं साहस से ओत-प्रोत व्यक्तियों का निर्माण किया एवं देश की सुरक्षा के लिए उनका उपयोग किया।

सभी कार्यकर्ताओं पर शिवाजी की कठोर नजर हुआ करती। कमजोर खंभे इमारत के लिए सुरक्षित नहीं होते। इसीलिए शिवाजी कमजोर एवं अयोग्य व्यक्तियों को काम से निकाल देते थे। पहला पेशवा शामराज नीलकंठ किसी हद तक ठीक था, लेकिन जंजीरा के किले पर आक्रमण के समय वह कमजोर साबित हुआ और उसके स्थान पर नरहरि आनंदराव पेशवा की नियुक्ति की गई। इसे भी एक वर्ष के उपरांत हटाकर उसकी जगह मोरोपंत को रखा गया और वह आखिर तक टिका।

शिवाजी किसी को काम देने के बाद उसकी कुशलता को परखते थे। उनकी प्रणाली कुछ ऐसी थी कि कोई भी दोषी छूट नहीं सकता था। योग्य एवं उत्तम व्यक्ति ही उनके राज्य में काम करे, ऐसा उन्हें हमेशा लगा करता।

शाहजी के समय के प्रथम पंक्ति के लोगों में से सोनाजीपंत डबीर अंत तक शिवाजी का विश्वसनीय सलाहकार बना रहा। दीर्घ अनुभवों ने उसे तपाकर तैयार किया था। ऐसे ही मोरोपंत पेशवे, अन्नाजी दत्तो सचिव, निलो सोनदेव मजूमदार, दत्ताजी त्र्यंबक वाकनीस, त्र्यंबक सोनदेव डबीर, निराजी राहुजी व रघुनाथ पंडितराव, ये सब शिवाजी के प्रधान हुए। बाहरी रूप से सेवक होते हुए भी वे शिवाजी के मित्र थे। उन पर शिवाजी का

संपूर्ण प्रेम व विश्वास था। आठवाँ प्रधान, जिसका काम शिवाजी उत्तम रीति से जानते थे, उसकी प्रतिष्ठा एवं तेजस्विता अन्य प्रधानों से अलग ही थी।

शिवाजी के सभी प्रधान अपने-अपने कार्यों में पारंगत थे। वे तो सिर्फ शिवाजी के ही नहीं, बल्कि स्वराज्य के विश्वसनीय सलाहकार (प्रीवी काउंसलर) थे। हिंदू राजनीति में उन्हें मित्र की श्रेणी में ही रखा जा सकता है।

'शिवाजी और मानव-समानता' का विशद् वर्णन 'शिवाजी और न्याय-दान' नामक आगामी प्रकरण में शामिल किया गया है।

'शिवाजी और मानव-बंधुत्व' का विशद् वर्णन 'मित्र मावले एवं राष्ट्र-निर्माता' नामक आगामी प्रकरण में शामिल किया गया है।

## संदर्भ—

1. श्री शिव छत्रपति संकल्पित शिवचरित्रा ची प्रस्तावना, आराखडा व साधने/त्र्यंबक शंकर शेजवलकर
2. राजधर्म सुत्रे/संपादन : मोहिनी दातार
3. Shivaji : the Great Maratha/H.S. Sardesai

□

# शिवाजी महाराज और मराठी भाषा

राज्य का कामकाज उसी भाषा में होना चाहिए, जो भाषा वहाँ की जनता रोजाना इस्तेमाल करती है। शिवाजी इस संकल्पना को स्वीकार करते हुए चले। आम आदमी की भाषा और राजभाषा में अंतर होने पर थोड़े ही लोगों को लाभ होता है। प्रशासन की व्यवस्थाएँ कुछ थोड़े ही लोगों के हाथ में रहती हैं, जिससे आम आदमी का शोषण शुरू हो जाता है। शिवाजी इस तथ्य को अच्छी तरह समझ चुके थे। उन्होंने जानबूझकर अपने राज्य का कामकाज स्थानीय भाषा में ही करने की परंपरा बनाई।

'माझा मराठी ची बोलु कौतुके परि अमृतात ही पैज जिंके' एवं 'भाषे चा केलास गौरव भवार्णवी नाव उभारीली' मराठी भाषा के महत्त्व के संदर्भ में संत ज्ञानेश्वर ने कहा है। शिवाजी महाराज ने भाषा के महत्त्व को समझ-बूझकर मराठी भाषा को ऐसा मान-सम्मान दिया, जिसकी वह हकदार थी।

छत्रपति शिवाजी महाराज ने रघुनाथपंत से एक अत्यंत महत्त्वपूर्ण कार्य करवाया और वह था, 'राज-व्यवहार कोश' का निर्माण। 'स्वराज्य का कारोबार स्वभाषा में ही चलना चाहिए, क्योंकि स्वभाषा स्वराज्य का एक महत्त्वपूर्ण अंग है।' ऐसा स्वाभिमानी उद्‍देश्य लेकर श्री शिव छत्रपति ने 'राज-व्यवहार कोश' संपादित करने का कार्य रघुनाथपंत को सौंपा। छह भाषाओं को परिमार्जित करनेवाले बहुभाषा धुरंधर रघुनाथपंत ने यह कार्य आनंद से पूरा किया। यवन शब्दों के बदले संस्कृत शब्दों के प्रति अहोभाव रखते हुए इस कार्य को इस प्रकार संपन्न किया गया कि स्वभाषा मराठी की समृद्धि और बढ़ गई। अपने कार्य का वर्णन करते हुए वे लिखते हैं—

**कृते म्लेच्छोच्छदे भुवि निरवशेषं रविकुलावंतसेनात्यर्थं यवन चलेः लुप्त सरणिम्।**

**नृपव्याहारार्थं सतु विबुधंभ्‌ाषा वितानीतुम् नियुक्तोऽभुद् विद्वान् नृपवर शिव छत्रपतिना॥**

**सोऽयं शिवछत्रपतेरनुज्ञां मूर्धानिषिक्तस्य निधाय मूर्ध्नि।**

**आमात्यवर्यो रघुनाथ नामा करोति राजव्यवहार कोशम्॥**
**विपश्चित संमत स्यास्य किं स्वादज्ञविडम्बनै।**
**रोचते किं क्रमेलाय मधुरं कदलीफलम्॥**

शिवाजी महाराज ने विभिन्न विद्वानों से निम्न ग्रंथ लिखवाए, जिनके विषय इस प्रकार हैं—

* लेखा प्रशस्ति (लेखन कैसे करना चाहिए)/बालाजी आवजी
* अफजल खान वध पोवाडा/शाहिर अज्ञान दास
* राज-व्यवहार कोश/रघुनाथ पंडित व धोंडीराज व्यास
* कर्ण कौस्तुभ (कालगणना विषयक ग्रंथ)/बाल संगमेश्वरकर
* गनीमी-कावा (सकलकले युद्धरीति व नीति विषयक ग्रंथ)/पंडित संकर्ष
* शिव कार्योदय (सकलकले अद्वैत तत्त्वाचे दर्शन)/गागा भट्ट
* शेणवी आणि कायस्थ प्रभु-धर्म निर्णय/गागा भट्ट

| पत्र-व्यवहार का वर्ष | उपयोग में लाए गए पर्शियन शब्दों की संख्या | उपयोग में लाए गए मराठी शब्दों की संख्या | कुल संख्या | मराठी शब्दों का प्रतिशत |
|---|---|---|---|---|
| 1628 | 202 | 34 | 236 | 14.4 |
| 1677 | 51 | 84 | 135 | 62.5 |
| 1728 | 8 | 119 | 127 | 93.7 |

## संदर्भ—

1. शिवराय/प्रा. नामदेवराव जाधव
2. Shivaji : His Life and Times / Gajanan Bhasker Methendele

□

# शिवाजी महाराज और समाज-सुधार

## सती-प्रथा पर प्रतिबंध

इस प्रथा के अनुसार पति का अवसान होने पर पत्नी भी स्वेच्छा से पति के साथ ही जल जाती थी। इतिहासकारों के अनुसार यह प्रथा चौथी सदी से प्रारंभ हुई। माना जाता है कि अगर किसी पुरुष की एक से अधिक पत्नियाँ होतीं, तो उनके बीच स्पर्धा सी हो जाती कि सती कौन होगी।

कुछ विद्वानों के अनुसार सती-प्रथा केवल उच्च वर्ग में या स्वयं को प्रतिष्ठित माननेवाले बड़े लोगों में प्रचलित थी। सामान्य वर्ग के लोगों में या निम्न वर्ग में इसका प्रचलन नहीं था। कुछ इतिहासकारों के अनुसार यह प्रथा केवल राज-स्त्रियों के दहन तक सीमित थी। इसके अतिरिक्त कोई विरला ही उदाहरण सामने आता था। यह प्रथा ज्यादातर राजस्थान में प्रचलित थी।

जीजाबाई अपने पति शहाजी के अवसान के बाद सती हो जाना चाहती थीं, किंतु शिवाजी महाराज ने उन्हें रोका। इस प्रकार शिवाजी ने एक श्रेष्ठ एवं क्रांतिकारी उदाहरण अपनी प्रजा के सामने रखा।

शिवाजी अपने समय से कितने आगे थे, इसे समझने के लिए हमें याद रखना होगा कि अंग्रेजों ने जब भारत से सती-प्रथा का निर्मूलन करने के लिए सख्त कानून बनाया, तब सन् 1861 चल रहा था। उस कानून का नाम था 'The Indian Sati Act 1988'। उसके अंतर्गत सती-प्रथा को बढ़ावा देना, मददगार बनना या स्तुति करना संगीन गुनाह घोषित किया गया।

## छुआछूत का निर्मूलन

'धर्म-सूत्र' (10-26) कहता है, 'यदि कोई शूद्र ब्राह्मण के विरुद्ध अपशब्दों का प्रयोग करे, तो उसकी जीभ काट ली जाए। यदि कोई शूद्र जाति का व्यक्ति शेष तीन जातियों की बराबरी करने की चेष्टा करे, तो उसे अत्यधिक पीटा जाए। यदि कोई शूद्र

वेद-श्रवण करता है, तो उसके कानों में पिघला हुआ सीसा डाल दिया जाए। यदि वह मंत्रोच्चार करता है, तो उसकी जीभ काट दी जाए। यदि वह वेद-मंत्रों को याद करता है, तो उसके टुकड़े-टुकड़े कर दिए जाएँ।'

जावली को पराजित करने के बाद शिवाजी ने भोरपा के पर्वत पर एक किला बनवाया और उसका नाम रखा प्रतापगढ़। वहाँ उन्होंने माँ भवानी का मंदिर बनवाया।

शिवाजी माँ भवानी की स्थापना-पूजा करने वहाँ पहुँचे, तो उन्होंने देखा कि नीची जात के कुछ लोग दूर खड़े हैं। पूछने पर पता चला कि वे मूर्ति बनानेवाले अछूत लोग हैं।

शिवाजी ने उन्हें बुलाकर पूजा करने की आज्ञा की।

पुजारी ने विरोध दरशाया, किंतु शिवाजी महाराज ने अपनी आज्ञा के समर्थन में पुजारी एवं उपस्थित गण्यमान्य व्यक्तियों से पूछा कि जब ये लोग मूर्ति का निर्माण कर सकते हैं, तो उसी मूर्ति की पूजा क्यों नहीं कर सकते?

## जातिवाद का उच्चाटन

शिवाजी ने हर मनुष्य को मनुष्य ही माना। उसकी जाति को कभी महत्त्व नहीं दिया। छुआछूत की प्राचीन परंपरा के बोझ से दबे तत्कालीन समाज में जाति को नकारना कोई साधारण बात नहीं थी। शिवाजी ने इस असाधारण बात को अपने व्यक्तिगत आचरण से बड़ी सहजता के साथ संभव कर दिखाया था, जैसे उन्होंने स्वयं अपनी माता को सती होने से रोककर समाज के नाम एक जीवंत संदेश दिया था, वैसे ही उन्होंने तथाकथित नीची जातियों के अनेक व्यक्तियों को अपनी सेवा में नियुक्त कर समाज में उनके लिए ऊँची जगह बनाई थी। यह तभी संभव था, जब स्वयं शिवाजी जातिवाद को रंच मात्र भी स्वीकार नहीं करते थे।

शिवाजी का व्यक्तिगत सेवक, मदारी, एक मेहतर था। उनका अंगरक्षक मुसलिम था! अफजल खान के वध के समय शिवाजी का अंगरक्षक, जिवा महाला, एक नाई था। इतना ही नहीं, बनावटी शिवाजी बनकर मराठों के शत्रु सिद्दी जौहर को चकमा देनेवाला व्यक्ति शिवा काशिद भी एक नाई था। उसी की 'कलाकारी' से शिवाजी पन्हालगढ़ के किले में से कब निकले और कब पलायन कर गए, इसका पता ही सिद्दी जौहर को नहीं चला था।

सचमुच शिवाजी का समाज-सुधारक का रूप अत्यंत शक्तिशाली है। उनका समाज-सुधार सिर्फ़ जुबानी जमा-खर्च कभी नहीं रहा। मनुष्य-मनुष्य के बीच समानता के अद्भुत समर्थक के रूप में शिवाजी सदा उपस्थित रहते थे। ऐसा कर पाने के लिए कितना साहस, कितना सयानापन, कितनी मानवता, कितनी दूरदर्शिता आवश्यक थी, इसका अनुमान भी आज के आधुनिक समय में नहीं लगाया जा सकता। ब्राह्मणवाद एवं

जातिवाद का शिकंजा समाज में किस बुरी तरह कसा हुआ था, उसके उदाहरण के लिए केवल एक ही मंत्र को उद्धृत करना पर्याप्त रहेगा—

**देवाधिनाम् जगत् सर्वम् मंत्राधिनाम तु देवता।**
**तं मंत्रम् ब्राह्मणाधिनाम ब्राह्मण नाम देवता॥**

(सर्व विश्व का निर्माणकर्ता ईश्वर हैं। ईश्वर मंत्र से प्रभावित होते हैं। ये मंत्र ब्राह्मणों के नियंत्रण में हैं। इसलिए हमें ब्राह्मणों को ईश्वर-तुल्य मानना चाहिए।)

*—ऐबी जे. ए. इयुबॉईस कृत 'हिंदू मैनर्स, कस्टम्स ऐंड सेरेमनीज'/ऑक्सफर्ड द्वारा प्रकाशित/तीसरा संस्करण : 1906/पृष्ठ : 93 एवं 139।*

## मनु का कथन

'ब्राह्मण ने चाहे कितने ही अपराध किए हों, राजा को उसका वध नहीं करना चाहिए।'—'मनु-स्मृति' में ऐसा स्पष्ट आदेश होने के बावजूद शिवाजी ने क्या किया था?

अफजल खान के वध के समय उसका ब्राह्मण वकील कृष्णा भास्कर उपस्थित था। शिवाजी ने जब अपने बघनखे से अफजल खान का पेट चीरा था, तब कृष्णा भास्कर ने शिवाजी के मस्तक पर तलवार का वार किया था। शिवाजी ने वार बचा लिया था, किंतु उनके मस्तक पर घाव तो हुआ ही था। शिवाजी ने कृष्णा भास्कर से कहा था, "तुम ब्राह्मण हो, तो क्या हुआ!" इन शब्दों के साथ उन्होंने कृष्णा भास्कर का काम तमाम कर दिया था। भारत के इतिहास में यह पहली घटना है, जब एक राजा ने ब्राह्मण का वध किया हो।

शिवाजी के मस्तक का वह घाव उनके शरीर पर का एकमात्र घाव था। उसका निशान भी रह गया था। आगरा से पलायन करने के बाद बदले हुए वेश में शिवाजी जब अपनी मातुश्री जीजाबाई के सामने उपस्थित हुए थे, तब जीजाबाई ने भी उन्हें मस्तक के उस निशान से ही पहचाना था। शिवाजी की बदली हुई वेशभूषा कितनी गजब की रही होगी। सगी माँ को भी बेटे को पहचानने के लिए मस्तक के घाव के निशान का सहारा लेना पड़ा था!

## धर्मांतरण

16वीं सदी में पुर्तगीज लोगों ने प्रारंभ में मुसलमानों पर अत्याचार किए थे, तब हिंदुओं ने इसके विरोध में कुछ नहीं कहा था। झेवियर ने सबसे पहले कोलियों को भ्रष्ट किया, जो मछली मारकर किसी तरह जीवनयापन करते थे। ऐसे प्रमाण मिलते हैं कि कोलियों को स्वयं मुसलमानों ने पहले से भ्रष्ट कर रखा था। लिहाजा जब पुर्तगीजों ने

मुसलमानों पर अत्याचार किए, तब हिंदू चुप रहे। न तो कोलियों ने कुछ कहा और न उच्च वर्ग के हिंदुओं ने विरोध किया। उन्हें लगा ही नहीं कि पुर्तगीजों की उस हरकत का विरोध करना जरूरी था। यह उस काल की एक दर्दनाक स्थिति थी।

दक्षिण के हिंदू ईसाइयों एवं पुर्तगीजों से सख्त नफरत करते थे, क्योंकि वे गाय और सूअर का मांस खाते थे। उनकी परछाईं भी वे अपने ऊपर नहीं पड़ने देना चाहते थे। हिंदू समाज असंगठित था। हिंदू जातिवाद एवं ब्राह्मणवाद में गले तक डूबे हुए थे। इस विडंबना का उल्लेख इतिहास के अनेक ग्रंथों में हुआ है।

अति-धार्मिकता के ऐसे माहौल में शिवाजी का क्या कर्तव्य था?

शिवाजी निश्चित ही हिंदू धर्म का पालन करते थे, किंतु आँखें मूँदकर नहीं। अनेक धार्मिक बातें ऐसी थीं, जो हिंदुओं को बहुत प्रिय थीं, किंतु शिवाजी उन बातों से दूर रहते थे। विरोधाभास यह कि उन्हीं बातों को शिवाजी अपनी कार्य-सिद्धि के लिए इस्तेमाल भी कर लेते थे! शिवाजी के लिए कार्य का महत्त्व था; उस कार्य की सिद्धि के लिए उपाय कैसा किया गया, इसका महत्त्व नहीं था।

किंतु अपने मन और मानस में वे बहुत स्पष्टता से समझते थे कि धर्म को जैसे का तैसा पालना जरूरी नहीं है। किसी हिंदू को यदि जबरन मुसलमान बना लिया गया हो, तो क्या उसे सदा-सदा के लिए हिंदुत्व से अलग मान लिया जाए? जबकि उस वक्त के हिंदू तो यही मानते थे कि हिंदुत्व की कसौटी पर उसकी मृत्यु हो गई है। इस जनम में उसने पाप किया है। अब वह अगले जनम में मनुष्य योनि में नहीं जाएगा। वह कुछ भी बन सकता है; कीड़ा, मकोड़ा, चींटी, लेकिन वह मनुष्य नहीं बनेगा। हिंदू धर्म-शास्त्र की यह मान्यता है, लेकिन जब वह मनुष्य ही नहीं बनेगा, तो प्रायश्चित्त कैसे करेगा, कोई कीड़ा, मकोड़ा थोड़े ही प्रायश्चित्त करना जानता है! तो क्या उसे एक बार भी मौका न मिले; पाप का प्रायश्चित्त करने का, क्या यह अन्याय नहीं, एक मनुष्य के साथ? लेकिन शिवाजी के समय में ऐसे तर्क-वितर्क की कोई गुंजाइश ही नहीं थी। हिंदू अपने धार्मिक रीति-रिवाज के साथ बड़ी कठोरता से जुड़े हुए थे।

शिवाजी, एक हिंदू, ऐसे तर्क-वितर्क तक पहुँचे ही कैसे? न केवल पहुँचे, बल्कि ऐसे तर्क-वितर्क को उन्होंने अपने दार्शनिक सोच-विचार में स्थान दिया। शिवाजी अपने समय के सबसे बड़े आधुनिक धर्म-नेता थे, जिन्हें मालूम था कि रूढ़ धार्मिक रिवाजों को भी इस्तेमाल कर लेना चाहिए, बशर्ते ऐसा करने से कोई बड़ा हित-साधन हो रहा हो! इस्तेमाल तो कर लो, मगर उन रिवाजों पर विश्वास मत करो!

शिवाजी ने कभी नहीं माना कि जो एक बार मुसलमान हो गया, वह वापस हिंदू नहीं बन सकता। उन्होंने स्वयं प्रयास करके अनेक पथ-भ्रष्ट हिंदुओं को वापस हिंदुत्व के पथ पर चलाया था। इतना ही नहीं, ऐसे व्यक्तियों के साथ उन्होंने वैवाहिक संबंध भी

स्थापित किए थे! जैसे कि नेताजी पालकर और बजाजी निंबालकर।

बजाजी निंबालकर एवं नेताजी पालकर की सुन्नत की जा चुकी थी। मुसलमानों के साथ वे पाँच-दस वर्ष रह भी चुके थे। उन्हें शिवाजी ने हिंदू धर्म में वापस ले लिया। इन दोनों को समाज ने भी अपना लिया।

शिवाजी ने नेताजी पालकर के भतीज़े जानोजी से अपनी पुत्री कमलाबाई का विवाह किया!

नेताजी पालकर इसलाम अपनाकर अफगानिस्तान में आठ वर्ष बिता चुके थे। शिवाजी ने उनकी शुद्धि करवाई और स्वयं उनके साथ बैठकर भोजन किया।

1666 में शिवाजी आगरा से जब औरंगजेब की कैद से पलायन कर गए थे, तब उनके साथी नेताजी पालकर को औरंगजेब ने हिरासत में ले लिया था। पालकर और उनके समूचे परिवार को मुसलमान बना लिया गया। पालकर की सुन्नत करके उनका नाम कुली खान रखा गया और उन्हें काबुल की मुहिम पर रवाना कर दिया गया। वहाँ वे 10 साल मुसलमान बनकर रहे, लेकिन मौका मिलते ही 1676 में वे लौटकर शिवाजी की शरण में आ गए। जैसी कि उनकी इच्छा थी, शिवाजी ने उन्हें वापस हिंदू बना लिया।

किंतु शिवाजी के इतने अनोखे आधुनिक विचारों के कद्रदान उस समय थे ही कितने! पेशवाई में उनके धार्मिक विचारों को महत्त्व ही नहीं दिया गया। ब्राह्मणों का प्रभुत्व इतना बढ़ गया कि पेशवाई के सबसे शूरवीर बाजीराव पेशवा अपनी मुसलमान प्रेयसी मस्तानी के बेटे शमशेर बहादुर को हिंदू बनाना चाहते थे, किंतु ऐसा नहीं कर सके। वे शमशेर बहादुर को कृष्णसिंह नाम देना चाहते थे, लेकिन ऐसा भी नहीं कर सके। अत्यंत शूरवीर होने के बावजूद उन्हें समाज की धार्मिक कट्टरता के चलते घर छोड़कर निकल जाना पड़ा।

मस्तानी का महल पुणे के नजदीक, कोथरुड में था और फिर दूर पाबल में, जहाँ उसकी समाधि अब भी है, यानी शिवाजी 1676 में जो कर सके, वह बाजीराव पेशवा नहीं कर सके। अत्यंत शूरवीर होने के बावजूद उन्हें समाज की धार्मिक कट्टरता के सामने झुककर अपने राज्य का ही त्याग करके निकल जाना पड़ा।

शिवाजी का हिंदू धर्म और पेशवाई का हिंदू धर्म, इनमें जमीन-आसमान का अंतर था। शिवाजी ने अछूत एवं नीची जात के महार लोगों को किलेदार बनाया था। पेशवाई में उनकी पीठ पर झाड़ू बाँधकर एवं गले में मिट्टी के छोटे घड़े बाँधकर उन्हें रास्तों पर चलाया गया। पीठ पर बँधी झाड़ू उनके पैरों के निशानों को बुहार कर मिटाती जाती थी, क्योंकि धूल में अंकित उनके पैरों के निशान भी इतने अपवित्र थे कि उन्हें सरेआम दिखाई भी न पड़ना चाहिए था! पीठ पर झाड़ू बँधवाकर नीची जात के लोग चलते जाते और पीछे-पीछे पानी का छिड़काव करके सड़क की शुद्धि होती रहती! शिवाजी का धर्म भी हिंदू था और

पेशवाई का धर्म भी हिंदू ही था, मगर दोनों में कैसा उत्तर-दक्षिण का अंतर था।

नेताजी पालकर का शुद्धीकरण करके, उन्हें हिंदू धर्म में वापस लेकर, पंक्ति में साथ बिठाकर भोजन करके, शिवाजी ने समाज-सुधार की जो नींव आज से चार सौ साल पहले रखी थी; उस तक वर्तमान बीसवीं सदी के भी कितने समाज-सुधारक पहुँच पाए हैं? बंधु-कल्याण की भावना शिवाजी के मन में कितनी सुंदरता से पल्लवित हुई थी! उस समय का ब्राह्मण समाज शिवाजी के विचारों के साथ कैसे सहमत हुआ, अभिमानी कुलीन मराठे कैसे तैयार हुए? सोचकर आश्चर्य होता है। ऐसा नहीं था कि शिवाजी ने अपने विचारों को दूसरों पर जबरन लादा हो। उन्होंने तो केवल स्वयं का उदाहरण सबके सामने प्रस्तुत किया था। स्व-धर्म एवं मानव-धर्म के प्रति शिवाजी की निष्ठा इतनी प्रखर थी कि उन्हें अधर्मी कहने की कल्पना भी उनके समय में कोई नहीं कर सकता था। शिवाजी न केवल स्वराज्य के संस्थापक थे, बल्कि हिंदू धर्म के व्यवस्थापक भी थे। संस्थापक एवं व्यवस्थापक, इन दो खंभों पर उनका खेमा बड़ी मजबूती से गड़ा हुआ था।

### अंधविश्वास

इसी तरह अंधविश्वास एवं अंधश्रद्धा के विरोध में शिवाजी कितनी मजबूती से डटे हुए थे, इसका तो एक ही उदाहरण पर्याप्त रहेगा—

बच्चा यदि उलटा जन्म लेता है, तो ऐसे बच्चे को तत्काल अशुभ मान लिया जाता है। राजाराम महाराज के उलटे जन्म लेने पर सबके चेहरे फीके पड़ गए। उनके जन्म का आनंद ही किसी ने नहीं मनाया। महाराज को यह बात पता चली, तो वे बोले, "अरे, ईश्वरीय संकेत को समझो। पुत्र उलटा पैदा होने का अर्थ है कि यह बच्चा एक दिन मुसलिम बादशाहत को उलटा कर देगा!"

सुनकर सबके चेहरे खिल गए। सब आनंद मनाने लगे। श्रद्धा और अंध-श्रद्धा में यही अंतर है।

## शिवाजी महाराज और पर्यावरण

### वृक्ष

बलशाली शत्रुओं से लगातार लड़ते शिवाजी पर्यावरण के प्रश्न को कभी भूले नहीं। जमीन और आसमान दोनों के पर्यावरण को उन्होंने हर पल याद रखा। यह खास बात उनके आज्ञा-पत्र में साफ दिखाई देती है। उसका सारांश इस प्रकार है—

'गढ़ की रखवाली करना किसी झाड़ी-समूह की रखवाली करने जैसा है। झाड़ियों एवं छोटे-छोटे वृक्षों के समूह अवश्य विकसित किए जाने चाहिए। उनकी एक डाली भी

तोड़ी नहीं जाए। झाड़ियों का उपयोग सैनिकों के छिपने या बंदूक आदि छिपाने के लिए हो सकता है। गढ़ के चारों ओर चौकियाँ हों, जहाँ नियमित पहरा दिया जाए। गढ़ की इमारत पत्थर से बनवाई जाए।

'किला बनाना शुरू करने से पहले अच्छी तरह देख लिया जाए कि पानी की व्यवस्था कैसे होगी। पानी आसानी से उपलब्ध न हो और फिर भी उसी जगह किला बनाना जरूरी हो, तो पत्थर फोड़कर तली में मजबूत टंकी बनाई जाए, जो इतनी विशाल हो कि वहाँ बारिश के दिनों में संगृहीत पानी साल भर काम आए। एक ही टंकी से संतुष्ट न हों, क्योंकि युद्ध के समय तोपें चलती हैं और उस वक्त उनकी आवाज से बचने के लिए काफी पानी खर्च होता है। इसलिए पानी का बहुत जतन किया जाए।

'किले में लगे सभी वृक्षों को सुरक्षित रखा जाए। अनन्नास, नीम, इमली, वट, पीपल आदि बड़े वृक्ष; नीबू, नारंगी आदि छोटे वृक्ष; तरह-तरह के फूलों के पौधे इत्यादि जो भी हरियाली हो, सब किले में लगे होने चाहिए। मौका पड़ने पर इन वृक्षों से फल-फूल तो मिलते ही हैं, जलाने के लिए लकड़ी भी मिल सकती है।'

## शौचालय

आज 2016 में, भारत देश में स्वच्छता के प्रति जबरदस्त जागरूकता दिखाई दे रही है। शहर-शहर, गाँव-गाँव में स्वच्छता-योजनाएँ शुरू की गई हैं। शिवाजी ने अपने समय में, शहरों और गाँवों में स्वच्छता कैसे संभव की थी, इसका अध्ययन किया जाना चाहिए। इससे हमें आज भी गहरा मार्गदर्शन मिल सकता है।

अपने किलों में शौच-कूपों का निर्माण भी शिवाजी ने बहुत सूझ-बूझ के साथ किया। राजगढ़, प्रतापगढ़ और सिंधु दुर्ग में शौच-कूप बड़ी कुशलता से तैयार किए गए। उनमें मल-निस्तारण की ऐसी व्यवस्था थी कि गंदगी सीधे उस पहाड़ी की तलहटी में पहुँच जाती, जिस पहाड़ी की चोटी पर वह किला हुआ करता। इससे दुर्गंध अथवा अस्वच्छता का प्रश्न ही नहीं उठता था।

किंतु यहाँ एक प्रश्न अवश्य सामने आता है कि जिन किलों में बाले किले होते थे, उनकी व्यवस्था किस प्रकार की जाती थी। पुरंदर के किले में जो बाले किला था, उसका शौचालय आज भी इस हालत में है कि निरीक्षण किया जा सके। उसमें दाखिल होने के लिए बैठकर अंदर जाना पड़ता है। एक व्यक्ति सरलता से भीतर जा सकता है, किंतु भीतर चार व्यक्ति सरलता से बैठ सकें, ऐसी व्यवस्था नजर आती है।

दुर्ग-भ्रमण करनेवालों को मराठा स्वराज्य की पहली राजधानी एवं शंभुराज की जन्म-स्थली पुरंदर किले के रनिवास का शौच-कूप अवश्य देखना चाहिए। यह आज भी

अच्छी स्थिति में है। बाले किले के दरवाजे से ऊपर जाने पर, केदारेश्वर मंदिर की तरफ का जो रास्ता है, उसके बिल्कुल आखिरी कगार पर यह शौच-कूप है।

सिंधु दुर्ग के परिसर में तकरीबन 40 शौच-कूप हैं। सिंधु दुर्ग मराठा स्वराज्य की समुद्री राजधानी थी। सब ओर पानी-ही-पानी। अस्वच्छता का कोई प्रश्न ही नहीं था। सोचने की बात है कि महाराज ने 40 शौच-कूप क्या सोचकर बनवा लिये होंगे। उल्लेख मिलता है कि सिंधु दुर्ग को भलीभाँति देखने के लिए विदेशी लोग भी मेहमान बनकर आया करते थे। लगता यही है कि उन्हीं मेहमानों की सुविधा को ध्यान में रखकर उतने शौच-कूपों का निर्माण किया गया होगा।

रायगढ़ के रनिवास का पिछवाड़ा पूरी तरह खुला है। भीतर-ही-भीतर शौच-कूप होने के अवशेष आज भी दिखाई देते हैं।

वर्तमान में जो कमोड इस्तेमाल होते हैं, लगभग वैसे कमोड उस जमाने में भी थे। महल के इन शौच-कूपों से मल सीधा नीचे जाता था। नीचे के जिन गड्ढों में वह एकत्र होता था, उन्हें तुरंत ही मिट्टी डालकर भर दिया जाता था। इस प्रकार न तो गंध फैलती थी और न ही अस्वच्छता कोई समस्या बनती थी। पर्यावरण की सुरक्षा के प्रति शिवाजी कितने सावधान रहते थे, इसका अनुमान इससे लगाया जा सकता है। जब 'पर्यावरण' शब्द ही पैदा नहीं हुआ था, तब 400 साल पहले एक योद्धा ने उस पर गहरा विचार किया था। यह वाकई आश्चर्य की बात है।

## संदर्भ—

1. शिवाजी कोण होता ? / गोविंद पानसरे
2. राजधर्म सूत्रे / संपादन : मोहिनी दातार
3. शिवराय / प्रा. नामदेवराव जाधव
4. Shivaji : His Life and Times / Gajanan Bhaskar Mehendele

□

# शिवाजी महाराज और गुलामी की प्रथा

## गुलामी का प्रारंभ

मुसलिम गुलामी के स्पष्ट एवं विस्तृत उल्लेख उन कागजात में मिलते हैं, जो मोहम्मद गजनी के भारत पर आक्रमण के साथ ताल्लुक रखते हैं। गजनी ने 11वीं शताब्दी में भारत को रौंदना शुरू किया था। उसका जो आक्रमण सन् 1024 में हुआ, उसमें उसने अजमेर, नेहरवाल, काठियावाड़ एवं सोमनाथ के मंदिर का विध्वंस किया, साथ ही उसने एक लाख से अधिक हिंदुओं को गुलाम भी बनाया।

इन गुलामों को मजदूरों की तरह जोता गया, ताकि उन प्रचंड इमारतों का निर्माण हो, जिनसे मुसलिमों के शासन की पहचान बनी। दिल्ली की कुतुबमीनार इसका उदाहरण है। गुलाम घराने के सम्राट् कुतुबुद्दीन ने सन् 1206 में दिल्ली पर कब्जा कर लिया था। अपनी विजय के स्मारक के रूप में उसने इस मीनार का कार्य हिंदू गुलामों से करवाया। मुसलिम शासक भारत में जगह-जगह विशाल इमारतें बनवाते रहे थे। कुतुबमीनार मुसलिमों का प्रथम निर्माण कार्य था।

अरब, तुर्क एवं अफगान आक्रमणों के दौरान मध्य एशिया के गुलामों के बाजार में भारतीय गुलामों की भारी माँग थी। बढ़ती हुई माँग की पूर्ति भी कर दी जाती थी। मुसलिम शासक इन गुलामों को अपनी फौज में भरती कर उन्हें भीषण लड़ाइयों में झोंक दिया करते। उनके गुलामों की तादाद ज्यों-ज्यों बढ़ती जाती, त्यों-त्यों उनकी विजय सुनिश्चित होती जाती। इस संदर्भ में पर्शियन इतिहासकार फरिश्ता ने लिखा है—

'महमूद गजनी ने सन् 1024 में थानेसर जीतने के बाद 2 लाख हिंदुओं को कैद कर गजनी भेज दिया, साथ में वह अकूत संपत्ति भी लेकर गया। नतीजा यह रहा कि गजनी किसी भारतीय शहर जैसा ही लगने लगा! छोटे-से-छोटा इसलामी सैनिक भी धनवान हो गया। शासकों की तरह सैनिकों ने भी हिंदू गुलामों को अपने साथ रखना और इसका गौरव लेना शुरू कर दिया।'

इसके बाद सुलतान इब्राहिम ने वायव्य भारत के मुलतान पर आक्रमण किया। इस आक्रमण में उसने एक लाख हिंदुओं को कैद कर उनसे गुलामी करवाई। दिल्ली की तुर्क-अफगान सुलतानशाही की गुलामगीरी से गुलाम घराने का प्रादुर्भाव हुआ। इस गुलाम घराने के सुलतान बलबन (सन् 1266-87) एवं सुलतान अलाउद्दीन खिलजी (सन् 1296-1316) ने ऐलान किया कि जो कर नहीं भर सकता, उसे कानूनन गुलाम बनाया जा सकता है। ऐतिहासिक ग्रंथों में इस ऐलान का वर्णन किया गया है।

भारतीय गुलामों का अंतरराष्ट्रीय बाजारों में निर्यात निर्बाध चलता रहा। सामान्य प्रजा को तो गुलाम बनाकर रख लिया जाता था, अत्यंत कुशल कारीगरों को भी बख्शा नहीं जाता था। भारतीय बुनकरों की अंतरराष्ट्रीय बाजारों में जबरदस्त माँग थी। उन्हें भारी तादाद में गुलाम बनाकर ले जाया गया।

दिल्ली को लूटने के बाद तैमूरलंग ने हजारों कारीगरों को कैद करके उन्हें गुलाम बनाया। भवन-निर्माण के कार्य में कुशल गुलाम कारीगरों को अलग छाँटकर समरकंद भेजा गया।

गुलामों की खरीद-फरोख्त में कारीगरों की बजाय युवा स्त्रियों को अधिक दामों में खरीदा जाता था। कभी-कभी 50 प्रतिशत अधिक भाव होता था। मुहम्मद बिन कासिम ने जिस समय सिंध पर आक्रमण किया था, उस समय खलीफा ही मुसलिम धर्म का कर्ता-धर्ता था। जिनको भी कैद किया जाता, उन्हें सबसे पहले खलीफा के पास भेज दिया जाता।

'चचनामा' के लेखक कुफी ने इस प्रकार वर्णन किया है—

'पूरी लूट की 80 प्रतिशत संपत्ति पर सैनिकों का हक होता था। बची हुई संपत्ति एवं गुलामों को इराक के सूबेदार हज्जाज के पास भेज दिया जाता था। इसके बाद उन्हें खलीफा के पास भेजा जाता था।

तैमूरलंग ने सन् 1399 में भारत पर आक्रमण किया और भारी संख्या में हिंदुओं को कैदी बनाया। उसने स्वयं लिखा है—

'अपने-अपने क्षेत्र में कुशल कारीगरों को चुनकर उन्हें दूसरे कैदियों से अलग रखा जाए, ऐसा हुक्म मैंने दिया। इस प्रकार हजारों कारीगरों को अलग किया गया। जो राजकुमार और सरदार मेरे सामने मौजूद थे, वे कारीगर उन्हीं के हवाले कर दिए गए। ऐसा मेरे हुक्म से किया गया। मैंने पक्का फैसला कर रखा था कि समरकंद में एक ऐसी बेजोड़ मसजिद बनाई जाए कि संसार की दूसरी कोई मसजिद उसकी बराबरी न कर सके। यह मेरा जाती मामला है। इसीलिए मैंने हुक्म दिया कि भवन-निर्माण के तमाम कारीगरों और शिल्पकारों को चुनकर अलग निकाला जाए।'

घोड़ों, गुलामों और जानवरों की बिक्री संबंधी नियमों को इसलामी इतिहासकार

जियाउद्दीन बरानी ने एक ही समूह में शामिल किया है। जाहिर है, हयुजीस और जानवरों में कोई फर्क नहीं किया जाता था।

'हिदाया' का हवाला देते हुए अंग्रेजी इतिहासकार टी.पी. न्यूजिस ने कहा है कि गुलाम पुरुष हो या स्त्री, उसे बेचने की वस्तु समझकर ही व्यवहार किया जाता था। जानवरों और गुलामों को एक ही मापदंड से मापा जाता था। दुधारू भैंस की कीमत 10-12 टाँक (तत्कालीन सिक्का) होती थी। घोड़े की कीमत 90 से 120 टाँक लगाई जाती थी। गुलाम 100 टाँक में सरलता से खरीदा जा सकता था। 20 या 30 प्रतिशत अधिक देने पर तरुण मिल जाते थे। तरुणियों का मूल्य इससे अधिक होता था। तसल्ली की बात अगर कोई थी, तो यही थी कि खिलजी सुलतान के शासन में इनसान की कीमत गाय, बैल या घोड़े से कम नहीं थी।'

इसलामी संस्कृति में पुरुष गुलामों को खस्सी कर देने की प्रथा थी। अफ्रीका के अनेक शहर पुरुष गुलामों को खस्सी करने के कारखानों जैसे थे। खस्सीकरण की प्रक्रिया देहाती थी। इस कारण 75 प्रतिशत पुरुष गुलामों की मौत हो जाती थी। जाहिर था कि शेष बचे 25 प्रतिशत गुलामों के दाम आसमान पर पहुँच जाते थे।

भारत के उत्तर में 'हिंदूकुश' पर्वत है। इस पर्वत को पार करते समय लाखों हिंदू गुलामों को अपने प्राण गँवाने पड़े थे। इससे पर्वत का नाम ही 'हिंदूकुश' पड़ गया, जिसका अर्थ है, 'हिंदुओं का हत्यारा'।

## अमेरिका में गुलामी प्रथा का उद्भव

अमेरिका में गुलामी प्रथा की शुरुआत 16वीं शताब्दी में हुई। तब स्पेनिश एवं पुर्तगीज व्यापारियों ने पश्चिम अफ्रीका से जबरन पकड़कर उठा लिये गए स्त्री-पुरुषों को अमेरिका के बाजार में लाकर बेचना शुरू किया था।

मध्य अमेरिका एवं कैरीबियन द्वीप में सोने की खदानों में काम करनेवाले स्थानीय अमेरिकियों के स्थान पर आयात किए गए अफ्रीकी गुलामों को काम पर लगाया जाता था। यह केवल प्रारंभ था।

अमेरिका में बड़ी संख्या में गुलाम शक्कर, कॉफी, तंबाकू, चावल और कपास की खेती के लिए लाए गए। इन सस्ते मजदूरों के कारण पश्चिम यूरोप एवं अमेरिका की अर्थव्यवस्था के विकास में भारी सहायता मिली। इन्हीं गुलामों से काला परिश्रम करवाकर इन देशों ने विश्व में महत्त्व का स्थान प्राप्त किया। इसके लिए गुलामी प्रथा पर आधारित उनकी अर्थव्यवस्था ही मुख्य कारण थी। 18वीं शताब्दी के प्रारंभ में ब्रिटिश एवं अमेरिकी व्यापारियों ने अधिक प्रमाण में गुलामों का आयात किया। अकेले लीवरपुल में तीन लाख गुलाम थे। न्यूयॉर्क, बोस्टन, चार्ल्सटन में भी बड़ी तादाद में

गुलाम थे। ये गुलाम अफ्रीका से सीधे अमेरिका नहीं आते थे। अमेरिका से अफ्रीका लाई गई रम की बोतलों के बदले में इन गुलामों को खरीदा जाता था! अफ्रीका से उन्हें शक्कर या कोको के बदले में वेस्टइंडीज भेज दिया जाता। वहाँ से यानी वेस्टइंडीज से, उन्हें अमेरिका को बेचा जाता था!

शुरुआती दौर में खेती करने या सब्जियाँ उगाने के काम में स्थानीय अमेरिकन लोगों को नौकरी पर रखा जाता था, किंतु समय बीतने के साथ उनकी जगह अफ्रीकन गुलामों को रखा जाने लगा। इसकी पहली वजह यह थी कि स्थानीय मजदूर अकसर भाग जाया करते थे। उन्हें खोजना आसान नहीं था। वे आसपास के गोरे लोगों में ऐसे घुल-मिल जाते कि पहचान में आते ही नहीं। दूसरी वजह यह थी कि अफ्रीकन गुलाम सीधे-सहमे रहते थे और मन लगाकर काम करते थे। वे हर कसौटी पर सस्ते ही पड़ते थे।

तीसरी वजह यह भी थी कि सन् 1793 में एली व्हिट ने कपास में से बीज निकालने की मशीन का आविष्कार किया। नतीजा यह कि बीज निकालकर साफ किए कपास का उत्पादन बेहद बढ़ गया। उत्पादन बढ़ा, तो मजदूरों की तादाद भी बढ़ानी पड़ी, साथ-साथ यह भी हुआ कि इंग्लैंड के लोग ऊन की बजाय कपास के कपड़े पहनना ज्यादा पसंद करने लगे। उन्होंने बीजरहित कपास अमेरिका से सीधे ही मँगवाना शुरू कर दिया। सन् 1790 से सन् 1810 के दौर में, यानी मुश्किल से 20 वर्ष में, अमेरिका से इंग्लैंड को आयात किए गए कपास के गट्ठों की तादाद 3 हजार से बढ़कर 2 लाख हो गई! इसी अनुपात से जब मजदूरों की तादाद बढ़ी, तो गोरे मजदूर जहाँ मुश्किल से ही मिल पाते, वहीं काले अफ्रीकी गुलाम चुटकियों में नियुक्त हो जाते। गुलामों की संख्या, जो सन् 1790 में 7 लाख थी, वह सन् 1860 में 40 लाख हो गई! मिसीसिपी और दक्षिण कैरोलीना में हालत यहाँ तक पहुँची कि सन् 1860 में इन शहरों में आम नागरिकों की बनिस्बत गुलामों की तादाद ज्यादा हो चुकी थी!

गुलाम बहुत बदहाल जिंदगी जीते थे। छोटी-से-छोटी भूल के लिए उन्हें कठोरतम सजा दी जाती थी। लातें मार-मारकर अधमरा कर देना, खून से लथपथ हो जाने तक चाबुक मारना, चाबुक की मार से चमड़ी उतारना, तपती हुई सलाख से दागना, कान काट लेना, जीभ काट लेना, हड्डियाँ तोड़ देना, पैरों में बेड़ियाँ डालकर रखना… कोई भी गुलाम ऐसी सजाओं से बच नहीं सकता था। जैसा कि दस्तावेजों से पता चलता है, एक गुलाम को शराब चुराकर पी लेने पर 500 कोड़े मारे गए। एक और गुलाम के सिर के सारे बाल खींच-खींचकर तोड़े गए, क्योंकि उसके बालों का रंग सफेद था, जिससे ग्राहक उसकी सही कीमत देने को तैयार नहीं थे। कोई गुलाम स्त्री यदि गर्भवती हो जाती, तो जमीन में एक गड्ढा किया जाता, जिस पर उस स्त्री को औंधा लिटाकर पीठ

पर चाबुक मारे जाते। इससे गर्भस्थ शिशु सुरक्षित बचा रह जाता।

किंतु इन सजाओं से भी बड़ी सजा यह थी कि गुलामों को उनके परिवार से जुदा कर, दूर के अलग-अलग स्थानों पर बेच दिया जाता। परिवार के लोगों को घात लगाकर एक-दूसरों से जुदा कर दिया जाता।

गुलामों से जो काम करवाए जाते, उनमें मुख्य था पौधों से कपास बीनकर अलग निकालना। इससे भी ज्यादा मेहनत और खतरे के कई काम गुलाम करते थे। गन्ना तोड़ना और पेरकर रस निकालना। इस रस को उबालकर शक्कर बनाई जाती। लगातार तनतोड़ परिश्रम करके और प्रदूषण में रहकर कुछ ही महीनों में गुलाम की मौत हो जाती।

ऐसे भयानक हालात में भी ये कृष्ण-वर्ण गुलाम गीत-संगीत, नृत्य एवं हास्य-विनोद के सहारे अपना मनोरंजन करते और प्रसन्न रहने का प्रयास करते। दर्ज किया गया है कि दिन में चाबुक के सौ फटकों की मार खाकर भी और पैरों में बेड़ियाँ होते हुए भी ये गुलाम रात को हँसी-मजाक और धौल-धप्पा किया करते, ताकि कठोर जीवन कुछ सरल होकर जीने लायक बन जाए।

परिवार से कट जाने के बाद उन्हें पारिवारिक स्नेह मिल सके, इसका प्रश्न ही कहाँ था! उनके विवाह को कानूनी मान्यता नहीं थी। फिर भी वे अपना जीवन-साथी अवश्य चुन सकते थे। संतानें होतीं, तो उन पर माता-पिता का कोई अधिकार नहीं होता था। गुलामों की संतानें मालिकों के अधिकार में चली जाती थीं। उपनाम लगाने की प्रथा शुरू होने पर मालिकों के ही उपनाम गुलामों के बच्चों को भी दिए जाने लगे।

ऐसी बर्बर गुलामी का विरोध तो होना ही था। 'क्वेकर' नामक एक क्रिश्चियन संप्रदाय उभरकर आया, जिसमें श्वेत व अश्वेत दोनों वर्णों के अमेरिकियों ने सदस्यता ली थी। 'क्वेकर' ने श्वेत-अश्वेत के भेद को दरकिनार कर गुलामी प्रथा के विरुद्ध लड़ाई में सक्रिय भाग लिया। आगे जाकर हैरिएट टबमन, जोसेफ सिंके, फ्रेडरिक डगलस, नैट टर्नर, सोजोर्न ट्रुथ जैसे अश्वेतों ने जॉन ब्राउन एवं अमेरिका के भूतपूर्व अध्यक्ष जॉन क्वीन्से एडम्स इत्यादि श्वेत नागरिकों ने अपने-अपने तरीकों से विरोध की इस लड़ाई में महत्त्वपूर्ण योगदान दिया।

अमेरिका में कल-कारखानों की तादाद तेजी से बढ़ रही थी। गुलामों के बीच आजाद हो जाने की ललक का संचार होने लगा था। कारखानों के मालिकों को आभास हो चुका था कि गुलामी की प्रथा अब ज्यादा टिकनेवाली नहीं। यह स्थिति क्रमशः विस्फोटक इसलिए भी हो गई कि दक्षिण अमेरिका के कारखानेदार अपने गुलामों से मुफ्त में काम करवाते थे, उत्तर अमेरिका के कारखानेदार अपने गुलामों को ठीकठाक वेतन देते थे और उनके मानवीय अधिकारों की रक्षा भी करने लगे थे।

उत्तर और दक्षिण अमेरिका के दो धड़े तैयार हो गए। दक्षिण अमेरिका का माल बाजार में सस्ते दामों में उतरता था, क्योंकि वहाँ गुलाम मुफ्त में या लगभग मुफ्त में काम करते थे। उत्तर अमेरिका का माल उतने सस्ते में बिकने के लिए बाजार में नहीं लाया जा सकता था, क्योंकि वहाँ के गुलाम वेतन पर काम करते थे। वैचारिक मतभेद के साथ-साथ यह आर्थिक मतभेद भी कम उग्र नहीं था।

उत्तर अमेरिका ने दक्षिण अमेरिका पर दबाव डालना शुरू किया कि हमारी तरह तुम भी अपने गुलामों से वेतन देकर काम करवाओ। दक्षिण अमेरिका इसके लिए बिल्कुल राजी नहीं हुआ। तब अमेरिकी प्रेसीडेंट अब्राहम लिंकन ने 1 जनवरी, 1863 के दिन बाकायदा कानून बनाकर घोषणा कर दी कि अमेरिका में गुलामी प्रथा पूरी तरह समाप्त कर दी गई है।

इस पर दक्षिण अमेरिकियों ने धमकी दी कि हमें अमेरिका के संयुक्त राज्य संघ से बाहर निकल जाना मंजूर है, मगर गुलामों को वेतन या सामाजिक बराबरी देना बिल्कुल मंजूर नहीं है।

इस धमकी का वही नतीजा हुआ, जो कि होना ही था। अमेरिकी प्रेसीडेंट अब्राहम लिंकन ने दक्षिणी राज्यों से युद्ध की घोषणा कर दी। यह गृह-युद्ध दो सालों तक लगातार चला, जिसमें दक्षिणी राज्यों की हार हुई और संयुक्त राज्य अमेरिका के सभी राज्यों से गुलामी प्रथा कानूनी तौर पर समाप्त हो गई। यह आनंददायक घटना घटी सन् 1866 के मध्य में।

यह हैरत की ही बात है कि स्वयं को आधुनिक और विकसित माननेवाले राष्ट्रों ने गुलामी प्रथा का त्याग मूल रूप से 19वीं शताब्दी में किया। ग्रेट ब्रिटेन ने सन् 1807 में, फ्रांस ने सन् 1848 में और संयुक्त राज्य अमेरिका ने सन् 1866 में इस शर्मनाक प्रथा से छुटकारा पाया।

जबकि शिवाजी महाराज ने तो 17वीं शताब्दी में ही गुलामी प्रथा पर पूरी तरह रोक लगा दी थी। इस प्रकार उन्होंने साबित कर दिया था कि समय की दौड़ में वे पश्चिमी देशों से भी कितने आगे हैं।

शिवाजी महाराज ने डच व्यापारियों को मजबूर किया था कि वे उनकी सीमा में स्त्री-पुरुषों की खरीद-फरोख्त नहीं करेंगे और यदि करेंगे, तो उन्हें यकीनन बंदी बना लिया जाएगा।

इतिहासकार ज. रवींद्र रामदास ने मार्च 1974 में 'दैनिक लोकसत्ता' में प्रकाशित अपने लेख में एक महत्त्वपूर्ण संदर्भ प्रस्तुत किया है। उसके अनुसार शिवाजी महाराज ने डच व्यापारियों को इन शब्दों में आदेश दिया था—

'मुसलिमों के राज्य-काल में आपको स्त्री-पुरुषों को गुलाम बनाकर उनकी

खरीद-फरोख्त करने की अबाधित इजाजत मिली हुई थी, किंतु मेरे राज्य में आपको स्त्री-पुरुषों को गुलाम बनाने और उन्हें खरीदने-बेचने की इजाजत नहीं मिलेगी। यदि आप ऐसा करेंगे, तो मेरे अधिकारी आपको बंदी बनाएँगे। हमारे बीच यह जो समझौता हो रहा है, इसका कठोरता से पालन किया जाना चाहिए।'

## संदर्भ—

1. छत्रपति शिवाजी/सेतुमाधव पगड़ी

□

# शिवाजी महाराज एवं उनके पिताश्री

दो-तीन वर्ष ऐसे रहे, जब शिवाजी ने बीजापुर के प्रदेश में उथल-पुथल मचा दी। इसके समाचार बादशाह मुहम्मद आदिलशाह के दरबार में बराबर पहुँचते रहते थे, लेकिन उसने ध्यान नहीं दिया। कल्याण का सूबेदार जब शिवाजी के हाथों बिल्कुल ही बरबाद हो गया, तब वह रोता हुआ बीजापुर दरबार में गया। बादशाह के सामने उसने शिवाजी की कारगुजारियों को विस्तार से बयान किया।

अब बादशाह को भी लगा कि 'शिवाजी ने तहलका मचा दिया है', ऐसी बातें जो बार-बार सुनने में आ रही हैं, उन्हें नजरअंदाज नहीं किया जा सकता। शिवाजी ने सरकारी खजाना लूट लिया, कल्याण पर जीत हासिल की, अनेकानेक किलों पर कब्जा कर लिया; अभी और भी कई किले हैं, जिन्हें हथिया लेने की कोशिश वे कर रहे हैं।

शिवाजी की कारगुजारियाँ कितनी विलक्षण हैं, इसे लेकर अनेक अफवाहें बीजापुर में फैल चुकी थीं। प्रजा के बीच खलबली मच गई थी। बादशाह मुहम्मद आदिलशाह को शक हुआ कि जरूर शहाजी राजे ने ही अपने बेटे को यह सब करने की सलाह दी होगी।

इन हालात से निबटने के लिए बादशाह मुहम्मद आदिलशाह ने एक चाल चलने की सोची। उसने शहाजी राजे को एक खत लिखा—

'आप हमारे ईमानदार अमीर हैं। आपने अपने बेटे को पूना प्रांत में रखा है। अब वह बदल गया है और बेईमानी कर रहा है। उसने हमारे कई किलों पर कब्जा जमा लिया है, यहाँ तक कि कल्याण को भी अपने कब्जे में ले लिया है। यह ठीक नहीं है। हमें यकीन है कि बेटे की ये कारगुजारियाँ आपकी जानकारी में हैं। आप उसे रोक नहीं रहे हैं। इसमें आपने कौन सी भलाई देखी? लिहाजा आपको हुक्म दिया जाता है कि अपने बेटे की कारगुजारियों पर रोक लगाएँ। शिवाजी, आपका बेटा हमारे काबू में रहना चाहिए, अगर वह इसके लिए राजी नहीं हुआ, तो हम आप पर नाराज होने का हक रखेंगे। आपकी जागीर छीन ली जाएगी और दंडित किया जाएगा। शिवाजी को भी दंडित किया जाएगा, अगर आपके लिए शिवाजी को रोक पाना मुमकिन न

हो, तो उसे लाकर हमारे सामने खड़ा करें।'

बादशाह के इस खत का जवाब शहाजी राजे ने इस प्रकार दिया—

'शिवाजी मेरा बेटा तो है, लेकिन वह बिगड़ गया है। वह जरा भी मेरे कहने में नहीं है। मैं आपका ईमानदार नौकर हूँ। शिवाजी ने जो कुछ किया है, उसमें मेरा हाथ नहीं है, न ही इसमें मेरी कोई गलती है। अगर हुजूर को ऐसा लग रहा है कि मैं कसूरवार हूँ, तो मैं खुद आपके सामने हाजिर होने को तैयार हूँ या अगर आप चाहें, तो शिवाजी पर खुद आक्रमण कर उसे जिंदा पकड़ भी सकते हैं। फिर आपको जैसा वाजिब लगे, वैसा बरताव उसके साथ करिएगा, अगर मैं आपकी काररवाई में जरा भी खलल पहुँचाऊँ, तो मेरे साथ कोई मुरव्वत न की जाए। आप शिवाजी को धमकाकर अपने काबू में ले लें। मेरी ओर से तो यही विनती है। सिवा इसके मुझे और कुछ नहीं सूझ रहा।'

शहाजी राजे का ऐसा खत बादशाह तक पहुँचा, तो उसे यकीन ही नहीं हुआ। बादशाह का एक सरदार मुस्तफाखान उन दिनों कर्नाटक में था। बादशाह ने उसे अपना एक खुफिया हुक्म भेजा कि तुम कोई भी चाल चलकर शहाजी राजे को हिरासत में ले लो और उसे बीजापुर में हाजिर करो। यह शिवाजी तभी सीधी राह पर आएगा, जब उसे पता चलेगा कि उसका पिता बादशाह के कब्जे में है।'

सरदार मुस्तफाखान ने शहाजी राजे को हिरासत में लेने का जिम्मा बाजी घोरपड़े को सौंपा।

शहाजी राजे को धोखा देकर पकड़ लेने में बाजी घोरपड़े कामयाब हो गया। उन्हें बीजापुर दरबार में पेश किया गया।

बादशाह मुहम्मद आदिलशाह ने शहाजी राजे पर दबाव डाला कि आप अपने बेटे पर दबाव डालें और उसे हमारी खिलाफत करने से रोकें। दरबार में मौजूद सरदारों ने भी यही दबाव डाला।

शहाजी राजे ने सबको एक ही जवाब दिया कि शिवाजी के साथ मेरे तमाम ताल्लुकात खत्म हो चुके हैं। वह सरकार से बगावत कर रहा है। इसी तरह उसने मुझसे भी बगावत कर रखी है।

इस पर बादशाह ने शहाजी राजे को अपने सामने बिठाकर शिवाजी के नाम एक खत लिखवाया कि तुम फौरन बीजापुर आ जाओ। बादशाह के जो भी किले तुमने अपने कब्जे में ले लिये हैं, उन्हें बाइज्जत बादशाह को वापस करो। तुम्हारी वजह से उन तमाम किलों के किलेदार हम पर नाराज हैं और बादशाह भी नाराज हैं।

शहाजी राजे ने यह खत बादशाह को दिखाकर शिवाजी के नाम रवाना कर दिया। उन्होंने फिर एक बार बादशाह से अर्ज किया कि मेरा बेटा मेरे अधिकार में नहीं है। उसे

किस प्रकार काबू में लाया जाए, यह आप अपने तरीके से तय करें। दोषी मैं नहीं हूँ। आप व्यर्थ ही मुझ पर नाराज हैं।

जबकि बादशाह को अब भी यकीन नहीं हो रहा था। उसे तो लगातार यही लग रहा था कि शहाजी राजे असत्य बोलकर झाँसा दे रहे हैं। बादशाह ने तय किया कि शहाजी राजे को इस प्रकार दंडित किया जाए कि जिससे शिवाजी के हाथों के तोते उड़ जाएँ और वह हमारी बात मान ले।

बादशाह मुहम्मद आदिलशाह ने एक दीवार गोलाकार में चिनवाई और शहाजी राजे को बीच में बिठाकर कहा, "अगर आपका बेटा तयशुदा वक्त में हमारी खिदमत में पेश नहीं हुआ, तो इस गोल दीवार को चारों तरफ से ऊँचा उठाकर आपको इसी के अंदर चिनवा दिया जाएगा।"

शहाजी राजे दिन-रात उसी गोलाकार दीवार के बीच में बैठे रहते। दिन में सिर्फ दो बार उन्हें बाहर निकलने दिया जाता, ताकि वे थोड़ा टहल सकें। फिर वापस वहीं बिठा दिया जाता।

यह समाचार शिवाजी तक पहुँचा, तो वे अत्यंत शोक में डूब गए। उनके पूज्य पिता पर यह तो ऐसी विपत्ति आ पड़ी थी कि इसमें उनके प्राण भी जा सकते थे। सोचने लगे, क्या करें, क्या न करें। आखिर उन्होंने बादशाह शाहजहाँ को उनके बेटे मुरादबख्श के जरिए एक खत लिखा। मुरादबख्श उन दिनों दक्षिण में सूबेदार था। अपने खत में शिवाजी ने बादशाह शाहजहाँ से अर्ज किया कि हमारे पिताश्री शहाजी राजे पर बीजापुर के बादशाह मुहम्मद आदिलशाह खफा हैं। उन्होंने हमारे पिताश्री को दीवार में चिनवाकर मार डालने का विचार किया है। मेहरबानी करके हमारे पिताश्री के प्राणों की ऐसे संकट से रक्षा करें। अर्ज है कि आप बादशाह आदिलशाह से ऐसा कहें कि हमारे पिताश्री को छोड़ दिया जाए। अर्ज है कि हम आपकी नौकरी करने को तैयार हैं। आपके हर दुश्मन के खिलाफ लड़ाई में हम और हमारे पिताश्री दोनों आपका साथ निभाएँगे। इससे आपको सहूलियत होगी।

शिवाजी महाराज ने स्वराज्य की स्थापना के लिए कितने-कैसे दुस्साहस किए थे और किस-किस प्रकार की युक्तियाँ आजमाई थीं, यह खबर शाहजहाँ तक न पहुँची हो, इसका प्रश्न ही नहीं था। निस्संदेह शाहजहाँ ने यही सोचा होगा कि इतना साहसी, शूरवीर, पराक्रमी सेनानी हमारा सहायक बनेगा, जिस तरह निजामशाही को हमने बरखास्त किया, उसी तरह हम कुतुबशाही और आदिलशाही पर मात करेंगे। मुरादबख्श ने अपनी ओर से भी बादशाह शाहजहाँ से कहा कि वह शिवाजी की दरख्वास्त कबूल कर लें। तब शाहजहाँ ने पिछली रंजिश भुलाकर बीजापुर सरकार को खत लिखा कि शहाजी राजे भोसले को बिना कोई दंड दिए छोड़ दिया जाए।

शाहजहाँ के आदेश को ठुकराने का साहस आदिलशाह नहीं कर सकता था। आदिलशाह ने शाहजहाँ के साथ संधि का करार कर रखा था। आदेश को ठुकराने पर उस करार में फर्क आ सकता था। मुगल बादशाह को नाराज करने पर आदिलशाह को बहुत बड़ा नुकसान होने का खतरा था। उसने शहाजी राजे को जमानत पर रिहा कर दिया, लेकिन बीजापुर छोड़कर जाने की मनाही कर दी। शहाजी राजे को बीजापुर में नजरबंद रखा गया। इसके बाद करीब चार वर्ष तक शहाजी राजे बीजापुर में अटके रहे।

शहाजी राजे के मन में बाजी घोरपड़े के लिए अत्यंत घृणा घुट रही थी। नजरबंदी से छूटने पर शहाजी राजे ने शिवाजी को पत्र लिखा कि यदि तुम हमारे सच्चे पुत्र हो, तो बाजी घोरपड़े को शीघ्रातिशीघ्र दंडित करो।

आदिलशाह की माँग के अनुसार शिवाजी महाराज ने कोजणा उर्फ सिंहगढ़ का किला उसके सुपुर्द कर दिया। इस घटना के बाद शिवाजी महाराज एवं सोनोपंत नामक ब्राह्मण मंत्री के बीच जो संवाद हुआ, उससे ज्ञात होता है कि शिवाजी अपने पिता के प्रति कितने कर्तव्यनिष्ठ थे—

**समर्थोऽप्याहवं कर्तुमदेयमपि सर्वथा।**
**शिवः सिहाचलं प्रादात पित्रयार्थ गरियसे ॥52॥ ( अध्याय 15 )**
**अथभिमतलाभेन महमदेड तिनिर्वृते।**
**स्वयं तु पितरर्थाय वितीर्ण सिंहपर्वते॥1॥**
**आह्य स्वर्णशर्मा मग्रजन्मानमंतिके।**
**शिवोद्धा मंत्रवित्तमंत्रवेदिनमब्रवीत॥2॥**

(युद्ध करने का पूर्ण सामर्थ्य होने के बावजूद शिवाजी महाराज ने पिता की रक्षा के लिए सिंहगढ़ का ऐसा किला आदिलशाह के सुपुर्द कर दिया कि जिसे कभी किसी हालत में उनसे कोई ले ही नहीं सकता था।)

आदिलशाह को अत्यंत प्रसन्नता हुई, क्योंकि उसे तो मुँहमाँगा किला मिल गया था। शिवाजी अपने साथियों से सलाह-मशविरा करने से कभी पीछे नहीं हटते थे। उन्होंने जब स्वेच्छा से सिंहगढ़ का किला पिता की प्राणरक्षा के लिए न्योछावर कर दिया, तब उन्होंने सोनोपंत (डबीर) नामक अपने ब्राह्मण मंत्री को पास बुलाया। सोनोपंत गंभीरतम संकट में भी शांत-संयत रहकर तटस्थ सलाह देने के लिए विख्यात मंत्री था। शिवाजी ने उससे कहा—

**सोऽज्ञास्यधार्हि मा तार्हिनादास्यत्तिह पर्वतम्।**
**कोऽन्यथा तस्सा जेण्यत्रमिम मत्करस्थितम्॥5॥**

(शिवाजी महाराज सोनोपंत से बोले कि यदि शहाजी राजे मुझे पहचानते होते, तो उन्होंने यह किला इस तरह दे देने की अनुमति ही न दी होती। सिंहगढ़ तो ऐसा किला है

कि जिसे मुझसे लड़कर तो कोई जीत ही नहीं सकता।)

सोनोपंत ने शिवाजी से उनके पिता के संदर्भ में इस प्रकार कहा—

**गिरयों नैव गुरवो गुरुदेव गुरुर्मतः।**
**भवतात्र प्रभवत दतः सिंहायचल स्ततः ॥42॥**

(किले का कोई बड़ा मूल्य नहीं है। आपने अपने पिता की महान्ता का सम्मान किया है। इसीलिए आपने स्वयं पराक्रमी होकर भी सिंहगढ़ दे दिया।)

**प्रदत्ते द्विषतेऽमुष्मिन विमुक्तश्रेतस पार्थिवः।**
**तर्हि दत्तोपि भवता दतः सिहपर्वतः ॥43॥**
**यः सिहपर्वत मेने सम शाह सुमेरूणा।**
**बिंगरूर च नगर कि कृत तेन वैरिणा ॥44॥**

(पिताश्री की मुक्ति के लिए यदि हमने सिंहगढ़ अपने शत्रु आदिलशाह को दे दिया है, तो यही समझिए कि हमने देकर भी कुछ नहीं दिया। आदिलशाह ने जब पिताश्री की सुरक्षा के बदले में सिंहगढ़ माँगा, तो इससे पिताश्री का मान-सम्मान मेरु पर्वत जैसा ऊँचा हो गया।)

## संदर्भ—


1. छत्रपति शिवाजी महाराज/कृ.अ. केलुसकर
2. शिवकालातील दुर्ग व दुर्ग-व्यवस्था/महेश तेंडुलकर


□

# शिवाजी महाराज एवं उनके भ्राता (बंधु)

शाहजी की दो पत्नियाँ थीं। पहली जीजाबाई, जो शिवाजी की माँ थीं। दूसरी तुकाबाई, जो व्यंकोजी की माँ थीं।

दो राज-बधुओं में एकता होना मुश्किल है। शिवाजी एवं उनके छोटे भाई व्यंकोजी राव इसके अपवाद नहीं थे।

सन् 1664 में अपने पिता शाहजी राजे का अवसान होने के बाद शिवाजी ने उनका प्रदेश स्वयं के अधिकार में ले लिया। शिवाजी को मालूम था कि भविष्य में औरंगजेब दक्षिण से आक्रमण करेगा। इसलिए उन्होंने दक्षिण की तरफ एक राज्य स्थापित किया, जिसकी राजधानी चेन्नई के पास जिंजी में थी। इस मुहिम के दौरान व्यंकोजी ने शिवाजी की फौज पर आक्रमण कर दिया।

आश्चर्यचकित शिवाजी कुछ सोच पाते, इससे पहले ही अगला समाचार भी आ गया—व्यंकोजी राव बुरी तरह हार कर तबाह हो गए थे!

यह समाचार शिवाजी महाराज को मिला तारंगल प्रांत में, जिसे पार करते हुए वे महाराष्ट्र जा रहे थे। चिंतित होकर उन्होंने व्यंकोजी राव को एक तीखा पत्र लिखा। यह पत्र मराठों के इतिहास में अत्यंत प्रसिद्ध है। यह वह पत्र है, जिससे स्पष्ट होता है कि शिवाजी महाराज एवं व्यंकोजी राव के आपसी संबंध कैसे थे और दोनों भाइयों के बीच जागीर का बँटवारा किस प्रकार हुआ था। शिवाजी लिखते हैं—

'...आपने तो बिल्कुल दुर्योधन के जैसी बुद्धि का परिचय दिया! बजाय इसके कि हमसे बात करते या अगर कोई बड़ा मतभेद था, तो हमारे सामने संधि का प्रस्ताव रखते, आपने तो मुसलमानों के उकसावे पर हमारे सेनापतियों पर सीधा आक्रमण ही कर दिया! आपके और हमारे सैनिकों के बीच बाकायदा हथियार चले। इस लड़ाई में आपको हारना पड़ गया। इसमें हैरत की बात यह है कि महाराज शहाजी राजे के पुत्र होते हुए भी, इतने विवेकशील होते हुए भी आपने धर्म-अधर्म का विचार नहीं किया। ऐसा व्यवहार करने से हमेशा दुःख ही प्राप्त होता है।

'आप सोचते होंगे कि धर्म-अधर्म का भला क्या विचार आपको करना है! हमारे विचार से आपको यह विचार करना चाहिए था कि 13 वर्षों तक आपने हम दोनों की पुश्तों की जायदाद पर अकेले अधिकार रखा। राज्य का आधा हिस्सा माँगने का मेरा अधिकार है, जो मुझे दे देना चाहिए था और सुखी रहना चाहिए था। ऐसे विचार के साथ हमसे संधि कर लेना जरूरी था। यह संधि पवित्र भावना से कर लेनी चाहिए थी। ऐसा होने पर हमने आपको सूचित किया भी था कि हम अपनी ओर से तुंगभद्रा के दक्षिण के प्रांत आपको देंगे, साथ में तीन लाख होन (तत्कालीन मुद्रा) की दौलत भी देंगे। यदि आपको हमारी दौलत नहीं चाहिए थी, तो हम कुतुबशाह से विनती करके तीन लाख होन की दौलत आपको दिला देते। ये दोनों विचार हमने आपको लिखे हैं। इन दोनों में से किसी एक को मान्य रखकर एवं विभाजन को स्वीकार करते हुए आपको सुखी रहने का मार्ग अपनाना चाहिए।

'हमारे बीच कोई ऐसा झगड़ा नहीं है कि सुलझ ही न सके। विभाजन मान्य रखकर आप समझौते को आसानी से निपटा सकते हैं। सुख का मार्ग यही है। आपस में गृह-कलह करना ठीक नहीं। इसे नहीं समझेंगे, तो कष्ट ही झेलेंगे।'

शिवाजी महाराज के सेनापति रघुनाथ पंत, संताजी भोसले और हंबीरराव मोहिते, व्यंकोजी राव को पराजित करने के बाद कोलेरून नदी को पार करने की तैयारी में थे, ताकि तंजावर पर आक्रमण कर सकें। शिवाजी ने इन सेनापतियों को तत्काल पत्र लिखकर सावधान किया, जिससे व्यंकोजी राव को अनावश्यक हानि न हो। शिवाजी महाराज ने सेनापतियों को समझाया कि व्यंकोजी राव हमारे छोटे बंधु हैं। दुर्बुद्धि के वशीभूत अवश्य हो गए, किंतु वे अपने ही भाई हैं। आप सब उनकी रक्षा करें और उनके राज्य को कोई हानि न होने दें।

व्यंकोजी राव की पत्नी दीपाबाई अत्यंत होशियार एवं दूरदर्शी महिला थी। उसने अपने पति को गृह-कलह से बचाने के लिए उसे समझा-बुझाकर समझौते के लिए राजी किया। जल्द ही दोनों राज-बंधुओं में समझौता हो गया। उसके अनुसार शिवाजी महाराज ने कोलेरून नदी के दक्षिण का राज्य व्यंकोजी को सौंप दिया।

शिवाजी द्वारा किए गए उपरोक्त पत्राचार से ऐसा प्रतीत होता है कि वे लोगों के विचारों की टोह लेकर उन्हें स्वयं के विचारों से सहमत करते थे। अपने विचारों को कभी किसी पर थोपते नहीं थे। इसीलिए उन्हें सलाह-मशविरा से अनुकूल परिणाम प्राप्त होते थे। कह सकते हैं कि शिवाजी महाराज दीर्घ अनुभववाले मनोचिकित्सक जैसे सोचते थे।

कर्नाटक एवं द्रविड़ प्रदेश के प्रांतों पर बीजापुर सरकार ने शिवाजी महाराज का प्रभुत्व स्वीकार कर लिया है, यह समाचार जब व्यंकोजी राव तक पहुँचा, तब वे अत्यंत दुःखी हो गए। उन्हें अपनी स्वतंत्रता पूर्ण रूप से नष्ट हो गई, ऐसा लगने लगा। रघुनाथ

पंत उन पर पहले से ही दबाव बनाए हुए थे। उस पर बीजापुर सरकार ने उपरोक्त प्रांतों पर व्यंकोजी राव का अधिकार नहीं है, ऐसा कह दिया। इसे सहना उनके लिए भारी कठिन था। वह तो उन प्रांतों पर अपनी ही सरकार बिठाना चाहते थे। यह आशा जैसे एक झटके में नष्ट हो गई।

अष्टप्रधान रघुनाथ पंत के सुझाव पर शिवाजी को व्यंकोजी काव्यंकोडी की हताशा के बारे में बताया, तब शिवाजी ने व्यंकोजी राव को सांत्वना व सलाह का एक आत्मीय पत्र इस प्रकार लिखा—

'बहुत दिनों से आपकी तरफ से कोई समाचार नहीं आया। हमें चिंता हो रही है। रघुनाथ पंत लिखते हैं कि आप उदास और निराश बने रहते हैं; शरीर का ध्यान नहीं रखते। आप विरक्ति से घिरे रहते हैं और कोई त्योहार भी नहीं मनाते। आपके पास सशक्त और विशाल सेना है, किंतु उस पर आपका ध्यान नहीं है। दरबार के काम को भी आप महत्त्व नहीं देते। आप संन्यासी होकर किसी पवित्र स्थल में समय व्यतीत करने की भी सोचते रहते हैं। ये सारी बातें रघुनाथ पंत से पता चलीं। हमें इसका दु:ख है।

'पूज्य पिताश्री शहाजी राजे के ठोस आदर्श हमारे सामने हैं, फिर भी आपके मन में नकारात्मक भाव कैसे आ गए, हमें इसका आश्चर्य होता है। पिताश्री ने संकट के समय में हमेशा धैर्य, मनोबल व दृढता से सूक्ष्म सोच-विचार किया। ऐसा कोई संकट नहीं था कि जिसने उनकी राह में बाधा डाली। अपनी मानसिक ऊर्जा को स्थिर रखकर उन्होंने न केवल आत्म-रक्षा की, बल्कि मान-सम्मान भी अर्जित किया। ऐसा उज्ज्वल चरित्र हमारे सामने होते हुए भी आप निराशा का अनुभव कैसे कर सकते हैं। हम दोनों को पिताश्री के गुणों से लाभान्वित होना चाहिए।

'हमने स्वयं भी प्रतिकूल परिस्थितियों में आत्म-रक्षा कैसे की और स्वराज्य की स्थापना कैसे की, आप सब जानते हैं। आप संसार को त्यागकर संन्यासी बनना चाहते हैं, किंतु क्या यह उचित है, क्या आप अपनी संपन्नता का नाश होते देखना चाहते हैं, यह तो स्वयं को स्वयं हानि पहुँचाने जैसी बात है, क्या यह ठीक है ? यह कैसी होशियारी या समझदारी, ऐसी नकारात्मक सोच का परिणाम क्या होगा ? हम आपके बड़े भाई हैं। आपकी सुरक्षा के लिए हम सदैव तत्पर हैं। हमसे डरने की आवश्यकता नहीं। विरक्त न हों। उदासीन न हों। सुखपूर्वक जीवन को जिएँ। व्रत-त्योहार के समय, आनंद-उत्सव के समय ऐसा व्यवहार रखें, जैसे कहीं कोई चिंता नहीं है, अंदेशा नहीं है।

'अपने अधीन लोगों को काम में व्यस्त रखें। उन्हें काम केवल सौंपकर न रह जाएँ। उन पर निगरानी भी रखें। योग्य तरीके से राज्य पर ध्यान दें एवं प्रतिष्ठा प्राप्त करें। आप हमारे छोटे बंधु हैं। आपकी कीर्ति व उत्कर्ष से हमें खुशी होगी। आपके साथ रघुनाथ पंत हैं। वे अपने ही हैं। किस परिस्थिति में क्या करना चाहिए, इसकी सलाह उनसे हमेशा

ले लिया करें। वे आपको हमारे समान ही समझेंगे। हमारा उन पर विश्वास है। इसी तरह आप भी उन पर विश्वास रखें। उन्हें न छोड़ें। स्वयं भी अकेले न रहें। इससे आपकी प्रसिद्धि बढ़ेगी। आलस का विशेष रूप से त्याग करें। जो भी अवसर सामने आए, उसका लाभ उठाएँ। अपनी सेना से श्रेष्ठ एवं विशिष्ट कार्य करवाते रहें। पराक्रम करने की उम्र में आप संन्यास की बात करते हैं। संन्यास बुढ़ापे में लीजिएगा। अभी तो उठिए, आलस छोड़िए और हमें पराक्रम करके दिखाइए और क्या, लिखिए? आप स्वयं समझदार हैं...'

यह पत्र शिवाजी महाराज द्वारा जीवन के अंतिम पड़ाव पर लिखे गए अत्यंत महत्त्वपूर्ण पत्रों में से एक है। इसमें उन्होंने अपने छोटे भाई के प्रति शुद्ध प्रेम व लगाव की अभिव्यक्ति की है।

बादशाह औरंगजेब ने भी इसी तर्ज का एक पत्र अपने बेटे को लिखा है। शिवाजी महाराज के पत्र के साथ उसकी तुलना हम आगे करेंगे। इससे उजागर होगा कि दो समकालीन राज्यकर्ताओं के पत्रों से उनकी मानसिकता व सोच में जो अंतर झलकता है, वह कितना गहरा है।

## संदर्भ—

1. शिव छत्रपति एक मागोवा / डॉ. जयसिंहराव पवार
2. Shivaji : The Great Maratha / H.S. Sardesai
3. Shivaji : His Life and Times / G.B. Mehendale

□

# शिवाजी महाराज एवं उनके पुत्र

शिवाजी महाराज के दो पुत्र थे। पहली पत्नी सईबाई का पुत्र संभाजी (जन्म 14 मई, 1656) और तीसरी पत्नी सोयराबाई का पुत्र राजाराम (जन्म 14 फरवरी, 1670)।

राज्याभिषेक के अवसर पर शिवाजी ने सोयराबाई को रानी का पद दिया था। संभाजी को भी इसी दिन युवराज का पद दिया गया और उन्हें सिंहासन की निचली सीढ़ी पर मुख्य प्रधान मोरोपंत के साथ बिठाया गया था। दस्तावेजों में जो चश्मदीद बयान दर्ज हुए हैं, वे यही कहते हैं।

संभाजी को शिवाजी ने सन् 1671 से राज-काज में शामिल किया था। अंग्रेज वकील थॉमस निकॉलस पहली बार, शिवाजी की अनुपस्थिति में सन् 1673 में, रायगढ़ में संभाजी से मिला था। तब संभाजी का परिचय शिवाजी के उत्तराधिकारी के रूप में दिया गया था। इससे पहले भी, जब जयसिंह ने आक्रमण किया था, संभाजी का यही परिचय प्रचारित था। आगरा में शिवाजी जब बादशाह औरंगजेब के दरबार में हाजिर हुए और उसके बाद, औरंगाबाद में, जब शहजादा मुअज्जम से रू-ब-रू हुए, तब भी उन्होंने संभाजी के साथ अपने उत्तराधिकारी जैसा ही व्यवहार किया था। इन सबसे यही सिद्ध होता है कि शिवाजी महाराज संभाजी को युवराज बनाने का अंतिम निर्णय ले चुके थे। राज्याभिषेक के समय संभाजी 17 वर्ष के थे।

## (1)

कुछ इतिहासकारों ने उल्लेख किया है कि संभाजी स्त्रियों के प्रति आसक्त दिखाई पड़ते थे; साथ ही वे राज-काज में अनावश्यक हस्तक्षेप भी करते थे। हमेशा अंदेशा बना रहता था कि पंत प्रधान एवं संभाजी में विवाद हो जाएगा। इसे टालने के लिए शिवाजी ने रायगढ़ से कूच करते समय संभाजी को अपने साथ ले लिया। शिवाजी कर्नाटक पर स्वयं आक्रमण करना चाहते थे। आंबेघाट से पन्हालगढ़ की चढ़ाई पर आने से पहले वे शृंगारपुर में रुके। यहाँ उन्होंने शृंगारपुर के सूबेदार के पद पर संभाजी को नियुक्त कर

दिया। इसका उद्‌देश्य यही था कि उनके पीछे रायगढ़ में शांति रहे एवं संभाजी को स्वतंत्र रूप से कार्य करने का अवसर मिले। बहुत आवश्यक था कि संभाजी को किसी-न-किसी कार्य में व्यस्त रखा जाए।

इससे यही आभास मिलता है कि शायद शिवाजी स्वयं नहीं चाहते थे कि उनके अष्ट-प्रधान मंडल पर संभाजी का अधिकार हो। संभाजी पर शिवाजी अधिक विश्वास नहीं रख सकते थे; इसका कारण घरेलू भी हो सकता था। सोयराबाई और संभाजी की आपस में निभती नहीं थी।

शिवाजी के तीन प्रमुख ब्राह्मण प्रधान थे; मोरोपंत, अनाजी दत्तो व दत्ताजी त्रिंबक। तीनों विशाल प्रदेशों के अनुभवी राज्यकर्ता थे। तीनों केवल सलाहकार नहीं, बल्कि वीर सेनापति भी थे। उन्हें अकसर राज-काज छोड़कर युद्ध करने निकलना पड़ता था। वापस आने में लंबा समय गुजर जाता था। इस कारण शिवाजी ने अपनी अनुपस्थिति में रायगढ़ को सँभालने के लिए साहूजी सोमनाथ को नियुक्त किया। साहूजी सोमनाथ हर छोटे या बड़े राज-काज को निबटाने में निपुण थे। राज-प्रतिनिधि के रूप में वे सचमुच अच्छी सेवाएँ दे सकते थे। सोयराबाई एवं राजाराम की देखभाल करने का जिम्मा भी शिवाजी महाराज ने साहूजी सोमनाथ को ही सौंप दिया।

## (2)

संभाजी ने श्रृंगारपुर की सूबेदारी अक्तूबर 1676 से सँभाली थी। सन् 1678 की वर्षा ऋतु के अंत तक वे इस पद पर बने रहे। शिवाजी की अनुपस्थिति में प्रधान ने राज-काज की सारी जानकारी संभाजी को दी। संभाजी ने उन जानकारियों को शायद गंभीरता से नहीं लिया। बातों को ठीक से समझे बिना उन्होंने जो आदेश देने शुरू किए, वे प्रधान व अन्य राजकर्ताओं को रास नहीं आए। संभाजी पर राज-काज में हस्तक्षेप करने का पुराना आरोप एक बार फिर लग गया। श्रृंगारपुर की प्रजा को भी पता चल गया कि राज-काज में संभाजी कुछ ज्यादा ही दखल दे रहे हैं। इससे प्रजा का विश्वास प्रशासन पर से हिल गया। कर-वसूली आधी-अधूरी होने लगी। संभाजी ने जब प्रधान को घूसखोर, लालची, धोखेबाज कहना शुरू किया, तब तो बाजी एकदम ही बिगड़ गई। प्रजा पर संभाजी का गहरा नकारात्मक प्रभाव पड़ना शुरू हो गया।

यह वह प्रजा थी, जिसे शिवाजी महाराज अपनी संतान की तरह प्रेम करते थे। ऐसा प्रेम प्रजा को संभाजी से नहीं मिला। नतीजा यह कि विभिन्न करों की अदायगी को लेकर प्रजा में जो उत्साह पहले होता था, वह चला गया। इसका राज्य के महसूल पर विपरीत प्रभाव पड़ा।

यह खबर महाराज तक पहुँची, तो उन्होंने संभाजी से कहा कि वह श्रृंगारपुर छोड़कर परली के किले में चले जाएँ और कुछ समय वहीं रहें।

इसी दौर में औरंगजेब ने भी अपना प्रकोप दिखाया। शिवाजी और संभाजी साथ नहीं रह रहे हैं, ऐसी खबर पाने के साथ औरंगजेब ने अपने दक्षिण के सूबेदार दिलेर खान को हुक्म दिया कि वह पिता-पुत्र के बीच मतभेद बढ़ाने के लिए जो भी कर सकता हो, करे। दक्षिण का सूबेदार शिवाजी और संभाजी के खिलाफ तरह-तरह की साजिशें करने में जुट गया।

शिवाजी के विचार भी संभाजी को लेकर बदलने लगे थे। राजकर्ताओं और सेनापतियों ने शिवाजी को अपने प्रभाव में ले ही लिया। सच्चाई थी भी तो ऐसी कि जो संभाजी के पक्ष में नहीं थी। उन्हें जब श्रृंगारपुर से सज्जनगढ़ चले जाने को कहा गया, तब वे स्पष्ट समझ गए कि आगे के कठोर घटनाक्रम के लिए उन्हें तैयार हो जाना चाहिए।

आशंका व उधेड़बुन के दबाव में संभाजी दिलेरखान के पास चले गए! शत्रुओं ने फौरन अफवाह फैला दी कि शिवाजी अपने पुत्र को उत्तराधिकार देने से पीछे हट गए हैं; इसीलिए पुत्र रूठकर महल से निकल गया है। वास्तविकता यह थी कि शिवाजी ने संभाजी को राज्य न देने की बात कभी नहीं की थी।

## (3)

संभाजी ने सन् 1679 में, बैसाख के महीने में, भूपालगढ़ पर आक्रमण करके वह किला मुगलों को जितवा दिया! यानी वह अपने पिता के विरुद्ध लड़ने से भी नहीं हिचक रहे थे।

शिवाजी संभाजी को बार-बार समझा रहे थे कि आप स्वराज्य में लौट आएँ, मगर संभाजी कुछ नहीं सुन रहे थे। उन दिनों शिवाजी मुगलों के खिलाफ लड़ रहे थे; बीजापुर की मदद कर रहे थे, उन्हीं मुगलों का साथ निभाते हुए संभाजी लड़ रहे थे; बीजापुर के खिलाफ! यानी अपने पिता के खिलाफ! संभाजी उसी दिलेरखान को मदद कर रहे थे, जिसके पास वे रहने चले गए थे।

## (4)

शिवाजी का संभाजी को समझाने का प्रयत्न इतना तो सफल हो ही गया कि पिता-पुत्र आमने-सामने बैठकर मशविरा कर सकें। सच्चाई यह थी कि संभाजी अब मुगलों से भी नाराज हो गए थे। मुगलों ने उनके साथ जो रूखा व्यवहार किया था, उससे वे बेहद क्रोध में थे। मुश्किल यह थी कि मुगलों से विमुख होकर वे कहाँ जाते ? उन्हें अपने पिता के ही पास लौटकर आना पड़ा।

वे इसलिए नहीं लौटे थे कि पिता के लिए उनके मन में पहले जैसा सम्मान फिर से जाग गया था, वे तो इसलिए लौटे थे कि पनाह लेने के लिए दूसरा कोई व्यक्ति नहीं था।

सन् 1679 के दिसंबर मास में संभाजी पन्हालगढ़ वापस आए। वहाँ शिवाजी ने उनके साथ लंबे समय तक मुलाकात की। शिवाजी ने संभाजी को नया जीता हुआ जिंजी का किला एवं राज्य दे देने का प्रस्ताव रखा। जिंजी अत्यंत समृद्ध एवं सुरक्षित राज्य था। जिंजी का किला अपनी बुलंदी के लिए दूर-दूर तक मशहूर था। ये दोनों संभाजी को अपने पिता से उत्तराधिकार के रूप में प्राप्त हो रहे थे, लेकिन संभाजी ने प्रस्ताव स्वीकार ही नहीं किया।

संभाजी को तो शिवाजी का संपूर्ण राज्य ही उत्तराधिकार में चाहिए था! केवल जिंजी से कैसे उनका मन भर सकता था। दूसरी ओर शिवाजी केवल इस भावना से संभाजी को जिंजी का राज्य व किला दे रहे थे कि व्यर्थ का गृह-कलह न हो। पारिवारिक उलझनों को सुलझाने के लिए शिवाजी महाराज के पास अब समय भी अधिक नहीं बचा था। एक ईश्वरीय प्रेरणा सी उन्हें हो चुकी थी कि इस संसार में अब वे ज्यादा दिन रहनेवाले नहीं हैं। हमेशा की विदाई लेने से पहले महाराज यही चाहते थे कि उनका परिवार सुख और शांति के वातावरण में जीता हुआ दिखाई दे, साथ में यह भी कि उनका बड़ा बेटा संभाजी अपनी नादानियों से छुटकारा पाकर एक शांत व स्थिर जीवन जीना शुरू करे। इसी आकांक्षा व शुभकामना के साथ महाराज ने स्वयं को अत्यधिक प्रिय जिंजी का किला एवं राज्य संभाजी पर न्योछावर करने चाहे।

किंतु संभाजी ने शिवाजी के पितृ हृदय की चिंता न करते हुए कहा, "मुझे तो 'साहब' (बादशाह औरंगजेब) का सहयोग प्राप्त है। मैं सिर्फ दूध का प्याला पीकर 'साहब' के कदमों में पड़ा रहूँगा, लेकिन इतना छोटा उत्तराधिकार स्वीकार नहीं करूँगा।"

ऐसा कहकर संभाजी ने शिवाजी महाराज का सरासर अपमान किया। महाराज के पास मन मसोसकर रह जाने के सिवा चारा भी क्या था।

उन दिनों शिवाजी अपने राज्य को नए सिरे से व्यवस्थित करने में जुटे हुए थे। सिंहासन वे छोटे बेटे राजाराम को सौंपना चाहते थे। बड़े बेटे संभाजी में वह गौरव और विवेक था ही नहीं, जिसके बिना किसी भी मराठा शासक की शोभा नहीं है। फिर भी बड़े बेटे को वह एक नायाब तोहफा ही दे रहे थे; जिंजी के राज्य व किले के रूप में।

मराठा साम्राज्य को सुरक्षित रखने की कई योजनाएँ महाराज ने बना रखी थीं। उन्हें पूरा विश्वास था कि राजाराम उनकी योजनाओं को क्रियान्वित करेगा और भारी बलिदानों के बाद स्थापित किए गए स्वराज्य को और आगे विकसित करेगा। महाराज चाहते थे कि जीते-जी अपनी आँखों से देख लें कि राजाराम उनकी विकास योजनाओं को अच्छे

से क्रियान्वित कर रहा है। संभाजी से तो उन्हें अपनी एक भी योजना के क्रियान्वित होने की उम्मीद नहीं थी।

महाराज को अपने अंत समय का आभास तो मिल गया था, लेकिन अंत समय इतना नजदीक है, ऐसा अनुमान तो उन्हें भी नहीं था। यदि अनुमान होता, तो वे अष्ट-प्रधानों में से प्रधान सुमंत को पन्हाला किले में रह रहे संभाजी पर नजर रखने का आदेश देकर रायगढ़ की ओर रवाना न हुए होते।

उन्हें रायगढ़ के रास्ते में सहसा पता चला कि अब वे इस धरती पर केवल चार दिनों के मेहमान हैं। उन्होंने तुरंत बाल प्रभु से मोरोपंत एवं अनाजी दत्तो के लिए कुछ खास कागजात तैयार करवाए। मोरोपंत एवं अनाजी भले ही उपस्थित नहीं थे, किंतु शिवाजी महाराज ने कागजात इस प्रकार तैयार करवाए कि उन्हें मराठा स्वराज्य के लिए आगे क्या-क्या व्यवस्थाएँ करनी हैं, इसका अच्छे से ज्ञान हो जाए।

शिवाजी जानते थे कि यदि कागजात सही न हुए, तो प्रजा वरिष्ठ अधिकारियों का भी कहना नहीं मानेगी। सबको यकीन होना चाहिए कि कागजात जाली नहीं हैं। इसके लिए उन्होंने रायगढ़ के प्रमुख महाजनों, विश्वसनीय ब्राह्मणों एवं मराठा सेनापतियों आदि को सभी बातें बताईं, कागजात भी बताए, ताकि किसी को अविश्वास न हो कि वे तमाम लोग बतौर गवाह मौजूद थे या नहीं। मोरोपंत, अनाजी और बाल प्रभु ने अपनी मन-मरजी से कागजात नहीं बनवा लिये हैं; इसका पूरा भरोसा जनता को होना चाहिए।

शिवाजी ने जो कुछ कहा, उसे सभासदों ने अपने दस्तावेजों में इस प्रकार दर्ज किया है, "मेरा जीवन समाप्त होने को है। अब मैं कैलाश जाकर कैलाशपति के दर्शन करूँगा।"

शिवाजी महाराज ने अपने कमजोर शरीर पर दृष्टिपात किया। फिर अपने बड़े बेटे संभाजी से कहा, "तुम और तुम्हारा छोटा भाई राजाराम मेरे राज्य को आधा-आधा बाँट लो, ताकि झगड़ा न हो। तुम दोनों सुख से रहो; बस, इतना ही मैं चाहता हूँ।"

किंतु संभाजी ने इस बँटवारे को भी स्वीकार नहीं किया।

शिवाजी ने अपने अवसान से पहले एक अधिकृत आज्ञा-पत्र बनवाकर अपने प्रधान के लिए रखा था; इस बात का अनुमोदन 'केवल रायरी की बखर' के अंग्रेजी अनुवाद में बड़ी स्पष्टता से हुआ है। शिवाजी ने अपना राज्य आज्ञा-पत्र बनाया ही होगा, यह एक ऐतिहासिक तथ्य है।

मोरोपंत एवं अनाजी शिवाजी के अवसान के समय रायगढ़ में उपस्थित नहीं थे। इसका लाभ संभाजी को मिला। क्योंकि इस कारण राजाराम के मंचारोहण में कुछ समय लगा। मंचारोहण को प्रचारित करने में भी समय लगा। एक तरह से यह अच्छा ही हुआ। यह एक अकल्पनीय एवं ऐतिहासिक घटना है। यदि संभाजी एवं हंबरराव आदि

सेनाधिकारियों की आपस में भेंट हो गई होती, तो तय हो जाता कि उन्हें आगे क्या करना है। आगे की योजना निश्चित होने से पहले यदि मोरोपंत व अनाजी दत्रे पन्हालगढ़ पहुँच जाते, तो शिवाजी ने संभाजी के बारे में जो योजना बनाई थी, वह पूरी हो गई होती और भविष्य में जो उपद्रव हुआ, वह न हुआ होता।

न्यायमूर्ति रानाडे ने इस विषय पर गहन शोध-कार्य किया है कि मराठा सत्ता का उदय किस प्रकार हुआ। उन्होंने लिखा है कि सभी श्रेष्ठ राजनीतिज्ञों को एक अनुमान स्वतः हो जाता है कि अब कौन सा संकट सामने है। स्वयं के अंतिम समय का भी अनुमान वे लगा लेते हैं। शिवाजी को भी इसकी अनुभूति हो गई थी। मराठा स्वराज्य उन्होंने नया-नया ही स्थापित किया था। उसकी सरहदों को अंतिम रूप देना और सुरक्षित करना अभी बाकी था। यह एक गंभीर जिम्मेदारी थी, जो शिवाजी के जीते-जी पूरी हो जाए, इसी में सबकी भलाई थी। शिवाजी ने देख-समझ लिया था और उन्हें ईश्वरीय संकेत की अनुभूति भी हो चुकी थी कि उस गंभीर जिम्मेदारी को पूरा करने के लिए समय बहुत कम था। इसीलिए शिवाजी महाराज ने शीघ्रातिशीघ्र सभी आवश्यक कदम उठाए।

मराठा स्वराज्य की सरहदें दक्षिण में सुस्पष्ट नहीं थीं। इससे स्वराज्य को तरह-तरह के झगड़ों में उलझना पड़ सकता था। शिवाजी ने बड़ी तेजी और कठोरता के साथ दक्षिण के शासकों से संवाद किया। मैत्रीपूर्ण संवाद से ही दक्षिण की सरहदें काफी स्पष्ट हो गईं, किंतु कई क्षेत्र ऐसे थे, जहाँ के शासकों ने शिवाजी के साथ सहयोग नहीं किया। शिवाजी महाराज ने ऐसे क्षेत्रों पर तेज गति से आक्रमण कर उन्हें अपने कब्जे में ले लिया। इससे ये क्षेत्र मराठा स्वराज्य के ही अंग बन गए। भविष्य में संघर्ष होने की कोई गुंजाइश ही न रही।

महाराज ने कावेरी नदी की प्रवाह-रेखा एवं गहराई को अपने स्वराज्य की सरहद के रूप में मान्य किया और दूसरों से भी मान्य करवाया। महाराज ने ध्यान रखा कि भविष्य में किसी विषम परिस्थिति में मराठों को यदि अपनी सरहदों से पीछे हटना पड़ा, तो इस कठिन कार्य को वे आसानी से कर लें। सरहदों का अंकन ही इस हिसाब से किया गया। इससे शिवाजी महाराज की अप्रतिम दूरदर्शिता का प्रमाण मिलता है।

महाराज की इस दूरदर्शिता का समर्थन डॉ. सुरेन्द्रनाथ सेन जैसे विख्यात इतिहासकार ने किया है। अन्य इतिहासकारों ने भी इस सत्य को अपनी पुस्तकों आदि में दरशाया है। शिवाजी कर्नाटक और महाराष्ट्र जैसे दो दूर के प्रदेशों को आपस में जोड़ना चाहते थे। इसके लिए उन्होंने कर्नाटक के आक्रमण से लौटते समय रास्ते में पड़नेवाले काफी प्रदेश जीतकर अपने राज्य में मिला लिये। सरहद की कड़ियाँ पन्हाला से कोप्पल-तुंगभद्रा के किनारे तक नए-नए जीते गए प्रदेश से जुड़ गईं।

शिवाजी महाराज चाहते थे कि दो मराठा राज्य, जो दक्षिण के दो किनारों पर पूर्व

एवं पश्चिम में स्थित थे, उनकी रक्षा का जिम्मा वे अपने एक-एक पुत्र को सौंप दें। महाराज की इस इच्छा का उल्लेख कई दस्तावेजों में मिलता है।

इतिहास गवाह है कि संभाजी ने रायगढ़ के सिंहासन को पाने की जिद की थी। इसका नतीजा यह रहा कि औरंगजेब ने उसकी निर्मम हत्या करवा दी। मराठा सत्ता को आगामी 26 वर्षों तक रक्तपात स्वीकार करना पड़ा।

यदि संभाजी ने अपने पिता की अलौकिक दूरदर्शिता को पहचाना होता और उनका कहना माना होता, तो राजाराम एवं अष्ट-प्रधान अधिकारियों ने पूर्ण साहस एवं सफलता के साथ औरंगजेब का विरोध किया होता। इससे संभाजी अपने जिंजी किले में सुरक्षित रह पाते।

यदि ऐसा हुआ होता, तो महाराष्ट्र का इतिहास कुछ और ही होता।

## संदर्भ—

1. श्री शिवाछत्रपति संकल्पित शिवचरित्र की प्रस्तावना; आराखडा व साधने / त्र्यंबक शंकर शेजवलकर
2. श्री छत्रपति शिवाजी महाराज/वा.सी. बेन्द्रे
3. History of the Marathas / Pednekar & Mukadam
4. House of Shivaji / Jadunath Sarkar

□

# शिवाजी महाराज का देहावसान

सन् 1680 के मार्च महीने में रायगढ़ के राजाराम का उपनयन संस्कार किया गया। इसके आठ ही दिनों बाद शिवाजी महाराज ने राजाराम का विवाह करवा दिया। प्रतापराव गूजर की कन्या को ध्रुव-वधू के रूप में स्वीकार करते हुए 4 अप्रैल, 1680 के फाल्गुन, वदि 10 के दिन यह विवाह संपन्न हुआ। महाराज के एक सभासद ने लिखा है कि छोटे पुत्र राजाराम के लिए प्रतापराव गूजर की कन्या वधू के रूप में पसंद करके विवाह संपन्न किया गया और वधू का नाम जानकीबाई रखा गया। भव्य उत्सव हुआ और दान-धर्म भी उसी भव्यता के साथ किया गया।

रायगढ़ के किले के साथ जुड़ी सर्वाधिक महत्त्व की घटना यदि कोई है, तो वह है शिवाजी महाराज का देहावसान। इस महाप्रस्थान का दिनांक था 24 मार्च, 1680। इस दिन सहसा उन्हें बुखार आ गया, जिसने उतरने का नाम ही नहीं लिया। मराठा स्वराज्य के स्वामी को घातक ज्वर ने ग्रसित किया। शके 1602, रुद्रनाथ संवत्सरे, चैत्र सुदि 15 के दूसरे पहर में महामहिम शिवाजी महाराज कैलाशवासी हुए। वे अंतिम साँस तक पूर्ण चेतना में थे। अंतिम समय में उन्होंने कई धार्मिक विधियाँ कीं। उन्हें सहस्र रुद्राक्ष का परिधान पहनाया गया और भागीरथी नदी का पवित्र जल पिलाया गया। सभी संस्कार सावधानी से करते हुए एवं हरि-कीर्तन करते हुए, उस महान् विभूति ने शरीर त्याग किया। अंत काल समीप देखकर वहाँ जो कारकून एवं अन्य कर्मचारी उपस्थित थे, उनमें से भले लोगों को निकट बुलाया गया। शिवाजी महाराज ओम् शिव ! शिव ! का उच्चार करते हुए महाकाल में विलीन हुए।

महाराज के महाप्रयाण के समय उनकी तीन पत्नियाँ जीवित थीं। वे रायगढ़ में ही थीं एवं महाप्रयाण के समय उपस्थित थीं। सोयराबाई और पूतलाबाई एवं सकवारबाई के साथ राजाराम एवं उनकी पत्नी भी वहीं थी।

शिवाजी महाराज ने उनके पश्चात् साम्राज्य कौन सँभालेगा, इस बारे में कोई दिशा-निर्देश नहीं दिया है।

'शिव दिग्विजय' ग्रंथ के पृष्ठ 363 से आधार लेकर सरदेसाई लिखते हैं कि अंत समय निकट देखकर शिवाजी ने पन्हालगढ़ में उपस्थित संभाजी को एक बार फिर संदेश भेजा था कि हम अपना साम्राज्य दोनों पुत्रों में बाँट देंगे, किंतु संभाजी ने अपने स्नेहभरे पिता का प्रस्ताव उस अंत समय में भी स्वीकार नहीं किया था। वे तो अपनी उसी पुरानी जिद पर अड़े थे कि साम्राज्य तो केवल मुझी को मिले और पूरा-का-पूरा मिले।

महाराज के महाप्रयाण के समय मोरोपंत पिंगले (प्रधान) व अन्नाजी दत्रे (सचिव) उपस्थित नहीं थे। महाराज का पार्थिव शरीर चंदन एवं बेल की लकड़ियों से बनी चिता पर रखा गया। राजाराम ने अग्नि दी। लपटें उठने लगीं...

'51 कलमी बखर' में लिखा है कि कांहोजी भांडवलकर (हवलदार एवं सर-कारकून) ने महादेव मंदिर के सामने महाराज के पार्थिव शरीर को अग्नि में समर्पित किया। परसोजी भोसले का नाम भी '51 कलमी बखर' की एक प्रति में आता है।

श्रीमान गजानन मेहंदले ने अंग्रेजी में लिखे अपने ग्रंथ 'शिवाजी : हिज लाइफ ऐंड टाइम्स' में कहा है कि शिवाजी महाराज के देहावसान की खबर पाकर खाफी खान बेसाख्ता बोल उठा था, "काफिर जहन्नुम रक्त।" ('काफिर नरक में गया')।

फ्रेंच गवर्नर मार्टिन ने लिखा है, 'भारत में प्रशंसा करने लायक जो महान् विभूतियाँ हैं, उनके बीच शिवाजी का स्थान अत्यंत महत्त्वपूर्ण है। इस बात पर संदेह किया ही नहीं जा सकता।'

शिवाजी के देहावसान का समाचार पाकर औरंगजेब तो मारे खुशी के बेहोश ही हो गया था! होश में आने पर उसने कहा, "लेकिन शिवाजी था तो एक महान् सेनापति! अपने ही बलबूते पर नया साम्राज्य स्थापित करने का दम केवल उसी में था। मैंने रात-दिन भारत की पुरानी सत्ता को समाप्त करने की कोशिश की है। मेरी जबरदस्त फौज को भी शिवाजी ने उन्नीस बरस तक लगातार टक्कर दी। मैं उसे मिटाने की कोशिश करता रहा, लेकिन उसका राज्य बढ़ता ही गया।"

शिवाजी महाराज की पत्नी पूतथबाई सती हुई थी, किंतु उसके सती होने की तारीख 26 जून, 1680 (शके 1602 शुक्ल 11) है, जबकि महाराज का स्वर्गारोहण हुआ था 24 मार्च, 1680 के दिन। पूतथबाई इतने दिनों बाद सती क्यों हुई, इसका कोई स्पष्टीकरण दस्तावेजों में नहीं है।

महाराज के अंतिम समय एवं अवसान का जो ब्योरा है, उसकी तुलना औरंगजेब के अंतिम समय एवं अवसान के ब्योरे से करें, तो फौरन उभरकर आएगा कि इन दोनों शासकों की शख्सियत में कितना फर्क था।

औरंगजेब का शहजादा मुअज्जम को आखिरी खत—

'अल्लाह तुम्हें महफूज रखे।

'अब हमें बुढ़ापा आ गया है। हमारा शरीर दुर्बल होता जा रहा है। हमारा अंग-अंग ढीला पड़ गया है। हम इस दुनिया में अकेले आए थे और अकेले ही जा रहे हैं। हम कौन हैं, हमने क्या किया, हमीं को पता नहीं चल रहा है। हमने अपनी जिंदगी तकलीफों में गुजारी है। उन तकलीफों को याद करते हैं, तो दुःख-ही-दुःख होता है। अपनी समूची जिंदगी में हमने सच्चाई से राज नहीं किया। किसानों की फिक्र हमने नहीं की, उनसे मुहब्बत नहीं की।

'इतनी अनमोल जिंदगी बेकार जा रही है। खुदा चारों तरफ है; हमारे महल में है, हमारे अपने अंदर भी है, लेकिन हमारी अभिमानी आँखें उसे अब तक नहीं देख सकीं। जिंदगी का भरोसा ही क्या है; आज है, कल नहीं। भूतकाल की निशानियाँ भी खत्म हो जाती हैं। देखने के लिए, बस, भविष्य ही रह जाता है, लेकिन वहाँ भी उम्मीद की कोई किरण नजर नहीं आती।

'हमें अपना बदन ठंडा महसूस होने लगा है। हम चमड़ी और हड्डियों का ढाँचा भर होकर रह गए हैं। हमारा बेटा कामबक्ष, जो बीजापुर को सँभाल रहा था, इन दिनों वहाँ से यहाँ आया हुआ है और हमारे साथ है। खुदा भी तो हमारे साथ है! और तुम तो उससे भी ज्यादा मेरी नजदीक हो, लेकिन मेरा प्रिय शाह आलम बहुत दुर है। उस महान् विश्व-नियंता से संकेत पाकर हमारा पोता मुहम्मद अजीम बंगाल के नजदीक आ पहुँचा है।

'हमने खुदा के साथ नाता तो क्या बनाया; फासला जरूर बनाया! यह फासला ज्यों-ज्यों बढ़ा, हमारे हालात बद से बदतर होते गए। अल्लाह सबके भीतर है, लेकिन क्या सबको ऐसा लगता है कि उसके भीतर अल्लाह है? कइयों को तो बिल्कुल नहीं लगता होगा!

'इस दुनिया में जब हम आए थे, अपने साथ कुछ भी लेकर नहीं आए थे। अब यहाँ से जाने की तैयारी कर रहे हैं, तो देख रहे हैं कि खाली हाथ तो हम नहीं जाएँगे। जो पाप हमने किए हैं, उनके फल हम साथ लेकर जाएँगे! खुदा हमें कौन सी सजा देगा, नहीं पता। हमें अल्लाह की दयालुता पर पूरा भरोसा है। वह हमें उतनी ही सजा देगा, जिसके लायक हम हैं, बल्कि कुछ घटाकर ही सजा देगा, क्योंकि अल्लाह तो दयालुता का दरिया है। अब हम खुद से ही दूर हो रहे हैं। अब भला कौन आएगा हमारे पास!

हवा चाहे किसी भी तरफ चल रही हो, अब तो हमें अपनी नाव पानी में उतारनी ही है।

'हमें यकीन है कि जिस अल्लाह ने इस दुनिया को बनाया है और इस पर काबू भी रखा है, वही अल्लाह अपने सभी बच्चों की रक्षा करेगा। फिर भी हम ऊपरी तौर पर सोचे बिना नहीं रह पाते कि कहीं अल्लाह के बच्चों का, मुसलमानों का, नाइनसाफी से कत्ल न होने लगे। मुसलमानों को महफूज रखने की जिम्मेदारी हम अपने बेटे की महसूस करते

हैं। हमारे बेटे का फर्ज बनता है कि इस बात को हर पल याद रखे।

'हम अपने पोते नातू बहादुर को आखिरी आशीर्वाद दे रहे हैं। इस संसार को छोड़कर चल देने का समय आ चुका है, फिर भी हम पोते को नहीं देख पा रहे, लेकिन उसे नहीं पता है। इसलिए मुझे अतृप्त लगता है। पोते से मिलने की बहुत इच्छा है, लेकिन बेगम बहुत दुःखी हैं। यह बात मैं साफ तरह देख सकता हूँ। अल्लाह की सजा से कोई बच नहीं सकता। जो दूरंदेशी नहीं है, उसे सिवा निराशा के और कौन सा फल मिल सकता है।

'अलविदा! अब हम जाते हैं। अलविदा! अब हम जाते हैं। अलविदा! अब हम जाते हैं...'

## औरंगजेब का कामबख्श को अंतिम-पत्र

'हमारे दिल में बसे हुए हमारे बेटे! जिस समय हमारे हाथ में सत्ता थी, हमने चाहा था कि अल्लाह की शरण में चले जाएँ। किसी इनसान में जितना बूता हो सकता है, उससे ज्यादा ही बूते के साथ हमने कोशिश की, लेकिन अल्लाह की मरजी कुछ और थी। किसी ने हमारी नहीं सुनी और अब हम मौत के नजदीक पहुँच चुके हैं। अब कुछ अच्छा होना मुमकिन नहीं। अपनी जिंदगी में हमने जितने लोगों को कष्ट दिए एवं जो पाप हमने किए, उन सबको हम अपने साथ ले जाना चाहते हैं। हम इस दुनिया में अकेले आए हैं, लेकिन यहाँ से जा रहे हैं, तो साथ में इतने सारे लोगों को ले जा रहे हैं! क्या यह कम हैरत की बात है?

"जब भी हम अपने आसपास नजर दौड़ाते हैं, हमारे सामने केवल अल्लाह ही आते हैं। इससे हमें डर सा लगता है, क्योंकि हमने अल्लाह के दरबार में बहुत गुनाह कर रखे हैं। हम डर तो गए ही हैं, बुरी तरह निराश भी हो चुके हैं। डर और निराशा की एक और वजह है, हमारी फौज और छावनी के ऊँचे अधिकारी। लगता है, जैसे सब हमारे दुश्मन या तो हो चुके हैं या हो जाएँगे। वैसे तो अल्लाह सबको महफूज रखता है, लेकिन हमारे बेटों का फर्ज है कि वे प्रजा की रक्षा करें। मुसलमानों का भी यही फर्ज बनता है। हम जब समर्थ थे, तब हमने इनकी सुरक्षा की परवाह नहीं की थी और अब तो हम खुद अपनी देख-रेख नहीं कर सकते। हमारा जिस्म कमजोर हो चुका है। हमें अपनी साँस पर यकीन नहीं है कि वह अगले पल हम में होगी या नहीं। इन हालात में हम ख़ुदा से केवल दुआ ही माँग सकते हैं। कोई दूसरा रास्ता नहीं है।

'तुम्हारी माँ ने बीमारी में हमारी दिन-रात सेवा की है। उदयपुरी बेगम हमारे साथ जन्नत जाना चाहती है। तुम्हें और तुम्हारे बच्चों को हम अल्लाह के सुपुर्द करते हैं। हमें बहुत डर लग रहा है। अब हम तुमसे आखिरी विदा लेते हैं। इस नश्वर संसार में सब

झूठे हैं। कोई ऐसा नहीं है, जो अपनी ईमानदारी के सहारे काम करे। अब तो सारा काम इशारों-इशारों में हो रहा है। गैर-ईमानदारी इशारों में छिप जाती है। दाराशिकोह ने जो खुद के तरीके आजमाए थे, उनमें कमजोरियाँ थीं। इसीलिए दारा अपने मकसद में कामयाब नहीं हो सका। उसने अपने सेवकों की तनख्वाहें बढ़ाईं, लेकिन जब जरूरत पड़ी, तब उसे पर्याप्त सेवा न मिल सकी। इसीलिए दारा सुखी न हो पाया। हमारी सलाह है कि जितनी चादर हो, उतने ही पाँव पसारने चाहिए।

'जो-कुछ हमें कहना था, हमने कह दिया है। अब हम तुमसे विदा लेते हैं। किसानों का या प्रजा का अकारण नाश न हो, मुसलमानों का वध न हो, इसका खयाल तुम रखो। अगर ऐसा नहीं हुआ, तो इस कुसूर की सजा हमें भुगतनी पड़ेगी।'

*('इंडिया ऑफिस' की हस्तलिखित पांडुलिपि; अध्याय 26; पृष्ठ 1344 से)*

## औरंगजेब का मृत्यु-पत्र

'यह हमारा मृत्यु-पत्र है। इसमें हमारे आखिरी संकल्प की बात है। इस आखिरी संकल्प के जरिए हम कुछ प्रेरणादायी सूचना देना चाहते हैं।

'हम नाइनसाफी के गहरे गड्ढे में डूबे हुए हैं। हमारी कब्र को कपड़े से ढका जाए। पाप के गड्ढे में डूबे हुए शख्स को दया एवं क्षमा के समुद्र जैसे अल्लाह के सिवा और कौन पनाह देगा! हम जैसों को अगर महफूज रहना है, तो अल्लाह की शरण में जाने के सिवा और कोई रास्ता नहीं है।

'हमारे द्वारा तैयार की गई टोपियों की कीमत में से चार रुपए दो आने आशिया बेग के पास हैं। उनसे यह रकम लेकर ऐसे गरीबों के कफन पर खर्च करें, जिन्हें कफन भी मयस्सर नहीं है। कुरान की नकल लिखने के लिए हमें जो 305 रुपए मिले हैं, वे हमारी थैली में हैं। उन्हें हमारे लिए खर्च किया जाए। जिस दिन हमारी मौत हो, उस दिन ये रुपए फकीरों में बाँट दिए जाएँ। कुरान की नकल करने पर जो रकम मिलती है, उसे शिया-पंथियों द्वारा आदरणीय माना जाता है, लिहाजा यह रकम मेरे कफन या दूसरी जरूरी बातों पर खर्च न की जाए। मेरा इंतकाल होने पर मुझे कफन इस तरह ओढ़ाएँ कि मस्तक खुला रहे। अपने ही पापों से नष्ट होनेवाले हर शख्स को मस्तक खुला रखकर ही अल्लाह के सामने पेश करना चाहिए, क्योंकि इससे उस शख्स को अल्लाह की दया आसानी से मिलती है।

'हमारी शव-पेटी को गाजी के नाम से जाने जाने वाले कपड़े से ढक दिया जाए। शव-पेटी पर छत न बनाई जाए। शवयात्रा बिना बाजे-गाजे के निकाली जाए। पैगंबर मौलूद के जन्म को लेकर जो समारोह विधिपूर्वक किया जाता है, उसे न किया जाए।

'जो प्रमुख अधिकारी शासन के आधार-स्तंभ होते हैं, उन्हें राज्य के बारे में सूक्ष्म-

से-सूक्ष्म जानकारी होनी चाहिए। एक क्षण की लापरवाही से भी ऐसी हानि हो सकती है, जिसकी कभी भरपाई न की जा सके। वह दुष्ट शिवा हमारी छोटी सी लापरवाही की वजह से निकल भागा। नतीजा यह हुआ कि हमें अंत तक मराठों के खिलाफ कठोर लड़ाइयाँ लड़नी पड़ीं।'

***

औरंगाबाद के पास खुलदाबाद में औरंगजेब की कब्र के जो अवशेष बाकी हैं, वहाँ एक ठिगनी सादी कब्र है। उस पर संगमरमर का चबूतरा नहीं है। कब्र को ढकनेवाली जो शिला है, उसमें मिट्टी का एक कुंड है, जहाँ हरियाली लगाई गई है। कब्र को देखने से लगता है, जैसे वह औरंगजेब की जहाँआरा बेगम की कब्र की नकल है, जो दिल्ली से बाहर बनी हुई है।

शिवाजी महाराज के अंतिम दिनों का वर्णन 'शिवाजी महाराज एवं उनके पुत्र' प्रकरण में किया जा चुका है। महाराज अपने दो पुत्रों संभाजी और राजाराम के बीच राज्य का बँटवारा करना चाहते थे। इसकी निष्पक्ष रूपरेखा भी उन्होंने तैयार की थी, किंतु संभाजी की संपूर्ण राज्य अकेले उन्हीं को दिया जाए, ऐसी जिद के चलते वह संभव नहीं हुआ। इतिहास में यही लिखा है।

## संदर्भ—

1. राजगडाची जीवन-गाथा
2. औरंगजेब का इतिहास / सर जदुनाथ सरकार / भाषांतर : डॉ. भगा. कुंटे
3. Shivaji : The Great Maratha

□

# शिवाजी महाराज एवं उनके कॉमरेड्स (मावले)

पन्हालगढ़ को कैसे घेरा गया और थर्मोपीली की लड़ाई कैसे लड़ी गई, इन दो घटनाओं का ऐतिहासिक महत्त्व है। इसकी चर्चा हम पिछले प्रकरण में कर चुके हैं। अब हम पन्हालगढ़ में महत्त्वपूर्ण भूमिका निभानेवाले शिवा काशीद के बारे में विचार करेंगे।

पन्हालगढ़ किले पर कठोरतम घेरा डालने के बावजूद शिवाजी महाराज सबकी नजर बचाकर किले से निकल गए हैं और तेजी से पलायन कर रहे हैं, यह सुनते ही सिद्दी जौहर ने उनका पीछा किया और 'शिवाजी' को पकड़ भी लिया, किंतु ठीक से पूछताछ करने पर पता चला कि पकड़ा गया 'शिवाजी' शिवाजी है ही नहीं! वह तो कोई और है, जिसने शिवाजी का वेश बना रखा है! क्रोधित सिद्दी जौहर ने उस व्यक्ति को भाले से मारकर जंगल में जला दिया।

उसी का नाम था शिवा काशीद। वह एक नाई था।

शिवा काशीद की सत्य-कथा सुनते ही और भी अनेक वीरों के शौर्य एवं बलिदान की सत्य-कथाएँ याद आ जाती हैं, जिनका क्रमानुसार वर्णन 'शिव चरित्र' में दिया गया है। शिव छत्रपति ने मराठा स्वराज्य की स्थापना का अभिनव प्रारंभ किया था। 'मराठा स्वराज्य' को 'हिंद स्वराज्य' भी कहा जाने लगा था। इस आंदोलन से बाजी प्रभु, तानाजी मालंसरे, मुरारजी देशपांडे एवं उनके जैसे अनेक सामान्य व्यक्ति शिवाजी महाराज से प्रभावित होकर उनके साथ आ मिले थे। स्वराज्य प्रेम के वशीभूत होकर उन्होंने बड़ी खुशी से युद्ध लड़े थे और अपने प्राण न्योछावर किए थे। 'शिव चरित्र' में ऐसे अनेक उदाहरण दिए गए हैं। देश की खातिर हुतात्मा हो जाने की उमंग के कारण अनेक सामान्य परिवारों के सामान्य व्यक्ति असामान्य हो गए थे।

शिवा काशीद एक सामान्य नाई था, जो पन्हालगढ़ के नीचे रहता था। शिवाजी महाराज के लिए उसने अपने प्राणों की आहुति दी और वह असामान्य व्यक्ति बन गया।

ये सब ऐसे उदाहरण हैं, जो शिवशाही से जुड़े हुए हैं और जिनसे शिवाजी महाराज के व्यक्तित्व एवं कार्य-शैली के महत्त्वपूर्ण पहलू दिखाई देते हैं। महाराज ने 10 नवंबर,

1659 के दिन अफजल खान का वध प्रतापगढ़ के नीचे किया था। इसके सिर्फ 18 दिनों के भीतर उन्होंने पन्हालगढ़ पर आक्रमण कर उसे जीत लिया। इसका सीधा सा अर्थ यही है कि सिर्फ 18 दिनों में हिंद स्वराज्य की सरहद जावली-प्रतापगढ़ से आगे बढ़कर पन्हालगढ़-कोल्हापुर तक पहुँच गई।

इस समय तक, यानी नवंबर 1659 तक, इन प्रदेशों में शिवाजी महाराज का अपनी प्रजा के साथ प्रत्यक्ष संबंध स्थापित नहीं हुआ था। ऐसा प्रत्यक्ष संबंध पन्हाला-विशालगढ़ को जीत लेने और उन्हें हिंद स्वराज्य में शामिल कर लेने के बाद स्थापित हुआ। शिवा काशीद की घटना जुलाई 1660 में घटित हुई थी, यानी केवल छह-आठ महीनों के छोटे से अंतराल में शिवाजी महाराज ने पन्हाल के मावलों पर अपना जादू चला दिया था। भला यह कौन सा जादू था कि एक सामान्य-से-सामान्य नाई शिवा काशीद, जो अपने समय में कदापि कोई क्रांतिकारी वीर नहीं था, मुसकराता हुआ शहीद हो गया? वह कोई जाना-माना देशभक्त नहीं था, जिसने अपने प्राणों की बाजी लगा दी हो। वह एक सामान्य नाई था; शिवाजी महाराज के पन्हालगढ़ जीतने के बाद उनकी सेवा में गया हुआ एक नौकर। फिर भी वह हँसता हुआ महाराज के लिए मरने को तैयार हो गया। यह कोई साधारण घटना नहीं है। यह घटना हमें विचार करने के लिए बाध्य करती है।

शिवाजी महाराज के व्यक्तित्व को हमें इतना प्रभावशाली मानना ही होगा कि महाराष्ट्र के एक-एक घर से कोई-न-कोई व्यक्ति अपना सिर हथेली पर रखकर महाराज के लिए प्राण त्यागने को तैयार हो गया। सुप्रसिद्ध शिवचरित्रकार सेतुमाधव पगड़ी का एक कथन यहाँ सहसा याद आ जाता है। उन्होंने कहा है, "जहाँ शिवाजी महाराज के पसीने की बूँदें गिरीं, वहाँ लोगों ने अपना खून बहाया।" शिवा काशीद ऐसा ही महाराज के लिए खून बहानेवाला बहादुर था।

किंतु ऐसी घटनाओं के लिए महाराज के अप्रतिम व्यक्तित्व के साथ-साथ उद्देश्य प्राप्त करने की उनके मन की लालसा भी थी। श्रेष्ठतम उद्देश्य के साथ जूझने के कारण ही महाराज का कार्य उतना विलक्षण, भव्य और दिव्य महसूस हुआ। महाराष्ट्र के मावलों को वैचारिक स्तर पर संगठित करके उन्हें स्वतंत्रता-प्राप्ति के लिए प्रेरित करना एवं इसके लिए स्वराज्य की अवधारणा का प्रयोग करना; ऐसा शिवाजी महाराज ने ही पहली बार किया।

महाराष्ट्र के वीरों और विचारकों ने ऐसा अनुभव पहले कभी नहीं लिया था। स्वराज्य के इस प्रयोग का शुभारंभ पूना के राजगढ़ से हुआ। वहाँ से वह सिंहगढ़ पहुँचा। बाद में यह प्रयोग जावली प्रांत के प्रतापगढ़ तक पहुँचा और फिर समूचे रायगढ़ प्रांत में फैल गया।

स्वराज्य की यह वार्त्ता महाराष्ट्र के कोने-कोने तक पहुँचने लगी। समग्र मराठा

समाज एक नई आकांक्षा व उमंग से भर उठा। स्वतंत्रता-प्राप्ति के इस अभिनव प्रयोग में मराठा समाज महाराज के साथ एकजुट होकर कार्य करना चाहता था।

शिवा काशीद ने पन्हाला जीतने से पहले महाराज को देखा भी नहीं था। पन्हाला जीतने से पहले ही शिवाजी महाराज ने मावलों के मन जीत लिये थे। महाराज कितना ऊँचा ध्येय सामने रखकर संघर्ष कर रहे थे, ध्येय-प्राप्ति के लिए उनके द्वारा किए गए पराक्रम क्या-क्या थे; इत्यादि चर्चाओं से शिवा काशीद प्रभावित ही नहीं, अभिभूत हो गया था। उसके मन-मस्तिष्क पर शिवाजी महाराज की अद्‌भुत प्रतिमा बिंबित हुई थी।

तब तक शिवाजी स्वराज्य-प्राप्ति के खेल के 4 बड़े दाँव खेल चुके थे और विजयी भी हुए थे। इसका सुंदर परिणाम यह हुआ कि शिवाजी को छोटी-छोटी जगहों से अनेक शिवा काशीद मिलने लगे। उन्होंने अपने बलिदान से प्रतिपदा से बढ़ती चंद्र-कलाओं की तरह स्वराज्य का मार्ग प्रशस्त किया।

शिवा काशीद का बलिदान केवल एक स्वामिभक्त सेवक का बलिदान नहीं था, वह तो एक सामान्य में से असामान्य बन चुके व्यक्ति का बलिदान था; एक भव्य स्वप्न की पूर्ति के लिए दिया गया बलिदान था। आत्म-समर्पण का इससे प्रखर स्वरूप भला क्या हो सकता है! शिवा काशीद की सत्य-कथा 'शिव-चरित्र' में दी हुई है। यह केवल ऐतिहासिक कथा नहीं है। यह तो शिव छत्रपति की कार्य-शैली को उजागर करनेवाली, उनके यश-प्राप्ति के रहस्य को दरशानेवाली घटना है।

ये आत्म-बलिदानी व्यक्ति बुद्धिमत्ता में एक जैसे थे, ऐसा नहीं कहा जा सकता। आम आदमी की तरह इनकी भी महत्त्वाकांक्षाएँ, स्वार्थ, हर्ष, दुःख आदि अलग-अलग थे। इन्हीं के दिलोदिमाग में शिवाजी ने एक अद्‌भुत समानता पैदा की। ये सब-के-सब, समान रूप से, एक बात में यकीन रखते थे और वह थी स्वराज्य की भलाई। शिवाजी को भी एहसास था कि ये सभी एक ही दृष्टि से विचार करते थे। स्वराज्य के कार्य को सब अपना ही कार्य समझते थे, जिसके लाभ-हानि में सब बराबरी के हिस्सेदार थे। सब चाहते थे, राज्य सुचारु ढंग से संचालित हो। इसी में अपनी भलाई है। धर्म-मोक्ष भी इसी में है। इसके लिए हम कोई भी कीमत देने को तैयार हैं, यहाँ तक कि प्राणों की परवाह भी हमें नहीं है।

इसी भावना से वे सब अपने स्वराज्य के लिए कर्तव्यों का पालन करते रहे। इसीलिए शिवाजी के राज्य का उत्थान हुआ। स्वराज्य की स्थापना करने का उनका सपना पूरा हुआ। उद्‌देश्य भी पूरा हुआ। इससे अधिक सार्थक कार्य मनुष्य और क्या कर सकता है?

पहले राजपूतों की परंपरा थी कि वे यवनों के विरुद्ध पूरे साहस के साथ लड़ते थे। कभी यवन अधिक शक्तिशाली होते, तो राजपूत पीछे नहीं हटते, बल्कि लड़ते-लड़ते

अपने प्राण न्योछावर कर देते। शिवाजी महाराज ने इस नीति में परिवर्तन किया। उन्होंने अपने मावलों से कहा कि साहस से लड़ो, किंतु यदि पराजय हो रही हो, तो पीछे हटकर जीवित रहो, ताकि फिर से लड़ने के लिए तैयार हो सको।

शिवाजी के गुप्तचर विभाग का प्रमुख था बहिर्जी नाईक। वह रामाशी जाति का था। खेती से ही गुजारा करनेवाले कुनबी लोगों को शिवाजी ने अपने साथ लिया, ताकि स्वराज्य स्थापित हो सके। ये कुनबी लोग परंपरा से ही शूद्र माने जाते थे।

अलग-अलग धार्मिक विश्वासों और परंपराओं के लोगों के साथ समूह बनाकर अपना उद्देश्य पूरा करने के कुछ उदाहरण और भी मिल सकते हैं इतिहास में, किंतु जो बात शिवाजी महाराज के संयोजन में थी, उसका कोई जवाब नहीं था।

सभासदों ने अपने दस्तावेजों में दर्ज किया है कि बेरड़, रामोशी, आडेकरी इत्यादि जातियों के लोगों को उनकी योग्यतानुसार नौकरियाँ दी गईं। ये जातियाँ अपराधी जातियों की श्रेणी में आती हैं। इन्हीं को जब नौकरियों पर रख लिया गया, तो राज्य में अपराध या उपद्रव आदि होने बंद हो गए। अपराधियों ने अपराध या उपद्रव करना ही छोड़ दिया! शिवाजी महाराज ने उनकी नकारात्मक ऊर्जा को भी सकारात्मक में बदलकर हिंद स्वराज्य को शानदार मजबूती दी।

यही नीति शिवाजी ने अपनी जलसेना के निर्माण के समय भी अपनाई। जलसेना में क्षत्रियों और मराठों को ही नियुक्त करने की परंपरा थी, किंतु महाराज ने अपनी जलसेना में मछुआरे मुसलमानों को ही ज्यादा नियुक्त किया। मुसलमान तो महाराज के कट्टर शत्रु बने हुए थे! लेकिन उन्हीं मुसलमानों को महाराज ने अपनी जलसेना के सर्वश्रेष्ठ पदों पर नियुक्त किया। इसी तरह कोली, सोनकोली, भंडारी इत्यादि जातियों को भी शानदार नियुक्तियाँ दीं। जो लोग समुद्र की सहायता से जीवनयापन करते थे, उन्हीं को शिवाजी ने अपने सैनिकों में तब्दील कर दिया!

पहले शिवाजी ने साधारण लोगों को असाधारण बनाया। फिर इन्हीं साधारण लोगों ने शिवाजी को असाधारण बनाया, महान् बनाया। इन सभी ने शिवाजी के साथ मिलकर देश के लिए बड़े-बड़े काम किए।

साधारण लोग भी जब ऊँचे विचारों को आत्मसात् कर लेते हैं, तब वे विचार एक शक्ति के रूप में उभरकर आते हैं। यह शक्ति साधारण लोगों से भी असाधारण कार्य करवा लेती है। इतिहास साक्षी है कि साधारण लोगों के सहयोग के बिना असाधारण कार्य संपन्न नहीं होते।

उच्च वर्ग के लोग साधन-संपन्न होते हैं एवं सुरक्षित जीवन जीते हैं। इस कारण वे जैसा चल रहा है, वैसा ही चलने देते हैं। किसी परिवर्तन की जरूरत उन्हें एकाएक महसूस नहीं होती, लेकिन जो सर्वहारा लोग होते हैं, जिनके पास कुछ भी ठोस होता

ही नहीं, वे परिवर्तन की माँग करते हैं। शिवाजी ने उन्हीं को संगठित किया, उन्हीं को होशियार बनाया, बड़ा बनाया। उन्हें अत्याचारों से मुक्ति दिलाई। अटल सत्य है कि जो अत्याचार सहते हैं, केवल वे ही जानते हैं कि अत्याचार क्या है; इसलिए केवल वे ही अत्याचार को रोकते हैं। जो स्वयं ही अत्याचारी हैं या अत्याचारियों के संगी-साथी हैं, वे भला कैसे अत्याचारों को रोक सकते हैं?

औरंगजेब ने शिवाजी को जब आगरा में कैद कर लिया था, तब कैद से छूटने का मार्ग शिवाजी को सहसा सूझ नहीं रहा था। आखिर उन्होंने अक्ल से काम लिया। एक योजना बनाई और निकल भागे। पहरेदारों को आभास हुआ ही नहीं कि शिवाजी निकल गए हैं, क्योंकि उन्होंने जो योजना बनाई थी, उसके अनुसार, जहाँ वे सोया करते थे, वहाँ किसी अन्य को 'शिवाजी' बनाकर सुला दिया गया था! एक व्यक्ति इस 'शिवाजी' के बाकायदा पाँव दबा रहा था! पलायन करने में कोई बाधा न आए और इस चमत्कार को बेपरदा होने में जितनी देरी लगे, उतना ही अच्छा; इस मकसद से ऐसी व्यवस्था की गई थी। जितनी देरी लगेगी, शिवाजी महाराज को वहाँ से दूर निकल जाने का उतना ही अवसर मिलेगा।

दूसरी ओर यह भी निश्चित था कि महाराज के पलायन की बात ज्यादा देर तक छिपनेवाली भी नहीं थी। महाराज के अनेक साथी आगरा में छोड़ दिए गए थे। अगर सब-के-सब भाग जाते, तो बात जल्दी खुल जाती। शिवाजी महाराज के अंतरंग साथियों को मौजूद देखकर पहरेदार तसल्ली से ही पहरा दे रहे थे। महाराज के उन अंतरंग साथियों में शामिल थे कुछ मदारी, कुछ मेहतर और कुछ इसी तरह के लोग, जिन्हें महाराज ने श्रेष्ठ पदों पर नियुक्त कर रखा था। उन्हें अच्छी तरह एहसास था कि अब वे मौत के मुँह में जाने के लिए ही जिंदा हैं। उनका भविष्य क्या है, न तो उन्हें पता था और न कोई परवाह थी!

समझना होगा कि वे सब बेमौत मरने के लिए क्यों तैयार हुए। इसका उत्तर यही है कि वे सिर से पाँव तक समर्पण की भावना से सराबोर थे। उनके दिल में एक ही तमन्ना थी कि उनके महाराज ने जो कार्य प्रारंभ किया है, वह अवश्य पूर्ण होना चाहिए और स्थिर भी रहना चाहिए। 'हम मर भी गए, तो क्या है। हमारे महाराज को कुछ न हो। स्वराज्य पाने का हमारा संघर्ष बाधित न हो।' यही भावना थी सबके मन में।

शिवाजी के लिए मर मिटने को तैयार वे लोग निहायत मामूली तबके के थे। वे शिवाजी के जीने की कामना कर रहे थे, खुद अपना जीवन दाँव पर लगाकर। यह भावावेश किसी चमत्कार से कम नहीं था। ऐसा चमत्कार शिवाजी ही कर सकते थे। अन्य राजाओं-महाराजाओं के लिए यह संभव नहीं था। बिलाशक अन्य शासकों के लिए भी सैनिक लड़ते थे, अपने प्राण भी न्योछावर करते थे, किंतु वे बहादुरी दिखा कर जागीर या

इनाम-इकराम हासिल करने के लिए लड़ते थे, न कि कोई उदात्त कार्य करने के लिए।

शिवाजी के किसी भी कार्य के लिए उनके सैनिक तो अपना सर्वस्व न्योछावर करते ही थे, स्वराज्य की सर्व-साधारण प्रजा भी अपनी-अपनी हैसियत के मुताबिक सहयोग देती थी। सामान्य प्रजा जब राजा के कार्य में मन से सहयोग देती है, तब वह राजा, वह राज्य, वह कार्य और वह प्रजा, सब यशस्वी होते हैं।

स्वराज्य के प्रति आम जनता के मन में छिपी स्नेह-सहयोग की भावना का एक ऐतिहासिक प्रसंग है, जिसे राष्ट्र-चेतना कवि श्री बा.भा. पाठक ने सीधी-सरल भाषा में प्रस्तुत किया है। कविता का ध्रुपद इस प्रकार है—

'खबरदार! जो आगे बढ़े! अगर तुम्हारे घोड़े उधर गए, तो मैं तुम्हारे राई जितने टुकड़े कर दूँगा!'

ये शब्द दस-बारह साल के एक बच्चे के हैं। उसने चार घुड़सवार सैनिकों को ललकारा है, जो हथियारबंद हैं। बच्चे के पास कोई हथियार नहीं हैं।

प्रसंग कुछ इस प्रकार है कि चारों तरफ आशंका और चौकसी का माहौल है। पहरा दे रहे सैनिक तो सावधान हैं ही, एक सादा किसान भी सावधान है। सब चौकन्नी नजरों से देख रहे हैं कि किसके सैनिक किधर जा रहे हैं। स्वराज्य प्राप्ति के लिए हमें सबकुछ लुटा देने को तैयार रहना है। स्वराज्य के कार्य में धोखा देनेवाला अगर कोई पहचाना जाता है, तो उसे टोकना और रोकना जरूर चाहिए। यह हमारा कर्तव्य है।

चार घुड़सवार बाँध पर से जाना चाहते हैं। किसान का दस-बारह साल का छोटा बेटा दृढता से उन्हें रोकता है। सामने के घुड़सवार को ललकारकर कहता है कि खबरदार! जो आगे बढ़े! टुकड़े-टुकड़े कर दूँगा! कौन हो तुम, कहाँ जा रहे हो?

उस छोटे बच्चे को हथियारबंद घुड़सवार सैनिकों को रोकने की सूझी कैसे? इतनी हिम्मत वह कैसे कर पाया, डरा क्यों नहीं? क्योंकि वह जानता था, शिवाजी के पक्ष में गुप्तचरी करना उसका भी कार्य है!

जैसा कि कवि ने आगे कहा है; सामने चल रहा वह घुड़सवार सैनिक शिवाजी स्वयं थे। उस बच्चे ने शिवाजी को कभी देखा नहीं था। न उन्हें जानता ही था। फिर भी वह शिवाजी के कार्य में मदद कर रहा था! सिर्फ इतना समझता था कि महाराज को मदद करनी है, चाहे इसमें कितना ही जोखिम हो!

शिवाजी के प्रति प्रजा के मन में सम्मोहन की ऐसी पराकाष्ठा थी। अपने शासनकाल में शिवाजी सभी सहयोगियों, सैनिकों तथा प्रजा में राज्य के प्रति इतनी निष्ठा स्थापित कर सके, इसी में उनकी तीव्र क्षमता एवं विशेषता छिपी हुई है।

असाधारण पराक्रमों एवं कार्यों की कथाएँ सिद्दियों की लड़ाइयों से जुड़ी होती हैं, क्योंकि सिद्दी अत्यंत स्वामीभक्त थे और जान हथेली पर रखकर लड़ते थे, किंतु वे जागीरों

के लालच में लड़ते थे। जो दुनियावी लालच से संचालित होकर लड़ते हैं और अपनी जान भी दे देते हैं, उनके जीने-मरने का हिसाब इतिहास नहीं रखता।

बिना प्रलोभन के लड़नेवालों की श्रेणी ही अलग होती है। कुछ लोग लड़ाई में पराक्रम करके कुछ हासिल करना चाहते हैं, किंतु जो बिना किसी प्रलोभन के जानबूझकर मौत को गले लगाते हैं, वे अलग ही होते हैं।

राज्याभिषेक के बाद शिवाजी महाराज ने निर्णय लिया कि स्वराज्य की सीमा कावेरी नदी के उस पार तक ले जानी जरूरी है। महाराज ने दक्षिण-दिग्विजय का कार्य हाथ में लिया और पहला मोरचा गोलकुंडा की राजधानी भागानगरी की ओर बढ़ाया। महाराज की तलवार की धार क्या होती है, इसका अनुभव मुगलों और आदिलशाही दोनों को था, लेकिन कुतुबशाह मराठों की तलवार का सम्मान नहीं करना चाहता था।

फिर भी कुतुबशाह ने शिवाजी महाराज से समझौता किया एवं मित्रता भी की। महाराज ने उसका शाही स्वागत करके बड़ा सत्कार किया।

महाराज के साथ रहनेवाले मावले सैनिक छरहरे बदन के हुआ करते थे। मोटे-ताजे, ऊँचे-पूरे और भारी वजन के मावले शायद ही कभी देखने को मिला करते। उन दुबले-पतले मावलों को देखकर कुतुबशाह के मन में संदेह उत्पन्न हुआ कि क्या यही हैं वे सैनिक, जिनके पराक्रमों की इतनी चर्चा है!

सीधा-सीधा ऐसा प्रश्न पूछना उचित नहीं रहता, इसलिए कुतुबशाह ने इस विषय को प्रकारांतर से छेड़ा।

उसने शिवाजी से कहा, "महाराज! आपके मावलों के बारे में बहुत सुना है, किंतु प्रत्यक्ष नहीं देखा। अब तो आपसे मित्रता हो चुकी है। युद्धभूमि में उनके पराक्रम देखने का अवसर अब नहीं आएगा। आज इस मैदान में यदि प्रत्यक्ष पराक्रम देखने को मिले, तो भागानगरी के बाशिंदों को यकीन हो जाए कि मावले वाकई लाजवाब होते हैं।"

कुतुबशाह क्या कहना चाहता है, महाराज समझ गए। बोले, "हमारे मावले जितना आपने सुना होगा, उससे कहीं ज्यादा पराक्रमी हैं। आप परीक्षा ले ही लीजिए, ताकि आपको और आपकी प्रजा को दोनों को यकीन हो जाए। आप स्वयं ही किसी मावले को चुनिए और अपने शक्तिशाली हाथी से लड़ाकर देखिए।"

कुतुबशाह ने सभी मावलों पर उपहास की दृष्टि डाली। जानबूझकर उसने सबसे दुर्बल दिखाई देते एक मावले को चुना। महाराज के मावलों की परीक्षा लेनेवाला कुतुबशाह मावलों के पराक्रम को आह्वान दे रहा था। वह मावलों की शक्ति, युक्ति एवं रणकुशलता का परिचय पाना चाहता था।

कुतुबशाह ने उस मावले की तरफ इशारा करके महाराज से पूछा, "क्या यह मावला हाथी से टक्कर ले सकेगा?"

उस मावले का नाम था येसाजी कंक। उसने सामने आकर महाराज को मुजरा किया। फिर वह मैदान में सामने जाकर खड़ा हो गया।

कुतुबशाह ने एक बलवान गुस्सैल हाथी को खूब शराब पिलाकर मैदान में खड़ा किया। इशारा मिलते ही महावत ने उसी हाथी को येसाजी पर छोड़ दिया। अपनी ओर हाथी को झपटते देखकर येसाजी ने भागने का नाटक किया। लोगों को लगा, येसाजी हाथी से डरकर भाग रहा है, लेकिन येसाजी ने अचानक दिशा बदली और बाजू में हटकर हाथी को उलझन में डाल दिया। हाथी ने भी दिशा बदलनी चाही, ताकि येसाजी को अपनी सूँड़ में दबोच सके, लेकिन जिस स्फूर्ति से येसाजी ने अपनी दिशा बदली थी, उतनी स्फूर्ति से हाथी अपनी दिशा न बदल सका। भारी-भरकम होने के कारण सीधी लकीर में तो तेजी से भाग सकता है, लेकिन बार-बार आड़ा-टेढ़ा भागना पड़ जाए, तो चकरा जाता है।

चुटकियों में नजारा बदल गया। तेजी से झपट रहा हाथी अपनी गति नियंत्रित न रख सका। वह सामने ही बढ़ता चला और फिर रुक गया। तब तक तो येसाजी लपककर उसके पीछे पहुँच चुका था। हाथी गोल घूमकर उसके सामने आए, इससे पहले ही येसाजी ने उसकी पूँछ कसकर पकड़ ली। पूँछ उसने इतने जोर से पकड़ी कि टूट जाए, तो टूट जाए, मगर छूटे नहीं!

येसाजी के हाथ से पूँछ छुड़ाने के लिए एवं उसे अपने पैरों-तले कुचल देने के लिए हाथी बेचैन हो गया। वह अपनी जगह पर ही गोल-गोल घूमने लगा, ताकि येसाजी के आमने-सामने आ सके, लेकिन येसाजी बराबर उसके पीछे की तरफ बना रहा और उसकी पूँछ को जोर-जोर से खींचता और झटके देता रहा। पूँछ को छोड़ देने का तो सवाल ही नहीं था।

बिलाशक हाथी जंगल का सबसे ताकतवर और भारी-भरकम जानवर है, लेकिन उसकी मशहूर कमजोरी है कि वह शीघ्रता से गोल घूमकर पीछे नहीं देख सकता। उसकी गरदन भी इतनी मोटी होती है कि पीछे देखने के लिए मोड़ी ही न जा सके। दूसरी आश्चर्यजनक बात यह है कि वह पीछे से लात भी नहीं मार सकता या पैर भी नहीं उठा सकता। गनीमी कावा के पैंतरों में कुशल शिवाजी के मावले सैनिक हाथी की हर कमजोरी को पहचानते थे और उसका लाभ भी उठाते थे।

घंटे भर तक हाथी एक ही जगह खड़ा, गोल-गोल घूमता रह गया। सूँड़ उठा-उठाकर, सूँड़ के सपाटे गार मारकर उसकी साँस फूल गई। वह इतना थक गया कि ऐसा लगा; बस अब बैठ ही जाएगा।

येसाजी को इसी का इंतजार था। उसने हाथी की पूँछ छोड़ दी। तलवार निकालकर येसाजी आगे बढ़ा। वह हाथी के आमने-सामने आ गया। उसे देखते ही हाथी क्रोध के

मारे आगबबूला होकर चिंघाड़ने लगा, मगर थकान इतनी ज्यादा थी कि वह येसाजी पर ठीक से झपट ही न सका।

येसाजी ने तलवार के एक ही वार से हाथी की उठी हुई सूँड़ के दो टुकड़े कर दिए। हाथी पहले तो तिलमिलाया, फिर घबराया, फिर डर गया और एकदम पस्त होकर जमीन पर लुढ़क गया। कुछ समय में ही वह मर गया।

भविष्य में कुतुबशाह ने मराठों के साथ किए समझौते को तोड़ने की हिम्मत कभी नहीं की।

## संदर्भ—


1. शिवछत्रपति एक मागोवा/डॉ. जयसिंह पवार
2. शिवाजी कोण होता ?/गोविंद पानसरे
3. शिवराय/प्रा. नामदेवराव जाधव
4. शिवछत्रपति संकल्पित शिवचरित्र ची प्रस्तावना (आराखडा व साधने)/त्र्यंबक शंकर शेजवलकर
5. Shivaji : The Great Maratha/H.S. Sardesai


□

# शिवाजी महाराज एवं न्याय-व्यवस्था

शिवाजी महाराज के निष्पक्ष न्याय का ज्वलंत उदाहरण है, ज्येष्ठ पुत्र संभाजी के संदर्भ में उनके द्वारा ली गई भूमिका।

शिवाजी महाराज की अनुपस्थिति में युवराज संभाजी ने राज-काज में जो हस्तक्षेप किया था, उसके कारण अष्ट-प्रधान मंडल के साथ उनका उग्र विवाद होता रहता था। उन विवादों के कारण महाराज का विश्वास युवराज संभाजी पर से उठ चुका था।

शिवाजी महाराज के एक प्रमुख ब्राह्मण दरबारी अण्णाजी दत्रे की बेटी से मिलने के लिए युवराज संभाजी गढ़ उतरकर जाते थे। उस लड़की के साथ संभाजी के अनैतिक संबंध कहे जाते थे। यह पता चलने के बाद महाराज ने अपने युवराज संभाजी को सज्जनगढ़ भेज दिया था, जहाँ महाराज के पूज्य गुरु संत रामदास रहते थे।

दिसंबर 1678 में, जब शिवाजी महाराज अनुपस्थित थे, संभाजी पत्नी येसूबाई को साथ लेकर दिलेरखान के पास चले गए। दिसंबर 1679 में संभाजी स्वराज्य में वापस भी आ गए।

दिलेरखान जैसे शत्रु के यहाँ पनाह लेकर संभाजी ने बहुत बड़ी भूल की थी। यह भूल देशद्रोह के समकक्ष थी। देशद्रोह के अपराध के लिए शिवाजी महाराज ने खंडोजी खोपड़े का एक पैर एवं एक हाथ काट दिया था। अब संभाजी ने भी देशद्रोह का अपराध किया था। शिवाजी ने संभाजी को कभी माफ नहीं किया। उन्होंने अपनी अंतिम घड़ी में भी संभाजी को पन्हालगढ़ से रायगढ़ नहीं बुलाया।

आगे दिए गए वर्णन से शिवाजी की समता की भावना और भी स्पष्ट हो जाती है। कास्मे द गार्डा नामक इतिहासकार ने अपने ग्रंथ 'लाइफ ऑफ द सेलिब्रेटेड शिवाजी' में लिखा है—

'अफजल खान अपनी जबरदस्त फौज के साथ जब मराठा स्वराज्य में दाखिल हुआ, तब जीत उसी की होगी, ऐसा माना जा रहा था। एक मराठा सरदार खंडोजी खोपड़े इस लालच में अफजल खान से जा मिला कि यवनों की जीत होने के बाद

उसे उतरोली का देशमुख बना दिया जाएगा।

'किंतु खंडोजी की आशा के विपरीत शिवाजी महाराज ने अफजल खान का वध कर दिया। इससे खंडोजी खोपड़े के होश उड़ गए। वह तत्काल समझ गया कि अब शिवाजी आक्रमण करेंगे और मुझे किसी सूरत में नहीं छोड़ेंगे। 'जान कैसे बचाऊँ?' की उधेड़बुन में खंडोजी को अपने ससुर की याद आ गई, जिनका नाम था हैबतराव शिलीमकर। उनकी कांहोजी जेधे के साथ अच्छी दोस्ती थी। कांहोजी जेधे थे, शिवाजी महाराज के अत्यंत विश्वास के सेनापति। कांहोजी बाकायदा अपने पाँच पुत्रों के साथ शिवाजी महाराज की सेवा में थे। कांहोजी जेधे पुराने जमींदार थे, जिन्होंने शिवाजी के समर्थन में अपनी जागीर छोड़ दी थी। अगर कांहोजी जेधे के जरिए शिवाजी महाराज से माफी माँगी जाए, तो जरूर मिल जाएगी।

'खंडोजी खोपड़े ने अपने ससुर हैबतराव के जरिए कांहोजी जेधे से कहलवाया कि वे उसे शिवाजी से माफी दिलवा दें।

'शिवाजी महाराज कांहोजी जेधे का निवेदन अस्वीकार न कर सके। उन्होंने खंडोजी खोपड़े को माफ कर दिया। दूसरी ओर वे खंडोजी खोपड़े द्वारा की गई गद्दारी को भूल भी नहीं पा रहे थे। उनके मन में क्रोध उबल रहा था। एक दिन उन्होंने खंडोजी को बुलवाया और उसका दाहिना हाथ व बायाँ पैर काट डाला।

'कांहोजी जेधे चकित रह गए। शिवाजी अपना वचन कभी तोड़ते नहीं थे। इस बार कैसे ऐसा हो गया? आखिर उन्होंने शिवाजी महाराज से कारण पूछा।

'शिवाजी ने उत्तर दिया, "खंडोजी ने जिस हाथ से स्वराज्य के विरुद्ध तलवार उठाई थी, उस हाथ को हमने काट डाला। जिन पैरों से चलकर वह हमारे शत्रु से मिला था, उन दो पैरों में से सिर्फ एक ही तो काटा! हमने आपको वचन दिया था कि खंडोजी के प्राण नहीं लेंगे, तो हमने कहाँ उसके प्राण ले लिये हैं?" '

शिवाजी महाराज ने 8 जनवरी, 1675 के दिन शिव विनायक को जो पत्र लिखा था, उसके अनुसार वे अपने सभी अधिकारियों से कठोर अनुशासन की अपेक्षा करते थे। ऐसी अपेक्षा वे अपने ब्राह्मण अधिकारियों से भी करते थे, जबकि उस काल में सभी ब्राह्मणों को हर प्रकार की सजा से मुक्त रखा गया था।

शिवाजी के समय में सर्वसाधारण नियम यही था कि ब्राह्मण चाहे कितना ही गंभीर अपराध किया हो, उसे कोई दंड नहीं दिया जाता था, क्योंकि ब्राह्मण ईश्वरीय शक्तियों के संचालक थे। ब्राह्मण कितना भी भ्रष्ट हो, उसे श्रेष्ठ ही समझना चाहिए; ऐसी भावना जनसाधारण के मन में बसी हुई थी।

किंतु शिवाजी महाराज ऐसी परंपराओं को नहीं मानते थे। उसी प्रकार यदि स्वराज्य के किसी काम में कोई ब्राह्मण बाधा डाले, तो उसे सजा देने का निर्णय कर लिया गया

था। उनकी यह कार्य-नीति निम्नांकित पत्र से स्पष्ट होती है—

(मूल मराठी से अनूदित)

'मशहुरल हजरत राजश्री जिवाजी विनायक सुबेदार व कारकून, सुबे मामले प्रभावली प्रति राजश्री शिवाजीराजे दंडवत सुहूर सन् खमस सबैन व अलफ दौलतखान व दरियासारंग यांसी ऐवज व गला राजश्री मोरोपंत पेशवे यांणी वराता सुबे मजकुरावरी दिधल्या त्यांस तुम्ही काही पावले नाही, म्हणोन कलों आले. त्यावरून अजब वाटले की, ऐसे नादान थोडे असतील!

'तुम्हांस समजले असेल की याला ऐवज कोठे तरी ऐवज खजाना रसद पाठविलिया मजरा होईल, म्हणत असाल। तरी पद्मदुर्ग वसवून राजपरीच्या उरावरी दुसरी राजपुरी केली आहे। त्याची मदत व्हावी; पाणी, फाटीं आदि करून सामान पावावे; या कामास आरमार बेगीने पावावे ते नाही। पद्मदुर्ग हबशी फौजा चौफेर जेर करीत असतील, आणि तुम्ही ऐवज न पाठवून आरमार खोलंबून पाडाल! एवढी हरामखोरी तुम्ही कराल आणि रसद पाठवून मजरा करू म्हणाल, त्यावरी साहेब रिझतील की काय? हे गोष्ट घडायची तरी होय; न कले की हबशियांनी काही देऊन आपले चाकर तुम्हांला केले असतील! त्याकरिता ऐसी बुद्धी केली असेल!

'तरी ऐशा चाकरांस ठीकेठीक केले पाहिजेत! ब्राह्मण म्हणून कोण मुलाहिजा करू पाहतो या उपरी तऱ्ही त्याला ऐवज व गला राजश्री मोरोपंती देविला असेल तो देवितील। तो खजाना रसद पावलियाहून अधिक जाणून तेणेप्रमाणे आदा करणे की ते तुमची फिर्याद न करीत व त्यांचे पोटास पावोन आरमार घेऊन पद्मदुर्गाचे मदतीस राहात ते करणे।

'याउपरी बोभाट आलियावरी तुमचा मुलाहिजा करणार नाही। गनिमाचे चाकर, गनिमाचे चाकर, गनीम जालेस, ऐसे जाणून बरा नतीजा तुम्हास पावले, ताकीद असे।'

सारांश यही कि जो काम तुम्हें करना चाहिए था, वह तुमने नहीं किया। शायद तुम्हें किसी ने कुछ देकर अपनी ओर मिला लिया। इसीलिए तुम्हारी बुद्धि ऐसी भ्रष्ट हुई।

फिर भी ऐसा करनेवाले को सजा देनी ही चाहिए। ब्राह्मण समझकर कोई छूट नहीं दी जानी चाहिए। योग्य समय पर लेकर पद्मदुर्ग की मदद की जाए और यदि कोई शिकायत आती है, तो तुम्हें परिणाम भुगतना पड़ेगा।

## न्याय-निर्णय

शिवाजी के समय में दो प्रकार की न्याय-संस्थाएँ अस्तित्व में थीं : राजकीय एवं लोकारूढ़। महाराज ने इन न्याय-संस्थाओं का संचालन प्रचलित धर्म-परंपरा के अनुसार हो, ऐसी व्यवस्था की थी। दैनिक व्यवहार में न्याय एवं निर्णय की व्यवस्था उत्तम रहे, इसके लिए उन्होंने अपने अष्ट-प्रधान मंडल में एक न्यायाधीश की नियुक्ति की थी।

धार्मिक व्यवहार में न्याय, निर्णय एवं संरक्षण के लिए पंडितराव नामक विवेकशील मंत्री की नियुक्ति की थी।

## शिवाजी का विख्यात अष्ट-प्रधान मंडल

सन् 1638 में शिवाजी जब अपने पिता की जागीर सँभालने पूना पहुँचे थे, तब उनके पिता शहाजी ने उनके साथ 4 परिपक्व प्रशासक भेजे थे। वे थे—शामराव नीलकंठ (पेशवे), बालकृष्णपंत नरोपंत (नेजुमदार), सोनोपंत (डबीर) और रघुनाथ बल्लभ (सबनीस)।

सन् 1674 में जब शिवाजी का राज्याभिषेक हुआ, तब बढ़ती जिम्मेदारियों के मद्देनजर शिवाजी महाराज ने 8 मंत्रियों के मंत्री-मंडल का गठन किया। उसे 'अष्ट-प्रधान' कहा गया। ये 8 मंत्री थे—

1. पेशवा (पंत प्रधान) : मोरोपंत पिंगले
2. मजुमदार (अमात्य-महसूल) : रामचंद्र नीलकंठ
3. सुरनीस (सचिव-पत्र) : अण्णाजी दत्तो
4. वाकेनवीस (मंत्री-परामर्श) : दत्ताजी त्र्यंबक
5. सरनोबत (सेनापति) : हंबीरराव मोहिते
6. डबीर (सुमंत-परराष्ट्र) : रामचंद्र त्र्यंबक
7. न्यायाधीश (न्याय) : रावजी नियजी
8. पंडितराव (धर्म-मंत्री) : रघुनाथ पंडित

न्यायाधीश एवं पंडितराव अपने निर्णय धर्म-सभा अथवा 'हुजूर हाजिर मजलिस' के माध्यम से लिया करते। ऐसी सभा में निर्णय के लिए राज्य-मंडल के सभासद बैठा करते। इन सभासदों की राजमुद्रा हर निर्णय-पत्र पर अंकित की जाती थी, ऐसा उल्लेख मिलता है। राजमुद्रा में सभासद के गोत्र का उल्लेख होता था।

खराड़े एवं कालभोर समाजों के बीच पानी के समायोजन को लेकर विवाद चल रहा था। यह विवाद पाटील-पद का अधिकारी कौन, इस बात पर था। विवाद मिटाने के लिए छत्रपति ने स्वयं धर्म-सभा बुलाई। ऐसा सन् 1675 में हुआ। इस धर्म-सभा में राजमुद्रा का प्रयोग किया गया। इसमें 29 सरकारी अधिकारियों ने भाग लिया। देशपांडे, देशमुख, पाटील, कुलकर्णी एवं प्रजा के गोत्र 209 थे। कुल मिलाकर 238 सभासद उपस्थित थे।

इस धर्म-सभा ने विभिन्न जातियों का एकीकरण इस प्रकार किया कि स्थानीय राजकीय, धार्मिक न्याय विषयक एवं जाति विषयक, कार्यों की देखरेख करनेवाली गोत्र-सभा निर्मित हो सकी। कुल आबादी को कितने ग्रामीण क्षेत्रों में बाँटा जाए, यह संख्या भी निर्मित हुई। उन दिनों राजकीय परिवर्तनों के साथ समायोजन रखने के लिए गोत्र-सभाओं

के घटकों में परिवर्तन किया जाता था। गोत्र-सभा के अलावा ब्राह्मण-सभा एवं जाति-सभा के नाम से दो लोकारूढ़ न्याय-संस्थाएँ भी संचालित होती थीं।

लोकारूढ़ न्याय-संस्थाएँ ही न्याय का निर्णय करती थीं। सरकारी अधिकारियों का काम केवल उनको अमल में लाना था। शिकायत करनेवाला अपनी इच्छानुसार गाँव, सूबे या तालुके में कहीं भी कानून की मजलिस में जाकर शिकायत दर्ज करा सकता था। किसी निश्चित स्थान पर ही शिकायत करनी चाहिए, ऐसा कोई नियम नहीं था। तकरार लिखने का कार्य सरकारी अधिकारी किया करते। बाद में कारकूनों की मदद से गोत्र-सभा बुलाई जाती। स्थानीय देवालय के सामने, वट या पीपल के चबूतरे पर सभा होती।

जेठ या माघ महीनों में सभा करना अधिक सुविधाजनक हुआ करता। सभी गोत्रों के लोगों के लिए ये महीने अधिक सुविधाजनक रहते थे। सभा-नायक प्रसंग के अनुरूप चुना जाता। अकसर देशमुख, पाटील या शेट्य बिरादरियों के लोग ही सभा-नायक बनते। वादी की तरफ से वकील नहीं होते थे। कोई एक विद्वान् व्यक्ति वादी और प्रतिवादी दोनों के प्रश्नों का चयन करता। यह व्यक्ति 'प्रश्नक' कहलाता था। वादी और प्रतिवादी दोनों की तरफ से सभा में विषय लिख लिया जाता। वादी-प्रतिवादी अगर अनुपस्थित रहते हों, तो सरकारी अधिकारी जवाब-तलब करके बुलाकर लाते थे। नाइक, वाड़ी, बेरड़ अथवा तकरार के विजयी पक्ष के लोगों द्वारा जो पत्रक बाँटे जाते थे, उन्हें 'महजर' कहते थे। इन पत्रकों पर सभा के सभी सदस्यों के नाम एवं निशान होते थे।

अपराध और दंड के विषय में जानकारी मिलती है कि हर अपराधी को तीन प्रकार के दंड भुगतने पड़ते थे। उसके बाद ही उसे दोष-मुक्त घोषित किया जा सकता था—

1. राज-दंड अथवा दीवान-दंड
2. देव-दंड
3. जाति-दंड

सरकारी सजा को दीवान-दंड कहा जाता था। धार्मिक अथवा आध्यात्मिक दोष दूर करने के लिए दी गई सजा देव-दंड कहलाती थी। जाति-दंड एक प्रकार की सामाजिक सजा होती थी, जो विभिन्न बिरादरियों के बीच सामंजस्य बिठाती थी।

## 'दिव्य'

न्याय करने के लिए गवाह एवं दस्तावेज बेहद जरूरी होते हैं। गवाह ही न हों, तो न्याय कैसे हो, परंपरागत अधिकार के कागजात या उत्तराधिकार के कागजात ही न हों, तो भी न्याय कैसे हो ? लेकिन कभी-कभी ऐसा भी होता है कि गवाह या दस्तावेज (प्रमाण-पत्र आदि) उपलब्ध ही नहीं होते। आधुनिक अदालतों की तरह प्राचीन अदालतों में भी ऐसी स्थिति आ जाती थी। शिव-काल में ऐसी स्थिति को हल करने के लिए 'दिव्य'

का सहारा लिया जाता था। 'दिव्य' यानी ईश्वर। सत्य, असत्य, अर्धसत्य का सर्व-साक्षी ईश्वर ही तो है! ईश्वर निरपराध को हमेशा सुरक्षित रखता है। ईश्वर के रहते निरपराध कभी कष्ट नहीं पा सकता।

ठीक विपरीत अपराधी को ईश्वर का संरक्षण कभी नहीं मिलता। ईश्वरीय न्याय से, यानी 'दिव्य' से अपराधी अवश्य पहचाना जाता है और उसे दंड मिलता है। 'दिव्य' करना यानी देवताओं से न्याय माँगना, न्याय का निर्णय माँगना। देवताओं द्वारा स्वर्ग में इसी का प्रयोग किया जाता है। इसीलिए इसे 'दिव्य' कहा गया है। जन-मान्यता यही थी।

मनुष्य जब गवाह के कटघरे में आकर खड़ा होता है, तब तरह-तरह के लोभ-लालच-डर-क्रोध-आवेश इत्यादि भाव उसे प्रभावित करते हैं। इसीलिए मनुष्य की गवाही की अपनी सीमाएँ हैं। देवताओं के समक्ष ऐसी कोई सीमाएँ नहीं। देवता न असत्य का सहारा लेते हैं, न लोभ-लालच-डर-क्रोध-आवेश इत्यादि से प्रभावित होते हैं। यही 'दिव्य' का महत्त्व है। 'दिव्य' का प्रयोग तभी किया जाता था, जब परिस्थितिजन्य कोई प्रमाण उपलब्ध न होता।

'दिव्य' किस प्रकार करवाया जाता था, इसका ब्योरा उपलब्ध नहीं है। 'दिव्य' करवानेवाला व्यक्ति यदि स्वयं ही अपराधी साबित हो जाता था, तो उसे सजा दी जाती थी। यदि वह निरपराध साबित हो जाता, तो विरोध-पक्ष के व्यक्ति को सजा दी जाती।

इस न्याय-प्रक्रिया में न्यायाधीश मनुष्य के मनोविज्ञान का सहारा लेते थे। 'दिव्य' प्रक्रिया का स्वागत करनेवाला व्यक्ति, जिसका सारा व्यवहार 'दिव्य' के अनुकूल हो, प्राय: निर्दोष ही साबित होता था। ठीक विपरीत; दोषी व्यक्ति के मन का चोर 'दिव्य' के दौरान झलकने ही लगता था। ऐसे अवलोकन के आधार पर न्याय करना कदापि अनुचित नहीं माना जाता था, बल्कि इस न्याय को ईश्वरीय आदेश के रूप में ग्रहण किया जाता था। इसीलिए इस पद्धति को 'दिव्य' की संज्ञा दी गई होगी।

उपर्युक्त वर्णन से एक बात स्पष्ट होती है; वह यह कि शिवाजी महाराज राज्य करते समय 'हम जगत्-नियंता के प्रतिनिधि हैं', इस आस्था से कभी विमुख नहीं हुए। उन्होंने हमेशा याद रखा कि ईश्वर ही राज्य की रक्षा करता है। इसी प्रकार न्याय-प्रक्रिया में भी प्रत्यक्ष ईश्वर का वास होता है, ऐसा उन्हें मन से लगता था।

## संदर्भ—

1. शिवछत्रपति चे आरमार / ग.भा. मेहेन्दले एवं सं.भा. शिंवे
2. Shivaji and His Times / Jadunath Sarkar
3. Shivaji The Great Maratha / H.S. Sardesai

□

# शिवाजी महाराज एवं भारत की स्वतंत्रता संग्राम

व्यापार करने के उद्‌देश्य से भारत आनेवाले अंग्रेजों के प्रति महाराज के मन में संदेह उत्पन्न हो रहा था।

अंग्रेजों के स्वभाव का सूक्ष्म निरीक्षण करके शिवाजी महाराज ने भविष्यवाणी कर दी थी कि एक दिन यह कौम भारत-भूमि पर कब्जा करने का प्रयास करेगी। अंग्रेजों एवं अन्य विदेशियों के साथ भारतीय शासकों को कैसा बरताव करना चाहिए, इस बाबत शिवाजी ने अपने आज्ञा-पत्र में इस प्रकार मार्गदर्शन किया है—

साहूकार तो हर राज्य की शोभा होते हैं। साहूकार के योगदान से ही राज्य में रौनक आती है। जो चीजें उपलब्ध नहीं होतीं, वे साहूकारों की गतिविधियों से राज्य में आती हैं। इससे व्यापार बढ़ता है और राज्य धनी होता जाता है। संकट के समय कर्ज इन्हीं साहूकारों से मिलता है, जिससे संकट का निवारण हो जाता है। साहूकार की रक्षा करना स्वयं राज्य की रक्षा करना है। साहूकार के संरक्षण से बहुत लाभ होता है। इस कारण साहूकार का भरपूर सम्मान करना चाहिए और उसका कहीं अपमान न हो, इसका ध्यान रखना चाहिए।

बाजारों में विविध दुकानों में बखारी, हाथी, घोड़े, जरमिना, जरबाब, प्शमी आदि का व्यापार किया जाए, साथ ही श्रेष्ठ वस्त्र, रत्न, शस्त्र आदि का व्यापार किया जाए। हुजूर बाजार में बड़े साहूकारों को रखा जाए। शादी-ब्याह के समय उन्हें आदर के साथ बुलाकर वस्त्र आदि देकर संतुष्ट किया जाए। हमारे जो साहूकार दूसरे प्रांतों में हों, उन्हें भी संतुष्ट किया जाए। यदि वे संतुष्ट न हों, तो जहाँ वे हैं, उन्हें वहीं अनुकूल स्थान में दुकानें देकर संतुष्ट किया जाए। इसी तरह, समुद्री व्यापार से संबंध रखनेवाले साहूकारों का स्वागत करने के लिए बंदरगाहों पर संदेश भेजे जाएँ।

साहूकारों के साथ अंग्रेज, पुर्तगाली, फ्रांसीसी इत्यादि लोग भी सहयोग करते हैं। हमारे साहूकार इन विदेशियों के प्रभाव में ज्यादा न आ जाएँ, यह देखना जरूरी है। इन

विदेशियों के आका दूर कहीं, सात-समंदर पार बैठे हैं। उन आकाओं के ही आदेश पर ये यहाँ आकर साहूकारी कर रहे हैं। इन्हें भारत-भूमि से प्यार नहीं है। ये इस पवित्र धरती का शोषण ही करेंगे। ये गोरे जहाँ-जहाँ जाएँगे, वहाँ-वहाँ राज्य करने की कोशिश करेंगे। ये केवल साहूकारी नहीं करेंगे, केवल व्यापार नहीं करेंगे, साथ में राज्य करने का भी लोभ इन्हें होगा। इन्होंने इस देश में प्रवेश करके अपना क्षेत्र बढ़ाया है, स्वयं की प्रतिष्ठा बढ़ाई है, जगह-जगह तरह-तरह के कार्य किए हैं। यह बहुत हठी कौम है। हाथ में आया हुआ स्थान ये मरने पर भी नहीं छोड़ेंगे।

इन्हें मेहमानों की तरह ही जरा फासले पर ही रखा जाए। इनसे आत्मीय न हुआ जाए। इन्हें लंबे समय के लिए या हमेशा के लिए, कभी कोई स्थान न दिया जाए। जंजीरा किले के पास इनका आवागमन रोका जाए। अगर कोठार बनाने के लिए जगह माँगें, तो इन्हें समुद्र के पास अथवा समुद्री किनारे पर या खाड़ी पर जगह न दी जाए, अगर किसी तरह ये ऐसी जगहों पर पहुँच जाएँ, तो लगातार नजर रखी जाए कि ये मर्यादा में रह रहे हैं या नहीं। ये वे लोग हैं, जो अपनी समुद्री सेना खड़ी कर लेते हैं, तोप-बारूद ले आते हैं, इन चीजों के जोर पर ये अपने खुद के किले बना लेते हैं। जहाँ इनका किला बन गया, वह जगह गई ही समझो।

यदि जगह देनी ही है, तो उस तरह दो, जैसे फ्रांसीसियों को दी गई थी। इन अंग्रेजों को सिर्फ चुनिंदा शहरों में जगह दी जाए। भंडार बनाना चाहें, तो बनाएँ, लेकिन इन्हें रिहायशी इमारतें बनाने की मनाही होनी चाहिए। इस तरीके से यदि ये रहते हैं, तो ठीक है, नहीं तो इनसे दूर का ही नमस्कार रखें। हम उनकी राह में रोड़ा न अटकाएँ और वे भी हमारी राह में रोड़ा न अटकाएँ। गनीम का उसूल था कि शत्रु राज्य का कोई साहूकार अपने कब्जे में आए तो उससे फिरौती लेने के बाद ही छोड़ना। फिरौती लेने के बाद उसका मान-सम्मान करने के बाद उसे अपने देश भेज देना। अत: उचित भूखंड मिलने पर हम इन गोरों पर मेहरबानी कर सकते हैं; इन्हें इनके भूखंड की ओर रवाना करके। गनीम की तरफ से नौकर-चाकर को जो दंड दिया जाता है, वह साहूकार के लिए उचित नहीं है।

शिवाजी की भविष्यवाणी आखिर सच निकली। व्यापार के लिए भारत आए हुए अंग्रेजों ने संपूर्ण भारत-भूमि को ही अपने ताबे में ले लिया। फिर इन्हें यहाँ के राज्यकर्ता बनने से कौन रोक सकता था!

कोरेगाँव की लड़ाई में हारने के बाद सन् 1818 में पेशवा बाजीराव दूसरे ने अंग्रेजों की शरणागति स्वीकार कर ली। इस प्रकार सत्ता के हस्तांतरण की प्रक्रिया पूरी हुई।

सन् 1818 में रायगढ़ तालुका अंग्रेजों के अधिकार में आ गया। उस समय मोरोपंत वहाँ के सूबेदार थे। अंग्रेजों ने उन्हीं को अपना अधिकारी नियुक्त कर दिया। सन् 1866 में

रायगढ़ तालुका का नाम बदलकर महाड तालुका कर दिया गया। जब तक नाम रायगढ़ तालुका चल रहा था, तब तक लोगों को रायगढ़ की याद आती रही थी। महाड तालुका किए जाने पर सब उजड़ना शुरू हो गया। दो-चार धनवानों के निवास-स्थानों के अलावा गिनाने लायक कुछ भी शेष न रहा।

सन् 1896 में प्रथम शिवाजी उत्सव संपन्न हुआ। कोलाबा जिले के उस समय के कलेक्टर ने उत्सव मनाने पर आपत्ति की एवं शासन को लिखा—

'स्वराज्य के प्रति लोगों के मन में अपनत्व की भावना यदि है, तो उसे बढ़ावा दिया जाए और यदि नहीं है, तो उसे उत्पन्न किया जाए; यही है इस उत्सव का उद्देश्य।'

किंतु लोकमान्य तिलक उत्सव के पक्ष में थे। तिलक बीच में पड़े, तब उत्सव संभव हुआ। सन् 1897 में द्वितीय शिवाजी उत्सव पूना में संपन्न हुआ। इस अवसर पर लोकमान्य तिलक ने शिवाजी के हाथों अफजल खान की हत्या के समर्थन में भाषण दिया। दस दिनों बाद आयरस्ट एवं रैंड नामक दो अंग्रेज अधिकारियों ने चाफेकर बंधुओं की गोली मारकर हत्या की। लोकमान्य तिलक को राजद्रोह की सजा दी गई।

लोकमान्य तिलक की तरह इंग्लैंड में वीर सावरकर एवं पंजाब में सरदार स्वर्णसिंह जैसे क्रांतिकारियों ने शिवाजी महाराज की प्रतिमा के सामने शीश झुकाकर गोपनीयता की कसम खाई।

शिवाजी उत्सव की यह हवा देश भर में फैल गई। देश के 128 समाचार-पत्रों ने इसका विवरण प्रकाशित किया। मसलन 'अहमदाबाद टाइम्स', अहमदाबाद; 'देशतील', सूरत; 'देशभक्त', बड़ौदा; 'गुलबर्गा समाचार', हैदराबाद; 'कालिदास', धारवाड़; 'कर्नाटक वैभव', बीजापुर; 'काठियावाड़ टाइम्स', राजकोट; 'नवसारी प्रकाश', नवसारी; 'फीनिक्स', कराची; 'प्रभात', सिंध तथा महाराष्ट्र के तालुका एवं जिला स्तर के सभी समाचार-पत्र।

प्रथम एवं द्वितीय विश्व-युद्धों के समय स्वयं अंग्रेजों ने शिवाजी महाराज की वीरता का गुणगान करते हुए शिवाजी के मावलों को सेना में भरती होने का आह्वान किया। मावलों ने भी इस आह्वान को अच्छा प्रतिसाद दिया। इस प्रकार शिवाजी के वीर मावलों ने सात समंदर पार, सीधे यूरोप की रणभूमि पर, 'हर-हर महादेव!' की रण-गर्जना की।

आज भी भारतीय सेना की कई रेजीमेंट्स का युद्ध-घोष 'हर-हर महादेव!' ही है। नेताजी सुभाषचंद्र बोस ने कहा था—

"भारत के इतिहास में केवल शिवाजी महाराज का तेजस्वी चरित्र मेरे अंत:करण में मध्याह्न के सूर्य की तरह प्रकाशमान हुआ है। शिवाजी महाराज के जैसा उज्ज्वल चरित्र मैंने किसी और राजनेता का नहीं देखा। आज की परिस्थिति में इसी महापुरुष की वीर-गाथा का आदर्श हमारा मार्गदर्शन कर सकता है। शिवाजी महाराज के आदर्शों को

संपूर्ण भारतवर्ष के सामने रखा जाना चाहिए।"

नेताजी का यह कथन खौलते पानी पर उठते बुलबुलों के समान नहीं है। दूसरा विश्व-युद्ध शुरू होने पर नेताजी ने जन-आंदोलन का प्रारंभ किया। फलस्वरूप अंग्रेजों ने उन्हें जेल में डाल दिया, किंतु नेताजी ने जब आमरण उपवास शुरू किए, तब उन्हें सातवें दिन छोड़ दिया गया।

लेकिन अंग्रेजों ने तत्काल कलकत्ता के उनके घर पर पुलिस का खुफिया पहरा बिठा दिया। उन्हें दो मुकदमों में फँसाकर रखा गया। मुकदमों के फैसले न होने तक वे देश छोड़कर नहीं जा सकते थे। भारत के स्वतंत्रता संग्राम को भी वे अंतरराष्ट्रीय स्तर पर नहीं ले जा सकते थे। इस मोरचे को नेताजी अच्छी तरह समझ चुके थे।

द्वितीय विश्व-युद्ध अभी चल ही रहा था कि नेताजी बड़े नाटकीय तरीके से अचानक पलायन कर गए! उन्होंने अफगानिस्तान व सोवियत रूस के मार्ग से जर्मनी में प्रवेश किया। समझने की बात है कि इस पलायन के प्रेरणा-स्रोत कौन थे? निस्संदेह शिवाजी महाराज ही उनके प्रेरणा-स्रोत थे।

पलायन करने से पहले नेताजी ने मौन धारण कर लिया था। वे नितांत एकांत में रहने लगे थे। अंग्रेज अधिकारियों एवं पहरेदारों से मिलना भी बंद कर दिया था। किसी को सपने में भी खयाल नहीं था कि नेताजी चुपके-चुपके दाढ़ी बढ़ा रहे थे। पलायन की रात्रि में उन्होंने पठान का वेश धारण किया और अपने भाई के पुत्र शिशिरकुमार बोस के साथ कार में बैठकर निकल गए। इस प्रकार वे अंग्रेजों को चकमा देने में सफल हो गए। उनके पलायन की तारीख थी 19 जनवरी, 1941।

जिस कार का उपयोग उन्होंने पलायन करने के लिए किया, वह उनके कलकत्ता के निवास-स्थान पर, इस घटना की स्मृति में, आज भी सुरक्षित रखी हुई है।

## संदर्भ—


1. छत्रपति शिवाजी महाराजांची राजधर्मसुत्रे/संपादन : मोहिनी दातार
2. Shivaji and His Times/Jadunath Sarkar
3. Shivaji The Great Maratha/H.S. Sardesai


□

# शिवाजी महाराज विदेशियों की दृष्टि में

ऑबकॅरे नामक फ्रांसीसी यात्री ने सन् 1670 में भारत-भ्रमण किया था। अपने ग्रंथ 'व्हॉएस इंडीज ओरिएंटेल' में उसने अपने अनुभव प्रस्तुत किए हैं। यह यात्रा-वर्णन सन् 1699 में पेरिस से प्रकाशित हुआ। उसमें से लिये गए कुछ उद्धरण—

'शिवाजी ने किसी एक शहर को जीत लिया, ऐसा समाचार आता ही है कि तुरंत दूसरे समाचार का पता चलता है कि शिवाजी ने उस प्रदेश के आखिरी छोर पर आक्रमण किया है।

'वह केवल चपल नहीं है, बल्कि वह जूलियस सीजर के जैसा दयालु एवं उदार भी है। इसलिए जिन पर वह जीत हासिल करता है, वे भी उससे प्रभावित हो जाते हैं। उसमें वही शूरता और गतिशीलता है, जो स्वीडन के गस्टावस एडॉल्फस में थी।

'सीजर को स्पेन में जो सफलता मिली, उसके लिए कहा जाता था कि वह आया, उसने देखा और वह जीत गया। ठीक यही बात शिवाजी महाराज के बारे में कही जा सकती है।

'उसने बार-बार बहुमूल्य चीजें जब्त करके अपने खजाने में सोना, चाँदी, हीरे, मोती, माणिक आदि भारी मात्रा में एकत्र कर लिये थे। खजाने की शक्ति ने उसकी सेना को शक्तिशाली बना दिया था। सेना के बल पर वह अपनी योजनाएँ आसानी से पूर्ण कर सकता था।

'वह एलेक्जेंडर से कम कुशल नहीं है। उसकी गति इतनी तेज है कि लगता है, उसकी सेना पंख लगाकर उड़ती है। जयसिंह को सौंपे गए किले उसने आठ महीनों में वापस छीन लिये थे। शिवाजी दूसरा सर्टोरीअस है। सैनिक दाँवपेंच एवं युक्तियाँ लड़ाने में वह हॉनीबॉल से कम नहीं है।

'वह मैजिनी की तरह हमेशा अपने ध्येय को सामने रखता है। गैरिबाल्डी जैसी दृढता उसगें है। वह विलियम द ऑरेंज के जैसा देशभक्त, दृढ-निश्चयी एवं निडर है। उसने महाराष्ट्र के लिए वह सब किया, जो फ्रेडरिक द ग्रेट ने जर्मनी के लिए किया एवं एलेक्जेंडर द ग्रेट (सिकंदर) ने मैसेडोनिया के लिए किया।'

शिवाजी महाराज की चपलता एवं आश्चर्यजनक विशेषताओं के बारे में ग्वार्दा ने इस प्रकार उल्लेख किया है—

'शिवाजी एक ही समय में अलग-अलग जगहों पर आक्रमण करता है। सभी को आश्चर्य होता है कि क्या वह कोई जादूगर है या वह बनावटी शिवाजी को भेजता है। क्या कोई भूत उसके बदले में कार्य करता है?'

नाटककार हेनरी ऑक्सिंडेन ने अपनी विशिष्ट शैली में कहा है, "शिवाजी अपनी लूटमार के लिए कुप्रसिद्ध है, लेकिन कुप्रसिद्धि में ही उसकी सुप्रसिद्धि का कीर्तिमान है। सब कहते हैं कि शिवाजी के पंख लगे हुए हैं, जिनसे वह उड़ सकता है! अगर नहीं, तो फिर वह उतनी दूर-दूर के अलग-अलग स्थानों पर एक-साथ कैसे नजर आता है?"

ग्वार्दा ने कबूल किया है कि शिवाजी ने अत्यंत अल्प समय में इतना ऊँचा स्थान हासिल कर लिया है कि लोग हैरत में पड़ गए हैं। प्रजा शिवाजी से खुश व संतुष्ट है, क्योंकि वह न्याय करते समय पक्षपात नहीं करता और सबको समान दृष्टि से देखता है। उसकी मशहूरी इतनी बढ़ी-चढ़ी है कि संपूर्ण भारत एक ओर तो उसका आदर करता है और दूसरी ओर उससे डरता भी है!'

बार्थलेमी कैरे ने अपने द्वि-खंडी ग्रंथ 'व्हायेज द इंडी ओरिएंटल' में कबूल किया है कि 'मराठों का अधिनायक शिवाजी न केवल अपनी प्रजा एवं अधिकारियों के लिए आदरणीय व प्रशंसनीय है, बल्कि उसके प्रतिस्पर्धी भी इस बात को स्वीकार करते हैं।'

'शिवाजी का इतिहास' ग्रंथ के प्रारंभ में दृढता से कहा गया है, 'शिवाजी पूर्वी देशों का सबसे साहसी योद्धा है। वह न केवल अत्यंत तीव्र गति से आक्रमण करता है, बल्कि उसमें अनेक उत्कृष्ट गुण भी हैं। वह स्वीडन के एडॉल्फस गस्टावस की तुलना में कतई कम नहीं है। उसमें असीम उदारता है। लूटी गई बहुमूल्य वस्तुओं को वह जरूरतमंद लोगों के लिए लुटा भी देता है। इसीलिए जब वह आक्रमण या लूटमार करता है, तब ये ही गुण उसके लिए निर्णायक सिद्ध होते हैं।'

उसी में आगे कहा है, 'शिवाजी की शूरता और साहस एक बाढ़ आई हुई नदी के समान है, जो अपनी चपेट में आनेवाली सारी चीजों को बहा ले जाती है।'

सन् 1672 में बार्थलेमी कैरे दूसरी बार भारत आया, ताकि 'शिवाजी का इतिहास' ग्रंथ का दूसरा भाग लिख सके। इस दूसरे भाग में चौल के सूबेदार ने शिवाजी का जो वर्णन किया है, उसका आधार लेते हुए उसने लिखा है—

'शिवाजी का प्रदेश शिवाजी ही जीत सकता था। उसके जैसा दूसरा कोई नहीं है। इस प्रदेश पर आधिपत्य शिवाजी के भाग्य में था। उसने सैनिकों के कार्य का एवं सेनापतियों के कर्तव्य का सूक्ष्म अध्ययन किया है।

'इसी तरह उसने दुर्ग-शास्त्र एवं विज्ञान का भी गहराई से अध्ययन किया है। उसका ज्ञान किसी भी अभियंता के ज्ञान से अधिक ही है, कम नहीं। भूगोल और नक्शानवीसी में

वह इतना होशियार है कि न केवल शहरों और गाँवों के, बल्कि झाड़ियों के भी नक्शे उसने तैयार करवा लिये हैं।

'मित्रता करने में शिवाजी अत्यंत कुशल है। उनकी मित्र-मंडली इतनी समृद्ध है कि जैसे कभी भी खाली न होनेवाला कोई खजाना। उनके मित्र पल-पल के समाचार उन्हें दिया करते हैं।'

अपने मंतव्य के अंत में बार्थलेमी कैरे कहता है, "बहादुरों को बहादुरी के फल मिलते ही हैं। महान् व्यक्ति के लिए शत्रु के होंठों से भी प्रशंसा के ही उद्‍गार निकलते हैं। यह बात शिवाजी के बारे में तो बिल्कुल ही सत्य है।"

यूरोपियन इतिहासकार डेनिस किंकेड ने कहा है, "किसी भी राज्य के कल्याण के लिए संपत्ति की आवश्यकता होती है। शिवाजी को भी अपने स्वराज्य के कल्याण के लिए संपत्ति चाहिए थी। इसलिए मेरी नजर में शिवाजी महाराज लुटेरे नहीं थे, बल्कि महान् विद्रोही व क्रांतिकारी थे।"

जॉन फ्रांसिस गामेली करेरी नामक इटालियन यात्री ने लिखा है—

'यह शिवाजी, जिसे प्रजा अपना राजा कहती है, एक ही समय में बलशाली मुगलों एवं पुर्तगीजों से लड़ाई छेड़ सकता है।

'इसके पास 50,000 घुड़सवार और इससे भी ज्यादा पैदल सेना है। ये सैनिक मुगलों से अधिक सक्षम हैं, क्योंकि ये सिर्फ एक रोटी के आधार पर सारा दिन लड़ सकते हैं। मुगलों की छावनी में बीवियाँ, नर्तकियाँ, संपूर्ण परिवार, अत्यधिक मात्रा में अनाज और ऐशोआराम के साधन साथ रहते थे। मुगलों की सेना एक चलते-फिरते शहर जैसी ही प्रतीत होती थी।

'चौल से लेकर गोवा के संपूर्ण सागर-तट का स्वामी शिवाजी है।'

पुर्तगीज इतिहासकार परेन ने शिवाजी के बारे में जो कहा है, वह उसकी निजी राय नहीं, बल्कि तमाम पुर्तगीजों की राय है। उसमें शिवाजी का वर्णन इस प्रकार किया गया है—

'गहन एवं अद्‍भुत अध्ययनशील, खुशमिजाज, साहसी, प्रेमी, भाग्यशाली, एक भटका हुआ सरदार, आकर्षित करनेवाली तेज नजर, प्रेमपूर्वक वार्त्तालाप करनेवाला, सौजन्यपूर्ण स्वभाव, सिकंदर के समान शरणागति स्वीकार करनेवाले के साथ उदारता का व्यवहार करनेवाला, शीघ्र निर्णय-शक्ति, सीजर की तरह सभी दिशाओं में अपना परचम लहराने की इच्छा रखनेवाला, दृढ-निश्चयी, अनुशासन प्रेमी, कुशल पैंतरेबाज, दूरदर्शी, ममतामयी राजनीति में कुशल, संगठन में कुशल; दिल्ली के मुगल, बीजापुर के तुर्कों के अलावा पुर्तगीज, डच, अंग्रेज एवं फ्रेंच प्रतिस्पर्धियों के साथ चतुराई से राजनीति करने में समर्थ...ये सारी क्षमताएँ थीं शिवाजी महाराज में।'

## पाकिस्तान की पाठ्य-पुस्तक में शिवाजी महाराज

माध्यमिक शाला की उस पुस्तक का नाम था 'अ न्यू हिस्ट्री ऑफ इंडो-पाकिस्तान'।

लेखक थे के. अली। इस पुस्तक के 'औरंगजेब आलमगीर' प्रकरण का अंग्रेजी से मराठी अनुवाद 'लोकसत्ता' दैनिक के 'लोकमुद्रा' परिशिष्ट में रविवार, 9 मई, 2004 के दिन प्रकाशित हुआ था, जिसकी हिंदी में प्रस्तुति इस प्रकार है—

'शिवाजी महाराज उत्तम प्रशासक थे। उन्होंने अपने राज्य-कार्य को सुव्यवस्थित किया था। उन्होंने आठ मंत्रियों का 'अष्टप्रधान मंडल' बनाया था। सुचारु संचालन के लिए राज्य के तीन विभाग किए गए थे। प्रत्येक विभाग पर सक्षम अधिकारी नियुक्त किया गया था। प्रत्येक विभाग स्व-चालित शैली में कार्य करता था। न्याय-व्यवस्था का कार्य न्यायाधीश अथवा मुख्य न्यायमूर्ति देखा करते। टोडरमल एवं मलिक अंबर ने जमीन-महसूल वसूल करने के लिए प्रभावी नियम बनाए थे। जमीन की पूरी जाँच-पड़ताल करने के बाद ही कर लागू किया जाता था। संपूर्ण उत्पादन का पाँचवाँ हिस्सा करके रूप में ले लिया जाता था। सैनिक खर्च के लिए चौथाई हिस्सा लिया जाता। सरदेशमुखी का वसूली अलग से होती।

'शिवाजी महाराज ने एक कार्य-सक्षम एवं तत्पर सेना तैयार करके उसे अनुशासित किया। इस सेना में घुड़सवारों और पैदल योद्धाओं का समावेश था।

'भ्रष्टाचार पर नियंत्रण रखने के लिए शिवाजी महाराज ने जागीर देने की पद्धति बंद करके सैनिकों को नियमित वेतन देना शुरू किया। वेतन उन्हें नकद राशि के रूप में दिया जाता था। शिवाजी ने एक बड़ी नौसेना तैयार की, जिससे मराठा सैन्य शक्ति बहुत बढ़ गई। सार यह कि शिवाजी महाराज का प्रशासन कार्यक्षम एवं प्रगतिशील था।

शिवाजी महाराज का भारत के इतिहास में महत्त्वपूर्ण स्थान है। उन्होंने छोटी सी जागीर से शुरू करके अपने बलबूते पर स्वतंत्र राज्य का निर्माण किया। उन्होंने तत्कालीन मराठा समाज में राष्ट्र-भावना के बीज बोए और एक नई जन-चेतना का निर्माण किया। वे स्वयं सनातन हिंदू धर्म में विश्वास रखते थे, किंतु वे कट्टर नहीं थे। उनमें प्रखर सहिष्णुता थी। अन्य धर्मों के लिए उनमें हार्दिक आदर की भावना थी। स्त्रियों को उन्होंने हमेशा विशेष सम्मान दिया। उन्होंने हिंदू धर्म की प्रतिष्ठा बढ़ाई। उनके कार्य अत्यंत साहसिक, रचनात्मक एवं बुद्धि-आधारित होते थे। शिवाजी महाराज के लिए सहज ही कहा जा सकता है कि वे भारत के अलौकिक व्यक्तियों में से एक थे।

## संदर्भ—

1. छत्रपति शिवाजी महाराजांची राजधर्म सूत्रे/संपादन : मोहिनी दातार
2. The Shivaji Commemoration Movement/Edi. : Dr. Sanjiv, P. Desai
3. Shivaji The Great Maratha/H.S. Sardesai

□

# शिवाजी महाराज एवं ग्रेटनेस

महामानव का उदय कैसे होता है? पेचीदा घटनाओं का लंबा सिलसिला हमेशा किसी-न-किसी विशिष्ट जन-समुदाय को जन्म देता है। जन्म के बाद; इस विशिष्ट जन-समुदाय का विकास होता है, तत्कालीन सामाजिक परिस्थितियों के प्रभाव के कारण। महामानव के उदय के ये ही दो बुनियादी कारण हैं—1. विशिष्ट जन-समुदाय को जन्म देनेवाला पेचीदा घटनाओं का लंबा सिलसिला और 2. तत्कालीन सामाजिक परिस्थितियों का प्रभाव।

"महामानव किसी समाज का नव-निर्माण करे, इससे पहले स्वयं समाज को ऐसी परिस्थितियाँ बनानी चाहिए, जिनसे महामानव जन्म ले।" ये शब्द हैं हर्बर्ट स्पेंसर के ('द स्टडी ऑफ सोशियोलॉजी')।

हर्बर्ट स्पेंसर का मानना है कि संसार के इतिहास को स्थायी रूप से प्रभावित करनेवाले जो विराट परिवर्तन हुए हैं, वे सब अचानक नहीं हुए हैं। उनके बीज भूतकाल के इतिहास में पड़ चुके होते हैं।

विशिष्ट व्यक्ति का उदय एक निश्चित समय में, किसी तूफानी दौर से गुजर रहे सुनिश्चित प्रदेश में ही क्यों होता है? हमेशा इसके कुछ स्पष्ट कारण होते हैं, जो इतिहास में ढूँढ़ने पर सहज ही मिल जाते हैं। इन कारणों को समझ लेना ही इतिहास को समझ लेने के बराबर है। इस पड़ाव तक पहुँचना ही इतिहास की समझ तक पहुँचना है।

इतिहास के उतार-चढ़ाव में राजकीय विचारधारा अथवा विशिष्ट व्यक्ति का जितना महत्त्व है या शायद इन दोनों से भी ज्यादा सामाजिक, धार्मिक और पर्यावरणीय स्थितियों का महत्त्व होता है।

शिवाजी महाराज के संदर्भ में भी इन कारणों एवं स्थितियों की सच्चाई की जाँच करने में कोई हर्ज नहीं है। कार्लाइल ने 'अधिनायक एवं उसकी पूजा' के संदर्भ में लिखा है—

'स्वयं के पराक्रम से नया राज्य स्थापित करनेवाला संसार के सबसे बड़े व्यक्तियों

में से एक होता है। ऐसे व्यक्ति का दायित्व होता है कि वह सबको किसी आदर्श की ओर ले जाए। ऐसे व्यक्ति का अनुसरण जो करते हैं, उन्हें उसके आदेश का पालन करना होता है। उस व्यक्ति से प्रभावित लोग उस पर अपने प्राण तक न्योछावर कर देने को तैयार रहते हैं। ऐसा वे किसी दबाव में आकर नहीं, बल्कि स्वेच्छा से, अपनी स्वयंभू निष्ठा से ही करते हैं। ऐसा वे इसलिए करते हैं कि इसी में उनकी भलाई होती है और इस भलाई का एहसास भी उन्हें हो चुका होता है।'

अब हम डॉरिस नामक समाजशास्त्री क्या कहते हैं, यह देखेंगे—

"जो व्यक्ति महामानव कहे जाते हैं, वे अपने कर्तव्य-पालन की शुरुआत अपनी वंश-परंपरा से प्राप्त क्षमता के आधार पर करते हैं। यह क्षमता वे अपने जन्म से ही संगृहीत कर लेते हैं। इस जन्मजात क्षमता को ही वे अपने गुणों के रूप में विकसित करते हैं। इसमें उन्हें लगभग बीस साल लग जाते हैं। फिर वे उसी अर्जित क्षमता की शक्ति से समस्याओं का सामना करते हैं और साहस के साथ सीना तान कर खड़े रहते हैं।

"यह अर्जित क्षमता उनके बौद्धिक व्यक्तित्व का विकास करती है। यह उनकी भावनाओं से भी बँधी रहती है। स्वयं के कार्य-क्षेत्र के एवं समाज के अनुभवों एवं प्रयोगों से वे जटिल समस्याओं को भी सरलता से हल कर लेना सीखते हैं। जिनके लिए कोई भी समस्या कठिन समस्या नहीं होती, उनके बौद्धिक व्यक्तित्व का विश्लेषण इसी तरह किया जा सकता है।

"शिवाजी महाराज के व्यक्तित्व का विश्लेषण भी इसी आधार पर किया जा सकता है। बादशाह औरंगजेब ने अपनी प्रजा पर जो धार्मिक अत्याचार किए, उन अत्याचारों से न केवल शिवाजी, बल्कि उनकी संपूर्ण पीढ़ी के सामने एक कठिन समस्या उपस्थित हुई थी। शिवाजी महाराज अपने अदम्य आत्मविश्वास के कारण किसी भी समस्या को कठिन महसूस नहीं करते थे। तभी तो वे कठिन-से-कठिन समस्या को भी देखते-ही-देखते हल कर लेते थे।

"इतिहास की अनेक शताब्दियों में देखा गया है कि संसार में किसी जगह, किसी समय, किसी एक ही स्वयंभू नेता का उदय होता है। शिवाजी इसी श्रेणी के स्वयंभू नेता थे। भारत में मुसलमानों की सत्ता की स्थापना के बाद शिवाजी जैसा दूसरा कोई व्यक्ति नहीं हुआ। शिवाजी के रूप में केवल शिवाजी ही प्रकट हो सकते थे। इसीलिए सर जदुनाथ सरकार जैसे तटस्थ व गंभीर इतिहासकार को भी शिवाजी की अलौकिक बुद्धि का लोहा मानना पड़ा। जैसा कि सर जदुनाथ सरकार ने निष्कर्ष निकाला; शिवाजी एक अद्वितीय आविष्कारक थे। उन्हें अपनी कल्पना और शक्ति पर एक जैसा विश्वास था। मध्ययुगीन भारत में उन्होंने अपना हर रास्ता स्वयं खोजा; हर नई डगर का निर्माण स्वयं किया। उनके सामने राह दिखानेवाला कोई आदर्श पुरुष था ही नहीं। कह सकते हैं कि

शिवाजी स्वयं ही अपने आदर्श पुरुष थे!"

महामानव शिवाजी महाराज एवं उनकी बुद्धिमत्ता के संदर्भ में कॉक्स नामक विद्वान् ने जो निरीक्षण किया था, वह इस प्रकार है—

'जिन व्यक्तियों को उच्च बुद्धि मिली होती है, उनका प्रभाव किसी विशेष क्षेत्र में अथवा एक साथ अनेक क्षेत्रों में होता है। औसत बुद्धि के व्यापारियों की बनिस्बत उच्च बुद्धि के महानुभाव अधिक प्रभावशाली होते हैं।'

उच्च बुद्धि के व्यक्ति ज्ञान-विज्ञान के क्षेत्र में विशेष कार्य कर दिखाते हैं। अन्य क्षेत्रों में भी उनकी क्षमता बहुत ऊँची होती है, जैसे—लियोनार्डो द विंसी, मायफेलेंजेलो, डेकार्ट, बेंजामिन फ्रेंकलिन, गेटे इत्यादि। शिवाजी महाराज इस कसौटी पर खरे उतरते हैं। उनकी क्षमता एक साथ कितने क्षेत्रों में कार्य करती थी! महाराज स्वयं शूरवीर योद्धा थे। उत्कृष्ट सेनापति और सक्षम प्रशासक थे। छापामार युद्ध के तो महारथी थे। आज की आधुनिक दुनिया भी उन्हें छापामार युद्ध के महान् विशेषज्ञ के रूप में स्वीकार करती है। अभेद्य किलों का निर्माण करने में उनका कोई सानी नहीं था। समुद्र का लेशमात्र भी ज्ञान न होने के बावजूद उन्होंने अपनी सशक्त नौसेना स्थापित की। उन्हें भूगर्भ का भी गहन ज्ञान था। पर्यावरण का महत्त्व वे खूब समझते थे। सही और गलत का उनका व्यावहारिक ज्ञान आज भी सबको प्रेरणास्पद लगता है। अधर्म और अंधविश्वास के नाश के लिए उन्होंने बहुत काम किया। यूँ समाज-सुधारक के रूप में भी कोई उनकी बराबरी तक नहीं पहुँच सकता।

अनेक शताब्दियों से भारतीय समाज कछुए की तरह अपने हाथ-पैर एवं सिर कवच के नीचे छिपाकर जी रहा था। शिवाजी ने उसे सिर ऊँचा करके जीना सिखाया और हाथ-पैरों को स्वतंत्र गति दी, ताकि बदली हुई परिस्थितियों में सब निर्भयता से जीना सीख सकें।

अनेक विशिष्ट व्यक्तियों ने संसार के इतिहास में अपना नाम सुनिश्चित करने के लिए आश्चर्यचकित कर देनेवाले बुद्धि-वैभव के कार्य किए हैं एवं व्यावहारिक चतुराई से कठिनतम व्यक्तियों से भी अपनी बात मनवाई है। इस कसौटी पर भी शिवाजी सही उतरते हैं। अपनी बात मनवा लेने और शातिर-से-शातिर शत्रु को भी अपने वाग्जाल में उलझा देने की उनकी कला के अनेक प्रसंग मराठा इतिहास में गौरव के साथ अंकित हैं।

स्कॉटिश इतिहासकार थॉमस कार्लाइल (1795-1899) ने कहा है, 'संसार का इतिहास महान् व्यक्तियों की चरित्र-कथा मात्र है।'

महाराष्ट्र का इतिहास शिवाजी महाराज एवं उनके उत्तराधिकारियों के इतिहास के सिवा और क्या है!

शिवाजी की उपलब्धियाँ क्या हैं, यह सबको ज्ञात है। व्यवहार-कुशलता उनके

व्यक्तित्व की बहुत बड़ी खूबी के रूप में उभरती है। कब, कहाँ, कैसी बातचीत किसके साथ की जाए, इसका अद्वितीय ज्ञान उन्हें था। उन्होंने अपना राज्य कभी अनापशनाप नहीं बढ़ाया। जितना सँभाल सकते थे, उतना ही बढ़ाया। जितने की रक्षा कर सकते थे, उतने ही क्षेत्र तक वे सीमित रहे। फिर भी, उनका स्वराज्य कोई कम विस्तृत नहीं था। यह स्वराज्य सार्लरी से जिंजी तक अत्यंत सँकरे भागों में अलग-अलग फैला हुआ था।

## संदर्भ—

1. श्री शिव छत्रपति संकल्पित शिव चरीत्राची प्रस्तावना : आराखडे व साधने/त्र्यंबक शंकर शेजवलकर

□

# शिवाजी महाराज एवं राष्ट्र-निर्माण

सर जदुनाथ सरकार पूछते हैं कि शिवाजी ने स्वराज्य की स्थापना की या 'क्रिगस्टाट' स्थापित किया? 'क्रिगस्टाट' यानी ऐसा शासन, जो केवल युद्ध अथवा लूटमार करके जीवित रह सकता हो। अलाउद्दीन खिलजी और तैमूर लंग की फितरत यही थी। क्या शिवाजी भी उन्हीं के जैसे निर्ममता के अवतार थे?

सर जदुनाथ सरकार ने यह सिर्फ पूछा नहीं है। उत्तर भी उन्होंने स्वयं ही दे दिया है। सर जदुनाथ सरकार कहते हैं, "मैं शिवाजी को लुटेरा नहीं मानता। शिवाजी महाराज का अधिकांश जीवन घोर लड़ाइयों में बीता था। अपने अल्पकालीन जीवन में उन्हें शांति के क्षण कम ही मिल सके।"

अपने राजनैतिक विचारों का उपयोग करने का समय उन्हें नहीं मिल सका, जो दुःख की बात है। शत्रु उनके आसपास ही लगातार उपस्थित रहा। शत्रुओं का सामना करने में ही महाराज का संपूर्ण जीवन बीत गया। राज्याभिषेक के बाद भी उन्हें अपने राज्य को व्यवस्थित करने का समय नहीं मिल सका।

ऐसे हालात में भी शिवाजी ने अपने आज्ञापत्रों के माध्यम से तलवारों की लड़ाई को बुद्धि की लड़ाई में तब्दील किया और अपने शत्रुओं को न केवल हराया, बल्कि उन्हें हीन-बुद्धि भी साबित किया। इससे शिवाजी महाराज की मानसिक बनावट का परिचय मिलता है।

सर जदुनाथ सरकार का मंतव्य यही है।

किंतु शिवाजी पर लुटेरा होने का आरोप लगानेवालों की भी कमी नहीं है। शिवाजी ने जिस तरह सूरत को लूटा, उससे ऊपरी तौर पर यही लगता है कि उनकी कार्य-शैली लुटेरों जैसी थी। भीतरी परतें उकेरकर देखें, तो असलियत कुछ और सामने आती है। सूरत की लूट के दौरान ही शिवाजी ने स्पष्टीकरण दे दिया था कि वे क्यों ऐसा कर रहे हैं। उनका स्पष्टीकरण दो-टूक शैली में है और बहुत महत्त्वपूर्ण है। उन्होंने सूरत के प्रशासकों से साफ कहा कि तुम्हारे बादशाह ने मेरे राज्य में घुसकर धमाचौकड़ी मचाई

और प्रजा को हानि पहुँचाई। उसकी तोड़-फोड़ की काररवाई को रोकने के लिए मुझे सेना लेकर आना पड़ा। तोड़फोड़ करने वह दुबारा आने का साहस न करे, इसके लिए मुझे अपनी सेना को बढ़ाना भी पड़ा। इससे मेरी सेना का खर्च वर्तमान में तो बढ़ा, भविष्य के लिए भी बढ़ गया। मैं तुम्हारे बादशाह से अपनी सेना का खर्च वसूल करने आया हूँ।

आगे शिवाजी कहते हैं, "वैसे भी मेरी बहुत दिनों से इच्छा थी कि औरंगजेब की दाढ़ी खींचूँ। सूरत की लूट से वह इच्छा पूरी हो गई!"

क्या इस बात से शिवाजी महाराज की व्यंग्य-शक्ति नहीं उजागर होती और क्या व्यंग्य-शक्ति बौद्धिक-शक्ति का ही एक रूप नहीं? यह प्रसंग शिवाजी को एक कठोर राजनीतिज्ञ के रूप में भी प्रस्तुत करता है, जो 'जैसे को तैसा' में यकीन रखते थे और इस यकीन को बेखौफ प्रकट भी कर सकते थे। इसमें जो सूझ, समझ और साहस है, उससे क्या साबित होता है?,क्या शिवाजी औघड़ लुटेरे थे या शातिर राजनीतिज्ञ थे?

शिवाजी ने एक नई शैली की राजनीति स्थापित की थी, जिसमें शत्रु को सबक सिखाने के लिए लूट का सहारा लेना पड़े, तो इसकी भी छूट थी। महाराज स्पष्ट कहते थे कि शत्रु के साथ तभी तक भिड़ो, जब तक तुम्हारे अपने प्राणों पर घात न आए। प्राणों पर घात आते ही पीछे हट जाओ, पलटकर गायब हो जाओ, ताकि मौका मिलते ही वापस आ सको, दुबारा वार करने के लिए। अगर पहले ही संघर्ष में तुमने अपने प्राण दे दिए, तो तुम्हें शहीदों जैसा सम्मान तो मिलेगा, लेकिन दुबारा वार नहीं कर सकोगे। तुम्हें तो बार-बार लौटकर आना है, वार करने के लिए। अपने प्राणों को बचाकर रखना तुम्हारा अधिकार है और यही तुम्हारी युद्ध-शैली भी है।

शक्तिशाली शत्रु से संधि कर लो, ताकि तुम्हारी सेना को हानि न पहुँचे। शत्रु ज्यों ही वापस जाए, संधि तोड़ दो। शत्रु दुबारा आए, तो दुबारा संधि कर लो। किला माँगे, किला दे दो। इलाका माँगे, इलाका दे दो। शत्रु लौटकर तो जाएगा ही। ज्यों ही लौटकर जाए, जो भी दिया हो, सब वापस छीन लो।

ऐसी विस्फोटक राजनीति की कल्पना करना भी आसान नहीं है, स्थापना करना तो दूर की बात है, लेकिन शिवाजी ने इस रणनीति का न केवल आविष्कार किया, बल्कि उसे स्थापित भी किया। उन्होंने साबित कर दिखाया कि धार्मिक उन्माद से, उग्रता और क्रूरता के अतिरेक से राज्य स्थापित नहीं होता। राजनीति और रणनीति भी स्थापित नहीं होती। शक्ति का सामना युक्ति से करो। आघात का सामना पैंतरे से करो। जो गुड़ से मर सकता हो, उसे गुड़ से ही मारो। उसे विष देने की क्या जरूरत?

ऐसी विस्फोटक सोच और उसका क्रियान्वयन! यह उसी के लिए संभव है, जो स्वराज्य-कल्याण एवं समाज-कल्याण के लिए तीव्र इच्छा रखता हो और जिसे राजनीति की सूक्ष्मतम जानकारी हो। ऐसे गुण किसी महान् व्यक्ति में ही हो सकते हैं।

ब्रिटिश राजनीतिज्ञ फिशर ने राजनीतिज्ञ की व्याख्या करते हुए कहा है, "अपनी नीतियों को अमलीजामा पहनाने के लिए आसपास मौजूद शक्तियों एवं स्वयं के सामर्थ्य का अंदाजा लेकर उनका उपयोग इस प्रकार करना कि अधिक-से-अधिक फल-प्राप्ति हो; ऐसा जो कर सके, वह है राजनीतिज्ञ।"

इटालियन राजनीतिज्ञ काउंट केव्योर का कहना है, "राजनीति का अर्थ है, किसी भी परिस्थिति में क्या और कितना संभव हो सकता है और कितना संभव नहीं हो सकता, इसका ज्ञान होना।"

शिवाजी अपने समय के श्रेष्ठतम विधायक एवं राष्ट्र-निर्माता थे। वे हर तरह से जीनियस थे। उन्होंने अपने शासन एवं प्रशासन का निर्माण स्वयं किया। किसी भी देशी या विदेशी बुद्धिजीवी की सहायता उन्होंने अपने प्रशासन में नहीं ली। मराठा सेना को प्रशिक्षित उन्होंने स्वयं किया एवं सेनापतियों को भी स्वयं ही चुना। सेनापतियों एवं अन्य अधिकारियों ने अपने कर्तव्य का पालन पूरी लगन से किया। शिवाजी ने जो भी निर्माण किया, वह चिर काल तक टिका।

शिवाजी के आगमन से पहले मराठे केवल मुसलमानों की सेना में भरती होते थे और इसके लिए बाकायदा कीमत अदा करते थे। युद्धभूमि में शत्रु का सामना करने के लिए सबसे पहले मराठों को उतारा जाता था। शिवाजी पहले राजनेता थे, जिन्होंने मराठों को ललकारा। उन्होंने मराठों को उनके गुणों से परिचित कराया और यकीन दिलाया कि वे युद्ध में अपना नेतृत्व स्वयं ही करने की क्षमता रखते हैं। शिवाजी ने स्वयं के आचरण का आदर्श उनके सामने रखा और सिद्ध किया कि वे राष्ट्र का निर्माण कर सकते हैं। वे शत्रु को हरा सकते हैं और यदि शत्रु बलशाली है, तो साहस के साथ उसे टक्कर दे सकते हैं। वे अपनी ललित-कलाओं, साहित्य, व्यापार एवं उद्योगों की रक्षा स्वयं कर सकते हैं और साथ में विस्तार भी। वे युद्ध-नौकाएँ बना सकते हैं और समुद्री व्यापार भी कर सकते हैं। शिवाजी ने उन सबको स्वयं के कल्याण की उच्चतम सीमा प्राप्त करने की प्रेरणा दी, जो अनेक पीढ़ियों से बतौर नौसैनिक काम कर रहे थे। शिवाजी महाराज ने भारतीय समुद्र में संचरण कर रही विदेशी जलसेनाओं को भी आत्म-निर्भरता प्राप्त करने की प्रेरणा दी।

किंतु शिवाजी को अपने जीवन-काल में कभी भी, किसी भी अनुभवी एवं पुराने योद्धा अथवा मंत्री का मार्गदर्शन नहीं मिला। अपना स्वतंत्र राज्य स्थापित करने से पहले उन्होंने किसी भी दरबार में या सेना में प्रशिक्षण नहीं लिया, न ही इन स्थानों में कभी अपने कदम रखे। स्वराज्य की स्थापना का कठिन कार्य उन्होंने स्वयं की स्फूर्ति, बुद्धि एवं व्यावहारिक चतुराई के बल पर संपन्न किया।

शिवाजी अपने आदरणीय गुरु स्वामी रामदास से अत्यंत घनिष्ठ थे। यह घनिष्ठता

1674 के बाद हुई, ऐसा माना जा सकता है, क्योंकि राज्याभिषेक के दस्तावेजों में स्वामी रामदास का उल्लेख कहीं नहीं है। सन् 1676 में शिवाजी ने जन-साधारण के लिए सज्जनगढ़ का किला छोड़ दिया। 'हिंदू राज्य का उदय हो रहा है।' यह देखकर स्वामी रामदास भी, अन्य साधु-संतों की तरह हर्षित हुए होंगे। आम जनता को 'शिवाजी की जीत यानी हमारी जीत!' अथवा 'शिवाजी पर संकट यानी हम पर संकट!' हमेशा ऐसा ही महसूस होता था। ठीक यही भावना स्वामी रामदास के भी मन-मस्तिष्क में आती होगी, यह निश्चित है।

एक मनोरंजक दंतकथा शिवाजी एवं स्वामी रामदास के बारे में प्रसिद्ध है—

स्वामीजी रोज भिक्षा माँगने घर-घर घूमा करते थे। शिवाजी ने स्वामीजी के मठ को भरपूर दान-दक्षिणा दी थी, फिर भी वे भिक्षा क्यों माँगते हैं, इसे समझना शिवाजी के लिए मुश्किल था।

एक दिन शिवाजी महाराज ने अपने संपूर्ण राज्य का करारनामा स्वामी रामदास की झोली में डाल दिया। स्वामीजी ने उसे स्वीकार भी कर लिया और शिवाजी को उपदेश दिया, "हे, राजन्! आज से यह राज्य भले ही मेरा है, किंतु मेरी ओर से इसका संचालन तुम्हीं करोगे। राज्य करते समय ध्यान में रखना कि तुम्हारा प्रत्येक कार्य ऐसा हो कि जिसे ईश्वर मान्य रखे।" ('हे राज्य व्हावे हीच श्री ची इच्छा!')

इस उपदेश का पालन करते हुए शिवाजी ने भगवा झंडे को अपना राज-चिह्न बनाया एवं जीवन भर मात्र ईश्वर की तरफ से, ईश्वर के सेवक की हैसियत से राज्य किया।

महाराज का ध्येय था कि प्रजा शांति से रहे और अपनी धार्मिक सहिष्णुता में कोई कमी न आने दे। हर व्यक्ति को, उसकी जाति का प्रश्न बीच में लाए बिना, समान अधिकार मिले। प्रशासन के सभी कार्य स्वच्छ रहें और 'बहुजन हिताय, बहुजन सुखाय' की भावना की रक्षा करें।

शिवाजी के पास आनेवाले हर व्यक्ति को उसकी रुचि एवं पैदाइशी गुणों के आधार पर उचित कार्य मिलता ही था। यदि स्वराज्य में न मिलता, तो किसी दूसरे प्रांत में दिलवाया जाता। जन-सेवा के ऐसे कार्यों से शिवाजी के प्रति आम जनता के मन में शुभकामनाओं का सागर लहराने लगता।

शिवाजी क्या कहते थे?

"ऐसी कोई वनस्पति नहीं, जिसमें कोई औषधि नहीं।

ऐसा कोई मनुष्य नहीं, जो स्वराज्य के लिए उपयोगी नहीं।"

स्वराज्य की स्थापना के प्रारंभ से ही महाराज के सामने एक बात सुस्पष्ट थी; वह यह कि उन्हें निजी खजाने में धन-दौलत की वृद्धि नहीं करनी है। बेशक धन उन्हें

लगातार चाहिए था, लेकिन इकट्ठा करने के लिए नहीं, बल्कि खर्च करने के लिए। महाराज एक साथ तीन-तीन बादशाहों से लड़ रहे थे। आदिलशाही, निजामशाही और मुगलशाही। ये तीनों बादशाह भरपूर शक्तिशाली थे। उन्हें न धन की कमी थी, न सेना की कमी थी। शिवाजी को दबोचने की काररवाई ये तीनों एक साथ करते रहते। तीन प्रचंड सेनाओं के विरुद्ध शिवाजी के पास जो सैन्य-बल था, उसकी कोई बिसात नहीं थी। शिवाजी को अपनी सेना लगातार बढ़ाते रहनी पड़ती। सेना बढ़ती, तो खर्च बढ़ जाता। मनुष्य-बल बढ़ाओ, पशु-बल बढ़ाओ, धन-बल बढ़ाओ, बारूद-बंदूक का बल भी बढ़ाओ, किले बढ़ाओ, किलों की मरम्मत करो, खर्च का कोई ओर-छोर नहीं था।

आज के आधुनिक समय में हम-आप अंदाजा लगा ही नहीं सकते कि शिवाजी हर महीने अपनी सेना को कितनी बड़ी राशि का भुगतान करते रहे होंगे। खर्च कम करने के लिए सेना में कटौती करना किसी भी तरह मुनासिब नहीं था। सेना को तो हर महीने बड़ा ही किया जाना था, क्योंकि तीन ताकतवर शत्रु तीन तरफ से घातक हमले किए जाते, किए जाते···

सेना के एक-एक विभाग के एक-एक व्यक्ति को खुश व संतुष्ट रखना जरूरी था। यह धन से ही हो सकता था। जो महान् कार्य शिवाजी ने अपने हाथ में ले रखा था; स्वराज्य का इस प्रकार संचालन कि जब शिवाजी न रहें, तब भी स्वराज्य का बाल बाँका न हो···इस महान् कार्य को क्या वे बीच में छोड़ देते? सवाल ही नहीं था। रही बात धन की, तो उसका इंतजाम किया जाएगा। जब भी इंतजाम नहीं हो पाएगा, तब शिवाजी पड़ोस के शत्रुओं के इलाकों में जा लूटमार करेंगे। हाँ, लूटमार! अरे, शत्रु की तो जान भी ली जा सकती है। लूटमार में तो सिर्फ धन लूटा जाएगा···

स्वराज्य से जुड़े महान् सपने को पूरा करने के लिए चाहे जो करना पड़े, शिवाजी करने को तैयार थे; बल्कि कर ही रहे थे। वे अच्छी तरह समझते थे कि सेना में अनुशासन का रथ दो पहियों से चलता है। एक पहिया तो शिवाजी के प्रति वे स्नेह और आदर हैं, जो स्वराज्य के हर सैनिक के दिल में भरपूर मौजूद है। दूसरा पहिया है, धन। नकद धन। हर महीने धन। बिल्कुल सही तारीख पर तनख्वाह-रूपी धन!

किसी भी सूरत में इस धन को बाधित नहीं होना चाहिए।

आज के जमाने मे आक्रमण होने पर कई राष्ट्र अपने नागरिकों पर कर बढ़ाते हैं। शिवाजी के वक्त क्या जनता पर कर बढ़ाया गया?

चाहे कितना ही बढ़ाएँ, जनता इतना कर तो कभी नहीं दे सकेगी कि सेना को हर महीने वेतन निर्बाध मिलता रहे। जनता तो वैसे ही बहुत कर दे रही है। उसे बढ़ाएँगे, तो शिवाजी के प्रति, स्वराज्य के शासन-प्रशासन के प्रति जनता के मन में जो स्नेह-सहयोग बसा हुआ है, वह लुप्त होने लगेगा। जनता का स्नेह-सहयोग तो स्वराज्य की सबसे बड़ी

शक्ति है। उसी में कमी आई, तो कहीं स्वयं स्वराज्य ही भहराकर न बैठ जाए! फिर तो जिस महान् कार्य को संपन्न करने का सपना देख रखा है, वही छिन्न-भिन्न हो जाएगा!

नहीं! शिवाजी महाराज ऐसा नहीं होने दे सकते। सपने को बचाने के लिए, स्वराज्य के एक-एक बाशिंदे के कल्याण के लिए महाराज की सेना लूटमार भी करेगी। जो नए-नए किले बनवाने हैं, पुराने किलों का रखरखाव जो करना है, क्या उसका बोझ जनता पर लादा जाए? नहीं, हम यह बोझ अपने शत्रुओं पर लादेंगे!

यहाँ विश्व-विख्यात लुटेरे मुहम्मद गजनवी की याद आएगी ही। उसने भारत पर सत्रह बार आक्रमण किया था। हर आक्रमण में उसने हिंदू प्रजा के रक्त की नदियाँ बहाई थीं और मंदिरों से सोना-चाँदी, हीरे-मोती लूट-लूटकर अपने पिटारे भरे थे। हर आक्रमण में मुहम्मद गजनवी ने जो अकूत धन-संपत्ति लूटी थी, उसका तो कोई हिसाब ही नहीं। उसी मुहम्मद गजनवी की मौत जब नजदीक आई, तो वह फूट-फूटकर रोने लगा, क्योंकि उतना बड़ा खजाना, जो उसने इकट्ठा किया था, धरती पर ही छूट जानेवाला था। खुदा के पास जाने के लिए तो उसे खाली हाथ ही रवाना होना था।

इसके विपरीत, शिवाजी ने धन का ऐसा निरर्थक संग्रह कदापि नहीं किया। उनकी लूटमार भले ही केवल शत्रु के इलाकों में की जाती थी, लेकिन यहाँ भी नैतिकता के नियम बँधे हुए थे।

मुसलमान जब लूटने निकलते थे, तब उनके एक हाथ में तलवार होती और दूसरे हाथ में आग। गरीब-अमीर सबको वे काटते जाते और लूटते जाते। घर-बार, बच्चों-सहित समूचे परिवार, पालतू जानवर, सब जला डालते। ऐसा क्रूर व्यवहार शिवाजी के सैनिकों ने कभी नहीं किया। कहाँ, कब लूट मचाई जाए, इसका फैसला करने से पहले गुप्तचर रवाना करके सब जानकारियाँ ले ली जातीं। कौन से इलाके में कौन-कौन व्यक्ति ऐसे हैं कि जिनके पास अनापशनाप धन है। बस, उन्हीं को लूटना है। गरीबों को, आम जनता को बिल्कुल नहीं सताना है।

जिन्हें लूटना है, उन्हें भी जान से नहीं मार डालना है। सिवा धन छीनने के, और किसी भी तरह का दबाव उन पर नहीं डालना है। उनकी महिलाओं के सम्मान को जरा भी आँच नहीं आनी चाहिए। बुजुर्गों और बच्चों की पूरी रक्षा होनी चाहिए। अपनी मरजी से जो स्वयं धन दे दें, उनके साथ दोस्ताना बरताव ही करना है। जो स्वयं देने से इनकार करें, केवल उन्हीं के साथ सख्ती बरतनी है।

ये नियम शिवाजी महाराज ने बहुत सोच-समझकर बनाए थे। इन नियमों को उन्होंने कभी टूटने नहीं दिया। तात्पर्य यह कि जो लोग शिवाजी महाराज को लुटेरा कहते हैं, देश के बाहर से आए क्रूर आक्रमणकारियों के साथ उनकी तुलना करते हैं, महाराज की निंदा करते हैं, अवहेलना करते हैं, वे यह सब गलत ही करते हैं। शिवाजी महाराज

की स्थितियाँ क्या थीं, मजबूरियाँ क्या थीं, सपने क्या थे और जिद क्या थी, आदि तमाम बातों को ध्यान में रखकर सोचें, तभी हम उस महापुरुष के वास्तविक कद का हलका सा अंदाजा लगा सकें···

धन प्राप्त करने के लिए लूटमार करने का एक उद्‌देश्य और भी था। शिवाजी सोचते थे कि लोग मुसलिम बादशाह को जितना कर देते हैं, उतना न दें। कुछ कम दें। यही 'कुछ कम' वे शिवाजी महाराज को दे दिया करें। इससे शिवाजी की शक्ति बढ़ेगी। दूसरी ओर, कर वसूली कम होने की वजह से बादशाह की शक्ति घटेगी। मराठों की शक्ति बढ़ना जितना महत्त्वपूर्ण है, उतना ही महत्त्वपूर्ण है बादशाह की शक्ति घटना। शक्ति घटने से बादशाह को महसूस होगा कि मराठे मजबूत हैं। उनसे सीमित संघर्ष ही किया जाए। ज्यादा संघर्ष करेंगे, तो मराठे हमारी सत्ता का चलना मुश्किल कर देंगे।

शिवाजी की ओर से हमेशा कष्ट मिलते रहने के कारण आदिलशाह और कुतुबशाह, दोनों ने शिवाजी को वार्षिक रकमें देना स्वीकार कर लिया था। वार्षिक वसूली के अलावा चतुर्थांश उर्फ 'चौथ' की भी वसूली मराठों द्वारा की जाती थी। 'सरदेशमुखी' नामक कर भी मराठे अपने पड़ोसी राज्यों से वसूल करते थे। इसकी शुरुआत शिवाजी ने आदिलशाह के इलाकों से की थी। रोचक तथ्य यह है कि शिवाजी ने ऐसी कर-वसूली की इजाजत बाकायदा मुगल बादशाह औरंगजेब से ले रखी थी! इलाका आदिलशाह का, इजाजत औरंगजेब की और कर-वसूली शिवाजी द्वारा!

ऐसी ही कर-वसूली शिवाजी महाराज, कुतुबशाह के इलाकों में भी करना चाहते थे और यहाँ भी वे औरंगजेब से ही इजाजत लेने का जुगाड़ कर रहे थे। औरंगजेब कर्नाटक में उलझ गया था, इस कारण इजाजत झटपट हाथ नहीं लग पाई, किंतु शिवाजी को यकीन था कि आज नहीं, तो कल; इजाजत मिलेगी जरूर।

कहा तो यहाँ तक जा रहा था कि खुद औरंगजेब के दक्षिणी इलाकों में भी चौथ और सरदेशमुखी, इन दोनों करों की वसूली शिवाजी करने लगेंगे और उन्हें इसकी इजाजत भी औरंगजेब ही देगा! आह, क्या दृश्य होता! भारतवर्ष का सार्वभौम बादशाह औरंगजेब और उसी औरंगजेब से इजाजत लेकर उसी के दक्षिणी इलाकों से कर-वसूली करते शिवाजी! जो औरंगजेब के कट्टर दुश्मन के तौर पर मशहूर थे!

शिवाजी महाराज का अचानक अवसान हो जाने से उपरोक्त दृश्य साकार होने से रह गया। यदि वे जीवित रहते, तो इस दृश्य को साकार होने से कोई नहीं रोक सकता था।

कर-वसूली का ऐसा अधिकार पाने की चेष्टा के पीछे शिवाजी का मूल उद्‌देश्य यही था कि भारत के यवन शासक, जो हिंदुओं से कर वसूल करके दिनोदिन अधिक अमीर, अधिक अहंकारी, अधिक शक्तिशाली और अधिक अत्याचारी होते जा रहे थे, उन पर कुछ तो अंकुश लगे। यदि उनके इलाकों में मराठों द्वारा कर वसूल किया जाएगा, तो

उतना कर यवनों के खजानों में जमा न होकर मराठों के खजाने में आएगा, यानी एक कंकड़ से दो पक्षी मरेंगे! यवनों की हानि और मराठों का लाभ!

फिर भी; यहाँ एक प्रश्न तो उठता ही है। बादशाहों को कमजोर करने के लिए निरपराध प्रजा को कष्ट देना... क्या यह अनुचित नहीं, क्या यह पाप नहीं, क्या अच्छे कार्य को करने के लिए पाप का सहारा लेना सही है?

इसका उत्तर हम इसी प्रकरण में पहले दे चुके हैं कि शिवाजी जन-साधारण को कष्ट नहीं देते थे। केवल अमीरों को ही कष्ट देते थे। यह भी याद रखना होगा कि आर्थिक शक्ति पाने के लिए शिवाजी के पास लूटमार करना ही एकमात्र तरीका नहीं था। इतना तो निश्चित ही था कि अगर शिवाजी ने शत्रु के राज्य के धनीमानी हिंदुओं को 'स्वराज्य' एवं 'स्वतंत्रता' की संकल्पना समझाने की कोशिश की होती, तो कोई भी हिंदू साहूकार उनसे सहमत होनेवाला नहीं था। शिवाजी की स्पष्ट राय थी कि यदि बहुतांश हिंदुओं का भला हो रहा हो, तो कुछेक धनीमानी लोगों को बस, थोड़े ही समय के लिए थोड़ा कष्ट झेलना पड़ जाए, तो इसमें आपत्ति क्यों होनी चाहिए?

सन् 1565 में दक्षिण के हिंदू राज्य विजयनगर पर दक्षिण के पाँचों मुसलमान शाहियों ने आक्रमण किया। यह लड़ाई तालीकोट में हुई। इन पाँचों शाहियों, यानी आदिलशाही, बिदारशाही, कुतुबशाही, निजामशाही और इमादशाही की सेनाओं को विजयनगर की सेना शानदार मुक़ाबला दे रही थी और जीत भी रही थी। तभी, अचानक, संयोग-चक्र कुछ ऐसा घूमा कि विजयनगर के सम्राट् रामराजा का सिर शत्रु ने काट लिया। मात्र एक व्यक्ति का सिर कटा नहीं कि हाहाकार मच गया। रामराजा के सेनापति चीखते-चिल्लाते भागे। सेनापति भागे, तो सैनिक भी भागे। विजयनगर का साम्राज्य नष्ट हो गया।

लेकिन यदि सम्राट् के शिरच्छेद के बाद भी सेनापति न भागते, तो सैनिक भी न भागते। वे उस विजयनगर के सेनापति और सैनिक थे, जिन्होंने दो सौ सालों तक केवल जीत का आनंद लिया था; हार किसे कहते हैं, जो जानते ही नहीं थे। अपने सम्राट् के शिरोच्छेद का बदला लेने के लिए सेनापति और सैनिक अगर मैदान में ही डटे रहते, शत्रु की हर घात पर प्रतिघात करते, तो इतिहास कुछ और होता, लेकिन बस, एक व्यक्ति का सिर कटा और···

पानीपत के तीसरे संग्राम (14 जनवरी, 1761) में दोपहर तक विजयश्री मराठों की तरफ थी, लेकिन उनके नेता विश्वासराव को अचानक गोली लगी और वे वीर-गति को प्राप्त हो गए। यह देख सेनापति भाऊसाहेब पेशवा इतने शोकमग्न हो गए कि उन्होंने हाथी पर बैठने से ही इनकार कर दिया। उनका हाथी पर बैठना बहुत जरूरी था, ताकि वे तमाम सैनिकों को दूर से नजर आते रहते। सैनिकों को हौसला रहता कि

हमारा सेनापति डटा हुआ है। ऐसी स्थिति के बावजूद सेनापति भाऊसाहेब पेशवा हाथी पर न बैठकर अपने घोड़े पर ही बैठे। सैनिकों की नजर से वे ओझल ही बने रहे। इससे विश्वासराव की मौत की खबर का सब पर बहुत बुरा असर पड़ा। सब चीखने लगे कि विश्वासराव तो गए, अब भाऊसाहेब पेशवा भी नजर नहीं आ रहे, यानी पेशवा भी गए। भागो!

सचमुच मराठा सैनिक जिधर भागने को मिला, उधर भागने लगे। हानि एवं पराजय मराठों के भाग्य में आई। दुर्रानी की जीत हुई। सिर्फ एक गोली, सिर्फ एक व्यक्ति विश्वासराव को लगती है और···

तालीकोट और पानीपत की दोनों घटनाओं में एक विलक्षण दृश्य बिल्कुल एक जैसा दिखाई देता है।

तालीकोट में सम्राट् रामराया ने घोड़े पर बैठने से इनकार कर दिया था। वह पालकी में बैठकर युद्ध-भूमि में आया। सेनापतियों ने उसे घोड़े पर बैठने की सलाह दी थी, ताकि वह सबको दूर तक नजर आए, लेकिन उसने पालकी में बैठना पसंद किया।

वैसे ही पानीपत में विश्वासराव की मृत्यु होते ही भाऊसाहेब को हाथी पर इस प्रकार बैठने की सलाह दी गई कि दूर से सबको नजर आते रहें, लेकिन भाऊसाहेब ने घोड़े पर ही बैठना पसंद किया।

उपरोक्त दोनों घटनाओं से यही सिद्ध होता है कि उन मौकों पर सैनिक, जो लड़ रहे थे, वे केवल अपने नेता का युद्ध लड़ रहे थे। वे स्वयं का युद्ध नहीं लड़ रहे थे। युद्ध के लिए कोई उदात्त भावना उनके मन में नहीं थी। नेता नहीं, तो युद्ध नहीं!

किंतु शिवाजी महाराज के बारे में ऐसा नहीं था। उनके संघर्ष को, उनके हर युद्ध को संपूर्ण राष्ट्र की स्वीकृति थी। उनका संघर्ष केवल उनका नहीं, बल्कि संपूर्ण राष्ट्र का था। शिवाजी तो केवल एक प्रतीक थे; राष्ट्र की आकांक्षा के प्रतीक। अत्यंत ठोस एकता की भावना शिवाजी के पीछे थी।

तालीकोट एवं पानीपत से भी अधिक कठोर प्रसंग छत्रपति शिवाजी के जीवन में आए। तब छत्रपति शिवाजी ने स्वयं के युद्ध नहीं लड़े, बल्कि समग्र महाराष्ट्र की अस्मिता के युद्ध लड़े। इसीलिए शिवाजी अपने एक-एक सैनिक में प्रकट हुए और जीते; महाराष्ट्र की प्रतिष्ठा की तेजस्विता से ऊर्जा पाकर लड़े और जीते। घोर संकट में भी घबराहट उन्हें स्पर्श न कर सकी और वह निरंतर जायीष्णु एवं वार्धेष्णु ही बने रहे।

इसे सिद्ध करने के लिए यहाँ दो घटनाएँ संक्षेप में प्रस्तुत की जा रही हैं—

## पहला उदाहरण

शिवाजी को औरंगजेब ने आगरा में धोखा देकर नजरबंद कर लिया था। औरंगजेब

के मेहमान बनकर शिव छत्रपति जब आगरा गए थे, तब अधिकांश मराठा प्रदेश औरंगजेब के सरसेनापति जयसिंह के अधिकार में आ चुका था। ऐसे में जब शिवाजी को कैद कर लिया गया, तब किसी को आशा नहीं थी कि वे जीवित वापस आ सकेंगे। ऐसे संकटकाल में भी शिवाजी के सेनापति, जो स्वराज्य के सूत्रधार थे, हतोत्साहित नहीं हुए। उन्होंने शिवाजी की नीतियों एवं ध्येय का अनुसरण करते हुए, उनकी अनुपस्थिति में भी स्वराज्य की रक्षा की।

यह इसलिए संभव हुआ कि शिवाजी के सेनापति एवं सेनाधिकारी कोई निजी युद्ध नहीं लड़ रहे थे। न वह शिवाजी का निजी युद्ध था और न ही वह उन सेनानियों का निजी युद्ध था। वह तो समूचे राष्ट्र का युद्ध था; स्वराज्य की गौरवशाली अवधारणा का युद्ध।

## दूसरा उदाहरण

छत्रपति शिवाजी के ज्येष्ठ पुत्र छत्रपति संभाजी के भीषण वध की दुर्दांत घटना के बाद जो हुआ, उससे भी स्पष्ट है कि मराठों ने स्वराज्य के तमाम युद्धों को किसी निजी लाभ के लिए लड़ा ही नहीं था। वे सभी युद्ध केवल राष्ट्र-भावना से लड़े गए थे। छत्रपति शिवाजी के अवसान के बाद लाखों की तादाद में सैनिक लेकर बादशाह आलमगीर औरंगजेब मराठा राज्य को धूल में मिलाने के लिए अनेक महीने महाराष्ट्र में आकर रहा। स्वराज्य के सेनानियों के पास इतनी शक्ति एवं साधन-संपत्ति थी ही नहीं कि भारत के सार्वभौम बादशाह औरंगजेब के सामने टिक सकते। ऐसे हालात में उन्हें अपने छत्रपति संभाजी के घोर निंदनीय वध का दु:ख झेलना पड़ा। उनके छत्रपति को तब बंदी बनाया गया था, जब वे सावधान नहीं थे। उन्हें अकल्पनीय क्रूरता से मारा गया। उनकी आँखें निकाली गईं, जीभ काटी गई और फिर सिर काटकर उनके पार्थिव शरीर को प्राणांत के बाद भी अपमानित किया गया। उसमें औरंगजेब के आदेश पर घास भरी गई।

तब तक ऐसा समझा जाता था कि क्रूरतापूर्वक हत्या करने से लोग डर के मारे शरण में आ जाते हैं। इसलाम के प्रचारक योद्धाओं ने अपनी क्रूरता के अतिरेक से यही साबित किया था, लेकिन मराठों के स्वराज्य-संघर्ष ने इस धारणा को सर्वथा असत्य साबित किया। वीर मराठों ने सदा-सदा के लिए साबित कर दिया कि क्रूरता का अतिरेक वीरों को भयभीत नहीं करता, बल्कि उन्हें और भी संगठित कर उनकी वीरता की अग्नि को तीव्र करता है।

संभाजी के बलिदान से मराठे मन से कमजोर नहीं हुए, बल्कि वे क्रोधित हुए। वे अपनी दयनीय दशा को देखते रह जाने पर मजबूर थे, लेकिन वे यह भी जानते थे कि

उन्हें सदा के लिए कोई नहीं हरा सकता। समय बलवान है। मराठों का भी समय आएगा और वे मुगलों को नष्ट करेंगे।

किंतु वे वास्तव में नारकीय दुर्दशा झेल रहे थे। उनका छत्रपति मारा गया था। रानी और राजपुत्र मुगलों की कैद में थे। उनका वर्तमान नेता, छत्रपति राजाराम, दूर दक्षिण में जिंजी किले के आश्रय में था। उनकी राजधानी खत्म हो गई थी। सिंहासन नहीं था। राजछत्र की धज्जियाँ उड़ गई थीं।

ऐसी अवस्था में उन्होंने जो भी सामने आया, उसे नेता बनाया और जो भी हथियार हाथ में आया, उसे उठा लिया। उन्होंने खुले आकाश को अपना राजछत्र घोषित किया और छेड़ दिया नया धर्म-युद्ध! जो मात्र सेनानियों का नहीं था, बल्कि महाराष्ट्र के एक-एक बाशिंदे का था। सब-के-सब आवेश में आकर औरंगजेब पर टूट पड़े। इससे पहले शिवाजी बस, एक ही थे, लेकिन अब घर-घर में शिवाजी ने अवतार ले लिया।

औरंगजेब की जबरदस्त सुरक्षित छावनी में औरंगजेब ने खुद अपनी आँखों से देखा कि मराठों ने अचानक छापा मारा है और मुगलों के तीन तंबू तबाह करके, उनके कलश काटकर वे ले जा रहे हैं। उन तीन में से किसी एक तंबू में औरंगजेब को होना चाहिए था। अगर वह सचमुच वहाँ होता, तो संताजी घोरपड़े की तलवार के एक ही वार से उसका मस्तक कटकर धूल में मिल जाता।

लेकिन औरंगजेब उस वक्त वहाँ नहीं था। क्या यह केवल इत्तफाक का खेल था या खुदा की मेहरबानी थी? यकीनन वह खुदा की मेहरबानी ही थी, वरना औरंगजेब जिंदा बच नहीं सकता था।

जो औरंगजेब मराठों के स्वराज्य को दफन करने के इरादे से दो साल के लिए महाराष्ट्र आया हुआ था, उसे 27 साल के कड़े एवं निष्फल प्रयत्नों के बाद अपनी सेना-सहित वहीं दफन होना पड़ा! ये घटनाएँ क्या सिद्ध करती हैं? यही कि शिव छत्रपति का संघर्ष उनका स्वयं का न होकर एक महान् राष्ट्र-पुरुष का संघर्ष था। जीतने का निर्णय करनेवाले शिवाजी महाराज मानवीय इच्छा-शक्ति के उत्तम प्रतीक थे। इसीलिए वे केवल राज्य-संस्थापक न होकर राष्ट्र-निर्माता भी थे। वे केवल राज-पुरुष नहीं थे। वे राष्ट्र-पुरुष थे।

बहुत से लोग ऐसा समझते हैं कि शिव छत्रपति ने मराठा सत्ता का निर्माण किया, किंतु इतिहास को ठीक से समझने पर दिखाई देता है कि मराठा सत्ता तो पहले से मौजूद थी। सिर्फ इतना था कि वह इधर-उधर फैली हुई थी, जिसे शिवाजी महाराज ने एक बिंदु पर, एक धुरी पर एकत्र किया। महाराज ने उसे एक महान् ध्येय-सूत्र से बाँधकर संगठित किया और उसे व्यापक तत्त्वज्ञान का आधार दिया। उन्होंने तीव्र संकट की

निरंतर उपस्थिति से ऊर्जा लेकर जीवना-आकांक्षा का निर्माण किया। इसीलिए शिवाजी महाराज चिरंजीवी एवं प्राचीनतम भारतीय राष्ट्र के अखंड स्फूर्ति-केंद्र भी थे। पीढ़ी-दर-पीढ़ी वे ऐसे ही स्फूर्ति-केंद्र बने रहेंगे। ऐसी उनकी महानता है।

नए भारत के राष्ट्र-पुरुषों में गिने जाते महादेव गोविंद रानाडे स्व-लिखित ग्रंथ 'राइज ऑफ द मराठा पवर' में कहते हैं—

"शिव छत्रपति ने मराठा शक्ति उत्पन्न नहीं की। वह शक्ति पहले से ही उपस्थित थी, किंतु वह जगह-जगह, छोटे-छोटे केंद्रों में केंद्रीभूत थी। शिव छत्रपति ने उदात्त संकट के विरुद्ध उसका उपयोग किया। शिव छत्रपति की सच्ची महानता यहीं प्रकट होती है। उन्होंने जो राष्ट्र-कार्य किया, वही उनका मुख्य चरित्र है। इसी कारण वे अपने राष्ट्र-बंधुओं में श्रद्धा के पात्र हैं। लोग उन्हें उनके राष्ट्र-कार्यों के ही कारण ईश्वरीय सत्ता से सुशोभित उत्तम पुरुष के रूप में देखते थे। स्वयं शिवाजी को अनुभूति हुई थी कि वे किसी ईश्वरीय प्रेरणा के केंद्रबिंदु हैं। उन्होंने अपने आसपास के सभी लोगों में यही प्रेरणा-शक्ति भर दी थी। पीढ़ी-दर-पीढ़ी यह प्रेरणा अपने आप नवीकृत होकर आगे बढ़ती गई।

"प्रेरणा की यह ज्वाला अनेक पीढ़ियों तक प्रज्वलित होती रही, जब तक कि भारत में हिंदू साम्राज्य स्थापित नहीं हो गया। लगता है जैसे स्वयं शिव छत्रपति सूक्ष्म अवतार लेकर, अदृश्य, किंतु अखंडित क्रियाशीलता के साथ, प्रेरणा की इस मशाल को प्रज्वलन देते रहे। शिव छत्रपति के इस अलौकिक स्वरूप को ध्यान में लेकर सोचने पर महसूस होता है कि आत्म-सम्मान के साथ जीवन जीने की महत्त्वाकांक्षा रखनेवाले एक महान् राष्ट्र की रसभरी जीवन-शक्ति स्वयं ही साकार हुई थी, शिव छत्रपति के रूप में।

शिवाजी महाराज ने अपने महसूल-अधिकारी को जो पत्र लिखा है, उसका विस्तार वैश्विक है एवं सर्व-समावेशक है। संसार के किसी भी देश का महसूल-अधिकारी, किसी भी काल में, अपने विभाग का कार्य-भार सँभालते वक्त इस पत्र को एक आदर्श मार्गदर्शक के रूप में अपने सामने रख सकता है।

इस पत्र के द्वारा संबंधित अधिकारियों को आदेश दिया गया है कि जितनी भी अधिकतम संभव हो, उतनी जमीन पर खेती की जाए एवं इसके लिए कष्ट करनेवाले किसानों को बैलों की जोड़ी, बीज एवं उपयोगी औजार दिए जाएँ।

आगे शिवाजी महाराज ने अपने अधिकारियों को ऐसा सूचित किया है कि वे महसूल-वसूली का अपना काम इतनी ईमानदारी से करें कि किसान के खेत की घास को भी अनावश्यक हाथ न लगाया जाए।

## महसूल के संबंध में सूबेदार को पत्र

श. 1598 भाद्र शु. 8
सु. 1077 इजब 6
इ. 1676 सितंबर 5

श्री शंकर

मशहूरल हजरत राजश्री अनंत सूबेदार मामले प्रभावेली प्रति राजश्री शिवाजी राजे दंडवंत सूहुर सनसबा सबैन अलफ साहेब मेहरबान हो—उन सुभात फरमान भेजा है।

शिवाजी ने उपरोक्त पत्र के द्वारा सूबेदारों को सुझाया कि वे देखें कि किसी प्रकार की चोरी न हो। किसानों की सब्जी को भी हाथ न लगाया जाए। खेत में जो भी उत्पन्न होता हो, प्रजा उसमें से अपना हिस्सा रखे। राज्य का हिस्सा प्राप्त करने के लिए प्रजा पर जुल्म न किया जाए। उत्पादन की कीमत देकर उसे सरकारी खजाने में जमा किया जाए। एकत्र किए गए उत्पादन को बाजार में तेजी आने पर ऐसे समय बेचा जाए, जिससे सरकार को लाभ हो। नारियल, खोपड़ा, सुपारी, काली मिर्च आदि उत्पादन को संगृहीत करके दाम में तेजी आने पर बेचा जाए।

गाँव-गाँव में किसानों के पास खेती करने के साधन नहीं हैं। बैल, हल, बीज एवं कुछ रकम भी उसे दी जाए। उस पर ब्याज न लेकर मूल रकम धीरे-धीरे वसूल की जाए। किसान जब तक समर्थ न हो जाए, तब तक उसे रकम देना जारी रखा जाए। दो लाख तक सहायता गाँव को दी जा सकती है। अनुपजाऊ भूमि को उपजाऊ बनाने के लिए किसान को सहायता देनी चाहिए। भूमि उपजाऊ हो जाने के बाद ही इस सहायता को वसूल करना चाहिए।

हर वस्तु का हिसाब ठीक से रखना चाहिए। किसी पर भी अत्याचार न हो। सरकारी कर जबरदस्ती वसूल न किया जाए। उसे माफ करके, भविष्य में खेती जारी रखने के लिए, किसान को प्रेरित किया जाए। अधिकारियों को चाहिए कि सरकार को समझाएँ कि इन किसानों ने हमारा फायदा ही किया है। सरकार उनका कर माफ भी कर सकती है।

महसूल-वसूलीं इस प्रकार की जाए कि सरकार को उचित मुआवजा मिले और किसान को भी उचित मूल्य मिले, ताकि साहब तुम पर खुश हो।

इस पत्र का तात्पर्य यही है कि जनता पर किसी भी प्रकार की जोर-जबरदस्ती न हो, सरकार को राज्य-संचालन के लिए महसूल मिले एवं जनता का हित ध्यान में रखकर वसूली की जाए।

इंग्लैंड में 12वीं शताब्दी में स्थापित ऑक्सफोर्ड एवं कैंब्रिज विश्वविद्यालयों ने सांस्कृतिक दृष्टि से अत्यंत महत्त्वपूर्ण कार्य किए हैं। इन विश्वविद्यालयों में धर्म,

न्याय, कानून, चिकित्सा एवं तमाम ललित-कलाओं का अध्यापन होता था। इनकी पदवी प्राप्त करने के लिए छात्र-छात्राओं को सात वर्ष तक वहीं अध्ययन करके उत्तीर्ण होना होता था।

चॉसर, स्पेंसर, सर थॉमस मूर, फ्रांसिस बेकन, शेक्सपियर इत्यादि ने अंग्रेजी भाषा का साहित्य समृद्ध किया।

इटली में लिओनार्डो द विंची ने गणित, भौतिकशास्त्र एवं अंतरिक्ष विज्ञान में अपनी तेजस्विता प्रकट की।

कॉपरनिकस ने सिद्ध किया कि सूर्य पृथ्वी की परिक्रमा नहीं करता, बल्कि पृथ्वी सूर्य की परिक्रमा करती है एवं सूर्य ही संपूर्ण सौर-मंडल के परिक्रमा-मार्गों का केंद्र है।

कैप्लर ने सिद्ध किया कि सूर्य के चारों ओर घूमनेवाले ग्रह गोलाकार में नहीं, बल्कि लंब-गोलाकार में घूमते हैं।

आइजैक न्यूटन ने गुरुत्वाकर्षण शक्ति की खोज की।

हैली ने धूमकेतुओं के जन्म के विषय में एकदम सही विधान किया।

गेलीलियो ने गणित, गति एवं ध्वनि-शास्त्र का अध्ययन कर अनेक भ्रांतियों का खंडन किया।

रॉबर्ट बाइल ने हवा के दबाव एवं प्रवाह के पारस्परिक संबंध का निरूपण किया।

मार्टिन लूथर किंग एक महान् धर्म-सुधारक हुए।

तात्पर्य यह कि समग्र संसार में अकल्पनीय शोध एवं आविष्कारों की झड़ी लगी हुई थी। मनुष्य अपने अस्तित्व के रहस्यों को पकड़कर आगे जा रहा था। अंधविश्वास टूट रहे थे, नित नवीन विश्वासों की स्थापना हो रही थी।

शिवाजी महाराज इस प्रचंड सांस्कृतिक एवं वैज्ञानिक परिवर्तन को लेकर कितने जागरूक थे, बहुत कम! और यह उनका निजी दोष नहीं था। कैरे या मानूची जैसे विदेश-यात्री, सलाहकार व ज्ञानी व्यक्ति उनके दरबार तक पहुँचे अवश्य थे, किंतु किसी ने भी वहाँ लंबी अवधि तक रुक जाना मुनासिब नहीं समझा था। फलस्वरूप शिवाजी महाराज की समझ ज्ञान-विज्ञान एवं नवसंस्कृति के क्षेत्र में विश्वपटल तक नहीं पहुँची थी।

और ऐसा केवल शिवाजी महाराज के साथ ही नहीं था। तत्कालीन भारत के लगभग सभी शासक-प्रशासक विश्व की वैज्ञानिक व सांस्कृतिक गतिविधियों एवं उपलब्धियों के विशेष जानकार नहीं थे। शायद तब तक ऐसे विकास का समय ही नहीं आया था।

सम्राट् अकबर अपने बहुमुखी ज्ञान के लिए प्रसिद्ध था। ऐसा कहा जाता है कि उसने बाइबिल का सचित्र मुद्रित संस्करण देखा था, किंतु उसके शैक्षणिक महत्त्व का अंदाजा वह नहीं लगा पाया था।

जहाँ तक शिवाजी महाराज की बात है; इतना निश्चित है कि यदि उन्हें मुद्रण यंत्र एवं मुद्रण कला के आविष्कार की जानकारी मिल गई होती, तो उन्होंने उन यंत्रों को आयात किया होता। इससे न केवल महाराष्ट्र, बल्कि संपूर्ण देश में शिक्षा के क्षेत्र में क्रांति का सूत्रपात हो जाता।

## संदर्भ—


1. छत्रपति शिवाजी महाराज/कृ.अ. केलुसकर
2. पुण्यश्लोक छत्रपति शिवाजी/बालशास्त्री हरदास
3. शिवाजी कोण होता ?/गोविंद पानसरे
4. Shivaji and his Times/Jadunath Sarkar
5. House of Shivaji/Jadunath Sarkar


□

# शिवाजी महाराज की अद्वितीयता

दैनंदिन जीवन की सामान्य घटना हो या संसार की कोई महत्त्वपूर्ण घटना हो, हम उनकी आपस में तुलना करते ही हैं। उनके बीच फर्क क्या है, इसे हम स्पष्ट समझना चाहते हैं। यही तत्त्व भूतकाल एवं वर्तमान काल में कार्यरत व्यक्तियों के लिए भी लागू होता है। ऐसी तुलना से किसी घटना अथवा व्यक्ति की अद्वितीयता को प्रत्यक्ष समझने का मौका मिलता है।

शिवाजी महाराज कितने अद्वितीय थे? आइए, महाराज का मूल्यांकन करें। जैसा कि इस ग्रंथ के प्रकरणों से स्पष्ट होता है—

- डेविड एवं गोलिएथ
- थर्मोपीली एवं लिओनिडास
- महान् पलायन
- ट्रॉय का घेरा
- चीन की दीवार जैसी पर्वतीय किलों की रेखा
- नौसेना की स्थापना
- जिनेवा युद्ध-संधि
- मैग्नाकार्टा
- स्वतंत्रता, समता एवं बंधुत्व (फ्रांस की राज्य-क्रांति)।

## इनके अतिरिक्त ये भी

- स्वयं नेतृत्व करके उन्होंने लड़ाइयाँ जीतीं।
- स्वयं नेतृत्व न करते हुए भी प्रत्येक लड़ाई का योजनाबद्ध नियोजन।
- छुआछूत प्रथा का नाश।
- सती-प्रथा पर रोक।
- धर्म-परिवर्तन पर रोक।

- दूसरे धर्म में जा चुके हिंदुओं का वापस हिंदू धर्म में प्रवेश।
- गुलामी पर रोक।

## मराठी राजभाषा कोश जारी किया गया

- जातिवाद पर रोक।
- निष्पक्ष न्याय-प्रक्रिया अपनाई।
- शिवाजी महाराज में कोई भी दोष या दुर्गुण नहीं था।
- महिलाओं को सम्मान देना।
- धार्मिक सहिष्णुता दिखाई।
- दुश्मन का कभी कत्ले-आम नहीं किया।
- कैदियों को गुलाम नहीं बनाया।
- कोई व्यसन नहीं था।
- स्वयं के लिए कोई स्मारक, बुलंद दरवाजा या आलीशान महल आदि का निर्माण नहीं किया।
- प्रजा के साथ समान व्यवहार।
- हारे हुए शत्रु को मारकर उनके नरमुंडों का अंबार नहीं लगाया।
- माता, पिता, भाई एवं साथियों को सम्मान दिया।
- ईश्वर का प्रतिनिधि बनकर सेवक के रूप में राज्य किया।
- स्वयं में देवत्व होने का अलौकिक आभास मिलने के बावजूद कभी भी इस देवत्व को प्रचारित या स्थापित करने का प्रयास तक नहीं किया।

शिवाजी महाराज की तुलना विश्व-विख्यात राज-योद्धाओं से करते समय उपर्युक्त बातें यथाक्रम विश्लेषित की जाएँगी।

□

# शिवाजी महाराज एवं संसार के कुछ महान् योद्धा

अनेक घटनाओं के आधार पर कहा जा सकता है कि शिवाजी महाराज महान् समझे जानेवाले अन्य योद्धाओं की अपेक्षा अधिक महान् थे।

महान्ता और महान् व्यक्ति, इस संदर्भ की चर्चा हम कर चुके हैं। हम आठ विदेशी एवं दो भारतीय राजकर्ताओं के जीवन की संक्षिप्त जानकारी लेकर इन दस व्यक्तियों की तुलना शिवाजी महाराज के जीवन एवं कार्यों से करेंगे।

शिवाजी महाराज के जीवन में ऐसी-ऐसी घटनाएँ घटी हैं कि सुनकर सारा संसार हिल जाए! उन घटनाओं के आधार पर हम उन्हें 'एकमेवाद्वितीयम्' घोषित करके स्वयं गौरवान्वित हो सकते हैं।

अलग-अलग अनोखी घटनाएँ अलग-अलग व्यक्तियों को अलग-अलग ऊँचे शिखर पर पहुँचा देती हैं। ऐसी महत्त्वपूर्ण घटनाएँ दो अलग-अलग व्यक्तियों के जीवन में बिल्कुल एक ही तर्ज पर घटित हों, ऐसी तो कल्पना भी नहीं की जा सकती।

किंतु सचमुच ऐसा होता है और हुआ है।

मसलन—गोलिएथ लियोनिडास, ट्रॉय और सिंहगढ़, चीन की दीवार और धार्मिक लिंकनिज़्म, महान् पलायन, जिनेवा कंवेन्शन भाषा (राज-व्यवहार कोश) एवं स्वतंत्रता का युद्ध, शिवाजी उत्सव एवं राष्ट्र-निर्माण।

प्रारंभ करते हैं अकबर से। अकबर का क्रमिक वर्णन करने के बाद उसकी विशद् तुलना हम करेंगे शिवाजी महाराज से।

## अकबर ( 1556-1605 )

अकबर 13 वर्ष के थे, तभी उनके पिता मुगल सम्राट् हुमायूँ का इंतकाल हो गया। राज्यारोहण के बाद अकबर ने अपने पालक बैरम खाँ की सहायता से पानीपत के मैदान

में हेमू का समूल नाश किया। हेमू था अकबर के प्रतिस्पर्धी मुहम्मद शाह आदिल सूर का दीवान।

सन् 1556 से 1560 तक अकबर के पालक की हैसियत से बैरम खाँ ने संपूर्ण सत्ता अपने हाथ में रखी। बैरम खाँ के कारनाम क्रूरता व अत्याचार से भरे हुए थे। इससे मुगल साम्राज्य में भारी असंतोष फैल गया। आखिर अकबर ने युक्ति लड़ाकर बैरम खाँ के हाथ से सत्ता छीन ली। इससे बैरम खाँ भड़क गया। उसने अकबर के खिलाफ बगावत कर दी, किंतु उसे अकबर की शरण में आना पड़ा।

बैरम खाँ ने मक्का चले जाने का फैसला किया। मक्का के रास्ते में किसी अफगान ने उसका खून कर दिया।

बैरम खाँ के खत्म होने के बाद अकबर की प्रमुख दाई माहम अनघा ने अपने साथियों की सहायता से शासन सँभाला, किंतु उसने भी बैरम खाँ से बेहतर काम नहीं किया। माहम अनघा की मौत के बाद अकबर ने सत्ता पूरी तरह अपने हाथ में ले ली।

शुरुआती सात वर्षों तक (1560 से 1567) अकबर अपनी दाई के बेटे आदमखान अब्दुल्लाखान उजबेक और उसके बगावतखोर साथियों की टोली को जेर करने में लगा रहा। रावलपिंडी जिले के बाशिंदे गख्खर लोगों पर तथा काबुल के बाशिंदे मिर्जा हाकिम की बगावत पर भी अकबर ने इसी दौर में काबू किया। मिर्जा हाकिम था आदमखान अब्दुल्लाखान उजबेक का भाई। गोंडवाना, मालवा, रावलपिंडी जिले का ईशान्य इलाका, चुनार और जौनपुर आदि प्रदेशों पर भी अकबर का परचम लहराने लगा।

अकबर ने सन् 1570 में ही बीकानेर, जैसलमेर, कालिंजर के प्रदेशों पर भी जीत हासिल कर ली थी।

1572 तक एक अकेले राणा प्रताप को छोड़कर ज्यादातर राजपूत राजा अकबर की शरण में आ चुके थे। सन् 1573 में गुजरात के मुसलमान राजाओं को पराजित कर राणा प्रताप ने अपनी सत्ता कायम की। राणा प्रताप को भी सन् 1576 में हल्दी घाटी की लड़ाई में अकबर से हारना पड़ा। अकबर ने उसी वर्ष बंगाल को भी जीत लिया। सन् 1580 में बंगाल में बगावत हुई। अकबर ने टोडरमल को भेजकर उस बगावत को खत्म किया और बंगाल को अपने राज्य में हमेशा के लिए मिला लिया।

1584 में काबुल का राजकाज अकबर का सौतेला भाई मुहम्मद हाकिम सँभाल रहा था। 1585 में उसकी मौत हो गई। तब उसका राज्य अकबर ने अपने अधिकार में ले लिया।

1586 में अकबर ने कश्मीर के राजा यूसुफशाह और उसके बेटे याकूब को कैद कर लिया। अकबर ने इन्हें अपने कैदियों की हैसियत में रखकर बिहार भेज दिया। अब कश्मीर को भी अपने राज्य में मिला लेने से अकबर को कोई नहीं रोक सकता था।

1586 से 1587 के दौरान अकबर कश्मीर पर आक्रमण करता रहा, ताकि उसे काबू में रख सके। इसी आक्रमण-काल में जिस विद्वान् पर अकबर को बेहद भरोसा था, वह बीरबल मृत्यु को प्राप्त हुआ।

सन् 1591 से 1595 के बीच अकबर ने उड़ीसा, सिंध, कांधार और बलूचिस्तान को जीत लिया। अब उसने दक्षिण भारत को जीतने के लिए कूच किया। उसने खानदेश के राजा को अपनी ओर मिलाकर अहमदनगर पर आक्रमण कर दिया, किंतु वहाँ चाँदबीबी की बहादुरी ने अब तक अजेय अकबर को भी पराजित कर दिया! (1595)

1600 में, यानी पाँच वर्ष बाद, अकबर ने अहमदनगर पर फिर से आक्रमण किया और उसे जीत ही लिया। चाँदबीबी के किन्नर हमीदखान ने झूठी बात फैलाई कि वह अकबर को आदिलशाही बगैर लड़ाई के ही सौंप रही है। संतप्त अहमदनगर के प्रजाजन ने चाँदबीबी को उसके महल में घुसकर मार डाला! इस प्रकार अकबर ने अपना राज्य पश्चिम में काबुल से लेकर पूर्व में बंगाल तक एवं उत्तर में हिमालय की तलहटी से लेकर दक्षिण में नर्मदा नदी के नीचे, अहमदनगर तक बढ़ा दिया।

हिंदुओं के बारे में अकबर की नीति उदार थी। दरअसल इस उदारता के पीछे अकबर की कुशल राजनीति ही थी। अकबर से पहले के मुसलिम शासकों ने हिंदुओं पर अत्याचार करने में कोई कसर नहीं छोड़ी थी। नतीजा यह कि उन्हें हिंदुओं के कठोर विरोध का सामना करना पड़ा था। अकबर नहीं चाहता था कि ठीक उसी जंजाल में वह भी फँस जाए। इसीलिए उसने हिंदुओं के साथ अपनत्व एवं भाईचारा विकसित किया। हिंदुओं को तकलीफ दे रहे जजिया कर को उसने रद्द कर दिया। हिंदू-विरोधी अन्य कानून भी रद्द कर दिए।

अकबर ने हिंदुओं के राजकीय महत्त्व को बढ़ाया। युद्ध कैदियों को गुलाम बनाने और उन्हें जबरन इसलाम में ले आने की परंपरा उसने तोड़ी। हिंदुओं के सामूहिक धर्मांतर से भी रक्षा की। हिंदुओं के झगड़े पहले काजी निबटाया करते थे। अकबर ने काजियों की जगह ब्राह्मणों की नियुक्ति की। हिंदुओं को उसने अपने दरबार में नौकरियाँ दीं, बड़े-बड़े ओहदे और जवाबदारी की जगहें दीं।

इतना ही नहीं, जैसलमेर, मारवाड़ और बीकानेर के राजपूत घरानों से वैवाहिक संबंध स्थापित किए। इससे पहले के मुसलिम शासकों ने अपनी हिंदू बीवियों को पूजा के धार्मिक अधिकारों से वंचित रखा था। ये अधिकार अकबर ने हिंदू स्त्रियों को वापस सौंपे। इसके साथ ही उसने राजमहल में मंदिर भी बनवाया और हिंदू त्योहारों में स्वयं भी शामिल होना शुरू किया। परिणाम यह हुआ कि राजपूत अकबर के निष्ठावान सेवक बन गए और मुगल साम्राज्य का संरक्षण करने लगे।

उलेमा एवं मुल्लाओं की सत्ता नष्ट करने के लिए अकबर ने सरकारी मौलवी

द्वारा तैयार किए गए पद्य के पाठ के जरिए तलाक की काररवाई को स्वीकृति दी। मुसलमानों के दीवानी व धार्मिक मतभेदों का निबटारा करने का अधिकार अकबर ने अपने पास रखा।

अब हम दो खास मुद्दों पर चर्चा करेंगे—1. अकबर और राणा प्रताप की शत्रुता; 2. इसलाम की तलवार के रूप में राजपूतों की भूमिका।

जब चित्तौड़ मुगलों की शरण में आ गया, तब अकबर ने रणथंभोर के हाड़ा घराने पर अधिकार कर लिया। अब केवल मेवाड़ का घराना शेष था, जो अकबर से लड़ रहा था। इस घराने की बागडोर राणा प्रतापसिंह के हाथों में थी।

अकबर ने चित्तौड़ के किले को घेरने के लिए एक खास 'दोहरी पद्धति' का उपयोग किया; जमीनी सुरंग और सुरक्षित मार्ग। प्रारंभ के एक महीने में दो जमीनी सुरंगें बनाई गईं, किंतु दोनों में जब विस्फोट किया गया, तो दोनों में एक साथ विस्फोट नहीं हुआ। अकबर की आक्रमणकारी टुकड़ियों ने समझा कि अभी जो विस्फोट हुआ, वह दोनों सुरंगों में एक साथ हुआ है। टुकड़ियों ने सोंचा भी नहीं था कि दूसरी सुरंग में विस्फोट होना अभी बाकी है। टुकड़ियाँ आगे बढ़ गईं और तभी हुआ दूसरा विस्फोट, जिसमें 200 मुगल सैनिक मौत के घाट उतर गए। उनमें अकबर के कई प्रिय सेनाधिकारी भी थे।

निराश हुए बिना अकबर ने अपनी योजना आगे बढ़ाई।

योजना कुछ ऐसी थी : शत्रु की दिशा में धीरे-धीरे बढ़ो, लेकिन बेहद मजबूत घेराबंदी के साथ। सैनिकों का संरक्षण हर कदम पर होता चले। सुरंग के भीतर दस घुड़सवार सैनिक कंधे-से-कंधा मिलाकर चल सकें, इतनी चौड़ाई का 'संरक्षण-छत्र' आगे-आगे सरकता था। 'संरक्षण-छत्र' जानवरों के मोटे चमड़े से तैयार किया गया था। सैनिक 'संरक्षण-छत्र' के नीचे दुबककर आगे बढ़ते।

सुरंग की भीतरी दीवार और छत को लकड़ी के फट्टे लगाकर सुरक्षित बना लिया गया था। इन फट्टों को पत्थरों और कीचड़ से दीवार पर जड़ दिया गया था। 'संरक्षण-छत्र' सुरंग के भीतर सर्प की तरह सरकता, जिसकी छत्रच्छाया में सैनिक एक-एक कदम आगे बढ़ते। 'संरक्षण-छत्र' पर अगर तोप का गोला भी आकर फट पड़ता, तो भी जान-माल की कोई बड़ी हानि नहीं हो सकती थी। सुरंग की दीवारें भले ही कामचलाऊ थीं, मगर उनकी रचना में ऐसी कारीगरी थी कि गोले का विस्फोट वहीं-का-वहीं शक्तिहीन हो जाता।

'संरक्षण-छत्र' के मुहाने पर लगातार निर्माण-कार्य होता चलता। इस निर्माण-कार्य पर से मुगलों की तोपें निशाने साधकर दुश्मन पर गोले बरसातीं। हर कदम पर जोखिम था, लेकिन एक-एक कदम पर मुगल अपने शत्रु पर तोपें चला रहे थे। ये तोपें नीचाई से

ऊँचाई पर चलाई जाती थीं। इससे उनका धुआँ और ताप ऊँचाई पर ही बिखर जाते; सुरंग के भीतर के 'संरक्षण-छत्र' को विशेष प्रभावित न करते।

अकबर का यह फौलादी साँप मानो बख्तर पहनकर एक-एक कदम आगे सरक रहा था। वह चित्तौड़ के किले की नींव का भक्षण करना चाहता था और उसने सचमुच ऐसा कर लिया। नींव नष्ट होते ही किले की दीवारें खिलौनों की तरह टूटने और गिरने लगीं। इस प्रकार चित्तौड़ की हार हुई।

राजपूतों की यह हार कितनी भीषण थी और मुगलों की यह जीत कितनी जबरदस्त थी, इसका अंदाजा लगाने के लिए अकबर ने एक विचित्र तरीका निकाला। जिन राजपूत योद्धाओं की एक साथ हत्या की गई और निष्पाप हिंदू नागरिकों को भी उन्हीं के साथ खत्म कर दिया गया, उन सबके जनेऊ इकट्ठे करके तौले गए, तो वजन साढ़े चौहत्तर मन हुआ।

राजपूतों को युद्ध-बंदी न बनाकर उन निहत्थे वीरों का कत्ले-आम कर देने के अकबर के दुष्कृत्य की निंदा अनंतकाल तक होती रहे, इसके लिए राजस्थान के साहूकार आज भी अपनी हुंडी पर 74.5 का आँकड़ा लिखते हैं। यह आँकड़ा उस भीषण दुष्कृत्य की याद में लिखा जाता है। इस आँकड़े के अंकन के साथ लिखी गई हुंडी का सम्मान अगर कोई व्यक्ति नहीं करता, तो उसे 74.5 का शाप लगता है; ऐसी धारणा आज भी चली आ रही है।

अकबर ने चित्तौड़ का किला पूरी तरह नष्ट कर जला डाला और किले के दरवाजे आगरा भेज दिए। किले के मशहूर काली मंदिर में पीतल का भव्य दीप-स्तंभ था। अकबर ने उसे अजमेर के मोहनुद्दीन चिश्ती की दरगाह को समर्पित कर दिया।

चित्तौड़ भले ही नष्ट हुआ, किंतु राणा प्रताप ने शरणागति स्वीकार नहीं की। वी.ए. स्मिथ के अनुसार राणा प्रताप की देशभक्ति ही उसका अपराध था। अपनी धूर्त एवं कुशल राजनीति के बल पर अकबर ने अधिकांश राजपूत प्रमुखों को अपनी ओर मिला लिया था। राणा प्रताप की समझौता न करने की जिद में आखिर तर्क क्या है, यही अकबर की समझ में नहीं आ रहा था! क्योंकि महाशक्तिशाली अकबर के सामने राणा प्रताप सदा के लिए तो टिक नहीं सकते थे। जो एक दिन होना ही है, उसे आज ही स्वीकार क्यों न कर लिया जाए? अकबर का तर्क यही था, किंतु वह राणा प्रताप का तर्क नहीं था।

अकबर का आश्रित एवं गाजी (धर्म-योद्धा) बनने की इच्छा से इतिहासकार बदाऊनी युद्ध में शामिल हुआ था। वह लिखता है—

'मुगल सेना में राजपूत सैनिकों का नेतृत्व राणा लूनकरण कर रहे थे। एक बड़े विस्फोट में किले की दीवार टूट कर गिरी, तो किले के अंदर से गोले चलने लगे। लूनकरण संरक्षण के लिए पहले बाईं तरफ भागे, फिर दाईं तरफ लपक पड़े। सैनिकों के

बीच अफरा-तफरी मच गई। तभी किले के अंदर से राजपूत सैनिकों की विशाल टोली निकल पड़ी और घमासान युद्ध करने लगी। कौन सा राजपूत सैनिक मुगलों का है और कौन सा राणा प्रताप का, समझना मुश्किल हो गया।

'मैं उस वक्त मुगलों की अग्रिम टुकड़ी में था, जिसका नेतृत्व आसफखान कर रहा था। मैंने आसफ से पूछा, 'ऐसे घमासान में कौन सा राजपूत हमारा है और कौन सा दुश्मन का, इसकी पहचान आप कैसे कर रहे हैं?'

'आसफ ने जवाब दिया, 'हम सिर्फ इतना देख रहे हैं कि हमारा तीर किसी राजपूत को ही लगे। राजपूत हमारा है या दुश्मन का, इससे क्या फर्क पड़ता है! इधर का राजपूत मरे या उधर का, फायदा इसलाम का ही होगा।'

'इस प्रकार हमने अंधाधुंध तीर चलाना जारी रखा। सामने दुश्मन की जबरदस्त टुकड़ी पहाड़ की तरह अड़ी हुई थी। हमारे सैनिक देख-देखकर तीर मार रहे थे। हर तीर किसी-न-किसी राजपूत को गिरा रहा था। इस प्रकार हमने काफिरों के खिलाफ लड़ाई में उनका संहार किया। मैं भी इसी तरह खींच-खींचकर तीर मार रहा था। मेरे लिए यह मौका किसी तोहफे से कम नहीं था। आखिर जब हम जीते, तो काफिरों का सत्यानाश करने का यश मुझे मिला और मेरे साथ की मुगल टुकड़ी को भी।'

अकबर से हारने के बाद राणा प्रतापसिंह एक लंबे समय तक जंगलों में छिपकर रहे। उन्हें अकसर भूखा रहना पड़ता, साथ में उनका परिवार भी भूखा रहता। नौबत यहाँ तक आएगी, ऐसा किसी ने नहीं सोचा होगा। राणा प्रताप को स्वयं की परवाह नहीं थी, लेकिन अपने परिवार के हालात वे नहीं देख पा रहे थे। वे इतने निराश हो गए कि अकबर से समझौता करने की तैयारी करने लगे।

यह समाचार जब उनके मौसेरे भाई पृथ्वीराज राठौर तक पहुँचा, तो वह तिलमिला गया। उसने फौरन राणा प्रतापसिंह को पत्र लिखा—

'आप हिंदुओं की आशा हैं, आकांक्षा हैं। आप हिंदुओं के लिए सूर्य की तरह तेजस्वी हैं। क्या सूर्य कभी निराश होता है, राणा! आप हिंदुओं का साथ क्यों छोड़ रहे हैं? आप न होते, तो अकबर ने हम सभी को कितना तुच्छ समझा होता। क्या हमारे योद्धाओं ने अपनी वीरता खो दी है, क्या हम अपनी माँओं और बहनों की इज्जत भी नहीं बचा सकते?

'अकबर राजपूत घरानों के लिए दलाल का काम कर रहा है। उसने बाजार के सारे योद्धाओं को खरीद लिया है। अपवाद स्वरूप केवल उदयसिंह के पुत्र हैं, जो बिकाऊ नहीं हैं। क्या कोई भी सच्चा राजपूत अपना मान-सम्मान मुगलों को 'नौरोजा'[1] में बेच सकता है? जो भी राजपूत हारता है, उसके महल में अकबर खुद जाकर अपने शरीर-सुख के लिए स्त्रियों का चयन करता है। अनेक राजपूतों ने इस प्रकार अपने स्वाभिमान

का सौदा किया है। क्या चित्तौड़गढ़ भी इस बाजार में बेचा जाएगा ?

'संसार जानता है कि आपने अपनी सारी संपत्ति युद्ध में लगा दी है। फिर भी ऐसा कौन सा खजाना है आपके पास, जो अब भी सुरक्षित है ? संपूर्ण संसार आश्चर्यचकित है कि राणा प्रताप के शौर्य का स्रोत कहाँ है। क्या बिना धन के शौर्य सुरक्षित रह सकता है ? राणा तो सब-कुछ फूँक चुके, फिर भी उनका शौर्य सुरक्षित है, यानी उनके धन का स्रोत सुरक्षित है। कौन सा गुप्त खजाना है राणा के पास ? काश! लोग समझते कि राणा प्रताप के शौर्य का स्रोत किसी खजाने में है ही नहीं। राणा के शौर्य का स्रोत, शौर्य का उद्गम तो है उनकी तलवार में!

'इतनी प्रतिष्ठा होते हुए भी आप अकबर के दरबार में शामिल हो जाने का विचार कर रहे हैं। मुझे तो यकीन ही नहीं होता।

'न भूलें, राणा प्रतापसिंहजी! कि मानव एवं मानवता की दलाली कर रहा अकबर एक-न-एक दिन मौत की नींद तो सोएगा ही। वह अमर नहीं है। ज्यों ही उसका इंतकाल होगा, हमारी राजपूत जमात वापस हमारी ओर आ जाएगी। राजस्थान की उजाड़ मानी जाती धरती में राजपूतों की शूरवीरता के बीज एक बार फिर बोए जाएँगे। शूरवीरता की फसल फिर लहलहा उठेगी···

'अकबर अमर नहीं है, लेकिन राजपूतों का शौर्य अमर है। इस शौर्य की उपासना के लिए सब आपकी ओर ही देख रहे हैं; राणा प्रताप की ओर। राजस्थान की पवित्रता आप ही से देदीप्यमान होगी।

'राणा प्रताप अकबर के सामने झुक रहे हैं, उसे अपना बादशाह मानने को तैयार हैं, यह मुझे असंभव लगता है। यह उसी प्रकार असंभव है, जैसे सूर्य का पश्चिम में उदित होना। मुझे बताइए, मैं क्या करूँ। क्या अपनी तलवार अपनी ही गरदन पर घुमाऊँ या स्वाभिमान से जिऊँ ?'

ऐसा चुनौतीभरा पत्र पाकर राणा प्रताप के मन की सारी निराशाएँ लुप्त हो गईं। उन्होंने नए उत्साह के साथ अपने आपको समेटा। राजपूतों के बिखरते जा रहे शौर्य को समेटा और टूट पड़े अकबर की सैन्य-शक्ति पर। उन्होंने संपूर्ण पश्चिम मेवाड़ एवं पूर्व मेवाड़ का कुछ भाग, जिसमें अकबर की सैनिक छावनियाँ बन चुकी थीं, वापस अपने अधिकार में ले लीं। उदयपुर और मंडलगढ़ जैसे महत्त्वपूर्ण शहरों में राणा प्रताप की ध्वजा एक बार फिर लहराने लगी।

अकबर राणा प्रताप को किसी भी तरह काबू में न ले सका।

राणा प्रताप की मृत्यु हुई 19 जनवरी, 1597 में। उनके देह-विलय के बाद उनके

---

*(1. पर्शियन नव वर्ष को 'नौरोजा' कहते हैं। इस अवसर पर अकबर अपने जनानखाने में घूमकर उन स्त्रियों का चयन करता था, जिन्हें वह अपने शयन कक्ष में ले जाना चाहे।)*

पुत्र राणा अमरसिंह ने मुगलों के विरुद्ध संघर्ष जारी रखने की शपथ ली और उसे दृढ निश्चय के साथ पूरा किया।

अब हम अकबर ने स्वयं को देवता कैसे घोषित किया, यह देखते हैं।

स्वयं अशिक्षित होते हुए भी अकबर ने एक जाहिरनामा तैयार किया कि यदि मुसलमानों में कोई धार्मिक अथवा दीवानी मतभेद है, तो उसका न्याय करने और आखिरी फैसला सुनाने का अधिकार किसी उलेमा-मुल्ला को न होकर अकबर को होगा।

अकबर के दरबार के खुशामदगार अब्दुल फजल ने लिखा है—

'सभी प्रदेशों के लोग सम्राट् अकबर से मन्नत माँगते हैं कि उन्हें जीवन की कठिनाइयों से छुटकारा मिले। सम्राट् ऐसी सलाह देते हैं, जिससे सबके मन को तसल्ली हो। सम्राट् उनकी धार्मिक उलझनों को दूर करते हैं। रोज़ाना कितने ही लोग पानी का प्याला लेकर आते हैं और सम्राट् से पानी में फूँक मारने की प्रार्थना करते हैं। ऐसे पानी को वे दवा की तरह पीते हैं। ये लोग ऐसे पक्के भरोसे के साथ आते हैं कि जो बीमारी हकीम की दवा से ठीक नहीं होती, वह अकबर की दैवी शक्ति से ठीक हो जाती है।

'हर रोज सम्राट् अकबर राजमहल की एक खिड़की में आकर खड़े रहते हैं, ताकि जनता सुलभता से उनके दर्शन कर सके। कुछ हिंदू प्रजाजन ने एक अलग पंथ स्थापित किया है, जिसके अनुयायी सुबह सम्राट् अकबर के दर्शन करने के बाद ही अपना दैनिक कार्य प्रारंभ करते हैं। इस पंथ के लोग 'दर्शनिया' कहलाते थे। अकबर ने भी उन्हें 'जीवन कैसे जीना चाहिए' इसे समझाने के लिए अलग नियम बनाए थे।

'अकबर ने स्वयं का जो धर्म चलाया, वह 'दीन-ए-इलाही' कहलाता था। 'दीन-ए-इलाही' के अनुयायियों को चार श्रेणियों में विभाजित किया गया था। अकबर की भक्ति करनेवाले उनके प्रति आदर एवं समर्पण की भावना किस प्रकार व्यक्त करते थे, इस पर आधारित थीं ये चार श्रेणियाँ। उन्हें चढ़ते क्रम में रखा गया था। कौन अनुयायी अकबर को क्या समर्पित करता है, इस आधार पर उसकी श्रेणी का क्रम निश्चित होता था। इस समर्पण में संपत्ति, जीवन, प्रतिष्ठा एवं धर्म इन चार बातों का समावेश किया जाता था।

'जो अनुयायी इन चार बातों में से एक का त्याग अपने आध्यात्मिक गुरु सम्राट् अकबर के लिए करता, उसे भक्ति की पहली सीढ़ी पर रखा जाता। जो चार में से दो बातों का त्याग करता, उसे दूसरी सीढ़ी दी जाती। इस प्रकार वह चार में से कितनी बातों का त्याग करता है, इस पर उसकी श्रेणी तय होती थी। इसमें अनुयायी अगर अपने मूल धर्म का त्याग कर देता, तो यह बात सबसे महत्त्वपूर्ण मानी जाती थी; किंतु 'दीन-ए-इलाही' पंथ में आने के लिए अपने मूल धर्म का त्याग करने की कोई लाजिमी शर्त नहीं होती थी।

' 'दीन-ए-इलाही' पंथ में आते समय उस व्यक्ति को अकबर के सामने सिजदा

करना पड़ता था। इसलाम में मुसलमानों को केवल अल्लाह के ही सामने सिजदा करने की इजाजत दी गई है। किसी भी अन्य व्यक्ति अथवा सत्ता के सामने सिजदा करने की इजाजत इसलाम में नहीं दी गई है। हिंदू समाज में इस प्रकार का कोई नियम या प्रथा नहीं थी।

'अकबर ने 'दीन-ए-इलाही' की स्थापना (1577-1578) करने से काफी समय पहले ही घोषित कर दिया था कि शाही दरबार में आनेवालों को सम्राट् के सामने सिजदा करना होगा। यूँ सिजदा की प्रथा पहले से ही रूढ़ हो चुकी थी। उसे 'जमींबोसा' (जमीन को होंठों से स्पर्श करना) कहा जाता था। यह वह सिजदा था, जिसे सिर्फ खुदा के सामने करने की इजाजत इसलाम में है, लेकिन जो अकबर के सामने तब से किया जाने लगा था, जब उसने अपना धर्म 'दीन-ए-इलाही' शुरू भी नहीं किया था!

'इससे जाहिर है कि अकबर कितना निरंकुश शासक था। उसने स्वयं को 'पृथ्वी पर खुदा की छाया' के तौर पर घोषित कर रखा था। यह घोषणा उसने 'दैवी राजसत्ता के अधिकार के सिद्धांत' के तहत स्वयं के लिए की थी। 'खुदा की छाया' उर्फ 'जिल्ले-इलाही' होने के नाते अकबर ने स्वयं को सर्वोच्च सम्राट् कहा और अपने सामने सिजदा का रिवाज शुरू करवाया।

'सच पूछें, तो अकबर 'दीन-ए-इलाही' के संस्थापक के तौर पर अपने सामने सिजदा नहीं करवाता था, बल्कि इसके पीछे एक अनियंत्रित सम्राट् का गरूर ही काम कर रहा था। 'दीन-ए-इलाही' के अनुयायी तो अकबर को सिजदा करते ही थे, लेकिन जो उस धर्म के अनुयायी न होते, उन्हें भी अकबर के सामने हाजिर होने पर सिजदा करना ही पड़ता था। 'दीन-ए-इलाही' को अमर कर देने के इरादे से अकबर ने सन् 1583 में गंगा-यमुना-सरस्वती के संगम पर बसे प्रयाग शहर का नाम बदलकर 'इलाहाबाद' कर दिया था। यह 'इलाहाबाद' नाम आज तक चला आ रहा है।

'दीन-ए-इलाही' की दीक्षा लेनेवाला अपना सिर अकबर के कदमों पर रखता था। अकबर स्वयं के छोटे चित्र वाली एक टोपी उस दीक्षार्थी के सिर पर पहनाता था।

'इसके बाद खुद अकबर एक ऐसा चोगा पहनता था, जिस पर की गई सोने-चाँदी की कशीदाकारी मानो जगमग होती रहती थी। इस चोगे को खुद पहनने के बाद वह उतार देता और उसे उस दीक्षार्थी को पहनाकर उसे विभूषित करता। इससे यह साबित होता था कि सम्राट् एवं वह दीक्षार्थी 'दीन-ए-इलाही' के पवित्र कार्य में एकरूप हो गए हैं।

'अकबर बाकायदा महसूस करने लगा था कि वह कोई आम राजकर्ता नहीं, बल्कि वाकई एक दैवी शक्ति का स्वामी है। वह राज्य इसलिए कर रहा है कि खुदा ने उसे इसका हक दे रखा है और इसीलिए वह खुदा के समान ही पूजनीय है।'

अकबर को खुदा के समान पूजनीय माना जाने लगा, इसमें ब्राह्मणों का भी योगदान

था। स्वयं ब्राह्मणों ने अकबर को विष्णु का अवतार मानना शुरू कर दिया था।

अकबर ने अनेक यादगार इमारतों का निर्माण किया। फतेहपुर सीकरी इसका एक बड़ा उदाहरण है।

अकबर ने अपने सपनों की राजधानी की रचना फतेहपुर सीकरी में की। राजधानी का यह शहर दो मील लंबा और एक मील चौड़ा है। उसके तीन तरफ ऊँची, अभेद्य दीवारें हैं और चौथी तरफ सुरक्षा के लिए एक कृत्रिम तालाब बनाया गया है। फतेहपुर सीकरी की दीवारों में नौ दरवाजे हैं। अकबर ने इस शहर में अनेक भव्य इमारतें बनवाई थीं, जहाँ से प्रशासनिक कार्य होते थे। उनमें मुगल सत्ता के केंद्रीय शासन का सचिवालय, कोषागार, दीवान-ए-खास, दीवान-ए-आम, पंचमहल, मरियम मकानी, तुर्की सुलताना, जोधाबाई और बीरबल के महल, इबादतखाना, अकबर के ग्रंथालय एवं शयन-कक्ष इत्यादि इमारतों का समावेश था।

किंतु आज ये सभी इमारतें भग्नावस्था में हैं। इस शहर का प्रवेश-द्वार बहुत ऊँचा है। लिहाजा इसे 'बुलंद दरवाजा' कहते हैं। फतेहपुर सीकरी की मसजिद के आँगन में शेख सलीम चिश्ती की कब्र है, जिस पर संगमरमर का मकबरा बना हुआ है। आगरा, लाहौर और इलाहाबाद में एक-एक बुलंद व जीते न जानेवाले किले अकबर ने बनवाए थे। इन तीनों किलों में शाही परिवार, खास-खास दरबारी एवं पराक्रमी सेनापतियों के लिए अनेक भव्य इमारतें खूब खर्चा करके बनवाई गई थीं। इनमें से कुछ इमारतें आज भी अस्तित्व में हैं। उन्हें देखकर पर्यटक एवं कला-समीक्षक मोहित हो जाते हैं और इमारतों की वास्तु-कला की प्रशंसा करते हैं।

किंतु फतेहपुर सीकरी में पानी की किल्लत लगातार बनी रही। वहाँ रहना दूभर हो गया। आगामी पृष्ठों में इसकी तुलना शिवाजी महाराज की जल-नीति से की गई है।

अब हम अकबर के वैवाहिक जीवन की जाँच करेंगे। पवित्र कुरान के अनुसार मुसलमानों को चार बीवियाँ रखने की इजाजत दी गई है, जबकि अकबर की 300 बीवियाँ थीं। जनानखाने में उन 300 के अलावा 5000 स्त्रियाँ और भी थीं, जो अकबर की रखैलें थीं। इन तमाम स्त्रियों को कोई भी काम नहीं था। श्रृंगार करके वे दिन भर अपना मुखड़ा शीशे में देखा करतीं। हर स्त्री को एक छोटा सा स्वतंत्र शीशा दे दिया जाता, जिसे वे अपने दाहिने हाथ में, अँगूठे के सहारे, रखे रहतीं। इस जनानखाने में केवल एक मर्द दाखिल हो सकता था, जिसका नाम था अकबर!

जनानाखाना क्या था, मधुमक्खियों का छत्ता ही था। हमेशा चहल-पहल से भरा रहता। तरह-तरह की कुटिल काररवाइयों का अड्डा बन चुका था वह।

जनानखाने में जो 5000 स्त्रियाँ थीं, उनका अपने मालिक बादशाह अकबर से मिलन का क्या गणित बनता था? अगर मान लिया जाए कि अकबर एक रात्रि में एक

स्त्री के साथ रहता था, तो इस हिसाब से 5000 को 365 से भाग देने पर हर स्त्री की बारी आने में 13.69 वर्ष का समय लग जाता था! अकबर अपनी पसंदीदा रखैलों को उनकी बारी के बिना भी बुला लेता था, जबकि न जाने कितनी रखैलें ऐसी रही होंगी, जिन्होंने अपने मालिक के साथ रात कभी बिताई ही नहीं थी। इसे सहज ही माना जाएगा।

यह स्थिति विचित्र ही थी, जिसमें अकसर दयनीय प्रसंग सामने आया करते। मसलन कोई स्त्री अगर बीमार पड़ती, तो उसे इलाज के लिए भी जनानखाने से बाहर जाने की इजाजत नहीं थी। वह बिछौने में ही पड़ी रहती। हकीम को भला कैसे बुलाया जाता, क्योंकि हकीम तो सब मर्द ही थे और किसी भी मर्द को, सिवा अकबर के, जनानखाने में कदम रखने की इजाजत नहीं थी। 5000 औरतें ही घरेलू टोटकों से इलाज करती रहतीं। बीमार स्त्री का मर्ज अगर बढ़ जाता, तो किसी हकीम को बुरका पहनाकर चुपके से जनानखाने में लाया जाता। उस समय क्या सावधानियाँ बरती जाती थीं, इसका विशद् वर्णन फ्रांस से आए एक यात्री-हकीम फ्राँकॉय बरनियर ने इस प्रकार किया है—

'मुझे कश्मीरी रेशमी शॉल से सिर से पाँव तक ढाँक दिया जाता। कोई किन्नर मेरी उँगली पकड़कर जनानखाने में ले जाता। उस वक्त मेरी स्थिति किसी अंधे से बेहतर न होती। मुझे मरीज के करीब पहुँचाकर शॉल हटा ली जाती, किंतु मैं मरीज को रूबरू देख नहीं सकता था। मरीज तो एक परदे की आड़ में ही सोई रहती। जख्म अगर हाथ या पैर में होता, तो जिस्म का बस उतना ही हिस्सा परदे से बाहर आता, अगर जिस्म के किसी और हिस्से की जाँच करनी होती, तो खुद मुझे ही परदे के भीतर हाथ डालकर जाँचना पड़ता। इस तरह तो मर्ज की सही पड़ताल ही न हो पाती, मगर उपाय नहीं था।'

दिलचस्प यह भी था कि कई बार ऐसी स्त्रियाँ भी हकीम बुलवा लेतीं, जो बीमार पड़ी ही न होतीं। उनका जख्म भी हाथ-पैर में न होकर किसी और ही अंग पर होता। जाँच करने के लिए जब हकीम अपना हाथ परदे के भीतर डालता, तो उधर लेटी स्त्री उस हाथ को प्यार से सहलाती और चूमने लगती। उन स्त्रियों को केवल मर्द का स्पर्श चाहिए होता था और कुछ नहीं।

यात्री-हकीम फ्राँकॉय बरनियर ने कहा है कि मुझे अकसर अनुभव होता था कि आड़ में लेटी स्त्री ने मेरा हाथ अपने किसी मार्मिक अंग पर रखकर दबाया है। ऐसे अवसर पर मैं अपने चेहरे पर कोई भाव नहीं आने देता था, क्योंकि मैं जानता था कि आसपास जो किन्नर मौजूद हैं, उन्हें पता नहीं चलना चाहिए। उन किन्नरों का काम ही यही था कि जनानखाने की हर औरत की जासूसी करें, साथ ही वे खुद भी संदेह और ईर्ष्या से पीड़ित रहते थे। उनकी दुष्टता का कोई ओर-छोर नहीं था। कुछ इतने दुष्ट थे

कि गाजर, ककड़ी जैसी सब्जियों को जनानखाने में भेजते वक्त उन्हें छीलकर, लिंग जैसी आकृति बनाकर भेजा करते।

मुगल सम्राट् अकबर के विषय में हमने यह जो चर्चा की, इसके आधार पर ये निष्कर्ष हम सहज ही निकाल सकते हैं—

- शिवाजी महाराज एवं सम्राट् अकबर, इन दोनों को, संस्कार प्राप्त करने की कच्ची उम्र में, अपने पिता के अनुभव एवं ज्ञान का लाभ नहीं मिला।
- शिवाजी ने अपनी माता जीजाबाई एवं सभी बड़े-बुजुर्गों को, जो गुरु-समान थे, योग्य मान-सम्मान दिया। ठीक विपरीत, अकबर ने छोटी उम्र का होते हुए भी उस बैरम खाँ के खिलाफ बगावत की थी, जिसने उसका राज्य सँभाला था। अंत में अकबर ने बैरम खाँ की हत्या भी करवा दी थी।
- शिवाजी ने अपने छोटे भाई राजाराम को जो पत्र लिखा है, उसमें उनका बंधु-प्रेम, अपनत्व, समझदारी इत्यादि सद्गुण स्पष्ट झलकते हैं। इसके विपरीत, अकबर ने अपने दूध-भाई आदमखान को दो बार राजमहल की दूसरी मंजिल से नीचे फेंकवा दिया था। पहली कोशिश में आदमखान की जान बच गई, तो अकबर ने उसे दुबारा दूसरी मंजिल की ऊँचाई से नीचे फेंकवाया, जिसमें उसकी जान चली गई।
- चित्तौड़गढ़ का किला ढहाने के लिए अकबर ने 'सबात तंत्र' का उपयोग किया था, जो युद्ध का बहुत महँगा पैंतरा है। उसमें अकबर को जन, धन, साधन, सामग्री एवं समय के रूप में भारी कीमत चुकानी पड़ी थी। इसकी तुलना में शिवाजी अपने छापों आदि में जो खर्च करते थे, वह बहुत ही कम होता था। शिवाजी की युद्ध-शैली अफजल खान (प्रतापगढ़ और सिंहगढ़) एवं शाइस्ताखान (पूना) पर किए गए छापामार हमलों में बेहद किफायती और कारगर रही थी। इससे हम सेना-नायक के रूप में शिवाजी महाराज की महान्ता का आभास पा सकते हैं।
- चित्तौड़ पर अधिकार करने के बाद अकबर ने युद्ध में मारे गए राजपूतों के जनेऊ तुलवाकर उनका अपमान किया था। उन जनेऊ का वजन 74.5 मन हुआ था। शिवाजी ने असंख्य बार अपने शत्रुओं को पराजित किया था, किंतु एक बार भी किसी शत्रु का अपमान नहीं किया। मृत्यु को प्राप्त शत्रुओं को उन्होंने हमेशा उचित अंतिम संस्कार देकर सम्मानित किया।
- अकबर ने चित्तौड़ के कालिका मंदिर के दीप-स्तंभ को जब्त कर अजमेर के ख्वाजा निजामुद्दीन चिश्ती की दरगाह को तोहफे के तौर पर भेज दिया था। मंदिर के कलात्मक काम किए हुए दरवाजों को उखाड़ कर अकबर आगरा

ले गया। शिवाजी महाराज ने कभी किसी मसजिद में तोड़-फोड़ नहीं की, न ही कोई संपत्ति लूटी।

- चित्तौड़ की विजय के बाद अकबर ने पराजित राजपूतों की खोपड़ियों के ढेर रचे। शिवाजी ने अपने पराजित शत्रु का ऐसा अपमान करने की कभी कल्पना भी नहीं की। चित्तौड़ की जीत को यादगार बनाने के लिए अकबर ने प्रयाग तीर्थ-क्षेत्र का नाम बदल कर इलाहाबाद कर दिया। शिवाजी महाराज ने कभी किसी शहर का नाम नहीं बदला। स्वयं के नाम पर भी उन्होंने कभी कोई शहर नहीं बसाया।
- अकबर ने सन् 1569 में निर्मित मुगल राजधानी फतेहपुर सीकरी में अपनी तीन रानियों सलीमा, रुक्कय्या और जोधा के लिए भव्यतम महल का निर्माण किया था, लेकिन यहाँ आयोजन की क्षति इतनी गंभीर थी कि पानी की किल्लत के कारण समूची राजधानी उजड़ गई थी। इसके विपरीत शिवाजी महाराज ने हर नया किला बनवाते समय पानी के स्रोतों का पता लगाया। इस संदर्भ में सिंधुदुर्ग किले का आश्चर्य यह था और आज भी है कि यह किला सिंधु यानी समुद्र के भीतर निर्मित किया गया है, मगर किले के प्रांगण में दूधबाव, दहीबाव और साखरबाव नामक तीन कुएँ हैं, जो मीठे पानी के हैं!
- स्त्रियों के साथ शिवाजी का व्यवहार हमेशा नैतिकतापूर्ण एवं सम्मानजनक रहा, जबकि अकबर के जनानखाने में 5000 स्त्रियाँ कैदियों की तरह रखी गईं।
- अकबर हमेशा संदेह में रहता था कि कहीं कोई उसके खिलाफ बगावत न कर दे। मनसबदार उसके साथ किसी भी प्रकार का छल-कपट न करें, इसके लिए वह मनसबदारों की बेटियों को अपने जनानखाने में रख लेता था। शिवाजी महाराज के सामने ऐसी कोई समस्या ही नहीं थी। जब वे आगरा में कैद थे, तब उनकी गैर-मौजूदगी में भी मराठा प्रदेशों में किसी सेनापति या सेनाधिकारी ने उनके विरुद्ध कोई बगावत या छल-कपट नहीं किया।
- पानीपत की दूसरी लड़ाई में हेमू की आँख में तीर लगा और उसे बेहोशी की हालत में अकबर के सामने लाया गया। अकबर ने उसका सिर काट दिया। इस प्रकार अकबर सिर्फ 13 साल की उम्र में गाजी यानी धर्म-योद्धा बन गया। हेमू का सिर एक भाले पर रखकर दिल्ली के प्रवेश-द्वार पर प्रदर्शित किया गया। इसके विपरीत शिवाजी महाराज ने युद्ध में मारे गए शत्रुओं के सैनिकों का कभी भी किसी भी तरह अपमान नहीं किया। शिवाजी महाराज अफजल खान से बदला लेना चाहते थे, क्योंकि महाराज के पिता शहाजी

राजे को कैद करवाने में अफजल खान ने बड़ी भूमिका निभाई थी। इसके अलावा; शिवाजी के बड़े भाई संभाजी की मौत के लिए भी अफजल खान ही जिम्मेदार था। ऐसा होते हुए भी शिवाजी महाराज ने अफजल खान के शव का सम्मानपूर्वक अंतिम संस्कार किया, जिसमें मुसलिम विधि को अपनाया गया।

- अकबर ने हिंदुओं के साथ उदारता का व्यवहार किया, किंतु समझना होगा कि अकबर ने हिंदुओं पर यह कोई मेहरबानी नहीं की थी। अकबर ने हिंदुओं को सिर्फ वह दिया, जो हिंदुओं का हक था। अकबर ने सिर्फ अपनी सत्ता सुरक्षित रखने के लिए हिंदुओं के प्रति सद्भावना दिखाई। अकबर ने सिर्फ अपने स्वार्थ की रक्षा की। इसके लिए अकबर की स्तुति करना अनावश्यक है। अकबर भलीभाँति जानता था कि हिंदू बहुसंख्यक हैं और कोई भी साम्राज्य अपनी बहुसंख्यक प्रजा को संतुष्ट रखे बिना स्थिर नहीं रह सकता।

अकबर देख रहा था कि दूसरे प्रदेशों में हिंदू अपनी शूरवीरता से बलशाली साम्राज्यों का निर्माण कर रहे हैं। हिंदू बहुसंख्यक तो थे ही, कर की अदायगी भी ईमानदारी से करते थे। कर अदा करके भी वे अपनी समृद्धि का निर्माण कर रहे थे। लड़ाई-झगड़े में हिंदुओं की दिलचस्पी नहीं थी। हिंदुओं का इतिहास आक्रमण का नहीं था। उन्होंने मसजिदों में तोड़-फोड़ नहीं की; मुसलमानों की हत्याएँ नहीं की। उनकी स्त्रियों को कभी धर्म-भ्रष्ट नहीं किया। जबरदस्ती धर्मांतर करने के लिए भी मुसलमानों को कभी मजबूर नहीं किया गया। अकबर को हिंदुओं से आक्रमण का भय नहीं था। उनके साथ अच्छा बरताव करके अकबर ने अपनी सुंदर साख बनाई, किंतु यह उदारता उसके हृदय की उपज नहीं थी। वह उसके चालाक मस्तिष्क की उपज थी। यदि उसने हिंदुओं से किसी भी तरह का खतरा महसूस किया होता, तो हिंदुओं को बरबाद करने में उसने कोई कसर न छोड़ी होती। इतिहास साक्षी है कि अकबर ने अपने विरोधियों के साथ हमेशा कैसी बेरहमी का व्यवहार किया।

शिवाजी महाराज की प्रजा में मुसलिम बहुसंख्यक नहीं थे। महाराज का आर्थिक आधार मुसलिम समाज से नहीं आया था। मुसलमानों की तलवारें महाराज का राज्य नहीं चलाती थीं। मुसलमानों का इतिहास आक्रमण का था। सच तो यह था कि हिंदुओं को मुसलमानों के आक्रमण का डर महसूस करना चाहिए था। महाराष्ट्र के पड़ोस में ही बादशाह औरंगजेब आलमगीर ने हिंदुओं पर जजिया कर थोपा था, फिर भी सहिष्णु हिंदू मुसलमानों के प्रति बहुत अधिक आशंकित नहीं थे। शिवाजी ने हिंदू परंपरा की रक्षा करते हुए मुसलमानों के साथ सदैव उदारता का ही बरताव किया।

- अकबर ने अपनी तथाकथित उदारता के बावजूद अपनी हिंदू प्रजा को मजबूर किया कि हिंदू अपने कंधे पर काले कपड़े का टुकड़ा रखकर बाहर निकलें।

इस काले कपड़े को 'टुकाड़िया' कहते थे। कंधे पर 'टुकाड़िया' होने का अर्थ ही यही था कि यह व्यक्ति अल्लाह का विरोधी है, काफिर है।

- अकबर सिद्ध करना चाहता था कि मनुष्य को बोलने की शक्ति उसकी सुनने की शक्ति से प्राप्त होती है। अकबर ने नवजात शिशुओं को एकांत में रखने का प्रयोग किया। नवजात शिशुओं के कानों में रंच मात्र भी ध्वनि का प्रवेश न हो, इसका ध्यान रखा गया। ये शिशु बड़े तो होते गए, मगर कुछ भी बोले बिना। अकबर ने साबित कर दिया कि इन बच्चों का शारीरिक विकास तो होगा, किंतु वे मूक बने रहेंगे। यूँ अपनी महान् बुद्धिमत्ता का परिचय देने के लिए अकबर ने नवजात शिशुओं को 'गिनी पिग' के तौर पर इस्तेमाल किया, लेकिन शिवाजी महाराज ने ऐसी निष्ठुरता का कोई भी प्रयोग कभी नहीं किया।
- अकबर के शासन-काल में गुलामी प्रथा बदस्तूर जारी थी, जबकि शिवाजी महाराज ने अपने शासन-काल में मनुष्यों की खरीद-फरोख्त पर कड़ी रोक लगा दी थी। इस कुप्रथा को रोकने में शिवाजी महाराज यूरोपीय देशों से भी आगे निकल गए थे।
- अकबर को महान् (दि ग्रेट) समझा जाता है, किंतु उसके इंतकाल के बाद 'अकबर उत्सव' जैसा कोई उपक्रम शुरू नहीं हो सका। ऐसा उत्सव न तो तत्कालीन बुद्धिजीवियों को सूझा और न ही जन-साधारण को, यहाँ तक कि वर्तमान युग में भी 'अकबर उत्सव' मनाने को लेकर किसी ने अपनी कल्पना के घोड़े नहीं दौड़ाए हैं, किंतु शिवाजी महाराज की स्मृति में 'शिवाजी उत्सव' मनाया जाता है। इसकी शुरुआत लोकमान्य तिलक ने 15 अप्रैल, 1896 में की थी। इस उत्सव के फलस्वरूप स्वतंत्रता संग्राम को बहुत समर्थन प्राप्त हुआ था। आज भी शिवाजी की स्थिति महाराष्ट्र में अत्यंत सुदृढ है। किसी भी जीवंत नेता से अधिक प्रभाव दिवंगत शिवाजी महाराज का है।
- 'दीन-ए-इलाही' धर्म की स्थापना करके अकबर ने जीवित होते हुए भी स्वयं का दैवीकरण करने का प्रयास किया। इसके विपरीत; शिवाजी ने स्वधर्म की गरिमा बढ़ाई, साथ में परधर्म के प्रति भी सहिष्णुता दिखाई। उन्होंने मसजिदें तोड़ना तो दूर, स्वयं ही मसजिदों का निर्माण भी करवाया। उन्होंने केवल धर्म की नहीं, बल्कि मानव-मात्र की चिंता करते हुए मानवीय मूल्यों की स्थापना की। उन्होंने सबको महत्त्व दिया। स्वयं को धार्मिक सत्ता या तेजस्विता देने का कोई प्रयास शिवाजी महाराज ने कभी नहीं किया।
- संकट का सामना व्यक्ति किस प्रकार करता है, इससे उसके व्यक्तित्व का

अंदाजा लगाया जा सकता है। तत्त्वनिष्ठ एवं कर्तव्यशील व्यक्तियों के जीवन में भी संकट के क्षण आते रहते हैं एवं उसे अच्छा या बुरा निर्णय लेने के लिए बाध्य करते रहते हैं। हर युद्ध में संकट के क्षण आते ही हैं। उनका सामना सेनानायक किस प्रकार करता है, इसका अत्यधिक महत्त्व है। युद्धों में संकट के क्षणों का सामना अकबर किस प्रकार करता था ? न लड़कर! वह यूँ कि अकबर युद्ध भूमि में उतर कर हथियार नहीं चलाता था। अकबर की सेना उसकी ओर से हथियार चलाती थी। सेना ही उसके लिए लड़ती थी। संकट के क्षण यदि आते थे, तो सेना के सामने आते थे। अकबर पर संकट के क्षण आते ही कहाँ थे! संकट के क्षण तो चरित्र का निर्माण करते हैं। इस कसौटी पर अकबर को कभी नहीं कसा गया। सेना की जीत ही अकबर की जीत होती थी। सेना लड़ती, कटती, मरती थी; अकबर केवल सुरक्षित मौजूद रहकर जीतने का श्रेय लेता था।

शिवाजी महाराज का चरित्र इससे भिन्न था। वे हमेशा अपने सैनिकों के साथ युद्ध-भूमि में उतरते और लड़ते थे। प्राणों का खतरा जितना आम सैनिक को होता था, कमोबेश उतना ही खतरा शिवाजी महाराज को हुआ करता था। संकट उनके सामने बार-बार उपस्थित होता था और बार-बार पीछे हटता था। इस सीधी-सरल कसौटी पर अकबर और शिवाजी दोनों को नापा जा सकता है। शिवाजी सेनानायक और प्रशासक, दोनों रूपों में यशस्वी हुए, जबकि अकबर को मात्र एक ही रूप में यश मिल सका और वह था कुटिल प्रशासक का रूप। अकबर ने धार्मिक प्रशासक के रूप में भी यश पाना चाहा, किंतु बात नहीं बनी।

उपर्युक्त वर्णन के आधार पर अकबर के व्यक्तित्व की मर्यादाओं को रेखांकित किया जा सकता है। देशी और विदेशी मुसलिम इतिहासकारों के अलावा गैर-मुसलिम ब्रिटिश इतिहासकारों ने भी अकबर को 'द ग्रेट' कहकर नवाजा है। अकबर की महान्ता महज एक भ्रम है। वह कुशल विजेता हो सकता है, किंतु महान् नहीं था। नए जमाने में हालात ऐसे बन गए कि अकबर को महान् चित्रित करनेवालों को महान् धन-राशि प्राप्त होने लगी। अनेक लोगों ने अपने-अपने तरीकों से अकबर की महान्ता को दुहा है। उसमें सिने-संसार के व्यापारी एवं सर्जक सबसे आगे रहे। 'मुगल-ए-आजम' और 'अनारकली' जैसे चलचित्र इसके उदाहरण हैं।

अकबर और शिवाजी की तुलना करते ही तत्काल स्पष्ट हो जाता है कि यदि अकबर को महान् कहा जा सकता है, तो शिवाजी को महान्तम कहना होगा। शिवाजी महाराज हर कसौटी पर अकबर बादशाह से आगे, बहुत आगे थे।

## औरंगजेब ( 24 अक्तूबर, 1618 – 20 फरवरी, 1707 )

औरंगजेब दिल्ली के मुगल घराने का 6वाँ बादशाह था। उसका पूरा नाम था, मुहियुद्दीन मुहम्मद औरंगजेब। वह 'आलमगीर' के नाम से भी ख्यात हुआ। वह शाहजहाँ और मुमताज का तीसरा पुत्र था। गुजरात के दोहद में उसका जन्म हुआ था। शाहजहाँ की बगावत के कारण उसे 6 साल की उम्र में जहाँगीर के पास बंधक रहना पड़ा। कुछ दिन वह नूरजहाँ की कैद में भी रहा।

सन् 1628 में शाहजहाँ दिल्ली के सिंहासन पर बैठा। उसके बाद औरंगजेब की मुक्ति हुई। यहीं से उसकी शिक्षा प्रारंभ हुई। उसने कुरान एवं हदीस का अध्ययन किया। इसी प्रकार अरबी, चुगताई, फारसी व तुर्की भाषाएँ सीखीं। बचपन से ही उसे संगीत, चित्रकला एवं अन्य ललित कलाएँ पसंद नहीं थीं।

औरंगजेब को सन् 1636 में दक्षिण का सूबेदार बनाकर भेजा गया। 1644 तक वह इसी पद पर रहा। उसे 1645 से 1648 तक गुजरात का, 1652 तक मुलतान का और अंत में 1657 तक फिर से दक्षिण का सूबेदार बनाकर भेजा गया।

मुराद से समझौता कर दोनों ने शाहजहाँ की सेना को धरमत में और दाराशिकोह की सेना को सामूगढ़ में पराजित किया। बाद में उसने शाहजहाँ और मुराद दोनों को कैद कर लिया। फिर वह 21 जुलाई, 1658 के दिन सिंहासन पर बैठा। मुराद, दारा, शुजा और दाराशिकोह, इन चारों भाइयों को उसने अपने रास्ते से हटाया। जून, 1659 में औरंगजेब का राज्याभिषेक हुआ एवं उसने 'आलमगीर' की पदवी धारण की। 'आलमगीर' यानी जिसने दुनिया को जीत लिया हो।

अपने वैभव का प्रदर्शन करना औरंगजेब को अच्छा लगता था। विदेशी सत्ताधीशों को प्रभावित करने के लिए उसने सन् 1661 और 1667 के बीच मक्का, इरान, बाल्ख, बुखारा आदि राष्ट्रों से आए हुए दूतों को भारी कीमती उपहार देकर अपने वैभव का प्रदर्शन किया।

औरंगजेब का कार्यकाल दो भागों में बँटा हुआ स्पष्ट दिखाई देता है। उसने सन् 1658 से 1681 तक उत्तर भारत में एवं 1681 से 1707 तक का समय दक्षिण में मराठों से लड़ते हुए बिताया। जब वह उत्तर भारत में था, उसने अपने साम्राज्य का विस्तार करने के लिए पूर्व एवं वायव्य दिशाओं के प्रदेशों पर आक्रमण किए। सन् 1657 में कूच-बिहार के राजा प्रेमनारायण ने मुगल प्रदेश पर आक्रमण किया। फलस्वरूप औरंगजेब ने सन् 1660 में मीर जुमला को बंगाल का सूबेदार नियुक्त किया। मीर जुमला और दिलेरखान ने मिलकर असम पर आक्रमण कर दिया। इसमें मीर जुमला मारा गया। असम के राजा आहोमा ने अपना प्रदेश वापस हासिल कर लिया। 1661 से 1665 तक मुगलों को असम में सफलता नहीं मिल सकी।

आहोमा के आक्रमण के बाद औरंगजेब ने शाइस्ताखान को बंगाल का सूबेदार बनाया। शाइस्ताखान ने बिहार, चटगाँव, सोनदीप इत्यादि प्रदेश जीतकर वहाँ के पुर्तगीज एवं ब्रह्मदेशीय लोगों का बंदोबस्त किया। फिर भी आहोम मुगलों को तकलीफ देता रहा। सन् 1670 से 1681 तक राजा आहोम असमर्थ पड़ा रहा। यह वह दौर था, जिसमें आहोम युद्ध जारी न रख सका। मौके का फायदा उठाकर मुगलों ने उस प्रदेश में अपने राज्य का विस्तार कर लिया।

## औरंगजेब और दारा का संबंध

युद्ध हार चुके दारा को औरंगजेब ने आगरा लाने का हुक्म दिया। दारा जब किले के सामने से गुजर रहा था, एक फकीर जोर से चिल्लाया, "अरे, दारा! याद करो...जब तुम मालिक थे, मुझे भिक्षा दिए बिना आगे नहीं जाते थे। आज तुम्हारे पास मुझे देने के लिए कुछ भी नहीं है। यह बात मुझे अच्छी तरह मालूम है।"

सुनकर दारा ने अपना हाथ कंधे की ओर ले जाते हुए अपनी मैली शॉल उतारी और फकीर की ओर फेंकी।

लेकिन पहरेदार के तौर पर साथ चल रहे बहादुरखान ने हुक्म दिया कि दारा अपनी शॉल वापस ले ले, क्योंकि कैदियों को इजाजत नहीं है, किसी को कुछ दान करने की।

दारा को मौत की सजा फरमाने से पहले औरंगजेब ने उसे एक संदेश भेज कर पूछा था, "किस्मत आज किस कदर तुम्हारे खिलाफ है! यही किस्मत इतनी ही तुम्हारे पक्ष में होती, अगर तुमने मुझे कैद कर लिया होता! बताओ, अगर मैं तुम्हारा कैदी होता, तो मेरे साथ तुम क्या बरताव करते।"

दारा अच्छी तरह समझ गया कि औरंगजेब ने उसका मजाक उड़ाने के लिए ऐसा सवाल पूछा है। दारा को यह भी मालूम था कि औरंगजेब उसे हमेशा के लिए खत्म कर देने को उतावला है। दारा ने औरंगजेब को वही उत्तर दिया, जो एक राजपुत्र को देना चाहिए था। उसने संदेश के जवाब में संदेश दिया, "अगर तुम मेरे कैदी होते, तो तुम्हारे जिस्म के चार टुकड़े करके दिल्ली के चार दरवाजों के सामने फेंक देने के लिए कहा होता।"

यह जवाब औरंगजेब के सामने रखा गया। दारा की हिमाकत देखकर औरंगजेब आगबबूला हो गया। उसने अपने सबसे बड़े भाई दारा को मौत की सजा सुना दी।

दारा का सिर काटने के लिए गुलामों की टुकड़ी अपने सरदार के साथ शाम 6 बजे खिजराबाग में आ पहुँची। गुलाम सरदार ने दारा को बेरहमी से नीचे गिराकर उसका सिर काट दिया।

दारा के लहूलुहान धड़ को वहीं छोड़कर उसका सिर लिये हुए गुलाम सरदार औरंगजेब के सामने पहुँचा।

दारा का सिर आया देखकर औरंगजेब ने उसे नीचे रखने को कहा। अपनी तलवार की नोक से उसने सिर को तीन बार कोंचा। औरंगजेब ने खुफिया इशारे से हुक्म दिया कि सिर पेटी में रखकर शाहजहाँ के कैदखाने के अधिकारी एतबारखान के पास भेज दिया जाए।

शाहजहाँ दारा से अत्यधिक प्रेम करता था। औरंगजेब से उसे कोई प्रेम नहीं था। इसी का बदला लेने के लिए औरंगजेब ने यह काररवाई की। जैसे वह कहना चाहता था, 'लो! देखो! तुम्हारे प्यारे बेटे का क्या हश्र हुआ है। मुझे तो तुम तुच्छ समझते थे न? लेकिन आज यह मैं ही हूँ, जिसका पूरी सल्तनत पर अधिकार है। तुम्हारा प्यारा बेटा तो खुदा की खिदमत में चला गया।'

उस दिन औरंगजेब की प्रिय बहन रोशनआरा ने बड़ी मेजबानी दी।

इसके बाद औरंगजेब ने दारा की दोनों बीवियों को बुलाया। उनमें से एक चंचल स्वभाव की थी, जिसका नाम था उदेपुरी। वह जॉर्जियन वंश से थी। वह औरंगजेब का हुक्म मानकर सामने हाजिर हुई। औरंगजेब ने उसे अपनी बीवी बना लिया। उसने कामबख्श नामक राजपुत्र को जन्म दिया।

दूसरी बीवी का नाम था रानादिल। वह एकनिष्ठ थी और जन्म से हिंदू थी। रानादिल ने संदेश भेजकर औरंगजेब से पूछा, "हुजूर हमसे क्यों मिलना चाहते हैं?"

रानादिल को बताया गया कि बादशाह आपको अपनी बेगम बनाना चाहते हैं। बड़े भाई की विधवा पर छोटे देवर का ही अधिकार माना जाता है। ऐसा नियम है।

इस पर रानादिल ने पूछा, "हुजूर ने हममें ऐसी क्या खासियत देखी, जो हमें इतनी इज्जत दी जा रही है?"

औरंगजेब ने संदेश दिया, "हमें आपके बाल बहुत अच्छे लगते हैं।"

रानादिल ने अपने सारे बाल काटकर औरंगजेब को भेज दिए और कहा, "हुजूर जिस खूबसूरती को पाने की तमन्ना रखते हैं, वह हमने हुजूर की खिदमत में पेश कर दी है। अब हमारी ओर से यही गुजारिश है कि हमें अकेले जीने की इजाजत दी जाए।"

लेकिन औरंगजेब का मन नहीं मान रहा था। रानादिल को अपनी बेगम बनाने के लिए वह सचमुच उतावला हो चुका था।

उसने फिर संदेश भेजा, "आपकी खूबसूरती लाजवाब है। आपको हम तहेदिल से अपनी बेगम बनाना चाहते हैं। आप हमें अपना दारा ही समझ लीजिएगा। आपको बड़ी-से-बड़ी इज्जत बख्शी जाएगी। आपके ऐशोआराम में कोई कमी नहीं आने दी जाएगी। वैसे भी आप हमारे भाई की बेगम तो हैं ही।"

रानादिल निडर और धैर्यशील महिला थी। वह अपने महल में गई। एक छुरी लेकर उसने अपने चेहरे पर वार-पर-वार किए। पूरा चेहरा लहूलुहान हो गया। बहते खून से

एक कपड़े को सानकर उसने औरंगजेब के पास भिजवा दिया और कहलवाया, "हुजूर हमारे चेहरे की खूबसूरती पर मेहरबान हुए हैं, लेकिन यह चेहरा अब खूबसूरत नहीं रहा। अगर हुजूर को हमारे खून की तमन्ना है, तो उसे हम आपकी खिदमत में पेश कर रहे हैं। इसके साथ जो करना हो, करें। हम आपको नहीं रोकेंगे।"

रानादिल की ऐसी खुद्दारी देखने के बाद औरंगजेब ने पीछे हट जाना ही उचित समझा।

औरंगजेब के व्यक्तित्व को अच्छी तरह समझने के लिए हमने निम्नलिखित दो शीर्षकों के अंतर्गत विशद् मीमांसा की है—

1. शिवाजी महाराज एवं धर्म
2. शिवाजी महाराज एवं मृत्यु।

अब हम आठ मध्ययुगीन योद्धाओं यानी एलेक्जेंडर (सिकंदर), जूलियस सीजर, अटीला, हॉनीबॉल, रिचर्ड द लॉयन हार्ट, विलियम वॉलेस, चंगेज खान और एडॉल्फस गस्टावस से तुलना करेंगे, साथ में नेपोलियन से भी तुलना करेंगे, क्योंकि वह महान् माना जाता है। दूसरा योद्धा, जिसके बारे में विश्लेषण किया गया है, वह है स्पार्टाकस, जिसने एक गुलाम होते हुए भी कुछ वक्त तक शक्तिशाली रोम को टक्कर दी।

## नेपोलियन

नेपोलियन मूल रूप से फ्रांस से नहीं था। उसका जन्म कॉर्सिका में हुआ था। उसके पिता कार्लो फ्रांस के दरबार में कॉर्सिका की ओर से वकील थे। उन्हीं के प्रयत्नों से नेपोलियन को 'इकॉल मिलिटरी' नामक पेरिस के सैनिक-स्कूल में प्रवेश मिला। यहाँ से उत्तीर्ण होने के बाद उसने 'रॉयल आर्टिलरी स्कूल' में प्रवेश लिया। सन् 1785 में वह सेकेंड लेफ्टिनेंट के पद पर फ्रेंच सेना में दाखिल हुआ।

सन् 1789 में फ्रांस क्रांति की शुरुआत हुई। नेपोलियन ने क्रांतिकारियों का समर्थन किया एवं सन् 1795 में सत्ताधीशों पर गोली चलाई।

सन् 1796 में नेपोलियन ने लॉडी के युद्ध में ऐसा शौर्य दिखाया कि उसे 'लिटिल कॉर्पोरल' कहा जाने लगा। उसका यह उपनाम मशहूर हो गया। 1792 में नेपोलियन की नियुक्ति फ्रांस के सरसेनापति के रूप में हुई। उस समय नेपोलियन ने संसार में पहली बार टेलीकम्यूनिकेशन का उपयोग किया।

सन् 1798 में नेपोलियन ने मिस्र (इजिप्ट) पर आक्रमण किया। वहाँ उसने ब्रिटेन से भारत जानेवाली नौकाओं को काफी परेशान किया, किंतु थोड़े ही समय बाद ब्रिटेन के मशहूर नौसेनानी नेल्सन ने 'बैटल ऑफ नाइल' के युद्ध में नेपोलियन की नौसेना के छक्के छुड़ा दिए। इस प्रकार नेपोलियन का कार्य इटली की भूमि तक ही सीमित रहा।

सन् 1799 में नेपोलियन फ्रांस का सैनिक तानाशाह (मिलिटरी डिक्टेटर) बना। उसने अपने कार्यालय में शिक्षा, वित्त, प्रशासन एवं न्याय संबंधी कई सुधार किए। नेपोलियन ने अनेक उपयोगी नागरी नियम भी प्रस्थापित किए। ये नियम आज भी कई देशों में 'नेपोलियन की नागरी संहिता' के रूप में प्रचलित हैं।

2 दिसंबर, 1804 के दिन नेपोलियन का फ्रांस के सम्राट् के रूप में राज्यारोहण हुआ।

26 मई, 1805 के दिन मिलान में नेपोलियन का इटली के राजा के रूप में मंचारोहण हुआ।

2 दिसंबर, 1805 के दिन ऑस्टरलिट्ज में ऑस्ट्रिया एवं रूस की सेनाओं को नेपोलियन ने हराया।

14 अक्तूबर, 1806 के दिन नेपोलियन ने प्रशिया को सॉलफेल्ड, जेना और स्टेड के युद्ध में हराया।

सन् 1812 से नेपोलियन का पतन शुरू हो गया। उसने सभी सलाहकारों के विरोध की अवहेलना कर रूस पर आक्रमण कर दिया। रूस के सेनापति कुटजोन ने 'देशभक्ति युद्ध' की घोषणा की और उसी के खास पैंतरे के मुताबिक बगैर युद्ध किए पीछे हटना शुरू किया। कुटजोन दरअसल समय बिता रहा था। उसे इंतजार था ठंड के मौसम का। युद्ध विश्लेषकों का यह मानना था कि शिवाजी महाराज के पास कई सेनापति थे, लेकिन सबसे धाकड़ सेनापति था 'सेनापति सह्याद्री' यानी दक्षिण की घाटी। उसी तरह रूस का सबसे धाकड़ सेनापति था 'जनरल विंटर' यानी ठंड का मौसम। इन दोनों नैसर्गिक शक्तियों को केवल वहाँ के भूमिपुत्र ही झेल सकते हैं।

नेपोलियन ने सोचा था कि रूस का जार समझौते के लिए तैयार हो जाएगा, किंतु ऐसा नहीं हुआ। समझौता तो दूर, उलटे रूसियों ने अपनी राजधानी मॉस्को को खुद ही आग लगा दी! नतीजा यह हुआ कि खाने-पीने की चीजों की जबरदस्त तंगी हो गई। नेपोलियन 6 लाख सैनिकों की विशाल सेना लेकर रूस में दाखिल हुआ था। रूसी सेना जानबूझकर पीछे हटती रही और नेपोलियन आगे बढ़ता रहा। रूसी सेनापति कुटजोन यही चाहता था। नेपोलियन रूस के मौसम का अच्छा जानकार नहीं था। उसे अंदाजा लगा ही नहीं कि कुटजोन इस प्रकार समय बिता रहा है कि ठंड के दिन शुरू हो जाएँ।

रूस में बड़ी कातिल ठंड पड़ती है। उसे केवल रूसी ही सहन कर सकते हैं। दूसरों के लिए तो वैसी ठंड मौत का पैगाम ही लेकर आती है। नेपोलियन रूसी सेनापति के पैंतरे में अच्छी तरह फँसा। मॉस्को का पूरा शहर आग के हवाले करके रूसियों ने नेपोलियन के 6 लाख सैनिकों को भूख से तड़पा दिया। तभी कातिल ठंड भी शुरू हो गई। नेपोलियन को समझ में ही न आया कि क्या करें, कैसे करें!

आखिर नेपोलियन ने पीछे हटने का फैसला किया, लेकिन यह भी आसान नहीं था। ज्यों ही नेपोलियन की सेना ने पीठ दिखाई, त्यों ही रूसी सैनिकों ने उन पर आक्रमण शुरू कर दिए।

कातिल ठंड की मार, भूख-प्यास की मार, पीछे हटने की शर्मिंदगी की मार… और अब रूसी सैनिकों के खतरनाक आक्रमण! नेपोलियन के सैनिकों की मौतें होने लगीं। गिनती के दिनों में इतनी मौतें हो गईं कि नेपोलियन जब रूस की सरहद से निकलकर अपने देश पहुँचा, तब उसके सैनिकों की संख्या सिर्फ 10 हजार रह गई थी। 6 लाख सैनिकों का सिर्फ 10 हजार रह जाना, यह कोई मामूली हादसा नहीं था।

इसी मौके को साधकर सन् 1814 में ब्रिटेन, रूस, प्रशिया एवं ऑस्ट्रिया एकजुट होकर फ्रांस के खिलाफ भिड़ गए। इनके संगठन का एकमात्र उद्‌देश्य था, नेपोलियन का पतन। इन चार देशों ने नेपोलियन को ऐसा घेरा और मजबूर किया कि नेपोलियन को अपना सिंहासन छोड़ना पड़ा।

नेपोलियन को इटली के नजदीक के एक द्वीप एल्बा में कैद कर लिया गया। वहाँ नेपोलियन को भनक लग गई कि उसे एल्बा से हटाकर सुदूर अटलांटिक समुद्र के किसी द्वीप पर ले जाने की तैयारी चल रही है।

6 फरवरी, 1815 के दिन नेपोलियन एल्बा से भाग निकला।

1 मार्च, 1815 के दिन वह फ्रांस पहुँच गया। फ्रांस की जो सेना कभी उसके हर आदेश को सिर-आँखों पर लिया करती थी, वही उसके खिलाफ रवाना कर दी गई।

लेकिन नेपोलियन का प्रभाव कुछ ऐसा था कि फ्रांस की सेना ने उसे कैद करने की बजाय, उसी को अपना सर्वोच्च नेता मान लिया!

20 मार्च, 1815 को नेपोलियन ने जब पेरिस में प्रवेश किया, तब 1 लाख 40 हजार सैनिकों की सेना उसके साथ चल रही थी। उसमें 2 लाख स्वयंसेवी सैनिक पेरिस में और भरती हुए।

सिर्फ 20 दिन पहले नेपोलियन जब एल्बा से भागकर पेरिस पहुँचा था, तब उसके पास सेना के नाम पर शून्य ही था, किंतु मात्र 20 दिनों में लगभग साढ़े तीन लाख सैनिकों ने उसके प्रति वफादारी दिखाते हुए उसी को अपना अधिनायक मान लिया! मानव-इतिहास में यह घटना, जो 20 मार्च, 1815 को घटी थी, अपने नाटकीय रोमांच के लिए अमर हो चुकी है।

इसके बाद विडंबना यह रही कि नेपोलियन सिर्फ 100 दिनों तक राज कर सका।

18 जून, 1815 का दिन नेपोलियन के जीवन का सबसे काला दिन था, जब ब्रिटेन के सेनापति वेलिंग्टन ने नेपोलियन को वाटरलू (बेल्जियम) की लड़ाई में बुरी तरह हरा दिया।

वेलिंग्टन ने नेपोलियन को सेंट हेलेना द्वीप पर कैद कर लिया, जहाँ 5 मई, 1821 के दिन नेपोलियन का देहांत हो गया। उसके अंतिम शब्द थे—

"फ्रांस...द आर्मी...जोस्फिन..."

नेपोलियन की पत्नी का नाम था जोस्फिन। वह नेपोलियन की पहली पत्नी थी। जब वह फ्रांस की महारानी थी, तब उसके अनेक प्रेम-प्रकरण प्रकाश में आए थे। वे ब्रिटेन के प्रमुख अखबारों में सुर्खियों के साथ प्रकाशित हुए थे।

## विलियम वॉलेस ( सन् 1270 से 1305 )

सर विलियम वॉलेस स्कॉटलैंड का देशभक्त था। उसने स्कॉटलैंड की आजादी की लड़ाई में इंग्लैंड के राजा एडवर्ड प्रथम को टक्कर दी थी। उसके पिता का नाम था सर मॉल्कम वॉलेस।

विलियम वॉलेस जब छोटा ही था, तभी अंग्रेजों ने उसके पिता सर मॉल्कम वॉलेस को मार डाला था। नन्हे विलियम को उसके चाचाओं ने पाला-पोसा। ये चाचा धर्म-गुरुओं के पद पर थे। उन्होंने विलियम को अच्छी शिक्षा दी और फ्रेंच के साथ लैटिन भाषा भी सिखाई।

सन् 1293 में स्कॉटलैंड के सरदारों में आपस में ही लड़ाई छिड़ गई थी। वे सब स्कॉटलैंड की सत्ता हथियाने के लिए आपस में लड़ पड़े थे। लड़ाई थी कि थमने का नाम नहीं ले रही थी। आखिर सभी सरदारों ने मिलकर इंग्लैंड के राजा एडवर्ड प्रथम से निवेदन किया कि कृपया इस झगड़े को निबटाने के लिए आप मध्यस्थ बनें।

एडवर्ड अपनी सेना के साथ आ धमका। उसने स्कॉटलैंड को इंग्लैंड का मांडलिक-राज्य बना लिया। जॉन बेलिऑल नामक एक सरदार को उसने वहाँ की गद्दी पर बिठाया। मार्च 1226 में स्वयं जॉन बेलिऑल ने एडवर्ड के खिलाफ विद्रोह कर दिया। नाराज होकर एडवर्ड ने स्कॉटलैंड पर आक्रमण कर दिया। डैन्वर के युद्ध में स्कॉटलैंड की हार हुई। स्कॉटलैंड पर इंग्लैंड का प्रभुत्व सच्चे अर्थ में अब स्थापित हुआ।

सन् 1297 के वर्ष को विलियम वॉलेस के उदय का वर्ष माना जाता है। वॉलेस ने जो मछलियाँ पकड़ी थीं, उन्हें दो अंग्रेज सैनिकों ने छीन लिया था। वॉलेस ने मछलियाँ वापस छीननी चाहीं। इसमें जो छीनाझपटी हुई, उसमें वॉलेस के हाथों वे दोनों सैनिक जान से मारे गए। अंग्रेज सरकार ने वॉलेस के नाम वारंट निकाला। इस तरह अंग्रेजों के साथ वॉलेस का संघर्ष शुरू हो गया।

वॉलेस के मन में अंग्रेजों के खिलाफ बहुत गुस्सा भरा हुआ था, क्योंकि अंग्रेजों ने उसके पिता को मार डाला था। उसने सर विलियम डगलस की सेना में शामिल होकर अंग्रेजों को लॉवडन-हील, आयर और स्कोन में हराया। वॉलेस की सबसे बड़ी

जीत स्टर्लिंग ब्रिज की लड़ाई में हुई। वहाँ उसने सरे अर्ल के 300 घुड़सवारों और 10 हजार पैदल सैनिकों को शिकस्त दी। इस मुठभेड़ में दिखाए गए शौर्य के लिए वॉलेस को नाइटहुड के खिताब से नवाजा गया। अब वह अपने नाम के आगे 'सर' जैसी आदरसूचक उपाधि लगाने का अधिकारी हो गया। इस युद्ध में वॉलेस का वरिष्ठ 'द मोर' मारा गया।

इसके बाद, सन् 1298 में, फॉलकर्क के युद्ध में वॉलेस की दयनीय हार हुई। बहुत सारे स्कॉटिश योद्धा मारे गए। वॉलेस किसी तरह वहाँ से भाग निकला।

सन् 1305 में स्कॉटलैंड के सरदार सर जॉन मेंटीन ने दगा किया और वॉलेस की गिरफ्तारी हो गई। ग्लासगो में उसे बेड़ियाँ पहना दी गईं।

वॉलेस पर लंदन में देशद्रोह का मुकदमा चलाया गया, जिसमें उसे दोषी ठहराकर फाँसी की सजा सुनाई गई। उसे अत्यंत हीन तरीके से खत्म किया गया। जब वह फाँसी के फंदे से लटक रहा था, मगर अभी जिंदा था, तभी उसकी आँतें निकालकर वहीं, उसके सामने ही जलाई गईं। मौत के बाद उसका सिर भाले की नोक पर लटकाकर घुमाया गया। उसकी लाश के चार टुकड़े किए गए, जिन्हें चार दिशाओं में एक-एक रखकर प्रदर्शित किया गया। वे चार जगह थीं—न्यू कासल, बारविक, एडिनबरो और पर्थ। इतनी निर्ममता इसलिए बरती गई कि ऐसे उदाहरण के बाद देशद्रोह करने की हिम्मत कोई दूसरा न कर सके।

## जूलियस सीजर ( ईसा पूर्व सन् 100 से ईसा पूर्व सन् 44 )

जूलियस सीजर का जन्म ईसा पूर्व सन् 100 में 13 जुलाई को हुआ था। सीजर ने 25 वर्ष का होने से पहले ही सुला नामक एक रोमन राजकीय परामर्शदाता की बेटी से शादी की थी। कालांतर में सुला रोम का तानाशाह बन बैठा। उसने चाहा कि सीजर उसकी बेटी को तलाक दे दे, किंतु सीजर नहीं माना। वह रोम छोड़कर बिथीयाला चला गया। तब ईसा पूर्व सन् 81 चल रहा था।

ईसा पूर्व सन् 78 में तानाशाह सुला की मौत हो गई। अब सीजर रोम वापस आ गया। यहाँ उसने वकालत शुरू की। इस दौर में समुद्री अपहरणकर्ताओं ने किसी फिरौती के लिए उसे 6 हफ्तों तक बंधक बनाकर रखा।

इससे सख्त नाराज होकर सीजर ने प्रतिज्ञा कर ली कि इन अपहरणकर्ताओं को क्रॉस पर लटकाकर जान से मारूँगा। कालांतर में सीजर जब सत्ताधीश हुआ, तब उसने सचमुच यही सजा अपहरणकर्ताओं को दी।

ईसा पूर्व सन् 57 में सीजर का परिचय क्रैशीअस से हुआ। क्रैशीअस एक अत्यंत धनाढ्य एवं समर्थ उच्च अधिकारी था। सीजर ने क्रैशीअस को प्रभावित कर लिया।

क्रैशीअस की पदोन्नति के अवसर पर सीजर ने आनंदोत्सव मनाने के लिए भव्यतम कार्यक्रम आयोजित किए। इससे सीजर का नाम जन-जन तक पहुँच गया।

ईसा पूर्व सन् 62 में सीजर को प्रेटर (दंडनायक) के पद पर नियुक्त किया गया। इससे उसकी हैसियत सेनापति के समकक्ष हो गई। उसने स्पेन पर एक बहुत ही सधा हुआ आक्रमण किया। वहाँ उसकी जीत इतनी सरलता से हो गई कि उसके होंठों से एक ऐसा उद्गार फूटा, जो पूरे विश्व पर आज तक छाया हुआ है—

"मैं आया। मैंने देखा। मैंने जीत लिया।"

ईसा पूर्व सन् 54 में सीजर ने 800 युद्ध-नौकाएँ लेकर ब्रिटेन पर आक्रमण किया और जीत हासिल की। सीजर जब रोम वापस आया, तब उपरोक्त जीत के लिए तमाम रोमन राज्य-परिषद् एवं गणमान्य नागरिकों ने उसकी भारी प्रशंसा की एवं उसके स्वागत में 15 दिनों तक लगातार उत्सव मनाया।

उस अनुकूल स्थिति एवं वातावरण का लाभ उठाते हुए सीजर ने उस काल की मशहूर हस्ती पॉम्पेई के विरुद्ध युद्ध छेड़ दिया। पॉम्पेई के पास बिलाशक एक विशाल फौज थी, लेकिन जनमत था सीजर के पक्ष में।

और यह जनमत इतना उग्र था कि पॉम्पेई को रोम से पलायन करना पड़ा। पॉम्पेई मिस्र (इजिप्ट) भाग गया और सीजर ने उसका पीछा किया। पॉम्पेई ने दया की याचना की, लेकिन टॉल्मी ने सीजर के कहने से पॉम्पेई का सिर काट दिया।

सीजर कुछ वर्ष इजिप्ट में ही रहा। यहाँ उसका परिचय क्लियोपैट्रा से हुआ, जो प्रणय में बदल गया। सीजर-क्लियोपैट्रा की प्रेमकथा पूरे विश्व में गूँजी। अनेक साहित्यिक कृतियाँ इस प्रेम-कथा की धुरी पर रची गईं। आधुनिक युग में इस प्रसंग पर कई फिल्में बन चुकी हैं और बनती रहेंगी।

सीजर ने रोम के साम्राज्य का विस्तार किया और देश के लिए असीम संपत्ति हासिल की। इससे प्रसन्न होकर रोमन राज्य-परिषद् ने सारा राज-काज सीजर को ही सौंप दिया।

सीजर ने रोमन प्रजातंत्र पर अपना प्रभुत्व स्थापित किया। इतना ही नहीं, उसने समूची सत्ता पर काबिज होने के लिए धर्माधिकारी, कौंसिल, सेंसार, पाँटीफेकस मक्झीमम इत्यादि के अधिकार भी अपने हाथ में ले लिये। सीजर सम्राट् नहीं था, फिर भी उसने सम्राट् की ही तरह सत्ता का उपभोग किया।

सीजर के पराक्रमों से सभी प्रभावित रहते थे। लोग उसमें साक्षात् ईश्वर का अंश देखने लगे थे और उसकी सत्ता को ईश्वर का दिया उपहार ही समझते थे। रोमन कैलेंडर के 'क्विंटलिस' महीने का नाम जूलियस सीजर के नाम पर 'जुलाई' रख दिया गया। सीजर को राष्ट्र-पिता की उपाधि दी गई। सीनेट में सोने के आसन पर बैठने का सम्मान

उसे मिला। उसकी तानाशाही को आजन्म पदवी के तौर पर कबूल कर लिया गया।

सीजर की सत्ता में इतनी निरंकुशता आ गई थी कि रोमन राज्य-परिषद् के लिए मुश्किल हो गया था उसे झेलना। क्रैशियस एवं ब्रूटस के नेतृत्व में सीजर की हत्या करने की साजिश कर ली गई।

ईसा पूर्व सन् 15 के मार्च महीने में रोमन राज्य-परिषद् के 23 सदस्यों ने मिलकर जूलियस सीजर की हत्या कर दी। इसमें जूलिसय सीजर का अवैध पुत्र ब्रूटस भी शामिल था। उसे संबोधित करते हुए सीजर ने जो अंतिम शब्द कहे, उन्हें विश्वासघात के प्रसंग के सबसे वेधक शब्द माना जाता है। स्वयं के ही पुत्र ने जब छुरे का घातक वार किया, तब सीजर पीड़ा से व्याकुल होकर बोल पड़ा, " एततू, ब्रूटस ?" ('ब्रूटस, तुम भी ब्रूटस ?')

## स्पार्टाकस ( ईसा पूर्व 110 से ईसा पूर्व 71 )

स्पार्टाकस रोमन सेना में था, किंतु वहाँ से वह भाग निकला। वह अधिक समय तक स्वतंत्रता का आनंद न ले सका। उसे कैद कर लिया गया। उसके गठीले, शक्तिशाली शरीर को देखकर उसे 'ग्लैडियेटर' के बाजार में बेचा गया। 'ग्लैडियेटर' यानी ऐसे योद्धा, जो अपने साथी 'ग्लैडियेटर' से सम्राट् के मनोरंजन के लिए विशाल अखाड़े में युद्ध करते थे। यह युद्ध तब तक जारी रहता, जब तक दो में से एक योद्धा की मौत न हो जाती। अकसर दोनों ही योद्धा, जो बराबरी के हुआ करते, लड़ते-लड़ते मौत के घाट उतर जाते।

स्पार्टाकस गुलाम के तौर पर बिका जरूर, लेकिन वह अपने 70 'ग्लैडियेटर' योद्धाओं के साथ कापुआ के 'ग्लैडियेटर अखाड़े' से भाग निकला और माउंट वीसूवियस में सहारा ले लिया। यह पलायन इतना सफल रहा कि दूसरे गुलामों ने भी अपने रोमन मालिकों के खिलाफ हथियार उठा लिये और स्पार्टाकस के साथ जा मिले। स्पार्टाकस की ग्लैडियेटर-सेना के योद्धा केवल एक साल में 70 से बढ़कर 90 हजार हो गए! उनके पास शस्त्र भले ही कम थे, लेकिन शारीरिक शक्ति एवं मानसिक हौसला बहुत बढ़ा-चढ़ा था।

इस 'ग्लैडियेटर-सेना' ने लूशस गोलियस के नेतृत्व में घातक शस्त्रों से सुसज्जित रोमन सेना से न केवल टक्कर ली, बल्कि उसे धूल भी चटा दी! रोमन राज्य-परिषद् (सीनेट) इस समाचार को सुनते ही स्तब्ध रह गई। सीनेटर्स घबरा गए। 'ग्लैडियेटर-सेना', जो वास्तव में गुलाम-सेना ही थी, सीनेटर्स को इतनी खतरनाक महसूस हुई कि उसका दमन करने के लिए उन्होंने रोम के सबसे धनी यात्री मार्कस निसिनस क्रैशियस को नियुक्त किया।

क्रैशियस ने आठ लीजन यानी दस हजार चुनिंदा सैनिकों की सेना तैयार की,

जिसके हर सैनिक को अमानवीय तरीकों से प्रशिक्षित किया गया। दस-दस योद्धाओं के ऐसे गुट बनाए गए, जिनके एक योद्धा की भूल या कमजोरी की सजा पूरे गुट को दी जाती थी और यह सजा थी, सिर काट देना! दसों के सिर काट दिए जाते। क्रैशियस की यह क्रूर योजना अत्यंत सफल रही। क्रैशियस की सेना ने स्पार्टाकस की सेना को बार-बार धूल चटाई।

अब स्पार्टाकस ने शक्ति की बजाय युक्ति से काम लेने की सोची। उस वक्त स्पार्टाकस सिसिली में था। वहाँ स्पार्टाकस ने समुद्री लुटेरों से समझौता किया कि हम अपनी सेना का सारा सोना तुम्हें दे देंगे, बशर्ते तुम हम सबको सिसिली से भाग जाने में मददगार बनो। समुद्री लुटेरों ने सोना तो ले लिया, किंतु ऐन मौके पर उन्होंने स्पार्टाकस को धोखा दिया। कहाँ तो स्पार्टाकस सपना देख रहा था, सभी साथियों के साथ पलायन कर जाने का और कहाँ उसे क्रैशियस की सेना से टकराने के लिए जहाँ-का-तहाँ छोड़ दिया गया।

ईसा पूर्व सन् 71 में लूसेनिया में स्पार्टाकस और क्रैशियस की सेनाओं में भिड़ंत हुई। स्पार्टाकस के पास योद्धा तो कम थे ही, वे युद्ध-कला में कमजोर भी थे। उनके शस्त्र भी कमजोर थे। सुस्पष्ट युद्ध-नीति स्पार्टाकस के पास नहीं थी। स्पार्टाकस को बुरी तरह हारना पड़ा। उसे युद्ध में शहीद होना पड़ा। उसके अधिकांश साथी कटकर गिर गए। जो थोड़े-बहुत 'ग्लैडियर' जिंदा पकड़े गए, उन्हें रोमन कायदे के अनुसार क्रॉस पर चढ़ाकर मौत के घाट उतार दिया गया। कुछ इतिहासकार मानते हैं कि स्पार्टाकस को भी क्रॉस पर लटकाया गया।

## हॉनीबॉल ( ईसा पूर्व 247 से ईसा पूर्व 183 )

हॉनीबॉल का जन्म ईसा पूर्व सन् 247 में कार्थज नगर में हुआ था। वह नौ साल का था, तभी उसके पिता हामीलकार ने उसे रोम के विरुद्ध लगातार लड़ने की कसम दिला दी थी। स्पेन पर आक्रमण करते समय हामीलकार ने बेटे हॉनीबॉल को अपने साथ ले लिया। हामीलकार की मौत के बाद हॉनीबॉल के जीजा हासड्रूबॉल ने सेना सँभाली। हासड्रूबॉल की भी मौत हो गई और कार्थज के सेनापति की कमान हॉनीबॉल ने सँभाली। उस समय हॉनीबॉल उम्र के 27वें पड़ाव पर था। उसका नीति-वाक्य था, 'मार्ग ढूँढ़ेंगे। नहीं मिला, तो बनाएँगे।'

ईसा पूर्व सन् 218 में हॉनीबॉल ने रोम पर आक्रमण करने का फैसला किया। वह संसार का पहला सेनापति बना, जो अपने चालीस हाथियों सहित आल्प्स पर्वत की बर्फीली चोटियों पर से चढ़ाई करके फ्रांस से इटली में उतरा।

इटली में हॉनीबॉल और रोमन सेनापति स्कीपियो आमने-सामने आए। हॉनीबॉल ने

स्कीपियो की सेना को हरा दिया। स्कीपियो जख्मी हो गया।

इसके बाद हॉनीबॉल ने कैनॉय की लड़ाई में रोम के अनेक सेनापतियों को हराया, जैसे फ्लॉमिनस, टॉरेंटर और एमेलियस आदि। वह इटली में 15 साल रहा, किंतु राजधानी रोम को हासिल नहीं कर सका।

इसके बाद हुई झामा की लड़ाई, जिसमें स्कीपियो ने हॉनीबॉल को हरा दिया। हॉनीबॉल ने अपने मूल देश कार्थज से सहायता माँगी, लेकिन कार्थज ने मनाकर दिया और सलाह दी कि तुम वापस अपने देश आ जाओ। हॉनीबॉल नें सलाह मान ली। कार्थज वापस आकर हॉनीबॉल वहाँ के राजनीतिक, सामाजिक एवं आर्थिक हालात में सुधार लाने की कोशिश करता रहा। आम जनता में उसकी लोकप्रियता बढ़ती चली गई। इसी अनुपात में उससे जलनेवालों की तादाद भी बढ़ गई।

रोम की सीनेट ने कार्थज से बार-बार निवेदन किया कि वहाँ हॉनीबॉल को कैद कर लिया जाए। लेकिन कार्थज ने ऐसी कोई काररवाई नहीं की। झामा की लड़ाई को 14 वर्ष हो चुके थे। अब हॉनीबॉल स्वेच्छा से कार्थज छोड़कर चला गया। उसने एफिसस के राजा ऑटिओक्स के यहाँ आसरा लिया। ऑटिओक्स रोम से युद्ध करने की तैयारियों में जुटा हुआ था। उसने युद्ध-नीति को लेकर अनुभवी हॉनीबॉल से सलाह तो माँगी, किंतु मानी नहीं। हॉनीबॉल ने तटस्थ एवं सच्ची सलाह दी थी, जिसे न मानने के ही कारण ऑटिओक्स को रोम से हारना पड़ा।

अब हॉनीबॉल बिथीनिया के राज प्रुसीअस के पास चला आया। प्रुसीअस रोम का मांडलिक (सेनापति) था। परगॉमन का राजा इयुमीनीझ के साथ जलयुद्ध करने की तैयारी कर चुका था।

हॉनीबॉल ने इस युद्ध में शत्रु की नौकाओं पर जहरीले साँपों के गुच्छे फेंके। इससे जो हड़कंप मचा, उसमें हॉनीबॉल अपनी सेना के खून की एक बूँद भी बहाए बिना विजेता हो गया। शत्रु पर प्रहार करने की हॉनीबॉल को जरूरत ही नहीं पड़ी। शत्रु के सैनिक या तो जहरीले साँपों के काटने से मर गए या हड़बड़ाकर नौका से बाहर गिर जाने से मर गए। शायद यह मानव इतिहास की एकमात्र ऐसी लड़ाई है, जिसमें एक पक्ष के सारे सैनिक मारे गए, फिर भी उनके खून की एक बूँद भी नहीं गिरी। दूसरे पक्ष की, यानी हॉनीबॉल की जबरदस्त जीत हुई, किंतु उसके भी एक भी सैनिक के खून की एक बूँद भी न गिरी।

रोम की सेना हॉनीबॉल का पीछा कर रही थी। हॉनीबॉल जानता था कि कभी-न-कभी वह पकड़ा जरूर जाएगा। 'तब मेरी कितनी बदनामी होगी!' बार-बार वह यही सोचने लगता। आखिर उसने लिबीस्सा के एक देवालय में जहर खाकर आत्महत्या कर ली। मरने से पहले उसने एक टिप्पणी लिखी—

'रोम के शासकों के मन की चिंता अब दूर हो जाएगी, क्योंकि वे मुझ जैसे बूढ़े यात्री की मौत का इंतजार अभी और कर सकें, इतना धैर्य उनमें नहीं है!'

## रिचर्ड 'द लॉयन हार्ट' ( सन् 1157 से सन् 1199 )

इंग्लैंड के शासक 'द लॉयन हार्ट' (शेरदिल) रिचर्ड का जन्म ऑक्सफोर्ड में 8 सितंबर, 1157 में हुआ था। उसकी शादी नवारे की राजकन्या बेरेगारिया से हुई, किंतु उसकी रुचि समलैंगिकता में थी।

वह एवं फ्रांस का राजा फिलिप एक साथ एक ही थाली में खाना खाते थे एवं एक बिछौने पर सोते थे।

सन् 1189 में रिचर्ड का राज्याभिषेक हुआ, किंतु उसने ज्यू को उस समारोह में शरीक होने से रोक दिया। यह एक आश्चर्य ही था, क्योंकि रिचर्ड ने ज्यू साहूकारों से जबरदस्त कर्ज ले रखा था। इन साहूकारों ने जब उग्र विरोध दरशाया, तब रिचर्ड क्रोध से भड़क गया। उसने साहूकारों को नंगा करके उन पर चाबुक बरसाए। यह देखकर अंग्रेज उत्साहित हो गए। उन्होंने ज्यू को लूटकर जिंदा जलाना शुरू किया। ज्यू के कारोबार और मकानात के कागजात भी खाक कर दिए गए।

येशुख्रिस्त की जन्मभूमि यरुशलम पर कब्जा करने के लिए मुसलमानों और ईसाइयों के बीच धर्मयुद्ध हो चुके थे। ये धर्मयुद्ध रिचर्ड के कार्यकाल से पहले, सन् 1096 से 1099 एवं सन् 1146 से 1149—इन काल-खंडों के बीच हुए थे।

धर्म-युद्ध को 'क्रूसेड' कहा जाता था। एक बार 'क्रूसेड' के लिए चंदा उगाहने निकले रिचर्ड ने फरमाया था—

"सही खरीदार मिल जाए, तो मैं तो इंग्लैंड की राजधानी लंदन को भी बेच दूँ!"

इस 'क्रूसेड' के वक्त रिचर्ड को टक्कर इसलाम की तरफ से, सलादीन दे रहा था। हतीम की लड़ाई के बाद यरुशलम, सन् 1187 से। सलादीन के अधिकार में था। रिचर्ड, फ्रांस का राजा फिलिप और ऑस्ट्रिया का ड्यूक लियोपोल्ड सन् 1190 में नौका लेकर निकले और जुलाई 1191 में एकर में पहुँचे।

किंतु वहाँ रिचर्ड एवं ऑस्ट्रिया के ड्यूक लियोपोल्ड में विवाद हो गया। लियोपोल्ड था उस 'क्रूसेड' का तीसरा घटक। उसके साथ चिनगारी झड़ने की हद तक बहस हो जाना किसी भी तरह उचित नहीं था, किंतु ऐसा हुआ और हुआ भी बहुत मामूली वजह से। बहस का सबब था; गणवेश का रंग और परचम झंडे की लंबाई क्या हो!

मतभेद इतना बढ़ा कि फ्रांस का राजा फिलिप और ऑस्ट्रिया का ड्यूक लियोपोल्ड रणभूमि छोड़कर चले गए!

रिचर्ड का व्यक्तित्व राजकुमारों जैसा था, लेकिन राजनीति के दाँव-पेंच वह

समझता नहीं था। रणनीति में भी वह कुशल नहीं था। जब दो साथी अचानक चले गए, तो रिचर्ड को समझ में आ गया कि अगर उसने यरुशलम को जीत भी लिया, तो भी वह अधिक समय तक अपनी सत्ता स्थिर नहीं रख सकेगा। लिहाजा उसने सलादीन से तीन सालों के लिए समझौता कर लिया।

किंतु रिचर्ड के पीठ फेरते ही सलादीन ने यह समझौता तोड़ दिया। इससे रिचर्ड अत्यधिक क्रोधित हो गया। आवेश से थरथराकर उसने यरुशलम छोड़ने से पहले एकर नामक स्थान में तीन हजार मुसलिम कैदियों के सिर काट डाले!

वापसी में रिचर्ड की नौका दुर्घटनाग्रस्त हो गई, जिससे ऑस्ट्रिया के ड्यूक लियोपोल्ड ने उसे आसानी से धर दबोचा। लियोपोल्ड ने उसे सम्राट् हेनरी के सुपुर्द कर दिया। हेनरी ने एक लाख मार्क की रकम बदले में माँगी। यह रकम इंग्लैंड से अदा की गई।

रिचर्ड रिहा होकर इंग्लैंड वापस आया।

सन् 1199 में रिचर्ड ने शालस शाब्रॉल नामक एक किले पर घेरा डाला था। एक बार वह किले के चारों ओर घूम रहा था और उसने बख्तर पहना हुआ नहीं था। किले का निरीक्षण करने के दौरान अचानक कहीं से एक तीर आया और उसके कंधे में दाहिनी तरफ घुस गया। यह तीर एक बच्चे ने मारा था। 11 दिनों में रिचर्ड की मौत हो गई। इसी घटना पर कहावत बनी है कि रिचर्ड एक शेर था, जिसे चींटी ने मार डाला!

## अटीला ( सन् 406 से सन् 453 )

अटीला का जन्म सन् 406 में हूण राज-परिवार में हुआ था। उसका चाचा रूगीला हूण साम्राज्य का स्वामी था। बचपन से ही अटीला घोड़े की रकाब में खड़ा होकर अपने धनुष-बाण से अचूक लक्ष्य-वेध सकता था।

सन् 418 में रोमन एवं हूण साम्राज्यों में समझौता हुआ। जैसा कि उस समय का रिवाज था, दोनों राज-परिवारों ने अपने-अपने लोगों की बतौर बंधक अदल-बदल की। उसके तहत अटीला बंधक बनकर रोम में दो साल रहा। रोम की भव्यता से वह अत्यंत प्रभावित हुआ। उसने ठान लिया कि बड़ा होकर वह जरूर रोम वापस आएगा, किंतु बंधक के रूप में नहीं, विजेता के रूप में।

सन् 433 में रूगीला की मृत्यु हुई। उसने अपना राज-काज अपने बड़े भाई के दोनों बेटों को सौंपा। बड़े बेटे का नाम था, ब्लेडा और छोटे का नाम था, अटीला।

सन् 440 में रोमन एवं हूण साम्राज्यों में युद्ध हो गया। उसमें अटीला ने रोम की सेना को बार-बार हराया। उसकी क्रूरता एवं रक्त-पिपासा के कारण उसे 'ईश्वर का चाबुक' ('स्कर्ज ऑफ गॉड') कहा जाने लगा। अटीला की सेना में महिलाएँ भी उत्साह

से शामिल होती थीं। यह नीति चंगेज खान ने भी अपनाई। इस युद्ध में परास्त होने के बाद रोमन सम्राट् थिओजेसीअस मजबूर हो गया, 'जबरदस्ती की रकम' दोगुनी अदा करने के लिए। पहले वह 115 किलो सोना हूणों को सालाना अदा करता था, उसी को दोगुना करके अब वह 230 किलो सोना हर साल अदा करने को सहमत हो गया। इसी प्रकार रोम के प्रत्येक युद्ध-बंदी को छुड़ाने के लिए वह सोने के आठ ठोस सिक्के हूणों को देने के लिए राजी हो गया।

सन् 443 में फिर एक बार रोमनों एवं हूणों के बीच युद्ध हुआ, जिसमें रोमन सम्राट् थिओजेसीअस की दयनीय हार हुई। नया समझौता करते समय पहले से भी ज्यादा कड़ी शर्तें लाद दी गईं। 230 की जगह 700 किलो सोना हूणों को हर साल अदा किया जाए एवं प्रत्येक युद्ध-बंदी को छुड़ाने के लिए सोने के 12 'सॉलिडी' सिक्के अदा किए जाएँ। हूणों की ऐसी शर्तें कबूल करने के सिवा रोमन सम्राट् के पास और चारा भी क्या था?

इसके बाद सन् 445 में अटीला ने एक शिकारी की मदद लेकर स्वयं के भाई ब्लैंडा का कत्ल करवा दिया, जो सिंहासन पर आरूढ़ होने जा रहा था। अब स्वयं अटीला अखिल हूण साम्राज्य पर काबिज हुआ।

सन् 450 में पश्चिम रोम के सम्राट् वैलेंटाइन (तीसरे) की बहन होनोरीया को उसके साथ शादी का उम्मीदवार युवक पसंद नहीं आया। होनोरीया ने युक्ति से अटीला को सगाई की अँगूठी भेजी और विनती की कि जो युवक मुझे पसंद नहीं है, उसके साथ शादी करने से मुझे अवश्य बचाएँ। अटीला ने होनोरीया का प्रस्ताव स्वीकार कर लिया, किंतु उसने होनोरीया के भाई यानी सम्राट् वैलेंटाइन (तीसरे) से दहेज में आधा रोम माँगा। सम्राट् वैलेंटाइन (तीसरे) ने उसकी माँग को ठुकरा दिया। इससे अटीला चिढ़ गया। उसने सेना लेकर रोम की ओर कूच कर दिया।

किंतु इस बार 'फ्रैंक', 'बर्गडी', 'सेल्ट' और 'विसीगाथ' नामक यूरोपियन जंगली टोलियों ने रोम की तरफ से लड़ने का निश्चय किया।

सन् 452 में अटीला ने होनोरीया से शादी करने का प्रस्ताव रोम को दुबारा भेजा। रोम ने इस बार भी प्रस्ताव ठुकरा दिया। तब अटीला ने इटली में इतनी अराजकता फैलाई कि वहाँ की प्रजा अपना देश छोड़-छोड़कर भागने लगी। इस भागमभाग में बहुत से लोगों ने जगह-जगह छोटे आशियाने बना लिये। इसी प्रक्रिया से वेनिस शहर अस्तित्व में आया।

सम्राट् वॉलेंटाइन ने इन हालात से निजात पाने के लिए पोप लिओ (प्रथम) को मध्यस्थ बनाकर अटीला से समझौते का प्रस्ताव रखा, ताकि वह रोम पर आक्रमण न करे। अटीला ने समझौता स्वीकार कर लिया। फिर वह डेन्यूब नदी के किनारे स्थित अपने महल में वापस चला गया।

अगले ही वर्ष, यानी सन् 453 में, अटीला ने अपनी आठवीं शादी रचाई। दुलहन

का नाम था इल्डीको। वह एक युवा, सुंदर गोथिक युवती थी। शादी की पहली रात में ही अटीला की नववधू इल्डीको ने छुरा भोंककर उसका खून कर दिया, किंतु कुछ खोजकर्ताओं की राय में अटीला की मौत अत्यधिक शराब पी लेने से हुई थी। शराब के अतिरेक से उसके गले की रक्तवाहिनियाँ फट गई थीं।

अटीला के शव को सोने की पेटी में रखकर किसी अज्ञात स्थल में दफन कर दिया गया। उसके बाद पास से बह रही एक नदी के बहाव की दिशा बदल दी गई, ताकि अटीला की दफन-भूमि कहाँ है, यह हमेशा छिपा रहे।

## एडॉल्फस गस्टावस ( सन् 1594 - सन् 1632 )

एडॉल्फस गस्टावस का जन्म 9 दिसंबर, 1594 के दिन स्टॉकहोम में हुआ। वह वॉस घराने के नवम् चार्ल्स एवं होल्स्टीन-गोटार्प की राजकुमारी ईस्टीना का पुत्र था। एडॉल्फस का राज्याभिषेक सन् 12 अक्तूबर, 1617 में हुआ। उसका प्रसिद्ध वाक्य था, "देवों एवं यशस्वी शस्त्रों (विथ गॉड एंड विक्टोरियस आर्म्स) की कृपा से संपन्न!"

स्वीडिश साम्राज्य के इतिहास में जिस काल-खंड को 'महान् शक्तिशाली युग' के नाम से पहचाना जाता है, उस कालखंड का एक महत्त्वपूर्ण घटक है एडॉल्फस गस्टावस। यूरोप के 30 साल तक जारी रहे युद्ध में एडॉल्फस ने ऐसे-ऐसे पराक्रम किए कि उसे 'उत्तर का सिंह' (लॉयन ऑफ द नॉर्थ) और 'प्रोटेस्टैंटों का रक्षक' (सेविअर ऑफ द प्रोटेस्टैंट्स) की उपाधियाँ दी गईं।

एडॉल्फस ने अपने कार्यकाल में अनेक छोटे-बड़े शहर बसाए और उसमें टाई 'स्वीडन विश्वविद्यालय' की स्थापना की।

एडॉल्फस निस्संदेह एक कुशल सेनापति था। उसने बचाव की भूमिका न लेकर आक्रमण की भूमिका पर जोर दिया। वजनदार, विशाल, स्थायी तोपों से अधिक महत्त्व उसने तुरंत ले जाई जा सकें, ऐसी छोटी तोपों को दिया।

वह वरिष्ठ सेनापतियों से लेकर कनिष्ठ सिपाहियों तक सभी के साथ भाईचारे का व्यवहार करता था। अपने इस गुण के कारण वह अत्यंत प्रतिष्ठित व सम्मानित युद्धनायक माना जाता था। नेपोलियन ने एडॉल्फस को 'सर्वश्रेष्ठ सेनापति' कहा था।

एडॉल्फस रण में सक्रिय भाग लेता था। बंदूक की गोलियों से वह अनेक बार घायल हुआ था। गोलियों के जख्मों की वजह से वह फौलाद का बख्तर नहीं पहन सकता था। उसे चमड़े का लोचदार बख्तर ही पहनना पड़ता।

ल्यूटजेन के युद्ध में एडॉल्फस घने कोहरे और कमजोर दृष्टि के कारण शत्रु के करीब पहुँच गया था। शत्रु ने उसे गोली से बींध दिया था। वहीं रणभूमि में गिरकर उसने आखिरी साँस ली थी।

उसकी मृत्यु के बाद उसकी रानी मारिया एलियोनारा ने कुछ समय तक उसका शव एवं बाद में उसका हृदय उसकी स्वयं की मृत्यु तक अपने शयनगृह में सुरक्षित रखा।

स्वीडन ने एडॉल्फस को 'एडॉल्फस द ग्रेट गस्टैव डेन स्टोर' की उपाधि देकर सम्मानित किया। यह सम्मान बाद में किसी को भी नहीं दिया गया।

## चंगेज खान ( सन् 1162-1227 )

चंगेज खान का जन्म सन् 1162 में मंगोलिया में हुआ था। उसका जन्म-नाम था तेमुजीन। उसके पिता येसुगेई 'बोरजीगीन' कबीले के मुखिया थे। यह कबीला शिकार करके अपनी जीविका चलाता था। ऐसा कहा जाता है कि जन्म लेते समय बालक तेमुजीन की मुट्ठी में रक्त की गुठली थी। यह तेमुजीन के बलिष्ठ योद्धा बनने की भविष्यवाणी थी।

तेमुजीन 9 वर्ष का था, उस समय उसके पिता को टार्टर कबीले ने विष देकर मार डाला था। इसके बाद कबीले के अन्य सदस्यों ने मिलकर तेमुजीन, उसकी माँ और भाई को कबीले से बाहर कर दिया। तेज मिजाज तेमुजीन ने मछली चुराने जैसी छोटी सी बात पर अपने सौतेले भाई बेख्तेर का खून कर दिया। इस कारण उसे पाँच साल की गुलामी की सजा दी गई।

तेमुजीन 16 वर्ष का हो गया, तो उसकी शादी बोर्ते नामक एक लड़की से कर दी गई। 'केरेयीड' नामक एक शक्तिशाली कबीले के मुखिया वांग ने तेमुजीन को अपने मानस-पुत्र के रूप में स्वीकार कर लिया।

इसके बाद 'मेर्कीड' कबीले ने तेमुजीन की पत्नी बोर्ते का अपहरण कर लिया। ओंगखान की 'केरेयीड' सेना की मदद से तेमुजीन ने बोर्ते को वापस हासिल किया। इस आक्रमण में जमुका नामक एक नौजवान ने महत्त्वपूर्ण भूमिका निभाई। जमुका था, तेमुजीन का मुँहबोला भाई।

अब तेमुजीन जमुका के साथ ही रहने लगा। धीरे-धीरे तेमुजीन को लगने लगा कि उसका मुँहबोला भाई जमुका खुद को अब कुछ ज्यादा ही समझने लगा है और हमेशा एक दूरी बनाए रखता है। जमुका एवं ओंगखान के बेटे सेंगम ने आपस में सुलह कर ली। दो गुट बन गए। तेमुजीन का गुट और जमुका का गुट। दोनों गुटों में युद्ध जैसा संघर्ष हुआ, जिसमें तेमुजीन जीत गया। अब 'केरेयीड' कबीले पर तेमुजीन का अधिकार हो गया। जमुका इतना घबराया कि युद्ध-भूमि से ही भाग गया।

सन् 1201 में जब तेमुजीन उम्र के 27वें पड़ाव पर था, उसने सभी मंगोल कबीलों की सभा, 'कुरुलताय दरबार' का आयोजन किया। ठीक उसी समय जमुका ने भी दूसरा 'कुरुलताय दरबार' आयोजित किया, जिसमें उसने स्वयं को 'गुरखान' (विश्व का राजा) घोषित कर दिया।

किंतु जमुका के कुछ साथियों ने उसे धोखा देकर बेड़ियों से जकड़ दिया। उन्होंने जमुका को खींचकर तेमुजीन के सामने हाजिर किया (1206)।

अचंभे की बात यह है कि तेमुजीन ने जमुका को धोखा देनेवालों को तत्काल जान से मार दिया। तेमुजीन ने कहा कि मुझे मेरी सेना में धोखेबाज लोग नहीं चाहिए।

तेमुजीन ने जमुका से दोस्ती करनी चाही, लेकिन जमुका ने इनकार कर दिया।

जमुका ने कहा, "आकाश में जैसे एक ही सूरज होता है, वैसे ही मंगोल साम्राज्य का राजा एक ही हो सकता है। मुझे ऐसी मृत्यु चाहिए, जो किसी राजा के लिए उचित हो। मुझे मेरा रक्त बहाए बिना मृत्यु दी जाए।"

गरदन की हड्डी तोड़कर बिना रक्त बहाए मृत्यु दी जा सकती थी। स्वयं जमुका ने ऐसी मृत्यु किसी को नहीं दी थी। जमुका ने अपने कई सेनापतियों को पानी में उबालकर मारा था। फिर भी तेमुजीन ने जमुका की विनती मान्य रखी।

अपने हर प्रतिस्पर्धी को हराकर तेमुजीन ने सभी मंगोल कबीलों को एकजुट किया। तेमुजीन ने मेर्कीट, नॉयमन, केरेट, तार्तर आदि छोटी-छोटी जातियों का 'कुरुलताय दरबार' बुलाया, जहाँ उसने स्वयं को 'चंगेज खान' की उपाधि से विभूषित किया।

सन् 1211 तक चंगेज खान की मंगोल सेना 'झीया' यीन, चीन 'काराखीता', 'खानाट' आदि घरानों को परास्त कर चुकी थी।

अब चंगेज खान ने ख्वारेझीमिया राज्य पर आक्रमण करने के लिए 2 लाख सैनिक भेजे। इन सैनिकों ने कदम-कदम पर तोड़-फोड़ की, अनेक शहरों को नेस्तनाबूद कर दिया और चारों तरफ हत्याओं की झड़ी लगा दी। कई जगह उन्होंने नदियों के प्रवाह की दिशा बदल दी।

सन् 1223 में चंगेज खान की सेना ने रूस की ओर कूच किया। इस आक्रमण में जेबे नामक सेनापति ने भयंकर क्रूरता दिखाई।

रूस की सेना को परास्त करने के बाद जेबे ने कीव के राजा मिस्तील के साथ पाँच राजपुत्रों को भी बंदी बना लिया। इन सभी को ऐसा मृत्यु-दंड दिया गया, जिसमें उनका खून न बहे। इसके लिए एक अलग ही तरीका सोचा गया।

लकड़ी का एक विशाल चबूतरा बनाया गया। उसके खंभों के रूप में कीव के राजा और छंहों राजपुत्रों को इस्तेमाल किया गया। जेबे और उसके विजयी सेनापति एक साथ उस चबूतरे पर चढ़े, जहाँ उन्होंने साथ बैठकर भोजन किया। विशाल चबूतरे के वजन एवं उन तमाम सेनापतियों के वजन के नीचे कीव का राजा दब गया। छहों राजपुत्र भी दब गए। सब मारे गए। खून किसी का न निकला। न्यायपालिका के आदेश का शब्दश: पालन किया गया।

चंगेज खान ने छोटी सी शुरुआत करके 20 वर्षों में संसार के सबसे विशाल

साम्राज्य की रचना की। उसकी सरहद रोम द्वारा 400 वर्षों में जीते गए तमाम प्रदेशों की सम्मिलित सरहद से भी बड़ी थी। अपने साम्राज्य का विस्तार करते समय चंगेज खान ने 6 करोड़ शत्रुओं की, यानी उस वक्त की समग्र विश्व की आबादी की 17 प्रतिशत जनता की हत्या की।

मुंबई की आबादी मोटे तौर पर एक करोड़ मान लें, तो 6 करोड़ लोगों को कत्ल करना यानी मुंबई की संपूर्ण आबादी का 6 बार कत्ल करना।

चंगेज खान की निर्ममता और जीत ने जैसे सारी दिशाओं को ध्वस्त कर दिया था। सचमुच उसके जैसा कोई नहीं था। उसे 'मंगोलों का निरंतर नीला आकाश' कहकर नवाजा गया। उसे 'मंगोलों का सर्वोच्च देवता' कहकर अलंकृत किया गया।

शत्रु पक्ष की कैद की गई स्त्रियों के साथ वह रोज बलात्कार करता था। उसने उन स्त्रियों से कितने हजार बच्चे पैदा किए होंगे, कौन बता सकता है! आज के मंगोलिया में जो 20 लाख की आबादी है, उसमें 2 लाख की आबादी चंगेज खान की ही वंशज मानी जाती है।

'सबसे ज्यादा मजा किसमें आता है?' इसका जो उत्तर चंगेज खान ने दिया था, उसे विश्व कभी नहीं भूलेगा।

"मजा यानी अपने दुश्मन को हराना, उसे दौड़ा-दौड़ाकर मारना, उसका धन छीन लेना, उसके रिश्तेदारों और पड़ोसियों को छाती पीट-पीटकर रोते देखना, उसके बाग-बगीचों को बरबाद करना, उसके घोड़ों पर सवार होना, उसकी बीवियों और बेटियों पर बलात्कार करना; इसे कहते हैं मजा!"

सन् 1227 के अगस्त महीने में चंगेज खान की मौत हुई। उसे किस जमीन में दफन किया गया, इसे खुफिया रखने के लिए एक नदी के प्रवाह की दिशा बदल दी गई। बर्बरता की हद तब हुई, जब चंगेज खान की अंतिम विधि में उपस्थित एक-एक गुलाम का कत्ल कर दिया गया। जिन सैनिकों ने गुलामों का कत्ल किया, उन सैनिकों का उनके अधिकारियों ने कत्ल किया। उन अधिकारियों का उनके वरिष्ठों ने कत्ल किया। आज 800 साल बाद भी कोई बता नहीं सकता कि चंगेज खान को कहाँ दफनाया गया।

चंगेज खान की मौत के बाद उसका साम्राज्य सन् 1368 तक बना रहा।

## एलेक्जेंडर द ग्रेट (ईसा पूर्व सन् 1 अक्तूबर, 356 से ईसा पूर्व 13 जून, 323)

सिकंदर उर्फ एलेक्जेंडर, मैसेडोनिया (ग्रीस) के विश्व-विख्यात सम्राट् किंग फिलिप (द्वितीय) और साम्राज्ञी क्वीन ओलिंपिया का पुत्र था। उसका जन्म मैसेडोनिया के पेला क्षेत्र में हुआ था। किंग फिलिप ने उसे बचपन से ही राजपुत्र के लिए आवश्यक

हर तरह की सैनिक एवं राजकीय शिक्षा दी थी। अरस्तू (एरिस्टॉटल) उसका गुरु था। एलेक्जेंडर पर एकिलिस का प्रभाव बहुत अधिक था। एकिलिस, दरअसल, एक मशहूर योद्धा था, जिसे महाकवि होमर ने अपने महाकाव्य 'इलियाड' का एक पात्र बनाया था। एकिलिस ने ट्रॉय के युद्ध में भाग लिया था। ट्रॉय को हराने में उसका काफी बड़ा हाथ था। एकिलिस जैसे योद्धा से प्रभावित एलेक्जेंडर बचपन से ही सपना देखने लगा था कि उसे संपूर्ण विश्व पर जीत हासिल करनी है। 'युद्ध' और 'जीत' ये दो शब्द एलेक्जेंडर के मन में लगातार चलते रहते थे।

ईसा पूर्व सन् 336 में किंग फिलिप का खून हो गया। एलेक्जेंडर उस समय मात्र 20 वर्ष का था। उसे मैसेडोनिया के राज सिंहासन पर बिठाया गया। शासन सँभालने के पहले ही वर्ष में एलेक्जेंडर ने उत्तर में डेन्यूब नदी और पश्चिम में एड्रिएटिक तक अपनी सत्ता फैलाई।

थीब्स और एथेंस ये दोनों राज्य मैसेडोनिया से अलग होने की फिराक में थे। उन्हें सबक सिखाने के लिए एलेक्जेंडर ने पहले थीब्स पर आक्रमण करके अनेक नागरिकों की हत्या की। कुछ को गुलाम बनाकर भी बेचा। वहाँ के एक मंदिर एवं अपने प्रिय कवि पिंडर के घर के अलावा उसने तमाम मकानात मिट्टी में मिला दिए। यह देखकर एथेंस घबराकर स्वयं ही उसकी शरण में आ गया।

किंतु स्पार्टा शरण में नहीं आया।

इसके बाद एलेक्जेंडर ने ईरानी साम्राज्य पर आक्रमण करने की ठानी। ईरान उन दिनों एक अत्यंत समृद्ध एवं शक्तिशाली राष्ट्र था।

ईसा पूर्व सन् 334 में ग्रीस के प्रमुख स्थानों की सुरक्षा के लिए आवश्यक सैनिक पीछे छोड़कर एलेक्जेंडर ने अपनी विशाल सेना के साथ दार्नानेल्स नदी पार की। पॉमोयिओ, टॉल्मी, एंटिगोनस, सेल्यूकस और निआर्कस जैसे जाँबाज सेनापति उसके साथ चल रहे थे। एलेक्जेंडर स्वयं भी अत्यंत साहसी, शूरवीर और जिद्दी था। ऐसे गुणों के कारण वह किसी भी संकट का सामना सफलतापूर्वक कर लेता था।

एलेक्जेंडर ने अपने 40 हजार सैनिकों के साथ ईरान पर धावा बोल दिया। फिर वह सीरिया की तरफ गया। वहाँ इसस की खाड़ी के पास उसका सामना इरायस की विशाल सेना से हुआ। एलेक्जेंडर ने उसे इस तरह हराया कि वह भाग जाने पर मजबूर हो गया। अब एलेक्जेंडर ने फिनीशियन जलसेना पर कब्जा कर लिया। मिस्र भी उसके कब्जे में आ गया। वहाँ उसने 'एलेक्जांड्रिया' नाम के सोलह शहरों की स्थापना की।

इरायस, जो इसस की खाड़ी के युद्ध में मैदान छोड़कर भाग गया था, झाँगामी में अपनी विशाल सेना के साथ फिर से एलेक्जेंडर के सामने आया। एलेक्जेंडर ने इस बार भी उसे इस तरह हराया कि दुबारा उसे मैदान छोड़कर भागना पड़ा! इससे एलेक्जेंडर

ईरानी साम्राज्य का स्वामी बन गया। उसने ऐसे सोलह एलेक्जेंडर नाम के शहर स्थापित किए, जिनके नामों में 'एलेक्जेंडर' की झलक थी।

ईरानी एवं ग्रीक लोगों को संगठित करने के लिए एलेक्जेंडर ने स्वयं इरायस की बेटी से विवाह किया। अन्य सेनाधिकारियों को भी उसने ईरानी स्त्रियों से विवाह करने के लिए प्रोत्साहित किया। एलेक्जेंडर ने ईरानी युवकों को सैनिक प्रशिक्षण देकर सेना में भरती किया। ईरानी घुड़सवारों के जत्थे भी तैयार किए। स्वयं एलेक्जेंडर ईरानी पोशाक पहनने लगा।

ईरान के लोग उन दिनों राजा को ईश्वर ही मानते थे। एलेक्जेंडर को भी उन्होंने ईश्वर के अवतार के रूप में देखना शुरू कर दिया। स्वयं एलेक्जेंडर ने भी ऐसा प्रचार करवाया कि वह ईश्वर का अवतार है और उससे रू-ब-रू होनेवाला हर शख्स उसे दंडवत् प्रणाम करे। एलेक्जेंडर के ऐसे व्यवहार से मैसेडोनिया के सैनिक असंतुष्ट हो गए। वे एलेक्जेंडर के खिलाफ साजिश करने लगे, किंतु एलेक्जेंडर को इसका पता चल गया। उसने सभी साजिशखोरों को मौत की सजा सुना दी।

ईसा पूर्व सन् 328 में एलेक्जेंडर ने बैक्ट्रीया एवं उसके उत्तर में स्थित सॉग्डिआना पर विजय प्राप्त की। उसने वहाँ की राजकन्या से विवाह किया। इसके बाद उसने हिंदूकुश पर्वत पार करके ईसा पूर्व सन् 327 के मई महीने में भारत प़र आक्रमण किया।

असरकेनॉया के राजा ने जब युद्ध-भूमि में वीरगति प्राप्त की, तो उसकी रानी ने युद्ध जारी रखा। रानी को स्वयं लड़ते देखकर वहाँ की सभी स्त्रियाँ जोश में आ गईं और मातृभूमि की रक्षा के लिए युद्ध के मैदान में कूद पड़ीं। इस युद्ध में एलेक्जेंडर जख्मी होने से न बच सका। इससे उसका क्रोध भड़क उठा। उसने निर्दोष, निहत्थे प्रजाजन के कत्लेआम का हुक्म देकर अपना क्रोध शांत किया।

झेलम और चिनाब नदियों के बीच के प्रदेश पर उन दिनों पोरस का राज्य था। पोरस ने एलेक्जेंडर का विरोध किया। झेलम के किनारे इन दोनों में घनघोर युद्ध हुआ। पोरस हार गया। एलेक्जेंडर ने उससे पूछा, "तुम्हारे साथ अब कैसा बरताव किया जाए?"

स्वाभिमानी पोरस ने शांति से कहा, "जैसा बरताव एक राजा को दूसरे राजा के साथ करना चाहिए, वैसा ही बरताव आप मेरे साथ करें।"

एलेक्जेंडर ऐसा जवाब सुनकर चकित रह गया। वह भारतीयों के स्वाभिमान का लोहा मान गया। उसकी सेना को भी युद्ध के दौरान भारतीय आन-बान एवं शूरवीरता का अच्छा परिचय मिल गया था। एलेक्जेंडर ने सोचा कि पोरस के जैसे शूरवीर योद्धा को अपना साथी बना लेना चाहिए।

पोरस के उस एक जवाब ने एलेक्जेंडर जैसे निर्मम योद्धा को भी झुका दिया। उसने

युद्ध में जीता हुआ संपूर्ण राज्य पोरस को वापस समर्पित कर दिया, साथ ही 15 अतिरिक्त गणराज्यों का प्रदेश भी उसे सौंप दिया।

एलेक्जेंडर जब व्यास नदी के निकट पहुँचा, तब उसके सैनिकों ने आगे जाने से इनकार कर दिया। वे आठ से दस वर्षों से लगातार युद्ध कर रहे थे और बुरी तरह थक चुके थे। एलेक्जेंडर ने राजा पोरस को झेलम और व्यास नदियों के बीच के प्रदेश का स्वामी नियुक्त किया। इसके बाद उसने ईसा पूर्व सन् 326 के फरवरी मास में वापस अपने देश लौट जाने का फैसला कर लिया।

वापस जाते समय उसकी सेना की बहुत हानि हुई। स्यूसा में ईसा पूर्व सन् 323 के जून की 13वीं तारीख को एलेक्जेंडर की मृत्यु हो गई।

एलेक्जेंडर संसार का अद्बितीय योद्धा एवं सेनानायक था। भारत में वह 'सिकंदर' के नाम से जाना जाता है।

एलेक्जेंडर ने संसार के जितने हिस्से जीत लिये थे, उन सभी को ग्रीस के सांस्कृतिक स्वामित्व के अंतर्गत लाकर एक नया राष्ट्र तैयार करने की उसकी तीव्र महत्त्वाकांक्षा थी। असमय मृत्यु के कारण उसकी यह महत्त्वाकांक्षा पूरी न हो सकी। इतना ही नहीं, जीते हुए प्रदेशों में इस महत्त्वाकांक्षा के अनुरूप कार्यक्षम प्रशासन प्रणाली लागू करना भी संभव नहीं हो सका।

## संदर्भ—

1. मध्ययुगीन भारताचा बृहत इतिहास/जे.एल. मेहता/ भाषांतर : डॉ. वसंतराव देशपांडे
2. The Great Moghul / Bamber Garcoigne
3. A New History Of India / Stanley Wolpert
4. The Cambridge History of India / John F. Richards
5. A History of India / Burton Stein

□

# तुलना

किन्हीं भी दो ऐतिहासिक व्यक्तियों की तुलना करना संभव नहीं है; उचित भी नहीं है, किंतु इसका एक लाभ यह है कि ऐसी तुलना जिसके साथ की जा रही है, वह अपनी पूर्ण विशेषताओं के साथ हमारे दिल में जगह बनाता है।

शिवाजी अनेक कसौटियों पर श्रेष्ठ पुरुषों के बीच श्रेष्ठतम सिद्ध होते हैं। उन्होंने अपने राष्ट्र के गुणों को ही नहीं, अवगुणों को भी पहचाना, जिन्हें दूर करने के प्रयास के साथ जन-जन का स्वाभिमान जाग्रत् किया। शिवाजी ने अपनी प्रजा में एकता की स्थापना कर उसे अनेक पराक्रम करने के लिए प्रोत्साहित किया।

शिवाजी की अपेक्षा अधिक पराक्रम करनेवाले या अधिक प्रदेश जीतकर उस पर राज्य करनेवाले पुरुष इतिहास में बहुत होंगे, किंतु शिवाजी जैसे गुणों का एकत्रीकरण किसी भी व्यक्ति में दिखाई नहीं देता। यदि हम शिवाजी के अवगुणों की खोज करें या किसी ने अगर चुनौती दी कि शिवाजी के दोष दिखा दो, तो हमें निराश ही नहीं, निरुत्तर भी होना पड़ेगा। एक भी दोष ढूँढ़ने पर भी शिवाजी में नहीं दिखाई देता।

इन सभी वीर योद्धाओं में एक समानता बहुत प्रखर है। अपनी निष्ठा और कल्पना-शक्ति से ये आम जनता को बड़ी गहराई से प्रभावित करते हैं; साथ ही इनमें एक और विलक्षण शक्ति होती है, वह है अपने राष्ट्र को प्रकाशमान एवं शक्तिशाली बनाने की अदम्य इच्छा-शक्ति। सभी महान् व्यक्तियों में ये गुण होते हैं और शिवाजी में भी थे।

अब हम जिनका वर्णन पहले कर चुके हैं, उन दस राज-योद्धाओं की तुलना शिवाजी से करेंगे, जिसकी कसौटियाँ इस प्रकार होंगी—

## 1. पार्श्व-भूमि

एलेक्जेंडर का पिता किंग फिलिप (द्वितीय) अत्यधिक पराक्रमी और बलशाली था। एलेक्जेंडर को यही चिंता लगी रहती कि पिता इतने पराक्रमी हैं कि उनके बाद जीतने-लायक कुछ बचेगा भी या नहीं! किंग फिलिप ने अरस्तू (एरिस्टॉटल) को एलेक्जेंडर का गुरु नियुक्त किया था। अरस्तू था विश्वविख्यात तत्त्वज्ञानी प्लूटो का विद्यार्थी। ऐसे अरस्तू

का विद्यार्थी बनकर एलेक्जेंडर ने अपनी मानसिक शक्ति और विवेक का विकास किया, हालाँकि वह क्रोध पर संयम नहीं रख पाता था।

सीजर ने अपनी शुरुआत एक वकील के रूप में की। वह एक समृद्ध घराने से आया था। रोम 2500 वर्ष पूर्व एक प्रजासत्ताक राज्य था। वहाँ के नागरिक साहित्य, कला, वित्त एवं युद्ध की बारीकियों से परिचित एवं विकसित थे।

हॉनीबॉल का पिता हनीलकार एवं उसका जीजा हास्रुबॉल कार्थज के सेनापति थे। वे पीढ़ी-दर-पीढ़ी रोम के जैसे शक्तिशाली प्रजातांत्रिक देश के विरुद्ध संघर्ष कर रहे थे। प्रशासन एवं सैनिक प्रशिक्षण से जुड़ी उनकी नीतियाँ सचमुच प्रभावशाली थीं।

अटीला एक हूण सरदार था, जो थ्रेस की ओर से वार्षिक रकम वसूल करता था। इस कारण उसकी आर्थिक स्थिति सुदृढ थी।

नेपोलियन ने सैनिक स्कूल में पढ़ाई की। उसके पराक्रमों की नींव फ्रांस की क्रांति एवं संपन्नता के कारण मजबूत हुई।

विलियम वॉलेस का पिता उसके बचपन में गुजर गया था। वॉलेस को उसके धर्मगुरु चाचाओं ने पाला-पोसा। चाचाओं ने ही उसे फ्रेंच एवं लैटिन भाषाएँ सिखाईं। वॉलेस को उसकी विद्वत्ता के लिए 'सर' की उपाधि मिली। स्वत: सिद्ध होता है कि वॉलेस या तो राज-घराने से था या योद्धाओं के घराने से।

चंगेज खान एक छोटे कबीले के सरदार का पुत्र था। उसका पिता उसके बचपन में ही गुजर गया था। उसकी माता ने बड़ी कठिनाई से उसका पालन-पोषण किया, लेकिन मंगोल रणनीति के कारण चंगेज खान शक्तिशाली राज्य स्थापित कर सका।

अकबर और औरंगजेब थे मुगल बादशाहों के फरजंद यानी बेटे। शाही खानदान में इन दोनों को अस्त्र-शस्त्र एवं शास्त्रों की सर्वश्रेष्ठ शिक्षा मिली ही होगी; ऐसा मानकर चल सकते हैं।

एडॉल्फस गस्टावस स्वीडन जैसे संपन्न एवं विकसित देश का राजकुमार था। उसे भी अपने शाही खानदान में अस्त्र-शस्त्र एवं युद्ध-कला में पारंगत होने के बेहतरीन मौके मिले ही होंगे।

उपर्युक्त विवरण से सिद्ध होता है कि इन सभी योद्धाओं की पृष्ठभूमि शिवाजी महाराज की अपेक्षा उज्ज्वल थी। इसका अपवाद केवल एक व्यक्ति था; और वह था चंगेज खान, जिसका जन्म मंगोलिया के 'बोरीजीन' कबीले में हुआ था। यह कबीला शिकार करके अपनी जीविका चलाता था।

शिवाजी महाराज की इनसे तुलना करें, तो महाराज की पार्श्व-भूमि असफलताओं एवं निराशाओं से आच्छादित थी। अपने आसपास के अंधकार को चीरकर शिवाजी महाराज सूर्य की तरह प्रकट हुए और जगमगाने लगे।

## 2. द्वंद्व

एलेक्जेंडर, सीजर, हॉनीबॉल, अटीला, रिचर्ड, चंगेज खान, एडॉल्फस, अकबर, औरंगजेब एवं नेपोलियन; इन सभी ने अपनी विशाल एवं शक्तिशाली सेना के जोर पर घनघोर युद्ध किए, किंतु इनमें से एक ने भी शिवाजी महाराज ने अफजल खान के खिलाफ जैसा द्वंद्व युद्ध किया, वैसा वन-टू-वन द्वंद्व-युद्ध नहीं किया।

इतिहास बताता है कि विश्व के तकरीबन सभी राजा-महाराजा और बादशाह हाथी पर सवार होकर युद्ध-भूमि पर आते थे या फिर युद्ध-भूमि से दूर ही बने रहते थे; जैसे किसी टीले की चोटी, जहाँ से वे युद्ध का निरीक्षण किया करते और हुक्म देते। युद्धभूमि के खून के छींटे उनके जिस्म पर आकर पड़ते ही नहीं थे!

अफजल खान के वध और शाइस्ताखान पर आक्रमण से यह प्रमाणित होता है कि शिवाजी महाराज स्वयं युद्ध-भूमि में उतरकर शत्रु से वन-टू-वन युद्ध करते थे।

## 3. थर्मोपीली

एलेबजेंडर, सीजर, हॉनीबाल, अटीला, रिचर्ड, चंगेज खान, एडॉल्फस, अकबर, औरंगजेब एवं नेपोलियन; ये सभी युद्ध में हिस्सा लेते थे। युद्ध-भूमि में इन की हार-जीत का फैसला इस आधार पर होता था कि किसके पास कितने और कैसे हाथी, घोड़े, ऊँट, तोपें, बंदूकें हैं; सैनिकों की संख्या कितनी है और सेनापतियों की रणनीति में कितनी सूझबूझ है।

सभी युद्धों में एक समानता दिखाई देती है। वह यह कि सैनिकों की संख्या कितनी ज्यादा है और युद्ध-सामग्री कितनी सटीक है, मुख्यतः इसी आधार पर जीत हासिल की जाती है। सेनापति की युद्ध-नीति एवं सैनिकों के मनोबल के आधार पर जीत हो तो सकती है, मगर कभी-कभार।

किंतु जहाँ युद्ध होना है, वहाँ की भूमि की सूक्ष्म जानकारी भी जीतने का आधार बन सकती है, यह बात संसार में पहली बार लियोनिडस ने साबित करके दिखा दी; जब उसने थर्मोपीली में युद्ध किया और जीता।

थर्मोपीली जैसा युद्ध अन्य किसी भी योद्धा ने नहीं लड़ा; सिवा शिवाजी महाराज के। उनके सेनापति बाजीप्रभु ने घोडखिंडी में थर्मोपीली शैली में छापामारी कर शत्रु को स्तब्ध कर दिया। बाजीप्रभु ने शिवाजी एवं स्वराज के लिए अपने प्राण न्योछावर कर खिंड को पवित्र किया।

थर्मोपीली के जैसी लड़ाई किसी भी योद्धा ने नहीं लड़ी, केवल शिवाजी ने लड़ी।

## 4. स्मारक

एलेक्जेंडर, सीजर, हॉनीबॉल, अटीला, रिचर्ड, चंगेज खान, एडॉल्फस, अकबर,

औरंगजेब एवं नेपोलियन; इन सबने अपना गौरव बढ़ाने के लिए नए-नए शहरों, मसजिदों और महलों का निर्माण किया। एलेक्जेंडर तो इतना अभिमानी था कि उसने स्वयं पर 'एलेक्जांड्रिया' नाम के 16 शहर बनवाए। इतना ही नहीं, उसने अपने घोड़े बुसाफेलस के नाम पर 'बुसेफेलिया' शहर बनवाया।

हॉनीबॉल और अटीला को ऐसा करने का अवसर नहीं मिला।

वॉलस ने सेनापति के रूप में नगण्य कार्य किया।

इसके विपरीत शिवाजी महाराज को अपनी प्रतिष्ठा बढ़ाने के अनेक अवसर मिले, किंतु उन्होंने अपने नाम पर न तो कोई शहर बनवाया, न ही कोई किला। इसी प्रकार अपने किसी शूरवीर सेनापति का नाम किसी इमारत को नहीं दिया। अत्यंत पराक्रमी सेनापति बाजीप्रभु का नाम भी घोडखिंडी को नहीं दिया। तानाजी मालुसरे के पराक्रम के कारण कोडाणा किले पर शिवाजी का अधिकार हुआ था, लेकिन तानाजी की स्मृति में भी उन्होंने कोडाणा को 'तानाजी किला' नाम नहीं दिया।

इसका कारण यही था कि शिवाजी महाराज की दृष्टि में सभी सेनापति एक जैसे पराक्रमी थे। कोई किसी से कम नहीं था। कोई किसी से बढ़कर नहीं था।

## 5. सरेआम हत्याएँ

एलेक्जेंडर, सीजर, हॉनीबॉल, अटीला, रिचर्ड, चंगेज खान, अकबर एवं औरंगजेब इन सभी ने असंख्य हत्याएँ की थीं। चंगेज खान ने उग्रेंच के युद्ध में संसार में सबसे अधिक बिन-यांत्रिक कत्ल किए थे। हमने यह भी देखा है कि उसने अपने 20 साल के शासन में संसार की 17 प्रतिशत आबादी यानी 6 करोड़ लोगों को मौत के घाट उतारा था। हॉनीबॉल युद्ध में मारे गए शत्रु-सैनिकों के दाहिने अँगूठे कटवा कर मँगवाता था, ताकि गिनकर हिसाब रख सके।

ऐसे अनेक सेनापति हुए हैं, जो मारे गए सैनिकों के दाहिने कान या अँगूठे सबूत के तौर पर अपने सैनिकों से मँगवाते थे और तभी उन्हें पारितोषिक देते थे। अकबर ने चित्तौड़ के किले को कब्जे में लेने के बाद राजपूतों की अनगिनत हत्याएँ की थीं। उसने मृत राजपूत सैनिकों के जनेऊ जमा करके तुलवाए थे। यह वजन 74.5 मन हुआ था।

अटीला की क्रूरता के कारण उसे 'स्कर्ज ऑफ गॉड' कहा जाता था।

इन सबके विपरीत हमने सूरत की मुहिम में देखा है कि शिवाजी को छल से मार डालने का प्रयत्न हुआ, फिर भी उन्होंने अपना संयम नहीं खोया एवं कत्लेआम की घोषणा नहीं की, बल्कि अपने सैनिकों को ऐसा करने से रोका। इसीलिए इतिहास शिवाजी को जिनेवा युद्ध-संधि का जनक कह सकता है।

## 6. विश्व-विजेता होने की लालसा

संसार के सभी महान् योद्धाओं में विश्व-विजेता की लालसा धधक रही थी। वे अमर हो जाने के लिए इतने तड़प रहे थे कि अपने अहंकार को पहचान भी नहीं पाते थे। कालजयी सत्ता पाने के लिए वे इतने उन्मत्त थे कि किसी भी हद तक कुछ भी कर सकते थे। प्रजा की भलाई की उन्हें कोई चिंता नहीं थी। प्रजा उनके लिए सिर्फ शतरंज के मोहरों जैसी थी, जिन्हें चाहे जैसे सरकाया जा सकता था।

ये योद्धा महान् तो क्या थे, सिर्फ नामचीन ही थे। ये स्वयं का पराक्रम सिद्ध करने के लिए अपनी ही सेना की बलि देने से भी नहीं हिचकते थे। इसका सबसे ज्वलंत उदाहरण है नेपोलियन का रूस पर आक्रमण। इस आक्रमण के लिए नेपोलियन ने जब कूच किया था, तब उसके सैनिकों की संख्या 4 लाख थी, लेकिन जब वह हार-थककर वापस लौटा, तब उसके सैनिक सिर्फ 10 हजार रह गए थे।

जबकि शिवाजी महाराज का आजन्म आचरण इसके विपरीत रहा। उन्होंने व्यक्तिगत महिमा बढ़ाने के लिए कभी कोई युद्ध नहीं किया। उनका एक-एक युद्ध अपनी प्रजा के लिए स्वराज्य प्राप्त करने के लिए था। शिवाजी अपने सैनिकों की प्राण-रक्षा करने को अत्यधिक महत्त्व देते थे। उन्होंने अपने सैनिकों से हमेशा यही कहा कि शत्रु को टक्कर अवश्य दो, किंतु यदि वह अधिक बलशाली साबित हो रहा हो, तो झाँसा देकर सामने से हट जाओ। तभी तो तुम युद्ध-भूमि में दुबारा आ सकोगे और शत्रु को नष्ट कर सकोगे। यदि तुम ने पहली ही कोशिश में अपने प्राण दे दिए, तो लौटकर वापस कैसे आओगे? ज्यादा-से-ज्यादा जिंदा रहो, ताकि ज्यादा-से-ज्यादा शत्रुओं को नष्ट कर सको। शिवाजी राजपूतों की जौहर परंपरा के सख्त खिलाफ थे। जौहर में कभी-कभी एक ही युद्ध में तीन पीढ़ियों के योद्धा नष्ट हो जाते थे; जैसा कि चित्तौड़ में सन् 1303, 1535 और 1658 में हुआ था।

शिवाजी महाराज स्वराज्य की कामना के साथ तो लड़ ही रहे थे, विदेशी आक्रमणों के विरुद्ध भी लड़ रहे थे। एडॉल्फस गस्टावस, हॉनीबॉल और विलियम वॉलेस ने भी कमोबेश उसी भावना के साथ युद्ध किए थे, जो शिवाजी महाराज की भावना थी—स्वतंत्रता की प्राप्ति एवं स्वराज्य की स्थापना।

## 7. व्यक्तिगत जीवन

शिवाजी महाराज का व्यक्तिगत जीवन अत्यंत पवित्र व निर्मल था। पराई स्त्री को उन्होंने हमेशा अपनी माता के समान ही माना। उनका वाक्य 'अशीच अमुची आई असती सुंदर रूपवती' विश्व-प्रसिद्ध है। सुंदर स्त्री को देखकर उन्होंने सदैव अपनी माता को ही याद किया।

सन् 1657 में शिवाजी महाराज की ओर से आबाजी सोनदेव ने कल्याण पर हमला

किया। उस हमले में कल्याण के सूबेदार मुल्ला अहमद और उसकी सुंदर बहू को कैद कर लिया गया। आबाजी सोनदेव ने मिली हुई लूट के साथ बहू को भी शिवाजी के सामने पेश किया। तब शिवाजी ने उसे देखते ही कहा, "काश! हमारी माता भी इतनी सुंदर होती! तो हम भी ऐसे ही सुंदर हो जाते!" इन शब्दों के साथ शिवाजी ने उसे बाइज्जत उसके पति के पास भेज दिया।

जबकि दूसरी ओर जो दृश्य है, वह तो ऐसा है कि रोम-रोम काँप जाएँ।

एलेक्जेंडर (सिकंदर) समलैंगिक था। जूलियस सीजर और क्लियोपैट्रा का ऐशो-आराम कितना बढ़ा-चढ़ा था, दुनिया जानती है। अकबर जैसे मुगल सम्राट् के जनानखाने में 5000 से ज्यादा स्त्रियाँ थीं। औरंगजेब ने अपने बड़े भाई दारा की हत्या करवाने के बाद दारा की दोनों बेवाओं के साथ निकाह करना चाहा था। एक बेवा बाकायदा उसकी बीवी बन गई थी, किंतु दूसरी बेवा ने, जो हिंदू वंश की थी, औरंगजेब को किस प्रकार सबक सिखाया था, यह हम पढ़ चुके हैं।

चंगेज खान एक ही रात्रि में एकाधिक स्त्रियों का बलात्कार करता था। अटीला की आठवीं शादी में, पहली रात्रि के अवसर पर ही, दुलहन ने छुरा भोंककर दूल्हे अटीला की हत्या कर दी थी! कुछ इतिहासकारों की राय में उस रात अटीला की मौत अत्यधिक शराब पीने के कारण उसके गले की रक्तवाहिनियाँ फट जाने से हुई थी। नेपोलियन तो छैल-छबीला था ही, उसकी पत्नी जोसफिन भी उससे दो कदम आगे थी; वह भी खुल्लमखुल्ला।

नामचीन विदेशी योद्धाओं के बीच अपवाद-स्वरूप केवल एडॉल्फस गस्टावस और विलियम वॉलेस ही रह जाते हैं, जो भोग-विलास के अतिरेक से बचे हुए थे।

## 8. कैद एवं पलायन

उपरोक्त योद्धाओं में से केवल चंगेज खान, रिचर्ड द लॉयन हार्ट और जूलियस सीजर ऐसे थे, जिन्हें कैद भुगतनी पड़ी थी। चंगेज खान ने कैद की सजा चुपचाप भुगत ली थी, क्योंकि उस समय वह बहुत छोटा था। रिचर्ड द लॉयन हार्ट और जूलियस सीजर ने धन देकर कैद से छुटकारा पाया था। विलियम वॉलेस को धोखे से पकड़कर, देशद्रोह का आरोप लगाकर मृत्यु-दंड दिया गया था।

शिवाजी अकेले योद्धा हैं, जिन्हें आमंत्रण देकर आगरा के मुगल दरबार में बुलाया गया और फिर सम्मान देने की बजाय कैद कर लिया गया। उन्होंने युक्ति लड़ाकर बेहद चमत्कारिक तरीके से उस कैद से छुटकारा पा लिया और पलायन किया। पलायन भी उन्होंने अकेले नहीं किया। उनके साथ 1498 व्यक्ति आगरा आए थे। उन्हें आगरा में ही छोड़कर शिवाजी महाराज ने यदि अकेले पलायन किया होता, तो वे सभी व्यक्ति बादशाह औरंगजेब की हिरासत में आ जाते और शायद मौत के घाट उतार दिए जाते। महाराज अपने

सभी 1498 व्यक्तियों को अपने साथ लेकर पलायन कर गए। इतनी बड़ी भीड़ पलायन कर गई और बादशाह के कारिंदों को तत्काल कुछ पता ही नहीं चला! शिवाजी स्वयं तो कैद से मुक्त हुए ही, साथ में अपने 1498 व्यक्तियों को भी उन्होंने उनके प्रदेश में सुरक्षित पहुँचाया।

शिवाजी का यह पलायन संसार के सबसे अनोखे पलायन के रूप में देखा जाता है।

नेपोलियन को दो बार कैद हुई थी। पहली बार वह एल्बा से भागा। दूसरी बार वह सेंट हेलेना से भाग नहीं सका और वहीं उसकी मृत्यु हुई।

## 9. असहयोग एवं विद्रोह

भारत पर आक्रमण करने के पश्चात् एलेक्जेंडर (सिकंदर) के सैनिकों ने उसके साथ असहयोग किया था।

जूलियस सीजर का सीनेट में खून कर दिया गया था।

विलियम वॉलेस के साथ विश्वासघात हुआ था।

रिचर्ड द लॉयन हार्ट की छावनी में फ्रेंच सेना ने असहयोग किया था।

ओहदेदारों को विद्रोह करने की सूझे ही नहीं, इस गरज से सम्राट् अकबर ने ओहदेदारों की बेटियों को कैद कर अपने जनानखाने में रख लिया था। चंगेज खान ने भी ऐसा ही किया था। हॉनीबॉल के साथ स्वयं उसी के देश कार्थेज ने धोखा किया था, जिससे हॉनीबॉल को कार्थेज छोड़ना पड़ा था।

नेपोलियन से तंग आकर फ्रांस के राजकर्ताओं ने उसे दो बार कारागार में डाला था।

एड्रॉल्फस गस्टावस एवं अटीला की सेना ने उनके साथ कभी धोखा नहीं किया था।

शिवाजी महाराज के साथ भी कभी असहयोग नहीं हुआ। उन्होंने अपनी सेना में स्वराज्य की ऐसी जोत जगाई थी कि शिवाजी जब आगरा में नजरबंद थे और उनके छूटने की संभावना बहुत कम थी, तब भी एक भी सेनानायक उनका विरोधी नहीं बना था।

शिवाजी का बड़ा बेटा संभाजी अवश्य इसका अपवाद था, किंतु संभाजी के विद्रोह के पीछे कुछ खास कारण भी थे, जिनकी मीमांसा हम पहले कर आए हैं। ताज्जुब की बात यह है कि जिस संभाजी ने शिवाजी से विद्रोह किया, उसी संभाजी के साथ शिवाजी के सैनिकों ने भरपूर सहयोग उस वक्त किया था, जब औरंगजेब दक्षिण में आया था। तब शिवाजी के सैनिक संभाजी के साथ कंधे-से-कंधा मिलाकर खड़े हुए और 27 वर्षों तक औरंगजेब से लड़ते रहे।

## 10. कमांडो रेड

उपर्युक्त सभी योद्धाओं ने किलों या शहरों को घेरकर जीत हासिल की। अकबर ने चित्तौड़ पर विजय प्राप्त करते समय सबात का प्रयोग किया। रिचर्ड द लॉयन हार्ट यरुशलम

को जीत नहीं सका। हॉनीबॉल ने संपूर्ण इटली पर अपना प्रभाव जमाया, किंतु रोम में वह असफल रहा। चंगेज खान घेरे डालने के लिए आत्मघाती सैनिकों की टोलियाँ रवाना करता था। औरंगजेब 27 वर्ष घेरे पर घेरे की रणनीति में फँसा रहा।

इसके विपरीत शिवाजी महाराज ने एक ही समय में कम-से-कम सैनिक बल इस्तेमाल करते हुए अपने लक्ष्य को शीघ्रातिशीघ्र प्राप्त किया। मसलन, सिंहगढ़ पर एक ही रात में कब्जा जमा लिया। शाइस्ताखान को एक ही रात में तीन उँगलियाँ काटकर कहीं का नहीं रखा। अफजल खान को गिनती के ही क्षणों में मौत के घाट उतार दिया। इस प्रकार फौरन हरकत में आकर फौरन नतीजे देनेवाले सैनिक-पैंतरों को 'कमांडो रेड' कहते हैं।

## 11. समाज-सुधार

एलेक्जेंडर, सीजर, हॉनीबॉल, अटीला, रिचर्ड, चंगेज खान व औरंगजेब; इन योद्धाओं को समाज-सुधार से कोई मतलब नहीं था। इस संदर्भ में अपवादस्वरूप एडॉल्फस गस्टावस का नाम लिया जा सकता है, जिसने एक विश्वविद्यालय की स्थापना की थी। अकबर ने समाज-सुधार के लिए कुछ योजनाएँ बनाईं।

किंतु शिवाजी महाराज ने, अपनी अराजक स्थितियों से जूझते हुए भी चार जबरदस्त सामाजिक सुधार किए : 1. सती-प्रथा पर रोक, 2. छुआछूत पर रोक, 3. गुलामी की प्रथा से छुटकारा एवं 4. धर्म-परिवर्तन किए लोगों का शुद्धीकरण।

भाषा और संस्कृति के क्षेत्र में भी शिवाजी ने उस वक्त क्रांति ला दी, जब उन्होंने 'मराठा राजभाषा कोश' का निर्माण किया। एक साथ इतने रूढ़ क्षेत्रों में लगातार एवं सफलतापूर्वक कार्य करनेवाला राजनेता शिवाजी महाराज के सिवा दूसरा कोई नहीं है। उस समय तो नहीं ही था, आज भी नहीं है।

शिवाजी महाराज ने स्वयं का उदाहरण प्रस्तुत करते हुए समाज व राजनीति को प्रभावित किया। शिवाजी सर्वथा निष्पाप जीवन जीते थे। वे केवल साहसी नहीं थे, समझदार भी थे। राजनीति, धर्म, संस्कार, संस्कृति, न्याय, शिक्षा, भाषा, विश्वास-अंधविश्वास, धार्मिक सौहार्द, पर्यावरण आदि अनेक परस्पर भिन्न क्षेत्रों में वे एक साथ संचरण करते थे। ऐसी कोई कुप्रथा नहीं थी, जिसे उन्होंने जड़-मूल से नष्ट नहीं किया, ताकि समाज में स्थायी सुधार हो सके।

## 12. नई युद्ध-नीति

उपर्युक्त सभी योद्धाओं ने संपूर्ण समाज में सुधार करने एवं स्वतंत्र जलसेना की स्थापना करने जैसे कार्य किए ही नहीं, जबकि ये कार्य शिवाजी महाराज के जीवन की उपलब्धियाँ थे।

हॉनीबॉल सामाजिक कार्यों अथवा सैनिक दाँव-पेंच के क्षेत्र में शिवाजी महाराज के सामने कुछ भी नहीं था, किंतु उसने एक ऐसा साहसिक कार्य किया था, जिसके लिए सारा संसार आज भी उसका लोहा मानता है। हाथी पहाड़ नहीं चढ़ सकते, लेकिन हॉनीबॉल के हजारों हाथी एक साथ आल्प्स पर्वत की हिमाच्छादित ऊँचाइयों पर चढ़े और फिर सुरक्षित नीचे भी उतरे। हॉनीबॉल की भीमकाय हाथी-सेना ने जब अचानक इटली में प्रवेश किया, तो सब डर गए। हॉनीबॉल ने इतनी बड़ी सैन्य-कल्पना की और फिर उसे आजमाकर देखने में भी सफलता पाई; यह बात आज भी असंभव लगती है।

## 13. गुलामी खत्म

उपरोक्त योद्धाओं ने गुलामी प्रथा का विरोध नहीं किया। विरोध करना तो दूर, उलटे उन्होंने गुलामी जैसी जघन्य प्रथा को बढ़ावा दिया। उन्होंने केवल अपने लाभ को देखा। गुलामों का वे मनचाहा शोषण कर सकते थे। गुलामों को वे युद्ध के मैदान में भी उतारते थे। गुलाम स्त्रियों के यौन-शोषण का कोई अंत नहीं था। शत्रु की जब हार हो जाती, तो रनिवास की सारी स्त्रियाँ पकड़कर गुलाम बना ली जातीं। राज-घराने की स्त्रियों को भी न छोड़ा जाता। ऐसी हतक से बचने के लिए ही भारत में जौहर प्रथा शुरू हुई थी। ज्यों ही राजा के हारने की खबर आती, महलों की सारी स्त्रियाँ विशाल अग्नि-कुंडों में एक-दूसरे के हाथ पकड़कर, ऊँचाइयों से चीखती हुई कूद जातीं और जीवित ही भस्म हो जातीं। गुलामी से बचने के लिए इतनी भीषण चेष्टा संसार के अन्य किसी देश में नहीं होती थी।

शिवाजी महाराज के प्रदेशों में डच, फ्रेंच, पुर्तगीज इत्यादि विदेशियों द्वारा मनुष्यों की खरीद-फरोख्त हो रही है, ऐसा समाचार पाते ही उन तमाम विदेशियों को महाराज ने इतने कड़े शब्दों में चेतावनी दी थी कि गुलामी की कुप्रथा महाराज के राज से सर्वथा लुप्त हो गई थी। यूरोपीय देशों एवं अमेरिका में भी जब गुलामी प्रथा धड़ल्ले से जारी थी, तब शिवाजी ने अपने स्वराज्य में उसका सफाया कर दिया था। शिवाजी विश्व के सर्वप्रथम राज्यकर्ता थे, जिन्होंने गुलामी की कुप्रथा से रूबरू होते ही उसका सफाया कर दिया। ऐसा शिवाजी ही कर सकते थे। किसी और में न तो इतना विवेक था और न ही इतनी शक्ति थी कि गुलामी को समाप्त कर सकता।

## 14. ईश्वरीकरण

इतिहास का अवलोकन करने पर कुछ ऐसे राज्यकर्ता उभरकर आते हैं, जो स्वयं की सफलता को पचा नहीं पाए। वे अपने-आपको इतने महान् एवं श्रेष्ठ समझने लगे, जैसे साक्षात् ईश्वर! मनोविज्ञान में इस विकार को 'मैग्लोमेनिया' कहते हैं। इसके लक्षण हैं—खुद को अति भव्य, अति ज्ञानी, अति महत्त्वपूर्ण, अति शक्तिशाली व अति भाग्यवान

समझना। हिंदी में इसे 'ईश्वरीकरण' कहा जाता है।

उपरोक्त शासक बाक़ायदा घोषित किया करते थे कि वे दैवी पुरुष हैं और उनमें साक्षात् ईश्वर का अंश है, वे साक्षात् ईश्वर ही हैं। यह मनोभ्रम उनके समग्र विवेक पर छा जाता। इतनी बेपाए की बात पर वे शासक स्वयं तो यकीन करते ही, अपनी प्रजा को भी मजबूर कर देते कि सब उन्हें ईश्वर ही मानें, ईश्वर की ही तरह उनकी पूजा करें, सामने आते ही साष्टांग प्रणाम करें, बिलख-बिलखकर दुःखड़े रोएँ और पूरे यकीन के साथ 'ईश्वर' का आशीर्वाद ग्रहण करें, जिससे चुटकियों में उनके समस्त कष्टों का निवारण हो जाए!

एलेक्जेंडर (सिकंदर), जूलियस सीजर, अकब़र, औरंगजेब, चंगेज खान और अटीला, ये सब अपने आपको ईश्वर ही समझने लगे थे।

शिवाजी ऐसे मतिभ्रम के शिकार कभी नहीं हुए। उन्हें आभास तो था कि कोई दैवी शक्ति उनकी रक्षा करती है; तभी तो वह प्रचंडतम परिस्थितियों में भी अपना बचाव कर लेते हैं; लेकिन ऐसा उन्होंने कभी नहीं कहा, न ही कभी सोचा कि वह ईश्वर के अवतार हैं अथवा साक्षात् ईश्वर हैं! उन्होंने मात्र इतना कहा कि उनका यह जो राज्य है, यह श्री (भगवान्) की इच्छा एवं कृपा से है। उन्होंने सभी धर्मों की, सभी धर्म-ग्रंथों की, एक जैसी कद्र की। उन्होंने मंदिर बनवाए, तो मसजिदें भी बनवाईं। शिवाजी महाराज निस्संदेह सहिष्णुता के समुद्र थे। उनके जैसी सहिष्णुता आज हम इक्कीसवीं सदी में भी शायद ही किसी में देख पाते हैं।

शिवाजी के अनुसार स्वराज्य स्वयं ही ईश्वर का अवतार है। स्वराज्य हमें वही संरक्षण देता है, जो ईश्वर देता है। स्वराज्य की पूजा ही ईश्वर की पूजा है।

## 15. देहावसान

एलेक्जेंडर 32 साल की उम्र में ही युद्ध के जख्मों के कारण मर गया। जूलियस सीजर की मृत्यु सीनेट के 23 सदस्यों द्वारा किए गए सामूहिक कत्ल के कारण हुई। हॉनीबॉल ने विफलता के आतंक से डरकर आत्महत्या कर ली। विलियम वॉलेस को फाँसी देकर उसके शव के पाँच टुकड़े किए गए। अटीला की आठवीं पत्नी ने शादी की पहली रात को ही छुरा मारकर उसका खून कर दिया!

रिचर्ड द लॉयन हार्ट और एडॉल्फस गस्टावस, इन दोनों की मौत युद्ध-भूमि में हुई। नेपोलियन को कैद करके आर्सेनिक विष दे दिया गया।

औरंगजेब को अपनी जिंदगी के आखिरी 27 वर्ष राजधानी से दूर, दक्षिण भारत में, विफलताओं के बीच गुजारने पड़े।

शिवाजी महाराज अत्यंत अस्थिर एवं कष्टप्रद जीवन जीते थे। उन्होंने हमेशा अपनी सेना के सामने रहकर ही युद्ध किया, जो कि उपर्युक्त योद्धाओं ने नहीं किया।

देहावसान से पहले शिवाजी के अंतःकरण को दुःखी करनेवाली एक ही बात थी और वह थी, उनके ज्येष्ठ पुत्र संभाजी का विद्रोह। अथक परिश्रम से स्थापित किए गए स्वराज्य का भविष्य क्या है, इसे लेकर भी शिवाजी महाराज अत्यंत चिंतित रहे। इस संदर्भ की सभी संभावनाओं को ध्यान में रखकर उन्होंने एक योजना बनाई थी, जिसका वर्णन हम पूर्ववर्ती पृष्ठों पर कर चुके हैं।

सफलताओं एवं संघर्ष का सिंहावलोकन करने के बाद महाराज ने महसूस किया था कि उनकी संपूर्ण महत्त्वाकांक्षाएँ पूर्ण हो गई हैं। उन्होंने मराठा समाज को एकता के सूत्र में बाँध लिया था एवं स्वराज्य का एक राष्ट्र के रूप में निर्माण भी कर लिया था। यह उन्हीं का प्रताप था कि जिससे मराठा अस्मिता का एक स्वतंत्र अस्तित्व स्थापित हो सका।

1 मार्च, 1680 को महाराज रायगढ़ आए। 7 मार्च को उनके कनिष्ठ पुत्र राजाराम का जनेऊ संस्कार किया गया और 15 मार्च को उसकी शादी सेनापति हम्बीरराव मोहिते की बेटी से की गई। करीब 22 मार्च को महाराज को पेचिश की शिकायत हुई। शुरू में उसका स्वरूप घातक नहीं था, इसलिए उस वक्त मोरोपंत पेशवे, अनाजीचंद्र सुरनीस, जनार्दन पंत हणमंते, हबीरराव मोहिते, नीराजी पंत न्यायाधीश जैसे अष्टप्रधान वहाँ मौजूद नहीं थे।

पेचिश चंद दिनों में इतनी गंभीर हो गई कि शिवाजी महाराज अपने होश खो बैठे। ऐसी परिस्थिति में किसी के ध्यान में ही नहीं आया कि महाराज का वारिस कौन बनेगा। न स्वयं शिवाजी ने ऐसी कोई घोषणा की और न ही इस विषय पर किसी प्रकार की लिखा-पढ़ी की गई।

इतना जरूर था कि महाराज को अपना अंतिम समय निकट होने का आभास हो चुका था। उन्होंने अपने अंतरंग व्यक्तियों को पास बुलाया और समझाते हुए कहा, "दुःखी मत होइए। यह तो मृत्यु-लोक है। यहाँ जो आता है, जाने के लिए ही आता है। यही तो है जीवन की गति। आपको यहाँ अपना काम निर्मल बुद्धि से करते रहना है। अब आप हमें अकेला छोड़ दें। हमें श्री भगवान् का स्मरण करना है।"

इस तरह मुँह में गंगाजल, माथे पर चंदन का तिलक, गले में रुद्राक्ष की माला और होंठों पर 'शिव शिव राम' के उच्चारण के साथ उनका देहावसान हुआ। यह अवसान उनके समकक्ष सभी योद्धाओं की तुलना में अत्यंत सुख-शांति एवं संतुष्टि से परिपूर्ण था।

## मरणोत्तर

एलेक्जेंडर (सिकंदर) की मृत्यु के बाद सिर्फ पाँच वर्ष में ही उसका धूमधाम से जीता हुआ साम्राज्य टुकड़े-टुकड़े हो गया। स्वयं उसी के सेनापति स्वतंत्र राजा बनकर शान से जीने लगे!

हॉनीबॉल और अटीला के साम्राज्यों का भी ऐसा ही हाल हुआ।

लेकिन जूलियस सीजर के नाम से अस्तित्व में आया जुलाई महीना आज भी मौजूद है। सीजर की मृत्यु के बाद हर रोमन सम्राट् ने 'सीजर' के नाम को अपनी उपाधि के रूप में धारण किया।

रिचर्ड द लॉयन हार्ट ने यरुशलम पर कब्जा करने के लिए भीषण युद्ध किया था, लेकिन सन् 1095 से 1272 तक, यानी 177 वर्ष और 10 धर्मयुद्धों (क्रूसेड्स) के बाद आज भी यरुशलम पर कब्जा ईसाइयों का नहीं है। इजराइल और पेलेस्टीन, ये दोनों देश उस पर अपना हक जताते हैं।

चंगेज खान को आज भी बहुत इज्जत दी जाती है, लेकिन सिर्फ मंगोलिया में। शेष विश्व में उसे क्रूरता के ही प्रतीक के रूप में देखा जाता है।

एडॉल्फस गस्टावस को स्वीडन में बहुत मानते हैं। वह स्वीडन का एक ही राजा है, जिसे 'डेन स्टोर दि ग्रेट' की उपाधि दी गई है।

नेपोलियन को आज तक कोई भी विश्लेषक-इतिहासकार पूर्णतया नहीं समझ पाया। वह विश्व का सबसे विलक्षण सम्राट् समझा जाता है।

अकबर को 'मुगल-ए-आजम', 'जोधा-अकबर' और 'अनारकली' जैसी हिंदी फिल्मों ने प्रतिष्ठा की ऐसी जगमगाहट से ओत-प्रोत कर दिया है, जो वास्तविकता के साथ रंच मात्र भी मेल नहीं खाती। इसे विडंबना ही कहा जाएगा कि अकबर को सर्व-धर्म-समभावी के रूप में प्रस्तुत किया जाता है, जबकि सत्य ऐसा नहीं है। अकबर ने अपनी राजपूत पत्नी को धर्मांतरण करने पर मजबूर किया। उसके नाम की मसजिद जहाँगीर ने लाहौर में बनवाई। 1947 के पहले स्वतंत्रता संग्राम में उसका कोई भी स्थान नहीं है। मतलब साफ है कि आम जनता में अकबर की छवि एक प्रेमी के रूप में है, न कि श्रेष्ठ या देशभक्त योद्धा के रूप में।

औरंगजेब को भारत का सबसे क्रूर राजकर्ता समझा जाता है। उसकी क्रूरता सिर्फ दुश्मनों तक सीमित नहीं थी। वह विश्व का एक ही राजकर्ता है, जिसने सत्ता प्राप्त करने के लिए अपने पिता को कैद किया और अपने तीन भाइयों को मार डाला।

हमें मालूम है कि शिवाजी महाराज ने 350 किले (गढ़) बनाए या ठीक कराए थे। उन्हीं किलों की शक्ति से शिवाजी महाराज ने स्वराज्य की स्थापना की थी। महाराज हमेशा कहते थे कि औरंगजेब जल्द ही दक्षिण में आनेवाला है। अगर वह हर वर्ष हमारा एक किला छीनेगा, तो भी उसे 350 वर्ष लग जाएँगे, हमें परास्त करने में!

उस वक्त यह वाक्य सभी को अतिशयोक्ति-भरा लगा होगा, लेकिन आज 2016 में, यानी कि शिवाजी महाराज के अवसान के 336 वर्ष बाद, महाराष्ट्र में सभी सत्ताधारी दल शिवाजी महाराज का ही नाम लेकर राज्य कर रहे हैं। शिव-सेना ने शिवाजी महाराज के नाम से भूमिपुत्रों के अधिकारों की रक्षा के लिए पक्ष की स्थापना की। शिवाजी महाराज के

वंशज ही कांग्रेस एवं राष्ट्रवादी कांग्रेस जैसे पक्षों की तरफ से राष्ट्रीय एवं प्रादेशिक चुनावों में उम्मीदवारी करते हैं और विजेता होकर देश की सेवा में जुट जाते हैं। इसका एक ही अर्थ है कि शिवाजी महाराज आज भले ही प्रत्यक्ष उपस्थित नहीं हैं और उनके किले भी युद्ध-स्तर पर सक्रिय नहीं हैं, किंतु महाराज के विचार आज भी महाराष्ट्र पर राज्य कर रहे हैं।

बिना किसी अतिशयोक्ति के कहा जा सकता है कि भारत में भले ही लोकशाही है, किंतु महाराष्ट्र में आज भी शिवशाही है, क्योंकि चाहे कोई भी पक्ष सत्ता में आए, शासन तो वह महाराज का ही नाम लेकर करता है। शिवाजी महाराज इतिहास के एकमात्र शासक हैं, जिन्होंने अपने राज्य के बारे में 350 वर्ष बाद तक का विचार किया है।

गुरुवर्य राजवाडे ने शिवाजी महाराज के कार्यों का जो सिंहावलोकन प्रस्तुत किया है, वह उत्कृष्ट है।

शिवाजी महाराज ने सबके साथ न्याय का, नीति का, पराक्रम को पुरस्कृत करने का, स्व-धर्म-परायणता का एवं पर-धर्म के प्रति सहिष्णुता का व्यवहार किया। यह केवल शिवाजी महाराज ही थे, जिन्होंने एक साथ यह सब किया, अनेक लड़ाइयों में विजय प्राप्त की; मैदान में, सागर-तट पर एवं पर्वतों पर तीन-चार सौ किलों का निर्माण किया; नई सेना तैयार की; नई जलसेना का मानो शून्य में से सृजन किया; मातृभाषा का महत्त्व बढ़ाया; कवियों एवं बुद्धिजीवियों को आश्रय दिया; नए शहर बनवाए; स्व-धर्म की स्थापना करके उसे समृद्धि दी, सार यह कि स्वदेश का उद्धार करके एवं मातृभूमि को स्वतंत्र व सुखी करने का उत्कृष्ट कार्य करने के फलस्वरूप इस पृथ्वी का संरक्षण किसी ने अगर किया, तो वह शिवाजी महाराज ही थे। उनका व्यक्तिगत व्यवहार एवं सार्वजनिक पराक्रम इतने श्रेष्ठ थे कि यदि उनकी तुलना समकालीन योद्धाओं व हस्तियों के साथ की जाए, तो यही निष्कर्ष निकले कि शिवाजी महाराज के जैसा सर्व-गुण-संपन्न व्यक्ति कोई अन्य था ही नहीं।

निस्संदेह वे एक अवतारी पुरुष थे। उनके बारे में लिखते हुए स्वामी रामदास समर्थ कहते हैं कि उनके गुण इतने महान् थे कि उनकी तुलना कैसी और किससे? यशवंत, कीर्तिवंत, सामर्थ्यवंत, वरदवंत, नीतिवंत, ज्ञानी, आचारशील, विचारशील, दानशील, कर्मशील, सर्वज्ञ, धर्ममूर्ति, दृढनिश्चयी, अखंड उद्देश्य धारण करनेवाला राजयोगी; ऐसे अनेक विशेषणों से स्वामी रामदास समर्थ ने शिवाजी महाराज को विभूषित किया है।

शिवाजी महाराज के गुणों की श्रेष्ठता आसानी से समझ में आती है। जिस पुरुष को कोई व्यसन नहीं था, जिसने पर-स्त्री को माता के समान माना, जिसने अपने धर्म के साथ दूसरे धर्मों का भी आदर किया, युद्ध में जख्मी हुए शत्रु को जिसने उपचार करवाकर उसके घर भेजा, जिसने फौज, किले, जलसेना आदि के समायोजन से स्वराज्य के संरक्षण की योजनाएँ बनाईं, जिसने सबसे पहले स्वयं को संकट में डालकर लोगों को मातृभूमि की सेवा करना सिखाया, जिसने अनेक के प्राण केवल अपनी बुद्धिमत्ता का उपयोग करके बचाए,

जिसने औरंगजेब के समान पराक्रमी बादशाह के भगीरथ प्रयत्नों को लगातार 30 वर्षों तक रोके रखा; इतना ही नहीं, जिसने तीन राज्यों को हराकर संपूर्ण भरत खंड में अभूतपूर्व स्वतंत्र स्वराज्य की स्थापना की एवं उसकी कीर्ति पृथ्वी पर अजर-अमर की, उस प्रतापी पुरुष की योग्यता का वर्णन करने की क्षमता भला किसमें है ?

पूना के महल में औरंगजेब का शाइस्ताखान जैसा शक्तिशाली सूबेदार, साथ में अन्य सूबेदार भी, 5 वर्षों तक डटे रहे; सिर्फ शिवाजी का दमन करने के लिए। उनके शिकंजे से बचे रहने का प्रयास भी केवल तब हो सकता था, जब शौर्य के साथ-साथ धन का भी संबल उपलब्ध होता। धन-संवर्द्धन के लिए शिवाजी ने सूरत का रुख किया। सूरत की नाक दबाकर शिवाजी ने अपने स्वराज का इतना आर्थिक संवर्द्धन किया कि उसी की शक्ति से उन्होंने औरंगजेब के सूबेदारों के शिकंजे से छुटकारा पाया और उन्हें सबक भी सिखाया। शिवाजी के इस युद्ध-कौशल की प्रशंसा इतिहास में हमेशा होती रहेगी।

किसी के भी तुष्टीकरण के लिए उसे जागीर या जमीन के टुकड़े न बाँटनेवाले, पक्षपात-रहित न्याय करनेवाले, दुष्टों के लिए काल एवं प्रजा के लिए संरक्षक साबित होनेवाले, प्रजा को अपनी ही संतान की तरह चाहनेवाले, हमेशा सावधान एवं कार्यरत रहनेवाले, माता के हर वचन का पालन करनेवाले, हमेशा राष्ट्र की ही भलाई चाहनेवाले, स्वदेश-स्वभाषा-स्वधर्म को संपत्ति मानकर उनकी रक्षा एवं संवर्धन करनेवाले, हर बुराई से डरनेवाले, किंतु शूरवीर; इन तमाम गुणों से युक्त शिवाजी महाराज एक अद्वितीय राज्य-संस्थापक थे।

वे प्राचीन पुण्यवान् व्यक्तियों की श्रेणी में रहने योग्य हैं।

इस ग्रंथ में किए गए विवेचन से लेखक को आशा है कि शिवाजी महाराज सर्वकालीन सर्वश्रेष्ठ राज्यकर्ता के रूप में उभरकर सामने आएँगे और पाठकगण भी उनके इस स्वरूप से सहमत होंगे। इसी प्रकार व्यक्ति के रूप में भी शिवाजी महाराज आज तक के ज्ञात इतिहास के सर्वश्रेष्ठ व्यक्तियों में सबके समकक्ष मान्य होंगे। सभी सुधी जन, सभी पाठक, शिवाजी महाराज का यह मूल्यांकन मान्य रखेंगे; इस विश्वास के साथ लेखक सबके सम्मुख करबद्ध होकर सादर उपस्थित है।

□

# संदर्भ-सूची


1. रायगडची जीवन-कथा/शांताराम विष्णु आवलसकर
2. छत्रपति शिवाजी महाराज/कृष्णराव अर्जुन केलूसकर
3. शककर्ते शिवराय/शिवकथाकार विजयराव देशमुख
4. शिवाजी कोण होता ?/गोविंद पानसरे
5. शिवराय/प्रा. नामदेवराव जाधव
6. शिवछत्रपतिचे आरमार/ग.भा. मेहंदले व सं.प्र. शिंदे
7. छ.शि.रा./सं. मो.दा.—छत्रपति शिवाजी महाराजांची राजधर्म सूत्रे संपादन : मोहिनी दातार
8. शिवकालीन दुर्ग व दुर्गव्यवस्था/महेश तेंडूलकर
9. अथतो दुर्गजिज्ञासा/प्रके. घाणेकर
10. शिवकाल : 1630 ते 1707 इ./डॉ. विगो. खोबरेकर
11. शिवरायांची युद्ध नीति/डॉ. सच्चिदानंद शेवडे—दुर्गेश परूलकर
12. छत्रपति एक मागोवा/डॉ. जयसिंगराव पवार
13. औरंगझेबाचा इतिहास/सर जदुनाथ सरकार/भाषांतरकार : डॉ. ग. भाकुंटे
14. छत्रपति शिवाजी/सेतूमाधव पगडी
15. शिव चरित्रापासून आम्ही काय शिकावे/डॉ. जयसिंगराव पवार
16. मध्ययुगीन भारताचा बृहत इतिहास/जे.एल. मेहता/भाषांतर : डॉ. वसंतराव देशपांडे
17. पुण्यश्लोक छत्रपति शिवाजी/साहित्याचार्य बालशास्त्री हरदास
18. श्रीमंत योगी/तु.वि. जाधव
19. मराठी रियासत शककर्ता शिवाजी/गो.स. सरदेसाई
20. श्री शिवछत्रपति संकल्पित, शिवचरित्राची प्रस्तावना, आराखडा व साधने/त्र्यंबक शंकर शेजवालकर
21. श्री छत्रपति शिवाजी महाराज/श्री वा.सी. बेंद्रे
22. Shivaji and His Times/ Jadunath Sarkar
23. Shivaji The Great Maratha / H.S. Sardesai
24. The Great Moguls / Bamber Gascaigne
25. A New History of India / Stanley Wolpert
26. The Cambridge History of India / John F. Richards
27. A History of India / Burton Stein

28. Mughal Administration / Jadunath Sarkar
29. House of Shivaji / Jadunath Sarkar
30. Lokrajya, April 16, 1985/ Government Of Maharashtra
31. Shivaji : His Life and Times / G.B. Mehendale
32. Portuguese Maharatta Relations / Dr.P.S. Pissurlencar/Translated by T.V.Parvate
33. History of the Marathas/Pednekar- Mukadam
34. Chhatrapati Shivaji/Setumadhavrao Pagdi
35. The Shivaji Commemoration Movement/Ed. Dr. Sanjiv P. Desai

□□□